Das Buch

England, Anfang des 19. Jahrhunderts: Die junge Caroline Derwent-Jones lebt seit dem Tode ihrer Eltern in der Obhut ihres Vormunds Roland Ffalkes, der vor keiner Schandtat zurückschreckt, um in den Besitz des schönen, selbstbewußten Mädchens zu gelangen. Um seinen Gewalttätigkeiten zu entfliehen, wagt Caroline die gefährliche Reise zu ihrer Tante Eleanor, um in ihrem Schloß an der Steilküste Cornwalls Zuflucht zu suchen. Sie ahnt noch nicht, daß Lady Eleanor Opfer eines heimtückischen Mordes geworden ist. In einem Gasthaus lernt Caroline den geheimnisvollen jungen North kennen, einen Mann aus vornehmen alten Geschlecht, der ihr seinen Schutz anbietet, arg bedrängt von Ffalkes, der ihr hart auf den Fersen ist und nichts unversucht läßt, Caroline in seine Gewalt zu bekommen. Und wieder ist es North, der ihr zur Hilfe eilt. Doch der mysteriöse Fremde, an den das verzweifelte Mädchen längst ihr Herz verloren hat, entstammt einem von Männern beherrschten Geschlecht, das in jeder Frau nur die sündhafte Verführerin sieht. Dieses Vermächtnis der Familie lastet seit Generationen wie ein Fluch auf dem alten Schloß. Die Liebenden müssen gegen eine Mauer von Feindseligkeiten und Intrigen anrennen, ehe sie ihr gemeinsames Glück und eine sinnvolle Lebensaufgabe finden.

Die amerikanische Bestseller-Autorin Catherine Coulter ist für ihre mitreißenden Liebesromane voller Leidenschaft und Kraft berühmt geworden, in denen trotz aller Intrigen und Hindernisse immer wieder die Macht der Liebe siegt.

Die Autorin

Catherine Coulter hat bis heute mehr als 25 historische und drei in der Gegenwart spielende Romane veröffentlicht. Sie lebt in Nordkalifornien.

Catherine Coulter

Fluch der Liebe

Roman

Aus dem Amerikanischen
von Christa von Hadeln

WILHELM HEYNE VERLAG
MÜNCHEN

HEYNE ALLGEMEINE REIHE
Nr. 01/10094

Titel der Originalausgabe
THE NIGHTINGALE LEGACY

Umwelthinweis:
Das Buch wurde auf
chlor- und säurefreiem Papier gedruckt.

3. Auflage

Printed in Germany 1998
Umschlagillustration: Pino Daeni/Agentur Schlück
Umschlaggestaltung: Atelier Ingrid Schütz, München
Satz: Alinea GmbH, München
Druck und Bindung: Ebner Ulm

ISBN 3-453-11694-1

1

St. Agnes Head, Cornwall August 1814

Frederic North starrte auf die zusammengekrümmte Frau zu seinen Füßen. Ihre Knie waren an die Brust gezogen, die Arme hielt sie über dem Kopf verschränkt, als ob sie sich bei dem Sturz über die Klippen hatte schützen wollen. Das modische, hellblaue Musselinkleid war unter den Armen zerrissen, das Oberteil und der Rock wiesen erdverschmierte Flecken auf; ein blauer Schuh hing an zerrissenen, ineinander verwickelten Bändern von ihrem rechten Fuß herab.
Er kniete neben ihr nieder und nahm ihr die steifen Arme vorsichtig vom Kopf. Es war schwierig. Sie war schon seit einiger Zeit tot, mindestens seit achtzehn Stunden, denn die Muskeln gaben allmählich wieder nach und hatten ihre Starre verloren. Er legte ihr die Finger auf den Nacken, wo der Kragen des Kleides abgerissen war. Er konnte nicht sagen, warum er nach dem Puls suchte, vielleicht weil er auf ein Wunder hoffte, aber er fühlte ihn nicht, sondern nur kalte Haut und Tod.
Ihre hellblauen Augen starrten ihn an, nicht ergeben und gefaßt, sondern in panischem Schrecken, in dem Wissen, daß sie sterben mußte und daß dies der letzte Augenblick ihres Lebens war. Obwohl er auf dem Schlachtfeld unzählige Männer hatte sterben sehen oder miterlebt hatte, wie sie später qualvoll an Wundfieber zugrunde gingen, bewegte ihn dieser Tod zutiefst. Sie war kein Soldat gewesen, der sich mit einem Säbel oder einer Muskete hatte zur Wehr setzen können. Sie war eine Frau gewesen, die dem Sturz von den Klippen hilflos ausgeliefert gewesen war. Er

schloß ihr die Augenlider und drückte ihr den Unterkiefer nach oben, um den Mund zu schließen, den sie bei einem letzten Schrei weit aufgerissen hatte, aber es gelang ihm nicht. Ihre Panik war wieder da, und er hörte ihren langgezogenen Schrei, der über den Klippen schweben würde, bis von ihrem Körper nur noch weiße Knochen übriggeblieben wären.
Er stand langsam auf und trat einen Schritt zurück, nicht zu weit, um nicht selbst auf dem schmalen Felsvorsprung vierzig Fuß tief in das Irische Meer zu stürzen. Er atmete den salzigen Geruch des Wassers ein und hörte die Wellen gegen die schwarzen Felsen klatschen. Ein rhythmisches Geräusch, das ihn auf seltsame Weise beruhigte.
Sie war keine Unbekannte für ihn. Doch dauerte es eine Weile, bis er sie erkannt hatte. Es war Eleanor Penrose, die Witwe des vor langer Zeit verstorbenen Josiah Penrose von Scrilady Hall, das nur drei Meilen nördlich von hier bei Trevaunance Cove lag. North kannte sie bereits als Zehnjähriger, als sie damals aus Dorset angereist kam, um den Gutsherren Josiah Penrose zu heiraten. North erinnerte sich ihrer als lebenslustige junge Frau mit großem Busen und einem herzhaften, ansteckenden Lachen, das die Löckchen ihres weichen braunen Haares auf und nieder wippen ließ, wenn sie den eher verknöcherten Josiah Penrose in die Rippen knuffte und seinen trockenen schmalen Lippen ein Lächeln abrang. Und jetzt lag sie tot vor ihm auf dem Felsvorsprung, zusammengekrümmt wie ein Säugling. Er sagte sich, daß sie gestürzt sein mußte, daß es ein tragischer Unfall war und nichts weiter, aber in seinem Innern wußte er, daß es nicht stimmte. Eleanor Penrose kannte dieses Land so gut wie er. Niemals wäre sie hier draußen allein herumspaziert, so weit vom Gutshaus entfernt. Niemals wäre sie so unvorsichtig gewesen, zu nahe an den Rand der Klippen zu treten, um dann auszugleiten und hinunterzustürzen. Wie war es dazu gekommen?
Langsam kletterte er die Klippen hinauf. Seine Finger fanden an den vertrauten Stellen Halt, und seine Füße rutschten nur zweimal ab. Er zog sich über den felsigen Rand der

Klippe von St. Agnes Head, stand auf und blickte zum Abgrund hinunter, während er sich den Staub von den Reithosen klopfte. Aus der Höhe wurde sie wieder zu dem blaßblauen Farbtupfer, der seine Aufmerksamkeit erregt hatte.

Plötzlich löste sich ein Stück lockerer Erde unter seinen Stiefeln. Er sprang zurück und riß die Arme hoch. Sein Herzschlag beruhigte sich erst, als er sich gut drei Fuß von dem gefährlich brüchigen Rand der Klippe entfernt hatte. Vielleicht war es Eleanor Penrose ebenso ergangen? Sie war zu nahe an den Abgrund getreten, und der Boden hatte unter ihren Füßen nachgegeben und sie in die Tiefe gerissen. Ein Felsvorsprung hatte ihren Körper aufgefangen und vor dem schäumenden Meer bewahrt, nicht aber vor dem Tod.

Nachdenklich ging North zu seinem rotbraunen Wallach. Es war ein ungewöhnlich hochbeiniges Pferd, das ihm den Namen Treetop eingebracht hatte, was soviel wie Baumwipfel bedeutet. Eine Bremse landete auf der Flanke des Pferdes. Es schlug mit dem Schweif danach und begrüßte seinen Herrn mit einem Wiehern. North mußte zum Magistrat reiten und den Vorfall melden. Dann fiel ihm ein, daß er selbst der Magistrat war. Er war hier nicht bei der Armee. Es gab keine Sergeants, die seine Befehle ausführten, und es gab keine Vorschriften, keine Protokolle.

»Gut«, sagte er, als er sich mühelos auf Trees breiten Rücken schwang, »dann reiten wir zu Dr. Treath. Er muß sie sich ansehen, bevor wir sie heraufholen. Glaubst du, sie ist abgestürzt?«

Anstatt zu schnauben, schüttelte Tree den mächtigen Schädel.

Als er zu den Klippen zurückblickte und die Augen vor den Strahlen der Nachmittagssonne mit der Hand schützte, sagte North leise zu sich selbst: »Ich glaube es auch nicht. Sie wurde ermordet.«

»Lord Chilton! O Gott, mein Junge, wann sind Sie zurückgekommen? Sie waren doch mindestens ein Jahr fort. Sie ließen sich nur kurz zur Beerdigung Ihres Vaters blicken und sind dann wieder in diesen gräßlichen Krieg gezogen, der jetzt, Gott sei Dank, beendet ist. Jetzt kehren unsere tapferen englischen Männer wieder zurück. Bitte, kommen Sie herein! Kommen Sie doch herein! Wie immer haben Sie an die Tür zu meiner Praxis geklopft, hm?«

Dr. Treath stand groß und aufrecht im hellen Sonnenlicht vor ihm, schlank und schmal wie ein Achtzehnjähriger. Er schüttelte North' Hand und drängte ihn förmlich in den Behandlungsraum mit seinen spiegelblanken Glasvitrinen, in denen blitzende Instrumente und sorgfältig etikettierte Fläschchen und Dosen aufbewahrt wurden. North schätzte den Arzt sehr und hielt ihn für einen der klügsten und weisesten Männer, die ihm je in seinem Leben begegnet waren. Er folgte ihm in das gemütliche, sonnendurchflutete Wohnzimmer von Perth Cottage mit dem mächtigen Kamin an der gegenüberliegenden Wand. Zeitungen lagen am Boden verstreut. Auf einem Stapel von Fachzeitschriften standen zwei leere Teetassen, und North erinnerte sich, daß Dr. Treath seinen Tee stets großzügig mit geschmuggeltem französischen Brandy auffüllte.

Er mußte lächeln, als er daran dachte, wie riesenhaft groß ihm Dr. Treath als Kind vorgekommen war. Aber jetzt war North erwachsen und konnte es leicht mit ihm aufnehmen. Die Männer in North' Familie waren alle von beeindruckend großer Statur, und er stand seinen Vorfahren darin in nichts nach.

Dr. Treath begrüßte ihn mit einem warmen, herzlichen Lächeln.

»Ja, es ist lange her, Sir. Aber jetzt bin ich wieder zurückgekehrt und habe auch vor, hierzubleiben.«

»Setzen Sie sich doch, North. Tee? Brandy?«

»Nein, Sir. Eigentlich habe ich Sie in meiner Eigenschaft als Magistrat aufgesucht, um Ihnen mitzuteilen, daß ich Eleanor Penrose soeben auf einem Felsvorsprung unterhalb von St. Agnes Head gefunden habe. Sie ist tot. Sie muß bereits seit einem Tag tot sein, denn ihre Glieder waren noch starr, aber im Begriff, wieder weich zu werden.«

Dr. Benjamin Treath wurde steif wie Lots Frau. Das Blut wich ihm aus dem Gesicht, bis es die Farbe seines weißen Halstuchs angenommen hatte. Er sah plötzlich um Jahre gealtert aus. Alle Lebenskraft schien im Bruchteil einer Sekunde aus ihm gewichen zu sein. Dann schüttelte er langsam den Kopf und sagte mit brüchiger Stimme: »Nein. Nein, das kann nicht sein. Sie haben vergessen, wie Eleanor aussah. Nein, nicht Eleanor. Es ist eine andere Frau, die ihr ähnlich sieht. Diese andere Frau tut mir leid, aber es ist nicht Eleanor. Das ist ausgeschlossen. Sagen Sie mir, daß Sie sich getäuscht haben, North.«
»Ich bedaure, Sir, aber es war Eleanor Penrose.«
Trotzdem schüttelte Dr. Treath den Kopf. Diesmal mit vollem Nachdruck, während sich seine Augen verdunkelten und das Gesicht noch blasser wurde. »Tot, sagten Sie? Nein, North, Sie täuschen sich. Vorgestern habe ich mit ihr zu Abend gegessen. Sie war bester Stimmung, lachte herzerfrischend wie immer. Sie wissen doch, wie gern sie lacht. Wir aßen Austern in Scrilady Hall, bei Kerzenschein, und sie lachte über meine Geschichten von der Marine. Besonders die eine über den gestohlenen Sack mit Zitronen hatte es ihr angetan, den wir von einem holländischen Schiff in der Karibik bei St. Thomas mitgehen ließen, weil unsere Männer an Skorbut litten. Nein, nein, North, Sie irren sich, Sie müssen sich irren. Eleanor darf nicht tot sein.«
Verdammt, dachte North. »Es tut mir leid, Sir, aber es ist wahr. Sie ist tot.«
Benjamin Treath wandte sich ab und schritt langsam zu den breiten Flügeltüren am Ende des Wohnzimmers, die in ein gepflegtes, heckenumfriedetes Gärtchen führten, das jetzt, mitten im August, in allen Farben blühte. Samtene Rosen verwoben sich mit Bougainvilleen und Hortensien zu einem leuchtenden Teppich. Eine knorrige alte Eiche beschattete einen Winkel des Gartens mit ihrem dichten Laubwerk. Der dicke Stamm war rundherum mit Efeu bewachsen. Zwei zartblaue Schmetterlinge umtanzten sich im warmen Sonnenlicht. North vernahm das Zirpen einer Grille.

Dr. Treath stand regungslos in der Tür. Seine Schultern bebten, als würde er von Fieber geschüttelt. North wußte, daß er mit den Tränen kämpfte. »Mein aufrichtiges Beileid, Sir. Ich ahnte nicht, daß Sie Mrs. Penrose so nahestanden. Ich bitte Sie, mich jetzt zu begleiten, Sir. Außerdem sollten Sie noch etwas wissen.«
Dr. Treath wandte ihm langsam das Gesicht zu. »Sie ist tot, sagen Sie. Was sollte ich noch wissen? Bitte, North, sagen Sie es gleich.«
»Meiner Meinung nach ist sie nicht aus Versehen abgestürzt. Ich bin überzeugt, sie wurde von jemandem hinuntergestoßen. Ich habe sie weder untersucht noch berührt. Nur ihren Puls habe ich gefühlt. Das andere ist Ihre Aufgabe.«
»Ja«, sagte Dr. Treath nach einer Weile. »Ja, ich komme mit Ihnen. Einen Augenblick. Sagten Sie, jemand habe sie gestoßen? Nein, das ist unmöglich. Jeder mochte Eleanor. Jeder. Oh, mein Gott. Ja, ich komme mit.« Dann rief er mit lauter Stimme: »Bess! Komm bitte herunter. Ich muß jetzt weggehen. Jack Marley wird gleich hier sein. Bess? Beeil dich!«
Bess Treath erschien plötzlich in der Tür des Wohnzimmers. Noch etwas atemlos hielt sie die Hand an die Brust. Sie war groß und schlank gewachsen, und ihr dichtes Haar war eine Schattierung dunkler als das von North. Die Ähnlichkeit zwischen Bruder und Schwester war nicht zu übersehen. Als sie North erblickte, knickste sie kurz und sagte erfreut: »Mylord, Sie sind wieder zu Hause! Und Sie sehen ganz wie der Papa aus, aber alle Nightingale-Männer sehen sich ähnlich. Wie der Vater, so der Sohn. Und so war es immer gewesen, das meint jedenfalls Mrs. Freely, und die weiß es wieder von ihrer Mutter. Oh, mein Gott, es ist doch nichts geschehen? Warum gehst du aus dem Haus, Benjie? Was ist los? Ist jemand in Mount Hawke krank?«
Dr. Treath blickte sie nur an, ohne sie zu sehen. Er schien Perth Cottage, seine Schwester und North, der neben ihr stand, vergessen zu haben. Wieder schüttelte er den Kopf, als ob er sich damit in die Wirklichkeit zurückrufen wolle. »Jack Marley hat ein Furunkel im Nacken. Behandle es,

wenn du willst. Wenn nicht, sag ihm, er möge wiederkommen. Desinfiziere die Stelle mit Jod. Gebrauche es großzügig. Du weißt, er wäscht sich nie den Hals.«

»Ja, ich weiß, Benjie. Ich komme schon damit zurecht.«

North sagte kurz: »Es hat einen Unfall gegeben, Miß Treath. Wir müssen jetzt gehen.«

»Ein Unfall? Was ist geschehen? Was ist los, Benjie?«

Dr. Treath schüttelte immer noch den Kopf. Dann schob er sich mit gesenktem Haupt an seiner Schwester vorbei. North folgte ihm schweigend.

2

Honeymead Manor, South Downs September 1814

Sie zitterte. Im Haus wurde es schnell feucht und kalt, und sie fror bis auf die Knochen. Sogar die wollenen Strümpfe fühlten sich klamm an. Seit zwei Tagen regnete es ununterbrochen, und die Luft hatte sich merklich abgekühlt. Der Park war von dichten grauen Nebelschleiern umhüllt, und alle fühlten sich niedergeschlagen, selbst die getigerte Hauskatze und Mrs. Tailstrops flachnasiger Mops Lucy, der fortwährend winselte, obwohl sie ihn in eine Wolldecke gewickelt mit sich herumtrug.

Caroline zitterte am ganzen Leib. Mein Gott, war das kalt! Entweder waren die zwei Schloßgespenster von Honeymead daran schuld, die jeden Winkel, in dem sie herumgeisterten, mit eisiger Kälte erfüllten, oder es lag am puren Geiz Roland Ffalkes', ihres Vormunds.

Aber diese Frage war schnell beantwortet. Mit Roland Ffalkes nahmen es die beiden Hausgenossen nicht auf. Bereits drei Tage vor seiner Ankunft hatten sie sich nicht mehr blicken lassen. Sogar die getigerte Katze ließen sie in Ruhe, so daß ihr Schwanz dreimal so buschig war wie sonst. Gewöhnlich ließen sie gern die Bilder wackeln und von den Wänden fallen oder trieben die Küchenmädchen schreiend aus der Küche, wenn sich die vollen Milchtöpfe aus unerklärlichen Gründen über ihren Schoß ergossen hatten, und das alles nur, um die Bewohner des Hauses daran zu erinnern, daß es Dinge zwischen Himmel und Erde gab, die in der *South Downs Gazette* nicht erklärt werden konnten.

Jedesmal, wenn Mr. Ffalkes ihr einen Besuch abstattete,

übernahm er das Regiment. Das machte sie wütend. Honeymead Manor war das Haus ihrer Eltern und gehörte jetzt ihr. Das Brennholz und die Kamine gehörten ihr, trotzdem wies er die Dienstboten an, erst ab November Feuer zu machen. Mit seinem Tonfall und Gebaren deutete er an, daß es die Dienstboten nur darauf abgesehen hätten, ihn zu hintergehen und zu belügen. Schade, daß die Geister ihn bis jetzt verschont hatten. Der Teufel sollte sie holen!

»Ah«, pflegte Mrs. Tailstrop zu sagen, wenn sie sich bei ihr über Mr. Ffalkes beschwerte. Sie nickte dann wie eine Lehrerin, die ihren Zögling ohne große Hoffnung auf Erfolg unterwies. Nicht eine Spur von Verständnis und Mitgefühl war in ihrer Stimme zu entdecken. »So ist es eben mit den Männern. Wir müssen uns ihren Wünschen fügen. Sie sind Herr im Schloß. Es ist ihr Recht. Wir müssen ihnen gehorchen, meine Liebe. Und du wirst es lernen müssen.«

»Unsinn«, erwiderte Caroline dann immer. Das war ihr Schloß und nicht das seine. Mrs. Tailstrop pflegte dann ihre Hand zu tätscheln, als ob sie sagen wollte, daß sie keine Ahnung davon habe, wie die Dinge wirklich lägen. »Tja, mein liebes Kind, eines Tages, wenn du verheiratet bist, wirst du es begreifen. Wenn du deinem Ehemann nicht aufs Wort gehorchst, wird er darüber nicht erbaut sein, und dies, mein Kind – das versichere ich dir, da ich selbst mit einem liebevollen Ehemann gesegnet war –, kann höchst unangenehme Folgen haben.«

Ein Ehemann. Der würde nicht so bald in Frage kommen. Diesen Entschluß hatte Caroline bereits vor zwei Jahren an ihrem siebzehnten Geburtstag gefaßt und war ihm treu geblieben. Die Zähne klapperten ihr.

Auf der Suche nach einem warmen Plätzchen ging sie in das Rosenzimmer, das seinen Namen nach den riesigen roten Rosen auf der Tapete bekommen hatte. Aber auch in diesem Kamin war weder Asche noch Holz zu entdecken, obwohl sie die Nachbarn hier oft zu einer Tasse Tee empfing. Warum war er so ein Geizkragen? Es war schließlich ihr Geld, oder? Was ging es ihn an, wieviel Holz sie ver-

brannte? Warum erlaubte er ihr nicht, die fast sechzigjährige Rosentapete zu erneuern, die sich an mehreren Stellen ablöste? Warum ging er nicht auf ihren Vorschlag ein, die Sitzmöbel polstern und beziehen und die zerschlissenen Vorhänge erneuern zu lassen? Warum hatte er ihr das Geld für die braune Stute nicht bewilligt, die Sir Roger ihr zum Kauf angeboten hatte? Warum ließ er sie in dieser klapprigen Kutsche mit einer altersschwachen Mähre fahren, die bei einem Rennen gegen eine Schildkröte verloren hätte? Und, du lieber Himmel, die Pächter! Ihre Häuschen mußten dringend ausgebessert werden. Außerdem brauchten sie neue Pflugscharen und mehr Saatgut. Nichts war seit dem Tode ihres Vaters verändert worden. Sie fühlte sich ihm gegenüber schuldig, aber was sollte sie gegen diesen Geizhals ausrichten?
Auch wenn sie es nicht zugeben wollte, sie wußte sehr wohl, warum Ffalkes keinen Penny herausrückte. Er hatte es auf ihr Geld abgesehen. Ausgaben, die zur Erhaltung des Hauses und zur Bewirtschaftung der Ländereien notwendig waren, hielt er für verschwendet. Nun, ihr Geld würde nicht in seine Hände fallen. Er würde bald begreifen, daß es ihr damit ernst war.
Sie schlug die Arme um die Schultern, um sich zu wärmen. Dann schüttelte sie den Kopf. Es war einfach lächerlich. Kurzentschlossen ging sie hinaus. Die dicken, grauen Wolken waren aufgebrochen, und blasse Sonnenstrahlen schienen hindurch.
Sie stand auf der niedrigen Treppe vor dem Eingang des Hauses, holte tief Luft und hob das Gesicht zum Himmel. Sie hätte ihr Frühstück hier draußen auf den Stufen einnehmen sollen und nicht mit klappernden Zähnen in dem feuchten, dunklen Frühstückszimmer, das ihr Vormund ebenfalls nicht renovieren ließ, obwohl es bereits überfällig war. Aber morgen würde es vorbei sein. Dann konnte sie tun und lassen, was sie wollte.
Morgen würde sie neunzehn Jahre alt werden. Ihr Vater hatte festgesetzt, daß sie ab diesem Alter über sich selbst bestimmen konnte.

Die Selbstbestimmung oder die Ehe. Die Wahl hatte sie bereits getroffen. O ja, eines Tages würde sie heiraten, wenn sie eine zahnlose Greisin wäre. Sie würde sich dann einen hübschen jungen Mann aussuchen, dessen Aufgabe es wäre, ihr das Alter zu verschönen. Dafür würde sie ihn reichlich belohnen. Etwas Besseres konnte ihm gewiß nicht widerfahren.

Morgen würde sie Mr. Ffalkes gehörig die Meinung sagen, ihn einen elenden Geizhals schimpfen und sofort in jedem Kamin Feuer machen lassen, sogar in dem Kamin in der alten Diele, wo man leicht einen Ochsen braten konnte. Dann würde sie ihn hinauswerfen. Ab übermorgen wären Mr. Ffalkes und sein schmächtiger Sohn mit den abstehenden Ohren aus ihrem Leben verschwunden. Sie hätte den jungen Mann einigermaßen nett gefunden, wenn er sich seinem Vater gegenüber nicht so unterwürfig und ängstlich verhalten würde.

»Liebe Miß Derwent-Jones.«

Sie wandte sich um, zog die Stirn in Falten, wie immer, wenn Mr. Ffalkes sie auf diese förmliche Art ansprach, was er stets tat, wenn er Honeymead Manor besuchte. Ihr gelang ein kühles, unpersönliches Lächeln, das sie sich in den vergangenen zwei Jahren zugelegt hatte, seit jenem Tag, da Owen auf Befehl seines Vaters um ihre Hand anhalten mußte. Sie kannte Owen von Kind auf und fand ihn ab und zu ganz nett, aber seit jenem Morgen vor zwei Jahren hatte sich ihre Beziehung schlagartig geändert. Ihre Kinderzeit war damit beendet.

Der Vater war ein aufgeblasenes Ekel und sein Sohn ein Schwächling. Die beiden waren erst drei Tage hier, aber am liebsten hätte sie ihren Vormund bereits nach zwanzig Minuten mit dem Feuerhaken verprügelt.

Sie seien zu ihrem Geburtstag angereist, hatte Mr. Ffalkes damals verkündet und sich dabei die Hände gerieben, als er sich in der Eingangshalle umsah, die von der Countess von Shrewsbury im Jahre 1587 erbaut worden war. Owen hätte es sich niemals verziehen, wenn er nicht zu ihrem Geburtstag erschienen wäre, hatte der Vater lächelnd erklärt und

sie dabei aus eiskalten Augen angesehen. Owen hatte schweigend mit abstehenden Ohren neben seinem Vater gestanden. Ja, Owen habe seine Kusine ins Herz geschlossen, sei ihr zutiefst ergeben und gleichermaßen um ihre Zukunft wie um ihr Glück besorgt. Ihr wunderschönes goldenes Haar habe Owen verzaubert (in Wirklichkeit war es braun mit einigen blonden Strähnen, die in der Sommersonne ausbleichten), ebenso wie ihre tiefblauen Augen. Und die Lobpreisungen gingen weiter, bis er auf ihre Zähne zu sprechen kam, die er mit den weißen Klippen von Dover verglichen hatte. Sie hatte lachen müssen, weil sie makellose Perlen erwartet hatte, aber sein poetischer Wortschatz schien damit erschöpft gewesen zu sein.
Jetzt merkte sie, daß sie ihr Gegenüber die ganze Zeit über wortlos angestarrt hatte. Sie nahm sich zusammen und kam wieder in die Gegenwart zurück.
»Hallo, Mr. Ffalkes«, sagte sie und lächelte ebenso kühl wie er. »Endlich läßt sich die Sonne blicken. Vielleicht wird sich das Haus in ein paar Wochen erwärmt haben, vorausgesetzt, das warme Wetter hält an.«
»Vielleicht, aber das ist jetzt nicht von Bedeutung. Ich hoffe, Sie haben genügend Wolle zum Stricken gesammelt, liebe Miß Derwent-Jones. Das erwartet man schließlich von einer charmanten jungen Dame. Da es gestern nach einem in romantischer Zweisamkeit verbrachten Abend – wenn ich mir diese Bemerkung erlauben darf – so spät geworden ist, sind Sie heute bemerkenswert früh auf den Beinen. Es ist erst halb acht.«
»Ist das ein Naturgesetz, das sich meiner Kenntnis entzogen hat? Sollte man in meinem Alter morgens lange im Bett bleiben, wenn es abends etwas später geworden ist?«
Mit Freuden dachte sie an den netten jungen Mann, den sie heiraten würde, wenn sie sich wie eine alte Tante auf ihren Krückstock stützen würde.
»Sie scherzen wie immer, meine Liebste. Ein Charakterzug, der Ihnen einen gewissen Charme verleiht, würde ich sagen, wenn mich jeder Ihrer Scherze erfreute. Owen ist von dem Repertoire Ihrer humorvollen Bemerkungen hin-

gerissen, aber er ist noch jung und in diesen Dingen nicht sehr wählerisch. Ich spreche aus Erfahrung, wenn ich sage, daß eine junge Dame weder die Kraft noch das Durchhaltevermögen besitzt, um von einer so langen Nacht wie gestern nicht überfordert und müde zu sein.«

»Ich habe mich bereits um halb zehn zurückgezogen, Sir.«

»Tatsächlich? Aber ich dachte, Sie seien mit Owen im Park spazierengegangen und ...«

»Vielleicht ging Owen spazieren, Sir. Vielleicht verglich er die Rosen mit roten Samtvorhängen, einem Blutstropfen oder was weiß ich. Abgesehen davon war es gestern nacht ziemlich dunkel, und es nieselte die meiste Zeit über. Ah, das ist Ihnen nicht aufgefallen? Natürlich. Sie tranken meines Vaters Brandy auf Ihr eigenes Wohl vor dem einzigen brennenden Kamin in diesem Haus, während Mrs. Tailstrop auf die Brosamen wartete, die von Ihrem Tische fielen. Nein, gestern nacht, Sir, stand kein einziger Stern am Himmel, den man hätte besingen können. Übrigens, Owen macht sich nichts aus Blumen. Er bekommt nur Schnupfen davon. Und was mich betrifft, so lag ich im Bett und träumte von meinem Geburtstag. Davon träume ich allerdings schon seit längerem.«

»Oh«, sagte er verwirrt, und sie wußte, daß er seinem Sohn zürnte, weil er sich nicht an die Anordnungen gehalten hatte, ihr nach dem Abendessen erneut den Hof zu machen, und ihr, weil ihre Bemerkung der Wahrheit entsprach. Es stimmte, daß er den Brandy ihres Vaters schlürfte, während Mrs. Tailstrop bei jedem Wort, das er von sich gab, beflissen nickte. Es gehöre zu den ersten Pflichten einer jungen Frau, hatte sie Caroline unzählige Male vorgebetet. Sie müsse ihrem Mann zuhören und lächelnd nicken. Eine Litanei, die Caroline immer zur Weißglut brachte.

Sie blickte Mr. Ffalkes aus halbgeschlossenen Lidern an. Er war noch verärgert, wußte aber nicht, wie er sich weiterhin verhalten sollte. O ja, Caroline konnte sich die Anweisungen vorstellen, die er seinem Sohn erteilt hatte, damit er sie verführte. Dann räusperte sich Mr. Ffalkes und sagte mit

falscher Freundlichkeit: »Was Ihren Geburtstag anbelangt, liebe Miß Derwent-Jones, so dachte ich, wir geben im engsten Familienkreis ein kleines Mittagessen für Sie.«
Und wenn sie ihren Geburtstag auf dem Mond verbrachte, es war ihr vollkommen gleichgültig. Sie nickte. »Das ist schön, Sir. Wie schade, daß sich der engste Familienkreis nicht in nächster Nähe befindet.«
»Owen und ich werden versuchen, dies wettzumachen. Soviel ich weiß, hat Owen ein Geburtstagsgeschenk für Sie erstanden, das – wenn ich das sagen darf – vielleicht gleichzeitig ein Verlobungsgeschenk sein könnte.«
Jetzt kam er wenigstens wieder offen auf das alte Thema zu sprechen. Für einen Augenblick hatte es ihr die Sprache verschlagen, aber nur für einen Augenblick. Sie lächelte ihn an. »Wie reizend von Owen, aber das ist wohl etwas unpassend, Sir. Mr. Duncan hat mir natürlich einen Antrag gemacht, aber wir haben beschlossen, noch einen Monat zu warten, bevor wir unsere Verlobung bekanntgeben. Wir werden Weihnachten heiraten. Nein, ich kann von Owen kein Geschenk annehmen, bevor Mr. Duncan und ich nicht offiziell verlobt sind.«
»Mr. Duncan! Wer zum Teufel ist Mr. Duncan?«
Es sah aus, als ob er einem Erstickungsanfall zum Opfer fallen wolle. Sein Gesicht war zu ihrer Freude puterrot geworden. Sie sah bereits, wie er die Eingangstreppe hinunterstürzte, halb ohnmächtig und mit Schaum vor dem Mund. »Oh, Sir, das ist ein Nachbar. Bald wird er mein geliebter Gatte sein. Duncan ist in dieser Gegend ein sehr bekannter Name, seit Jahrhunderten. Wir stehen uns seit drei Jahren nahe. Er sieht vorzüglich aus und ist durch und durch ein Gentleman. Er hat ein energisches Kinn und enganliegende Ohren. Ja, Sir, wir haben vor zu heiraten und werden unseren Besitz und die Ländereien zusammenlegen.«
»Mir gegenüber haben Sie diesen Mann nie erwähnt, Miß Derwent-Jones. Ich muß gestehen, ich habe noch nie etwas von einem Mr. Duncan gehört. Das Ganze gefällt mir nicht, und das wissen Sie. Ich werde mit Mrs. Tailstrop

darüber sprechen müssen. Ich werde ihr sagen, was ich von ihrer Aufsichtspflicht halte.«

»Sie waren nicht sehr oft hier, Sir. Erst seit zwei Jahren häufen sich Ihre Besuche, so daß Mrs. Tailstrop schon überlegte, ob wir Ihr Bett stets frisch überziehen müssen. Ich hatte Mrs. Tailstrop niemals als Aufsichtsperson betrachtet. Aber welche Rolle spielt das jetzt? Ehrlich gesagt, wenn Sie hier zu Besuch waren, hielt ich es für angeraten, mich von Mr. Duncan fernzuhalten.«

»Owen begleitete mich meistens, und Sie verbrachten viele Stunden mit meinem Sohn.«

»Selbstverständlich auch frische Bettbezüge für Owen, Sir.«

»Ihre humorvollen Bemerkungen werden immer bissiger, Miß Derwent-Jones. Das ist mir in den letzten Tagen aufgefallen. Mrs. Tailstrop erklärte, im letzten Jahr sei dies bei Ihnen zu einer Marotte geworden, und ich wies darauf hin, daß es ihre Pflicht sei, Ihnen diese exzentrische Gewohnheit abzugewöhnen. Junge Damen müssen demütig und bescheiden bleiben. Wie sollten sie sonst einen Ehemann finden?«

»Das ist mir mühelos gelungen. Vergessen Sie Mr. Duncan nicht.«

»Das sagten Sie ... das sagten Sie. Und jetzt bitte ich Sie, mir ehrlich und offen zu antworten.«

»Eine humorvolle Bemerkung sollte immer als solche betrachtet werden. Es betrübt mich, daß Sie da anderer Meinung sind. Was möchten Sie wissen, Sir?«

»Ich möchte Näheres über diesen Duncan wissen. Ich möchte ihn kennenlernen, um mich zu überzeugen, ob seine Absichten Ihnen gegenüber lauter und ehrlich sind. Morgen werden Sie eine reiche junge Dame sein, und ich möchte sichergehen, daß wir es nicht mit einem Mitgiftjäger zu tun haben. Ich bestehe darauf, daß er mir vorgestellt wird. Heute abend beim Essen. Das ist Owen gegenüber nur angemessen, finden Sie nicht auch? Auch frivole junge Damen sollten einem jungen Mann gegenüber, der sie aufrichtig liebt, ein gewisses Maß an Rücksicht und Anstand zeigen.«

Owen in sie verliebt? Sie und Owen waren wie zwei gelangweilte Hunde, die einander beäugten und sich angähnten. Ihr widerwärtiger Vormund verabscheute nicht nur ihren Humor – ihre einzige Waffe gegen ihn –, sondern hielt sie auch für dumm und unfähig, was ja auch zutraf, denn schließlich brannte kein Feuer in den Kaminen, und sie fror erbärmlich.

»Ich weiß nicht, ob Mr. Duncan sich heute zum Abendessen Zeit nehmen kann.«

»Verstehen Sie, liebe Miß Derwent-Jones, ich kann nicht guten Gewissens zusehen, daß Sie ohne meine Billigung eine Verbindung eingehen. Ich verstieße damit gegen Ihre Interessen und käme meiner Verantwortung Ihnen gegenüber nicht nach. Im Testament Ihres Vaters gibt es eine Klausel, die mein Einverständnis im Falle Ihrer Verheiratung vorsieht. Ich hatte natürlich nicht daran gedacht, da ich überzeugt war, Sie und Owen fänden zusammen.«

Sie starrte ihn an. Nein, sie konnte es nicht glauben. Sie wollte es nicht glauben. Nur mühsam gelang es ihr, sich zu beherrschen. »Ich hatte keine Ahnung, daß es bezüglich meiner Verheiratung oder Nichtverheiratung Bestimmungen gibt. Ehrlich gesagt, bevor ich Mr. Duncan traf, hatte ich die feste Absicht, niemals zu heiraten. Ich möchte das Testament meines Vaters sehen.«

»Gewiß, Miß Derwent-Jones.« Diesmal ohne das *liebe*, was sie als Fortschritt begrüßte. »Allerdings dürfte ein derartiges Dokument für eine junge Dame schwer verständlich sein. Die Rechtsterminologie dürfte den weiblichen Verstand überfordern.«

»Ich werde versuchen, das Niveau meines Humors zu heben, Sir. Nur für den Fall.«

Er blickte sie an, als ob er sie am liebsten geohrfeigt hätte. Wieder ein Fortschritt, dachte sie, schließlich hätte sie ihm nur zu gern ein Messer zwischen die Rippen gestoßen. »Kann ich diesen Passus im Testament meines Vaters sofort nachlesen, Sir?«

»Leider befindet sich das Testament Ihres Vaters in meiner Kanzlei in London. Es wird einige Zeit dauern, um meinen

Gehilfen schriftlich zu benachrichtigen, und noch mehr Zeit, bis es hier in Honeymead Manor eintrifft.«

»Ich verstehe«, sagte sie und fürchtete, daß sie tatsächlich verstanden hatte.

»Kurz, Ihr Vater wünschte, daß ein in Frage kommender Bewerber meiner Billigung bedarf, Miß Derwent-Jones. Sollte ich nicht mit ihm einverstanden sein, so bleibe ich weiterhin Ihr Vormund, bis Sie fünfundzwanzig sind oder einen Gentleman gefunden haben, den ich als Ehemann gutheiße.«

»Ausgezeichnet, Sir, damit zwingen Sie mich, einen meiner üblichen Scherze einzugestehen. Dieser Mr. Duncan existiert nicht. Es gibt keinen Mann, den ich heiraten möchte. Sir, deswegen steht mir morgen, an meinem neunzehnten Geburtstag, das Geld meiner Eltern zu – alles. Und Sie, Sir, werden nicht länger die Peitsche über meinem Kopf schwingen.«

»Das dachte ich mir«, sagte Mr. Ffalkes, und in diesem Augenblick wußte sie, daß sie ihm auf den Leim gegangen war. Er hatte sie über diese Klausel im Testament ihres Vaters belogen, und sie war darauf hereingefallen. Dann machte er eine versöhnliche Geste und hielt beide Handflächen nach oben. »Sie und ich sollten uns nicht als Gegner betrachten, meine Liebe. Offen gesagt, wie mein Sohn hege ich große Bewunderung für Sie, seitdem Sie zu einer so hinreißend schönen jungen Dame herangewachsen sind. Ja, es ist wahr, Sie werden morgen Ihr Erbe antreten. Und es ist auch wahr, daß ich bis zu Ihrer Verheiratung Treuhänder bleiben werde.«

»Und worin unterscheiden sich die Pflichten eines Treuhänders von denen eines Vormunds?«

»Als Treuhänder werde ich Sie bei Ihren Investitionen beraten, Sie in Rechtsfragen betreuen und Ihnen eine ausreichende Apanage zuteilen, damit Sie weiterhin standesgemäß leben können. Ich bin der Vetter Ihres Vaters, Miß Derwent-Jones. Er hat Sie mir anvertraut und mich gebeten, schützend meine Hand über Sie zu halten. Ich bin erleichtert, daß es keinen Mr. Duncan gibt. Männer sind

nicht immer das, was sie zu sein scheinen, verstehen Sie? Nein, Sie verstehen nicht. Bis jetzt hat man Sie vor jungen Männern bewahrt, die Ihre Unschuld ausgenutzt hätten. Ich werde Sie weiterhin beschützen, Miß Derwent-Jones.«
So wie er sie beschützt hatte, als er sie in das Chudleigh-Internat für junge Mädchen in Nottingham schickte, aus dem sie vor drei Jahren entkommen konnte. Das Leben in einer Klosterschule konnte einen jungen Menschen ersticken und abtöten wie die hallenden Kammern von Chudleigh mit den kichernden Mädchen, die nichts anderes im Kopfe hatten als die Grübchen des Tanzlehrers. Die Lehrerinnen waren unbarmherzig bestrebt, aus jedem Mädchen ein Mädchen wie jedes andere zu machen. Sie sollten kleine Dummchen werden, die es irgendwie verstanden, einen Mann zu bezaubern, ihm nickend zuzuhören und ein Kissen nach dem anderen zu besticken, bis sie der Tod aus ihrer Langeweile erlöste, natürlich erst, nachdem sie eine angemessene Zahl lebender Sprößlinge in die Welt gesetzt hatten.
Im Alter von sechzehn Jahren wurde sie in Chudleigh von einer furchtbaren Krankheit heimgesucht, die große Ähnlichkeit mit der Pest hatte und sogar die Schulleiterin, Miß Beemis, in Angst und Schrecken versetzte. Sie wurde sofort in Decken gepackt und zu der lieben Mrs. Tailstrop nach Honeymead Manor verfrachtet. Die nässenden eitrigen Beulen auf der Haut – behandelt mit einer Mixtur aus grünen Walnußschalen, dicker grauer Tonerde und zerstoßenen Eichenblättern – ließen sich erst nach Tagen vollständig abwaschen.
»Ja«, fuhr Mr. Ffalkes fort, »ich werde meine Hand schützend über Sie halten. Vielleicht gefällt es Ihnen, weiterhin auf Honeymead Manor zu leben, Miß Derwent-Jones. Owen fühlt sich sehr wohl auf dem Land.«
»Das bezweifle ich, Mr. Ffalkes. Das bezweifle ich sehr.«
»Daß Owen das Landleben liebt? Das beschwöre ich.«
Sie schwieg, drehte sich um und kehrte in das Haus zurück. Morgen würde sie ihn nach Herzenlust anschreien und beschimpfen und von ihrem Grund und Boden weisen.

Es war Morna, das Zimmermädchen vom oberen Stockwerk, die sie am Ärmel zupfte, den Finger auf die Lippen legte und ihr ins Ohr zischte: »Kommen Sie, Miß, schnell, schnell!« Wie ein Blitz folgte sie Morna den langen Korridor entlang, bis zu dem kleinen Herrenzimmer im westlichen Teil des Hauses. Sie hatte dieses düstere, ungemütliche Zimmer stets gemieden, weil es sie an die Männer vieler Generationen erinnerte, die in diesem Raum grau, alt und verbiestert geworden waren, weil sie ihren Sorgen nachhingen, die sich zweifellos nur um das liebe Geld drehten.
Die Tür stand einen Spalt offen. Morna nickte ihr zu und schob sie näher heran. Deutlich hörte sie Owens Stimme: »Hör mir jetzt bitte zu, Vater. Ich weiß, du möchtest, daß ich sie heirate. Das wolltest du schon vor Jahren. Begreif doch endlich, Caroline ist schwierig. Sie ist eigensinnig. Sie ist es gewohnt, das zu tun, was ihr beliebt. Sie findet mich nicht unsympathisch, aber sie hält mich für dumm. Nie würde sie in eine Ehe mit mir einwilligen. Das habe ich dir schon tausendmal gesagt. Ihre Einstellung mir gegenüber wird sich nicht ändern.«
»Ja«, sagte Mr. Ffalkes schließlich. »Owen, du hast die Sache gründlich verpatzt.«
Sie erstarrte und lehnte sich an die Nische hinter der Tür. Hinter sich hörte sie Morna atmen.
»Ich kann sie doch nicht vergewaltigen«, maulte Owen trotzig, wie er es als Kind seinem Vater gegenüber immer getan hatte.
»Wieso zum Teufel nicht?«
Daraufhin herrschte Stille, bis Owen langsam sagte: »Sie ist kräftig. Das kann dir nicht entgangen sein. Sie versucht sich anfangs zwar mit einem Witz aus der Affäre zu ziehen, aber wenn es Ernst wird, kann sie sich mit Händen und Füßen wehren, und dann würde ich ihr weh tun. Ich müßte sie festbinden, um es zuwege zu bringen.«
»Na und?«
»Na und, Sir? Ich weiß nicht einmal, *ob* ich es zuwege bringe.«

»Willst du mir damit sagen, mein einziger Sohn sei nicht in der Lage, seine Pflicht als Mann zu erfüllen?«

»Ich empfände nichts dabei.«

»Du hast mich schwer enttäuscht, Owen. Andrerseits hast du nicht so unrecht. Sie ist ein verwöhntes, freches Ding, ein hochmütiges Frauenzimmer, das lernen muß, wer hier der Meister ist. Sie mißtraut mir und damit auch dir. Wie schade für sie.« Sie hörte, wie Mr. Ffalkes tief einatmete.

»Gut, dann werde *ich* sie nehmen. Sie wird mich heiraten.«

»Großer Gott, Caroline als meine Stiefmutter? Sie ist nicht einmal neunzehn!«

»Sie ist eine erwachsene Frau. Viele haben in ihrem Alter bereits Kinder.«

»Wie schrecklich! Sie ist nicht mütterlich, und sie ist jünger als ich. Sie ist sehr stark, Vater.«

»Das bin ich auch. Darüber hinaus, mein Sohn, wird mich besagte männliche Pflicht erfreuen. Ich bin noch nicht zu alt, um sie zu erfüllen, im Gegenteil, es wird mir ein Genuß sein, ihr so oft wie möglich nachzukommen. Außerdem wird sie niemals so stark sein wie ich. Niemals. Übrigens versuchte sie heute morgen, mich hinters Licht zu führen, aber ich habe den Schwindel aufgedeckt. Wie eine Närrin stand sie da. Sei unbesorgt. Sie ist mir ausgeliefert, denn ich werde sie fesseln. Ich werde sie rücksichtslos nehmen, bis sie in die Heirat einwilligt, und dann werde ich sie begatten, bis sie schwanger ist. Ja, genau das werde ich tun. Dann wird sie schon mütterlich werden, warte es ab, mein Junge. Möchtest du einen kleinen Stiefbruder haben?«

»Ich weiß nicht, Vater. Kannst du ihr nicht einfach das Erbe überlassen, und wir fahren wieder nach Hause?«

»Nein, das ist nicht möglich. Und das will ich nicht. Ich brauche das Geld, Owen. Ich habe ihr gesamtes Vermögen zusammengehalten und nicht einen Penny ausgegeben, und jetzt soll es an ihrem verdammten Geburtstag an sie übergehen! Jetzt, da ich am Ziel bin, soll ich einen Rückzieher machen? Nein, mein Sohn. Liebäugelst du nicht mit dem Jagdpferd, das Bittington verkauft? Ja, ich sehe es dir an. Tja, mein Junge, wenn du es nicht schaffst, dann muß ich es tun. Und jetzt genug davon.«

Es war mehr als genug. Sie wandte sich um, bemerkte Morna neben ihr, die sie wutschnaubend anstarrte. Caroline hatte Morna noch nie zornig gesehen. Sie nickte, nahm Mornas Hand und rannte mit ihr zurück. Sie mußte weg. Ihr blieb keine andere Wahl. Mrs. Tailstrop würde nichts unternehmen. Mr. Ffalkes zahlte ihren Lohn. Sie war allein. Sie würde das Geld erben, auf Honeymead Manor oder in Rußland. Ihr Aufenthalt spielte keine Rolle. Aber wäre sie vor Mr. Ffalkes sicher, wenn sie zurückkehrte und ihr Erbe forderte?

Was sie brauchte, war eine Pistole. Und dann brauchte sie einen Mann. Sie brauchte einen Mann, der gerissener und rücksichtsloser war als Mr. Ffalkes, der bereit war, sie mit seinem Leben zu schützen, wenn sie ihm als Gegenleistung einen angemessenen Anteil ihres Vermögens versprach.

Wo steckte Mr. Duncan, nun, da sie ihn brauchte?

3

Die Standuhr in der Eingangshalle schlug zwölfmal. Die tiefen, langen Schläge dröhnten durch das ganze Haus, aber mit den Jahren hatten sie sich in die nächtlichen Geräusche eingereiht und wurden kaum mehr wahrgenommen, auch nicht von Mrs. Tailstrop und ihrem ewig kläffenden Mops Lucy. In dieser Nacht aber war Caroline hellwach. Sie lauschte und wartete. Ihre Nerven waren angespannt wie die Feder dieses Uhrwerks, nur daß sie nicht einen einzigen Laut von sich geben durfte.

Als Mr. Ffalkes endlich unten in der Diele erschien, schlüpfte sie aus ihrem Versteck hinter einer Apollostatue hervor und rannte in ihr Schlafzimmer zurück. Sorgfältig verschloß sie die Tür. Stumm und regungslos blieb sie hinter der Tür stehen und wartete und wartete. Dann hörte sie seine schweren Schritte. Sie kamen immer näher, bis sie vor ihrer Tür haltmachten. Im Geist sah sie, wie er die Hand ausstreckte, aber als sich der Knauf langsam drehte, zuckte sie zusammen, obwohl sie damit gerechnet hatte. Sie hielt den Atem an und versuchte keinen Laut von sich zu geben. Der Knauf drehte sich immer wieder, bis der Alte begriff, daß die Tür abgeschlossen war. Sie hörte ihn fluchen. Dann hörte sie nichts mehr.

Sie sah ihn vor sich, wie er regungslos dastand und überlegte, was zu tun sei. Sie wußte, daß er nicht dumm war, daß er etwas unternehmen würde. Er klopfte an. Das Klopfen wiederholte sich. Dann hörte sie seine Stimme, süß und weich wie die Erdbeermarmelade, die der Koch heute morgen zubereitet hatte. »Liebe Miß Derwent-Jones!

Ich bin es, meine Liebe. Kann ich hineinkommen? Ich muß mit Ihnen reden. In einer ernsten Angelegenheit. Es betrifft Ihr Erbe. Lassen Sie mich eintreten. Es ist wichtig. Zieren Sie sich nicht. Es ist nur zu Ihrem Vorteil, wenn Sie jetzt mit mir sprechen.«

Ha, dachte sie. Ihn in mein Schlafzimmer zu lassen, hieße Napoleon in Whitehall zu begrüßen. Sie gab keinen Ton von sich. Das Ohr an die Tür gelegt, wartete sie, daß er ging. Nach einer Weile, die ihr wie eine Ewigkeit erschien, machte er sich auf den Rückweg. Quälende Minuten wie damals, als ihre Mutter einen Milchzahn am Türknauf festband, um ihn auszureißen.

Endlich, dachte sie, hat er aufgegeben. Sie zwang sich, noch einige Minuten regungslos stehenzubleiben, bis er ein paar Türen weiter in sein Schlafzimmer gegangen war. Dann zog sie den Koffer unter dem Bett hervor, schlüpfte in ein Paar feste Lederstiefel und warf sich ihren blauen Samtumhang über die Schultern. Vorsichtig drehte sie den Schlüssel im Schloß um. Die Tür öffnete sich langsam. Durch den Spalt blickte sie den Korridor hinauf und hinunter. Aber sie sah nur Schatten, nächtliche Schatten, die ihr von Kind an vertraut waren.

Schnell schritt sie auf den mittleren Treppenaufgang zu. Ihre Stiefel verursachten kein einziges Geräusch. Plötzlich hielt ein Arm sie fest und riß sie zurück. Sie öffnete den Mund, um zu schreien, aber eine große Handfläche preßte sich auf ihre Zähne. Er hatte sie überlistet. Sie spürte seinen heißen Atem am Ohr, merkte, wie sich sein Arm um die Rippen schloß und ihr die Luft abdrückte.

»Na, da haben wir ja das kleine Flittchen. Jetzt hat es Ihnen die Sprache verschlagen! Sie dachten, Sie könnten mich an der Nase herumführen, nicht wahr? Aber das gelingt keinem, schon gar nicht einem hochnäsigen Weibsbild wie Ihnen. Tja, und jetzt werden wir einen kleinen Spaziergang machen und Ihren Geburtstag feiern. Mein Geburtstagsgeschenk an Sie wird mein Samen sein. Es wird Ihnen gefallen, mit mir verheiratet zu sein, Miß Derwent-Jones, und wenn nicht, schön, dann habe ich Ihr

Geld. Ich rate Ihnen, sich nicht zu wehren. Ihre Zukunft liegt in meiner Hand.«
Und genau dahin biß sie ihn mit aller Kraft. Sie merkte, wie er vor Schmerz den Atem anhielt, und das freute sie, bis er sie herumschleuderte und ihr einen Fausthieb auf den Unterkiefer versetzte und sie in sich zusammensackte.
Der pochende Schmerz am Kinn brachte sie wieder zu Bewußtsein. Langsam öffnete sie die Augen und blickte in das schwache Licht einer Kerze, die auf einem wackligen Holztischchen neben ihr stand. Der Rest des Zimmers lag im Dunkeln. Als sie versuchte, sich aufzusetzen, merkte sie schnell genug, daß die Hände über dem Kopf an die Holzstreben eines schmalen, muffig riechenden Bettes gefesselt waren.
»Schön. Sie sind aufgewacht. Ich wollte nicht so fest zuschlagen, aber Sie haben es verdient. Betrachten Sie es als eine Lektion, die ich wiederholen werde, wenn Sie mir nicht den nötigen Gehorsam erweisen. Ihr Kiefer ist nicht gebrochen. Ich habe ihn abgetastet. Und jetzt, meine Liebe, sind Sie neunzehn Jahre alt und haben Ihr Erbe angetreten. Sie werden mich heiraten. Was sagen Sie dazu?«
»Sie sind wahnsinnig.«
»Dann können Sie Gott jeden Tag auf Ihren Knien bitten, daß sich der Wahnsinn nicht auf unsere Kinder vererbt. Ah, ja, wir werden Kinder haben, meine Teuerste, so viele, wie ich in Ihren Bauch pflanzen kann. Ich habe die Absicht, Sie ständig zu schwängern. Mit einem dicken Bauch bewegt sich eine Frau nur mühsam vorwärts, und ihre Gedanken sind mit dem Kind beschäftigt, mit kleinen Wehwehchen und Unwohlsein. Das bringt sie zum Schweigen. Wer weiß, vielleicht entwickeln Sie sich nach einem guten Dutzend Kinder zu einer Mustergattin? Ich bezweifle es zwar, aber wer kann das voraussagen?«
»Wo haben Sie denn diesen Unsinn aufgeschnappt?«
Er grinste nur und setzte sich neben sie auf das schmale Bett. Sie erstarrte. Als er es bemerkte, wurde sein Grinsen noch breiter. »Ich weiß, Sie fürchten sich, obwohl Sie sich bemühen, es vor mir zu verbergen. In diesem Punkt sind

Sie wie Ihr Vater. Als wir Kinder waren, stiftete er uns oft zu Streichen an, die uns in arge Schwierigkeiten brachten, da uns das Strafgericht der Eltern drohte. Immer versuchte er, keine Angst zu zeigen, und schalt jeden von uns, der sich nicht zusammenriß. Ich weiß also, daß Sie sich fürchten. Schreien Sie, wenn Sie wollen. Mich stört es nicht. Im Gegenteil, es verliehe unseren Unternehmungen nur die nötige Würze. Keiner wird Sie hören. Keiner wird Ihnen zu Hilfe kommen. Also, sollten wir nicht gleich mit unseren fleischlichen Freuden beginnen?«

»Ich glaube, Sie sollten noch einen Augenblick warten, Mr. Ffalkes.«

»Mein Name ist Roland. Da du bald meine Frau sein wirst, wäre es wohl angemessen, wenn du mich bei meinem Vornamen anredest. Das gestatte ich dir hiermit.«

»Ich werde Blödian zu Ihnen sagen. Nein, alter Blödian. Das paßt ausgezeichnet zu Ihnen.«

Er schlug sie mit der offenen Handfläche auf die Wange. Das scharfe Brennen des Schlages verschlug ihr den Atem, aber auch das versuchte sie zu verbergen. Nein, sie würde ihre Furcht nicht zeigen, obwohl es ihr schwerfiel, sehr schwer.

»Tja, wie ich sehe, bist du wieder schweigsam geworden. Frauen sollten immer schweigsam sein.« Als er aufstand, wurde sie gewahr, daß er nur einen Hausmantel aus königsblauem Brokat trug, den er um den fetten Leib geworfen hatte. Er zog am Gürtel, und der Mantel teilte sich. Sein Bauch war weißer als die Haube einer Nonne. Tiefer, unter der prallen Rundung seines Leibes, kam ein Büschel graubrauner Haare zum Vorschein, in dessen Mitte sein Geschlecht zu sehen war. Sie befürchtete, sich übergeben zu müssen.

Sie starrte sein Geschlecht an, dann die dünnen Beinen. Sie übergab sich nicht. Sie lachte. Das Lachen klang zuerst gezwungen und erstickt, aber dann wurde es frei, und sie lachte und lachte. Bald bekam sie vor Lachen keine Luft mehr. Sie sah, wie seine Halsschlagader anschwoll und wie sich sein Gesicht verzerrte.

»Sie«, stieß sie prustend hervor. Da sie mit der Hand nicht auf ihn zeigen konnte, streckte sie das Kinn in seine Richtung. »Dieses Ding – es ist jämmerlich. Und Sie sind jämmerlich.« Und sie lachte weiter.

Mit einem wütenden Aufschrei warf er sich auf sie und drückte sie mit seinem Gewicht auf die dünne Matratze.

»Du Schlampe, du verdammte Schlampe! Halt den Mund! Halt deinen verdammten Mund!« Er setzte sich rittlings auf sie und schlug sie wiederholt auf die Wange. Er keuchte schwer, und sie verstummte. Am liebsten hätte sie noch weitere Beleidigungen ausgestoßen, aber sie brachte kein Wort mehr heraus. Er riß das Oberteil ihres Kleides bis zur Taille hinunter, starrte auf ihr Mieder und fuhr dann langsam mit der Fingerkuppe über ihre Brüste. »Sehr hübsch«, sagte er. »Zweifellos bist du eine Jungfrau. Seit Owens Mutter vor fünfundzwanzig Jahren hatte ich keine Jungfrau mehr unter mir. Wie still du doch geworden bist, meine Liebe, oder soll ich Caroline sagen? Ich hasse deinen Namen, aber ich werde mich wohl daran gewöhnen müssen. Ich kannte einmal ein Mädchen mit dem Namen Caroline. Sie wollte mich nicht haben. Sie wollte deinen Vater. Tja, das Leben geht seltsame Wege. Aber dein Vater verliebte sich in deine Mutter, und Carolines Traum war ausgeträumt. Ich weiß nicht, was deiner Mutter eingefallen war, als sie dir den Namen Caroline gab, denn dein Vater hatte sicherlich gegen diesen Namen Vorbehalte. Vielleicht glaubte die andere Caroline, es sei die Idee deines Vaters gewesen, aus Bedauern darüber, daß er sie nicht geheiratet hatte. Eine Frage ohne Antwort. Sollen wir fortfahren, meine Liebe?«

»Fortfahren? Das ist Unsinn, und Sie wissen es. Sie könnten mein Vater oder Großvater sein.«

Er ohrfeigte sie erneut, nicht sehr heftig, aber es reichte, um ihren Kopf in das dünne Kissen zu drücken.

»Und jetzt wollen wir deinen restlichen Körper betrachten.« Er riß das Kleid auf, schien aber nicht weiter am Anblick ihrer Brüste interessiert zu sein. Sie spürte die kalte Nachtluft auf der Haut, sah seine alten Hände und hätte am liebsten in panischer Angst aufgeschrien, weil sie wußte, was ihr bevorstand. Er ließ von ihr ab, stellte sich neben dem Bett auf und begutachtete sie eingehend, dann nickte er, als ob er einen Beschluß gefaßt habe, und streifte die restliche Kleidung vom Leib.

»Sehr hübsch«, sagte er und ließ seinen Hausmantel fallen.

Sie schloß die Augen, spürte seine Hände auf dem Bauch, spürte, wie sie ihre Beckenknochen entlangstrichen, als ob sie Maß nähmen. »Du wirst viele Kinder austragen, bevor du daran zugrunde gehst. Meine arme Ann starb bei ihrer zweiten Niederkunft, das Kind mit ihr, aber es war nur eine Tochter und somit ziemlich wertlos für mich.«

»Wenn Sie mich vergewaltigen, töte ich Sie.«

Sein Kopf fuhr hoch. Sie blickte ihn fest an und wiederholte: »Wenn Sie mich vergewaltigen, töte ich Sie. Glauben Sie mir, ich meine es todernst. Außerdem werde ich Sie niemals heiraten. Niemals.«

»Oh, doch, das wirst du tun. Dir bleibt keine Wahl. Du bist erledigt, wenn du dich weigerst. Jeder würde dich schneiden. Du wärst wie eine Aussätzige, und dein Kind ein Bastard, auf den jeder spucken würde.«

»Das ist mir gleichgültig. Ich trete meine Erbschaft an. Sie können mich nicht zwingen, Sie zu heiraten.«

»Offen gestanden«, sagte er langsam, »ich kann es. Und jetzt wollen wir es hinter uns bringen.« Er strich mit den Händen über sein Geschlecht, zog daran, schloß die Augen und warf den Kopf in den Nacken.

Sie riß an den Fesseln, die ihre Handgelenke fest umschlossen, bis sie schließlich etwas nachgaben und sich lockerten. Sie hörte seinen japsenden Atem, vermied es aber, ihn anzublicken.

Dann war er über ihr, schob ihr die Beine auseinander. Ohne eine Sekunde zu überlegen, zog sie die Knie an die Brust und trat ihm so fest wie möglich in die Lenden. Er schwankte nach hinten, fiel auf den Fußboden, hielt sich den Leib und schrie und stöhnte, verfluchte sie, war aber völlig hilflos. Wenigstens für eine Weile. Ah, aber nicht für lange.

Sie fühlte klebriges, warmes Blut an den Handgelenken und riß und zerrte weiter an ihren Fesseln. Oh, lieber Gott, sie mußte sich befreien, bevor er wieder über ihr war! Endlich gelang es ihr, eine Hand mit dem glitschigen Blut am Gelenk frei zu bekommen. Dann die zweite. Er saß jetzt aufrecht, hielt sich aber immer noch stöhnend den Leib.
»Du verdammtes Biest!«
Sie packte das Holztischchen und kippte ihm die Platte auf den Kopf. Zum Glück konnte sie die einzige Kerze auffangen, bevor sie auf den strohbedeckten Boden flog.
»Oh, mein Gott, was hast du getan?«
Owen stand in der Tür. Das Haar stand ihm zu Berge. Er war barfuß und hatte das Hemd hastig in die Reithosen gestopft. Er starrte sie an, dann seinen Vater. »Ich habe ihm gesagt, er soll die Finger von dir lassen«, brachte Owen mühsam hervor. »Du lieber Himmel, Caroline, du bist nackt.« Überraschenderweise wandte er die Augen von ihr ab und blickte den Vater an, der jetzt zur Seite gerollt war, die Hände immer noch auf den Unterleib gepreßt. Er war bewußtlos. »Mein armer Vater. Du hast ihn niedergeschlagen. Ich bin hergerannt, um ihn aufzuhalten.«
»Tatsächlich?«
»Ja. Aber wie ich sehe, hast du mich nicht gebraucht. Ich glaube, du brauchst überhaupt keinen. Ich sagte ihm, du seist kräftig.«
»Ich weiß. Ich habe es mit angehört. Er ist nicht tot, aber wenn ich eine Pistole gehabt hätte, würde er jetzt nicht mehr leben. Jetzt dreh dich bitte um, Owen, ich möchte mich anziehen.«
Das war schnell geschehen. Der Umhang bedeckte ihr zerrissenes Oberteil.
»Was wirst du jetzt tun, Caroline?«
»Was kümmert dich das, du feiger Wurm?«
»Ich bin nicht feige. Ich kam, um dich zu retten. Er wird dich verfolgen, Caroline, und nicht aufgeben. Er braucht das Geld.«
Sie blickte ihn prüfend an, warf ihm den blutverschmierten Strick zu. Es war ihr Blut. »Binde ihm die Hände, Owen,

aber sorgfältig. Wenn nicht, schlage ich ihm diesen Stuhl auf den Kopf. Und dann kommst du an die Reihe.«
Owen tat, wie ihm geheißen. Wenn sie nicht alles täuschte, schien er sogar Gefallen daran zu finden. Plötzlich schlug der Vater die Augen auf, erblickte seinen Sohn, dann seine gefesselten Handgelenke. »Owen, mein lieber Junge, was hast du getan? Hast du dir diese elende Schlampe gefügig gemacht? Binde mich los, mein Junge. Schnell! Ah, ein Sohn sollte seinen Vater nicht unbekleidet sehen. Reich mir meinen Hausmantel.«
»Nein, Owen, den Hausmantel brauche ich. Wenn man deinen lieben Vater findet, wird er in seiner fetten Pracht einen unvergeßlichen Anblick bieten. Ja, Mr. Ffalkes, mir ist klar, daß wir uns in einer Abstellkammer der Stallungen befinden, in einem vergessenen Winkel, in den seit Jahren kein Tageslicht mehr gedrungen ist. Aber das ist gut so. Damit Ihnen sämtliche Dienstboten von Honeymead Manor zu Hilfe kommen, lasse ich die Tür weit offenstehen.«
Mr. Ffalkes blickte sie mit zornesroten Augen an. »Du verdammtes Weibsstück, damit kommst du nicht davon. Ich bekomme dich, und dann wirst du diesen Tag bereuen.«
Sie lachte. Diesmal frei von Angst. Sie lachte eine Weile aus vollem Hals. Dann blickte sie zu Owen hinüber und glaubte ihren Augen nicht zu trauen. Er hielt eine Pistole in der Hand. Er war tatsächlich gekommen, um seinem Vater Einhalt zu gebieten. Aber warum zog er jetzt die Waffe? Blitzschnell entriß sie ihm die Pistole und stieß ihn zurück. Sie wandte sich zu Mr. Ffalkes um. Wie genoß sie es, ihn zu ihren Füßen liegen zu sehen! »Sie haben sogar ein Bett in dieses Loch gestellt. Wie vorausschauend von Ihnen! Vielen Dank. Und jetzt, Owen, hör mir gut zu, denn ich sage es nur einmal. Du kehrst sofort ins Haus zurück. In meinem Schlafzimmer findest du meinen Koffer. Bring den Koffer hierher. Ich erwarte dich in fünf Minuten zurück. Wenn du nicht kommst oder jemanden mitbringst, erschieße ich deinen Vater. Und dann dich. Dazu bin ich imstande, Owen. Es ist mein Ernst.«

»Das tut sie nicht, Owen. Sie ist ein Weib. Das bringt sie nicht über sich. Glaub ihr kein Wort ...«
Sie hob die Pistole, sah, daß sie zwei Kugeln enthielt, zielte und feuerte. Mr. Ffalkes schrie auf. Die Kugel zerriß den Holzfußboden eine Handbreit von seinen Füßen entfernt.
»Los, Owen. Geh schon!«
Sie blickte zu ihrem ehemaligen Vormund hinunter. »Wenn ich jetzt versehentlich auf den Abzug drücken würde, Sir, wer würde dann mein Vermögen verwalten?«
»So leicht werden Sie nicht davonkommen, Miß Derwent-Jones. Ich hetze Ihnen die Polizei auf den Hals, und die bringt Sie wieder zurück.«
»Warum?«
»Warum nicht, verdammt noch mal?«
»Warum sollte mich jemand – außer Ihnen, natürlich – hierher zurückbringen wollen? Ich bin jetzt neunzehn, und Sie werden mir mein Erbe übertragen, nachdem ich mich in meinem neuen, äh ... Haus eingerichtet habe.«
»Welches Haus? Sie besitzen kein anderes Haus. Wo wollen Sie denn hin, Sie kleine Närrin?«
»Glauben Sie im Ernst, ich würde Ihnen das erzählen? Ich wäre eine Närrin, wenn ich das täte.«
»Tun Sie, was Sie wollen. Ich werde Sie finden, und dann werden Sie es bedauern.«
»Sparen Sie sich diese kindischen Drohungen«, erwiderte sie und fügte kühl hinzu: »Ich wünschte, in dieser Pistole wären drei Kugeln.«
Owen tauchte in der Tür auf. In der Hand hielt er ihren Koffer. Er trug feste Stiefel und einen Tuchmantel. Ein alter Filzhut saß ihm tief in der Stirn.
»Owen, wir beide werden einen kleinen Ausritt machen.« Sie drehte sich zu Mr. Ffalkes um. »Ich nehme Ihren Sohn als Geisel mit, Sir. Wenn Sie etwas unternehmen, werde ich ihm den rechten Arm abschlagen. Owen braucht seinen rechten Arm. Er braucht jeden Körperteil, den er hat. Haben Sie mich verstanden, Sir?«
Roland Ffalkes fluchte fürchterlich.

»Vater, bitte, in Gegenwart einer Dame solltest du nicht so sprechen.«
Caroline befürchtete, Mr. Ffalkes werde einem Erstikkungsanfall erliegen.
Owen schüttelte nur den Kopf und verließ die Abstellkammer, gefolgt von Caroline, die ihm die Pistole auf den Rücken richtete.

Zwei volle Stunden lang sagte Owen kein Wort. Sie ritten auf einer Landstraße. Die Luft war trocken und frostig und durch den Regen der vergangenen Tage angenehm frisch. Es herrschte vollkommene Stille; kein Laut außer dem Hufschlag der Pferde war zu hören. Schließlich unterbrach er sein Schweigen: »Ich hätte meinen Vater nicht nackt liegenlassen sollen. Die Dienstboten werden ihn finden, und es wird für ihn wie für sie sehr peinlich sein. Er bietet keinen schönen Anblick, Caroline.«
»Er hat mich mehrmals ins Gesicht geschlagen. Er war drauf und dran, mich zu vergewaltigen, Owen. Hat er das nicht verdient?«
»Du hast ihn in den Unterleib getreten. Du bist kein Mann, Caroline, und weißt nicht, wie schmerzhaft das ist. Es ist wirklich furchtbar.«
»Hat dich eine Frau dorthin getreten, Owen?«
»Nein, aber als Junge hat mich einer meiner Spielkameraden mit dem Ball getroffen. Woher wußtest du überhaupt, daß man das macht?«
»Meine Mutter hat es mir beigebracht. Eines unserer Dienstmädchen wurde damals vergewaltigt, und meine Mutter war außer sich. Sie sagte, keine Frau sei zu jung, um nicht zu wissen, wie sie sich wehren kann. Ich glaube, die näheren Einzelheiten dieser Methode hat sie bei meinem Vater erfragt. Nachdem sie mich unterwiesen hatte, lächelte mein Vater und strich mir über den Kopf. Er meinte: ›Jetzt habe ich eine kleine Amazone, und das ist richtig so.‹«
»Es setzt einen Mann sofort außer Gefecht. Als mich der Ball traf, dachte ich, ich müsse sterben.«

Sie lächelte, obwohl sie wußte, daß er es nicht sehen konnte. Es war noch dunkel bis auf das blasse Licht des Viertelmonds, der durch das Geäst der Bäume am Wegrand schien. »Ich freue mich, daß es deinem Vater weh tat. Er ist kein netter Mensch.«
»Was hast du vor? Wohin bringst du mich?«
»Du warst stumm wie ein Fisch, seit wir Honeymead Manor verlassen haben. Du hieltst es nicht für nötig, auch nur ein Wort an mich zu richten. Wieso jetzt diese Fragen?«
»Ich mußte mir eine Weile überlegen, was ich sagen will und in welcher Reihenfolge.«
Sie glaubte ihm. So war Owen nun einmal. Allmählich breitete sich in ihr das Gefühl aus, daß es eine verrückte Idee war, ihn mitzunehmen. Sie wußte, wenn er einen Fluchtversuch unternähme, könnte sie nicht auf ihn schießen. Großer Gott, sie hatte ihm nicht einmal die Hände gefesselt. Wenn er wollte, konnte er seinem Pferd in die Rippen treten und auf der Stelle kehrtmachen.
»Wir beide, Owen, reiten nach Cornwall.«
»Cornwall? Ich war einmal in St. Austell. Das war ziemlich abgelegen. Warum ausgerechnet in diese gottverlassene Ecke?«
»Meine Tante lebt dort. Ich habe sie seit drei Jahren nicht mehr gesehen. Sie wird mich aufnehmen. Sie war die Schwester meiner Mutter. Dein lieber Vater hat mir nicht gestattet, Honeymead Manor zu verlassen. Daher konnte ich sie nie besuchen, noch war ihre Anwesenheit in meinem Haus erwünscht, aber sie lachte nur darüber und besuchte mich so oft wie möglich im Internat in Chudleigh, in diesem Gefängnis, in das dein Vater mich jahrelang eingesperrt hatte. Dein Vater ist ein Ekel, Owen.«
»Weißt du, wie viele Tage wir brauchen, um nach Cornwall zu gelangen? In welcher Gegend von Cornwall wohnt deine Tante?«
»Wir sind bereits im Neuen Forst, Owen. Vielleicht noch drei oder vier Tage, würde ich sagen, vielleicht auch weniger. Ich werde dir nicht den Ort nennen. Du könntest auf

den Gedanken kommen, zu fliehen und es deinem Vater zu verraten. Wir werden nachts reiten und tagsüber ruhen. Ich habe deinem Vater Geld gestohlen. Es müßte genügen.«
»Was hast du mit mir vor, wenn wir Cornwall ungehindert erreichen?«
Sie schien gründlich nachzudenken. »Das weiß ich noch nicht, Owen. Vielleicht wird dein Vater Vernunft annehmen, wenn ich dich als Geisel behalte. Vielleicht ist er bereit, alle Dokumente zu unterschreiben – oder was er tun muß, um mich in den Besitz meines Vermögens zu bringen.«
»Das wird er nicht tun, Caroline.«
»Dann werde ich ihm einen Körperteil nach dem anderen von dir zuschicken, Owen.«
»Zum Beispiel einen Finger?«
»Ja, oder eine Zehe oder ein Ohr.«
Er sagte nichts mehr und versank in tiefes Schweigen, bis sie Steepleford erreichten. »Ich hatte nie die Absicht, dich zu heiraten, Caroline. Du bist schön und was weiß ich, aber trotzdem bist du nicht das, was du sein solltest. Ich wollte dich retten, aber du brauchtest mich nicht. Du hattest keine Hemmungen, meinen Vater niederzuschlagen, obwohl er nur versuchte, seine Mannespflicht zu erfüllen.«
»Mannespflicht? Ist das deine Bezeichnung für Vergewaltigung?«
»Er nannte es so.«
»Ja, ich weiß. Ich habe eure Unterhaltung im Herrenzimmer mitgehört. Wäre dein Vater nicht so mißtrauisch gewesen, hätte er meine Flucht nicht bemerkt und läge jetzt nicht nackt in der Abstellkammer und würde morgen früh den Stallknecht durch seinen Anblick erschrecken.«
»Und mich erschreckt der Gedanke, daß du meine Stiefmutter wirst.«
»Ich werde nie und nimmer Stiefmutter werden, Owen, und bestimmt nicht deine.«
»Oh, doch. Er wird dich finden. Der Himmel weiß, was er mit mir machen wird, aber er wird dich heiraten, Caroline,

und das kannst du nicht verhindern.« Er sprach derart bestimmt und überzeugt, daß ihr für einen Augenblick das Blut in den Adern gerann. Dann erkannte sie, daß Owen seinen Vater aus der Sicht eines Jungen und nicht eines Mannes betrachtete. »Weißt du, Owen, vielleicht wird dieses Abenteuer für uns beide sein Gutes haben. Im Augenblick bist du noch mein Gefangener – vergiß nicht, daß ich skrupellos und gemein sein kann –, aber wenn wir bei meiner Tante angekommen sind, dann wirst du sehen, wie anders die Welt ohne deinen Vater ist, der dir vorschreibt, was du zu tun und zu lassen hast.«

»Er bekommt dich«, war alles, was Owen antwortete, und seine Worte klangen so inbrünstig wie das Bekenntnis eines frisch bekehrten Christen. »Und dann wirst du meine Stiefmutter.«

Beide schauderte es bei diesem Gedanken.

Ein dicker Regentropfen fiel auf Carolines Kopf. »Du meine Güte«, stöhnte sie und blickte zum Himmel, »warum kann denn nicht einmal etwas einfach sein?«

»Den Regen schickt uns mein Vater.«

4

Mitten in der Nacht setzte wieder ein gleichmäßiger, kalter Regen ein. Owen und Caroline froren und waren bis auf die Haut durchnäßt, ritten aber weiter. Ab und zu machten sie in einem Gasthof Rast, tranken einen warmen Tee und trockneten die Kleider so gut wie möglich am Kaminfeuer im Schankraum. Am nächsten Morgen stiegen sie im Gasthof *Zum schwarzen Haar* in Dorchester ab, entledigten sich ihrer nassen Kleidung und fielen in einen traumlosen Schlaf.

Am zweiten Abend klarte das Wetter endlich auf. Caroline zog sich schnell an, trat an das kleine Fenster des Fremdenzimmers und blickte hinaus. Im Hof standen einige Pferde und eine Kutsche. Es regnete nicht mehr. Dem Herrn sei Dank! Sie reckte die Arme über den Kopf und fuhr sich durchs Haar. Es war bereits elf Uhr nachts. Der Schlaf hatte sie erfrischt und Owen sicherlich auch. Das schloß sie aus dem tiefen Schnarchen, das sie aufgeweckt hatte. Es war höchste Zeit, daß sie weiterritten. In Decken gehüllt, schlief Owen neben ihrem Bett am Fußboden. Vorsichtig stieß sie ihn mit der Fußspitze an.

»Komm, Owen, aufwachen. Es ist spät, und wir müssen heute nacht bis Plymouth reiten, bevor wir uns wieder ausruhen können. Es regnet nicht mehr, und wir haben es leichter. Komm schon!«

Owen rollte sich auf den Rücken, öffnete die Augen und blickte zu ihr herauf. Er blinzelte. Er stöhnte. Sie senkte die Kerze, um ihn genauer betrachten zu können. Sein Gesicht war rot und fieberheiß.

Sie starrte ihn fassungslos an. Er war krank, verdammt noch mal! Wie konnte dieser Trottel krank werden?
»Owen, sprich mit mir. Lieg nicht rum und stöhne, sag etwas.«
Er blickte sie aus verschwommenen Augen an. »Caroline, mir geht es nicht gut.«
Du meine Güte! Das hörte sich furchtbar an. Sie kniete sich neben ihn und legte ihm die Hand auf die Stirn. Ja, er war krank. Er war sehr krank. »Komm, ich helfe dir in mein Bett.«
Er war nicht sehr schwer, aber seine Glieder waren schlaff, und sie hatte Mühe, ihn in das Bett zu hieven. Dann deckte sie ihn mit sämtlichen verfügbaren Decken zu, blickte ihn besorgt an und überlegte, was zu tun sei.
Zurücklassen konnte sie ihn nicht. »Verdammt, Owen! Wenn ich dich nicht so gut kennen würde, könnte ich annehmen, du tätest es mit Absicht.«
Owen stöhnte.
»Sag jetzt nur nicht, das hätte uns auch dein Vater eingebrockt.«
Owen schluckte.
»Oh, ich glaube dir ja, daß du krank bist. Du bist viel zu ehrlich, um mir etwas vorzuspielen.« Dann ging sie die Treppen des Gasthofs *Zum Schwarzen Haar* hinunter. Das Treppenhaus war schmal und dunkel. Sie folgte dem Lärm der grölenden Männer in der Schenke und steckte den Kopf in den dämmrigen, von dichten Rauchschwaden durchzogenen Raum. Sie suchte den Wirt. Er war nicht größer als sie, rund wie ein Faß. Die riesige weiße Schürze war so verschmutzt, daß sie mehr als einen Tag alt sein mußte. Er stand am Kamin und unterhielt sich mit einem allein sitzenden Mann, der die Beine weit von sich gestreckt hatte. Sie huschte in den niedrigen Raum, schlängelte sich an den Holztischen vorbei und ging auf den Wirt zu.
Plötzlich verebbte der Lärm. Männer starrten sie an, zuerst stumm, bis einer von ihnen fragte: »Wer issn das, Meckie?«
»Sieh einer an! Wohl ein Vögelchen, das mit uns spielen will. Clorie muß sich uns wohl mit ihr teilen. Komm, mein

Vögelchen, komm her, und du bekommst einen Humpen Bier und einen feuchten Schmatz.«
Sie beachtete die Männer nicht und hielt die Augen auf den Wirt gerichtet, der immer noch mit dem Gast am Kamin sprach.
Eine Hand zog sie am Rock.
»Ei, mein Schätzchen, wohin so eilig? Meckie lädt dich zu 'nem Schluck ein. Kannst gleich aus seinem Krug trinken. Na?«
Sie drehte sich langsam und völlig unerschrocken um. Es waren nur Männer, einfache Arbeiter, die bei ein, zwei Krügen Bier Ansprache und Gesellschaft suchten wie die Landarbeiter in Honeymead, die für ihre Pächter arbeiteten. Sie lächelte freundlich. »Nein, vielen Dank, Mr. Meckie. Ich muß mit dem Wirt sprechen, mit Mr. Tewksberry.«
»Donnerwetter, Mr. Meckie hat sie zu dem gesagt, als ob er jemand Wichtiges ist.«
»Ich bin wichtig, du Möwenhirn. So, mein Schätzchen will also mit dem alten Tewksberry sprechen, wie? Hast du das gehört, Walt? Jetzt müssen wir sie zu dritt teilen.«
»Hier wird nicht geteilt, Sir. Lassen Sie bitte meinen Rock los.«
Endlich blickte Mr. Tewksberry auf.
Walt gab sie nicht frei. Einen Augenblick lang blieb sie unschlüssig stehen, dann zuckte sie die Schultern, sah Walt und Meckie nachsichtig an, nahm Meckies Humpen und trank ein paar kräftige Züge daraus. Kribbelnd und sprudelnd landete das Getränk in ihrem Magen. Die Augen traten ihr hervor, sie schüttelte sich und hustete. »O mein Gott, was war denn das? In meinem Bauch wird es heiß und kalt.«
Die Männer lachten und schlugen mit den Krügen auf die Holztische. »Noch ein Bier für das Vögelchen! He, Clorie, noch eins für unsere kleine Freundin.«
»Nein, vielen Dank. Es war genug.«
Meckie, der von einer Weibsperson lange nicht mehr so angetan war wie von Caroline, zog sie auf seinen Schoß.

»Na, das hab' ich mein Lebtag nicht erlebt, trinkt die Kleine doch das Bier in einem Zug aus! Gib mir 'nen Kuß, Schätzchen.«
Caroline blickte ihn stirnrunzelnd an. In dem schummrigen Licht sah sie den benebelten Blick des Mannes und die schwarzen Barthaare am Unterkiefer, die er beim Rasieren übersehen hatte. Sie roch den Stalldunst, der von seinem Körper und seiner Kleidung aufstieg. »Mr. Meckie, Sie müssen mich jetzt aufstehen lassen. Ich danke Ihnen für das Bier, aber ich möchte nichts mehr trinken. Das war eine Erfahrung, die ich so bald nicht zu wiederholen gedenke. Falls Sie es wissen wollen, mein Bruder ist krank, und ich muß einen Arzt holen. Würden Sie mir helfen?«
»Ist Ihr Bruder der dünnhäutige Bursche, der so schmächtig aussieht?« fragte Walt und beugte sich zu ihr vor.
»Ja, das ist Owen. Wo gibt es hier einen Arzt? Ich bin in großer Sorge um ihn.«
Mr. Tewksberry verließ seinen Gast und kam zu der Gruppe herüber. Er schien nicht sehr erfreut zu sein. Wenigstens, so hoffte sie, würde er ihr die Männer vom Leibe halten. Er brüllte sie beinahe an. »Miß Smith, Ihr Bruder soll krank sein? Was soll das, Missie, das ist doch nicht Ihr Bruder! Das ist wohl eher ein junger Mann, den Sie schamlos ausnehmen. Vergiß sie, Meckie, die ist zu gerissen für dich und Walt und für euch alle hier. Ja, das ist 'ne Raffinierte, 'ne Dirne ist sie, die hier unter meinem Dach üble Dinge treibt. Ich würd' mich nicht wundern, wenn sie den armen Jungen nur wegen seiner Kröten nach oben geschleppt hat und uns jetzt einreden will, der Arme ist krank. Haben Sie ihn vergiftet, Miß Smith?«
Sie war völlig überrascht. Er hielt sie für eine Dirne? Für schamlos? Ihr verschlug es die Sprache.
»Mach dir nicht in die Hosen, Tewks. Die Kleine ist nett und hat niemandem was getan. Ja, der Bursche ist ihr Bruder. Sie ist 'n anständiges Ding, und er ist 'n bißchen schwach auf der Brust. Der muß ihr Bruder sein.«
»Laß es dir gesagt sein, Meckie, die hat es dick hinter den Ohren sitzen und ...«

»Mein guter Tewksberry, worum geht es denn hier?«
Das war der Herr, der allein am Kamin saß. Seine Stimme klang tief und ruhig und etwas belustigt. Sein Anblick war nicht unangenehm.
»Entschuldigen Sie, Mylord. Es geht um diese junge Weibsperson hier. Behauptet, der Bursche oben wäre ihr Bruder, und der wäre krank. Sie ist ...«
»Warum glauben Sie ihr nicht?«
»Sie brauchen sie nur anzusehen, Mylord. Sitzt breit auf Meckies Schoß, als ob sie nichts anderes gewohnt wäre. Und sehen Sie sich Clorinda da drüben an. Die ist fuchsteufelswild, weil sie Angst hat, die Kleine schnappt ihr die Kunden weg. Clorinda wird ihr gleich die Haare ausreißen. Dann geht das Gezeter los, und das halten meine Nerven nicht aus. Haben Sie nicht gesehen, wie die das Bier runtergekippt hat? Welche Lady tut das?«
»Diese Lady«, antwortete Caroline schlicht. »Es ist das erstemal, daß ich in meinem Leben Bier getrunken habe, und dabei wird es auch bleiben. Es ist sehr stark. Gibt es ein Gesetz, das Frauen verbietet, Bier zu kosten?«
»Ha«, machte Mr. Tewksberry.
»So«, sagte der Mann, der ein Lord war, »Sie sind eine Miß Smith?«
»Nicht ganz, aber es erschien mir angebracht.« Sie wandte sich um und lächelte Meckie zu. »Sie müssen mich jetzt loslassen, Mr. Meckie. Ich muß einen Arzt für meinen Bruder holen. Außerdem möchte ich nicht, daß Clorinda mir die Haare ausreißt.«
»Mit Clorie ist nicht zu spaßen, wenn sie wütend wird. Am besten, du läßt sie los, Meckie.«
»Wir werden den Arzt für Sie holen, Missie«, verkündete Meckie, während er sie auf den Boden stellte. Als er sich erhob, stand unmißverständlich fest, daß er der größte Mann war, den sie je gesehen hatte. Sie lächelte zu ihm hinauf.
»Vielen Dank, Mr. Meckie.«
Meckie verbeugte sich, küßte ihr die Hand und sagte: »Sie sind ein nettes Mädchen. Bleiben Sie hier, und kommen Sie

Clorie nicht zu nahe.« Dann verbeugte er sich wieder, jetzt etwas geschickter als beim erstenmal, da er ja Übung hatte. Mit dröhnendem Baß rief er den anderen Männern etwas zu, die sich wie gehorsame Soldaten um ihn scharten.

»Also, Missie, ich lass' nicht zu, daß Sie ...«

»Einen Augenblick, bitte, Mr. Tewksberry. Ich möchte mit Miß Smith sprechen. Bringen Sie ihr eine Tasse Tee und sagen Sie Miß Clorinda, ich sorge dafür, daß dieses Täubchen nicht in ihrem Revier wildert.« Er wandte sich zu ihr um und lächelte verschmitzt. »Möchten Sie auf meinem Schoß sitzen, oder genügt auch ein Stuhl?«

»Sie sind nicht so groß wie Mr. Meckie. Sie könnten mich fallen lassen. Es ist wohl besser, wenn ich auf einem Stuhl Platz nehme.«

Er blickte sie eine Weile an. »Auf den Mund gefallen sind Sie nicht«, meinte er schließlich. »Ich kann mich nicht erinnern, eine derart schlagfertige junge Frau erlebt zu haben.«

Er führte sie zu seinem Tisch am Kamin und schob ihr einen Stuhl zu. »Nehmen Sie Platz, Ma'am. Sicher ist sicher. Ich möchte auf keinen Fall riskieren, daß Sie mir vom Schoß rutschen.«

»Danke, Sir.«

Er setzte sich wieder auf seinen alten Stuhl und streckte die Beine zum Kamin hin aus. Er wirkte nachdenklich und meinte dann stirnrunzelnd: »Wie haben Sie das fertiggebracht?«

»Was?«

»Mit diesen Männern umzugehen. Sie wirkten doch furchterregend und hatten schon einiges getrunken, aber dann wäre dieser Meckie am liebsten vor Ihnen in die Knie gegangen, um Ihnen ewige Ergebenheit zu schwören. Wie haben Sie das geschafft?«

»Das weiß ich wirklich nicht. Ich mochte die Männer, weiter nichts. Sie erinnern mich an die Landarbeiter in dem Dorf, wo ich wohne. Es sind Männer, die ein wenig über den Durst trinken, um ihre Sorgen zu vergessen. Sie waren freundlich, weil sie merkten, daß sie sich nichts vergaben.«

»Ich glaube, sie sind nicht immer zu allen Frauen so freundlich, die sich allein in ihre Domäne wagen. Bei Ihnen war es eine Ausnahme. Tja, belassen wir es bei dem Rätsel. Ah, vielleicht war es das Wetter. Der widerliche Abend wurde etwas weniger widerlich.«
»Ja, aber ich bin gerade aufgewacht und kann dazu nichts sagen. Jedenfalls hat es jetzt zu regnen aufgehört. Ich reite ungern im Regen. Er hat uns sehr aufgehalten.«
Sie hielt sich die Hand vor den Mund, riß die Augen auf und sah wie ein königstreuer Soldat aus, der vor dem Feind versehentlich ein militärisches Geheimnis preisgegeben hat.
»Wenn Ihr Bruder krank ist«, meinte er gleichgültig, »dann können Sie heute abend nicht weiterreiten.«
»Gestern nacht und heute morgen sind wir bei strömendem Regen geritten. Wir waren naß bis auf die Haut. Ich dachte, wenn wir uns gut ausschlafen, erkälten wir uns nicht. Owen ist nicht sehr kräftig.«
»Owen, ist das der Dünnhäutige?«
»Sie haben gehört, wie Walt das sagte? Ich hoffe immer noch, ich kann ihn überreden, sich einen Bart wachsen zu lassen, um die dünne Haut zu bedecken. Was meinen Sie?«
»Ich meine, ich müßte sein schwaches Kinn aus nächster Nähe betrachten, bevor ich ihm zu einem Bartwuchs rate.«
»Das wird nicht nötig sein, Sir. Wenn Mr. Meckie mit dem Arzt zurückkommt, wird er Owen eine wirksame Medizin verabreichen, und morgen sind wir wieder unterwegs.«
»Darf ich fragen, wohin Sie der Weg führt, Ma'am?«
»Nach Cornwall.«
Er schwieg und hob fragend eine dunkle Augenbraue.
»Ich hatte eigentlich nicht die Absicht, Sir, Ihnen meine Reisepläne darzulegen. Es ist mir unerklärlich, warum ich Ihnen bereits soviel erzählt habe. Sie sind ein Fremder. Ich kenne Sie nicht. Sie könnten gefährlich sein. Sie könnten Komplizen haben, die vor dem Gasthaus auf ein Zeichen von Ihnen warten.«
»Ja«, sagte er. »Und alle diese Geschichten.«
Er sagte kein Wort mehr und blickte geradeaus in die glühende Asche. Er wirkte entspannt und zufrieden, und

sie hatte das Gefühl, daß ihm ihre Anwesenheit vollkommen gleichgültig war. Sie unterbrach sein Schweigen: »Sie sind allein, nicht wahr? Draußen wartet keiner auf Sie?«
»Ja, ich bin allein.«
Dann hörte sie sich sagen: »Mein Name ist nicht Smith.«
Langsam drehte er den Kopf zu ihr und sah sie an. »Nein«, antwortete er. »Das erwähnten Sie bereits.«
»Ich heiße Jones.«
Er blickte sie an. Dann lächelte er. Eigentlich war es zuerst mehr ein Strich, zu dem sich seine Lippen verzogen hatten, aber dann wurde ein Lächeln daraus und schließlich ein herzhaftes Lachen.
Sein Lachen klang wunderbar, und sie hörte, wie sie ohne Zögern sagte: »Es ist nicht nur Jones allein, aber ich halte es auch diesmal wieder für besser, Ihnen nicht meinen vollen Namen zu sagen. Ich werde nicht aus mir schlau. Sie bitten mich nicht, noch fordern Sie mich auf, Ihnen von mir zu erzählen, und doch öffne ich freiwillig meinen Mund und plaudere alles aus. Sehr beunruhigend. Sie sind ein gefährlicher Mensch.«
»Dann können wir genausogut bei Smith bleiben, obwohl Smith nicht sehr phantasievoll ist, aber Jones ist es auch nicht.«
»Wer sind Sie, Sir?«
»Ich? Ich bin Chilton.«
»Chilton? Was für ein Chilton? Mr. Tewksberry redete Sie mit Mylord an.«
»Ja, ganz richtig. Lord Chilton paßt zu mir wie maßgeschneidert. Ich bin ein dutzendmal hier gewesen. Tewksberry liebt es, wenn ein Gentleman ab und zu seine vier Wände beehrt. Ich glaube, er befürchtete, die Dirne auf Meckies Schoß könnte mich aus seinem Gasthof vertreiben. Er war drauf und dran, sie am Schlafittchen zu packen und vor die Tür zu setzen.«
»Wo fahren Sie hin?«
»Nach London. Ich habe dort Geschäftliches zu erledigen. Aber das dürfte Sie nicht interessieren, Miß Smith. Oh, hier ist Ihr Tee. Trinken Sie ihn in Ruhe aus, während ich

hinaufgehe und nachsehe, ob Ihr dünnhäutiger Bruder noch unter den Lebenden weilt.«
»O nein!« Sie sprang vom Stuhl auf und warf die Teetasse um. Sie sah, wie die braune Flüssigkeit über den Tisch auf ihren Rock floß.
»Wie darf ich das verstehen, Miß Smith?«
»Mein Bruder würde Ihren Besuch nicht wünschen. Sie sind ein Fremder. Sie würden ihn erschrecken, und er könnte einen Anfall bekommen. Bitte, Sir ...«
Er blickte sie wieder ruhig und gelangweilt an und, um bei der Wahrheit zu bleiben, vollkommen gleichgültig.
»Tewksberry«, rief er, »eine zweite Tasse Tee, bitte, und ein Tuch! Miß Smith versuchte, ihr Kleid zu waschen.«
»Danke«, antwortete sie. Er nickte nur und beachtete sie nicht weiter. Wieder hörte sie sich ohne Zögern sagen: »Ehrlich gesagt, mein Bruder bekäme keinen Anfall, wenn er Sie, einen Fremden, erblickte. Statt dessen könnte er Dinge ausplaudern, die nicht für andere Ohren bestimmt sind.«
»So wie Sie jetzt mir gegenüber alles ausplaudern, Miß Smith?«
»Oh, du lieber Himmel, vielleicht tue ich das gerade wieder und will es gar nicht. Ich laufe ständig Gefahr, zu gesprächig zu sein. Ich verstehe es nicht.«
»Vielleicht sind Sie katholisch, und ich erinnere Sie an einen Priester aus Ihrer Kinderzeit?«
»O nein, durchaus nicht. Die Priester, die ich kannte, sahen alle blaß aus, weil sie nie ins Freie gingen.«
»Wie heißt der Ort in Cornwall, zu dem Sie möchten? Nein, plaudern Sie ihn nicht sofort aus. Lassen Sie mich raten. Sehen Sie, ich lebe in Cornwall und überlege, ob wir vielleicht Nachbarn werden.«
»Überlegen Sie.«
»Also schön. Ich bin in der Nähe von Goonbell zu Hause.«
»Das haben Sie sich ausgedacht. Oh, vielen Dank, Mr. Tewksberry. Tut mir leid, daß ich den Tee verschüttet habe. Er duftet köstlich.«

Mr. Tewksberry räusperte sich, als er sah, daß Lord Chilton die Anwesenheit der Dirne durchaus nicht als störend empfand, und brachte ein verkniffenes Lächeln zustande. »Ich werde Ihnen Clorie fernhalten, Miß«, verkündete er, »aber glücklich ist sie nicht, nein, das ist sie nicht. Sie traut Ihnen nicht über den Weg.«

»Sehr freundlich von Ihnen, Mr. Tewksberry. Sie sagten Goonbell, Sir? Ein absurder Name. Den haben Sie sich bestimmt ausgedacht.«

»Gut. Sie haben mich durchschaut. Ich lebe nicht weit von Playing Place entfernt, ganz in der Nähe von Cripplesease.«

Sie lachte, verschluckte den Tee und prustete ihn auf das Oberteil ihres Kleides. »Du meine Güte, sehen Sie doch, was Sie da angerichtet haben!«

»Jetzt sind Sie überall naß, nicht nur am Rock.«

»Playing Place, welch ein Unsinn. Cripplesease, das klingt unmöglich.«

»Twelveheads.«

»Ich kann keinen Tee trinken, sonst mache ich Sie noch naß, und das wäre nicht auszudenken.«

»Also, einer dieser Namen ist richtig – oder fast richtig.«

»Wissen Sie, wo ich herkomme, Sir?«

Wieder hob er fragend eine dunkle Augenbraue und schwieg. Nach einer Weile meinte er: »Nein. Aber ich wette, Sie werden es sofort ausplaudern, wenn ich hier sitzenbleibe.«

»Ich komme aus Affpuddle.«

»Ein wunderschönes Fleckchen Erde. Ich habe dort ein paar sehr angenehme Wochen mit meiner Geliebten, Mrs. Oddsbottle, verbracht.«

Sie gab auf, trank ihren Tee, saß einfach da, bemühte sich, ihren Mund zu halten, und wartete auf Mr. Meckie und den Arzt.

»Ja, Isabella Oddsbottle. Ich habe ihr zugeredet, ihren Namen offiziell ändern zu lassen, aber sie weigerte sich. Sie meinte, Isabella gefalle ihr sehr gut, außerdem sei es der Name ihrer Großmutter.«

Sie weigerte sich, in den Köder zu beißen, und Lord Chilton lehnte sich wieder auf dem Stuhl zurück, verschränkte die Arme über der Brust und wunderte sich über sich selbst. Er hatte sich mit einer fremden jungen Dame unterhalten, einer ziemlich exzentrischen, unbekannten jungen Dame, und er hatte es sehr amüsant gefunden. Was zum Teufel führte sie im Schilde? Nicht eine Sekunde lang hatte er ihr geglaubt, daß der kranke Owen oben ihr Bruder war. War sie mit ihm durchgebrannt?
Er würde abwarten. Seltsamerweise wollte er wissen, wer sie und Owen waren. Es war spät. Im Schankraum war es warm, und der Brandy hinterließ ein wohliges Gefühl im Magen. Er schlief ein.
Caroline starrte ihn an. Ihr Gegenüber war eingeschlafen. Dieser Mann besaß die Frechheit, vor ihr einzuschlafen.
Sie hörte, wie sich die Außentür des Gasthauses öffnete und verschiedene Männerstimmen gleichzeitig ertönten. Sie lächelte.
Mr. Meckie stand in der Tür zum Schankraum, leicht gebeugt natürlich, denn er war mindestens einen Fuß größer als der Türstock.
»Hier ist er, Missie. Walt hat an seinem Atem gerochen, viel getrunken hat er nicht. Und aufrecht und geradeaus gehen kann er auch noch. Also wird der alte Knochen Ihren Bruder schon nicht umbringen.«
»Gott sei Dank«, murmelte Lord Chilton, der nicht aufsah. »Das ist Dr. Tuckbucket.«
»Oh, nein«, gab sie zurück, als sie aufstand. »Hoffentlich heilt er auch Murmler, aber soviel ich weiß, können das fast alle Tuckbuckets.«
Sie hörte Lord Chiltons kehliges Lachen, als sie die Wirtsstube verließ.
Ein sonderbarer Mann, dachte sie, als sie Dr. Tuckbucket die schmale Treppe hinauf folgte, der tatsächlich beinahe ohne Mr. Meckies Beistand eine Stufe nach der anderen hinaufschritt.

5

Owen hatte sich eine böse Erkältung zugezogen. Dr. Tuckbucket flößte ihm ein ganzes Fläschchen seiner Hausmedizin ein, während Caroline den Kopf des Kranken stützte und ihm zuraunte, er solle nicht so wehleidig sein. Owen erwiderte hustend und schniefend, sie sei eine Xanthippe und viel zu gemein, um krank zu werden. Dr. Tuckbucket erklärte ihr unter vier Augen, ihr Bruder sei sehr krank und müsse gut eine Woche lang im Bett bleiben.

Einen Augenblick lang blickte sie den Arzt sprachlos an. »Eine Woche? O nein, Sir, das ist unmöglich.« Sie dachte an Mr. Ffalkes und sagte: »Mein Geld reicht nicht aus, um unseren Aufenthalt hier für eine Woche zu bezahlen.«

»Wenn ich bitten darf, Miß, bezahlen Sie mein Honorar sofort.«

»O ja, selbstverständlich. Sind Sie sicher, Sir? Eine volle Woche?«

»Wir müssen abwarten, aber es sieht nicht gut aus. Sein Aussehen gefällt mir ganz und gar nicht.«

»Er wird doch nicht sterben, oder?«

»Nein. Wenn Sie ihn gut pflegen und sich von Meckies Bierkrug fernhalten.«

Die Vorstellung, Owen zu pflegen, war gräßlich, aber es gelang ihr zu nicken. Mit der Stimme einer Verurteilten, die gerade ihr Strafmaß erfahren hat, sagte sie: »Geben Sie mir die nötigen Anweisungen, Sir, und die Medizin, die er braucht. Ich werde mich um ihn kümmern.«

Theorie und Praxis, das hatte Caroline sehr schnell begriffen, waren grundverschieden. Owen schlief unruhig, schlug manchmal wild um sich und warf die Bettdecken zu Boden. Das Fieber schien ihn von innen heraus zu verbrennen. Er zitterte am ganzen Leib und stöhnte jämmerlich, als das Fieber das Blut in seinen Adern zu Eis verwandelte.

Gegen vier Uhr morgens setzte sie sich endlich auf den einzigen Stuhl, der in der Kammer vorhanden war, und streckte die Beine von sich. Das Haar hing ihr in Strähnen ins Gesicht. Müde und zerschlagen blickte sie noch einmal zu Owen hinüber, der endlich in einen tiefen Schlaf gefallen war.

»Eine Geisel«, sagte sie. »Ich habe dich als Geisel mitgenommen, und verdammt noch mal, was hast du mir angetan?«

Er stöhnte wieder, und sie zwang sich, vom Stuhl aufzustehen. Vorsichtig legte sie ihm die flache Hand auf die Stirn. Sie fühlte sich kühl an. Gott sei Dank!

An der Tür klopfte es leise. Sie erschrak, dann schüttelte sie den Kopf über sich selbst. Mr. Ffalkes konnte nicht wissen, in welche Richtung sie geritten waren. Das war unmöglich. Das mußte Mr. Meckie sein. Eigentlich, dachte sie und atmete ein wenig auf, konnte sie jetzt einen kräftigen Schluck Bier gebrauchen.

Sie öffnete die Tür. Lord Chilton stand vor ihr, ganz in Schwarz gekleidet. Er lehnte träge am Türrahmen, wie eine Katze, die sich auf dem Fensterbrett sonnte. Die Arme hielt er lässig über der Brust verschränkt. Die dunkle Gestalt wirkte unheimlich und verschlossen, und sein Blick hatte etwas Bedrohliches. Sie lächelte zu ihm hinauf. »Es ist noch früh am Morgen, warum sind Sie schon wach?«

Er zog die Stirn kraus, und ihr Lächeln wurde um eine Nuance freundlicher. »Sie können auch eintreten. Es gibt nur eine Sitzgelegenheit. Vermutlich werden Sie den Stuhl beanspruchen, da Sie ein Lord sind und ich nicht.«

»Als Lord bin ich auch ein Gentleman. Vermutlich werde ich Ihnen als Gentleman den Stuhl überlassen müssen. Zum Glück verlangen Sie nicht, auf meinem Schoß zu sitzen.«

Jetzt wirkte er noch düsterer und bedrohlicher, und ihr Lächeln wurde wieder um eine weitere Nuance freundlicher. Er brummte in sich hinein, trat zum Bett und blickte prüfend auf Owen hinunter. Zuerst legte er die Hand auf Owens Wange, dann auf die Stirn, dann fühlte er den Puls am Hals des Kranken, nickte und setzte sich auf den Stuhl. »Ich bin müde«, sagte er und lehnte den Kopf zurück, »und im Augenblick fühle ich mich nicht wie ein Gentleman. Er ist Ihr Bruder, Sie können sich auf sein Bett setzen.«

Am liebsten hätte sie ihm auf die Füße getreten. Statt dessen fragte sie: »Was wollen Sie hier? Owen wird weiterschlafen.«

»Es mag Ihnen wie mir sonderbar erscheinen, aber als ich aufwachte, machte ich mir Sorgen um Sie und Ihren Bruder. Sie sind beide so jung und unerfahren. Ich nehme an, Sie wollen Ihren Bruder allein pflegen.«

»Ich kann mir nicht vorstellen, daß Clorie sich darum reißt.«

»Nein, wahrscheinlich nicht. Ehrlich gesagt, sie hat sich um mich gerissen.«

»Oh, tatsächlich? Zu so später Stunde? Sie sollten nicht so viel trinken, Sir. Das kann für Sie nicht gut sein.«

Er öffnete die Augen und warf ihr einen gleichermaßen verärgerten wie gelangweilten Blick zu, so daß sie zusammenzuckte. »Seien Sie keine Närrin«, war alles, was er sagte. Dann lehnte er sich wieder zurück und schloß die Augen.

Da der ›Gentleman‹ den einzigen Stuhl in Beschlag genommen hatte, mußte sie mit Owens Bettkante vorliebnehmen. Langsam und gedehnt ließ sich der Lord nach einer Weile vernehmen: »Dieses Zimmer ist eine Zumutung. Es ist klein und stickig. Es riecht nach Fieber. Wenn Sie nicht wollen, daß sich Ihr Bruder in Kürze auf Nimmerwiedersehen verabschiedet, dann sollten Sie Tewksberry um ein größeres Zimmer bitten.«

»Das kann ich mir nicht leisten.«

Er seufzte. »Das dachte ich mir. Wer zum Teufel sind Sie?«

»Ich bin weder die Besonnenheit noch die Vernunft, aber meinen Namen sage ich Ihnen trotzdem nicht. So dumm bin ich nicht, obwohl ich so müde bin, daß ich nicht mehr weiß, was ich vor zwei Minuten gesagt habe.«
»Wenn Sie etwas ausplaudern, werde ich Sie darauf aufmerksam machen.«
»Danke. Was haben Sie hier eigentlich verloren? Sie machen es sich bequem, behandeln mich wie eine Schwachsinnige und denken nicht daran, sich irgendwie nützlich zu machen.«
»Ganz richtig.« Er öffnete die Augen. »Sie sehen elend aus.«
»Sie können mich Rosemary nennen. Das ist mein Vorname.«
»Wie erfreulich.«
»Ich möchte nicht unhöflich erscheinen, Lord Chilton, aber warum begeben Sie sich nicht in Ihr Schlafzimmer?«
Er stand plötzlich vom Stuhl auf, zog einen Schlüssel aus der Tasche und reichte ihn Caroline. »Hier, nehmen Sie ihn. Es ist die Nummer sieben, rechts, am Ende des Korridors. Es ist das beste Zimmer in diesem verdammten Gasthof. Schlafen Sie sich ordentlich aus. Ich kümmere mich solange um Ihren Bruder Owen.«
»Ist das Ihr Ernst?«
»Ja, es ist mir todernst. Und der Tod wird Sie ereilen, wenn Sie sich jetzt nicht ausruhen. Gehen Sie gleich, solange meine Gutmütigkeit noch die Oberhand hat.«
»Er wird noch ein paar Stunden schlafen. Dann braucht er wieder Wasser. Dr. Tuckbucket sagt, ich soll ihm so viel Wasser einflößen wie einem durstigen Kamel.«
»Wo ist der Nachttopf?«
Sie blickte ihn fragend an.
»Wenn er wie ein Kamel trinkt, dann muß er sich auch erleichtern. Haben Sie das nicht bedacht, Rosemary? Nein, das geht mir nicht über die Lippen. Lassen wir es bei Miß Smith.« Er seufzte. »Wie ich sehe, sind Sie dieser Pflicht weder nachgekommen, noch haben Sie daran gedacht.«
»Du lieber Himmel, der Nachttopf steht unter dem Bett.«

Er nickte nur und wies zur Tür. »Gehen Sie schlafen, Miß Smith.«
Kopfschüttelnd ging sie zur Tür hinaus. Aus diesem Mann wurde sie nicht schlau. Sie fragte sich, was Tante Ellie sagen würde, wenn sie von diesem verrückten Abenteuer erführe. Sie hoffte inständig, dieses Unternehmen würde an Tante Ellies Türschwelle enden und einen guten Ausgang nehmen. Und Owen, der arme Owen! Er konnte nichts dafür, daß er krank wurde. Aber warum konnte er damit nicht warten, bis sie wenigstens in Cornwall waren? Sie hatte das untrügliche Gefühl, Mr. Ffalkes würde sie aufstöbern. Ja, sie wußte es sogar mit ziemlicher Sicherheit.

Caroline schlief gute sechs Stunden in Lord Chiltons bequemem Bett. Es war der Lord persönlich, der sie aufweckte, indem er mit einer Fingerspitze leicht über ihre Augenbrauen strich. Ein seltsames Gefühl war das. Auf der einen Seite beruhigte sie diese Berührung, und auf der anderen Seite fand sie sie irgendwie unpassend. Jedenfalls gefiel es ihr, und sie sagte nichts, sondern seufzte nur. Die Fingerspitze entfernte sich.
»Sie sind wach, Miß Smith. Kommen Sie, öffnen Sie die Augen! Es ist gleich Mittag, und ich habe mit Miß Clorinda harte Kämpfe ausgefochten, daß sie Ihnen eine Verschnaufpause gönnt und Ihnen nicht das hübsche Haar ausreißt. Es war nicht so einfach, ihr die Lage zu erklären. Erstens befinden Sie sich in meinem Bett, und zweitens zog sie ihre eigenen Schlußfolgerungen, nachdem Sie gestern abend auf Meckies Schoß saßen und sein Bier hinunterkippten.«
Sie wünschte, seine Fingerspitze würde wieder über ihre Augenbrauen streichen, aber dann öffnete sie die Augen und blickte ihn an. Er hatte sich über sie gebeugt, das Gesicht nur eine Handbreit von dem ihren entfernt.
»Ihre Augen sind sehr, sehr dunkel«, sagte sie. »Nicht schwarz, aber auch nicht braun. Waren Ihre Eltern Mohren?«
»Nein, aber meine Mutter hatte irisches Blut. Und meine Augen, so sagte man mir, seien sogar dunkler als ihre. Ab-

gesehen von den Augen bin ich der Sohn meines Vaters. Wenigstens äußerlich. Was den Rest anbetrifft, so bete ich jeden Morgen, daß ...« Er unterbrach sich und blickte sie stirnrunzelnd an. »Das wollte ich nicht sagen. Seltsam. Das ist mir noch nie widerfahren.«
Sie hob die Hand und zeichnete mit der Fingerspitze seine dunklen Augenbrauen nach. Zuerst die eine, dann die andere. Er rührte sich nicht, blickte nur mit undurchdringlichem Gesicht zu ihr herab.
»Wie geht es Owen?«
»Er klagt. Ein gutes Zeichen.«
Sie ließ die Hand sinken und tippte leicht an seine Schulter. Er richtete sich auf, als sie sich in den Kissen aufsetzte. »Wie kann er nur klagen und jammern! Er wird krank und zwingt uns, die Reise zu unterbrechen! Und jetzt beschwert er sich, als ob es meine Schuld wäre.«
»Er ist nur ein Mann, Miß Smith.«
»Ein Junge, der sich noch zu einem Mann mausern muß. Wenn er jetzt schon klagt, dann möchte ich nicht wissen, was in fünf Jahren los ist.«
Wieder lachte er in sich hinein, und sie freute sich, daß sie ihn dazu veranlaßt hatte. Sie lächelte ihn an, räkelte sich und stand aus seinem Bett auf. Mit den Zehenspitzen tastete sie nach ihren Schuhen und schlüpfte hinein. Dann hob sie den Fuß, um die Bänder zu binden.
»In Anwesenheit eines Gentleman benehmen Sie sich sehr ungeniert, Miß Smith. Sie zeigen mir sogar Ihre Fußknöchel. Diese Großzügigkeit bin ich bei jungen Damen nicht gewöhnt.«
»Dann schauen Sie nicht hin. Wo soll ich mir denn sonst meine Schuhe binden?«
»Ein gutes Argument. Kommen Sie, wir gehen hinunter und essen etwas zu Mittag. Owen wird von Miß Clorinda betreut. Ich wage zu behaupten, daß er bald fiebrig sein wird, aber aus einem anderen Grund.«
»Und der wäre? O nein! Sie wird ihn doch hoffentlich nicht mit Wein und Rindfleisch und anderen schweren Sachen verköstigen?«

»Nein, Miß Smith, sie füttert ihn mit Haferbrei, auf dem ein Klecks Honig thront.«
»Ausgezeichnet. Und jagen Sie mir nicht wieder so einen Schrecken ein. Oje, meine Haare!«
Er reichte ihr seinen Kamm, an dem noch ein dunkles Haar hing, und wies auf den kleinen Spiegel am Waschtisch. Er stand an der Tür. Die Arme über der Brust verschränkt, beobachtete er sie. Sie ordnete ihr Haar, dann erfrischte sie sich das Gesicht mit dem bereitstehenden Wasser und tupfte es mit einem weichen Handtuch ab.
Nur einmal in seinem Leben hatte er eine Frau bei ihrer Morgentoilette beobachtet. Er war noch ein kleiner Junge gewesen, aber das Bild hatte sich ihm eingeprägt, auch wenn ihr Gesicht nur ein verschwommener Schatten war. Für einen kurzen Moment durchfuhr ihn ein stechender Schmerz. Er erinnerte sich an eine gesummte Melodie, an ein Lächeln. Ein Lächeln, das ihm galt und ihn verzauberte. Er wandte sich um, öffnete die Tür und trat auf den engen, dunklen Flur hinaus.
»Kommen Sie, Miß Smith.«

Es war Mitternacht. Seit drei Tagen hielten sie sich im Gasthof *Zum schwarzen Haar* auf. Seltsamerweise war Lord Chilton nicht abgereist. Als Caroline ihn darauf ansprach, meinte er nur, ihn amüsiere die ganze Geschichte. Am liebsten hätte sie ihn geohrfeigt. Es klang so, als ob sie und Owen als tragikomische Figuren zur Unterhaltung seiner Lordschaft dienten. Trotzdem war sie für seine Anwesenheit dankbar. Ohne ihn, und das stand fest, hätte Mr. Tewksberry beide an besagtem Schlafittchen gepackt und vor die Tür gesetzt.
Sie wußte auch, daß Mr. Ffalkes auftauchen würde, und als es um Mitternacht an ihrer Zimmertür klopfte, blieb sie regungslos liegen. Die Tür sprang auf, knallte gegen die Wand, und Mr. Ffalkes stürmte in Lord Chiltons ehemalige Schlafkammer, die er vor zwei Tagen an Owen abgetreten hatte.
»Ah!«

»Guten Abend, Mr. Ffalkes. Wie haben Sie uns gefunden?«
»Wie ich euch gefunden habe? Verdammte Brut …«
»Ich bitte Sie, sprechen Sie nicht so laut, Sir. Ihr Sohn ist noch krank und schläft jetzt.«
Mr. Ffalkes knurrte etwas Unverständliches und blickte zu seinem Sohn, der zusammengerollt wie ein Igel unter einem Berg von Decken schlief. »Was fehlt ihm?«
»Wir sind eine ganze Nacht im Regen geritten, und da hat er sich erkältet. Er ist auf dem Weg der Besserung und dürfte zum Ende der Woche gesund sein.«
»Sie nehmen meinen Sohn als Geisel mit, und dann versuchen Sie ihn umzubringen?«
»Geisel? Eine Frau nimmt sich einen Mann als Geisel?«
Mr. Ffalkes fuhr herum, als er die Stimme hörte. Vor ihm stand ein Edelmann, darüber bestand kein Zweifel. Aus zwei Meilen Entfernung erkannte er einen Edelmann als solchen. Die Arroganz, die herablassende Haltung, die gekünstelten Manieren, die gedehnte Sprechweise – das alles versetzte ihn in Rage. Er hätte auf einem reicheren Bettlaken zur Welt kommen müssen, wie sein Vetter, dieser verdammte Adlige, der zum Glück vor längerer Zeit gestorben war.
»Ja«, antwortete Caroline. »Es überrascht mich, daß Owen Ihnen nichts davon erzählt hat, aber wahrscheinlich wollte er mich schützen. Ja, ich habe ihn als meine Geisel mitgenommen. Das ist sein Vater, Mr. Roland Ffalkes. Sir, das ist Lord Chilton.«
»Sie sind also ihr Vater.«
»Was?«
»Nun, wenn Owen ihr Bruder ist, liegt diese Schlußfolgerung doch nahe, oder nicht?«
Mr. Ffalkes plusterte sich auf und wirkte in dem dunklen Umhang und den schwarzen Schaftstiefeln ziemlich furchterregend. »Ich bin ihr Verlobter«, sagte er, »auch wenn Sie das nichts angeht, Lord Chilton.«
»Oh, gewiß, es geht mich nichts an, obwohl Sie mir für die junge Dame ein wenig zu alt erscheinen. Darf ich fragen, warum Ihr Sohn ihre Geisel ist?«

»Er ist nicht ihre Geisel, das ist Unsinn. Er ist ein Mann. Nein, diese Frage steht Ihnen nicht zu. Sie mischen sich in fremde Angelegenheiten. Sie dürfen jetzt gehen, Sir.«

»Sie sind nicht mein Verlobter«, erwiderte Caroline und stand auf. »Unterlassen Sie diesen Unsinn, Mr. Ffalkes. Lord Chilton, dieser Mann war mein Vormund bis vor einer Woche, als ich neunzehn wurde. Er wollte mich zwingen, Owen zu heiraten, was lächerlich ist. Statt dessen versuchte er mich zu vergewaltigen und zur Ehe zu zwingen. Ich konnte ihm entkommen und nahm Owen als Geisel mit. Dann ...«, fügte sie hinzu und blickte zu Owen hinüber, der jetzt aufgewacht war. Er hatte die Bettdecke bis über die Ohren gezogen und blickte seinen Vater schuldbewußt wie ein kleiner Junge an, der bei einer Missetat ertappt worden war. »Dann wurde Owen krank.«

»Ich verstehe«, sagte Chilton.

»Gehen Sie bitte, Sir«, herrschte ihn Mr. Ffalkes an.

»Wie hast du uns gefunden?«

Mr. Ffalkes sah seinen Sohn an und sagte: »Es regnete stark. In jedem Gasthof, in dem ihr abgestiegen seid, erinnerte man sich an euch. Ich hatte fünf Männer ausgeschickt, um herauszufinden, welche Richtung ihr genommen habt.«

»Ich wette, Sie haben sie mit meinem Geld bezahlt, Sie elender Dieb.«

»Ich würde meinen, Sir«, mischte sich Chilton ein, dem nicht entgangen war, daß Miß Smith' Gesicht eine beunruhigend rote Färbung angenommen hatte und daß sie in der linken Hand, in den Falten ihres Rockes verborgen, einen Feuerhaken hielt, »daß Miß Smith hier ...«

»Smith? Was soll dieser Schwachsinn? Smith? Sie heißt Derwent-Jones, und ich bin mit ihr verlobt. Ich glaube, wir werden verheiratet sein, bevor wir die Heimreise antreten.«

»... daß Miß Derwent-Jones volljährig ist. Also steht es ihr frei, Sie zu heiraten oder nicht.«

»Natürlich muß sie mich heiraten. Ihr Ruf ist ruiniert, wenn sie nicht in die Ehe mit mir einwilligt.«

»Dann heirate ich eher Owen!«
Vom Bett her ertönte ein klägliches Wimmern.
»Ruhig, mein Junge. Du brauchst sie nicht zu heiraten, das übernehme ich, auch wenn es mir leid tun wird, aber es muß sein.«
North Nightingale, Lord Chilton, blickte von Mr. Ffalkes, der kein schlechter Mensch zu sein schien, aber eisern und unbeugsam war, wenn er erreichen wollte, was er sich in den Kopf gesetzt hatte, zu Miß Derwent-Jones, die den Feuerhaken bereithielt, um ihn auf Mr. Ffalkes' Kopf zu schlagen, und dann zu Owen, der bis zur Nasenspitze mit zugekniffenen Augen unter einem Deckenberg verschwunden war, und sagte: »Wissen Sie, Mr. Ffalkes, daß Miß Derwent-Jones in den vergangenen drei Nächten in meinem Bett geschlafen hat? Wußten Sie auch, daß ich sie jeden Morgen geweckt habe, indem ich mit den Fingerspitzen über ihre Augenbrauen strich? Wissen Sie, mit welcher Freude ich jeden Morgen zusah, wie sie sich das Haar frisierte und sich das Gesicht wusch?«
Mr. Ffalkes starrte ihn wortlos an.
Caroline ebenfalls. Er hatte nichts als die Wahrheit gesagt, aber es hörte sich an, als ob sie eine Dirne wäre. Dann begriff sie, daß er versuchte, sie vor Mr. Ffalkes zu retten.
»Ich verlange mein Erbe, Mr. Ffalkes. Ich verlange, daß Sie hier auf der Stelle die erforderlichen Dokumente unterzeichnen. Ich verlange das, was mir rechtmäßig zusteht.«
»Eigentlich steht Ihnen gar nichts zu, mein Kind. Sie sind nur eine Weibsperson und nicht imstande, Ihre eigenen Geschäfte zu führen. Eine sehr unkluge Verfügung Ihres Vaters. Nein, Ihr Ehemann – und das bin ich – wird sich um alles kümmern, um Ihr Vermögen, um Sie und meinen Sohn. Ich werde es sogar hinnehmen, daß Sie mit diesem Mann Umgang hatten, während Ihr armer Vetter leidend darniederlag.«
»Ja, das reinste Melodrama«, meinte North nachdenklich zum Kamin gewandt. »Ein sehr böses Melodrama, beinahe wie das in London im letzten März, als dieser junge Mann annehmen mußte, seine Liebste habe ihn betrogen. Seine

Raserei war so groß, daß er aus Versehen einen Ziegenbock tötete und ...«

»Das reicht, Sir!«

»Genaugenommen«, tadelte North freundlich, »heißt es Mylord. Vergessen Sie Ihr gutes Benehmen nicht, sonst muß ich mich mit Ihnen duellieren. Ich würde Sie verwunden, und Sie lägen Seite an Seite mit Owen und stöhnten mit ihm um die Wette.«

»Arroganter junger Spund.«

Caroline blickte die beiden Männer fassungslos an, dann riß sie sich zusammen und sagte: »Mr. Ffalkes, jetzt, da Sie da sind, werden Sie Owens Pflege übernehmen. Ich gehe. Lord Chilton, ich weiß Ihre Hilfe zu schätzen und bedanke mich.«

»Sie gehen mir nirgendwohin, meine Teuerste!« Mr. Ffalkes packte sie beim Arm und drehte sie herum. Fasziniert sah North zu, wie sie den Feuerhaken hob und ihn mit voller Wucht auf Mr. Ffalkes' Schulter hieb.

Er jaulte auf und ließ sie los. »Du verdammtes Biest, ich werde ...«

Sie schlug erneut zu, diesmal auf die andere Schulter. Dann schleuderte sie den Feuerhaken zu Boden, klopfte den Staub von den Händen, holte den Koffer und warf ihre Kleider hinein.

»Sie haben mich totgeschlagen.«

»Nein«, zischte sie, ohne ihn anzusehen, »aber ich wünschte, dem wäre so. Lassen Sie mich in Frieden, Mr. Ffalkes. Mein Anwalt wird sich mit Ihnen in Verbindung setzen.«

Sie legte sich den Umhang um die Schultern und verließ das Zimmer. Mr. Ffalkes wollte ihr folgen, aber Owen tauchte aus seinen Kissen auf und sagte: »Nein, Vater, laß sie gehen. Sie wird mich nicht heiraten, und sie wird dich nicht heiraten. Und ihr Ruf ist ihr gleichgültig. Bitte, Vater, gib ihr das Geld, das ihr zusteht. Zieh einen Schlußstrich unter diese Angelegenheit und laß uns nach Hause zurückkehren.«

»Ich werde ihr nicht einen verdammten Sou geben, und du

treulose Kreatur wirst die Suppe auslöffeln, die du dir eingebrockt hast.«
»Wieso? Vater, ich wurde krank. Wenn ich nicht krank geworden wäre, hättest du uns niemals gefunden.«
»Sei kein Narr, Owen. Ich weiß, daß sie zu ihrer Tante Ellie nach Cornwall will, in ein gottverlassenes Nest mit dem Namen Trevellas. Wenn ich euch beide nicht hier gefunden hätte, dann in Trevellas. Aber so ist es besser, denn diese verdammte Tante hätte sie unter ihre Fittiche genommen und mir die Tür gewiesen.«
North war, als ob man ihm einen Tritt in die Magengrube versetzt hätte. Trevellas? Tante Ellie? Einen Augenblick lang drehte sich alles in seinem Kopf, dann durchfuhr ihn ein brennender Schmerz, ein Schmerz, der bald der ihre sein würde.
»Ich darf mich verabschieden«, sagte North zu Mr. Ffalkes. Dann nickte er zu Owen hinüber, der in einem unerwartet freundschaftlichen Ton erwiderte: »Vielen Dank, North, daß Sie sich meiner angenommen haben. Ich hoffe, wir sehen uns wieder. Dann könnten Sie mir noch weitere strategische Tips beim Pikettspiel beibringen.«
»Hmpf!« brummte sein Vater.
»Vielleicht«, antwortete North. »Auf Wiedersehen, Owen, Mr. Ffalkes.«
Mr. Ffalkes verbeugte sich kühl und wortlos. Zu seinem Sohn gewandt sagte er: »Du wirst hierbleiben, Owen, zugedeckt bis oben, obwohl es mir ein Rätsel ist, wie du diese vielen Decken ertragen kannst. Ich folge Miß Derwent-Jones. Sie wird nicht weit kommen. Diesmal wird sie mir nicht entwischen, darauf kannst du dich verlassen. Ich bin ein Mann, ich bin klug, und ich werde meinen Willen bekommen.«
Den Teufel wirst du bekommen, dachte North, als er den schmalen, dunklen Korridor entlangging.

6

North schmunzelte immer noch, als er Tewksberry gegenüberstand, der sich ehrerbietig vor ihm verneigte.
»Mylord, Sie werden empört sein. Diese kleine Dirne – äh, Miß Smith, ist verschwunden, ohne ihre Rechnung zu begleichen. Ich habe es ja gewußt! Was soll ich jetzt tun?«
Ich hätte es wissen müssen, dachte North, ja, ich hätte es wissen müssen. Tja, aber warum sollte sie für Owen, ihre Geisel, bezahlen? Geisel. Er mußte wieder lachen. Sie hatte sich einen Mann als Geisel genommen! North hob nur die Schultern und sagte: »Ihr Vater befindet sich jetzt oben bei ihrem Bruder. Sein Name ist Roland Ffalkes. Selbstverständlich kommt er für alles auf.«
»Aber warum flattert sie wie ein Vogel aus dem Käfig, wenn der Vater eintrifft?«
»Soviel ich weiß«, sagte North und beugte sich vertraulich nach vorn, »ist Mr. Ffalkes' Ehefrau Mathilda mit einem deutschen Dienstboten durchgebrannt. Die Tochter ergriff die Partei der Mutter und verließ den Vater, der Bruder folgte ihr. Sie verabscheut ihren Vater. Sie werden es sehen, er ist ein äußerst unangenehmer Mensch.«
»Ah«, meinte Tewksberry. »Ah, so ist das also. Mit einem Dienstboten, wie? Deutscher, sagten Sie? Das arme kleine Ding.«
North blickte ernst und feierlich, bezahlte seine Rechnung, nickte dem Wirt zu und verließ den Gasthof. Gutgelaunt trat er in den Hof und schlug mit der Reitpeitsche gegen den Schenkel. Der Morgenhimmel war mit dünnen Wölkchen überzogen.

Es würde warm werden und gegen Nachmittag wahrscheinlich wieder regnen, aber in England regnete es immer, besonders hier an der Südwestküste. Er rief einem der Stallburschen zu, ihm Treetop zu bringen. Das Pferd würde wie der Wind laufen, nachdem es untätig im Stall gestanden hatte. Er war überzeugt, daß es nicht lange dauerte, bis er sie eingeholt hatte. Treetop war ein großartiges Reitpferd, schnell und ausdauernd.
Der Bursche grüßte mit einem Kopfnicken und rannte in den baufälligen Stall an der Schmalseite des Gasthofs. Kurz darauf erschien er wieder, mit hochrotem Gesicht. Seine Augen blickten sich hilfesuchend um.
»Ihr Pferd ist fort, Mylord.«
»Wie bitte? Es ist der braune Wallach mit den weißen Fesseln.«
»Ich weiß, Mylord, aber Sparkie sagt, die junge Dame hat Treetop mitgenommen und Ihnen ihr Pferd dafür dagelassen – eine tapfere alte Mähre, mächtig in den Schultern. Nicht gerade ein guter Läufer, Mylord, wenn Sie wissen, was ich meine.«
Das war zu erwarten, dachte er, nur schmunzelte er diesmal nicht. Sie hatte Mr. Ffalkes überlistet und jetzt ihn, und zwar mühelos. Sicherlich hatte sie Treetop sofort erspäht und sich ausgerechnet, daß sie mit diesem hervorragenden Reitpferd schneller als mit ihrer alten Stute vorankommen würde. Das Pferd sah verschlafen und träge aus, als er zu der Box trat.
»Na, mein Alterchen, was sagst du dazu?«
Die Stute warf ihm einen gelangweilten Blick zu.
»So schlimm? Etwas anderes bleibt mir leider nicht übrig. Wollen wir deine Herrin suchen? Sie hat sich versehentlich mein Pferd genommen.«
Als er das Pferd aufmunternd am Hals tätschelte, entdeckte er einen Zettel, der am Zaumzeug befestigt war. Er las:

»Lord Chilton:
Verzeihen Sie, daß ich Ihr Pferd genommen habe, aber ich möchte nicht, daß Mr. Ffalkes mich einholt.

Dieses Mal müßte ich ihn erschießen. Ich werde Ihnen Ihr Pferd zurückbringen. Mein Ehrenwort. Unterwegs werde ich mich nach Goonbell erkundigen. Gehorsamst Ihre
Caroline Derwent-Jones.«

Kaum fünf Minuten später befand er sich auf dem Rückweg nach Cornwall. Was seine geschäftliche Verabredung in London betraf, so müßte sich seine charmante Geliebte Judith, eine Schauspielerin, auf ein anderes Mal vertrösten, aber das fiele ihr sicherlich nicht schwer, denn mit der Treue nahm sie es nicht so genau. Er seufzte. Tja, Judith war im Denken etwas langsam, auch wenn sie die ganze Zeit über plapperte. Eines Abends, nachdem er die Freuden ihres Körpers reichlich genossen hatte, meinte sie mit zirpender Stimme: »Wie gern würde ich Desdemona spielen. Siehst du mich mit langer, blonder Perücke – weizenblond – vor dir? Wie ich von meinem schönen Mohren erdrosselt werde? Bitter bereut er seine Tat und bettet mich in malerischer Pose auf den weißen Diwan. Um seiner Qual ein Ende zu setzen, nimmt er sich das Leben und ...«
Er hatte aufgestöhnt und hätte ihr am liebsten die Finger um den verdammten Hals gelegt und zugedrückt. Im nachhinein wurde ihm bewußt, wie lächerlich das alles gewesen war. Er hielt Judith in Liebesdingen für außerordentlich begabt, und das war sie, auch wenn sie mit geistigen Gaben nicht gesegnet war. Ihr dümmliches Geplapper war tötend, verblaßte aber bei ihren Liebkosungen und Küssen und ... Verdammt! Und jetzt ritt er hinter diesem Fratz her, der sein Pferd gestohlen hatte. Noch nie hatte Treetops Rücken Bekanntschaft mit einem Damensattel gemacht. Hoffentlich fand er sie nicht mit gebrochenem Genick am Straßenrand liegen.
Er fand sie nirgends. Sie mußte eine ausgezeichnete Reiterin sein, denn manchmal ging Treetops Temperament auch bei ihm durch. Und bei einem Fremden? Bei einem weiblichen Fremden, der die Frechheit besaß, ihn im Damensattel zu reiten?

Im Gegensatz zu Miß Derwent-Jones brauchte er sich tagsüber nicht zu verbergen. Er wußte, daß sie nur nachts unterwegs sein würde, und ritt durch Exeter bis nach Bovey Tracy, wo er in einem Ahornwäldchen an der Straße ein paar Stunden Rast machte, um dann ohne Unterbrechung bis Liskeard zu reiten. Im Gasthof *Zur nackten Gans* kehrte er ein und schlief sechs Stunden durch. Um sechs Uhr morgens saß er bereits wieder im Sattel.
Das trockene Wetter hielt an, und er kam gut voran. Die Stute war verständig und ausdauernd. Es wäre ihm nicht in den Sinn gekommen, sie in einem Gasthof zurückzulassen und ein anderes Pferd zu mieten. Er kannte nicht einmal den Namen der Stute, aber irgendwie mochte er sie. Am Ende des ersten langen Tages, kurz vor Liskeard, taufte er sie Regina. »Das ist nur vorübergehend«, sagte er und tätschelte ihren muskulösen Hals, »bis wir deine verflixte Herrin gefunden haben. Wenn sie die Begegnung mit mir lebend übersteht, dann kannst du zu ihr und deinem alten Namen zurückkehren.«
Als er am nächsten Morgen den Stall vom Gasthof *Zur nackten Gans* in Liskeard betrat, begrüßte sie ihn mit einem freudigen Wiehern. Als er neben ihr stand, rieb sie den Kopf an seiner Schulter.
»Willst du mich verführen, Reggie? Hier hast du eine Karotte, altes Mädchen. Es wird ein langer Ritt.« Er streichelte ihr weiches Maul, fütterte und tränkte sie und hätte schwören können, daß sie ihn anlachte. Dann sattelte er sie, und sie ritten bis St. Agnes durch.
Er fragte sich, was er tun würde, wenn er Caroline Derwent-Jones wiedersah. Es war keine leichte Aufgabe, ihr mitzuteilen, daß ihre Tante ermordet worden war, und er fragte sich, was er tun würde, wenn Mr. Ffalkes auftauchte, um sein ehemaliges Mündel zu holen. Er seufzte. Er wollte sich nicht mit diesem Mädchen einlassen, mit ihrer Unerschrockenheit und ihrer Unschuld, ah, und dann fiel ihm ein, daß sie ihn mit ihrer Schlagfertigkeit und ihrem Witz mindestens zweimal zum Lachen gebracht und ihn zu geistreichen Bemerkungen angeregt hatte. Kurzum, ihre

Gegenwart wirkte wohltuend auf ihn. In ihrer Nähe hatte er sich ein wenig wie in Chase Park bei den Wyndhams gefühlt. Es war diese gewisse Vertrautheit, die er bei Marcus und seiner Frau, der Duchess, und bei ihren Dienstboten gefunden hatte, die gleichzeitig die besten Freunde ihrer Herrschaft waren. Er hatte Yorkshire verlassen, weil er es für an der Zeit hielt, nach Cornwall zurückzukehren, um sich den Geistern der Vergangenheit zu stellen, die dort auf ihn warteten, seitdem er vor fünfzehn Monaten nach dem unerwartet plötzlichen Tod des Vaters sein Erbe als Viscount Chilton angetreten hatte.

Außerdem zog es ihn wieder in seine Einsamkeit zurück. Allein kam er besser zurecht. Er hatte seine Hunde und seine Pferde, ein Haus, das riesig und leer war, bis auf die wenigen Diener, die ihr Leben lang mit dem Haus und der Familie verbunden waren und nichts anderes zu kennen schienen als die Nightingales.

Nein, er wollte nichts mehr mit Miß Derwent-Jones zu tun haben. Einmal war genug. Er wollte ihre hübschen kleinen Ohren vergessen, die kühngeschwungenen Augenbrauen, die er morgens mit den Fingerspitzen nachgezogen hatte, und den anmutigen Nacken. Vor allem aber wollte er ihr nicht sagen, daß ihre Tante tot war, daß sie von einem heimtückischen Mörder über die Klippen von St. Agnes Head gestoßen worden war.

Er ritt geradewegs zu seinem Landgut Mount Hawke, das sich düster über einem steil ansteigenden Hügel außerhalb des Dorfes erhob, nach dem es benannt war. Aus den Annalen der Familie ging hervor, daß die großen Tore von Mount Hawke genau an dem Tag eingebaut wurden, an dem Heinrich VIII. die schöne Katherine Howard köpfen ließ.

Er haßte das verdammte Haus, das durch seine Anlage eher wie eine quadratische Burg wirkte, mit den vier Türmen, die zu nichts zu gebrauchen waren, den zugigen Treppenaufgängen und Korridoren, den Steinfliesen, auf denen die Schritte hallten, als ob eine Armee einmarschieren würde, und die bitterkalt waren, bis auf die Stellen, die seine Vorfahren vor hundert Jahren mit dicken Perserteppichen auslegen ließen. Das Haus war aus grauen Quadern erbaut, die man aus dem nahen Steinbruch in Baldhu gewonnen hatte. Ein objektiver Beobachter hätte das Haus als schön bezeichnet, was aber nicht auf North zutraf. Dieser riesige Steinhaufen gehörte jetzt ihm, und es wurde erwartet, daß er ihn liebte und ehrte, da der Besitz in direkter Linie ohne Unterbrechung seit ungefähr dreihundertfünfzig Jahren von dem Vater auf den Sohn vererbt wurde. Bemerkenswert dabei war die jahrhundertelange Zeugung männlicher Erben, das gestand er sich ein, wenn er auf seinem eigenen Berg stand, der seinen Schatten auf das Dorf unter ihm warf.

Es war beinahe dunkel, als er den breiten Fahrweg hinaufritt, der sich in vielen Kehren den Hügel bis zu dem riesigen, schwarzen Eisentor hinaufwand. Da der Einfall feindlicher Truppen oder Nachbarn nicht mehr zu befürchten war, wirkte das Schloß wie ein plumper Helm auf dem Kopf eines glatzköpfigen Mannes. Es war beeindruckend, abgelegen und einsam.

Tom O'Laddy, Torwächter der Nightingales bereits vor North' Geburt, begrüßte ihn mit einem breiten Grinsen, das statt der Vorderzähne eine breite schwarze Lücke zum Vorschein brachte, die von einem Zweikampf stammte, bei dem er als Sieger hervorgegangen war. O'Laddy liebte Bier und derbe Späße, aber zuviel Bier machte ihn gewalttätig.

»Ho, Mylord! Da sind Sie ja wieder. War 'n kurzer Ausflug nach London, was? War langweilig in London. Mr. Coombe und Mr. Tregeagle haben Mylord erst in vierzehn Tagen erwartet.«

»Guten Abend, Tom. Ja, ich sehe schon, Sie fragen sich, wo Treetop ist, aber Reggie hier ist ein liebes altes Mädchen, das man unterschätzt, außerdem hat sie Herz und Verstand. Wo ist Ihr Neffe?«

»Er ist immer noch nicht über den Berg, Mylord, aber Mr. Polgrain schickt dem Jungen täglich eine kräftige Brühe, und da geht es ihm schon viel besser.«

»Sehr gut. Sagen Sie ihm, er soll vorsichtiger mit seinem Boot sein, sonst ertrinkt er das nächste Mal wirklich.«

»Aye, Mylord, der Junge hat seine Lektion gelernt. Eigentlich war es diese kleine Göre, die Tochter vom Schmied, die ihn aus dem Boot gestoßen hat. Anscheinend ist er aufdringlich geworden, und das paßte ihr nicht.«
North wollte einen Tadel brummen, mußte aber statt dessen lächeln.
Er ritt durch das breite Tor, immer bergauf. Der Kutschenweg verbreiterte sich, als er sich diesem monströsen Bauwerk näherte, das seit ungefähr drei Jahrhunderten versuchte, mehr eine Wohnstatt als eine Festung zu sein. Seiner Meinung nach war dies auch einigermaßen gelungen. Früher hatte es hier sogar eine Zugbrücke gegeben, die im aufgeklärten sechzehnten Jahrhundert für nutzlos erklärt wurde, die aber im nachfolgenden Jahrhundert während des blutigen Bürgerkriegs Mount Hawke vor Oliver Cromwells Roundheads schützte. Der Burggraben war bereits vor längerer Zeit zugeschüttet und mit Obstbäumen bepflanzt worden, die im Herbst dicke, rotbackige Äpfel trugen.
Männer, sinnierte er, als er Reggie anhalten ließ, müssen stets kämpfen und erobern oder dabei sterben. Sie schienen sich nicht mit ihrem Leben bescheiden zu können. Er selbst war Soldat gewesen, mit dem Ziel, Napoleon Einhalt zu gebieten, jedenfalls redete er sich das ständig ein. Wenn er ehrlich war, mußte er zugeben, daß er den Kampf liebte. Es gefiel ihm, sich zu beweisen und zu bewähren, seine Kraft und seine Klugheit am Gegner zu messen. Wahrscheinlich hätte er im Mittelalter einen guten Ritter abgegeben. Da Napoleon jetzt auf Elba schmollte, konnte er sich keine großen Schlachten mehr vorstellen, und das stimmte ihn melancholisch. Er wußte, daß es seinem Freund Marcus Wyndham nicht viel besser erging. Marcus war jetzt glücklich verheiratet und bewirtschaftete seine eigenen Ländereien, so wie es North jetzt tun würde.
Eine Weile hing er seinen Gedanken nach, dann ritt er mit Reggie zu dem prächtigen Stallgebäude von Mount Hawke – einem langgestreckten Backsteinbau mit Sattelkammern, breiten Pferdeboxen, Heuraufen, Hafertrögen und sämtlichem Zubehör, das sich sein Urgroßvater, ein

besessener Pferdenarr, nur hatte ausdenken können. Er stieg von Reggie ab, winkte Pa-Dou und wartete, bis der gebrechliche alte Mann herangeschlurft war, um die Zügel der Stute zu übernehmen.
Er hielt das übliche Schwätzchen mit Pa-Dou und beobachtete wie immer mit Erstaunen, wie geschickt die gichtgekrümmten Finger des Alten mit Zaumzeug und Sattel umgingen.
Morgen früh würde er nach Goonbell reiten. Er mußte lachen, als er den riesigen Messingklopfer gegen die Eichentür schlug. Angenommen, er lebte statt auf Mount Hawke auf Mount Goonbell, mit dem Blick auf Goonbell! Er lachte noch, als Coombe, sein Butler (und vorher der Butler seines Vaters), die Tür öffnete und den Augen nicht traute, als er seinen Herrn lachen sah.
North blickte den verdutzten Coombe an und meinte erklärend: »Mir fiel gerade ein, wie sonderbar es klänge, wenn Mount Hawke Mount Goonbell hieße. Ein ebenso amüsanter wie erschreckender Gedanke.«
Coombe schien eine Weile nachzudenken und sagte dann: »Sicherlich wäre Lachen eine übertriebene Reaktion auf diese unselige Vorstellung, Mylord.«
North brummte.
»Schon besser«, meinte Coombe. »Willkommen zu Hause, Mylord, auch wenn ich nicht begreife, warum Sie zwei Wochen früher als erwartet zurückkehren.«

Sie war noch nicht in Goonbell eingetroffen, aber sie mußte nach Goonbell reiten, schon allein um den Weg nach Scrilady Hall zu erfragen. Er erkundigte sich bei den Fischern, die über alles und jeden Bescheid wußten, und bei der Besitzerin des einzigen Gasthauses im Ort, Mrs. Freely, die die Fischer noch übertraf. Keine Miß Derwent-Jones.
Er seufzte und schwang sich wieder auf Reggie. Der Ritt nach Scrilady Hall dauerte nur dreißig Minuten. Das Anwesen lag etwas außerhalb von Trevellas, nur eine halbe Meile vom Meer entfernt.

Drei Dienstboten wohnten in dem gepflegten Herrenhaus aus rotem Backstein, das von Bougainvillea-, Rosen- und Jasminsträuchern umgeben war. Es war ein wunderschönes Anwesen, das jetzt, wie er annahm, Miß Derwent-Jones gehörte, obwohl er sich dessen nicht so sicher war. Aber das Haus stand hier, und sie würde kommen.
Dr. Benjamin Treath, der einen unbekannten Herrn durch das Haus führte, begrüßte ihn.
»Ah, mein Guter, kommen Sie herein, kommen Sie herein! Was führt Sie her?«
North nickte nur und war noch nicht zu einer Antwort bereit.
»Darf ich Ihnen Mr. Brogan vorstellen, einen Anwalt, der hier ist, um alles in Augenschein zu nehmen, damit Squire Penroses Testament vollstreckt werden kann?«
»Ich verstehe«, sagte North. »Wann erwarten Sie Miß Derwent-Jones' Ankunft, Mr. Brogan?«
Mr. Brogans große braune Augen blitzten vor Überraschung kurz auf.
Sein Blick schien sich auf einen Punkt weit hinter North' linker Schulter zu richten, als er ihn ansprach: »Ich wußte nicht, Mylord, daß Sie die Familie näher kennen. Es gibt tatsächlich eine Miß Derwent-Jones und einen Mr. Penrose – einen Verwandten des Squires –, der als einziger Miterbe in Frage kommt. Mr. Bennett Penrose war hier seit ungefähr fünf Jahren in unregelmäßigen Abständen zu Besuch gewesen. Natürlich kann ich erst mehr sagen, wenn ich beiden besagten Personen das Testament eröffnet habe.«
»Verständlich«, erwiderte North und wandte sich Dr. Treath zu. »Kommen Sie voran, Sir?«
»Ja, aber es ist schwierig, North, sehr schwierig. Seit Ihrer Abreise nach London habe ich nicht mehr viel herausgefunden. Oh, übrigens, Sie waren nicht sehr lange fort.«
»Nein, nicht sehr lange. Ich nehme an, Sie haben Miß Derwent-Jones geschrieben, Mr. Brogan?«
Wieder verbarg der Anwalt seine Überraschung. »Ja, vor einigen Wochen. Ich verstehe nicht, wieso ich nichts von ihr gehört habe, aber es ist anzunehmen, daß sie in Kürze

eintreffen wird. Wenn sie bis zum Ende der Woche nicht aufgetaucht ist, werde ich ihr noch einmal schreiben. Die Post ist nicht sehr zuverlässig.«

»Ja, da haben Sie wahrscheinlich recht.«

»Sind Sie mit der jungen Dame bekannt, Mylord?«

»Ja«, erwiderte North kurz.

»Aber wieso? Das verstehe ich nicht, Mylord.«

»Das ist eine ziemlich komplizierte Geschichte, Mr. Brogan. Wir sollten damit vielleicht lieber auf Miß Derwent-Jones warten.«

Mrs. Trebaw, die Haushälterin, servierte ihnen Tee und Kekse im Salon. Die Unterhaltung verlief angenehm, trotzdem verabschiedete sich North einige Minuten später, bevor Dr. Treath oder Mr. Brogan fragen konnten, wie und wo er Miß Derwent-Jones kennengelernt hatte, warum er hier war und was er hier wollte.

Wie es schien, würde Miß Derwent-Jones bei ihrer Ankunft in Scrilady Hall von einem Anwalt und Dr. Treath begrüßt werden, also brauchte sie nicht aus seinem Mund zu erfahren, daß ein Verrückter ihre Tante getötet hatte. Das redete er sich jedenfalls ein.

Aber Miß Derwent-Jones suchte Scrilady Hall nicht auf.

Gegen zehn Uhr am folgenden Abend klopfte Coombe an die Tür von North' Bibliothekszimmer. Er räusperte sich beim Eintreten, blickte über North' rechte Schulter in Richtung Kaminsims, auf dem eine in Hamburg hergestellte sehr alte Uhr stand, die gerade zehnmal schlug.

»Ja, Coombe?«

»Mylord, es ist schwierig und ungewöhnlich und entspricht ganz und gar nicht unseren Gepflogenheiten. Eine *junge Dame* möchte Sie sprechen. Es ist entsetzlich spät, und ihrem Äußeren nach zu schließen, hielt ich sie für eine Hausiererin. Als ich sie von der Tür weisen wollte, zog sie eine Pistole und verlangte Sie persönlich zu sprechen.«

7

Ohne ein Wort zu verlieren, eilte North an ihm vorbei in die Diele. Mit gesenktem Kopf und hängenden Schultern stand sie an der Haustür. Den Koffer hatte sie neben dem linken Fuß abgestellt. Sie trug wieder den dunkelblauen Umhang, der jetzt entsetzlich verschmutzt und zerknittert war. Die Kapuze hatte sie nach hinten geschoben. Das sonst in dichten Flechten um den Kopf gelegte Haar hatte sich gelöst und hing in lockigen Strähnen bis auf die Schultern. In der schlaffen linken Hand hielt sie die bewußte Pistole.

In diesem Augenblick hob sie den Kopf. In ihrem Gesicht sah er keine Müdigkeit. Er sah Schmerz, wunden tiefen Schmerz und Angst.

»Miß Derwent-Jones«, sagte er und trat auf sie zu. »Mein Gott, es tut mir leid. Es tut mir so leid.«

Er sah, wie sie schluckte und wieder schluckte. Dann streckte er die Arme aus in einer vollkommen unbewußten, unbeabsichtigten Geste, und sie warf sich an ihn. Einige Sekunden lang verharrte sie regungslos mit geballten Fäusten an seiner Brust. Die Pistole glitt ihr aus der Hand und rutschte über den glatten Marmorboden der Diele. Plötzlich begann sie zu schluchzen. Ein tiefes, unbeherrschtes Schluchzen schüttelte ihren Körper. Sie schien dem Zusammenbrechen nahe. Ihr Kampfesmut, ihre Streitbarkeit waren durch den erlebten Schmerz und das Entsetzen ausgelöscht worden.

Er legte die Arme um sie und zog sie an sich, strich mit der Hand über ihr Haar, versuchte sie zu beruhigen, mit nichtssagenden, kleinen Worten zu trösten und wiegte sie hin und her.

Endlich hob sie den Kopf und rückte ein wenig ab. »Sie wußten es«, sagte sie. »Sie wußten es und haben mir nichts gesagt.«

»Nein. Ich kam gar nicht dazu. Sie sind sehr eilig aufgebrochen.«

»Sie ist tot, Lord Chilton. Nein, nicht nur tot, sie wurde ermordet. Ich kann nicht ...«

Er hielt eine Fingerspitze an ihre Lippen. »Psst, Sie sind müde und erschöpft. Kommen Sie in die Bibliothek und wärmen Sie sich auf. Ein Schluck Brandy und eine kleine Mahlzeit werden Ihnen guttun. Kommen Sie.«

Coombe stand hinter North und meinte mit nicht zu überhörender Mißbilligung, die ihn an seinen Vater erinnerte, wenn ... Nein, daran wollte er jetzt nicht denken. »Ich werde eine Erfrischung servieren, Mylord. Ich glaube aber nicht, daß sich in Mr. Polgrains Küche viel Eßbares finden wird.«

»Danke, Coombe. Bringen Sie, was da ist. Und jetzt, Miß Derwent-Jones, folgen Sie mir bitte.«

Er sah zu, wie sie den Umhang abnahm, ihn langsam und sorgfältig zusammenlegte, als ob sie sich daran festhalten wollte. Dann hängte sie ihn über die Rückenlehne eines Stuhles. Sie seufzte, blickte ihn aber immer noch nicht an. Mehrmals strich sie die Falten des Umhangs glatt, ohne, wie er annahm, zu wissen, was sie tat. Er sah zu, wie sie zum Kamin trat, ein Holzscheit hineinlegte und die Hände über die Flammen hielt. Sie war stumm, stumm wie ein Fisch. Sie schien nichts mehr mit dem Mädchen aus dem Gasthof *Zum Schwarzen Haar* gemeinsam zu haben, das auf Meckies Schoß saß, verschmitzt lächelte, aus dem Bierkrug trank und dann hustete und schluckte, bis es krebsrot im Gesicht war. Leise schloß er die Tür des Bibliothekszimmers, um die Wärme im Raum zu halten, und wandte sich ihr zu. Er wußte nicht, was er sagen sollte. Sie war vor ihrem Vormund geflohen, suchte bei ihrer geliebten Tante Ellie Schutz und sah sich einer Tragödie gegenüber, die sie nicht begriff.

Er schwieg, betrachtete die Gestalt vor dem Kamin, bis Coombe mit einem Silbertablett eintrat, auf dem eine alte silberne Teekanne stand, die mehr Beulen und Kratzer aufwies als das pockennarbige Gesicht des immer noch gutaussehenden Majors Denny vom Zwölften Lincolnshire Infanterieregiment. Die Tassen und Untertassen waren alt und abgeschlagen und hätten schon vor fünfzig Jahren bei einer Kollekte für Bedürftige ausgemustert werden müssen. Die kleine Mahlzeit bestand aus zwei Scheiben Brot, die sich an den Rändern nach oben bogen, einer Schale klumpiger Cornwallcreme, die mehr gelb als weiß war, und einem einsamen Rosinenbrötchen, das gefährlich hart aussah. Er blickte Coombe streng an, der nur hilflos mit den Schultern zuckte und es tunlichst vermied, seinem Herrn in die Augen zu blicken. North hielt den Mund. Am liebsten hätte er seinen Butler jetzt in voller Lautstärke zurechtgewiesen, aber das wollte er seinem Gast nicht zumuten.
Er füllte die beiden Tassen mit dampfendem Tee, ohne ihr Zitrone, Milch oder Zucker anzubieten, da sich keine dieser Zutaten auf dem Tablett befand.
»Danke«, sagte sie und schlürfte dankbar den heißen Tee. Sie verschluckte sich, hustete und hielt sich schnell die Serviette vor den Mund. »Oh, du lieber Himmel, entschuldigen Sie, aber der Tee …«
North trank einen kleinen Schluck und glaubte, die Zunge müsse ihm abfallen. Der Tee war stärker als der Sturmwind an der irischen Küste und schmeckte so brackig wie das Trinkwasser an Bord der Schiffe seiner Majestät.
»Verzeihung«, sagte er und nahm ihr die Tasse ab. »Warten Sie einen Moment, ich werde Ihnen etwas anderes besorgen.« Er wollte in die Küche gehen und jeden der Anwesenden kräftig in den Hintern treten, beschloß dann aber, Miß Derwent-Jones nicht allein zu lassen, wenigstens im Augenblick nicht. Sie sah blaß, verloren und niedergeschlagen aus. Er holte einen Brandy von der Kommode. »Hier, das wird Sie schneller aufwärmen als dieses Gebräu, das mein Koch für Tee hält.«

Sie nippte vorsichtig daran. Offensichtlich war sie durch Meckies Bier vorgewarnt. Er sah, wie langsam wieder Farbe in ihr Gesicht kam. »Das schmeckt wenigstens nicht so furchtbar wie Mr. Meckies Bier. Und es ist angenehmer als der Tee. Ich habe noch nie Brandy getrunken.«

»Betrachten Sie es als Medizin«, sagte er. »Darf ich Ihnen das Rosinenbrötchen anbieten?«

Sie beäugte das Ding auf dem Tablett, blickte ihn fragend an und schüttelte langsam den Kopf, so daß er Mr. Polgrain am liebsten noch heftiger in den Hintern getreten hätte als vor fünf Minuten. »Nein, ich bin nicht hungrig, trotzdem vielen Dank.«

Er blickte eine Weile in das Kaminfeuer und meinte dann: »Ich wollte, daß Sie es von mir erfahren, aber ich wußte nicht, wann Sie hier eintreffen und wohin Sie als erstes gehen würden. Ich bin nach Scrilady Hall geritten, traf dort aber nur den Anwalt an, ein Mr. Brogan. Ich glaube nicht, daß ich sehr willkommen war. Mein aufrichtiges Beileid. Ich hatte Eleanor Penrose sehr gern. Sie kam hierher, als ich zehn Jahre alt war. Jeder im Dorf liebte sie.«

»Nicht jeder, wie es scheint.«

Tränen wollten ihr wieder in die Augen treten, aber es gelang ihr, sie zurückzuhalten.

»Mrs. Freeley vom Gasthaus in Goonbell erzählte, Sie hätten sie gefunden.«

»Ja, Miß Derwent-Jones, Sie sind sehr müde, und es ist zu spät für Sie, jetzt noch nach Scrilady Hall zu reiten. Sie werden heute nacht hierbleiben, und morgen früh werde ich Sie dorthin begleiten.«

Zu seiner Freude lächelte sie ein wenig. »Kann man Brandy zum Frühstück trinken?«

Er lächelte unwillkürlich zurück. »Der Frühstückstee wird vortrefflich sein, das verspreche ich Ihnen. Ich werde ein kurzes, aufklärendes Gespräch mit dem Koch führen, über Rezepte und so weiter.«

»Ich dachte, Ihr Butler würde mir die Tür vor der Nase zuschlagen. Seinem Benehmen nach zu schließen, weiß er anscheinend nicht, wie man sich einer Lady gegenüber benimmt. Und die Köchin scheint meiner Person gegenüber auch nicht besonders wohlgesonnen zu sein.«

»Der Koch. Mr. Polgrain ist mein Koch.«

Sie blickte ihn verdutzt an.

»Wenn Sie mich einen Moment entschuldigen, Miß Derwent-Jones. Ich werde Tregeagle bitten, Ihnen ein Schlafzimmer zu richten.«

»Trägt Tregeagle einen Rock?«

»Nein. Das ist ein Mr. Augustus Tregeagle. Diese Mauern haben seit Jahren keine Frau mehr gesehen. Es ist ein reines Männerhaus.«

»Oh, wie schade. Das muß sehr schwierig für Sie sein.«

»Ehrlich gesagt, nein«, erklärte er kurz angebunden und lächelte schnell, um seinen Worten die Schärfe zu nehmen. Und wieder kam ihm dieses Lächeln merkwürdig leicht auf die Lippen. Viel zu leicht, dachte er. Man stelle sich vor, sie bedauert mich, weil keine Frauenzimmer die Gänge entlanghuschen, in der Küche schnattern oder sich ständig über die rußenden Kamine beklagen. Er wollte ihr antworten, daß ihn Gott zum Glück damit verschont habe, aber er hielt den Mund und lächelte statt dessen. Und da saß sie ihm gegenüber, halb eingeschlafen, und entlockte ihm wieder ein Lächeln.

Sie hatte es sich in dem Sessel am warmen Kaminfeuer bequem gemacht, als er hinausging, um Tregeagle Bescheid zu sagen. Er hoffte nur, daß Tregeagle, der für einen Mann seines Alters einen überraschend dichten weißen Haarschopf besaß, um den viele Männer ihn beneideten, nicht durch übermäßigen Genuß von Goonbell-Bier unter dem Küchentisch lag.

Anscheinend hatte Tregeagle nicht einen Schluck Goonbell-Bier zu sich genommen, sondern unterhielt sich angeregt mit Coombe und Polgrain, der unsichtbare Brotkrumen von einer blitzblanken Eichenplatte wischte. Groß und aufrecht stand er vor den beiden anderen Männern. Er war schlank und sehnig wie ein junger Mann und hatte ein gutgeschnittenes, kantiges Gesicht. North erschien in der Tür und beobachtete die Männer, die ihn von Kind auf kannten – um genauer zu sein, die ihn als Fünfjährigen kannten, als er nach Mount Hawke gekommen war. Dann räusperte er sich laut und unterdrückte einige kräftige Flüche.

»Ah, Mylord«, sagte Coombe, zufrieden wie ein Barbier, der soeben sein letztes Fläschchen Haartinktur an einen Glatzköpfigen verkauft hat. Er eilte auf ihn zu, nachdem er sich vorher die Hände an Mr. Polgrains Schürze abgewischt hatte. »Sie waren mit allem zufrieden, Mylord?«

»Nein, ganz und gar nicht, und das wissen Sie, aber darüber werden wir uns morgen unterhalten. Tregeagle, ich brauche ein Schlafzimmer für unseren Gast.«

»Aber, Mylord, wir haben kein Schlafzimmer!«

»Reden Sie keinen Unsinn, Coombe. Dieses Haus ist größer als das Dorf. Wir haben mindestens zwei Dutzend Schlafzimmer, Sie verdammter Dickschädel!«

»Das ist alles schön und gut, Mylord«, antwortete Tregeagle und reckte seine fünf Fuß und elf Inch in die Höhe, als ob er sein Gegenüber einschüchtern wollte. »Aber Mr. Coombe hat vollkommen recht. Wir haben die junge Dame verköstigt und für eine Weile beherbergt. Warum muß sie hierbleiben? Mylord, dazu besteht kein Grund. Unter diesem Dach leben nur Männer. Unser guter Ruf wäre ...«

»Unser Ruf? Was soll dieser verdammte Unsinn? Nein! Jetzt halten Sie den Mund und hören mir zu. Sie ist die Nichte von Mrs. Eleanor Penrose und erfuhr soeben, daß sie ermordet wurde.«

»Meiner Treu«, rief Mr. Coombe, »das sagte sie mir nicht! Sie richtete nur die Pistole auf mich und sah mich böse an. Ich dachte, ich habe es mit einer Verrückten zu tun, Mylord.«

»Ein Jammer«, mischte sich Tregeagle ein. »Eine derartige Nachricht löst bei Frauen hysterische Anfälle aus. Es ist häufiger der Fall, als angenommen wird.«

»Natürlich wäre sie in Scrilady Hall besser aufgehoben«, meinte Polgrain. »Dort wären Frauen, die sie bemuttern und trösten könnten, und außerdem soll dort das Essen, wie ich gehört habe, ausgezeichnet sein.«

»Bestimmt besser als das, was Sie ihr vorgesetzt haben«, erwiderte North. »Verdammt noch mal, Polgrain, wenn ich Ihnen die Rosinensemmel an den Kopf geworfen hätte, wären Sie jetzt tot. Sie war steinhart. Aber jetzt Schluß damit, sonst komme ich noch auf den Gedanken, euch für ein Trio ausgekochter Frauenfeinde zu halten. Und nun hören Sie mir gut zu. Miß Derwent-Jones ist sehr jung, und sie kennt hier niemanden außer mir. Sie ist erschöpft und muß sich ausschlafen. Es ist zu spät, um sie nach Scrilady Hall zu bringen. Also kümmern Sie sich darum, Tregeagle. Und ich will kein Wort mehr von Ihnen hören.«
»Gewiß nicht, Mylord«, antwortete Tregeagle und fügte steif hinzu: »Ich denke, wir werden ihr das Herbstzimmer herrichten.«
»Das ist zu dunkel und zu kalt«, erwiderte North und war dankbar, daß er das Zimmer kannte. »Sie würde sich eine Lungenentzündung holen, außerdem muß es gelüftet werden.«
Die drei Männer blickten sich an, dann meinte Coombe langsam: »Wenn sie krank wird, kann sie hier sehr lange bleiben.«
North nickte. »Ganz richtig. In einem schlecht gelüfteten, feuchten Zimmer kann sie krank werden. Sehr krank. Dann würde sie sich länger in diesem Haus aufhalten, als Coombe recht ist.«
»Eine unfreundliche Bemerkung, Mylord«, sagte Coombe, räusperte sich und fuhr fort: »Ich glaube, das halbrunde rosafarbene Zimmer wäre angemessen. Sie ist eine Weibsperson, und wie jedem bekannt ist, paßt diese Farbe sehr gut zu der Frauen eigenen Wesensart.«
»Es wäre sehr geeignet«, bemerkte Mr. Tregeagle, nachdem er eine Weile nachgedacht hatte. »Die Fenster standen gestern den ganzen Tag offen, da unsere neue Hilfe, Timmy, dort saubermachte – zur Übung, versteht sich, Mylord –, und es regnete nicht. Ja, dieses Zimmer wäre genau richtig, Coombe.«
North schüttelte nur den Kopf. Er war dankbar, daß sie ihn bei seiner Rückkehr mit offenen Armen empfangen

hatten, da sie Mount Hawke nach dem Tod seines Vaters allein bewirtschaftet hatten. Wie gut, daß Miß Derwent-Jones am nächsten Morgen nach Scrilady Hall zieht, dachte er, sonst würden sie sie vergiften.

Er nickte, als er bemerkte, daß Coombe und Tregeagle ihn ansahen und auf seine Zustimmung warteten, obwohl sie meistens das taten, was sie sich in den Kopf gesetzt hatten. Trotzdem sagte er: »Das halbrunde rosafarbene Zimmer dürfte das richtige sein.«

Sie schlief tief, als er sie die Treppen hinauf in das hübsche Eckzimmer trug, das auf einen fast fünfzigjährigen Obstgarten blickte. Bei dem Gedanken an die saftigen, großen Äpfel lief ihm das Wasser im Mund zusammen. Die Ernte war stets so ergiebig, daß sich die Dorfbewohner einen Wintervorrat an Obst anlegen konnten. Die knorrigen Bäume zierten den Abhang, der sich bis zum Dorf hinunterzog und zu einer Ebene auslief, an deren Rande sich ein silbern glitzernder Fluß durch die Äcker und Wiesen von Mount Hawke schlängelte.

Das Zimmer hatte einst einer Frau gehört. Welcher Frau, hatte er nie erfahren. Er wußte nicht, wer es mit diesen warmen, hellen Rottönen ausgestattet hatte, vermutete aber, daß hier einige Frauen gelebt hatten, da immer wieder männliche Erben geboren wurden. Aber auf der Burg hatte er nicht mit seiner Mutter gelebt, nur mit seinem Vater und Großvater. Ob seine Mutter Mount Hawke besucht hatte? Er schüttelte den Kopf und wischte die aufsteigende schmerzliche Erinnerung an die Vergangenheit fort. Nein, in diesem Jahrhundert hatte hier auf Mount Hawke keine Frau gelebt.

Die Bezüge der Möbel waren mit der Zeit zerschlissen und ausgebleicht, aber alles in diesem Raum war sauber und gepflegt und roch nach Zitrone und Wachs. Auch wenn er diesen steinernen Kasten haßte, war er dankbar, daß man alles tat, um ihn instand zu halten. Ein von Männern geführter Haushalt war nicht das Schlimmste, das heißt, solange man nicht von ihnen verlangte, einem weiblichen Gast zuvorkommend und höflich aufzuwarten.

Er zog ihr nur die Stiefelchen aus. An der linken Außenseite des Strumpfes entdeckte er ein Loch. Die darunterliegende Haut war rot und aufgerieben. Die Wunde gefiel ihm gar nicht. Er deckte die Schlafende zu und löschte die Kerze.
Coombe wartete vor dem Zimmer. »Ist die junge Lady wohlauf, Mylord?«
»Sie schläft. Wir werden sehen, wie es ihr morgen geht.«
»Und, ehm ... Mount Hawke braucht sich des Zimmers nicht zu schämen, Mylord?«
»Nein. Die neue Hilfe Timmy hat ihre Sache gut gemacht. Oh, und Coombe, Sie werden dafür sorgen, daß Polgrain morgen ein erlesenes Frühstück serviert, und Sie werden dafür sorgen, daß nicht einer der Teller angeschlagen oder gesprungen ist. Ich wünsche, daß alles blitzsauber ist, einschließlich des Tischtuchs und der Leinenservietten. Haben Sie mich verstanden?«
»Aye, Mylord. Voll und ganz. Wir sind nicht dumm. Da sie sofort nach dem Frühstück aufbrechen wird, werden wir dafür sorgen, daß der Magen der jungen Dame wohlgefüllt ist, wenn sie am Ziel ihrer Reise eintrifft.«
Und wo war das? fragte sich North. Wann würde Mr. Ffalkes mit dem armen Owen im Schlepptau auftauchen? Daß dies der Fall sein würde, stand für ihn fest. Da Caroline jung war, würde sie sich als Frau in einer Männerwelt nur schwer zurechtfinden. Also würde die Aufgabe, sie vor ihrem ehemaligen Vormund zu schützen, ihm zufallen. Wie er das bewerkstelligen sollte, wußte er nicht.
Leise schloß er die Tür. Er zog die Stirn in Falten, als Coombe fragte: »Brauchen Sie meine Dienste noch, Mylord?«
»Oh, nein. Sie ist nur ... Ach, nicht so wichtig. Gute Nacht, Coombe.«
»Gute Nacht, Mylord. Wir werden es überleben.«
»Was überleben? Den kurzen Besuch einer Frau?«
»Sie vergessen, daß sie bewaffnet ist, Mylord.«
»Gehen Sie zu Bett, Coombe.«
»Sie sah verschlagen und böse aus, Mylord. Sie hätte mich erschießen können.«

»Sie verdienen es, erschossen zu werden. Gehen Sie zu Bett.«
»Ja, Mylord.«

Mitten in der Nacht wurde er durch einen furchtbaren Schrei geweckt. Im ersten Augenblick glaubte er, wieder in der Schlacht bei Toulouse zu sein, im Feuerhagel der Geschütze, die seinen Männern den Tod brachten. Er sah die Bajonette der französischen Soldaten, die sich in die Körper bohrten. Er sah die sterbenden Männer, denen nichts anderes übrigblieb, als für Napoleon und *La Gloire* zu sterben. Er hörte die Franzosen »La gloire! La gloire!« rufen, auch wenn ihre Kameraden tot neben ihnen oder vor ihnen zusammenbrachen und sie über ihre Körper hinwegsteigen mußten.
Er saß aufrecht in seinem Bett und wußte im Augenblick nicht, wo er sich befand. Ein zweiter Schrei ertönte, ein dritter. Das war eine Frauenstimme, nicht der Schrei eines Mannes, nicht der Schrei eines Soldaten. Eine Frau? Hier? In Mount Hawke? Er fuhr sich durch das Haar und versuchte einen klaren Kopf zu bekommen.
Ja, das Mädchen, das den armen Owen als Geisel genommen und North' Pferd gestohlen hatte, das Mädchen, das an seiner Türschwelle gestanden hatte, erschreckt, müde und den Tränen nahe, das einen Tee vorgesetzt bekam, der einen Ochsen umgeworfen hätte. Er stürzte aus seinem Schlafzimmer und zog sich während des Laufens den Morgenmantel über.

8

Er drehte den Türknopf, stieß gleichzeitig die Tür auf und stürmte in das stockdunkle Schlafzimmer.
»Miß Derwent-Jones ... Caroline!«
Er hörte sie schwer und stoßweise atmen. Ohne einen klaren Gedanken zu fassen, stürzte er auf ihr Bett zu. Ein Streifen blasses Mondlicht – nicht mehr als ein schmales Silberband – fiel vom entfernten Fenster auf die Kissen. Das Licht reichte aus, um ihm zu zeigen, daß sie starr und aufrecht dasaß. Sie blickte geradeaus, wahrscheinlich auf den rosalackierten Schrank an der gegenüberliegenden Wand.
»Was ist los? Hatten Sie einen Alptraum?«
Er packte sie bei den Armen, ohne darüber nachzudenken, warum er das tat oder ob es überhaupt notwendig war. Er wußte nur, daß sie große Angst hatte und keuchte, als ob sie aus Mount Hawke den Berg hinauf zur Burg gerannt wäre. Er zog sie an sich, hielt sie fest und strich ihr mit seinen großen Händen beruhigend über den Rücken.
Sie lehnte sich an ihn. Ihre Muskeln entspannten sich, als sie ihm die Arme um den Rücken schlang und an seiner Schulter flüsterte: »Gut, daß Sie gekommen sind. Hinter dem Schrank dort hat sich jemand versteckt.«
Ihr Mund berührte seinen Hals, als sie so leise wie möglich flüsterte: »Hinter dem Schrank verbirgt sich jemand. Ich glaube, es ist ein Mann. Ich wachte auf, als er neben mir stand, mich anstarrte und schwer atmete. Ich schrie, und er zischte wie eine Schlange, die wußte, daß ihr letztes Stündlein geschlagen hat, und rannte zum Schrank.«

Er schob sie vorsichtig von sich und befahl: »Bleiben Sie im Bett, und rühren Sie sich nicht.« Er stand langsam auf. Die Augen hatten sich an die Dunkelheit gewöhnt, und er erkannte den Schrank. Nichts. Es rührte sich nichts. Kein Schatten, der nicht hierher gehörte. Dann bemerkte er, daß sich zwischen dem Schrank und der Wand ein Zwischenraum befand, in dem sich jemand verstecken konnte. Ein Mann? In ihrem Zimmer? Es erschien ihm unmöglich, aber er ging trotzdem auf diesen verdammten Schrank zu, packte ihn bei den Griffen und zog das Möbelstück mit einem kräftigen Ruck nach vorn. Der Schrank kippte gegen ihn. Er hielt ihn einige Sekunden lang fest und stieß ihn dann wieder zurück.

Ein Schrei. Der Schrei eines Mannes.

»Komm raus, du Halunke! Verdammt noch mal, raus mit dir!«

Es war kein Mann, der hinter dem Schrank hervorkroch. Es war Timmy, die Haushaltshilfe. Knapp zwölf Jahre alt. Rotes struppiges Haar. Die unzähligen Sommersprossen im Gesicht ließen kaum ein Fleckchen weiße Haut frei. Im Augenblick sah er furchtbar erschrocken aus. Der Mund stand offen und war bereit, den nächsten Schmerzensschrei auszustoßen, falls der Schrank nochmals auf ihn kippen würde. North trat einen Schritt zurück, verschränkte die Arme über der Brust und blickte den Jungen streng an. »Darf ich fragen, was du mitten in der Nacht im Schlafzimmer einer Dame zu suchen hast?«

»Ich habe dieses Schlafzimmer gerade saubergemacht, Mylord.«

»Das ist lobenswert, aber warum bist du jetzt noch hier?«

Timmy, das Hausmädchen, blickte sich mit rollenden Augen hilfesuchend um. Vergebens. Mit gesenktem Kopf sagte er: »Das Mädchen, das dort drüben im Bett liegt, hat mir das Trommelfell kaputtgemacht mit ihrem gräßlichen Geschrei.« Um seinen Worten Nachdruck zu verleihen, schlug er sich mit der flachen Hand auf das Ohr. »Hab' nicht gewußt, daß Mädchen so laut schreien. Kann einen ja umbringen.«

»Ich habe dich etwas gefragt, Timmy. Also, wenn sie geschrien hat, dann aus Angst vor dir. Du hast sie zu Tode erschreckt.«
Der Junge sah zu seiner Lordschaft auf. Er ahnte, was jetzt kommen würde, und trat von einem Fuß auf den anderen. Mit gesenktem Kopf wartete er auf seine Strafe, die sicherlich furchtbar ausfallen würde, nach dem, was er getan hatte. Hatte er nicht genug Geschichten vom Vater seiner Lordschaft gehört, diesem wunderlichen Kauz, der seinen Stock auf McBrides Rücken sausen ließ, wenn er zufällig etwas von schlechtem Wetter und der grauen Wolke sagte, die ständig über dem Kopf seiner Lordschaft zu schweben schien?
»Ich wollt' sie nur sehen, Mylord, weiter nichts. Sie nur sehen wollt' ich. Ich hab' gehört, sie ist so glatt und rund wie 'ne junge Gans, und das wollt' ich sehen.«
»Was? Du meine Güte, Junge, sie ist ein Mädchen, eine Frau wie jede andere hier im Dorf. Wieso kommst du darauf, daß sie wie eine Gans aussieht?«
Caroline ließ sich jetzt aus dem Hintergrund vernehmen: »Er beugte sich mit einer Kerze in der Hand über mich. Dadurch bin ich aufgewacht.«
Timmy hielt den Atem an, schob sich an North vorbei, damit er sie sehen konnte. »Weil«, sagte er ehrfürchtig, »ich sie sehen mußte, Mylord. Sie ist so schön wie ein Engel, wie eine Prinzessin, wie eine ... äh, eigentlich nicht wie eine Gans.«
»Das reicht jetzt«, bemerkte North eine Spur freundlicher. »Sie ist nur eine Frau und durchaus nichts Außergewöhnliches. Und diesem Engel, dieser Prinzessin, dieser jungen Gans hast du eine Heidenangst eingejagt. Was zum Teufel soll ich jetzt mit dir anfangen?«
»*Engel* sagtest du?« fragte Caroline.
»Aye, Miß. Ihr Haar ist wie gesponnenes Gold und so dicht und weich und seidig wie ...«
Sie wandte sich an North. »Was er getan hat, ist nicht sehr schlimm, Mylord.«
»Das sagen Sie nur, weil er Ihnen schmeichelt. Engel, ha!

Sehen Sie sich im Spiegel an, Caroline. Sie sind ein Bild des Jammers, und ihr Haar läßt den Vergleich mit einem Strohhaufen zu …«
»Das reicht, North. Schweigen Sie.« Sie beugte sich zu Timmy vor, in dessen grünen Augen zum erstenmal ein Funken Hoffnung zu sehen war. »Warum bist du wirklich hergekommen, Timmy?«
Er legte die Hand auf das Herz, in der Hoffnung, bei einer Frau Mitleid zu finden, was er bei seiner Lordschaft nicht erwarten konnte. »Es war Mr. Coombe, Miß. Ich hab' gehört, wie er zu Mr. Tregeagle gesagt hat, Sie haben eine Waffe und daß Sie damit auf ihn gezielt haben und ihm einen Mordsschrecken verpaßt haben. Ja, so war es. Das Gewehr von meinem Pa ist kaputt, und das braucht er, wenn er nichts mit seinen Fallen fängt. Meine Geschwister sind hungrig, verstehen Sie, und er muß ihre Mägen füllen.«
»Du wolltest meine Pistole stehlen?«
Er nickte.
»So ist das also.« Sie zuckte mit den Achseln und lächelte. »Gut. Wenn ich es mir recht überlege, braucht dein Pa die Waffe dringender als ich. Aber ein böser Mann hat es auf mich abgesehen. Er will mich zwingen, ihn zu heiraten, damit er an mein Geld kommt. Es könnte durchaus sein, daß ich ihn erschießen muß, um meine Haut zu retten. Wenn diese Angelegenheit bereinigt ist, werde ich dir meine Pistole schenken. Einverstanden, Timmy?«
»Seine Lordschaft wird doch auf Sie aufpassen, Miß! Wird seine Lordschaft dem bösen Mann nicht den Garaus machen?«
»Nein, das Garausmachen ist meine Sache. Wenn ich es hinter mich gebracht habe, bekommst du die Pistole. Abgemacht, Timmy?«
»Oh, Miß, das ist wunderbar. Mein Pa wird Sie in den Himmel loben, wegen Ihrer Güte und Schönheit und …«
»Jetzt mache einen Punkt, Timmy«, unterbrach ihn North. »Darf ich fragen, warum du nicht zu mir gekommen bist?«
»Mr. Coombe sagt, wir sollen Sie nicht belästigen, Mylord.

Seine Lordschaft liebt Einsamkeit und Ruhe, das sagt Mr. Coombe. Und Mr. Tregeagle sagt, keiner darf einem Nightingale nahetreten. Das ist einfach so. Ja. Und das stimmt. Keiner wird Sie stören, Mylord. Mr. Coombe sagt, wir müssen Sie vor allem schützen und aufdringliche Leute von Ihnen fernhalten, vor allem aufdringliche Frauenzimmer.«

»Ich bin jetzt gestört worden, und zwar von dir. Du hast mich aus einem angenehmen Traum aufgeschreckt und gezwungen ...«

»Das reicht, Mylord. Timmy hat sich entschuldigt. Es ist alles gut.«

»Geh zu Bett, Timmy«, erwiderte North daraufhin und gab es auf. »Wir sprechen uns morgen früh. Gute Nacht.«

Timmy nickte North feierlich zu, dann lächelte er Caroline verschmitzt an. North schwieg, bis der Junge das Schlafzimmer verlassen und die Tür hinter sich geschlossen hatte. Er drehte sich langsam um und blickte auf sie hinunter. »Ihr Schrei hat mir einen panischen Schrecken eingejagt.«

»Das tut mir leid. Timmy hat mich zu Tode erschreckt. Übrigens, Ihr Haar steht zu Berge. Es sieht lustig aus.«

Er strich das Haar glatt und meinte dann: »So ein Unsinn. Und jetzt zu der Prinzessin, deren Schönheit das Meer zurückweichen läßt, deren Anmut die einer fetten Gans übertrifft, kurz, ein Engel, der ...«

Sie lachte auf und stieß ihn leicht in den Arm. »Oh, hören Sie auf, bevor ich vor Lachen platze! Du lieber Gott, welch ein Drama! Verzeihen Sie, daß ich Sie geweckt habe, aber ich war außer mir vor Angst.« Sie blickte an sich hinunter und meinte dann kurz: »Sie haben mir die Stiefel ausgezogen.«

»Ja, aber das ist auch alles, wie Sie bemerkt haben werden, sonst säßen Sie hier nackt wie eine der Statuen in den Gängen des Ostflügels. Timmy war Ihnen näher gekommen als ich jetzt. Ihr linker Strumpf hat ein Loch, und Sie haben sich an dieser Stelle die Haut aufgerieben. Es sieht nicht gut aus. Morgen müssen Sie etwas dagegen unternehmen.«

»Jawohl. Wie Sie meinen, Mylord. Sie haben Caroline gesagt.«
»Miß Derwent-Jones erschien mir doch etwas zu gemessen, als ich in Ihr Schlafzimmer stürzte, um Sie vor einem Drachen, einem Dieb oder diesem gräßlichen Mr. Ffalkes zu retten.«
»Sie können Caroline zu mir sagen. Ich mag es, wie Sie meinen Namen aussprechen. Irgendwie klingt es aufregend. So kehlig. Es geht mir durch mein weibliches Mark und Bein.«
»Tatsächlich? Ausgezeichnet. Wir kennen uns zwar noch nicht sehr lange, aber ich darf wohl sagen, daß sich aufgrund gemeinsamer Erlebnisse gewisse Förmlichkeiten erübrigt haben. Wir könnten uns duzen. North hast du mich ja bereits genannt.«
»North was?«
»Eigentlich Frederic North Nightingale, Baron Penrith, Viscount Chilton, und dann kommt nichts mehr. Meine Vorfahren haben lange dazu gebraucht. Als ein Vorfahre von mir vor vielen, vielen Jahren Viscount Chilton wurde und Mount Hawke baute, hat er dem Dorf zu seinen Füßen den Namen der Burg gegeben.«
»Welchen Namen hatte das Dorf vorher gehabt?«
Er merkte, wie er sie unwillkürlich anlächelte. »Du wirst es nicht glauben, aber es hieß Pigeon's Foot, Taubenfuß.«
»Nein, das glaube ich nicht.«
Er hob nur die Schultern. »Wußte ich's doch.«
Eine Zeitlang sah sie ihn nachdenklich an, dann meinte sie lächelnd: »North Nightingale. Ein sehr schöner Name. Sehr romantisch. Hat ihn deine Mutter ausgesucht?«
»Das bezweifle ich.«
»Dann hatte dein Vater eine romantische Ader.«
Er antwortete nicht darauf. Das Schweigen zwischen ihnen nistete sich ein. Ein Schweigen, das nicht angenehm war. Ein Schweigen mit einer dunklen Unterströmung, die sie nicht deuten konnte.
»Vielen Dank, daß du mir so schnell zu Hilfe kamst.«
»Oh, gern geschehen. Und jetzt leg dich wieder schlafen.«

Er zog ihr die Decke behutsam bis zum Kinn hinauf, als ob er ihr Vater oder Onkel wäre.
»Weißt du, Caroline, ich werde dafür sorgen, daß Mr. Ffalkes einer so netten Person wie dir kein Leid zufügt.«
»Das ist nett von dir, North, aber ich kann auf mich selbst aufpassen. Das habe ich vorher getan und werde es auch weiterhin tun.«
»Sehr schön«, meinte er nachsichtig. »Aber ich glaube, daß ich dich trotzdem im Auge behalten werde. Er wird wiederkommen.«
Eine dicke Haarsträhne war ihr über die Stirn gefallen. Er strich sie vorsichtig zurück, streichelte kurz ihre Wange und blickte sie lächelnd an. Dann fuhr er mit der Fingerspitze über ihre Augenbrauen. Seine Berührung war beruhigend und aufwühlend zugleich. Plötzlich brach sie in Tränen aus.
North erschrak. Noch nie in seinem Leben hatte er sich so hilflos gefühlt. Einen Augenblick lang saß er unbeholfen neben ihr, dann zog er sie an die Brust. »Es ist ja gut. Es wird alles gut. Ich verspreche es dir. Ich wollte dich nicht mit Ffalkes erschrecken.«
»Nein, nein. Es ist nicht seinetwegen«, sagte sie mit tränenerstickter Stimme. »Er ist ein Wurm, nichts weiter. Ich bringe ihn um, wenn es sein muß. Entschuldige. Es waren deine Gesten. Du decktest mich zu, strichst mir das Haar aus der Stirn. Wie eine Mutter. Es ist so lange her. Damals war ich noch ein kleines Mädchen ...« Sie weinte stärker, und er hielt sie weiter an sich gedrückt, spürte ihre Einsamkeit, ihre Angst vor der Zukunft. Sie richtete sich auf, seufzte noch einmal tief auf und erklärte dann tapfer: »Verzeih, wenn du jetzt aufgeweicht bist. Zu dumm. Normalerweise weine ich nie. Wirklich nicht. Weinen ist reine Zeitverschwendung.«
»Sag das nicht, Caroline. Tränen reinigen Geist und Seele und lassen uns den Sinn der Dinge erkennen. Das Leben ist ein Chaos. Es ist nur recht, wenn wir ab und zu weinen. Es rückt alles wieder an die richtige Stelle.«
Sie war eine Weile still. Dann meinte sie seufzend: »Du

hast ja recht. Es hat keinen Sinn, sich vor Erinnerungen zu verschließen, wenn sie vor einem auferstehen. Sie überrollen einen einfach. Trotzdem, vielen Dank, North.«
»Ist jetzt alles in Ordnung?«
»Ja. Danke, North.«
Dieses Mal zog er die Decke nicht wieder bis zu ihrem Kinn hinauf, als er sie in die Kissen zurücklegte. Aber ihre Wange streichelte er trotzdem, ohne es zu wollen.
Nachdem er die Tür hinter sich geschlossen hatte, stand Caroline auf und zog das Kleid aus. Es war hoffnungslos zerknautscht, und sie hatte kein zweites. So gut wie möglich strich sie es glatt und legte es über einen Stuhl. Dann stieg sie wieder ins Bett, legte sich auf den Rücken und verschränkte die Arme hinter dem Kopf. Langsam stiegen ihr wieder Tränen in die Augen. Seine Fürsorglichkeit hatte die verkrusteten Erinnerungen an ihre Kinderzeit und ihre Mutter gewaltsam aufgebrochen. Das Gesicht der Mutter nahm wieder vertraute Züge an. Dann dachte sie an ihre geliebte Tante Ellie. Wer konnte sie ermordet haben? Nichts schien einen Sinn zu ergeben, vor allem jetzt, da sie im Bett eines Lords lag, dem sie erst vor einer Woche begegnet war.
Was sollte sie tun?

Daß sie keinen schönen Anblick bot, wußte sie, aber sie war zumindest einigermaßen sauber. Als sie erwachte, fand sie eine Schüssel mit lauwarmem Wasser auf der Waschkommode vor. Sie zog ihre Unterkleidung aus und wusch sich gründlich. Vier Tage, ohne sich zu waschen, war einfach zuviel. Sie wünschte, man hätte ihr statt der Waschschüssel eine reichlich mit heißem Wasser gefüllte Badewanne in das Schlafzimmer gestellt, aber nach der Begrüßung zu schließen, die ihr am Abend durch die Dienerschaft zuteil wurde, war die Schüssel mit warmem Wasser wahrscheinlich als großes Zugeständnis zu werten.
Langsam ging sie auf die Haupttreppe zu, die breit genug war, um drei Damen nebeneinander in voller Abendgarderobe aufzunehmen. Ein riesiger Leuchter hing über zwei

Stockwerke hinab und schwebte in angemessener Höhe über der Eingangshalle. Er glänzte golden auf. Sogar die unzähligen Kerzen schienen blankpoliert zu sein.
Einen Augenblick lang blieb sie auf der Treppe stehen und blickte sich um. Es war ein prächtiges altes Haus. Nein, eigentlich mehr eine alte Burg, die im Laufe der Jahrhunderte zu einem imposanten Gutshaus verändert worden war, trotzdem hatte das Haus den Charakter eines Schlosses bewahrt. Sie fühlte sich in diesen Mauern so wohl, daß sie ein Gefühl der Vertrautheit beschlich. Das muß ein Irrtum sein, sagte sie sich, aber es ließ sich nicht verscheuchen, auch nicht, als sie erneut in die Halle hinunterblickte.
Die Wände am Eingang waren dicht mit Porträts bedeckt – keine Frauen, nur Männer –, die zum Teil aus dem sechzehnten Jahrhundert zu stammen schienen. Sie betrachtete sie etwas genauer. Nein, Frauen war nicht unter ihnen auszumachen. Wie sonderbar!
Warum gab es keine weiblichen Porträts? Schließlich mußten ja Frauen alle diese Männer geboren haben. Und die waren, so sinnierte sie weiter, bestimmt ehelich auf die Welt gekommen. Äußerst ungewöhnlich.
»Guten Morgen.«
Ihr Gastgeber stand am Fuß der breiten Treppe. Er trug Wildlederhosen, die in spiegelblanken Reitstiefeln steckten, und ein blütenweißes Leinenhemd mit hellbraunem Reitrock. Zum erstenmal betrachtete sie ihn als Mann und gestand sich ein, daß er umwerfend gut aussah. Sein dunkles dichtes Haar trug er etwas zu lang, was nicht der Mode entsprach, aber hier, in der wilden Abgeschiedenheit von Cornwall, stand es ihm blendend. Es überraschte und beunruhigte sie zugleich, daß der Mann ihr so gut gefiel, der sie gestern abend in den Armen gehalten und getröstet hatte, der sich über sie gebeugt und fürsorglich zugedeckt hatte.
»Ähm ... hallo!« sagte sie.
»Hast du deinen Fuß gebadet?«
»Meinen Fuß? Ich habe meinen ganzen Körper gewaschen,

obwohl ich nur eine kleine Schüssel mit Wasser hatte. Aber ich beschwere mich nicht, North. Es war wirklich sehr aufmerksam. Hat Timmy, das Hausmädchen, mir das Wasser gebracht?«

Er winkte ab. »Dein Strumpf ist zerrissen und der Fuß wundgescheuert. Hast du die Wunde gereinigt? Ist es schlimmer geworden?«

»Oh. Es tut etwas weh. Viel kann ich ja nicht dagegen tun. Ich mußte meinen Koffer in Dorchester lassen. Alles, was ich habe, trage ich am Leib, einschließlich des zerrissenen Strumpfs.«

Er zog die Stirn in Falten und meinte nach einer Weile: »Da muß etwas getan werden.« Er wandte sich um und rief: »Tregeagle! Kommen Sie sofort!«

Er drehte ihr den Rücken zu, immer noch stirnrunzelnd, bis Tregeagle auftauchte. Sie war neugierig auf die männliche Haushälterin, die ihr dieses hübsche Schlafzimmer angewiesen hatte. Als sie ihn erblickte, stockte ihr kurz der Atem. Er war groß und gut gewachsen. Kurz, er war der schönste ältere Mann, den sie sich vorstellen konnte. Er sah wie ein Bilderbuch-Großvater aus, mit dem vollen Silberhaar, den klaren blauen Augen, dem klassisch geschnittenen Gesicht mit den feinen Falten. Dieser schöne alte Mann war die Haushälterin? In der Tat, ein höchst sonderbarer Haushalt. »Vielen Dank für das schöne Zimmer, Tregeagle. Und für das warme Wasser.«

»Es hätte heiß sein sollen«, antwortete Tregeagle. Er verbeugte sich kurz in ihre Richtung und fuhr dann fort: »Mylord?«

»Bringen Sie bitte eine Wundsalbe und saubere Tücher zum Verbinden. Und eine Schüssel mit heißem Wasser. Ich brauche alles im Bibliothekszimmer.«

»Ja, Mylord. Der Wunsch, Mylord, ist sehr ungewöhnlich. Darf ich fragen, wozu ...«

»Nein.«

»Ja, Mylord. Miß.« Er nickte kurz, wandte sich um und entfernte sich langsam mit gemessenen Schritten wie ein Bischof.

Eigentlich hatte North erwartet, sie sei als jungfräuliches Mädchen, denn das war sie schließlich noch, peinlich berührt, sich in seinem Haus ohne Begleitperson aufzuhalten, statt dessen bemerkte sie: »Dein Haus ist wunderschön. Es ist wirklich unglaublich schön. Ein altes Schloß, das von Generation zu Generation geprägt wurde, das oft verändert und wohnlicher gestaltet wurde. Am liebsten möchte ich hier auf den Stufen sitzenbleiben, um das alte Gemäuer auf mich einwirken zu lassen.«

Er hob nur eine dunkle Augenbraue und schwieg.

»Was führt du im Wappen?«

»Nun, keine Nachtigall, wenn du das meinst. Es sind zwei Löwen, die sich mit gekreuzten Klingen angreifen. Das Symbol der Nachtigall hat nichts mit dem Vogel zu tun. Es besagt einfach: Die Tugend gleicht einer Eiche.«

»Das ist weder wildromantisch noch besonders tiefsinnig.«

»Ich weiß. Ich bin auch enttäuscht. Vielleicht fiel meinen Ururahnen nichts Besseres ein, als sie sich von dem albernen Symbol der Nachtigall trennten.«

»Du sagtest, zwei Löwen, die sich mit gekreuzten Klingen gegenüberstehen? Wo bleibt da die Eiche?«

»Irgendwo im Hintergrund.«

»Jedenfalls besitzt du ein Familienwappen mit einem Wahlspruch. Mein Zuhause – Honeymead Manor – ist sehr ansehnlich, fällt aber nicht unbedingt aus dem Rahmen. Ein Gutshaus, knapp sechzig Jahre alt, kein Wappen, kein Wahlspruch. Es läßt sich nicht mit diesem prachtvollen Besitz vergleichen.«

»Danke.«

Jetzt war sie an der Reihe, die Stirn in Falten zu ziehen, was sie auch tat.

»Ah, Tregeagle, die medizinische Ausrüstung. Gut, sogar Basilikumpuder. Seien Sie so nett, stellen Sie alles auf meinen Tisch im Bibliothekszimmer. Und du, Caroline, kommst jetzt mit mir.«

»Caroline?« Tregeagle blickte seinen Herrn erstaunt an. »Mylord, Sie haben diese junge Person bei ihrem Vornamen genannt. Kein häßlicher Name, obwohl er sehr gebräuchlich ist, aber das steht nicht dafür, daß er Ihnen so leicht über die Lippen geht. Sie traf erst gestern abend ein und wird uns nach dem Frühstück verlassen. Ihr Nachname wäre wohl passender.«

Ihr blieb nichts anderes übrig, als Tregeagle anzustarren. Der Gastgeber hingegen errötete leicht und hätte seinen Haushälter am liebsten bei der Kehle gepackt, aber zum Glück gelang es ihm, sich zu beherrschen. »Sie sind sehr aufmerksam, Tregeagle. Das nächstemal drehe ich Ihnen bei einer ähnlichen Bemerkung den Hals um. Gehen Sie und kümmern Sie sich um das Frühstück. Sagen Sie Polgrain, wir essen in zehn Minuten. Ah, Tregeagle ...«

»Ja, Mylord?«

»Nicht vergessen, ich wünsche ein tadelloses Frühstück.«

»Ja, Mylord.«

Sie blickte Tregeagle nach und wartete, bis er die Tür hinter sich geschlossen hatte. »Er erinnert mich an eine meiner Lehrerinnen in Chudleighs Mädcheninternat. Sie konnte Mädchen nicht ausstehen, war aber bemüht, es sich nicht anmerken zu lassen. Eins verstehe ich nicht, North. Hier gibt es keine Porträts von Frauen. Vielleicht sind sie in einer eigenen Galerie untergebracht, aber auch das wäre sehr merkwürdig. Und noch etwas ... du hast nur männliche Dienstboten. Du erzähltest mir gestern abend, dies sei ein Männerhaushalt. Offensichtlich sind Frauen hier unerwünscht. Warum?«

»Vergiß es. Es hat nichts mit dir zu tun. Außerdem geht es dich nichts an. Jetzt setz dich hin und leg den Fuß auf diesen Schemel.«

»Meine Wasserblase kann ich selbst versorgen, North. Schließlich befindet sie sich nicht auf dem Rücken, wo ich sie nicht erreichen kann.«

»Sei still und setz dich hin.«

Sie folgte. Er kniete sich vor sie hin, band die Schnürsenkel auf und zog ihr den Stiefel vom Fuß. Sie hatte die wunde Stelle mit einem Taschentuch abgedeckt. Er erkannte es als sein Taschentuch. Es war mit seinen Initialen bestickt. Wo mochte sie es herhaben? fragte er sich. Er zog es von der

Blase ab. Die Haut darunter war rot und entzündet. Während der Zeit in der Armee hatte er oft genug erlebt, wie Männer nach unbedeutenden Wunden im Fieberdelirium gestorben waren. Er sah sich die Wunde genau an. Keine beunruhigenden roten Linien umgaben die aufgeschürfte Stelle. Wenigstens etwas.
»Stillhalten. Am Anfang wird es weh tun.« Das war sehr untertrieben, dachte sie, als er den Strumpf abstreifte und den Fuß in eine Schüssel mit heißem Wasser tauchte. Sie wäre beinahe vom Stuhl gesprungen.
»Halt still, der Schmerz wird gleich nachlassen.«
»Hoffentlich«, stieß sie zwischen den Zähnen hervor, »sonst schreie ich deine Dienerschaft zusammen, die mir höchstwahrscheinlich den Fangschuß verpassen wird.«
»Nein, das glaube ich nicht. Zu umständlich, zu laut, zu blutig. Sie würden dir eins über den Schädel ziehen und dich im Garten vergraben.«
»Wunderbar«, sagte sie und entspannte sich, bis er ihren Fuß hob und die Wunde gründlich auswusch. »Vielleicht verschleppen sie mich auch nur. Ich wollte immer schon nach Botany Bay.«
»Bitte, Caroline. Ich weiß, es tut weh. Du mußt noch Geduld haben. So. Jetzt ist alles sauber. Und jetzt ein alter französischer Brandy. Nein, nicht weglaufen. Ich weiß, es brennt ...«
Vor Schmerz biß sie die Zähne zusammen, und die Finger krallten sich in die Armlehne. Sie wollte aufschreien, riß sich aber zusammen und brachte so ruhig wie möglich hervor: »Brennen, Mylord? Laß dir das gesagt sein, North Nightingale, brennen ist erst der Anfang. Es ist unangenehm und stellt meine Tapferkeit auf die Probe ...«
»Nicht jammern, Kleines. Wir haben es gleich überstanden. Und jetzt ein wenig Basilikumpuder.«
Er war sehr vorsichtig, das mußte sie ihm lassen. Sie hatte nicht geahnt, daß die Entzündung bereits so schlimm war. Wieder biß sie die Zähne zusammen, als er den Fuß mit Streifen aus weißem Leinen bandagierte.
»Ich werde nie wieder in meinen Stiefel kommen«, meinte

sie, als sie den dicken weißen Verband sah, der die obere Hälfte ihres Fußes umschloß.
»Weder in einen Stiefel noch in einen leichten Schuh. Du wirst eine Woche lang so wenig wie möglich laufen. Wenn du dich in Scrilady Hall eingerichtet hast, wird sich Dr. Treath darum kümmern. Einverstanden?«
Sie blickte auf seinen dunklen Haarschopf, auf seine gleichmäßig gebräunten Hände, in denen jetzt ihr Fuß lag. Das ist alles höchst sonderbar, dachte sie. Während der letzten Minuten hatte sie ganz vergessen, in welcher Situation sie sich befand, daß Tante Ellie ermordet wurde und daß sie völlig auf sich gestellt war.
Aber nun spürte sie ihn wieder, diesen furchtbaren, nagenden Schmerz.
»Tut es noch weh?«
»Nein. Danke, North.«
»Ausgezeichnet«, sagte er beim Aufstehen. »Dann wollen wir jetzt frühstücken. Anschließend bringe ich dich nach Scrilady Hall.«
Und dort, dachte sie, würde sie ihren ehemaligen Vormund erwarten. Sie wußte, daß er kommen würde. Es bestand kein Zweifel daran, daß Mr. Ffalkes das Geld dringend benötigte. Die Heirat mit ihr war der einzige Weg, um sich aus seiner finanziellen Misere zu befreien. Ja, sie würde sich um ihn kümmern müssen wie um den Mörder von Tante Ellie. Tränen traten ihr wieder in die Augen.
Er sagte nichts, und dafür war sie dankbar. Er wartete nur, bis sie sich wieder gefaßt hatte, und führte sie in das Frühstückszimmer. Sie ließ ihn in dem Glauben, daß der Fuß schmerzte. Das war ihr lieber als sein Mitleid.

9

Sie versuchte, wenigstens etwas Sympathie oder einen Funken Mitgefühl für den jungen Mann aufzubringen, der mit gesenktem Kopf und gefalteten Händen vor dem brennenden Kamin im Salon von Scrilady Hall saß. Es gelang ihr nicht. Sie übte sich in Geduld, was ihr nicht leichtfiel. Am liebsten hätte sie ihn geohrfeigt.

»Vetter Bennett«, sagte sie, als sie auf ihn zuging, »ich weiß, es ist schwer für dich. Trinke den Tee, dann geht es dir besser. Mr. Brogan möchte mit uns über Tante Ellies Testament sprechen.«

»Wen kümmert schon ihr dämliches Testament?« meinte Bennett und sah zu ihr auf. »Ich will das Testament meines Onkels sehen. Das ist wichtig, nicht ihres!«

»Warum? Dein Onkel starb vor etwa fünf Jahren. Er hat seinen gesamten Besitz seiner Frau vermacht, Tante Eleanor.«

»Das glaube ich nicht. Ich habe es nie geglaubt. Ich bin sein einziger männlicher Erbe. Er hätte alles mir überschrieben. Ich weiß, daß sie es geändert hat. Mit Mr. Brogans Hilfe. Wahrscheinlich ist sie seine Geliebte geworden, um ihn gefügig zu machen.«

Ihr Geduldsfaden würde gleich reißen. Scharf und knapp erwiderte sie: »Wenn du dieser Meinung warst, warum hast du das damals nicht gleich zur Sprache gebracht?«

»Ich war erst dreiundzwanzig, als er starb. Wer hätte mir geglaubt? Ich hatte kein Geld, keine einflußreichen Freunde. Verdammt noch mal! Natürlich hat man der Witwe geglaubt. Sie war eine Schlampe. Ich wette, sie hat es mit Mr. Brogan getrieben!«

»Halt deine Zunge im Zaum, Bennett«, warnte sie drohend. »Warum sitzt du hier und zitterst? Der Winter ist vorbei. Du lieber Himmel, es ist überhaupt nicht kalt.«

»Es ist kalt genug in diesem abgelegenen Nebelloch«, meinte er abfällig und stand langsam auf. »Mein Gott, wie ich diesen Ort hasse! Die schroffen Klippen und diese scheußlichen Zinnminen. Das ist der elendste, abstoßendste Fleck auf dem ganzen Erdball. Ich hasse ihn, hast du mich verstanden?«

»Ich finde, das hier ist der wunderschönste Platz auf der Welt, Bennett. Wie du siehst, kann man darüber geteilter Meinung sein. Zinn wurde hier seit Jahrhunderten abgebaut, bereits vor den Römern. Die Minen verschaffen Arbeit. Sei nicht so kritisch, Bennett.«

»Ich verstehe immer noch nicht, was mit deinem Fuß passiert ist, wie du hierhergekommen bist, warum du keine Kleider hast, warum du ohne weibliche Begleitung reist. Und noch etwas. Viscount Chilton hat dich nach Scrilady Hall gebracht. Soviel ich weiß, hat er keinen guten Ruf. Er ist finster, verschlossen und wortkarg wie die Helden bei Byron. Alle Mädchen im Ort sind hinter ihm her. Er liebt die Einsamkeit und brütet vor sich hin. Woher kennst du ihn, Caroline?«

»Das ist eine sehr lange Geschichte, die für dich im Augenblick unwichtig sein dürfte. Und jetzt kein Wort mehr, Bennett. Mr. Brogan ist hier. Wir werden gleich erfahren, was in Tante Ellies Testament steht. Jedenfalls bist du erwähnt, sonst hätte man dich nicht hergebeten. Komm, jetzt reiß dich zusammen.«

»Du hast leicht reden«, zischte er.

Vetter Bennett war ein gutaussehender junger Mann mit einem gewinnenden Lächeln, dichtem Blondhaar und hinreißend himmelblauen Augen. Sie hatten sich am Tag zuvor eine halbe Stunde lang unterhalten, und da zeigten sich bereits seine wahren Gefühle. Er war verbittert und böse. Als sie sein beleidigtes, schmollendes Gesicht mit der herabhängenden Unterlippe sah, hätte sie ihm am liebsten gegen das Schienbein getreten. Soweit sie wußte, hatte

Tante Ellie ihm alles hinterlassen. Schließlich war Caroline bereits Erbin und war weder auf Scrilady Hall noch auf Geld angewiesen. Und das hatte Tante Ellie gewußt.
Aber es sollte anders kommen. Mr. Brogans Gesicht hatte die fahle Blässe eines Menschen, der zuviel Zeit in geschlossenen Räumen verbrachte und zuwenig an die Luft kam. Er strich sich das schüttere, graue Haar zurecht und forderte die beiden auf, Platz zu nehmen. »Eleanor Penroses Testament ist kurz und klar abgefaßt, zumindest am Anfang«, erklärte er, als er die dünne Schnur aufband und das Dokument glattstrich. »Erst vor zwei Jahren bat sie mich, ihr Testament aufzusetzen. Abzüglich kleinerer Beträge an die Dienstboten der Penroses und Spenden für wohltätige Zwecke in Trevellas geht der Rest des Vermögens an Sie, Miß Derwent-Jones. Es handelt sich dabei um eine beachtliche Summe.«
»Nein«, heulte Bennett auf und sprang von seinem Stuhl. »Ihr ganzes Geld ... das Geld meines Onkels ... an Caroline? Das nehme ich nicht hin! Dagegen protestiere ich! Ich werde ...«
»Setzen Sie sich, Mr. Penrose. Es steht noch mehr in Mrs. Penroses Testament, aber ich fahre erst fort, wenn Sie sich beruhigt haben, Mr. Penrose.«
Bennett ließ sich auf den Stuhl fallen und sah aus, als wolle er Mr. Brogan und Caroline erdolchen.
»Also«, erklärte Mr. Brogan und räusperte sich, »Ihre Tante hatte mich gebeten, diesen Wunsch sorgfältig abzufassen.« Er setzte die Brille auf die Nase, hob das Blatt und las:

»›Meine geliebte Nichte,
ich freue mich auf den Tag, an dem Du nach Cornwall kommst und bei mir wohnst. Wenn Du neunzehn bist, hole ich Dich ab und bringe Dich von diesem gräßlichen Mann, Mr. Ffalkes, fort. Er wird dann keinen Einfluß mehr auf Dich haben. Wir beide, meine Liebe, werden Scrilady Hall wieder zu einem Zuhause machen. Wir werden es mit Lachen,

Geselligkeit und Menschen füllen. Denk daran, daß ich Dich in all den Jahren immer geliebt habe und nur das Beste für Dich wollte.
In Liebe
Deine Tante Eleanor Penrose.‹«

Caroline konnte nicht anders. Sie senkte den Kopf und ließ die Tränen die Wangen hinunterrollen. Langsam tropften sie auf die gefalteten Hände im Schoß.
»Miß Derwent-Jones, Ihre Tante hatte natürlich damit gerechnet, daß Sie bis zu Ihrer Verheiratung bei ihr leben würden. Wie ich bereits erwähnte, verfaßte sie das Testament, als Sie siebzehn Jahre alt waren, und sie beschloß damals, Ihnen den Brief zu schreiben, damit Sie wissen – das sagte sie wortwörtlich –, wie sehr sie Ihnen zugetan war.«
Er blickte auf und sah, daß sie weinte. »O du lieber Himmel, es tut mir so leid für Sie, Miß Derwent-Jones. Verzeihen Sie. Das ist alles sehr tragisch für Sie …«
»Was ist mit mir?«
»Hm? Oh, Mr. Penrose. Wollen Sie nicht warten, bis sich Miß Derwent-Jones gefaßt hat? Es ist natürlich ein schwerer Schlag für sie.«
»Wieso? Sie hat das ganze Geld.«
Caroline wischte sich mit dem Handrücken über die Augen, putzte sich die Nase in einem Taschentuch ihrer Tante und antwortete: »Es ist gut, Mr. Brogan. Entschuldigen Sie. Es ist der Brief. Mir kam es vor, als säße sie neben mir und spräche mit mir.«
»Verständlich. Ihre Tante war ein feiner Mensch. Können wir fortfahren?«
»Ja, gewiß.«
»Ausgezeichnet.« Mr. Brogan schob die Brille wieder auf die Nase und räusperte sich. »Also, das folgende wird jetzt für Sie beide ziemlich kompliziert und ungewöhnlich, vielleicht sogar verwirrend. Ich glaube, am besten erkläre ich es Ihnen damit, daß Mrs. Eleanor Penrose eine starke Persönlichkeit war, eine Frau mit ausgeprägtem Mitgefühl,

eine Frau, die der Überzeugung war, daß ihr Vermögen sie gegenüber Minderbemittelten verpflichtet.«
»Verdammt noch mal! Im Vergleich zur Witwe meines Onkels gehöre ich zu den Armen!«
»Mr. Penrose, würden Sie bitte schweigen«, ermahnte Mr. Brogan Bennett mit verhaltenem Zorn. »Mrs. Penrose war in unserer Gegend sehr einflußreich und hatte sich darüber hinaus mit jungen Frauen getroffen, die unehelich schwanger wurden. Diese Frauen wurden von ihren Arbeitgebern oder deren Söhnen verführt oder vergewaltigt und von den eigenen Familien ohne einen Penny verstoßen. Sie hatte sich ihrer angenommen und in einem kleinen Haus in St. Agnes untergebracht. Sie und Dr. Treath sind sich dadurch in den letzten Jahren sehr nahegekommen. Wahrscheinlich auch deshalb, weil sie ihm ständig neue Patienten brachte.«
Caroline zwang sich zu einem Lächeln. Mr. Brogan blickte sie kurz an und las weiter: »Nachdem die jungen Frauen ihre Kinder geboren hatten, blieben sie weiterhin Eleanors Schützlinge. Wollte eine Frau ihr Kind behalten, suchte sie ihr eine Anstellung, die es ihr ermöglichte, das Kind selbst großzuziehen. Wenn nicht, dann ließ Eleanor das Kind adoptieren!«
»Ein bodenloser Unsinn!« stieß Bennett hervor und ging vor dem Schreibtisch auf und ab. »Ein Pack dummer junger Mädchen, die ihre Beine nicht zusammenhalten konnten. Was zum Teufel hat das mit mir zu tun? Mit uns? Verführt, sagten Sie? Es ist doch ihre Schuld, wenn sie schwanger werden! Was geht mich das an?«
»Halt den Mund, Bennett!« rief Caroline und stand auf. Sie blickte ihm fest in die Augen, als sie sagte: »Du wirst jetzt deinen verdammten Mund halten. Ich verprügle dich, das schwöre ich dir. Vielleicht erschieße ich dich auch. Ich bin ein guter Schütze, falls du das nicht weißt.«
»Schon gut, schon gut, ich sage ja nichts mehr. Aber trotzdem, das hat doch alles nichts mit uns zu tun, Caroline.«
Mr. Brogans Wangen röteten sich, aber er beherrschte sich so gut wie möglich. »O doch, es hat etwas mit Ihnen zu tun, Mr. Bennett. Mrs. Penrose vererbte Scrilady Hall,

die dazugehörigen Ländereien und die Zinnminen an Sie beide. Aber ...«

Bennett Penrose fuhr mit einer kraftvollen Bewegung herum, die man diesem schmächtigen Mann nicht zugetraut hätte. Sein Gesicht war jetzt puterrot. »Was? Wieder so ein verdammter Unsinn! Caroline bekommt das ganze Geld, und mich speist sie mit dem halben Haus ab, den halben Mieteinnahmen, den halben Zinnminen, den halben Dienstboten, den halben Möbeln!«

»Das entspricht nicht ganz den Tatsachen, Mr. Penrose. Sie beide wurden als Treuhänder eingesetzt. Scrilady Hall wird eine Zufluchtsstätte für diese jungen Frauen werden. Eleanor Penrose hoffte, Sie werden Anteil an ihrem Schicksal nehmen, den jungen Frauen eine Ausbildung ermöglichen und ihnen und den Kindern auf ihrem weiteren Lebensweg zur Seite stehen. Aus den Pachtverträgen und den drei Zinnminen fließen genügend Gelder, um dem Wunsch Ihrer Tante nachzukommen.«

Bennett Penrose konnte Mr. Brogan nur wortlos anstarren. Zitternd vor Wut stieß er hervor: »Heißt das, ich soll hier mit Caroline und einem Rudel dickleibiger Frauen wohnen, die einen Bastard nach dem anderen in die Welt setzen? Das ist verrückt. Meine Tante muß den Verstand verloren haben, als sie dieses verdammte Testament aufsetzte. Da spiele ich nicht mit, Mr. Brogan. Ich bin nicht mehr dreiundzwanzig. Ich fechte das Testament an.«

»Mäßigen Sie sich, Mr. Penrose. Es ist ein Schock für Sie, das ist verständlich. Nehmen Sie Platz, Sir. Sie sind ein Gentleman, benehmen Sie sich danach. Was sagen Sie dazu, Miß Derwent-Jones?«

Carolines Augen wanderten von Bennetts wütender Fratze zu Mr. Brogans ausdruckslosem Gesicht. Sie war wütend und hätte Bennett am liebsten geohrfeigt, aber sie riß sich zusammen. Nach einem tiefen Atemzug erklärte sie: »Ich habe noch nie mit einem schwangeren jungen Mädchen gesprochen. Was muß es durchmachen! Wie viele Schwangere gibt es Ihrer Schätzung nach in Cornwall, Mr. Brogan?«

»Im Augenblick sind es drei. Sie sind in einem Häuschen in

St. Agnes untergebracht, unter der Obhut des Vikars Mr. Plumberry. Er ... ehm ... hat das Projekt Ihrer Tante nicht sehr begeistert aufgenommen, hält es aber für seine Christenpflicht, Mrs. Penroses Plan zu unterstützen. Außerdem hat sie seiner Kirche einen nennenswerten Betrag gespendet. Die jungen Frauen sind über den plötzlichen Tod von Mrs. Penrose sehr bestürzt. Dr. Treath erzählte mir, daß eines der Mädchen, knapp vierzehn Jahre alt, seitdem nicht mehr zu weinen aufgehört habe. Für sie war Eleanor Penrose eine Heilige.«

Caroline erhob sich langsam. Sie blickte auf ihren bandagierten Fuß und strich sich das Kleid mit den Händen glatt. Sie dachte an die furchtbare Nacht, in der Mr. Ffalkes sie beinahe vergewaltigt hätte, wenn es ihr nicht gelungen wäre, sich rechtzeitig zu wehren. Wahrscheinlich wäre sie von ihm schwanger geworden. Ein entsetzlicher Gedanke! Wie hilflos junge Mädchen doch waren, wenn sie unehrenhaften Männern in die Hände fielen. Nachdenklich wandte sie sich an Bennett Penrose. »Hör zu, Bennett, es hat keinen Sinn, sich zu beschweren und zu maulen. Du mußt ihre Entscheidung hinnehmen. Ich habe keine Ahnung, was ein Treuhänder zu tun hat, und schon gar nicht bei drei schwangeren jungen Mädchen. Aber das war Tante Eleanors Wunsch. Wir beide sind mit dieser Aufgabe betreut worden, Bennett. Ich finde, wir sollten den Versuch wagen.«

»Zum Teufel noch mal, Caroline, über dir schwebt gleich ein Heiligenschein! Du machst mich krank mit deiner Heuchelei!« Er warf Mr. Brogan einen wütenden Blick zu und verließ den Salon.

»Nicht gerade ein angenehmer Mensch«, meinte Mr. Brogan, als er seine Papiere glattstrich. »Ich kenne ihn als kleinen Jungen. Er hat sich nicht gebessert.«

»Er hegte, wie man so schön sagt, gewisse Erwartungen, Sir. Können Sie mir sagen, Mr. Brogan, warum Tante Eleanor diese Verfügung getroffen hat?«

»Meiner Meinung nach, Miß Derwent-Jones, war Eleanor davon überzeugt, Bennett zu bessern. Ich hatte ihr ausdrücklich von diesem Vermächtnis abgeraten, aber sie ließ sich nicht beirren. Bennett hatte sich nach dem Tod seines Onkels ständig Geld von ihr geborgt, ohne es jemals nutzbringend anzuwenden. Sie hoffte, er würde ein besserer Mensch werden, wenn er eine Aufgabe hätte. Ihnen gegenüber ist es wahrscheinlich eine Zumutung, aber sie dachte, Sie könnten Bennett auf den richtigen Weg bringen. Sie hielt sehr viel von Ihnen.«

Caroline blickte ihn an. »Aber woher konnte sie wissen, daß ich damit einverstanden bin? Woher wußte sie, daß ich meine Hände nicht jammernd über dem Kopf zusammenschlüge?«

Mr. Brogan nahm die Brille ab und putzte die Gläser mit dem Taschentuch. »Sie sagte mir, Sie hätten den Gerechtigkeitssinn Ihres Vaters, die Charakterstärke Ihrer Mutter und einen starken Willen, mit dem Sie alle Klippen überwinden würden.«

Caroline seufzte. »Ich möchte meine Tante nicht enttäuschen, wirklich nicht, Mr. Brogan, aber die Verantwortung ist groß. Es geht hier um Menschen. Gut, ich will es versuchen.«

Mr. Brogan lächelte zum erstenmal. »Ausgezeichnet«, sagte er, »ausgezeichnet.«

Caroline überredete Mr. Brogan, zum Mittagessen zu bleiben, als sie aber sah, was Mrs. Trebaw, die Haushälterin von Scrilady, auftischte, bereute sie es. Weit gefehlt! Mr. Brogan rieb sich die Hände und rief erfreut: »Oh, Sternguckerpastete, wie köstlich!«

Caroline blickte mit großen Augen auf die riesige runde Pastete. Ihre Augen wurden noch größer, als sie die Sardinenköpfe entdeckte, die am Rand der Speise mit offenen Augen und Mündern herausragten.

Mr. Brogan lächelte sie verschmitzt an. »Die Leute von Cornwall sind sehr sparsam, Miß Derwent-Jones. Es wäre eine Verschwendung, wenn man die ungenießbaren Köpfe der Sardinen mit Teig überbüke, also zog man sie einfach heraus. Schnitte man aber andererseits die Köpfe vorher ab, ginge das Öl verloren.«

Sie nahm ein Stück von der Kruste und brachte es nicht

fertig, diesen widerlichen Fischkopf einfach zu übersehen. Dr. Treath erschien nach dem Essen, und Caroline, die sofort erkannte, daß ihn mit ihrer Tante mehr als Freundschaft verbunden hatte, forderte ihn zum Bleiben auf. Er blickte auf ihren Fuß, stellte ein paar Fragen und tätschelte dann zufrieden ihr Knie. »Sehr gut. Ich freue mich, wenn ich Ellies Nichte in irgendeiner Weise helfen kann.«

Sie atmete tief ein. »Ich brauche alle erdenkliche Hilfe, Dr. Treath.« Dann berichtete sie von Mr. Ffalkes, seinen Absichten und was er versucht hatte und daß sie mit Owen als Geisel geflohen war. Sie erzählte ihm von North Nightingale und wie er ihr geholfen hatte, als Owen in Dorchester krank wurde. »Außerdem«, sagte sie und merkte, daß alle sie anstarrten wie diese glasäugigen Sardinen, »bin ich überzeugt, daß Mr. Ffalkes in Cornwall auftauchen wird. Er braucht Geld. Er will mein Geld. Er sagte, er werde mich zwingen, ihn zu heiraten. Ich brauche Ihre Hilfe, Gentlemen.«

»Und meine ebenfalls«, erklang es an der Tür zum Salon.

Sie drehte sich um und lachte North erstaunt an. Humpelnd eilte sie auf ihn zu. Wenn ihn ihre freudige Begrüßung überrascht hatte, so zeigte er es nicht. North begrüßte sie mit einem Handkuß. Als seine warmen Lippen ihre Haut streiften, redete sie hastig weiter. »Ah, North, wie nett, daß du kommst. Tritt ein. Hast du alles gehört, was ich Mr. Brogan und Dr. Treath erzählt habe?«

»Ja, fast alles. Tja, meine Herrn, was meinen Sie? Sollen wir einen Mörder dingen, der Mr. Ffalkes aus dem Weg räumt?«

»Ja«, meinte Dr. Treath. »Er scheint wirklich ein übler Zeitgenosse zu sein.«

»So etwas ist mir noch nicht zu Ohren gekommen«, mischte sich Mr. Brogan ein. »Dieser elende Schurke. Wie konnte er als Vetter des Vaters zu dieser Gemeinheit fähig sein?«

»Ich würfe ihn in den Kerker von Mount Hawke«, schlug Dr. Treath vor. »Soll er dort für ein paar Wochen sitzen, bis er seine Lektion gelernt hat.«

North half Caroline zu ihrem Stuhl zurück. »Wie geht es dem Fuß?«

»Viel besser. Danke.«

»Sie haben Ihre Sache sehr gut gemacht, mein Junge«, lobte Dr. Treath.
Die drei Männer betrachteten den Fuß ihrer Gastgeberin, bis Caroline sie der Reihe nach ansah, tief durchatmete und sagte: »Mr. Brogan, ich möchte Sie bitten, mein Anwalt zu sein. Könnten Sie Mr. Ffalkes veranlassen, mir meine Liegenschaften und mein Vermögen und alles zu übertragen, was mir sonst noch zusteht? Ich bin jetzt volljährig und in der Lage, mein Erbe selbst zu verwalten.«
»Behauptete er, er sei Ihr Treuhänder?«
»Ja.«
»Wahrscheinlich ist das gelogen«, wandte North ein. »Sei unbesorgt, Caroline. Mr. Brogan wird alles erledigen. Sir, falls es nötig sein sollte, können Sie sich mit meinem Londoner Anwalt in Verbindung setzen. Caroline, in der Zwischenzeit wirst du nicht allein sein. Wenn Mr. Ffalkes auftaucht, wird er es bereuen.«
»Hoffentlich läßt er den armen Owen in Frieden«, meinte sie. »Owen ist von Grund auf gut.«
»Du kannst ihn wieder als Geisel nehmen«, warf North scherzend dazwischen. »Und jetzt, Ma'am, nehme ich dich zu einem Ausritt mit, vorausgesetzt, Dr. Treath ist damit einverstanden. Du bist so weiß wie die Wand dort drüben.«
Ihre Augen leuchteten auf. »Sehr gern. Oh, du lieber Himmel, ich habe keine Reitkleidung.«
Dr. Treath räusperte sich ein wenig. »Ihre liebe Tante war eine begeisterte Reiterin. Ihre Kleider werden Ihnen nicht ganz passen, da sie etwas stärker war als Sie, aber Sie können sich damit behelfen, solange Ihre Kleider noch nicht eingetroffen sind. Das königsblaue Reitkostüm mit den kleinen Messingknöpfen müßte Ihnen ausgezeichnet stehen.«
Sie sah die Tränen in seinen Augen und erhob sich schnell. »Vielen Dank, Sir. Es wird mir sicherlich gut passen.«
Das war nicht der Fall, aber North, der nur auf ihre Brust blickte, meinte: »Ich würde sagen, deine Tante war voll ausgestattet.«
Mit einem verschmitzten Lachen zwinkerte er ihr zu. Für sie war er der schönste Mann der Welt.

10

Caroline hatte ihm vorgeschlagen, nach St. Agnes Head zu reiten. Als sie sich dem Brachland zwischen dem Dorf St. Agnes und den hohen Küstenklippen näherten, warf sie den Kopf zurück und atmete die salzige Luft ein. Wild und schön war es hier. Eine Landschaft, wie sie sie noch nie gesehen hatte, und doch kam sie ihr vertraut vor. Sie war niemals in Cornwall gewesen, spürte aber die Mystik und den Zauber dieses Landes. Sie blickte nach Norden zur St. Agnes-Bucht, einem ausgedehnten Halbrund aus Sand, das von steil aufsteigenden Klippen eingerahmt wurde. Sie dachte an ihre Tante. Wie oft mochte sie zu dieser Stelle geritten sein, versunken in die Schönheit und Einsamkeit der Natur? Was waren ihre letzten Gedanken gewesen? Hatte sie sich gegen ihren Mörder zu wehren versucht? Für einen Augenblick schloß sie die Augen und ließ dem Schmerz freien Lauf, um sich seiner voll bewußt zu sein.

North' nüchterne Erklärung brachte sie wieder zu sich. »Wir halten hier an, Caroline. Nach dem starken Regen von gestern traue ich dem Boden nicht.«

Sie trug nur einen Reitstiefel. Der linke Fuß war noch bandagiert. Er stützte sie am Arm, als sie zum Rand der Klippe gingen.

»Dort unten ist ein schmaler Felsvorsprung, ungefähr zwei Fuß breit.« Zu ihrer Erleichterung klang seine Stimme völlig teilnahmslos. »Ich bin hier entlanggeritten und blieb genau an dieser Stelle stehen. Als ich zu St. Ives hinüberschaute, fiel mir dieser merkwürdige Farbfleck auf. Ich rief hinunter, erhielt aber keine Antwort. Also kletterte ich hinab, und da lag sie.«

Caroline schwieg und versuchte sich das Beschriebene bildlich vorzustellen. Es gelang ihr nicht. Ihre Tante war tot, und sie würde sie nicht wiedersehen. Seufzend wandte sie sich ab. Plötzlich stieg eine Windbö auf, pfiff die Felsen entlang und drückte ihr den Reitrock an den Körper. Sie hielt das Gesicht in den Wind, genoß das kalte Prickeln auf der Haut und sog die salzige Luft in die Lungen. Sie schmeckte den warmen Duft des Heidekrauts, das zwischen den kahlen Felsen wuchs, entdeckte weiter unten blauen Lavendel, orangefarbene Flechten, grüne Algen. Alles wuchs und gedieh im Angesicht des brausenden, schäumenden Meeres. Wieviel Leben barg dieses kahle Felsgestein! Versonnen folgte sie dem eleganten Gleitflug zweier Seeschwalben, den eine Sturmmöwe mit einem langgezogenen Schrei kreuzte. Gewalt und Tod schienen hier keinen Platz zu haben.

Sie wandte sich an North. »Was ist mit ihrem Pferd geschehen?«

»Ich weiß es nicht. Daran habe ich gar nicht gedacht. Himmel! Ich bin der Magistrat und habe nicht an das Pferd gedacht!«

»Ihr Pferd ist höchstwahrscheinlich nach Scrilady Hall zurückgelaufen. Ich werde Robin fragen, den Stallburschen.«

»Ich frage ihn, wenn wir zurückkommen.«

Er hörte sich wie der Befehlshaber einer Armee an, steif und kälter als der Wind über der Irischen See. Er hatte etwas Wichtiges übersehen und ärgerte sich über sich selbst.

Sie nickte nur und meinte: »Wenn sie bereits tot war, als man sie über die Klippen stieß, ist es sehr unwahrscheinlich, daß sie auf dem Vorsprung liegenblieb.«

»Ich weiß. Um den Sturz abzufangen, mußte sie sich an etwas festgehalten haben. An den vorstehenden Felsen wachsen Sträucher.«

Sie fuhr sich mit der Zunge über die trockenen Lippen und versuchte sich zusammenzunehmen. Tante Ellie brauchte ihr Geheul nicht; sie brauchte jemanden, der ihren Mörder fand. »Das bedeutet, daß sie noch am Leben war, als sie über den Rand der Klippe gestoßen wurde, und daß sie sich zu retten versuchte.«

»Ja, mit großer Wahrscheinlichkeit. Aber sie war sehr schwach. Ich glaube nicht, daß sie lange gelitten hat, Caroline.«

Sie schwieg. Die Worte taten weh und erzeugten ein würgendes Gefühl in der Kehle. Schließlich brachte sie halblaut hervor: »Ich muß es genau wissen, North. Wie ist sie gestorben?«

»Sie wurde von hinten erstochen.«

»Wer kann so etwas getan haben? Ich meine, auch der gemeine und böse Mr. Ffalkes, der in seiner Verzweiflung zu vielem fähig ist, hätte es nicht fertiggebracht, einen Menschen von hinten zu erdolchen und ihn dann über die Klippen zu stoßen. North, das ist eine heimtückische Tat.«

»Heimtückisch«, wiederholte sie, »sehr heimtückisch.«

Er blickte sie stirnrunzelnd an. »Ich habe einen Mann aus dem Ort mit den Nachforschungen beauftragt. Er wird mir helfen. Seltsamerweise war er einmal Taschendieb. Er ist klug, wendig und verschwiegen. Sir Rafael Carstairs, der früher als Kapitän zur See fuhr und jetzt ein Nachbar von mir ist, schwört auf ihn. Er wird dir gefallen. Er heißt Flash Savory.«

»Flash, das bedeutet: schnell wie der Blitz. Dann war er ein guter Taschendieb.«

»Vermutlich.«

Sie blickte über das Meer und meinte nachdenklich: »Dr. Treath stand meiner Tante sehr nahe.«

»Ja. Als ich zu ihm ritt, gleich nachdem ich Eleanor Penrose gefunden hatte, erlitt er einen Schock. Er tat mir sehr leid. Seine Schwester Bess ist ihm in den ersten Tagen eine große Hilfe gewesen.«

»Bennett Penrose behauptet, meine Tante hätte sich Mr. Brogan zum Geliebten genommen, um das Testament zu fälschen.«

»Ein verbitterter Taugenichts. Glaubst du, er wird dir Ärger machen?«

»Ich weiß es nicht. Er will das Testament anfechten und weigert sich, Tante Ellies Anordnungen zu befolgen.«

»Und worum geht es dabei?«

»Sie hat uns als Treuhänder von Scrilady Hall eingesetzt, das eine Zufluchtsstätte für unverheiratete, schwangere junge Mädchen werden soll.«

»Oh, mein Gott!« Er blickte sie bestürzt und zugleich begeistert an.

»Ja, kaum zu glauben, aber so ist es. In dieser Situation befinden sich zur Zeit drei Mädchen. Sie wohnen in St. Agnes unter der Obhut des Vikars.«

»Ich wette, der alte Narr fürchtet, sie werden dem ganzen Dorf Schande bringen und die Jugend verderben.«

»Ich bin Mr. Plumberry noch nicht begegnet. Ist er tatsächlich ein Narr?«

»Du hättest seine Lobreden auf deine Tante hören sollen! Wenn deine Tante als Geist herumspukte, würde er seines Lebens nicht mehr froh werden. So sagte er zum Beispiel: ›Obwohl sie eine Lady war, war sie trotzdem liebenswert. Obwohl sie gefallene Mädchen aufnahm, strahlte sie trotzdem echte Freundlichkeit und Wärme aus.‹«

North blickte sie grübelnd an. »Ich begreife immer noch nicht, wieso deine Tante dich – obwohl du erst neunzehn geworden bist – mit der Betreuung schwangerer Mädchen beauftragt hat.«

»Es sind ganz bestimmte Mädchen. Sie wurden von ihrem Dienstherrn verführt oder vergewaltigt. Mädchen, die ohne den Schutz eines Vaters oder Bruders aufwachsen, sind sehr gefährdet, North. Und das Wort Schutz wird eine leere Hülse, wenn sie aus einer armen Familie kommen.«

»Eine Lady lernt diese Schattenseiten des Lebens nicht kennen.«

»Das trifft nicht immer zu. Zum Beispiel bei Tante Ellie. Sie hat ihnen geholfen und sich für sie eingesetzt. Das werde ich auch versuchen. Leider kann eine Person allein nur herzlich wenig ausrichten. Ich glaube, auf Bennett kann ich mich nicht verlassen.«

Er seufzte, hob die Hand und senkte sie wieder. »Du bist noch so jung, Caroline.«
Darüber mußte sie lächeln. »Ich bitte dich, North, neunzehn ist ein stattliches Alter. Mrs. Tailstrop – meine sogenannte Anstandsdame in Honeymead Manor – erklärte mir oft genug, daß ein Mädchen in meinem fortgeschrittenen Alter bereits aufpassen müsse, um nicht im Regal stehenzubleiben, aber zum Glück könne ich dem mit meinem Vermögen abhelfen.«
»Im Regal stehenbleiben – welch sonderbarer Ausdruck.«
»Ganz recht. Vielleicht sollte ich mich mit einem Glas Eingewecktem vergleichen?»
»Vergiß diesen Unsinn, du bist reizend genug.«
»Wie alt bist du, North?«
»Fünfundzwanzig.«
»Du lieber Gott, dann befindest du dich ja bereits in besagtem Regal!«
»Das gilt nicht für Männer.«
»Wie ungerecht. Vermutlich hat es aber seinen Sinn. Ich habe festgestellt, daß Männer mehr Reife brauchen als Frauen. Armer Owen, er ist nur zwei Jahre jünger als du, aber er muß noch ein paar Jahre reifen, um einigermaßen annehmbar zu werden. Aber du, Mylord, du bist gerade richtig.«
»So?«
»Ja, wie ein Sommerpfirsich. Du bist zum Pflücken reif.«
Er lächelte, erwiderte aber nichts. Schulter an Schulter standen sie nebeneinander und blickten eine Weile über die Irische See. Ohne sie anzublicken, unterbrach er das Schweigen. »Links an der Küste liegt St. Ives. Du erkennst es an den vielen weißen Häuschen und den Fischerbooten im Hafen. Bei Ebbe sitzen sie im nassen Sand fest, was sehr komisch aussieht. Dahinter liegt Trevose Head. Die Nordküste ist zerklüftet und wild. Und wenn ein Baum überlebt hat, ist er sturmgebeugt und zerzaust. Ganz im Gegensatz zur Südküste, wo du unter Palmen sitzen und in milder Luft Gedichte lesen kannst.« Er hielt einen Augenblick inne und meinte dann nachdenklich. »Ich weiß nicht, wann

ich das letztemal so mit einer Frau gesprochen habe. Für gewöhnlich mache ich Komplimente, gebe ab und zu eine geistreiche Bemerkung von mir oder rede über das Wetter. Ich will damit sagen, daß ich mit dir über Gott und die Welt reden kann. Außerdem habe ich seit langem nicht mehr mit einer Frau gelacht. Mit der Duchess, natürlich – einer außergewöhnlichen Frau, die mit meinem Freund Marcus Wyndham verheiratet ist –, aber auch mit ihr ...« Er unterbrach sich, schüttelte den Kopf. Er wirkte etwas verunsichert, als er fortfuhr. »Aber vermutlich seid ihr völlig verschieden.«

»Eins verstehe ich nicht. Ich hatte nie den Eindruck, als wärst du gern in meiner Nähe. Als wir uns das erstemal begegneten, hielt ich dich für witzig, dann lernte ich deine Freundlichkeit kennen, dann deine Hilfsbereitschaft. Und du bist ein gutaussehender Mann, North. Magst du keine Frauen?«

Im ersten Moment sah er sie verblüfft an, erkannte aber dann sofort, daß sie nicht wußte, was sie damit andeutete. Nur selten sprach jemand ihm gegenüber so offen die Wahrheit aus. »Frauen sind notwendig, aber im Tagesablauf eines Mannes durchaus entbehrlich.«

»Das hört sich ja wie eine Litanei an, die man dir bereits als Knabe vorgebetet hat. Du magst also Frauen nicht. Bennett behauptete, du habest nicht den besten Ruf, außerdem seist du finster, verschlossen und gefährlich. Und wenn dir danach ist, vergnügst du dich mit den Dorfmädchen.«

»Dieser Penrose muß wirklich ein Narr sein. Hat er, im Gegensatz zu dem armen Owen, wenigstens ein Kinn? Wenigstens ein kleines, hm? Und jetzt zu den Frauen. Ich mag Frauen. Wie ich schon sagte, man braucht sie. Ein Mann braucht eine Frau, um sich, ehm ... wohl zu fühlen.«

»Das hört sich merkwürdig an, North. Es klingt, als ob alle Frauen gleich wären, als ob sie austauschbar wären.«

»Nein, nicht unbedingt. Ich wäre vorher nie auf den Gedanken gekommen ... Aber jetzt genug davon. Außerdem solltest du nicht ohne Anstandsdame bei mir sein, aber andererseits möchte ich dich so lange in meiner Nähe haben, bis Mr. Ffalkes auftaucht. Er kommt bestimmt, da du der einzige Ausweg aus seiner finanziellen Misere bist.«

»Bist du finster und verschlossen und gefährlich, North?«

»Glaubst du das?«

»Ja, es wäre möglich. Bennett sagt, du habest große Ähnlichkeit mit einem Helden von Byron. Jedenfalls habe ich dich als wunderbaren Menschen kennengelernt, und daher nehme ich auch alle anderen Seiten hin. Von mir aus kannst du finster und verschlossen sein und stundenlang mit deinen Hunden im Moor spazierengehen. Für mich bist du wie ein buntes Muster, das alle Farbschattierungen von düster bis heiter enthält.«

»Vielleicht«, meinte er und blickte sie prüfend an. Noch nie hatte eine Frau so mit ihm gesprochen. Abgesehen davon war er noch nie so lange mit einer Frau zusammengewesen, ohne mit ihr zu schlafen. »Eine Frage, Caroline. Wieso weißt du, daß ich Hunde habe? Seit deiner Anwesenheit befinden sie sich im Zwinger, und soviel ich weiß, heulen sie nicht einmal bei Vollmond.«

»Ich habe gehört, wie Mr. Tregeagle in der Küche über ihr Futter sprach. Er sagte zu Mr. Polgrain, es seien wohl eher Schweine als Hunde.«

»Ah. Vielleicht hat er nicht ganz so unrecht. Und jetzt sag mir eins, Caroline. Welch dunkles Geheimnis hast du zu verbergen?« Er blickte in ihr offenes, fast schönes Gesicht mit den ungewöhnlich graugrünen Augen, die verschmitzt und intelligent und voller Neugier in die Welt schauten. Nein, sie war nicht mit anderen Frauen austauschbar, und für den Bruchteil einer Sekunde jagte ihm diese Erkenntnis einen Heidenschrecken ein. Dann, ohne Vorwarnung, sah er plötzlich im Geist seinen Vater vor sich, der ihn mit zornrotem Gesicht anschrie. Nein, er wollte jetzt nicht an seinen Vater denken. Er hob die Hand und strich ihr damit eine dunkelbraune Strähne, die sich aus ihrem Haar gelöst hatte, hinter das Ohr. Während er das tat, hatte seine Stimme einen kehligen, weichen Ton bekommen. »Nein, du hast keine Geheimnisse, nicht wahr? Du bist offen und süß und freundlich, trotz des Vormunds, der dich jahrelang plagte.«

»Seit meinem elften Lebensjahr war Mr. Ffalkes mein Vormund. Die Bezeichnung süß gefällt mir nicht. Das erinnert an einen fetten Mops, der nur darauf wartet, daß man ihn am Bauch kratzt.«
»Du bist zu vertrauensvoll, Caroline, in dieser einsamen Gegend mit einem Teufel wie mir. Viel zu vertrauensvoll. Oh, verdammt noch mal, reich mir deinen Mund.«
Er beugte sich vor und küßte sie leicht auf die geschlossenen Lippen. Sie war zu überrascht, um sich zu rühren. Sie blickte ihn nur fragend mit leicht zur Seite geneigtem Kopf an. Für einen kurzen Moment streichelten seine Finger ihre Wange, ihre Ohren, ihren Hals.
»Verzeih«, sagte er und trat einen Schritt zurück. »Ich sollte immer daran denken, daß ein Gentleman aus dieser Situation keine Vorteile zieht.«
Caroline blickte ihn erstaunt an. Dann berührte sie mit den Fingerspitzen ihre Lippen. Nachdenklich meinte sie: »Du hast mich überrascht. Ließe sich das wiederholen? Ich glaube, es könnte ganz nett werden. Vielleicht ist das Ganze mehr zu meinem Vorteil?«
»Lassen wir das. Wir reiten weiter. Ich möchte dir einen versteckten Pfad zum Strand zeigen.«

Roland Ffalkes nahm den riesigen Messingklopfer in Form eines Greifvogels in die Hand und schlug damit gegen die Tür von Scrilady Hall. Das geschah am folgenden Nachmittag gegen sechs Uhr.
Caroline war bis auf zwei Dienstboten und Mrs. Trebaw, die Haushälterin, allein im Haus und nahm in dem prachtvollen Frühstückszimmer eine Mahlzeit ein. Bennett war nach Goonbell geritten, um seinen Kummer bei Mrs. Freely im Gasthaus *Zum Sardinenkopf* im Alkohol zu ertränken.
»Verzeihen Sie, Miß Caroline, aber ein Mr. Roland Ffalkes möchte Sie sprechen. Er behauptet, er sei Ihr Vormund und, wie ich verstanden habe, auch Ihr Vetter und Onkel und freue sich, Sie zu sehen. Kann ich ihn hereinbitten?«
Das war nicht mehr nötig, denn er war Mrs. Trebaw ge-

folgt und stand jetzt hinter ihr. Er wirkte zuversichtlich, lebendig und munter wie ein Wiesel.
Einen Augenblick lang wurde Caroline von Panik ergriffen. Dann erhob sie sich langsam von ihrem Stuhl. »Mrs. Trebaw, hören Sie mir jetzt genau zu. Robin soll Lord Chilton sofort holen. Schnell.«
»Oh, ich glaube nicht, daß es nötig sein wird, Mrs. Trebaw«, mischte sich Mr. Ffalkes völlig ungezwungen ein und betrat lächelnd das Frühstückszimmer. »Mein Mündel und ich haben eine kleine Meinungsverschiedenheit zu klären, und ich bin hier, um einen größeren Schaden abzuwenden.«
»Wie haben Sie nur dieses Lächeln zustande gebracht? Es wirkt beinahe aufrichtig. Aber lassen wir das. Tun Sie, was ich gesagt habe, Mrs. Trebaw. Dieser Mann ist ein Verbrecher. Er ist nicht mein Vormund. Lassen Sie Lord Chilton auf der Stelle holen.«
Mrs. Trebaw sah sie verwirrt und erschrocken an und eilte hinaus.
»Das hilft dir nichts, Caroline«, erklärte Roland Ffalkes und blickte der Haushälterin nach. »Wenn Lord Chilton sich bequemt, seine Vergnügungen auf Mount Hawke zu unterbrechen, wird er dich hier nicht mehr antreffen. Bist du fertig, meine Liebe?«
»Scheren Sie sich zum Teufel! Das ist mein Haus. Sie werden es sofort verlassen. Ich habe Ihnen nichts zu sagen. Mein Anwalt wird sich mit Ihnen in Verbindung setzen. Sie sind nicht mehr mein Vormund. Sie sind überhaupt nichts mehr. Verschwinden Sie.«
Er lachte und ging auf den rechteckigen Tisch zu, nachdem er die Tür leise hinter sich geschlossen hatte. Sie ergriff das Messer neben dem Teller. »Kommen Sie mir nicht zu nahe, Sir! Ich kann es kaum erwarten, Ihnen die Kehle durchzuschneiden!«
»Das bezweifle ich, Caroline. Das letztemal hast du mich überrumpelt. Das geschieht nicht wieder. Vorsichtig, meine Liebe. Du mußt dich mit mir abfinden, eine andere Wahl bleibt dir nicht.«

Sie sah, wie er ein großes weißes Tuch aus der Tasche hervorzog und dann ein Fläschchen mit klarer Flüssigkeit.
Sie starrte auf das Fläschchen. Die Flüssigkeit war klar wie Wasser. »Was ist das?«
Er lächelte nur und ging um den Tisch herum. »Leg das Messer weg, Caroline.«
»Nein, und ich falle nicht in Ohnmacht und breche nicht in Tränen aus. Lassen Sie sich das gesagt sein, Mr. Ffalkes, ich steche Sie nieder, auch wenn das Messer nicht besonders scharf ist. Ich bin kräftig und werde es genüßlich in Ihrem Fleisch umdrehen. Zu dumm, daß meine Pistole im Schlafzimmer ist. Mr. Ffalkes, zum letzten Mal: Verschwinden Sie, ich meine es ernst.«
Er stand sechs Fuß von ihr entfernt. Das zuversichtliche Lächeln war noch immer auf seinem Gesicht, als er das Tuch mit der Flüssigkeit tränkte. Dann kippte er einen der schweren Mahagonistühle zur Seite und schob ihn mit aller Kraft auf sie zu. Sie versuchte auszuweichen, aber die Lehne traf sie am Arm. Unwillkürlich griff sie an die schmerzende Stelle. Im nächsten Augenblick war er über ihr und drückte ihr mit einer Hand das feuchte Taschentuch aufs Gesicht. Die andere Hand hielt ihren Nacken fest.
Sie spürte seinen heißen Atem auf dem Gesicht. »Das war's, meine Liebe. Du wirst dich nicht mehr lange wehren. Das hier geht viel schneller.« Sie versuchte mit dem Messer zuzustoßen, aber ein sonderbar süßer Geruch drang ihr in Nase und Kehle und benebelte ihr das Gehirn. Sie merkte, wie ihre Glieder schlaff und willenlos wurden. Als sie den Arm mit dem Messer heben wollte, fiel es ihr aus den Fingern. Sie hörte es auf den Holzboden fallen. Dann sah sie nur noch sein zufrieden grinsendes Gesicht über sich. Bewußtlos schloß sie die Augen. »Ja, das war es, Caroline. Atme tief durch, meine Liebe. Es ist Chloroform und wird dich für eine Weile außer Gefecht setzen.«
Wie aus weiter Ferne hörte sie ein Lachen. Dann wurde es still um sie.

North erlebte den größten Schrecken seines Lebens. Treetop schienen auf dem Weg von Mount Hawke nach Scrilady Hall Flügel gewachsen zu sein. Dieser Ffalkes mußte sie beobachtet haben. Er mußte genau gewußt haben, daß sie allein war. Und dieser Idiot Bennett Penrose, der sie nie ohne männlichen Schutz allein lassen sollte, war ausgeritten. Eigentlich hatte er an diesem Abend mit ihr essen wollen, aber eine seiner Stuten hatte gefohlt. Es war zu Komplikationen gekommen, und er wollte Spring Rain in dieser schweren Stunde nicht allein lassen. Und jetzt das! Hölle und Verdammnis!

Caroline war zäh und wendig und für eine Frau verhältnismäßig kräftig, versuchte er sich zu beruhigen. Und sie ließ sich nicht so schnell ins Bockshorn jagen. Aber er wußte auch, daß Mr. Ffalkes dieses Mal kein Risiko eingehen würde. Nein, er war mit einem festen Plan gekommen, und North ahnte, daß er diesmal Erfolg haben würde. Bei diesem Gedanken lief es ihm eiskalt den Rücken hinunter.

Er überholte Robin in Windeseile. Dicht über Treetops Körper gebeugt, spornte er das Pferd zu noch größerer Eile an. Als er in Scrilady Hall eintraf, stand Mrs. Trebaw mit erhobenen Armen vor der Haustür. Sie war blaß wie der Rauhreif im November.

»Er hat sie mitgenommen, Mylord! Er ist der Leibhaftige in Person! O Gott, o Gott! Ich konnte ihn nicht aufhalten, bei Gott, ich habe es versucht. Er hat mich einfach zur Seite geschleudert.«

North hielt Treetop vor den Eingangsstufen an, stieg aber nicht ab. »In welcher Verfassung war sie?«

»Sie sah aus wie tot, Mylord. Er trug sie hinaus. Ihr Kopf baumelte über seinem Arm. Er war mit der Kutsche gekommen. Ich habe versucht ihn aufzuhalten, Mylord, das schwöre ich, aber ich erwähnte es schon, er stieß mich brutal zur Seite und sagte, das ginge mich nichts an. Die beiden Mädchen waren keine Hilfe. Sie schrien und weinten, die dummen Dinger. Er hatte einen Kutscher dabei. Sie fuhren in Richtung Norden nach Newquay.«

»Robin soll Mr. Treath holen. Berichten Sie ihm genau das, was sie mir gerade erzählt haben. Beruhigen Sie sich, Mrs. Trebaw. Ich bringe sie zurück.«

Jesus! Was ist wenn ... Nein, er wollte nicht an das Entsetzliche denken, das Ffalkes ihr antun könnte. Er brauchte jetzt seine Aufmerksamkeit, um der noch klaren Spur der Kutschenräder zu folgen. Zum Glück hatte es am Nachmittag zu regnen begonnen, und die Räder waren ziemlich tief eingesunken. Ein Vorteil, den Ffalkes nicht berechnet hatte. Würde Ffalkes sich in der Kutsche an ihr vergreifen? Er durfte nicht daran denken; er mußte einen klaren Kopf behalten. Nein, sie war nicht tot. Mr. Ffalkes hatte andere Absichten mit ihr.

Er hielt seine Augen auf die Radspuren gerichtet. In einer Stunde würde es dunkel werden. Plötzlich bog die Spur ab und führte zum schmalen Klippenweg, der mehr ein Pfad war. Der Boden war hier trügerisch und für eine Kutsche kaum geeignet. Irgend etwas stimmte nicht. Er hielt Treetop an und stieg ab und war froh, daß er seiner Eingebung gefolgt war. Es dauerte eine Weile, bis er merkte, daß jemand versucht hatte, die Spuren mit einem Zweig zu verwischen. North schaute genauer hin und wurde für seine Aufmerksamkeit belohnt. Er entdeckte die tiefen Abdrücke von Pferdehufen. Drei Pferde, wobei die Abdrücke des einen Tieres tiefer als die der anderen in das Erdreich gesunken waren. Eines der Pferde hatte also mehr Gewicht zu tragen. Das bedeutete, das Ffalkes sie bei sich hatte. Die verdammte Kutsche war nur ein Ablenkungsmanöver gewesen.

Wer ritt das andere Pferd? Hoffentlich nicht dieser kinnlose Owen. Und wer saß auf dem dritten Pferd? Er hatte sich also Helfer gedungen. Der Gedanke ließ North wütend mit den Zähnen knirschen.

Er grub seine Absätze in Treetops Flanken.

11

»Sie kommt zu sich, Herr.«
»Dann bin ich beruhigt. Ich wußte nicht, wieviel ich ihr geben sollte. Dieser verdammte Apotheker war so betrunken, daß er gar nicht mitbekam, was ich kaufte. Ich hätte sie mit dem Zeug umbringen können.«
»Is 'n leck'res kleines Ding.«
»Mir ist sie zu groß, und die Brüste sind zu klein.«
»Ich hab' sie atmen sehen, Herr. Ihr Oberbau gefällt mir, Herr. Und ihr Gesichtchen, na, ist doch süß, die Kleine. Sehen Sie sich die feinen Augenbrauen an und die dichten Wimpern. Ein netter kleiner Happen, Herr.«
»Halt den Mund. Ich will noch vor der Dunkelheit in der Hütte sein.«
Der picklige junge Mann mit den dichten, schwarzen Brauen, die an der Nasenwurzel zusammengewachsen waren, hieß Trimmer. Er hielt den Mund, weil der reiche Alte ihn angeheuert hatte und auch bezahlen würde. Das arme kleine Ding. Was hatte er mit ihr vor? Aber das konnte sich Trimmer an den Fingern abzählen. Vielleicht würde er auch noch seinen Spaß mit ihr haben, nachdem es der Alte mit ihr getrieben hatte. Aber soviel Aufwand, nur um eine Frau zu vögeln? Das wollte nicht in Trimmers Kopf. Frauen konnte man doch so billig haben.
Caroline erblickte Roland Ffalkes' Kinn, als sie die Augen aufschlug. Er hielt sie mit den Armen fest. Unter sich spürte sie die gleichmäßige Bewegung des Pferdes. Sofort spürte sie wieder die panikartige Angst, die sie bei seinem Eintreten in das Frühstückszimmer überfallen hatte.

Immer noch von den Dämpfen aus dem Taschentuch benommen, fragte sie stockend: »Wohin bringen Sie mich?«
»Ah, wir sind aufgewacht! Hallo, Caroline. Jetzt hast du keinen galanten Beschützer mehr, meine Liebe, nur deinen zukünftigen Ehemann und diesen hartgesottenen jungen Burschen hier, der nicht so sanft mit dir umgehen wird wie ich, wenn du Sperenzchen machst. Also, vergiß deine guten Manieren nicht.«
»Ich will nur wissen, wohin Sie mich bringen.«
»Immer noch so vorlaut und frech. Das ziemt sich nicht für das schwache Geschlecht, aber dein verdammtes Mundwerk hast du von deiner Mutter geerbt. Immer sprach sie das aus, was sie sagen wollte. Sie nahm kein Blatt vor den Mund. Einmal ging sie zu weit, als ich ihr den Hof machen wollte ... Ah, aber das brauchst du nicht alles zu wissen. Komisch, nicht wahr? Ich habe versucht, dich so abgesondert wie möglich aufwachsen zu lassen. Mrs. Tailstrop war das dümmste Wesen, das ich als Haushälterin und Anstandsdame finden konnte. Ich dachte, du nähmst Owen, weil du keine anderen jungen Männer kanntest und keine Vergleichsmöglichkeiten hattest. Aber nun wirst du bald meine Frau werden. Und ich wäre bereit, dich erst nach unserer Hochzeit zu nehmen, damit du jungfräulich in die Ehe gehst.«
»Wohin bringen Sie mich?«
Mit der behandschuhten Hand versetzte er ihr einen kräftigen Schlag ins Gesicht.
»He, he, Herr! Sie brauchen doch die Kleine nicht gleich zu schlagen!«
»Halt den Mund, Trimmer. Also, Caroline, willst du mich heiraten? Oder soll ich dich vergewaltigen, bis du von mir schwanger wirst?«
»Niemals werde ich Sie heiraten, Mr. Ffalkes. Sie sind alt und häßlich und durch und durch gemein.« Er hatte seinen Griff gelockert, als er sie ins Gesicht schlug. Das machte sie sich zunutze. Ohne die Folgen zu bedenken, holte sie weit aus und schlug ihm mit der Handkante gegen die Kehle. Er japste auf, schien nicht mehr genü-

gend Luft zu bekommen, versuchte aber verzweifelt, sie fester zu halten und das Pferd zu zügeln. Caroline ließ nicht locker und hieb mit der Faust auf ihn ein, aber er ließ weder sie noch die Zügel los. Vor Schmerzen konnte er nicht reden und brachte nur gurgelnde Laute über die Lippen.

»He, Missie! Das können Sie nicht machen! Nein, das geht nicht!«

Und jetzt hatte sie Trimmer gegen sich. Sie brüllte ihm zu: »Ich zahle dir mehr als dieser elende Schurke! Er hat keinen Penny in der Tasche und wird dich eher umbringen, bevor er dir etwas zahlt. Darum will er, daß ich ihn heirate, er ...«

Der Knauf einer Pistole krachte auf ihre linke Schläfe, und sie sank ohnmächtig in sich zusammen.

»Haben Sie sie umgebracht, Herr?«

»Nein, natürlich nicht. Zum Teufel, bei jedem Wort tut mir die Kehle weh. Dieses verdammte Biest! Das wird sie mir büßen. Vor Einbruch der Dunkelheit muß sie in dieser Hütte sein, und die müßte meines Erachtens hinter dem Waldstück auftauchen.«

»Sie ist von Haus aus eine Lady«, brummte Trimmer. »Ich möcht' gern wissen, woher sie diese Tricks kennt. Ihnen die Handkante gezielt auf den Adamsapfel zu setzen, Herr!«

Plötzlich ertönte hinter ihnen eine tiefe Stimme. »Ich glaube, ich werde Carolines Werk fortsetzen, Ffalkes. Lassen Sie das, meine Herren! Ich rate Ihnen nicht, auch nur einen Finger zu rühren. Mr. Ffalkes, steigen Sie langsam ab, und legen Sie Caroline auf das Gras! Und du, Trimmer, wirfst Messer und Pistole zu Boden.«

»Nicht gleich so hitzig, mein Bester. Man kann doch in Ruhe darüber ...«

North feuerte ab und traf Trimmer am linken Handgelenk, als dieser seine Waffe ziehen und auf ihn schießen wollte. »Tu, was ich dir gesagt habe, sonst landet die nächste Kugel in deinem Schädel. Ja, so ist es gut. Hör auf zu jammern, Trimmer. Du wirst es überleben, wenn du kein Narr bist.

Und jetzt, Ffalkes, sind Sie an der Reihe. Langsam, Mann, oder es wird Ihnen noch leid tun.«
North spürte förmlich Ffalkes' ohnmächtigen Zorn. Er richtete die Pistole auf Ffalkes' Kopf, der ungeschickt mit der bewußtlosen Caroline in den Armen vom Pferd stieg.
»Legen Sie sie vorsichtig ins Gras, Ffalkes.«
»Dafür bringe ich Sie um, Chilton.«
»Versuchen Sie es nur, Sie miese Ratte. Seit einer Stunde stelle ich mir vor, wie ich die Hände um Ihren faltigen Hals lege und langsam zudrücke.«
»Mein Hals ist nicht faltig.«
Als Caroline am Boden lag, sagte North: »Und jetzt, Ffalkes, werden Sie mich in einen kleinen, modrigen, rattenverseuchten Kerker nach Goonbell begleiten.«
»Hören Sie, Chilton. Bei einer Verhandlung steht Ihr Wort gegen meins. Sie können mir nichts anhaben.«
»Meinen Sie? Vielleicht vergaß ich zu erwähnen, daß ich das Amt des Magistrats innehabe. Ich dachte, eine Reise nach Botany Bay wäre das Richtige für Sie. Falls Sie nicht zu alt für den Klimawechsel sind.«
»Verdammt, ich bin nicht alt, und ich bekomme Caroline. Keiner wird ihr glauben. Wer glaubt schon einer Frau? Ich behaupte einfach, sie sei hysterisch geworden und habe mich angefleht, sie zu entführen ...«
North unterbrach ihn und herrschte Ffalkes' Spießgesellen an: »Trimmer, verschwinde jetzt, wenn du in deinem eigenen Bett aufwachen willst. Und komm mir nie mehr unter die Augen.«
Aber Trimmer rührte sich nicht vom Fleck. Er hielt das blutende Handgelenk fest und blieb steif wie eine Zaunlatte stehen. »Das werde ich nicht tun«, sagte er nach einer Weile und blickte über North' Schulter.
»Was soll das, Trimmer? Das ist ein uralter Trick.«
»Das ist kein Trick, Mylord. Und jetzt legen Sie Ihr Schießeisen auf den Boden. Alles in Ordnung, Mr. Ffalkes?«
Die dritte Hufspur! North ärgerte sich maßlos über seine eigene Dummheit. Er hatte Mr. Ffalkes unterschätzt. Er

hatte die dritte Spur gesucht, aber als er ihre Stimmen hörte, war er sicher gewesen, der ganzen Bande auf den Fersen zu sein. Hölle und Verdammnis!

»Du kommst im richtigen Moment, Treffek«, begrüßte ihn Ffalkes und rieb sich die Hände. »Und jetzt, Mylord, befolgen Sie seine Anordnungen. Legen Sie die Waffe auf den Boden. Ausgezeichnet. Und jetzt werde ich nach meinem Täubchen sehen.«

In diesem Augenblick stöhnte Caroline auf. North sprang von Treetops Rücken, kniete sich neben sie und nahm sie in die Arme. Er beugte das Gesicht dicht über sie und sagte leise: »Caroline, es tut mir leid. Es tut mir so leid.«

Sie schlug die Augen auf und versuchte einen klaren Kopf zu bekommen. Dann huschte ein Lächeln über ihr Gesicht. Mit den Fingern strich sie über seinen Mund, sein Kinn, seine Nase. Er zuckte unwillkürlich zurück. »North«, wisperte sie und drückte ihr Gesicht an seine Brust.

»Genug, Mylord. Bei mir ist sie kratzbürstiger. Aber das soll mich nicht stören. Treffek, fessle seine Lordschaft an den Handgelenken. Trimmer, hör auf zu jaulen. Treffek wickelt dir gleich ein Taschentuch ums Handgelenk.«

North mußte sich in das Unvermeidliche fügen. Vorsichtig legte er Caroline zurück, die sich verzweifelt bemühte, wieder zu sich zu kommen.

»Sie fragen sich, wo er herkommt, Mylord«, meinte Ffalkes mit einem hämischen Grinsen, während Treffek North fesselte. »Sie fragen sich, wo er herkommt. Tja, er bewachte die Hütte, die ganz in der Nähe liegt. Der Schuß hat ihn hergerufen. Guter Mann, Treffek. Dafür bekommt er eine Sonderbelohnung, wenn ich dieses Flittchen geheiratet habe. Und jetzt zur Hütte! Ist der Vikar gekommen, Treffek?«

»Aye, aye, Sir. Der alte Mr. Barhold kam auf einem räudigen Esel angeritten. Der Griesgram klagt und stöhnt über seine morschen Knochen, aber die Münzen, die Sie in seine speckige Tasche steckten, werden ihm helfen, die Trauung zu vollziehen.«

»Ich heirate Sie nicht«, erklärte Caroline.

Er lachte, packte sie und warf sie sich über die Schulter. Der stechende Schmerz in ihrem Kopf raubte ihr wieder das Bewußtsein.

Caroline öffnete die Augen. Sie lag nicht in North' Armen, sondern am Fußboden in einem stickigen kleinen Zimmer. Ein älterer Mann sprach mit schriller Stimme auf Ffalkes ein. North war an einen Stuhl gefesselt. Sie erkannte ihn schemenhaft in einer dunklen Ecke schräg gegenüber. Die beiden Schurken standen an der Tür und richteten die Pistolen auf North.

»Hhh-ören Sie«, stotterte der gebrechliche alte Mann, »das ist mehr als un-un-unzulässig, Sir. Das ist un-un-unmöglich. Die junge Dame ist be-be-bewußtlos! Sie kann k-k-kein Wort sagen. Die Sonderlizenz ist in Ordnung. Der Erz-erz-erzbischof von Canterbury hat sich das gut be-be-bezahlen lassen, a-a-aber die Frau muß antworten, sie ...«

»Sie wird antworten«, unterbrach ihn Ffalkes unwirsch und trat zu der stinkenden Matratze, auf der Caroline mit geschlossenen Augen lag. »Caroline.« Er gab ihr ein paar leichte Schläge auf die Wange. »Komm, meine Liebe, wach auf. Du willst doch deine eigene Hochzeit nicht verschlafen, oder?«

Sie öffnete die Augen und merkte, wie ihr Verstand wieder zu arbeiten begann. »Ich werde Sie nicht heiraten, Mr. Ffalkes.«

»So-so-so geht das nicht«, wehrte der gebrechliche Alte ab.

»Schsch, Caroline. Das ist der Vikar, Mr. Barhold. Was soll er von dir denken?« Bevor sie dem Vikar etwas zurufen konnte, legte Ffalkes ihr den Finger auf die Lippen. »Sieh dort in diese Ecke, meine Liebe. Da sitzt Lord Chilton, und er sieht nicht sehr glücklich aus. Und jetzt biete ich dir einen Handel an. Wenn du mich heiratest, bleibt er am Leben. Solltest du dich weiterhin weigern, meine Frau zu werden, wird Treffek ihm eine Kugel durch den Mund jagen. Und Treffek tut es, ohne mit der Wimper zu zucken, Caroline. Sieh dir seine Augen an. Schwarz und tot und

leer. Kälter als der Winter im schottischen Hochland. Aye, für Geld tut er alles.«
North erwiderte klar und deutlich: »Was er dir auch sagt, Caroline, es ist unwichtig. Spuck ihm ins Gesicht.«
Ohne zu zögern, spuckte sie in Ffalkes' Gesicht.
Ffalkes sprang wütend auf und hätte sie am liebsten erwürgt. Er drohte ihr mit der Faust; die Augen glitzerten gefährlich. »Du wirst mir nicht in die Quere kommen, jetzt, da ich dem Ziel so nahe bin.« Dann grinste er böse. »Trimmer, führ Mr. Barhold einen Augenblick hinaus. Es regnet nicht mehr, und der Mond scheint. Eine romantische Szenerie – passend zu diesem Anlaß. Ich rufe, wenn wir für die Zeremonie bereit sind.«
»Mr. F-Ffalkes, ich-ich bin nicht sicher …«
»Folgen Sie Trimmer, Mr. Barhold. Meine Verlobte hat das Ausmaß ihres Glücks noch nicht begriffen. Aber das wird sich gleich ändern.«
Ffalkes wartete, bis Trimmer und Mr. Barhold die morsche Hüttentür hinter sich geschlossen hatten.
Seine Augen wanderten von North zu Caroline. »Also, Caroline, wenn du mich freiwillig heiratest, kehrt Lord Chilton unbehelligt nach Mount Hawke zurück. Wenn ich dich zwingen muß, wird Treffek ihn töten und hier verscharren, und niemand wird ihn finden. Wurde deine Tante nicht auch ermordet? In Lord Chiltons Fall wird nicht einmal eine Leiche gefunden werden. Caroline, ich meine es todernst. Ich brauche dein Geld und bin zu allem bereit. Also, nimmst du mich zum Ehemann und rettest damit Lord Chiltons Leben?«
Sie blickte zu North. Tränen traten ihr in die Augen. Mit klarer Stimme antwortete sie: »Ich werde Sie heiraten, aber vorher will ich Lord Chilton in Sicherheit wissen.«
»O nein, meine Liebe. Das ist mir zu unsicher. Zuerst mußt du mir vertrauen.«
Jetzt lächelte Caroline. Es war ein listiges, heimtückisches Lächeln. »Ausgezeichnet, Mr. Ffalkes. Ich werde Sie heiraten. Wenn aber Lord Chilton auch nur ein Haar gekrümmt wird, bringe ich Sie um, auch wenn ich dafür gehängt

werde. Und glauben Sie nicht, daß Owen groß um Sie trauert, wenn Ihnen das Fleisch von den alten Knochen fällt und Sie langsam vermodern.«

Ffalkes wollte etwas Witziges erwidern, um zu zeigen, daß er ihr nicht einen Augenblick lang glaubte, schließlich war sie nur eine Frau. Aber trotzdem, würde sie ihn töten, wenn er ihrem geliebten Chilton etwas antat? Er dachte an den Tritt, den sie ihm in die Lenden versetzt hatte, und an den gezielten Handkantenschlag auf die Kehle. Ja, das würde sie zweifellos tun. Und er war sich auch sicher, daß Lord Chilton ihr Geliebter war. »Sie haben wirklich keine Zeit verschwendet, Lord Chilton. Vor wenigen Wochen erst lernten Sie meine Verlobte kennen, und jetzt ist sie bereits Ihre Geliebte. Nein, Sie werden sie nicht gerade in Dorchester genommen haben, obwohl ich das eine Weile geglaubt hatte. Aber seit ihrer Anwesenheit in Cornwall haben Sie sich zwischen ihren Beinen eingenistet, nicht wahr, Mylord? Anscheinend mit Erfolg, denn sie ist Ihnen sehr ergeben. Was mich bei diesem stolzen, hochmütigen Biest überrascht. Sie scheint tatsächlich bereit zu sein, alles für Sie zu tun. Ja, das ist rührend. Sehr rührend.«

North traute seinen Ohren nicht. Er schwieg. Carolines Mut und Ffalkes' infame Schlußfolgerungen hatten ihm einfach die Sprache verschlagen.

»Und jetzt wollen wir mit der Zeremonie beginnen«, erklärte Ffalkes.

Trimmer führte Mr. Barhold herein, der jetzt sehr still war und den Kopf gesenkt hielt.

»Sie nennen sich ein Mann Gottes?« schleuderte ihm Caroline entgegen. »Sie sind nichts als ein jämmerlicher, feiger Wurm!«

Mit einer wütenden Handbewegung hielt ihr Ffalkes den Mund zu. »Kein Wort mehr, meine Liebe. Treffek, stell dich neben seine Lordschaft. Zeig meiner holden Verlobten, wie nahe er seinem göttlichen Schöpfer ist, wenn sie nicht mitspielt und den Mund hält.«

»Das werden Sie mir bezahlen, Ffalkes«, erklärte North ungerührt.

Caroline hatte große Angst, nicht um sich selbst, sondern um North. Aber dann beruhigte sie sich. Ffalkes glaubte ihr. Sie würde ihn umbringen, wenn er North etwas antat. Aber dann stellte sich die logische Frage, wann er sich zum Witwer machen würde. Die Ironie dieser Überlegung war schmerzlich.

»Also, gut«, erklärte sie und erhob sich von der Matratze.

»Hoh, hoh, Herr«, ertönte Trimmers Stimme von der Tür her. »Sehen Sie mal, wer da ist! Ihr lieber Sohn ist von den Kranken auferstanden, putzmunter und …«

Trimmer schwieg plötzlich und schlug der Länge nach zu Boden. Owen stand mit einer Pistole in der Hand hinter ihm.

»Nein, Vater. Brüll mich nicht wieder an. Du wirst Caroline keinen Zwang antun. Es ist vorbei. Aus und vorbei. Ich werde es verhindern.«

»Owen«, sagte sein Vater vorwurfsvoll und ging auf ihn zu, aber Owen kannte seinen Vater zu gut. Mit einem Satz stand er hinter dem Vikar. »Versuch es nicht, Vater, sonst erschieße ich den Vikar. Dann kann Caroline nicht zu dieser Ehe gezwungen werden.«

»Ich-ich-ich bin Rektor«, brachte Mr. Barhold hervor, »nicht Vikar. Der Bischof war dagegen, we-we-wegen meines lei-lei-leichten Sprachfe-fe-fehlers.«

»Was soll das, Junge, eine Waffe ist auf seine Lordschaft gerichtet und …«

»Halt den Mund, du Holzkopf!« herrschte Caroline ihn an. Sie stand jetzt auf den Beinen, schwankte noch etwas, ging aber zielstrebig auf North zu, ohne Treffek aus den Augen zu lassen. »Wage es nicht abzudrücken, du Stinkstiefel. Wenn du auch nur einen Funken Verstand in deinem Spatzenhirn hast, dann packst du Trimmer am Arm und verschwindest.«

»Aber der Herr hat mir fünf Guineen versprochen! Fünf Guineen, ein Haufen Geld ist das. Dafür kann ich jeden Abend vier Glas Bier trinken, und das sechs Monate lang.«

»Du bekommst sechs Guineen von mir. Das reicht für mindestens acht Monate. Du kannst mich nach Scrilady

Hall begleiten, dann zahle ich dir noch heute abend deine sechs Guineen aus. Keine Wartezeit, keine Schießerei, kein Nichts, kein Garnichts.«

»Ich erhöhe auf sieben, Treffek! Halt die Pistole auf den Mund seiner Lordschaft, hast du verstanden? Hör nicht auf diese dumme Gans! Und laß dir von meinem dämlichen Sohn nichts sagen!«

»Ausgezeichnet«, mischte North sich ein. »Und jetzt, Treffek, hör mir gut zu. Wenn du nicht sofort die Waffe von mir nimmst und mich losbindest, dann schwöre ich, daß kein einziger Tropfen von Mrs. Freelys bestem Goonbell-Bier durch deine Kehle rinnen wird. Und zwar nie wieder!«

Treffek blickte North prüfend an. Mit einem Seufzer ließ er die Hand mit der Waffe sinken. »Tut mir leid, Herr«, sagte er zu Ffalkes, »aber alle scheinen gegen Sie zu sein. Sogar Ihr Sohn, und Gott der Herr weiß, daß der Sohn der letzte ist, der seinem Vater in den Rücken fällt. Vielleicht sind Sie doch kein so guter Vater. Vielleicht sind Sie doch so böse und gemein, wie unser Täubchen hier behauptet.«

»Halt die Klappe, verdammter Feigling! Du Memme, du!«

»Also, Herr, kein Grund, mich zu beschimpfen. Also, Miß, den armen Trimmer bringe ich nach Scrilady Hall. Acht Guineen, sagten Sie?«

»Nein, du Gauner. Sechs Guineen, eine mehr, als Ffalkes dir zahlen wollte.«

»Sie sind mir ein zähes Täubchen«, meinte Treffek kopfschüttelnd. »Aber das gefällt mir.« Er half Trimmer vom Fußboden auf und stützte ihn am Arm. Mit einem kurzen Blick auf Ffalkes verließen die beiden die Hütte.

Rasch befreite Caroline North von seinen Fesseln. Während er sich die Handgelenke rieb, sagte er: »Owen, das hast du gut gemacht. Vielen Dank, daß du uns aus dieser mißlichen Situation befreit hast.«

»Das war ich dir schuldig«, erwiderte Owen. »Du hast mich mit Caroline gepflegt und ...« Er drehte sich zu Caroline um. »Du nimmst mich doch nicht wieder als Geisel mit, oder?«

»Nein, Owen, ich gebe dir alles, was du dir wünschst. Und jetzt, North ... was fangen wir mit Mr. Ffalkes an?«

»Zuerst das hier ...« Damit trat er auf Ffalkes zu und verpaßte ihm einen kräftigen Kinnhaken. Ffalkes stöhnte auf, faßte sich an das Kinn und fiel rücklings auf den schmutzigen Fußboden. Als er sich wieder erhob, schlug North ein zweites Mal zu, aber heftiger. Mr. Ffalkes ging zu Boden und blieb schlaff und bewußtlos liegen. »Entschuldige, Owen, aber er hat Caroline zweimal geschlagen. Eigentlich verdient er viel mehr. Darüber reden wir noch. Und jetzt zum Rektor.«

»Er ist nichts als ein armer Tropf, North, aber ...« Sie blickte ihn an. Ihre Augen waren vor Erstaunen weit geöffnet, als sie sich mit der Hand an die Stirn faßte. Dann sank sie langsam in sich zusammen.

12

»Mein Kopf tut höllisch weh.«

»Tut mir leid. Ich konnte nicht verhindern, daß er dir den Pistolenknauf auf die Schläfe schlug. Du hast mich zu Tode erschreckt, als du in der Hütte wieder ohnmächtig wurdest. Damit hatte ich nicht gerechnet. Ab jetzt nur eine Ohnmacht pro Verletzung, verstanden? Aber du bist wieder bei Verstand, wie ein Stehaufmännchen. Ich sehe es deinen Augen an. Du bist hellwach. Ich würde mich freuen, wenn du ein Wort sagtest. Ich habe genug Ängste um dich ausgestanden.«

Sie blickte ihn ungläubig an. War sie wieder in Ohnmacht gefallen? Als er ihr Erstaunen merkte, lachte er auf, wurde aber sofort wieder ernst und abweisend, als der Tonfall ihrer Stimme eine Spur zu weich und warm wurde: »Du hast mich gerettet. Ich danke dir, North.«

Er antwortete nicht, betupfte ihr nur die Beule an der linken Schläfe. Sie versuchte einen kleinen Schmerzensschrei zurückzuhalten, was ihr aber nicht ganz gelang. »Schsch, es ist schon gut. Wir werden jetzt auf Treetop zurückreiten. Es war Owen, der als Retter in höchster Not erschien. Wir bringen Mr. Ffalkes nach Mount Hawke. Meine Leute werden ihn bewachen, bis wir beschlossen haben, was mit ihm geschieht. Vielleicht wird man ihn erfreut begrüßen, weil er Mount Hawke um ein Haar von einer Weibsperson befreit hätte!«

»Lüg ihnen etwas vor. Vielleicht vergiftet ihn Mr. Polgrain.«

»Guter Einfall, oder Timmy, das Hausmädchen, sucht ihn um Mitternacht auf und erschreckt ihn zu Tode.«

»Oder Tregeagle sperrt ihn zu den Hunden in den Zwinger.«
North lachte und hielt sie, als er wieder auf Treetops Rücken saß, wie selbstverständlich in den Armen. »Bleib jetzt so liegen. Wir sind gleich zu Hause. Dr. Treath erwartet uns schon.«
Der Schmerz in ihrem Kopf wurde wieder stärker, und sie brachte kein weiteres Wort hervor. Sie schloß die Augen und schmiegte das Gesicht an seine Brust. Zu Hause hatte er gesagt. Es hörte sich traumhaft an.

Owen saß im Bibliothekszimmer von Mount Hawke, schlürfte einen Brandy und fragte sich, wo Tregeagle, Polgrain und Coombe seinen Vater für die Nacht wohl untergebracht hatten. Bestimmt nicht sehr bequem. North war sehr wütend gewesen. Owen seufzte, als er die Ereignisse des Abends überdachte. Er wußte nicht, was er hier sollte und was mit seinem Vater geschehen würde. Er war müde und niedergeschlagen und schenkte sich einen zweiten Brandy ein. Im Augenblick sah das Leben weder für ihn noch für seinen Vater sehr rosig aus.
Eine Weile beobachtete Coombe den traurigen jungen Mann durch die offenstehende Tür. »Sir, zerbrechen Sie sich nicht den Kopf. Lord Chilton sorgt dafür, daß alles wieder ins reine kommt. Seine Lordschaft steht in Ihrer Schuld. Er wird sich revanchieren. Und das sehr großzügig. Er ist ein Nightingale. Die Nightingales sind niemals etwas schuldig geblieben. Denken Sie nicht an die Nachtigall, diesen zarten kleinen Singvogel, wenn Sie Lord Chilton meinen.«
Owen blickte Coombe an und leerte den Brandy. Dann hörte er wieder seinen Vater fluchen, als er aus der Hütte ging: Undankbarer Sohn, Schlangenbrut, Taugenichts, du bist enterbt, und so weiter. Die Litanei war noch länger, aber zum Glück hatte er den Rest vergessen. Er schüttelte den Kopf und meinte: »Ich weiß nicht, Coombe. Ich sehe keinen Ausweg aus diesem Schlamassel.«
»Vertrauen Sie seiner Lordschaft, Sir.«

»Bleibt mir eine Wahl?«
»Nein, Sir. Aber Lord Chilton ist wie alle Nightingales ein Ehrenmann, auch wenn er nicht in diesem Hause erzogen wurde. Er erfüllt seine Pflicht.«
»Welche Pflicht?« fragte Owen, aber Coombe schüttelte nur wissend den Kopf.
Im rosafarbenen Zimmer untersuchte Dr. Treath Carolines Verletzung. Er nickte seiner Schwester Bess zu und meinte an North gewandt: »Gehirnerschütterung, Mylord. Im Augenblick noch kein Laudanum. Versuchen Sie sie wach zu halten. Also, Caroline, wie viele Finger sehen Sie?«
»Sie halten drei Finger hoch, Dr. Treath, und North blickt finster wie eine Gewitterwolke. Also, ich liege hier im rosafarbenen Zimmer und bin voll bei Verstand. Sie können ganz normal mit mir reden.«
»Seine Lordschaft ist noch etwas durcheinander, Caroline. Er stand Todesängste aus, als Sie sich übergeben haben.«
»Ich weiß. Und ich bitte um Entschuldigung. Aber das war Treetops leichtes Traben. Da wurde mir übel. Ich wollte dich bitten anzuhalten, aber da war es schon zu spät. Hoffentlich haben deine Stiefel nichts abbekommen, North.«
»Nein. Du hast sie um ein paar Zentimeter verfehlt. Und jetzt bleib ruhig liegen. Möchtest du eine Tasse Fencheltee trinken?«
»Gern.«
Wenn Dr. Treath der Meinung sein sollte, der Viscount sei dieser jungen Dame gegenüber ungewöhnlich aufmerksam, so verlor er keine Bemerkung darüber. Die Nightingales waren Frauen gegenüber nicht sehr zartfühlend. Es war eine besondere Rasse von Männern. Schaudernd dachte er an den Vater des jungen Viscount. Mein Gott, man konnte sie wirklich nicht mit normalem Maßstab messen. Er sah, wie sich ihre Augenlider flatternd schlossen, und sagte scharf: »Caroline, wachen Sie auf! Tut mir leid, mein Kind, aber Sie dürfen nicht einschlafen. Wie viele Finger sehen Sie jetzt?«
»Fünf. Ich bin sehr müde, Dr. Treath. Und ich bin kein Kind. Ich bin neunzehn und kann mein Erbe selbst verwal-

ten, wenn Mr. Ffalkes es mir aushändigen würde. Und wenn er mich zwingt, ihn zu heiraten, erschieße ich ihn. Aber nur ungern. Ich möchte nämlich nicht aufgehängt werden, wenigstens nicht für lange.«
»Sehr richtig«, bemerkte North. »Ich werde sie wach halten. Würden Sie die Nacht über hierbleiben, Sir?«
»Das ist leider nicht möglich, Mylord. Bei Mrs. Treboggan ist es heute nacht soweit. Sie erwartet ein Kind. Es wird keine leichte Geburt werden. Wenn etwas sein sollte, schicken Sie einen Ihrer Männer zu mir.«
Tregeagle stand in der Tür und räusperte sich. »Mylord.«
»Ja, mein Guter, was ist?«
»Ein übel aussehender Bursche ist hier und verlangt Geld.«
»Ah, Treffek. Geben Sie ihm bitte sechs Guineen. Tregeagle, aber keinen Penny mehr, sonst ziehen Sie sich Carolines Zorn zu. Wahrscheinlich wird er ein Mordsgezeter aufführen und behaupten, die junge Miß habe ihm mindestens zwanzig Guineen versprochen. Bleiben Sie hart. Sechs Guineen.«
»Ja, Tregeagle«, sagte Caroline und bemühte sich, die Augen fest auf den gutaussehenden Haushälter zu richten. »Seien Sie auf der Hut.«
Tregeagle beachtete sie nicht und sagte zu seinem Herrn: »Ja, Mylord. Wie geht es der jungen Person?«
»Sie wird wieder gesund.«
»Wenn ich mir die Bemerkung erlauben darf, Mylord, es ist ein Jammer, daß sie hier liegen muß, als ob sie nicht schon lange genug bei uns gewesen wäre.«
Caroline stöhnte auf.
»Gehen Sie jetzt, Tregeagle.«
Dr. Treath meldete sich noch schnell zu Wort: »Wir müssen mit Polgrain sprechen, Tregeagle. Er weiß nicht, was er für sie kochen soll.«
»Vielleicht, Dr. Treath, fühlt sich die junge Person kräftig genug, um nach Scrilady Hall zurückzukehren, bevor Mr. Polgrain eine Mahlzeit zubereiten muß.«
»Wohl kaum. Bitte, Tregeagle.« Dr. Treath wandte sich Caroline zu, tätschelte ihr freundlich die Wange und lächelte.

»Sie haben viel von Ihrer Tante Eleanor. Sie war ein feiner Mensch, so fröhlich und ...« Seine Augen wurden feucht. Caroline, die nur versucht war, wach zu bleiben, achtete nicht genau auf die Wahl ihrer Worte und meinte offen: »Es tut mir leid, Sir. Sie müssen sie sehr geliebt haben.«
»Das tue ich immer noch«, antwortete Dr. Treath.
»Ich auch. Ich wünschte nur, ich hätte sie so gut gekannt wie Sie.«
North setzte sich neben ihr Bett, nachdem Dr. Treath und seine Schwester gegangen waren. Er stützte das Kinn auf die Faust und meinte warnend: »Schlaf jetzt nicht ein.«
»Bestimmt nicht. Du trommelst mit den Fingern, North. Woran denkst du?«
»Daß ich diesem Bennett Penrose die Nase breche. So ein unzuverlässiger Kerl.«
»Überlaß das Owen. Wenn ich mich nicht täusche, sitzt Owen irgendwo gedankenverloren herum und kaut an den Fingernägeln.«
»Du glaubst, Owen wird mit Bennett fertig werden?«
Sie schwieg kurz und sagte dann: »Ja. Owen hat mich überrascht. Er ist stärker, als ich dachte. Ich habe einen Plan. Die Einzelheiten muß ich noch überdenken, nur schmerzt mein Kopf im Augenblick zu sehr.«
»Morgen kannst du alle Schwierigkeiten meistern.«
»Was fangen wir mit Mr. Ffalkes an?«
North seufzte. »Wenn ich das wüßte! Mir kommt vor, als ob er der Überzeugung sei, dein Geld stehe ihm rechtmäßig zu. Er wird immer wieder versuchen, an dich heranzukommen. Ihn wieder freilassen? Andererseits würde er Botany Bay nicht lebend überstehen. Oh, Caroline, wie viele Finger halte ich jetzt an mein männliches Kinn?«
»Alle. Du hast sehr schöne Hände, North.«
»Danke. Möchtest du noch einen Schluck Fencheltee?«
»Ja, bitte. Der erste Aufguß von Polgrain schmeckte fürchterlich. Glaubst du, da war Gift drin?«
»Wenn ja, dann weiß er, daß ich ihn erschieße. Ich weiß, er schmeckte nicht gut. Diesmal hat Polgrain etwas Honig hineinrühren müssen.«

Als Owen am folgenden Morgen in das rosafarbene Zimmer trat, ließ er Kopf und Schultern hängen.
»Du lieber Himmel, Owen! Kopf hoch! Du siehst aus wie ein geprügelter Hund oder wie ein französischer Adliger, der den Kopf unter die Guillotine legen muß. Also, Brust raus, Bauch rein, Schultern gerade! Hör zu, ich brauche deine Hilfe.«
Bei diesen Worten richtete er sich sofort auf. »Du brauchst mich, Caroline?«
»Ich brauchte dich auch gestern, und du hast mich gerettet, warum nicht ein zweites Mal?«
»Also, ehrlich gesagt, North hat ...«
»North hat es versucht, aber du hast mich und North gerettet. Sieh mich nicht so ungläubig an. Bei aller Bescheidenheit, du hast uns beide gerettet. Und jetzt habe ich eine Bitte an dich.«
»Hat es mit meinem Vater zu tun?«
»Nein. Über deinen Vater werden wir uns später unterhalten. Owen, es geht um folgendes ...«

Zwei Stunden später in Scrilady Hall. Owen hatte seine Beute in Gestalt von Bennett Penrose in der hintersten Ecke des Herrenzimmers ausgemacht. Er saß unbeweglich in einem breiten, bequemen Ledersessel. Owen pirschte sich an ihn heran, blieb vor ihm stehen und erklärte ihm ohne Umschweife, was er auf dem Weg von Mount Hawke nach Scrilady Hall eingeübt hatte.
»Du hättest Caroline nicht allein lassen dürfen, Penrose. Das war dumm von dir. Um ein Haar hätte sie meinen Vater heiraten müssen.«
Bennett Penrose hatte einen Kater, der einen Bullen umgeworfen hätte. Er hörte die Worte seines Gegenübers, brachte aber nur ein Stöhnen hervor. Er versuchte sich möglichst ruhig zu halten und verwünschte den Störenfried.
»Ich wiederhole ...«
Bennett hob den Kopf und warf dem Mann einen gequälten Blick zu. Er schien etwas jünger zu sein als er und hatte es nicht besonders eilig. Bennett gab es auf. »Du brauchst

nichts zu wiederholen. Caroline kann auf sich selbst aufpassen. Ihr ist doch nichts geschehen, oder? Trotz des Theaters, das Mrs. Trebaw gestern abend aufgeführt hatte? Du lieber Himmel, dieses verdammte Frauenzimmer steckt dauernd in Kalamitäten, mehr als ich, und das will etwas heißen. Außerdem hat sie mich schändlich hintergangen, also, was kümmert sie mich noch? Schließlich bin ich nicht ihr Aufpasser. Mir reichen die drei schwangeren Mädchen. Verdammt sollen sie sein. Wer zum Teufel bist du eigentlich?«
»Ich bin Carolines Vetter Owen Ffalkes. Ich bin nicht der Sohn meines Vaters. Schön, das bin ich, aber ich will Caroline nicht heiraten. Ich werde hierbleiben. Als ihr Partner werde ich die Penrose-Ländereien und die Zinnminen verwalten und den unglücklichen jungen Dingern, die hier bald eintreffen werden, zur Seite stehen.«
Bennett stöhnte laut auf. »Oh, Gott, das ist mehr, als ich ertragen kann. Du hast dich mit Caroline zusammengetan?«
»Ja. Du brauchst nicht hierzubleiben, wenn es dir nicht paßt. Entweder du hilfst mit, oder du gehst.«
»Mein lieber Freund, du hast hier nichts zu sagen.« Bennetts Kater machte zunehmendem Ärger Platz. »Ihre verdammte Tante hat mir schon genug angetan, und jetzt noch das! Man hat mich um Scrilady Hall und die Pachteinnahmen betrogen. Keinen Penny bekomme ich von den Zinnminen. Das ist nicht gerecht. Ich wurde nach Strich und Faden betrogen! Das nehme ich nicht hin. Was Tante Eleanor zugestoßen ist, könnte auch Caroline treffen. Ja, das hört sich gut an. Ich werde nicht eine Träne vergießen, wenn ich die kleine Betrügerin, die sich wie eine Heilige aufführt, auf dieser Klippe entdecke.«
Was Owen später zu seinem Stolz nicht für möglich gehalten hätte, trat jetzt ein: Er beugte sich über Bennett Penrose, packte ihn beim Halstuch, zog ihn hoch, stellte ihn auf die schwankenden Beine und verpaßte ihm einen Faustschlag auf den Mund. Bennett sackte leblos zusammen. »Wenn du das noch einmal sagst, werfe ich dich aus dem Fenster. Aus dem großen Fenster im Salon.«
Bennett rührte sich nicht, stieß aber zwischen den ge-

schwollenen Lippen einigermaßen verständlich hervor: »Das wirst du noch bereuen, du räudiger kleiner Bastard!«

»Ich bin kein Bastard. Frag meinen Vater. Nein, vielleicht lieber nicht. Er ist im Augenblick nicht gut auf mich zu sprechen, und ich bezweifle, ob er das jemals wieder sein wird. Ich habe dir gesagt, was zu sagen ist, und kehre wieder nach Mount Hawke zurück. Du lieber Himmel, mein Vater! Das ist alles zuviel für mich.«

Owen ging kopfschüttelnd an Mrs. Trebaw vorbei und öffnete die mit prächtigen Schnitzereien versehene Haustür von Scrilady Hall.

»Ziehen Sie hier ein, Mr. Ffalkes?«

Owen blickte sie zerstreut an. »Ja, vielleicht morgen.«

»Und dieser schreckliche Mann, Ihr Vater?«

»O nein. Nur ich.«

»Und Miß Caroline?«

»Sie liegt noch im Bett. Mein Vater hat sie auf den Kopf geschlagen. Wahrscheinlich wird sie bald nachkommen.«

»Das ist nicht gut, Sir. Sagen Sie ihr das bitte. Mount Hawke ist ein reines Männerhaus. Frauen haben dort keinen Zutritt. Seit Menschengedenken. Sie ist ohne Anstandsdame dort, und sie ist jung und hübsch. Sie versprechen mir, daß Sie ihr das ausrichten, Mr. Ffalkes, und daß Sie sie sofort nach Scrilady Hall bringen? Ihr guter Ruf ist sonst ruiniert. Einen Nightingale stört es nicht, wenn eine Frau ruiniert ist. Richten Sie ihr das aus.«

»North ist nicht so, Mrs. Trebaw.«

Sie schnaubte verächtlich durch die Nase. »Das wird sich noch zeigen! Er ist ein Nightingale und auch nicht besser als seine Vorfahren.«

»Ich werde ihr ausrichten, was Sie mir gesagt haben, Mrs. Trebaw. Aber sie hat ihren eigenen Kopf. So war es immer schon.«

»Wie ihre Tante Eleanor«, meinte Mrs. Trebaw seufzend. »Versuchen Sie jedenfalls, sie umzustimmen. Den Nightingale-Männern kann man nicht trauen. Das sind Teufel mit einer schwarzen Seele, jeder von ihnen. So war es immer schon. Sie würden mir nicht glauben, wenn ich Ihnen erzähle, was der Vater und Großvater des jetzigen Viscounts getrieben haben. Aber das ist alles nicht so wichtig. Das arme kleine Ding.« Sie schüttelte den Kopf und kehrte in das Haus zurück.

Es war nicht seine Absicht gewesen, wirklich nicht, aber sie lag schlafend da, sanft und einladend. Ohne nachzudenken, setzte er sich an die Bettkante, beugte sich über sie und küßte sie zärtlich. Sie hatte den weichsten Mund, den er je gekostet hatte, als er mit der Zungenspitze über ihre Lippen fuhr. So weich, so warm und ...

Ihr Mund öffnete sich, und North wußte, daß er jetzt aufhören mußte, und zwar jetzt, solange er es noch konnte. Die Nightingale-Männer waren leidenschaftlich und ungestüm. Keine Frau konnte einen Nightingale aufhalten, wenn seine Lust geweckt war, so wie jetzt bei ihm. Der zarte Kuß auf den Mund eines schlafenden Mädchens hatte ihn erregt ... Aber ganz so lagen die Dinge nicht. Das Mädchen schlief nicht. Sie hatte die Lippen geöffnet und küßte ihn zurück. Sie rief unvorstellbare Dinge in ihm wach, Gefühle, von denen er nie geträumt hatte.

»Nein«, sagte er in ihrem warmen Mund. Mit größter Selbstüberwindung zog er sich von ihr zurück. Er blickte sie an. Seine Augen waren vor Begehren beinahe schwarz. Die Hände hatte er zu Fäusten geballt, öffnete und schloß sie wieder, um sie von ihrem Körper fernzuhalten.

»Nein«, sagte er wieder, stand auf und trat vom Bett zurück. Sie lag auf dem Rücken. Ihre Brüste waren leicht gewölbt. Wovon? überlegte er, als sie ihm in die Augen sah. Und es war ein wundervoller, unvergeßlicher Blick, den sie ihm schenkte.

»Das war schön, North«, erklärte sie und lächelte ihn an. »Wie gut, daß ich rechtzeitig wach wurde, um dich zurückzuküssen.« Sie strich mit den Fingerspitzen über ihre Lippen, und er konnte ihre Finger und ihre Lippen nur anstarren und dachte, er müsse sterben.

»Ich habe noch nie so grüne Augen gesehen«, meinte er. »Zuerst glaubte ich, sie seien graugrün, aber sie sind grün. Eine schöne Farbe. So grün wie die Schlehen, die bei St. Erth wachsen.«

»Danke. Vielleicht können wir dorthin reiten, und du zeigst sie mir. Vielleicht küßt du mich dort wieder, North. Vielleicht werden meine Augen wieder die Farbe ändern, wer weiß?«

Er war schließlich nicht dumm. Er trat noch einen Schritt zurück. »Nein. Verzeih mir, daß ich dich im Schlaf überfallen habe und du weder ja noch nein sagen konntest.«

»Ja.«

»Kein Wort mehr, Caroline. Du bist noch im Halbschlaf und weißt nicht, was du sagst.«

»Aber ich weiß, was ich fühle, und das ist sehr angenehm. Ich bin noch nie geküßt worden, North. Nur von dir. Ich hätte nicht gedacht, daß der Mann die Zunge in den Mund der Frau steckt. Ist das richtig so? Machen das alle Männer so?«

Er konnte sie nur fasziniert anblicken. »Ja.«

»Und du hast an meinen Lippen geleckt, als ob ich gut schmecken würde. Ich habe es sehr genossen, als ich merkte, was los war.«

»Kein Wort mehr, Caroline.«

»Warum? Kann ich dir nicht sagen, was mir gefällt?«

Er schüttelte den Kopf. »Ja, natürlich. Aber es muß alles seine Richtigkeit haben, und das trifft in diesem Fall nicht zu. Ich bin ein Mann und du ein unverheiratetes, alleinstehendes Mädchen. Du bist Gast in meinem Haus und stehst unter meinem Schutz. Verdammt will ich sein, wenn ich dich noch einmal anrühre.«

Sie seufzte und sah so betrübt und enttäuscht aus wie Norths portugiesische Geliebte, wenn er nach ein, zwei Stunden wilder, leidenschaftlicher Liebeslust neben ihr mit einem erschöpften Lächeln auf den Lippen einschlief.

»Du bist einer harter Mensch, North Nightingale.«

»Du hast keine Ahnung«, meinte er lakonisch und setzte sich auf einen kleinen Damenstuhl aus dem vorigen Jahrhundert, der unter seinem Gewicht ächzte. »Also, wie fühlst du dich?«

Ihr entging nicht, daß er sich vor ihr in Sicherheit gebracht hatte. Im Augenblick mußte sie das hinnehmen. Wenn sie wieder voll bei Kräften wäre, würde er nicht so einfach davonkommen, obwohl sie seinen Gentleman-Kodex verstand. Seine Gesinnung war edel. Die würde sie ihm zugestehen, aber nur für eine Weile.
»Mir geht es besser als letzte Nacht. Ist Owen aus Scrilady Hall zurück?«
North grinste verschmitzt. »Noch nicht. Dein Vorschlag hat mir gefallen. Du sagtest, Owen dürfe nicht mehr unter der Fuchtel seines Vaters stehen. Hoffentlich war sein erster fuchtelloser Auftritt ein Erfolg! In Anbetracht seines Widersachers.«
Sie kicherte. Es war ein süßes Kichern. Er preßte die Knie zusammen und versuchte nicht darauf zu reagieren, aber es gelang nicht. Schließlich nahm er die Zeitung, die auf einem Tischchen neben dem Stuhl lag und las den gleichen Satz fünfmal.
»Was wollen wir mit Mr. Ffalkes tun?«
Langsam senkte er die *Gazette.* »Ich habe es mir hin und her überlegt, jedes Pro und Contra erwogen.« Er tat einen tiefen Atemzug. »Ich glaube, ich werde ihn töten müssen, Caroline.«
Zu seinem großen Erstaunen antwortete sie: »Du lieber Himmel, das hatte ich befürchtet. Nein, North, das ist nicht recht. Wenn er sterben muß, dann durch meine Hand. Das ist meine Sache. Es ist meine Angelegenheit, nicht deine.«
North stand auf und ging im Zimmer auf und ab. »Hölle und Verdammnis, du bist eine Frau! Du schreist weder auf, noch schlägst du jammernd die Hände an den wogenden Busen, noch flüsterst du halb ohnmächtig, Töten sei schrecklich, und das dürfe man nicht tun. Nein, du sagst einfach, es sei deine Sache. Ich begreife nicht, daß diese Worte aus dem Mund einer Frau kommen. Der Duchess hätte ich es vielleicht zugetraut, ja. Aber du!«
»Da hast du einiges gesagt, North. Ich möchte wissen, warum es dir unbegreiflich ist, eine Frau das sagen zu

hören? Kann sie nicht wie ein Mann sprechen? Logisch, vom Verstand gesteuert? Darf eine Frau nicht nachdenken und eigene Schlüsse ziehen?«

Er nickte und sagte: »Nein. Das ist ungewöhnlich. Das tut eine Frau nicht. Du bist nicht so, wie du sein solltest, Caroline. Hör mir zu und laß diesen Unsinn. Männer finden sich nicht leicht mit dem Töten ab. Mir ist der Gedanke zuwider, einen Mann zu töten, nur weil er dumm, verbohrt und verzweifelt ist. Wenn du verheiratet wärst, dann könnte Ffalkes nicht ...« Er hielt inne, starrte sie entsetzt an, verließ ohne ein weiteres Wort ihr Schlafzimmer und schloß die Tür leise hinter sich.

»Das ist eine wundervolle Idee«, flüsterte sie in das rosafarbene Zimmer hinein, in dem sich die Schatten des Nachmittags ausbreiteten.

Es war gegen fünf Uhr an jenem Nachmittag, als Tregeagle nach dreimaligem Klopfen ihr Zimmer betrat. Er trug einen dicken Folianten, der in dunkelbraunes, marokkanisches Leder gebunden war, und legte ihn vorsichtig auf das Bett. Er schien so viel wie sie beide zusammen zu wiegen.

Caroline blickte auf den Band, dann auf Tregeagle. »Was ist das? Lauter historische Gründe, warum junge Weibspersonen nicht länger als zehn Minuten auf Mount Hawke verweilen sollten?«

»Zehn Minuten wären wohl etwas übertrieben«, meinte Tregeagle beschwichtigend und richtete die Augen auf einen Punkt hinter ihrer rechten Schulter.

»Was ist das für ein Buch?«

»Seine Lordschaft meinte, Sie langweilen sich vielleicht durch Ihre erzwungene Untätigkeit. Er lehnt es ab, weitere Zeit mit Ihnen zu verbringen, was bei einem Nightingale verständlich ist. Daher bat er mich, Ihnen ein Buch zu bringen, das Sie amüsiert. Und so habe ich dieses Buch ausgesucht. Es enthält eine Sage, die in gewisser Weise mit der Geschichte der Nightingales verbunden sein soll. Natürlich alles Unsinn, aber vielleicht ein angenehmer Zeitvertreib, bis Sie wieder gesund sind und dieses Haus verlassen können.«

»Danke, Tregeagle. Und wovon handelt die Sage?«
»Oh, von König Marke von Cornwall, der mit vielen Schätzen auf diesem Boden begraben wurde und nicht, wie behauptet wird, im Süden von Fowey, wo er gelebt haben und gestorben sein soll.«
»Was glauben Sie, Tregeagle?«
»Die meisten Nightingales waren voller Phantasie.«
»Einschließlich seiner jetzigen Lordschaft?«
»Seine jetzige Lordschaft ist noch zu jung und war zu lange von zu Hause fort, als daß ich mir ein Urteil erlauben könnte. Wenigstens zeigt er echte Nightingale-Eigenschaften, da er sich von Ihnen fernhält, von einer Weibsperson, die uns – unglücklicherweise – ins Haus schneite.«
»König Marke, das klingt höchst romantisch. Die Sage ist mir bekannt.«
Er warf ihr einen verächtlichen Blick zu. »Das sagen junge Weibspersonen. Aber die Vorfahren seiner Lordschaft fühlten tief mit dem armen König, der von seiner Königin Isolde und seinem geliebten Neffen Tristan schamlos betrogen wurde ....« Tregeagle hustete hinter vorgehaltener Hand und schüttelte den Kopf. »Lesen Sie es selbst. Wenn ich mir die Bemerkung erlauben darf, Miß Derwent-Jones, Sie sehen wieder wohl aus. Vielleicht werden Sie heute abend nach einer kräftigenden Sardinenkopfsuppe den Wunsch äußern, sich morgen früh nach Scrilady Hall zu begeben.«
»Sagten Sie Sardinenkopfsuppe, Tregeagle?«
Er nickte bedeutungsvoll.
»Wie aufmerksam von Polgrain. Woher wußte er, daß es mein Lieblingsgericht ist? In Scrilady Hall wurde ich bereits mit dieser Köstlichkeit empfangen. Seine Lordschaft hat es ihm bestimmt erzählt. Danken Sie ihm, Tregeagle. Wenn es diese Suppe öfter gibt, bleibe ich noch länger hier, aber ich glaube, ich werde ein wenig müde.«
Caroline fuhr sich mit der Hand über die Stirn und versuchte möglichst schwach und elend auszusehen.
»Ah, mein armer Kopf plagt mich wieder. Meine Glieder fühlen sich schwer an. Meine schwächliche Gesundheit

scheint wieder durchzubrechen. Als Weibsperson ist man von sehr zarter, empfindlicher Natur ...« Sie unterbrach sich, als sie sah, daß Tregeagle merklich blaß geworden war.
»Ich entferne mich jetzt, Miß Derwent-Jones. Kommen Sie wieder zu Kräften. Vielleicht sollten Sie im Zimmer auf und ab gehen. Oder Sie zerstreuen sich ein wenig und lesen die Sage von König Marke, der seinen undankbaren Neffen Tristan nach Irland schickte, damit er seine zukünftige Ehefrau Isolde abhole. Aber sie war treulos. Ruchlos und treulos. Der junge Tristan und die schöne Isolde tranken den Liebestrank, den Isoldens Zofe Brangien für König Marke und seine bildschöne Braut gemischt hatte. Und was wurde daraus? Der Neffe und seine Frau betrogen König Marke, und es wird berichtet, daß Isolde ihre Zofe tötete, damit sie dem König nichts von dem Geschehen erzählen konnte. Und was das Schlimmste daran ist: Der arme betrogene König Marke ließ die beiden ziehen. Er enthauptete sie nicht, noch ließ er sie zu Tode foltern – nein, der edle König ließ sie ziehen, dieser Narr.«
»Ja, er war tatsächlich ein Narr. Ein echter Narr ohne einen Sinn für Gerechtigkeit.«
Er verließ eilig das Zimmer, zog wütend die Stirn in Falten, weil ihm die passende Antwort fehlte und ihm Carolines verschmitztes Lächeln nicht entgangen war.

13

»Caroline, das ist Flash Savory, der junge Mann, von dem ich dir erzählt habe und der auch in Rafael Carstairs Diensten steht.«

»Hallo, Miß Caroline«, begrüßte sie Flash Savory und streckte die Hand aus.

Ein hübscher junger Mann, blond und rank, lächelte sie an. Unwillkürlich blickte sie prüfend auf seine Hand, bevor sie sie schüttelte. »Sind Sie Rechts- oder Linkshänder, Mr. Savory, oder beides?«

Er grinste sie an. »Beides.«

»Ah, wie günstig. Die rechte oder linke Tasche, mit ungeheurer Schnelligkeit, würde ich sagen.«

»Aye, sehr richtig«, sagte er lachend. »Das war, bevor mich der Captain mit meinen Fingern in seiner linken Tasche erwischte. Er hätte mir beinahe das Handgelenk gebrochen. Aber jetzt bin ich ehrlich wie dieser arme tote Sardinenkopf in der Suppe. Beim Anblick dieser Mahlzeit zieht sich allerdings mein Magen zusammen. Ist das ein besonderes Essen für Gäste, Miß Caroline?«

Caroline überlief ein Schauder, als sie auf ihren Teller blickte.

»Darf ich fragen, ob du den Rest der Sardinen gegessen hast, Caroline?« fragte North und blickte auf die Fischköpfe.

»Die Serviette ist weggerutscht«, sagte Caroline und deckte die Überbleibsel hastig zu. Sie hatte Polgrain, Tregeagle und Coombe und alle diese Frauenhasser gründlich unterschätzt.

»Wieso serviert man Ihnen Sardinensuppe?« fragte Flash. »Neigen Sie zu Koliken?«

»Nein, ich glaube nicht. Aber hier gibt es einige Herren, die der Meinung sind, unliebsame weibliche Gäste wie mich zum Beispiel durch kulinarische Folterqualen vertreiben zu können.«

Bei diesen Worten lächelte sie North an, der verärgert auf die besagte Suppenterrine blickte und dann zur Tür.

»North, ist Flash hier, um über seine Ermittlungen zu berichten?« Damit lenkte sie North' Aufmerksamkeit für eine Weile von der Dienerschaft ab.

»Ja«, antwortete er. »Ich dachte, du könntest Abwechslung gebrauchen. Ich habe Flash alles berichtet, was ich weiß. Nun bist du an der Reihe. »

Er und Flash Savory saßen neben ihrem Bett. Flash lächelte sie an und zeigte eine Reihe perlweißer Zähne. Jedes Mädchenherz schmölze dabei, dachte sie und wollte sein Lächeln erwidern. Aber das war nicht der richtige Augenblick dafür. Es ging um Tante Eleanors Tod, und ihr Herz wurde schwer. Wer konnte sie so gehaßt haben, daß er ihr einen Dolch in den Rücken stieß?

»Ich weiß gar nichts, Flash. Ich war nicht da. Seit fast drei Jahren habe ich meine Tante nicht mehr gesehen. North führte mich zum St. Agnes Head und zeigte mir die Stelle, wo sie erstochen und hinuntergestoßen wurde. Hat sich herausgestellt, was aus ihrem Pferd wurde?«

»Ja«, sagte North. »Ich habe mit Robin in Scrilady Hall gesprochen. Wie es scheint, hatte ihr Pferd an diesem Tag den Stall nicht verlassen. Sie war ihrem Mörder also nicht beim Ausreiten begegnet.« Dann machte er eine kleine Pause. »Mir war gar nicht aufgefallen, daß deine Tante, als ich sie fand, keine Reitkleidung trug, Caroline. Es fiel mir einfach nicht auf. Sie trug ein blaues Kleid, aber ich kam nicht zu dem logischen Schluß, daß sie bei einem Ausritt gar kein Kleid angehabt hätte. Hölle und Verdammnis, wo hatte ich nur meinen Verstand gelassen!«

»Ich glaube nicht, daß es eine Rolle spielt, ob sie auf ihrem Pferd ausgeritten war oder nicht, North.«

»Das ist auch meine Meinung, Mylord«, erklärte Flash. »Es bringt nichts, wenn Sie sich jetzt an den Kopf schlagen. Miß Caroline hat recht. Es spielt keine Rolle. Aber einige Möglichkeiten bieten sich an: Mrs. Penrose konnte mit jemandem in einer Kutsche gefahren sein. Wenn ja, dann höchstwahrscheinlich mit einer Person, die sie kannte.«

»Das wäre durchaus möglich«, meinte North. »Ich habe mit Mrs. Trebaw über den Tag gesprochen, an dem ich deine Tante fand, Caroline. Sie erzählte, Mrs. Penrose sei jeden Nachmittag ausgeritten, pünktlich wie eine Uhr. Nachdem uns die Sache mit dem Pferd einfiel, suchte ich sie nochmals auf, erklärte ihr, das Pferd deiner Tante habe an diesem Tag den Stall nicht verlassen, und äußerte die Vermutung, sie sei an diesem Nachmittag wohl zu Fuß spazierengegangen. Daraufhin bestätigte Mrs. Trebaw, Mrs. Penrose sei eine begeisterte Spaziergängerin gewesen. Wenn sie nicht ausritt, sei sie immer um die gleiche Zeit spazierengegangen. Man habe die Uhr danach stellen können. Wenn du wieder in Scrilady Hall bist, solltest du dir die Haushälterin noch einmal vornehmen, und das mehrmals, um ihrem Gedächtnis auf die Sprünge zu helfen. Als neue Herrin von Scrilady Hall wirst du bald das Vertrauen der Dienerschaft gewinnen. Mir wollten die Hausmädchen nicht einmal ins Gesicht sehen, statt dessen traten sie von einem Fuß auf den anderen und behaupteten, sie wüßten nichts.«

»Das ist nichts Ungewöhnliches«, konstatierte Flash. »Sie müssen mit ihrer Aussage vorsichtig sein, wenn sie ihre Stellung nicht verlieren wollen.«

»Das werde ich tun«, pflichtete ihm Caroline bei. »Tante Eleanor hat also jemanden außerhalb von Scrilady Hall getroffen.«

»Es gibt viele Möglichkeiten, wie ich bereits sagte. Ich kenne einige Schurken in Goonbell, Mount Hawke und Trevellas. Ich werde mich unauffällig umsehen. Miß Caroline, eine ernste Frage: Glauben Sie, der junge Bennett Penrose könnte Ihre Tante ermordet haben?«

Das war todernst gemeint. »Ich weiß es nicht. Bei unserer

ersten Begegnung hielt ich ihn für einen verzogenen Bengel mit einem frechen Mundwerk, aber ohne Rückgrat. Nur ist er kein kleiner Junge mehr. Er ist achtundzwanzig. Ich weiß es nicht, Flash. Als Mr. Brogan ihr Testament verlas, war Bennett außer sich. Er beschuldigte Mr. Brogan, das Testament gefälscht zu haben und Tante Eleanors Geliebter gewesen zu sein. Um auf Ihre Frage zurückzukommen: Ich denke ja. Er hat nicht den besten Charakter.«

»Das ist ein Anfang, Flash. Stellen Sie fest, wo sich Mr. Bennett Penrose zum Zeitpunkt des Mordes aufhielt. Sollte er sich in dieser Gegend herumgetrieben haben, steht er auf der Liste der Verdächtigen an erster Stelle.«

»Wenn sie des Geldes wegen ermordet wurde«, meinte Caroline, »dann müßte man mich ebenfalls auf die Liste setzen.«

»Das wäre auch der Fall«, bemerkte North kühl, »aber du warst zu diesem Zeitpunkt nicht in der Nähe des Tatorts. Das hatte ich dir gegenüber bereits erwähnt.« Er erhob sich. »Und jetzt, Caroline, werde ich mir Polgrain vorknöpfen und dafür sorgen, daß er dir ein tadelloses Menü vorsetzt. Das mit vorhin tut mir leid, hat mich aber nicht überrascht.«

Sie brachte ein Lächeln zustande, obwohl die Kopfschmerzen wieder zunahmen. »Danke, North. Ich bewundere den Einfallsreichtum deiner Dienerschaft und bin neugierig, was sie sich als nächstes ausdenken werden.«

»Was ist das für ein riesiges Buch? Die Familienbibel der Nightingales, Mylord?«

North blickte stirnrunzelnd auf den Folianten. »Nein. Was ist das, Caroline?«

»Das sind handschriftliche Aufzeichnungen deiner Vorfahren. König Marke soll hier auf Mount Hawke gelebt haben und gestorben sein und nicht in Fowey. Soviel habe ich bereits gelesen. Der fünfte Baron Hawke, Donniger George Nightingale, gleichzeitig erster Viscount Chilton, hat sie verfaßt. Das müßte dein Urgroßvater sein.«

»Ja. Er war der erste Viscount Chilton.« North nahm den schweren Band auf und blätterte darin. »Ich hatte keine

Ahnung, daß mein Urgroßvater Sagen liebte. Hört euch das an: ›In dem aufgelassenen Stollen Weffel fand die junge Milchmagd Barney einen Goldschmuck, der in ein brüchiges Tuch aus Goldfäden eingewickelt war. Sie brachte mir diesen Fund und hielt ihn so vorsichtig wie ein Vater seinen neugeborenen Sohn. Es war ein goldener Armreif. Sehr, sehr alt. Die Buchstaben REX waren auf der Innenseite eingraviert. Er gehörte König Marke, davon bin ich überzeugt. Ich werde ihn für die Ewigkeit aufbewahren. Sollte ich sein Grab hier auf dem Boden der Nightingales finden, werde ich ihn dem edlen König zurückgeben.«
North blickte auf. »Sehr interessant. Wo zum Teufel ist dieser Goldreif geblieben? Ich habe weder etwas davon gehört noch gesehen.«
»Eine Milchmagd mit dem Namen Barney?« Flash lachte. »Und Ihr Urgroßvater verglich sie mit einem Vater, der seinen neugeborenen Sohn überreicht? Das klingt merkwürdig, Mylord. Trotzdem sähe ich mir den Armreif gerne an. In London bekäme ich eine Menge Geld dafür.«
Caroline lachte. »Bestimmt. O ja, und jetzt haben wir hier ein Hausmädchen mit dem Namen Timmy. Das ist ein Männerhaushalt. Frauen sind unerwünscht, und das seit vielen, vielen Jahren. Sie sind hier sicher, Flash, und brauchen weder um Ihre Nachtruhe noch Ihren Magen zu fürchten. Sie haben das richtige Geschlecht.«
Sie wandte sich wieder North zu, der auf den riesigen Band blickte, den sein Urgroßvater mit erschreckend vielen Seiten gefüllt hatte. »Wenn es dich interessiert, halte ich dich auf dem laufenden.«
»Ich erinnere mich jetzt. Mein Vater sprach davon, als ich noch klein war. Vor dem Einschlafen erzählte er mir Geschichten von König Marke. Und wenn ein Mann seinem geliebten Neffen, seinen Freunden und Brüdern nicht mehr trauen könne, so sei das das Ende der Zivilisation.« Er blätterte die letzten Seiten flüchtig durch. »Anscheinend hat mein Vater nur ein paar Dutzend Seiten zum besten gegeben. Du berichtest mir, wenn er etwas Welterschütterndes geschrieben hat, Caroline.«

Sie nickte.
»Ich stelle mir lieber vor, König Arthur sei hier begraben«, meinte Flash und blickte über North' Schulter in den dicken Band. »Er macht doch viel mehr her. Dazu kommen noch die Tafelrunde und der alte Merlin. Stellen Sie sich vor, der Heilige Gral sei auf Nightingale-Boden begraben.«
»Ganz richtig«, pflichtete ihm Caroline bei. »König Arthur ist mit Romantik umgeben. Der arme alte König Marke ist weniger bekannt. Was überlegst du, North? Vielleicht wirst du als alter Mummelgreis auch über Marke schreiben und berichten, wie du seine letzte Ruhestätte fünfundzwanzig Fuß tief unter den Apfelbäumen am Osthang gefunden hast.«
Sie merkte, daß Flash sie prüfend betrachtete. »Haben Sie vielleicht noch ein Stück Sardinenkopf an meinem Kinn entdeckt?«
»O nein, Miß Caroline. Mir fiel gerade ein, daß die Frau des Captain, Lady Victoria, sich freuen würde, Sie kennenzulernen. Sie setzt dem Captain, ehm ... Sir Rafael manchmal so heftig zu, daß er vor Wut brüllen möchte, aber er mag es.«
»Ich würde sie gern kennenlernen«, meinte sie nicht sehr begeistert, als sie auf die Fischköpfe blickte. Sie hatte jetzt mehr auf dem Teller liegen als ein Vikar bei seiner Kollekte.
»Caroline«, sagte North, »Flash wird dich unterhalten, und ich kümmere mich darum, daß du keinen Schrumpfmagen bekommst. Es wird nicht lange dauern.«
Weder Coombe noch Polgrain oder Tregeagle brachten ihr Abendessen. North hatte die Aufgabe übernommen und anscheinend auch die Zubereitung überwacht. Der Braten und die anderen Speisen hätten für gut ein Dutzend Festgäste gereicht.
»Iß!« befahl er und nahm auf dem Stuhl neben ihrem Bett Platz. Er wartete, bis sie ein Stückchen saftiges Rebhuhnfleisch auf der Gabel hatte und in den Mund schob. »Rafael Carstairs war Schiffskapitän, besser gesagt ein Spion, der

für unser Kriegsministerium arbeitete und nichts unterließ, um Napoleon auf dem Meer das Leben sauer zu machen. Er hat noch einen Zwillingsbruder, Baron Drago, aber das allein ist eine Geschichte für einen langen Winterabend. Rafael ist mir bei den Zinnminen hier in Mount Hawke behilflich. Im Stollen David zum Beispiel müssen einige Verstrebungen und Abdichtungen ausgebessert werden. Das Wasser dringt von Gott weiß woher ein, und ich weiß nicht, welche Ausrüstung ich kaufen muß und was man am besten dagegen unternimmt. Seltsamerweise führt der Stollen zu deiner Mine.«

»Ich habe mit dem Direktor meiner Minen gesprochen. Es ist ein Mr. Peetree. Er scheint mir sehr erfahren zu sein. Du kannst ja dieses Problem mit ihm besprechen.« North nickte, als sie den nächsten köstlichen Bissen verspeiste, ein Stück gebutterter Kartoffel.

Nachdenklich meinte North: »Rafael Carstairs scheint seine Frau zu lieben. Ich hörte sie lachen und sah, wie er sie küßte.«

Sie schluckte und legte den Kopf fragend zur Seite. »Warum sollte er seine Frau nicht lieben?«

North hob nur die Schultern. »Sie ist seine Frau. Bestimmt hübsch, aber nichts Außergewöhnliches.«

»Tja, für den Captain ist sie anscheinend etwas Außergewöhnliches.« Sie schob ein Häufchen Erbsen in den Mund. »Ist dir schon einmal der Gedanke gekommen, daß eine Frau etwas Außergewöhnliches sein kann?«

»Nein.«

»Du bist noch sehr jung und ein Mann. Du mußt doch noch ein wenig reifen, bevor du fähig bist, dich an eine Frau zu binden.«

»Und du glaubst, das hat Rafael Carstairs getan? Er hat sich gebunden?«

»Ja. Das Paar scheint sich sehr zu lieben.«

North brummte nur. »Wahrscheinlich sind sie noch nicht lange verheiratet.«

»Du bist nicht nur unreif, du bist auch zynisch. Das paßt nicht zu dir, North.«

Er zuckte mit den Achseln. »Morgen treffen deine schwangeren Mädchen in Scrilady Hall ein.«
»Feigling«, zischte sie, aber er schwieg. »Oh, du lieber Himmel«, fuhr sie fort, »meine Schwangeren!« Sie trank einige Schlucke Wasser, atmete gut durch und verkündete: »Ich muß zu ihrer Begrüßung da sein, North. Mir geht es gut. Noch eine letzte Nacht in diesem herrlichen Bett, und ich bin so munter wie Mrs. Tailstrops Mops Lucy.«
»Ich werde Dr. Treath bitten, dich morgen früh noch einmal gründlich zu untersuchen.«
»Das ist nicht nötig, North. Ich bin wieder gesund.« Sie lächelte ihn schalkhaft an. »Deine männlichen Getreuen werden überglücklich sein, meine Röcke von hinten zu sehen. Wahrscheinlich werden sie in der Diele zum Tanz aufspielen.«
»Durchaus möglich. Also, dann bringe ich dich morgen früh nach Scrilady Hall.«
»North?«
Er drehte sich um und hob eine Augenbraue. Das glänzende schwarze Haar hing schräg über eine Braue und die Wange. Er sah düster und gefährlich aus und so faszinierend wie ein romantischer Held.
»Vielleicht möchtest du mir einen Gutenachtkuß geben?« fragte Caroline.

14

Wie von einem Peitschenhieb getroffen, zuckte er zusammen. Der düster vor sich hinbrütende Byronsche Held war verschwunden. An seine Stelle war ein Mann getreten, der panikartig fliehen wollte. »Nein«, sagte er barsch. Nach einem kurzen Moment des Zögerns machte er kehrt, beugte sich über sie, legte die Finger unter ihr Kinn und hob ihr Gesicht. »Hölle und Verdammnis«, murmelte er, als sein warmer Atem ihre Haut streifte. »Dein Mund ist köstlich und weich und ...« Er küßte sie und spielte mit ihren Lippen. Dann nahm er ihr Gesicht in beide Hände und setzte sich auf die Bettkante. »Das ist keine gute Idee«, sagte er und küßte sie wieder. »Das ist eine verdammt schlechte Idee. Eine Idee, die sich der Teufel ausgedacht hat.« Seine Zunge glitt über ihre Oberlippe und bedrängte sie. Ihre Lippen teilten sich, und sie spürte und schmeckte ihn in ihrem Mund.

»Du lieber Gott«, brachte sie hervor, schlang die Arme um seinen Rücken und zog ihn mit aller Kraft zu sich herunter. Er versuchte es, er versuchte es wirklich. Er versuchte sich von ihr zu lösen, aber bevor es ihm bewußt wurde, lag er der Länge nach auf ihr. Durch die Decke spürte er ihren Bauch unter sich. Er wollte es nicht, aber er konnte sich nicht mehr zurückhalten. Sein Mund wurde fordernder, und seine Hände wanderten zielstrebig zu ihrer Brust. Als er ihr weiches warmes Fleisch durch das dünne Nachthemd fühlte, das sich so vollkommen seiner Hand anpaßte, sprang er mit einem Satz vom Bett. Schwer atmend, mit halbgeschlossenen Augen stand er über ihr. Wenn sie nicht

so verdammt unschuldig gewesen wäre, hätte sie gewußt, wie sehr ihn nach ihr verlangte. Ohne weitere Liebkosungen wollte er sich auf sie werfen, in sie eindringen und spüren, wie sie sich um ihn schloß. Instinktiv wußte er, daß nichts so sein würde, wie er es bisher erlebt hatte.
»Du ziehst morgen früh aus«, sagte er schwer atmend wie nach einem scharfen Ritt. »Das muß sein. So geht es nicht weiter. Das halte ich nicht aus.«
Er ging aus dem Zimmer und blieb auch nicht stehen, als sie ihm nachrief: »Du bist wieder ein Feigling, North. Ein verdammter Feigling.«
Er knallte die Tür hinter sich ins Schloß.

Dr. Treath und Bess Treath, seine Schwester, besuchten Caroline am nächsten Morgen. Wie beim letztenmal saß Miß Treath an ihrem Bett, um ihrem Bruder zur Hand zu gehen, falls er sie brauchte. Er nahm Carolines Handgelenk zwischen seine Finger und blickte auf die Taschenuhr.
»Ausgezeichnet«, meinte er nach einer Weile. »Normaler ist es nicht mehr möglich. Und jetzt zeigen Sie mir Ihre Augen.« Als er sich über sie beugte, spürte sie seinen warmen Atem, der leicht nach Pfefferminz roch. Aber die Empfindungen, die North' Atem in ihr wachgerufen hatte, blieben aus. Sie schloß die Augen, als Dr. Treath ihre Beule abtastete.
»Die Schwellung ist sehr gut zurückgegangen. Hatten Sie heute morgen Kopfschmerzen?«
»O nein. Mir geht es wieder gut. Wirklich.«
Er beugte sich über ihre Brust und hörte die Herzschläge ab.
»Sie sieht wieder wohl aus, Benjamin.«
Caroline öffnete die Augen und sah Bess Treath neben ihrem Bruder stehen.
Dr. Treath lächelte, als er ihre Hand nahm und sie drückte. »Sie sieht wie Eleanor aus, findest du nicht, Bess?«
»Ja, sie sieht ihr ein wenig ähnlich. Aber ihre Augen sind anders. In diesem Grün steckt ein kleiner Teufel. In Eleanors Augen spiegelten sich Lachen und Fröhlichkeit. Ca-

roline wird ihre eigene Schönheit entwickeln. Laß sie sie selbst sein.«
Dr. Treath lächelte. »Natürlich ist sie sie selbst. Trotzdem hat sie etwas von Eleanor.« Ohne die Augen von ihr zu wenden, erklärte er: »Seine Lordschaft sagte mir, er werde Sie heute vormittag nach Scrilady Hall bringen, wenn es Ihre Gesundheit zuläßt. Sie sind wieder wohlauf, aber trotzdem werde ich Sie morgen früh in Scrilady Hall besuchen. Daran führt kein Weg vorbei.«
Als Bess Treath sich von ihr verabschiedete, meinte sie kopfschüttelnd: »Sie sind Sie selbst, Miß Derwent-Jones. Hoffentlich haben Sie mich nicht mißverstanden. Ich werde morgen ebenfalls vorbeikommen. Viel Glück mit Ihren Spatzen.«
»Welchen Spatzen?«
»Den schwangeren Mädchen«, erklärte Dr. Treath lachend.
Caroline lehnte den Kopf in die Kissen und sah den beiden mit halbgeschlossenen Augen nach. Warum war North nicht mit Dr. Treath heraufgekommen?
Das fragte sie ihn, als er sie die Stufen zur Diele hinabführte. Sie brauchte seine Hilfe nicht, aber sie genoß seine Nähe und das Gefühl, seinen Arm unter ihrer Hand zu spüren. Sie fragte sich, ob seine Empfindungen von gestern geblieben waren oder ob sich die Lust der Männer nur auf die Abendstunden beschränkte.
»Ich hatte noch einiges zu erledigen«, sagte er kurz, ohne sie anzusehen.
»Und was war das?«
Auch jetzt, als er auf den Stufen stehenblieb, blickte er sie nicht an. »Ich glaube, das ist meine Sache. Neugier paßt nicht zu dir, Caroline. Warum fragst du mich?«
»Ich dachte, deine Getreuen wollten dich als Augenzeuge bei Dr. Treath' Visite dabeihaben, damit du ihnen versichern kannst, daß ich munter wie ein Wiesel bin und Mount Hawke binnen einer Stunde verlasse.«
»Ah, das hat sich auch so herumgesprochen. Siehst du, da stehen sie, Caroline, in Reih und Glied, um sich von dir zu verabschieden. Schade, daß sie nicht zum Tanz aufspielen.«

»Zum Teufel mit denen allen!« zischte sie leise, aber er hörte es und lachte in sich hinein. Wie liebte sie dieses kehlige Lachen!
»Miß Derwent-Jones reist ab«, verkündete Tregeagle, kaum daß sie die unterste Treppenstufe erreicht hatte.
»Ja!« rief sie aus. »Aber ich komme zum Abendessen zurück. Ist das nicht nett, Coombe?«
»Das könnte es sein«, erwiderte Coombe etwas gekünstelt, »aber ich befürchte, bei Mr. Polgrain machen sich die Vorzeichen einer schweren Migräne bemerkbar. Gott im Himmel weiß, was wir heute abend essen werden. Ich möchte Ihnen von dem Besuch abraten, Miß Derwent-Jones.«
Sie lachte, sagte kein Wort mehr und schritt an North' Seite zur Haustür hinaus, die ausgetretene breite Freitreppe hinunter. Owen stand bereits wartend neben einem alten offenen Einspänner, der von einer ebenso alten Mähre gezogen wurde.
»Du lieber Himmel, Owen, wo hast du diesen Klapperkasten her?«
»Guten Morgen, North, guten Morgen, Caroline. Mrs. Trebaw bestand darauf, daß ich dich mit der Kutsche abhole. Hoffentlich fallen die Räder nicht ab.«
Caroline drehte sich zu North um und legte ihm eine Hand auf den Arm. »Danke«, sagte sie schlicht und wünschte, sie könnte Owen mit der Kutsche sonstwohin schicken, damit ihr etwas mehr Zeit für North bliebe, statt dessen fragte sie: »Möchtest du heute abend mit uns essen?«
Er schüttelte den Kopf und sagte: »Ja.«
Sie lächelte spitzbübisch und berührte mit den Fingerspitzen sein Kinn, dann stellte sie sich auf die Zehenspitzen, küßte ihn auf die Wange und berührte mit der Zunge seine warme Haut. »So, das dürfte Polgrain, Coombe und Tregeagle für mindestens eine Stunde in hellste Aufregung versetzen«, flüsterte sie ihm ins Ohr.
Er atmete schnell und hätte sie am liebsten hier auf der Freitreppe genommen oder im Einspänner auf seinem Schoß. Mein Gott, welch lüsterner Narr er war! North

schüttelte den Kopf. Es gelang ihm, ihr einen eiskalten Blick zuzuwerfen. »Verdammt, Caroline, das hast du mit Absicht getan.«
»Ja, aber es hat Spaß gemacht, North. Wir sehen uns heute abend. Und jetzt muß ich alles für meine Schwangeren vorbereiten.«
»Ja, und heute abend werden wir mit Owen besprechen, was mit seinem Vater geschieht.«
»Ehm, North«, ließ sich Owen etwas zaghaft vernehmen und trat auf ihn zu, »deine Männer haben ihn doch nicht etwa in ein Verlies gesperrt?«
»Nein, Owen. Er befindet sich in einem kleinen Zimmer oben im Ostflügel. Er ist nicht sehr glücklich, aber er ist hinter Schloß und Riegel und kann Caroline nicht wieder belästigen.«
»Wenn er gesehen hat, wie Caroline dich küßte, wird er einsehen, daß bald alles verloren ist.«
North fuhr zusammen, als ob man auf ihn geschossen hätte. »Was zum Teufel willst du damit sagen, Owen?«
»Nun, die Art, wie Caroline dich ansieht und wie sie lacht, wenn du in ihrer Nähe bist, und wie sie deine Berührung sucht. Und du, North ... Deine Augen werden dunkel, wenn du sie siehst. Du betrachtest sie, wie ein Mann eine Mahlzeit betrachtet, wenn er eine Woche lang nichts mehr zu essen bekommen hat. Also, ein Blinder sieht doch, daß ...«
»Ein Blinder sieht gar nichts«, fuhr Caroline dazwischen. Sie packte Owen fest beim Arm und führte ihn zum Einspänner. »Willst du kutschieren, oder soll ich es tun?«
Owen starrte zum Ostflügel hinauf und wurde plötzlich steif und still. »Meinst du, er beobachtet uns?«
»Hoffentlich«, sagte sie, lachte und küßte Owen leicht auf das Kinn. Dann umarmte sie ihn kurz und drückte ihm noch einen Kuß auf die Wange. »So«, meinte sie höchst zufrieden, »soll er denken, ich sei eine Bigamistin.«
»Caroline!«
»Mein Gott, Owen, sei nicht so prüde. Wir fahren jetzt nach Hause.«

Owen schnalzte mit der Zunge, um die alte Stute anzutreiben. Caroline drehte sich unwillkürlich noch einmal nach Mount Hawke um. North stand noch auf der Treppe. Sie hob die Hand und winkte ihm zu, aber er wandte sich ab und kehrte in das Haus zurück.
North hat mich bestimmt nicht gesehen, dachte sie. Vielleicht ist er kurzsichtig. Er hatte nicht gesehen, daß sie ihm zuwinkte. Ihr schauderte, als sie zum dritten Stock im Ostflügel hinaufsah. Irgendwie wußte sie, daß Mr. Ffalkes oben am Fenster stand und sie beobachtete. Er beobachtete alles, wartete und plante.

Caroline blickte die drei jungen Frauen der Reihe nach an. Sie allein war jetzt für sie verantwortlich. Nur eine von ihnen war jünger als sie – Alice war erst vierzehn Jahre alt. Der dicke Bauch ließ ihren Körper noch schmächtiger erscheinen. Sie sah blaß und verängstigt aus. Sollte Caroline jemals dem Mann begegnen, der ihr Gewalt angetan hatte, dann würde sie ihn töten.
Sie schwieg einen Augenblick lang, bis sich ihr Zorn gelegt hatte, und sagte dann: »Möchtest du ein Stück Kuchen, Alice? Er ist mit Johannisbeeren gefüllt. Mrs. Trebaw findet, wir müßten dich ein wenig aufpäppeln.«
»Danke, Miß Caroline.« Alice sprach sehr langsam und deutlich. »Der Kuchen sieht köstlich aus.« Sogar die Finger des jungen Mädchens waren dünn und abgemagert und so weiß, daß man die blauen Adern durch die Haut schimmern sah. Sie wirkte zerbrechlicher als die zierliche Schäferin aus Meißner Porzellan auf dem Kaminsims.
Caroline wandte sich an Evelyn, ein Mädchen von ungefähr zwanzig Jahren, das vom Sohn des Hausherrn verführt worden war. Als sich die Folgen bemerkbar machten, erklärte der verwöhnte, heißgeliebte Sproß seiner Mutter, Evelyn sei eine wollüstige Schlampe, die nachts zu ihm ins Bett gestiegen sei, nur um ihn zu kompromittieren, und jetzt müsse er sie heiraten. Ohne Zeugnis wurde Evelyn fristlos entlassen. Zu ihrer Familie zurückkehren konnte und wollte sie nicht, da die Eltern mit acht Kindern sehr be-

engt in einem winzigen Haus in Mousehole lebten. Als Mrs. Eleanor Penrose sie fand, saß sie mit rotgeweinten Augen in Penzance am Strand, ohne auf die steigende Flut zu achten, die bereits den Saum ihres Kleides erreicht hatte.

»Möchtest du noch eine Tasse Tee, Evelyn?«

»Danke, ich nehm' noch eine, Miß Caroline. Oh, ich weiß, Miß Mary Patricia, ich hätte sagen sollen: ›Sehr freundlich von Ihnen, daß Sie mir noch eine Tasse Tee anbieten, wirklich sehr freundlich.‹«

»Ganz richtig, Evelyn«, lobte Miß Mary Patricia.

Caroline lächelte über Miß Mary Patricia, die nicht schlicht und einfach Mary war. Für eine junge Frau von zweiundzwanzig war sie sehr gebildet und selbstbewußt. Sie war die mittlere von fünf Töchtern eines Vikars aus Dorset. Miß Mary Patricia hatte eine Ausbildung als Gouvernante erhalten und trat ihre erste Stellung in East Looe bei zwei sehr jungen, sehr verwöhnten Kindern an, die ihr das Leben zur Hölle machten. Der Hausherr, ein Mr. Trenwith, hatte sie im Garten überfallen und vergewaltigt. »Einmal«, hatte Miss Mary Patricia gesagt, »nur einmal, und mein Leben ist ruiniert. Das Kind wächst in meinem Leib, und ich weiß nicht, was ich tun soll.« Tante Eleanor gabelte sie in einer Schenke in Truro auf, wo sie eine Stelle als Barmädchen suchte.

Caroline reichte Miß Mary Patricia eine Tasse Tee und ein kleines Gurkensandwich. Ihr fiel ein, daß Bess Treath ihre Mädchen als Spatzen bezeichnet hatte. Das stimmte nicht. Jede junge Frau hatte ihre eigene Persönlichkeit, und sie hoffte, daß sie mit der Zeit ihrem Leben die Wendung geben würden, die ihnen angemessen war. Nein, es waren keine Spatzen.

Sie sah, daß Alice wieder zitterte. Vielleicht wußte sie, daß Männer im Haus waren. Caroline dachte an Owen Ffalkes und Bennett Penrose, die beide im Haus wohnten. Du lieber Himmel, wie sollte sie ihnen das erklären? Owen würde sie nicht anrühren, aber Bennett? Er sah aus wie ein Engel, das mußte man ihm lassen, aber der Teufel steckte in ihm.

Alice zitterte immer noch ein wenig, als sie allen Mut zusammennahm und mit leisem Stimmchen sagte: »Ich habe ... Ich habe einen Mann gesehen, Miß Caroline. Er ist noch jung, und er ist hübsch, und er scheint hier zu wohnen.«
»Ja, die hübschen Männer sind es«, meinte Evelyn und tätschelte Alices dünne Hand. »Ja, die hübschen Männer glauben, sie könnten sich bei einer Frau alles erlauben, und jede Frau sei hinter ihnen her. Nur weil sie hübsch sind! So ein Unsinn. Mach dir keine Sorgen, Alice, Miß Caroline hat alles im Griff.«
Hoffentlich, dachte Caroline und lächelte ihre drei Schützlinge an. »Mein Vetter Owen Ffalkes wohnt bei mir. Er ist hilfsbereit und freundlich. Mein anderer Vetter, Bennett Penrose, wohnt auch hier. Das ist der hübsche Mann. Ehrlich gesagt, er ist nicht sehr nett. Aber ich werde mit ihm reden. Ihr sollt euch hier wohl und geborgen fühlen.«
Evelyn lachte ein volles, warmes Lachen. Dann tätschelte sie ihren hervorstehenden Bauch. »Auch der schärfste junge Mann ist jetzt nicht an uns interessiert. Du kannst beruhigt sein, Alice, hier wird uns keiner etwas zuleide tun. Wenn es noch einmal einer bei mir versuchen sollte, trete ich ihm in den Bauch, oder ich schneide ihm seine kleine Rute ab.« Sie beugte sich hinunter, schob den Rock hinauf und zeigte auf ein kleines Messer, das im Strumpfband steckte. »Ab jetzt weiß ich mich zu wehren.«
»Gute Idee«, bemerkte Caroline. »Das werde ich mir auch anschaffen. Danke, Evelyn.«
»Ich möchte mich auch wehren«, meinte Alice mit ihrem dünnen Stimmchen, »aber ich fürchte mich zu sehr.«
»Du bist selbst ein hilfloser Säugling«, mischte sich Miß Mary Patricia ein und tätschelte Alices Hand. »Deine Angst ist verständlich. Aber so etwas wird uns nie wieder geschehen, nicht wahr, Miß Caroline?«
»Nein«, antwortete Caroline, »wenn ich es verhindern kann, nicht.«
Sie dachte an die Ankunft ihrer Schützlinge in dem kleinen Einspänner des Vikars. Dicht aneinandergedrängt saßen sie auf der schmalen Bank, und dieser dämliche Vikar behan-

delte sie wie Abschaum, als ob es ihre Schuld wäre, daß sie ein Kind unter dem Herzen trugen.
Als er zu protestieren versuchte, daß sie in Scrilady Hall unter der Aufsicht einer einzigen jungen Frau untergebracht wurden, unterbrach sie ihn barsch. »Sie werden hier glücklich sein. Dafür sorge ich.«
»Diese Schlampen verdienen es nicht, glücklich zu sein! Sie und Ihre Tante! Sie haben eine völlig falsche Einstellung zu den Dingen, und ...«
»Und was wäre die richtige Einstellung?«
»Sie sind Ausgestoßene, und das sollten sie auch bleiben. Sie haben gesündigt und allen Frauen Schande gebracht und ...«
Carolines Augen hefteten sich auf Alices eingefallenes blasses Gesichtchen, das bei den Worten des Vikars zusammenzuckte. Evelyn reagierte auf ihre Art. Die Augen liefen rot an, die Hände hatte sie zu Fäusten geballt. Miß Mary Patricia dagegen reckte das Kinn so hoch wie möglich und versuchte ungerührt zu wirken. Um dem Ganzen ein Ende zu machen, sagte Caroline kurz und knapp: »Sie fahren jetzt, Mr. Plumberry. Bemühen Sie sich nicht wieder hierher. Ich könnte Sie sonst erschießen.«
»Sie sind überarbeitet«, beschwichtigte sie der Vikar und trat mit ausgestreckter Hand einen Schritt auf sie zu. »Sie armes Ding, Sie wissen nicht, was Sie da sagen. Die Trauer über den Verlust Ihrer Tante und dann diese Belastung. Das ist zuviel für Sie, meine Liebe. Ihre Tante hätte Ihnen das niemals zumuten dürfen, und ...«
»Auf Wiedersehen, Mr. Plumberry. Gehen Sie.«
Er fuhr ab. Sie wußte, daß er sie für hysterisch und überspannt hielt, für eine schwache Frau, die den Tatsachen des Lebens nicht gewachsen war.
Dann wandte sie sich ihren drei schwangeren jungen Frauen zu. »Willkommen in Scrilady Hall. Mein Name ist Caroline Derwent-Jones. Hier seid ihr wirklich von Herzen willkommen. Es wird alles gut werden, das verspreche ich euch.«
Aber jetzt fragte sie sich, ob sie das Versprechen einhalten

konnte. Alice sah sehr krank und schwach aus und wirkte mutlos und müde. Als Caroline in ihre verängstigten wasserblauen Augen blickte, hätte sie vor Wut am liebsten aufgeschrien. Wie ungerecht konnte das Leben sein! Drei junge Burschen hatten sie in der Nähe von St. Ives überfallen und vergewaltigt. Evelyn, die sich ab jetzt mit einem Messer zur Wehr setzen würde, schien ihr seelisches Gleichgewicht wiedergefunden zu haben. Und Miß Mary Patricia wirkte beim Morgengebet ruhig und gelassen wie eine Nonne, aber wenn Caroline genauer hinschaute, sah sie das leichte Zittern der schmalen Hände.

»Ich selbst wäre um ein Haar von einem Mann vergewaltigt worden und ahne, was ihr durchgestanden habt. Ab jetzt wird jede von uns ein Messer tragen. Einverstanden?«

Alice schluchzte auf und brach in Tränen aus.

Evelyn nahm sie tröstend in die Arme. »Ist ja gut, Kleines. Still, still. Miß Caroline ist für dich da.«

Miß Mary Patricia meinte nachdenklich: »Ich denke, eine Pistole ist mir lieber. Wissen Sie zufällig, Miß Caroline, ob man sie auch in kleinen Größen herstellt?«

Caroline ging sofort auf den Vorschlag ein. »Noch besser! Ja, es gibt sie in handlicher Größe, und ich lasse uns kleine Halfter anfertigen, damit wir sie am Bein tragen können. Ist damit alles geklärt?«

»Ja, danke. Und nun, Alice«, fuhr Miß Mary Patricia in sachlichem Ton fort, »beginnen wir mit unserem Unterricht. Du und Evelyn, ihr habt große Fortschritte gemacht. Ihr beide könnt bereits fein und gewählt sprechen, aber mit dem Lesen hapert es noch, und ihr wollt doch keine dummen Mädchen sein, oder?«

»Nein, Miß Mary Patricia«, sagte Alice hastig und erhob sich schwerfällig vom Stuhl.

»Können wir die aufregende Geschichte weiterlesen, die dieser Mr. Voltaire geschrieben hat?«

»Gewiß«, antwortete Miß Mary Patricia und stand graziös von ihrem Stuhl auf. An Caroline gewandt meinte sie: »Evelyn liebt *Candide*.«

Caroline erhob sich ebenfalls. »Jetzt werde ich Mrs. Trebaw rufen, und sie wird euch eure Zimmer zeigen. Ich hoffe, sie gefallen euch.«

»Nach Miß Eleanors Tod hausten wir zu dritt in einem kleinen Dachzimmer, weil der Vikar darauf bestand, daß wir aus unserem Häuschen auszogen. Er meinte, für unsereinen sei das reinste Geldverschwendung.«

»Das hat der Vikar angeordnet?« fragte Caroline. Als die drei bestätigend nickten, stieg wieder der heiße Zorn in ihr auf. »Dem mache ich die Hölle heiß.«

»Aber nicht mit dem Messer!« meinte Evelyn und lächelte schelmisch.

15

Während Miß Mary Patricia ihren Gefährtinnen Alice und Evelyn in einem ehemaligen Klassenzimmer unter dem Dach von Scrilady Hall Unterricht erteilte, nutzte Caroline die Gelegenheit, Owen nach Trevellas zu schicken. Dort sollte er eine kleine Pistole und zwei Messer besorgen.

»Die Frauen brauchen keine Waffe, Caroline«, meinte er entsetzt. »Du bist hier, und ich bin hier. Wir werden gemeinsam auf sie aufpassen.«

»Darum geht es nicht, Owen«, erklärte sie geduldig. »Sie haben Angst. Du weißt, was die Männer ihnen angetan haben. Wenn sie sich mit einer Pistole oder einem Dolch sicherer fühlen, dann sollten sie bewaffnet sein. Übrigens, das zweite Messer ist für mich. Wäre ich bei meinem letzten Zusammentreffen mit deinem Vater bewaffnet gewesen, dann hättest du dich nicht gegen ihn stellen müssen. Oder ich hätte ihm die Kehle durchgeschnitten, was auch eine Lösung gewesen wäre.«

»Ich bitte dich, Caroline. Er ist immer noch mein Vater.«

Sie seufzte. »Ich weiß, Owen, und ich entschuldige mich. Uns wird schon etwas einfallen.«

Owens Augen hellten sich auf. »Vielleicht wird Bennett aus Versehen erschossen.«

»Gut, dann besorg drei Pistolen. Mein Gott, was sind das für scheußliche Gedanken! Wo steckt er überhaupt?«

»Wahrscheinlich ist er in Goonbell bei Mrs. Freely in der Kneipe und trinkt, bis ihm das Bier zu den Ohren herausläuft.«

»Sein Pech. Wir haben jedenfalls Wichtigeres zu tun. Owen, du gehst anschließend zu den Minen und suchst Mr. Peetree auf, den Direktor. Frag ihn, warum in North' Mine David Wasser in den Stollen einbricht. Soviel ich weiß, ist bei uns alles in Ordnung, obwohl die Minen dicht beieinanderliegen. Erkundige dich, warum es bei North passiert und nicht bei uns. Dann haben wir noch die Minen Daffel und Bealle. Laß dich über Abbau, Förderung, Erträge, Ausrüstung und so weiter belehren.«
Owen wurde blaß. »Aber ich weiß doch gar nichts über Zinnminen, Caroline. Ich weiß nicht einmal, was ich ihm sagen soll. Im Ernst. Mein Vater hat immer ...«
»Owen, sei jetzt nicht so bescheiden und zaghaft. Du hast North und mich gerettet. Du hast bewiesen, was du kannst. Du stellst dich mit deinem Namen vor, erklärst ihm, du seist mein Partner, und da wir hier neu sind und nichts von der Zinnförderung verstehen, möchten wir alles Wissenswerte über die Zinnminen erfahren. Frag ihn, ob Ausbesserungsarbeiten erforderlich sind. Frag ihn, wie hoch die Löhne sind, mein Gott, Owen, gebrauch deinen Verstand! Notier dir alles, was er sagt. Oh, und sei nett und höflich. Üble Nachrede können wir hier nicht gebrauchen.«
Sie hätte schwören können, daß er im Gehen bereits halblaut vor sich hinsprach: »Mr. Peetree, wenn Sie erlauben und ich Ihre Zeit nicht zu sehr in Anspruch nehme, dann möchte ich Sie bitten, mir einige Fragen zu beantworten ...«
Sie lächelte, schüttelte den Kopf und hoffte, Owen möge etwas forscher auftreten. Dann ging sie zu den Stallungen. Sie wollte nach Trevellas zur Schneiderin reiten und anschließend ihren Verwalter, Mr. Dumbarton, aufsuchen. Auf dem Penrose-Land wurden fünf Farmen verpachtet, und sie wollte die Pächter und ihre Familien kennenlernen. Miß Mary Patricia hatte ihr berichtet, daß die Vikarsfrau die Kleider, die Miß Eleanor für die Mädchen hatte anfertigen lassen, bei einem Wohltätigkeitsbazar verkaufte, und jetzt besaßen sie nur das, was sie am Leibe trugen.

Sie rieb Reginas Nase, die mittlerweile in ihrer eigenen Box stand – trotz ihrer großen Vorliebe für North –, und gab ihr eine Karotte. Robin, der Stallknecht und Stallmeister zugleich war, sattelte Regina, während Caroline überlegte, wie sie dem Vikar die Hölle heiß machen sollte.
»Gut gemacht«, sagte sie und ließ sich von ihm in den Sattel helfen. »Richte Mrs. Trebaw bitte aus, ich käme in einigen Stunden zurück, hoffentlich mit der Schneiderin.«
»Ehm, Miß Caroline.«
»Ja, was ist, Robby?'«
»Die Mädchen mit den dicken Bäuchen ...«
»Ja?«
Er wurde puterrot. »Ehm, wenn ich Ihnen irgendwie helfen kann, dann sagen Sie es mir ...«
»Danke. Das werde ich tun. Paß auf sie auf, besonders auf die Jüngste, auf Alice. Sie ist sehr scheu und verängstigt. Sei nett mit ihr, Robby.«
Als sie losritt, blickte sie über die Schulter nach Scrilady Hall zurück. Die schöne Backsteinfassade leuchtete in der Nachmittagssonne hellrot auf. Sie liebte die fünf Giebel und die vier Kamine, die gut zwanzig Fuß aus dem Dach aufragten. Scrilady Hall war jetzt ihr Zuhause. Sie vermißte Bäume und Sträucher am Haus. Sie würde mit dem Gärtner, wie immer er heißen mochte, darüber sprechen. Dann mußte sie lächeln. Vielleicht sollte sie einen weiblichen Gärtner einstellen und Scrilady Hall zu einem Frauenhaushalt machen.
O weh! Plötzlich fiel ihr Honeymead Manor und Mrs. Tailstrop ein. Sie würde North um Rat fragen. Seltsam. Wie selbstverständlich dachte sie sofort an North. North war immer da, irgendwo in ihrem Kopf, in ihrem Herzen. »Mein Gott, Regina, ich tue ja so, als ob North Nightingale zu meinem Leben gehören würde. Und du, du faules Tier, du himmelst ihn an, stimmt's? Nur weil er dir einen anderen Namen verpaßt hat. Wenn ich Verstand hätte, würde ich dich wieder Petunia nennen.« North. Ja, er war immer da. Sie dachte an ihr gemeinsames Essen am Abend zuvor. Nur Owen war anwesend; Bennett saß wieder mit

seinen Saufkumpanen bei Mrs. Freely in Goonbell. Sie hätte ihre neuen Strümpfe geopfert, um Owen für ein paar Stunden aus Scrilady Hall zu vertreiben. Aber es half nichts. Er blieb bei Tisch sitzen, aber es wurde ein sehr unterhaltsamer, fröhlicher Abend mit einem ausgezeichneten Essen, bis sie von Mr. Ffalkes sprachen.

North hatte sich gerade an einer weißen Mandelcreme mit geraspelter Schokolade delektiert, als er meinte: »Dein Vater, Owen, ist kein glücklicher Mensch. Ich habe heute nachmittag mit ihm gesprochen. Nachdem er mich, meine Vorfahren und Caroline ausgiebigst verflucht hatte, beruhigte er sich. Ich stellte ihn zur Rede, fragte ihn, was ich mit ihm machen solle, wenn er nicht von Caroline und seiner Besessenheit loskomme, sich durch sie zu bereichern. Daraufhin versicherte er mir hoch und heilig, er habe eingesehen, daß er weder sie noch ihr Geld bekommen könne.«

»Rede bitte nicht über meinen Kopf hinweg«, sagte Caroline und fragte ihn dann offen: »North, glaubst du ihm?«

»Ich glaube ihm nicht«, mischte sich Owen ein und griff nach dem Portweinglas. »Mein Vater ist gieriger als ein Wucherer in der Bear Alley in London, der seiner Großmutter sogar das Gold aus den Zähnen bräche. Nein, North, er hat nicht aufgegeben.«

»Ich habe eine Idee, Owen. Du könntest nach London fahren und die Geschäftspartner deines Vaters aufsuchen. Finde heraus, wie es tatsächlich um seine finanzielle Lage bestellt ist. Ich habe in der Zwischenzeit meinen Anwalt in London, Mr. Brogan, damit beauftragt, die Übertragung des Erbes auf Caroline zu überwachen und die Abwicklung aller damit verbundenen Geschäfte so schnell wie möglich dem Einfluß deines Vaters zu entziehen.«

Als Owen sich endlich mit einem wissenden Blick und einem etwas dümmlichen Lächeln zurückzog, sagte Caroline zu North: »Er wird nicht aufgeben, North. Owen hat recht. Was er sich in den Kopf gesetzt hat, ficht er durch. Er wird nicht lockerlassen ...« Sie wurde nachdenklich und blickte ihn mit halbgesenkten Augenlidern durch ihre dichten Wimpern an. Bevor sie weitersprach, schluckte sie ein paarmal. »Vielleicht sollte ich heiraten. Wie du sagtest, wäre das die sicherste Möglichkeit, um mich vor seinen Nachstellungen zu schützen.«

»Habe ich das gesagt? Tatsächlich?«

»Würdest du mich heiraten, North?«

Er blickte sie an. Sie war blaß und still geworden, sehr still. »Wahrscheinlich bin ich sehr reich.«

Er antwortete nicht und blickte sie stumm an.

Schließlich unterbrach sie das Schweigen. »Findest du mich so abstoßend?«

Er beugte sich vor und küßte sie. In der gleichen Sekunde warf sie die Arme um seinen Rücken und drückte ihn an sich. Sie stellte sich auf die Zehenspitzen und erwiderte seinen Kuß. »Nicht aufhören«, flüsterte sie in seinen Mund, »bitte, nicht aufhören, North. Es ist ein so angenehmes Gefühl.«

»Angenehm?« fragte er und küßte sie wieder. »Nur angenehm?« Es war nicht seine Absicht, aber seine Hände strichen ihren Rücken hinab, tiefer, bis er ihr Gesäß umfaßte, sie ein wenig anhob und an sich preßte. Sie erstarrte. Aber dann spürte er, wie der Schock nachließ, wie sie Interesse zeigte für die Dinge, die in ihrem jungen Leben neu waren. Dann drängte sie sich an ihn und wollte mehr. Mein Gott, wie leidenschaftlich sie war! Aber sie war unschuldig und er nahe daran, sie in ihrem eigenen Haus zu verführen. Er wußte, daß er aufhören mußte. Er wollte nicht heiraten, auch Caroline nicht, das Mädchen, das er von allen Frauen am meisten begehrte. Mit der Lust, der reinen Lust konnte er umgehen, nicht aber mit der Ehe. Jetzt noch nicht, wahrscheinlich niemals. Jedenfalls nicht, wie es in seiner Familie gehandhabt wurde. Und es gab zu viele Erinnerungen an die Wutanfälle seines Vaters, die erschreckende Ausmaße angenommen hatten, als er noch ein kleiner Junge war. Er sah seinen Vater wieder deutlich vor sich, Ärger und Bitterkeit im Gesicht, aufgehetzt von seinem Großvater, der viele Jahre vor seinem eigentlichen Tod hätte sterben sollen, weil er ein gemeiner und böser Mensch war. Es hatte niemals aufgehört.

Dann fühlte er ihre warme Zunge in seinem Mund und glaubte, er würde seinen Samen verströmen.
Er packte sie bei den Armen und riß sie zurück. »Nein«, keuchte er. »Nein. Verdammt noch mal, nein! Das muß aufhören, Caroline. Ich will dich nicht heiraten, aber ich möchte mit dir schlafen, und das ist nicht möglich. Du bist eine Lady, und ich bin ein Gentleman – aber nur , wenn ich nicht sofort zur Besinnung komme. Ich werde meine Lust bei anderen ausleben, aber nicht bei dir, niemals. Ich werde dich nicht beschämen, Caroline, auch wenn ich dich jetzt am liebsten auf den Boden werfen, mich auf dich legen möchte ... Jesus, nein. Ich muß aufhören. Du bist so verdammt unschuldig und hast nicht die leiseste Ahnung, wovon ich rede.
O Gott, ja, ich möchte Dich überall berühren, möchte das warme Fleisch deiner Schenkel schmecken, dein Erzittern mit meinen Lippen fühlen, ich möchte spüren, wie sich deine Hüften unter meinen Händen heben. Ja, das alles möchte ich spüren, bis du vor Begehren schreist, aber du verstehst nicht einmal, was ich empfinde. Ah, die Freuden der Unschuld! Du empfindest vielleicht ein gewisses Verlangen, aber du kannst es nicht wissen, Caroline, du kannst es nicht wissen, was in einem Mann vorgeht, wenn er eine Frau begehrt, eine Frau, die weich und bereit ist. Nein, das kannst du nicht verstehen. Du weißt nicht einmal, wie ein Mann aussieht. Nein, natürlich nicht. Nun, wir sind nicht schön und weiß und weich wie ihr. Wir sind behaart und hart und verdammt furchterregend, wenn wir eine Frau wollen, denn unser Geschlecht ... Nein, verdammt, vergiß, was ich gesagt habe. Nein, ich werde dich nicht küssen, also schließ deinen verdammten Mund. Mein Gott, Frauen! Auch wenn sie noch so unschuldig sind, sie wissen instinktiv, wie sie einen Mann wild vor Lust machen können. Sieh dich doch an! Deine Lippen sind halb geöffnet, ich sehe deine Zungenspitze. Hölle und Verdammnis, sieh mich nicht so an! Bleib mir vom Leib. Ich verliere gleich die Beherrschung.«
Er warf ihr einen letzten wilden, wütenden Blick zu,

schüttelte den Kopf über sich selbst und stürmte aus dem Salon. Wieder ließ er die Tür krachend hinter sich ins Schloß fallen.

»Tja«, sagte sie in das leere Zimmer hinein, »es scheint ihm doch nahezugehen. Ich glaube, seit ich ihn kenne, hat er noch nie so lange zusammenhängend gesprochen. Ja, North ist ein leidenschaftlicher Mensch, und das ist, meine ich, doch etwas Gutes.«

Sie hatte nicht gut geschlafen. Sie hatte die Hitze seines Körpers gespürt und seine warmen Lippen. Ihr war, als wäre er noch bei ihr. Sie versuchte sich die Dinge vorzustellen, die er beschrieben hatte, und wußte, daß es nicht so fremd und verwirrend sein würde, wie es sich anhörte. Nein, mit ihm würden diese Dinge himmlisch sein. Was hatte er mit furchterregend und Geschlecht gemeint? Sie hoffte inständig, daß sie es herausfinden werde.

Sie lächelte ein wenig, schüttelte den Kopf und trieb Regina mit einem Zungenschnalzen an. Würde North die anscheinend seit Generationen bestehende Abneigung der Ehe gegenüber beibehalten? Aber sein Vater hatte geheiratet wie sein Großvater und sein Urgroßvater. Es ergab einfach keinen Sinn.

Wo war North' Mutter? War sie bei seiner Geburt gestorben?

16

Du lieber Himmel! Sie hatte ganz vergessen, daß Dr. Treath ihre Schützlinge besuchen wollte! »Sie sagten, Miß Treath habe mit den Damen Tee getrunken, Mrs. Trebaw?«

»Ja, Miß Caroline. Sie blieb noch ein Weilchen hier, nachdem Dr. Treath sich von den Damen verabschiedet hatte. Sie ist ausgesprochen nett, diese Bess Treath. Nicht hochnäsig oder gehässig, und sie klatscht nicht. Sie ist zu allen freundlich und macht keine Unterschiede, wenn Sie wissen, was ich meine. Zu unseren jungen Damen war sie besonders nett. Da ist sie wie ihr Bruder. Obwohl sie nie verheiratet war, scheint sie zufrieden zu sein, den Haushalt ihres Bruders zu führen, nachdem seine junge Frau vor vielen Jahren verschied.«

»Ich wußte nicht, daß Dr. Treath verheiratet war.«

»O ja, mit einem bildschönen jungen Mädchen aus St. Ives. Ein Jahr nach der Hochzeit starb seine Frau im Kindbett. Tja, tja, das Versprechen, daß unser Leben gut verläuft und nicht mit einem vorzeitigen Tod endet, wird uns nicht in die Wiege gelegt, nicht wahr?«

»Nein«, antwortete Caroline.

»Man muß handeln und nicht lange zögern. Das habe ich zu Mr. Trebaw gesagt, meinem lieben Mann, der nie handelte, sondern immer nur davon sprach, bis er vor sieben Jahren starb.«

»Das tut mir leid, Mrs. Trebaw.«

»Seitdem ist viel Zeit vergangen, Miß Caroline, sehr viel Zeit. Bedenken Sie das, Miß Caroline, und vergeuden Sie nicht Ihre Zeit. Das Leben ist so ungewiß wie eine

Schale Milch in der Nachmittagssonne auf der Fensterbank.«

»Sie haben recht«, sagte Caroline. »Mein Gott, Sie haben wirklich recht.«

»Das gleiche habe ich Ihrer Tante Eleanor gesagt. Ich bin überzeugt, daß sie daraufhin den Entschluß faßte, Dr. Treath zu heiraten. Die arme Frau.«

Caroline starrte sie nur an. »Aber er hat nie erwähnt, daß er ihr einen Antrag gemacht hatte.«

»Ich glaube nicht, daß es dazu gekommen ist, oh, aber er wollte sie heiraten. Daß die beiden ein Paar waren, sah ein Blinder. Und kurz darauf wurde Ihre Tante ermordet. Die Arme, so lebhaft und fröhlich, immer guter Dinge. Sie belebte einfach alles.«

Caroline blickte Mrs. Trebaw erstaunt nach, als sie Dumpling, der Küchenhilfe, zurief: »Du sollst aufpassen, Dumpling! Du verschüttest die Milch! Oh! Dafür verdienst du eine Ohrfeige!« Sie wandte sich um und meinte zu Caroline: »Nett hin, nett her, aber ich wette, sogar Bess Treath zieht ihre Mädchen am Ohr, wenn sie nicht achtgeben. Dumpling! Du ungeschicktes Ding!«

Caroline stieg in das weiträumige Zimmer der alten Großmutter im obersten Stockwerk hinauf, wo sie die Schneiderin aus Trevellas untergebracht hatte. Mrs. Wiggins sollte zwei Wochen im Haus bleiben und für die Mädchen Kleider nähen. Sie war lustig und vollbusig und hatte überhaupt keinen Geschmack. Glücklicherweise war Miß Mary Patricia damit gesegnet. Sie wies Miß Wiggins bei der Auswahl und dem Zuschnitt der Stoffe an. Auch die Anfertigung von einigen Kleidern für Caroline wollte sie überwachen.

Sie ließ Miß Mary Patricia und Evelyn mit einer Meinungsverschiedenheit über die Anordnung der Rockfalten allein und stieg kopfschüttelnd die Treppe hinunter. In der Halle begegnete ihr Bennett Penrose.

»Guten Tag, Vetter«, sagte sie und ging auf ein rückwärtiges Zimmer zu, das sie sich als Arbeitsraum ausgesucht hatte.

»Ich möchte mir dir sprechen, Caroline.«
»Gut, das will ich auch«, sagte sie über die Schulter. »Komm mit, Bennett.«
Sie merkte, daß es ihn störte, mit dem Blick zum Fenster zu sitzen, während sie an ihrem Schreibtisch saß und die Sonne im Rücken hatte.
»Unsere drei Damen wohnen jetzt hier, Bennett«, sagte sie ohne Umschweife. »Du wirst dich ihnen gegenüber höflich und freundlich betragen. Vor allem gegenüber Alice, die sehr jung und scheu ist und sich vor jedem Mann fürchtet.«
»Warum hat sie dann die Röcke gehoben, wenn sie Angst vor Männern hatte?«
»Bennett«, ermahnte Caroline ihn und zwang sich zur Ruhe. »Alice ist vierzehn Jahre alt und wurde von drei jungen Burschen vergewaltigt, die wahrscheinlich betrunken waren. Sie ist selbst noch ein Kind und jetzt schwanger. Du wirst sie äußerst rücksichtsvoll behandeln.«
Bennett zog die Mundwinkel verächtlich nach unten und hob die Schultern. Am liebsten hätte sie ihn geohrfeigt, aber statt dessen meinte sie nur: »Scrilady Hall ist ihre Zuflucht und ihr Zuhause. Sie sollen sich hier geborgen fühlen. Hast du mich verstanden?«
Er zuckte wieder mit den Achseln.
»Bennett, wenn es dir nicht paßt, kannst du ausziehen.«
»Wo sollte ich hin? Könntest du mir Geld geben, damit ich ausziehe, Caroline? Das wäre eine Lösung. Ich würde allerdings nicht auf mein Erbteil verzichten, aber wenn du meinen Unterhalt von deinem geerbten Geld bezahlst, verlasse ich Scrilady Hall mit Freuden.«
Die Idee war gut, sogar sehr gut, aber Tante Eleanor hatte gehofft, man könne Bennett bessern. Eine wohl etwas zu idealistische Vorstellung, dachte Caroline, aber sie mußte es versuchen. »Nein. Du könntest dir eine Arbeit suchen. Dumm bist du ja nicht. Nur faul.«
»Ich bin ein Gentleman.«
»Ah, das heißt, du ziehst dich schmollend zurück und trinkst dich bei Mrs. Freely in Goonbell zu Tode? North würde diese Gesinnung und Lebensart nicht billigen.«

»Er hat Geld, ich habe keins.«
»Er besaß keinen Penny, bevor er den Titel und Mount Hawke erbte. Mit sechzehn Jahren trat er in die Armee ein, tat etwas Nützliches und verdiente sich den Lebensunterhalt.«
»Napoleon gibt es nicht mehr. Kein Grund, in die Armee einzutreten.«
»Was willst du dann tun, Bennett?«
Er stand auf und trat auf die hohen Fenster zu, die zu einem romantisch zugewachsenen Garten hinausgingen. »Ich möchte eine Erbin heiraten.«
Tja, eine ehrliche Antwort, dachte sie. »Aber wie willst du das anstellen?«
»In diesem gottverlassenen Winkel hier finde ich keine, das steht fest. Nein, die Tochter reicher Eltern muß ich mir wohl in London suchen. Ich komme aus bester Familie, auch wenn ich keinen Titel habe. Ja, ich brauche nur ein Startkapital, um mich in sechs Monaten mit einer Erbin zu verheiraten.«
»Das heißt also, ich soll dir das Geld leihen? In das Unternehmen investieren?«
»Ja«, sagte er gedehnt und wandte sich zu ihr um. »Ich schätze, mit fünftausend Pfund müßte sich das machen lassen. Ich würde dir, sagen wir, zehn Prozent nach acht Monaten erstatten. Vielleicht zahlst du mir dann auch mein Erbteil aus. Ich weiß nur, daß ich mich auf keinen Fall mit diesen schwangeren Schlampen abgeben möchte. Bist du damit einverstanden?«
Caroline wußte nicht, was sie antworten sollte. Ihre Schlagfertigkeit ließ sie im Stich. Sie sah Bennett nur an und fragte sich, zu welcher Sorte Mann er wohl gehörte. »Ich werde es mir durch den Kopf gehen lassen, Bennett. In der Zwischenzeit könntest du dich hier nützlich machen.«
»Und wie? Mich mit den verdammt langweiligen Bauern unterhalten? Ihre Häuser reparieren? Soll ich mir ihr Gejammer über die schlechte Ernte anhören? Über den vielen Regen? Soll ich mich zu Mr. Dumbarton setzen und ihm

mitfühlend zunicken, wenn er sich beschwert, daß eine Frau hier die Herrin ist und kein Mann? Soll ich dämliche Zahlen in ein Buch eintragen? Meinen Tag in der Zinnmine verbringen und Peetrees Stiefel lecken, wie du es von Owen verlangst? O ja. Ich habe ihn in Peetrees Schlepptau gesehen. Wie ein Schuljunge hörte er ihm mit roten Ohren zu.«

»Wenn du eine Erbin heiratest, Bennett, erwartet man, daß du etwas tust. Heiratest du auf ein Gut, dann mußt du es früher oder später selbständig führen. Stammt deine Frau aus einer Bankiersfamilie, dann mußt du den Beruf eines Bankers erlernen.«

Er zuckte mit den Achseln. »Dann würde ich einen Gutsverwalter einstellen. Und was die Bank betrifft, so würde ich dort nie einen Fuß über die Schwelle setzen. Wie ich bereits sagte, Caroline, ich bin ein Gentleman. Ein Gentleman ist kein Kaufmann.«

Daraufhin erhob sich Caroline und stützte die Handflächen auf die Schreibtischplatte. »Du bist ein Esel, Bennett, aber ich werde es mir überlegen, obwohl ich mir kaum vorstellen kann, daß ich dir Geld gebe, damit du ein junges Mädchen unter falschen Voraussetzungen heiraten kannst.«

»Dann wirst du mich nie loswerden, Caroline. Das ist jetzt mein Zuhause. Über mir wohnen drei schwangere Flittchen. Wenn sie ihre Brut zur Welt gebracht haben, kann ich mich abwechselnd mit einem von ihnen vergnügen. Vielleicht vertreibt es mir meine Langeweile.« Er drehte sich um und ging pfeifend zur Tür hinaus.

Verdammt! Er hatte recht. Was sollte sie tun?

»Nun, Caroline, was ist los? Du siehst aus, als ob du jemanden ermorden könntest.«

Wütend marschierte sie im Salon von Mount Hawke auf und ab. »Es ist wegen Bennett«, sagte sie schnaubend und blieb dann einen Augenblick lang stehen, um sich zu fassen.

Er fuhr auf und sagte ungewöhnlich streng: »Hat dieser miese Kerl dich beleidigt?«

Der aufgebrachte Tonfall machte sie hellhörig. Regte er

sich darüber auf, wenn man sie beleidigte? Ah, vielleicht ... Sie lächelte ihn an. Das Lächeln war so strahlend, daß North auf der Stelle wünschte, er hätte den Mund gehalten. Sonderbarerweise war ihr Zorn auf Bennett verflogen, und um sie herum herrschten plötzlich nur Wohlgefühl und eitel Sonnenschein.

Ohne nachzudenken, sprudelte es aus ihr heraus. »Nein, er hat mich nicht beleidigt, aber er will fünftausend Pfund von mir, um nach London zu reisen und sich dort eine reiche Erbin zu angeln. Danach soll ich ihm sein Erbteil auszahlen.«

»Das ist doch nicht alles, oder? Darüber würdest du nur lachen, Caroline. Raus damit, was war noch?«

»Er sagte, wenn ich ihm nicht das Geld gebe, wartet er ab, bis die drei Mädchen ihre Brut zur Welt gebracht haben, und vergnügt sich dann mit ihnen. Er nannte sie Flittchen und spielte sich auf, als ob er der Sultan eines Harems wäre.«

North blickte unwillkürlich auf ihre Brüste, die sich durch das erregte Atmen hoben und senkten. Wie gerne hätte er jetzt ihre weiche, warme Haut berührt und sie mit geschlossenen Augen an sich gepreßt. Er schüttelte den Kopf und riß sich zusammen. »Was soll ich mit ihm machen?«

»Oh, das ist nicht dein Problem, North. Entschuldige, aber ich war einfach außer mir und mußte mit jemandem reden, außerdem lief Regina schnurstracks hierher. Was hast du mit meiner Stute angestellt, außer ihren Namen zu ändern? Sie hat einen Narren an dir gefressen, und das finde ich nicht komisch. Ich habe sie gefüttert und gestriegelt, als sie noch ein Fohlen war. Ein bis zwei Tage mit dir reichen aus, und sie wird mir untreu.«

»Du solltest mir Regina überlassen.«

»Nein, bestimmt nicht. Warum hat sich Treetop nicht in mich verliebt? Ich war nett mit ihm, habe ihm sogar ein Lied vorgesungen, aber kaum hörte er deine Stimme, trabte er dir entgegen, als könne er es nicht erwarten, von mir wegzukommen. Das ist ungerecht.«

»Tja, ich habe Zauberkräfte«, meinte er schmunzelnd.

»Gut, das erkenne ich an, aber die Pferde ...«
»Caroline, hör auf damit.«
Sie seufzte. »Oh, das wird dir gefallen: Coombe stockte der Atem, als er die Tür öffnete und mich vor sich sah, wie ich mit der Reitgerte an meinen Stiefel klatschte und mir vorstellte, es sei Bennetts Hintern.«
»Das kann ich mir denken«, sagte North. »Und jetzt, Caroline, möchte ich wissen, was du hier willst.«
Sie blickte ihn prüfend an und meinte dann leise: »Ich möchte, daß du mich in den Arm nimmst, nur in den Arm nimmst, und wenn uns das gefällt, könntest du vielleicht erwägen, mich zu küssen und zu streicheln, wie du es schon einmal getan hast. Es war wunderbar. Alles, was du gemacht hast, war schön.«
Ihn schauderte, aber er rührte sich nicht. Er hielt die Hände zu Fäusten geballt an der Seite. »Geh wieder nach Hause, Caroline. Ich bin sehr beschäftigt und habe keine Zeit für diese Dinge. Wenn du möchtest, daß ich Bennett umbringe, laß es mich wissen. Und was das andere betrifft, so habe ich kein Interesse daran.«
»O nein, ich gehe nicht«, sagte sie und trat auf ihn zu. Er stand stocksteif da, aber sie ließ sich nicht beirren. Mrs. Trebaw hatte recht – das Leben war so ungewiß wie eine Schale Milch in der Nachmittagssonne auf der Fensterbank. Also stellte sie sich auf die Zehenspitzen und küßte ihn auf den Mund. Sie strich mit den Fingern über sein Kinn, seine Nase, fuhr die dunklen Augenbrauen entlang und glättete sie. »Du bist so schön, North. Bitte küß mich.«
»Verdammt«, knurrte er, »ich bin ein Mann. Ich bin nicht schön. Habe ich dir nicht gesagt, Männer sind rauh und behaart und ...« Und er küßte sie. Er versuchte sie nicht anzufassen, aber dieser Vorsatz währte nicht lange. Sehr schnell lag sie in seinen Armen. Seine Hände fuhren wild über ihren Rücken, preßten sie an sich und lockerten sich nur, um sie etwas anzuheben. Er atmete schwer. Seine Zunge drang in ihren Mund, ertastete und schmeckte ihn. Vor Wonne hätte er am liebsten aufgeschrien.

»Mylord.«
Er wollte ihr die Reitkleidung vom Leib reißen, die weiche Haut ihrer Schenkel spüren. Er wollte ihre Röcke und Unterröcke hinaufschieben, bis sie sich über ihrem Oberkörper bauschten und sie bis zur Taille entblößten, und dann würden sich ihre Beine für ihn öffnen ...
»Mylord!«
»Verdammt!« rief er in ihrem Mund. Er zitterte am ganzen Leib. Er wollte sie hier haben, hier im Salon. Mein Gott, er wollte ihre Haut berühren, ihre Feuchtigkeit spüren. Er wollte spüren, wie sie sich nach ihm sehnte, wollte ihr dieses entzückende Lächeln von den Lippen küssen und ihnen ein Stöhnen entlocken.
»Mylord, das ist äußerst unschicklich, geradezu unverständlich. Sie müssen sich zusammennehmen und sich von dieser Weibsperson trennen. Wir haben Gäste.«
Langsam löste sich North aus ihren Armen. Mit tiefen Atemzügen versuchte er sich zu beruhigen. Caroline wußte nicht, wie ihr geschah. Verwirrt und etwas schwankend stand sie vor ihm und sah zu ihm auf. Was er in ihren Augen sah, erschreckte ihn maßlos. Er wußte, was es bedeutete. Aus der Tiefe dieser grünen Bergseen stieg die Leidenschaft empor, die er geweckt hatte.
»Caroline«, sagte er sehr leise. »Es ist nicht richtig, und es tut mir leid. Bleib bitte stehen. Kannst du das, ja?«
Sie nickte und war stumm wie ein Fisch.
North wandte sich Coombe zu. »Sie werden sich sofort entfernen und die Tür hinter sich schließen. Welche Gäste?«
»Sir Rafael und Lady Victoria Carstairs, Mylord.«
North fluchte leise und sehr gekonnt. »Sagen Sie ihnen, ich komme gleich. Laden Sie sie zum Lunch ein, und führen Sie sie ins Eßzimmer.«
»Ja, Mylord.«
»Und jetzt raus, Coombe, aber sofort!«
»Ja, Mylord.«
North wartete, bis sich die Tür schloß, und sperrte sie mit dem Schlüssel ab. Dieses junge Mädchen rief Gefühle in

ihm wach, die er nicht für möglich gehalten hatte, jedenfalls nicht bei sich. Da stand sie mit hängenden Armen. Die Lippen waren noch ein wenig geöffnet. Er wollte zu ihr zurückkehren, sie an sich pressen und sie küssen. Er wollte sie auf ihren Mund, ihren Hals, ihre Brüste küssen. Er wollte ... er wollte ...

Sie trug einen frechen kleinen Reithut mit einer Feder, die sich um ihr Gesicht ringelte und das Grün ihrer Augen unterstrich. Strähnen ihres kastanienfarbenen Haars fielen lockig über ihren Nacken. Sie wirkte trunken. Er fragte sich, ob er ebenso aussah. Mein Gott, er mußte sich von ihr fernhalten. Er schüttelte sich, als ob er zu sich kommen wolle. »Caroline, es tut mir leid.«

»Das brauchst du nicht zu sagen, North. Das ist vollkommen unnötig. Mir tut es überhaupt nicht leid, schließlich bin ich die Jungfrau hier, die nur erfahren kann, was du zu geben bereit bist. Sollte mein Wunsch nicht den Vorrang haben?«

»Nein. Du hast keine Ahnung und weißt nicht, was du da sagst. Eine Jungfrau müßte entrüstet aufkreischen und die Hände über der Brust kreuzen. Eine Jungfrau müßte dem Mann, der das wagte, was ich gerade getan habe, einen Schlag ins Gesicht versetzen ... und sich nicht stöhnend an mich klammern, als ob sie vergehe, wenn ich sie nicht weiter küsse. Oh, verdammt, Caroline, du bist verrückt. Willst du zum Mittagessen bleiben und unsere Nachbarn kennenlernen?«

»Gern«, sagte sie und strich sich die Kleidung glatt. Vor dem Spiegel am Kaminsims ordnete sie das Haar. »Wie reizend von dir, mich einzuladen.«

»Eigentlich will ich das nicht«, brummte er und nahm ihren Arm. »Aber ich sehe keine andere Möglichkeit. Wenn du jetzt gehst, ohne daß ich dich vorgestellt habe, glauben sie, du bist meine Geliebte, das heißt, eine Frau ohne Bedeutung. Aber es sind auch deine Nachbarn. Du mußt ihre Bekanntschaft machen.«

»Ja«, erwiderte sie mit einem so reizenden Lächeln, daß er nicht wußte, ob er sie küssen oder ohrfeigen sollte. »Jetzt begreife ich es, obwohl ich zugeben muß, daß ich vor fünf Minuten etwas derart Kompliziertes nicht verstanden hätte.«

»Schweig jetzt, Caroline.«

Caroline verließ Mount Hawke am späten Nachmittag. Vor ungefähr einer Stunde hatte es zu regnen aufgehört, und die Sonne brach durch den wolkenverhangenen Himmel. Sie ritt Regina zum St. Agnes Head, stieg ab und ging an den Rand der Klippe. Versonnen blickte sie auf die Schaumkronen hinunter, die an den dunklen Felsen unter ihr zerstoben.

»Wer hat dir das angetan, Tante Eleanor?«

Regina schnaubte leise hinter ihr.

Sie seufzte und ging vorsichtig auf der aufgeweichten Erde am Rand der Klippen entlang. Sie entdeckte einen schmalen Pfad, ungefähr fünfzig Yard von der Stelle entfernt, wo Tante Eleanor hinuntergestoßen worden war. Und dann sah sie auch die große Bucht in Form eines Halbmonds, die North ihr gezeigt hatte. Langsam und vorsichtig stieg sie den schmalen Pfad hinab. Er war mit losen Felsbrocken und Steinen übersät, die sie ab und zu zur Seite schob. Hier war lange niemand mehr gegangen. Wahrscheinlich seit dem Sommer, als die Kinder aus dem Dorf zum Baden hierhergekommen waren. Sie brauchte zehn Minuten, um zum Strand hinabzusteigen. Der Sand war feucht von der steigenden Flut. Unter dem grauen Himmel sah der Strand dunkel und abweisend aus. Er war verhältnismäßig breit und dehnte sich bis unter die Klippen aus. Sie fragte sich, wie tief sich das Wasser in den Felsen eingegraben hatte. Das nächste Mal würde sie eine Kerze mitbringen und alles genauer erforschen. Die ausgehöhlten Klippen schienen aus Sandstein zu bestehen. Sie wandte sich um und blickte nachdenklich über das Meer. Vermutlich steht bei Flut der ganze Strand bis zu den Klippen unter Wasser, dachte sie.

Sie setzte sich auf einen großen schwarzen Felsen, zog die Knie an die Brust und legte die Arme darum. Es war kühl,

aber nicht unangenehm. Sie fühlte sich wohl. Sie beobachtete die heranrollenden Wellen, die sich niemals glichen, aber stets das gleiche Ende nahmen, wenn sie sich so weit wie möglich über den Strand ergossen und beim Rückzug einen weißen Kräuselsaum hinterließen.
Nein, sie wollte keine Zeit vergeuden, und sie wollte nicht, daß das Leben sie lebte. Sie wollte nicht wie Mr. Trebaw werden, der sich treiben ließ und sein Leben nicht selbst in die Hand nahm. Sie wollte für ihr Leben verantwortlich sein, ihre Entscheidungen selbst treffen. Sie wollte nicht, daß das Leben sie wie eine Welle überrannte und in eine Situation zwängte, die sie nicht wünschte. Aber da war North. Seufzend zog sie die Knie näher an sich heran. Was sollte sie tun? Wie konnte sie North dazu bewegen, sie zu der glücklichsten Frau des Erdballs zu machen? Aber die Segel der Hoffnung würde sie diesbezüglich wohl streichen müssen.
»Verdammt noch mal! Das tust du nie wieder, Caroline. Du hast mich zu Tode erschreckt.«

17

Erschrocken sprang sie auf. Einen Augenblick lang spürte sie, wie das Herz gegen die Rippen pochte, aber nur einen Augenblick lang, dann wandte sie sich lächelnd um. »Hallo, North. Entschuldige, wenn ich dich erschreckt habe. Ich wollte allein sein und nachdenken. Als ich hier entlangritt und diesen Pfad entdeckte, stieg ich ab und ging zum Strand hinunter. Du hast ihn mir neulich gezeigt. Warum bist du hier?«

Er schien zu überlegen, dann hob er die Schultern. »Ich weiß es nicht. Ich bin ausgeritten und wollte zu den Minen, dann kam ich hier vorbei. Als ich Regina sah und dich nirgends entdecken konnte, dachte ich, du wärst über die Klippen gestürzt. Verdammt, Caroline, ich habe Todesangst ausgestanden. Tu das nie wieder!«

Ihr Lächeln wurde noch strahlender. »Bestimmt nicht mehr.«

»Das möchte ich dir auch geraten haben, sonst erwürge ich dich.«

»Wie du meinst«, erwiderte sie immer noch lächelnd. Wenn sich seine Finger um ihren Hals schlossen, spann sie den Faden weiter, würde er sie küssen.

»Hör auf, Caroline.«

Sie hob nur die Achseln und blickte über das dunkle Wasser. »Ich fand die Carstairs nett. Lady Victoria war durchaus keine graue Maus. Sie ist sehr schön und sehr charmant, und ihr Mann vergöttert sie. Ich glaube, er ist beinahe so schön wie du, vielleicht nicht ganz so schön, aber beinahe.«

»Sie erwartet ein Kind.«
»Wirklich? Sie ist sehr schlank. Woher weißt du, daß sie schwanger ist?«
Er zog die Stirn in Falten. »Verdammt, du bist doch die Frau, weißt du das nicht?«
»Nein. Verdammt, du bist doch der Mann, weißt du das nicht?«
Seine Stirn glättete sich, als er mit der herrlichen Anmaßung eines Mannes erklärte: »Sie hat einen ganz besonderen Ausdruck im Gesicht, ein gewisses Strahlen. Und ihr Mann war sehr vorsichtig, wenn er sie berührte. Ihr Zustand ist wirklich nicht zu übersehen.« Er blickte nachdenklich in die Wolken. »Ich nehme an, sie ist etwa im dritten Monat.«
»Du lieber Himmel, ich hatte keine Ahnung, daß du ein so guter Beobachter bist, North. Ich hätte Dr. Treath nicht zu bemühen brauchen. Du hättest meine schwangeren Schützlinge genau beobachtet und ihnen verkündet, was sie zu tun haben. Ich bin sehr beeindruckt.«
Er fühlte sich auf den Arm genommen. »Schön, du glaubst mir nicht. Also, was tust du hier?«
»Ich denke nach.«
»Über deine Tante?«
Sie schüttelte den Kopf und blickte von ihm weg auf die herannahende Flut, deren Vorläufer bald den Felsen erreichen würden, auf dem sie saß. »Nein, ich habe über dich nachgedacht. Ich habe darüber nachgedacht, daß man sein Leben in die Hand nehmen sollte. Ich habe an die Zeit zurückgedacht, da ich sehr einsam und verlassen war, und jetzt gibt es so viel für mich zu tun, daß ich kaum Zeit habe, über mein neues Leben und die neue Caroline nachzudenken.«
Er schwieg für eine Weile.
»Das ist eine Menge, Caroline. Wenn du mich in diese Gedankengänge einbezogen hast, dann unterlaß das bitte ab jetzt. Ich wünsche es nicht, Caroline.«
»Wieso nicht?«
»Weil ich kein Interesse an dir habe.«

Das war so offensichtlich gelogen, daß sie ihn nur erstaunt ansah.

»Du zwingst mich, dir wahrheitsgetreu zu antworten. Ich sagte bereits, es ist die reine Lust. Ja. Wenn du nicht so verdammt unschuldig wärst, würdest du Lust als solche erkennen. Nein, das nehme ich zurück. Ihr verdammten Frauen versucht einen Mann mit Gefühlen einzuwickeln, bis er euch Rosenblüten vor die Füße streut und die albernsten Schmeicheleien sagt.«

»Und warum hast du mich hier unten gesucht? Vielleicht wolltest du mit mir schlafen? Deine Lust befriedigen?«

Jetzt blickte er auf das Wasser. Es fehlte nicht viel, und die nächste Welle hätte die Spitzen seiner Reitstiefel überspült. Er trat einen Schritt zurück. »Rafael ist mir bei meinen Zinnminen eine große Hilfe. Die Mine David ist immer noch ein großes Problem, und ich habe bis jetzt keine Lösung gefunden. Vielleicht muß ich sie schließen.« Er hielt für einen Augenblick inne und seufzte. »Ich muß noch sehr viel lernen.«

»Ich auch. Owen geht bereits bei Mr. Peetree, dem Direktor meiner Minen, in die Lehre.«

»Ah, sehr gut. Dann ist Owen dafür zuständig. Frauen haben da nichts zu suchen.«

»Wieso nicht, North?«

»Das ist reine Männersache, und du weißt es. Die Bergleute sind rauhe Gesellen, und die Arbeit unter Tage ist gefährlich. Wenn eine Frau in der Mine herumkriecht, würde sie das nur beunruhigen und ablenken.«

»Würde dich mein Herumkriechen interessieren?«

»Du bist so verdammt schön, daß du auf allen vieren herumkriechen könntest.«

Verdammt schön. Diese Bemerkung gefiel ihr, und sie schenkte ihm ein strahlendes, betörendes Lächeln. »Du findest mich wirklich schön?«

»Schluß damit, Caroline. Eine deiner Minen heißt Kitty. Wie heißen die anderen beiden?«

»Daffel und Bealle.«

»Sie sind sehr ertragreich. Rafael meinte, die Mine Kitty

erziele die höchste Förderleistung in dieser Gegend. Übrigens soll dieser Mr. Peetree äußerst tüchtig, erfahren und zuverlässig sein.«
»Das höre ich gern. Ich habe Owen aufgetragen, so viel wie möglich von ihm zu lernen und nicht den hochnäsigen Besserwisser zu spielen.«
»Er fährt nicht nach London. Das ist nicht erforderlich.«
»Woher weißt du das?«
»Er hatte heute morgen seinen Vater besucht. Sie haben sich ausführlich unterhalten, nachdem der alte Ffalkes mit seinen Flüchen am Ende war. Owen erfuhr, daß er tatsächlich hoch verschuldet ist und in dir den einzigen Rettungsanker sieht.«
»Wie schön, des Geldes wegen begehrt zu werden.«
»So ist das Leben, Caroline.«
»Tja. Und was wollen wir jetzt tun?« Jetzt war es heraus, dachte sie. Sie hatte wir gesagt. Sie wartete und beobachtete eine größere Welle, die auf sie zukam. Wenn North nicht aufpaßte, würde sie seine Stiefel mit Salzwasser tränken und vermutlich ruinieren. Eine Seemöwe kreiste über ihnen und landete auf einem schwarzen Felsen neben Caroline.
»Ich habe mit Mr. Ffalkes gesprochen, nachdem Owen mir von der Unterhaltung mit seinem Vater berichtet hatte.« North starrte auf die Stiefelspitzen und reichte ihr die Hand. »Wir müssen uns von hier zurückziehen.«
Sie wußte, er wollte sie nicht berühren, um seine Lust nicht zu wecken. Sie lächelte ihm zu, stützte sich auf seine Hand und glitt vom Felsen hinunter. Langsam gingen sie über den Sand.
»Und was sagte er?«
»Er sagte, er werde dich bekommen, und schwor, daß er beim dritten Mal Erfolg haben werde.«
Sie fluchte sehr blumig und laut.
Er starrte sie an, warf den Kopf zurück und lachte aus vollem Hals.
Sein Lachen klang einfach wundervoll. »So düster und verdrossen bist du nicht, North. Dein Lachen war ansteckend. Ich könnte es immerzu hören.«

Er war sofort still und zog die Stirn in Falten. »Das war ein Versehen. Wenn mir das öfter passiert, muß Marcus Wyndham seine Meinung über mich revidieren. Dann sehe ich nicht mehr düster, drohend und gefährlich aus.«
»Wie romantisch. Nein, erzähl ihm nichts. Düster und gefährlich, hm?«
»Jetzt redest du wie Marcus' kleine Kusinen, Antonia und Fanny. Die fanden mich sehr romantisch.«
»North, was fangen wir mit Mr. Ffalkes an?«
Er atmete tief ein. »Du wirst jemanden heiraten müssen.«
»Jemanden, North?«
»Ganz richtig. Jemanden.«
»Nicht dich?«
»Ich bin nicht zu haben.«
Sie sah ihn lange an, dann seufzte sie und lächelte. Sie ging an ihm vorbei und rief ihm über die Schulter zu: »Schön, dann heirate ich Owen. So kommt Mr. Ffalkes an mein Geld, und ich bin die Sorge los, daß er meinen Mann erschießt, um mich zur Ehe zu zwingen. Ja, Owen ist dieser Jemand.«
»Owen! Hast du den Funken Verstand verloren, den Gott dir gegeben hat? Er ist noch ein Knabe und zeigt nicht einmal Flaum am Kinn. Hölle und Verdammnis! Er hat nicht einmal ein Kinn. Du würdest ihn in einer Woche zu Tode quälen, Caroline. Er steht jetzt schon unter deinem Pantoffel und kommt vom Regen in die Traufe. Er verläßt seinen Vater, um dem größten weiblichen Tyrannen dieser Welt in die Hände zu fallen. Ich habe Owen gern. Das hat er nicht verdient.«
»Schön, was hältst du von Bennett Penrose? Er hat ein Kinn und sieht ziemlich gut aus. Er ist drei Jahre älter als du. Du kannst also nicht behaupten, er sei ein Knabe. Er sucht eine Erbin zur Frau, und das bin ich. Wenn Mr. Ffalkes ihn erschießt, um mich zur Witwe zu machen, dann vergieße ich seinetwegen nicht eine einzige Träne. Das wäre von Vorteil. Was meinst du, North?«
»Verdammt, Caroline!«
Er holte sie ein, packte sie am Oberarm und schüttelte sie. Sie wehrte sich nicht und ließ sich von ihm nach Herzens-

lust schütteln. Schließlich hörte er auf und besann sich eines Besseren. Er preßte sie an sich und überhäufte sie mit wilden, drängenden Küssen. Und jetzt wußte sie, daß er der einzige Mann war, der für sie in Frage kam. Sie öffnete die Lippen und fühlte seine Wärme, seinen Atem.

In diesem Augenblick brach die Sonne durch die Wolken und tauchte das Paar in ein strahlendes Licht. Ein sonderbares Gefühl, dachte sie, als sie die Wärme der Sonne über sich spürte und die Wärme, die seine geliebten Hände in ihrem Körper aufsteigen ließen.

Dieses Mal wußte sie, daß er nicht aufhören und daß sie ihn gewähren lassen würde. Mochte kommen, was wollte, morgen oder nächste Woche, sie wollte, daß es geschah. Sie wollte ihn und hoffte, daß er der Liebe und Hingabe gewahr wurde, die sie ihm schenkte.

Aber im nächsten Augenblick war alles zu Ende. Er ließ die Arme von ihr sinken und wich schwankend von ihr zurück.

»North?«

Er blickte sie an, als ob er sie hassen würde. »Jetzt hör mir gut zu, Caroline, wenn ich jetzt nicht aufhöre, ist es zu spät. Willst du, daß ich dir hier auf der nassen Erde deine Jungfräulichkeit nehme?«

Sie blickte ihn offen an. »Ja«, erwiderte sie. »Mir ist es gleichgültig, wo du mich liebst. Ich wünsche nur, daß du dich endlich dazu entschließt, North.«

Er starrte sie an, und sie sah, daß er nach weiteren Argumenten suchte. Aber das Verlangen war stärker und schien ihn am logischen Denken zu hindern. Wahrscheinlich eine gute Sache, dachte sie.

»Der Sand dringt überall ein«, sagte er schließlich.

Caroline lachte. »Oh, North, du bist wunderbar. Mir ist es gleichgültig, wo du mich liebst, ich möchte dich nur haben. Ich möchte, daß du mir zeigst, wie ich dir die Freude und Erregung bereite, die du in mir weckst.«

Er blickte sie fragend an und meinte dann halb ernst, halb belustigt: »Wenn du mich noch mehr erregst, explodiere ich.«

Sie neigte den Kopf zur Seite, als habe sie ihn nicht verstanden.
»Männer sind sehr kompliziert, wenn es um erotische Dinge geht. Sieh mich nicht so von der Seite an. Also schön, Caroline Derwent-Jones. Was zum Teufel stelle ich jetzt mit dir an?«
Es geht los, Mrs. Trebaw, dachte sie. Jetzt verschwende ich keine Zeit mehr und nehme mein Leben in die Hand. »Heirate mich«, sagte sie laut.
Er fuhr sich mit den Fingern durch das dichte Haar und warf ihr einen verzweifelten, gequälten Blick zu. »Hölle und Verdammnis! So früh wollte ich nicht heiraten. Ich bin erst fünfundzwanzig Jahre alt. Ich hatte vor, viel später zu heiraten, sagen wir mit fünfunddreißig. Dann wollte ich einen Erben in die Welt setzen, und damit wäre die Sache erledigt gewesen.«
»Einen Erben in die Welt zu setzen, wäre sehr schön, North, aber es gibt noch andere Dinge, die dir Freude und Zufriedenheit bringen. Zum Beispiel meine Nähe. Ich würde mit dir lachen, über Gott und die Welt sprechen und ...«
»Und mit mir streiten ...«
»Gewiß. Das gehört auch dazu. Aber ich glaube nicht, daß ich dich jemals tyrannisieren werde, wie du es Owen prophezeit hast.«
»Seit wann weißt du soviel über das Leben?«
Sie schwieg kurz. Ohne ihn anzublicken, erklärte sie dann ruhig: »Ich war viele Jahre lang allein. Um ehrlich zu sein, viel über das Leben wußte ich nicht. Ich war nur überzeugt, daß es mehr geben mußte, aber ich wußte nicht, wo ich es mir beschaffen oder wo ich es suchen sollte.« Sie atmete tief durch und sah ihm offen in die Augen. »Und jetzt habe ich soviel. Jetzt habe ich dich. Es ist wunderschön, einen Menschen zu haben, dem man vertraut, den man liebt und für den man da ist. Es ist immer noch sehr neu für mich, und wenn ich dir zu nahetrete, dann verzeih mir bitte, denn es geschieht nur aus Unwissenheit.
Ich glaube, ich wurde in der Nacht erwachsen, da Mr.

Ffalkes mich zu vergewaltigen versuchte. Nein, nein, ich möchte nicht, daß du mich jetzt bemitleidest oder tröstest. Darum geht es nicht, North. Ich möchte dich heiraten. Keinen anderen Mann, nur dich. Ich möchte mein Leben an deiner Seite verbringen, nicht mit einem anderen Mann. Ich wünsche mir nichts sehnlicher, als immer bei dir zu bleiben. Ich bin aus gutem Holz, North, das schwöre ich, und ich werde alles tun, um dich nicht zu enttäuschen. Ich werde dir nicht folgen, wenn du allein sein möchtest, oder dich um Schmeicheleien und Rosenblüten bitten. Ich schwöre, daß ich niemals schmollen werde.«

Er sah aus, als ob er mit dem Stiefel in den Sand stampfen wollte, statt dessen fuhr er sich wieder mit den Fingern durch das Haar. »Warum, um Gottes willen? Du betrachtest mich wohl als den besten Schutz gegen Ffalkes? Wenn ja, dann ist das Unsinn. Eher brächte ich den Alten um, bevor ich dich aus diesem Grunde heirate.«

»O nein. Ich glaube, ich möchte in den kommenden fünfzig Jahren die Sache mit deiner Lust ergründen.« Sie trat zu ihm und war glücklich, daß er nicht zurückwich. Sie legte die Arme um seinen Rücken und sah zu ihm auf. »Ich glaube, du bist der wunderbarste Mann auf der Welt, North.«

Er lächelte etwas verzerrt. »Und wenn ich düsterer Stimmung bin und stundenlang mit meinen Hunden im Moor herumstreife?«

»Dann lasse ich dir von Polgrain ein herzhaftes Picknick einpacken und winke dir nach. Und wenn du nach Hause kommst, begrüße ich dich lächelnd und küsse und streichle dich, bis du vergessen hast, warum du im Moor herumgewandert bist.«

»Ich bin es gewohnt, allein zu sein, Caroline, so wie du allein gelebt hast, nur mit dem Unterschied, daß ich das Alleinsein gesucht habe. Zwischen allein und einsam besteht ein großer Unterschied. Ich halte nicht viel von den Menschen und ziehe es vor, allein zu sein. Ich verließ Mount Hawke mit sechzehn Jahren, das erzählte ich dir. Ich hatte niemanden, als ich von hier fortging, und auch jetzt ist die Zahl meiner Freunde begrenzt. Ich bin kein guter Gesellschafter, Caroline, vor allem nicht bei Frauen, jedenfalls nicht bei Damen.«

»Das trifft nicht zu.« Sie stellte sich auf die Zehenspitzen und küßte ihn auf den Mund. »Warum behauptest du, du kommst nicht gut mit Frauen zurecht?« Sie küßte ihn weiter. Es waren kleine, neckende Küsse, die sie von ihm kannte. »Du warst immer wunderbar mit mir. Du brachtest mich zum Lachen, erwecktest in mir den Wunsch, dich festzuhalten und zu küssen, bis mir die Knie weich werden.«

»Das begreife ich ebenfalls nicht«, sagte er und erwiderte ihre Küsse.

»Du siehst«, meinte sie ernst und ließ ihre Zungenspitze zwischen seine Lippen gleiten. »Du siehst«, wiederholte sie und spürte seinen warmen Atem, »ich bin die richtige Frau für dich. Sei unbesorgt, North. Ich bin für dich bestimmt. Nimm mich, denn ich möchte nichts lieber als das.«

18

»Hölle und Verdammnis«, knurrte er und fiel vor ihr auf die Knie. Erstaunt starrte sie zu ihm hinunter, stand stocksteif da und verstand nichts.
»Ich weiß nicht, ob du damit einverstanden bist, Caroline. Wenn es dich bis in deine kleinen jungfräulichen Zehen schockiert, dann entschuldige, aber so habe ich es mir vorgestellt.« Ohne ein weiteres Wort zu verlieren, schob er ihr den Reitrock, die Unterröcke und das Unterhemd hoch. »Halt die Röcke fest!« Sie tat wie geheißen, starrte ihn an und verstand immer noch nichts. Sie war in seiner Augenhöhe nackend. Er betrachtete sie lange, als ob er sich den Anblick der festen weißen Schenkel und des kleinen Nestes aus kastanienfarbenen Löckchen für immer einprägen wollte. Dann streckte er die Finger aus, um sie zu berühren. »Spreiz die Beine!«
Überrascht schnappte sie nach Luft, spreizte die Beine und balancierte ihre Haltung ein wenig aus. »Bist du sicher, daß du das tun möchtest, North? Mich so anzusehen? Es ist sehr peinlich, weißt du. Meinen Bauch hat noch niemand zu Gesicht bekommen.«
»Ich sehe mir nicht deinen Bauch an, sondern die Stelle, die ich mit meinen Fingern und mit meinen Lippen streicheln werde. Mein Gott, bist du schön.«
»North, aber …«
Sein Mund berührte die Stelle, von der er gesprochen hatte, und Caroline erstarrte. Dann spürte sie zu ihrem großen Erstaunen, wie ihr ein wundersamer Schauer von den Zehenspitzen bis zum Nacken herauflief. Die Knie gaben ihr

nach, und sie sackte in sich zusammen, Reitrock und Unterröcke bauschten sich über ihm auf. North hatte sie geistesgegenwärtig bei den Hüften gepackt, als sie auf dem Rücken landete. Dann war er über ihr, lag auf ihr, stützte sich mit den Ellbogen ab und blickte ihr in die leicht verschleierten Augen.

»Du bist wunderschön«, sagte er und küßte sie. Bevor sie die Arme um seinen Rücken legen und ihn an sich ziehen konnte, stand er über ihr und blickte zu ihr herunter. Malerisch lag sie mit leicht angewinkelten Beinen und aufgebauschten Röcken im Sand. Er lächelte sie an und hielt ihr die Hand entgegen.

»So habe ich mir dich vorgestellt, mit nacktem Bauch und einem Wirrwarr von Röcken, die sich auf deiner Brust türmen. Ja, genauso habe ich es mir vorgestellt. Aber ich muß dir sagen, Caroline, in Natur bist du viel schöner, als ich es mir in meiner Phantasie erträumt habe, und ich mag die weißen Strümpfe und die schwarzen Reitstiefel, das bringt etwas Exotik ins Spiel. Jetzt komm, wir gehen nach Hause.«

Er zog sie auf die Füße, trat ein paar Schritte zurück und sah zu, wie sie die Röcke glattstrich. Ihre Hände zitterten, und sie war sehr, sehr still.

»Mein Gott«, sagte er und lachte sein kehliges Lachen. »Du bist verwirrt. Endlich ist es mir einmal gelungen, dein Mundwerk zum Schweigen zu bringen.«

Er stöhnte dumpf auf und krümmte sich nach vorn, als sie ihm die Faust in den Bauch rammte.

Er grinste nur, rieb sich den Bauch und meinte: »Wir heiraten Freitag nächste Woche, einverstanden?«

Sie blickte ihn überrascht an. Dann entdeckte sie das schelmische Aufblitzen seiner dunklen Augen. Seine Mundwinkel zuckten belustigt. Caroline bemühte sich, jetzt möglichst ernst und abweisend zu wirken, und sagte kopfschüttelnd: »Nein. Mittwoch wäre mir lieber.«

North mußte laut auflachen. »Du bist ein freches Ding, Caroline, aber das gefällt mir. Wir wollen uns auf Donnerstag einigen. Ich muß mich um den Bischof und die

Heiratserlaubnis kümmern. Würdest du wieder deine Röcke für mich hochhalten?«
»North!«
Er lachte sie an, strich ihr über die Wange und reichte ihr wieder die Hand. »Komm jetzt, Caroline, wir haben eine Menge zu tun. Sei vorsichtig, der Pfad hat seine Tücken.«

Spät in der gleichen Nacht. Caroline wälzte sich ruhelos in ihrem Bett hin und her. Sie war wieder allein, und es gefiel ihr gar nicht. Sie dachte an Ffalkes, der North töten und sie zur Witwe machen konnte, um sie dann zur Ehe mit ihm zu zwingen. Aber nein, das war absurd. Für diesen Mord würde er gehängt werden. Sie war hysterisch. Anscheinend war ihr Verstand aus dem Gleis geraten, nachdem North am Strand diese wundersamen, unerwarteten Dinge mit ihr angestellt hatte. Sie war verwirrt und bis in die Zehen schockiert, das mußte sie zugeben, aber das verhinderte nicht das ziehende, warme Gefühl, das jetzt in ihrem Unterleib aufstieg, als sie daran dachte, wie sein Mund und seine Zunge sie berührt hatten. Sie fragte sich, was geschehen wäre, wenn er nicht aufgehört hätte.

Auf Mount Hawke war North noch nicht zu Bett gegangen. Er stand im Bibliothekszimmer und blickte seine drei Getreuen an, deren Gesichter die gleichen Gefühle ausdrückten – Ungläubigkeit, Entrüstung und Ablehnung.
»Was zum Teufel ist hier los? Verdammt! Ich heirate Caroline Derwent-Jones. Sie wird Lady Chilton. Sie wird eure Herrin. Ihr kennt sie und wißt, sie ist weder geldgierig noch darauf erpicht, mich aus irgendwelchen anderen Gründen zu heiraten. Sie heiratet mich, weil sie aufrichtige Gefühle für mich hegt. Soll ich euch sagen, was sie über euch denkt? Nun, ich werde es euch sagen. Sie hält euch für ungeheuer kreativ und bewundert euren Einfallsreichtum.«
»Darum geht es nicht, Mylord«, wagte Tregeagle zu sagen und trat einen Schritt nach vorn. »Ihre Geldgier, meine ich.«

»Worum, zum Teufel, dann?«
»Hier«, sagte Tregeagle und reichte North ein dünnen, in rotes Leder gebundenen Band. »Bitte. Wenn Euer Lordschaft das lesen wollen. Sie müssen es lesen. Die Entscheidung, die Sie treffen werden ...«
»Ich habe sie bereits getroffen«, erwiderte North knapp und nahm das kleine Buch entgegen. »Was ist das?«
»Wir dachten, Sie hätten uns vielleicht aus diesem Grund hier zusammengerufen«, erklärte Tregeagle. »Daher wollten wir vorbereitet sein. Es sind Aufzeichnungen Ihres Urgroßvaters, Ihres Großvaters und Ihres Vaters.«
»Ich verstehe«, sagte North abweisend. »Haben sie nicht genug über König Marke geschrieben? Konnten sie es nicht verwinden, daß der arme Alte von seiner Frau betrogen wurde? Will man mich damit zu einem Frauenhasser machen, wie Sie? Ich muß mich mit der Gesinnung meiner Vorfahren abfinden, aber merken Sie sich eins, ich habe nichts mit ihnen zu tun. Nichts! Und jetzt gehen Sie bitte. Caroline und ich werden nächste Woche heiraten, und wenn ich auch nur einen halben Sardinenkopf in einer Schüssel entdecke, mache ich euch alle um einen Kopf kürzer oder spieße euch mit meinem Bajonett auf.«
»Das ist sehr verständlich, Mylord«, erwiderte Coombe mit Grabesstimme. »Seit der Zeit Ihres Urgroßvaters hat keine Frau auf Mount Hawke gelebt. Bitte, Mylord, lassen Sie sich das von uns sagen. Es gehört sich einfach nicht.«
»Das ist lächerlich.«
»Es stimmt, was Mr. Coombe sagt«, bemerkte Tregeagle. »Frauen sind hier nicht erlaubt.«
»Das sind sie ab jetzt«, bestimmte North. »Gehen Sie jetzt, bitte. Gehen Sie.«
Polgrain, Coombe und Tregeagle nickten bedächtig und verließen das Bibliothekszimmer. North blickte ihnen kopfschüttelnd nach. Tregeagle blieb stehen und sagte ernst: »Bitte, Mylord, lesen Sie, was die Nightingale-Männer geschrieben haben. Es ist alles wahr. Die Wahrheit wirft lange Schatten, besonders für einen Nightingale.«
»Hölle und Verdammnis, jetzt ist Schluß! Gut, ich werde

es lesen, aber an meinem Entschluß wird sich nichts ändern.«

»Sie hätten uns niemals verlassen dürfen, damals mit sechzehn Jahren. Sie haben die Wahrheit und die Hintergründe nicht erfahren, sonst hätten Sie verstanden, warum …«

»Sie wären auch fortgegangen, Tregeagle, wenn mein Vater Ihr Vater gewesen wäre. Dieser gemeine, böse Kerl, er …« North riß sich zusammen. »Gehen Sie jetzt, Tregeagle. Gehen Sie.«

»Ja, Mylord, aber ich möchte es nicht. Unser größter Wunsch ist es, Sie zu behüten, damit Sie hier bei uns allein und in Frieden glücklich werden können.«

»Verschwinden Sie, Sie Narr.«

»Ja, Mylord.«

Flash Savory blickte Lord Chilton über den Schreibtisch an und erklärte ohne Einleitung: »Bennett Penrose war hier und lungerte in Goonbell herum, drei Wochen bevor Eleanor Penrose ermordet wurde. Er änderte seinen Nachnamen in York um. Wahrscheinlich haben Sie deswegen bei Ihren ersten Ermittlungen nicht sonderlich viel herausgefunden, Mylord. Ja, der gute Bennett York wollte besonders schlau sein, aber ich bin dahintergekommen.«

»Ausgezeichnet, Flash. Wenn er sie ermordet hat, dann in der Hoffnung, daß er ihr Vermögen erben würde.«

»Ganz richtig. Ich bezweifle, daß er von Miß Carolines Existenz wußte. Wenn ja, dann rechnete der gute Bennett – so wie er angelegt ist – nicht damit, daß man einer Frau Ländereien und Geld vererbt.«

»Das könnte eine Gefahr für Caroline werden, aber nicht für lange. Wenn wir verheiratet sind, gehört ihr ganzes Vermögen mir. Damit hat dieser kleine Bennett kein Motiv mehr.« North lehnte sich in den Ledersessel zurück und schloß die Augen. »Dann bleibt noch Mr. Ffalkes. Ich möchte nicht, daß er sich noch länger auf Mount Hawke aufhält, Flash.«

»Ich würde sagen, lassen Sie ihn ziehen, Mylord. Wenn Sie mit Miß Caroline verheiratet sind, lassen Sie ihn frei. Sie

können sicher sein, er weiß, daß er am Galgen landet, wenn Ihnen etwas zustoßen sollte.«
»Sie haben gründlich darüber nachgedacht, Flash.«
»Aye. Ich würde sagen, so viel wie Sie. Ich habe auch mit dem Captain gesprochen. Er meint, er würde Mr. Ffalkes gern die Tatsachen seiner neuen Lebensumstände darlegen.«
North lächelte darüber. »Wir scheinen Fortschritte zu machen, haben aber immer noch keine Beweise. Das Messer zum Beispiel – was hat der Mörder mit dem Messer gemacht? Dr. Treath meinte – obwohl es ihm schwerfiel, darüber zu sprechen –, daß es ein ganz normales Messer war, wie man es in jeder Küche vorfindet. Es war weder ein Angler- noch ein Jagdmesser.«
»Ich werde heute abend Mr. Bennett Penroses Zimmer in Scrilady Hall durchsuchen, wenn sich der junge Herr mit seinen Saufkumpanen in Goonbell vollaufen läßt. Mal sehen, ob ich etwas zutage fördere. Außerdem, Mylord, erfuhr ich von Mrs. Freely, die gern ein Schwätzchen mit mir hält …« Flash legte eine kleine Pause ein und meinte dann: »Aye, es stimmt, die Damen finden mich anziehend. Tja, also, Mrs. Freely erzählte mir, daß Mrs. Penrose nicht die erste Frau war, die unter mysteriösen Umständen starb. Es gab noch ein zweites Opfer, das vor drei Jahren mit einem Messer erstochen wurde, eine Elizabeth Godolphin, Witwe eines Kaufmanns, der bei Perranporth lebte. Die Dame war nicht unvermögend, aber nicht so reich wie Mrs. Eleanor.«
»Gibt es noch weitere Ähnlichkeiten?«
»Mrs. Freely erzählte, sie sei mit einem Herrn verabredet gewesen, aber an mehr konnte sie sich nicht mehr erinnern. Sie meinte, sie besuche ab und zu Freunde von ihr und werde sie bei dieser Gelegenheit fragen.«
»Gut. Wir bekommen endlich Boden unter den Füßen.«
»Meinen Glückwunsch zu Ihrer bevorstehenden Hochzeit mit Miß Caroline, Mylord. Sie ist ein feiner Mensch. Sie sprüht vor Temperament und Tollheiten und ist mit einem wachen Verstand gesegnet. Miß Carolines Schlagfertigkeit,

verriet mir der Captain, mache Ihnen ganz schön zu schaffen.«
North brummte etwas Unverständliches. Der Gedanke, mit seinen Hunden im Moor herumzustreifen, spielte bei seinem Tagesplan nicht mehr die wichtigste Rolle.
»Ich werde mich auch erkundigen, ob Bennett Penrose sich hier in der Gegend aufhielt, als der andere Mord geschah. Soweit ich weiß, lebte er mehrere Jahre lang in Cornwall. Der Lümmel muß damals in Ihrem Alter gewesen sein, Mylord. Vielleicht wurde er von seinem Opfer ausgehalten, vielleicht ... aber lassen wir das jetzt.«

An diesem Tag, kurz nach Mitternacht, saß North in seine Kissen gelehnt im Bett und las den dünnen Band, den Tregeagle ihm gegeben hatte. Er konnte es einfach nicht fassen. Mount Hawke war ein Haus für Männer. Natürlich fand er das merkwürdig, aber alle Fragen, die er als Knabe gestellt hatte, waren barsch abgewiesen worden. Als er nach seiner Mutter fragte, erzählte man ihm, sie sei eine Schlampe gewesen, ein Flittchen, und daß sie gestorben sei, so wie sie es verdient habe. Er verstand die Worte nicht, wohl aber den Zorn und die Bitterkeit, die sie enthielten. Als er im Alter von fünf Jahren nach dem Tod der Mutter mit dem Vater nach Mount Hawke zog, fragte er nicht mehr viel nach ihr. Er schüttelte den Kopf und schloß die Augen. Die geschriebenen Worte seines Vaters hatten sich in seinen Geist eingebrannt: »Die Nightingale-Männer leiden nicht wie andere Männer, wenn sie begriffen haben, daß sie anders sind. Ich glaubte den Worten meines Vaters und dessen Vaters nicht, aber jetzt habe ich die Wahrheit bedingungslos erkannt. Bei allen Göttern, sie hatten recht. Der Fortbestand der Nightingales ist mit dem nächsten Viscount Chilton, meinem Sohn, gesichert. Und diese verruchte Frau ist für immer gegangen. Alles wird gut werden. Ich werde North erziehen und zu Gott beten, daß er meinen Worten Gehör schenkt. Es ist nicht notwendig, daß er das alles durchmacht, was ich erleben mußte. Er wird einen Erben in die Welt setzen und sich von der

Schlampe trennen, deren Leib er für einen Nachfolger brauchte. Er wird frei sein, ohne zu leiden. Er wird mir glauben.«
Diese Zeilen wurden niedergeschrieben, als North fünf Jahre alt war. Verzweifelt versuchte er sich an die Zeit zu erinnern, aber er hörte nur Schreien, Brüllen und Weinen. Das Weinen einer Frau. Seine Mutter? Er wußte es nicht. Dann kam er hierher, und man erklärte ihm kühl, seine Mutter sei tot. Kummervolle Jahre folgten. Jahre quälender Selbstzweifel, die mit Trotz, Auflehnung und tiefster Melancholie durchsetzt waren. Was war geschehen?
Mit dem Zeigefinger strich er über die Seiten, die sein Großvater und Urgroßvater vollgeschrieben hatten, ohne daß er sie las. Die Zeilen seines Vaters waren, bei Gott, genug.
Er war entsetzt.

»Mylord.«
»Ja, Tregeagle, was gibt es?«
»Ehm, Mylord, haben Sie das Buch gelesen, das wir Ihnen gestern gaben?«
North legte den Federkiel beiseite und lehnte sich in dem Schreibtischstuhl zurück. Er hatte gerade die Anzeige seiner Hochzeit mit Miß Caroline Derwent-Jones für die *Gazette* und die *Times* aufgesetzt. »Ja, ich habe den Teil gelesen, den mein Vater verfaßte.«
»Ich verstehe«, antwortete Tregeagle und wartete hoffnungsvoll das Weitere ab.
»Der Inhalt war bezeichnend für meinen Vater. Sein Haß auf die Frauen muß grenzenlos gewesen sein. Er war ein verbitterter, enttäuschter Mann, der in Selbstmitleid badete. Nichts Neues. Unter dem Einfluß meines Großvaters verschlimmerte sich sein Zustand. Ich habe beide als erbarmungslos grausame, sadistische Männer in Erinnerung, die das Leben haßten und darüber offensichtlich das bißchen Verstand verloren, das ihnen noch geblieben war.«
»Mylord, er war ihr Vater!«
»Er war ein armer alter Verrückter, Tregeagle! Mein Gott,

wie habe ich ihn verabscheut! So. Und damit ist jetzt Schluß. Eine Countess Chilton wird in vier Tagen auf Mount Hawke einziehen. Die erste seit wie langer Zeit? Ich sehe schon, diese Frage werden Sie mir nicht beantworten.
Ich weiß, daß ich mit fünf Jahren nach Mount Hawke kam. Meine Mutter starb, und ich wurde hierhergebracht. Warum lebte sie hier nicht als verheiratete Frau? Ah, wieder keine Antwort. Es macht nichts. Was könnte ich auch von Ihnen erwarten, dem Getreuen meines Vaters? Nun, meine Gräfin wird nicht wie eine heimliche Geliebte in London versteckt. Mount Hawke wird ihr Zuhause sein, so wie es das meine ist. Wenn Sie und Ihre Freunde nicht einverstanden sind, Tregeagle, dann müssen Sie leider gehen.«
»Mylord, wir werden zu Ihrem Schutz und Wohlergehen auf Mount Hawke bleiben.«
North seufzte. »Gehen Sie jetzt. Ich möchte nichts mehr davon hören.«
North sah seinem Haushälter nach, der das kleine Herrenzimmer mit gemessenen Schritten verließ. Es war alles Unsinn, aber die Diener glaubten jedes Wort, jede Behauptung seines Vaters, und er fand es erstaunlich, daß sie sich mit der schicksalhaften Vergangenheit des Hauses Nightingale immer noch so tief verbunden fühlten.
Dann sah er Carolines verdutzten und zugleich neugierigen Blick vor sich, als er sie am Strand küßte und ihr auftrug, Rock und Unterröcke festzuhalten. Er lächelte und bemerkte, daß seine Hand ein wenig zitterte. Er würde sie beschützen. Alles würde gut werden. Er würde ihr ein guter Ehemann sein, auch wenn er sich diese neue Situation nicht herbeigewünscht hatte, aber zumindest hatte er Caroline auf diese Weise immer in seinem Bett, wenn er sie wollte, und das war gewiß eine feine Sache. Sie war schön und temperamentvoll, und er hatte noch nie eine Frau so begehrt wie sie. Er brauchte sich keine Geliebte mehr zu halten oder eine Liebschaft mit einer hiesigen Schönheit anzuzetteln, was er wie die Pest haßte.

Ihm wurde in diesem Augenblick bewußt, daß sein Wunsch nach Alleinsein und Zurückgezogenheit und seine tiefe Melancholie durch seinen Vater entstanden waren. Während seiner Kinderzeit hatte sich North die Worte des Vaters zu Herzen genommen. Um nicht wie er betrogen und enttäuscht zu werden, hatte er sich von den Menschen ferngehalten. Ohne Caroline hätte er nicht erkannt, was seinem Leben fehlte.

Er würde Carolines Ehemann werden.

Und er würde allen Weltschmerz vergessen und der Heiterkeit Einlaß in sein Leben gewähren.

19

Ein durchdringender Schrei riß Caroline aus dem Schlaf. Mit einem Satz sprang sie aus dem Bett, warf sich den Morgenrock über und stürzte auf den Gang.

Ein weiterer Schrei drang an ihr Ohr – diesmal leiser, wie erstickt. O Gott, er kam aus Alices Schlafzimmer. Caroline rannte den Korridor entlang, holte tief Luft und riß die Tür auf.

Nur eine einzige Kerze brannte auf dem Tischchen neben Alices Bett. Sie war nicht allein. Und das war kein Alptraum. Es war Bennett, der auf ihr lag und ihr seinen widerlichen Wanst entgegendrängte, obwohl sie sich heftig wehrte.

Bennett holte aus und ohrfeigte sie brutal. »Halt den Mund, du kleine Hure. Wenn es dir keinen Spaß gemacht hätte, trügst du jetzt nicht deine Brut mit dir herum. Halt still, und gib mir, was ich will!«

»Nein«, wimmerte Alice mit dünnem Stimmchen.

»Bennett!«

Er erstarrte. Langsam wandte er sich um. Sie trug nur den Morgenmantel. Ihr dichtes Haar war zerzaust. Ungläubig schüttelte er den Kopf. »Caroline? Was tust du hier?«

»Mein Gott, du bist betrunken, du Dreckskerl. Laß sofort von ihr ab!«

»O nein. Sie gehört mir. Du hättest die Blicke sehen sollen, die sie mir den ganzen Tag über zuwarf. Es fehlte nicht viel, und sie hätte mich angefleht, heute nacht zu ihr zu kommen.«

Caroline wünschte sich sehnlichst ihre Pistole herbei, aber

da sie nicht greifbar war, mußte ihr etwas anderes einfallen. Sie packte einen Schemel, einen festen Eichenholzschemel mit dunkelrotem Samtpolster, und hob ihn hoch über den Kopf. Ihre Stimme war vollkommen ruhig. »Bennett, ich rede mit dir. Würdest du mir jetzt freundlicherweise zuhören?«

»Verschwinde, Caroline, wenn du nicht als nächste drankommen willst.«

Noch während er diese Worte aussprach, weiteten sich seine Augen vor Schrecken. »Nein«, stieß er hervor und ließ Alice los. Aber er war nicht schnell genug. »Nein, Caroline ...«

Mit aller Kraft ließ sie den Eichenholzschemel auf seinen Schädel sausen und sah seelenruhig zu, wie er von Alice hinunterrutschte, die so gut wie möglich nachhalf.

»Miß Caroline, ich schwöre Ihnen, ich habe ihn nicht gebeten, in mein Zimmer zu kommen. Ich schwöre bei allem, was mir heilig ist, Miß ...«

»Schsch, Alice! Laß mich nachsehen, ob der Hundesohn tot ist«, zischte sie und fühlte seinen Herzschlag. »Nein, leider nicht. Schade.« Sie blickte in Alices schmales, blasses und völlig verängstigtes Kindergesicht. »Hat er dir Gewalt angetan, Alice?«

Alice schüttelte den Kopf. Ein paar Strähnen des dünnen braunen Haars hingen ihr über Stirn und Gesicht. »Er hat mich nur geohrfeigt und sich auf mich geworfen.«

»Ich hörte dich schreien und rannte sofort zu dir.«

»Er dachte nicht, daß ich mich wehren oder schreien würde. Er hat mich beschimpft. Wie der Vikar«, schluchzte Alice.

»Schon gut. Ich weiß, ich weiß«, beruhigte sie Caroline. Unsägliche Wut ergriff sie plötzlich, und sie trat Bennett in die Rippen. Das gleiche hätte sie jetzt auch mit Mr. Plumberry getan, wäre er verfügbar gewesen. »So«, sagte sie. »Das tut gut!« Sie stieg über den reglosen Körper, setzte sich auf die Bettkante und nahm Alice in die Arme.

»Jetzt ist alles gut. Ich verspreche dir, daß es nie wieder geschehen wird. Ich schwöre es. Möchtest du ihm einen kräftigen Tritt verpassen, Alice?«

Alice hörte zu weinen auf. Sie wurde still und rückte ein wenig von Caroline ab. »Ihn treten?«

»Ja, für das, was er dir antun wollte.«

Alices Gesichtchen verfinsterte sich für einen Augenblick, dann hellte es sich mit einem angedeuteten Lächeln auf. »O ja! Ja!« Sie glitt vom Bett hinunter, stellte sich vor Bennett auf und trat ihm so fest wie möglich in die Seite.

»Noch einmal, Alice. Er hat es verdient.«

Wieder trat Alice zu. »Das war herrlich, Miß Caroline. Ich fühle mich schon besser, auch wenn mir der Fuß weh tut.«

»Du lieber Himmel, was ist denn hier los? Caroline! Alice!« Owen war so schnell zu ihnen gerannt, daß er seinen Morgenmantel nicht einmal zugebunden hatte. »Bennett, dieses Ekel! Ich werde ...«

»Im Augenblick wirst du gar nichts tun, Owen, also beruhige dich. Danke, daß du so schnell zur Stelle warst. Ach, da sind ja auch Evelyn und Miß Mary Patricia.«

Sie hatten etwas mehr Zeit gebraucht, da sie in ihrem Zustand nicht mehr so geschwind rennen konnten.

»O Gott, meine arme Kleine!« Evelyn hatte die Lage mit einem Blick erfaßt.

»Es ist nichts geschehen«, beruhigte Caroline sie. »Sie hat Bennett gerade zwei kräftige Fußtritte verpaßt. Alice geht es gut, aber es könnte nicht schaden, wenn Miß Mary Patricia ihr ein Glas warme Milch holen würde.«

Alice nickte und lächelte, und Caroline war froh, daß ihr Schützling glimpflich davongekommen war.

»Eine gute Idee«, meinte Miß Mary Patricia.

»Owen, würdest du bitte Bennett von hier entfernen? Am besten, du schleifst ihn in sein Zimmer und schließt die Tür ab. Oje, er blutet am Kopf. Sollen wir Mr. Treath holen?«

Owen hätte viel lieber den Henker geholt und schüttelte energisch den Kopf. Caroline begutachtete die klaffende Wunde, die sie ihm beigebracht hatte, und meinte ernst: »Ich glaube, er braucht einen Arzt. Owen, hol Dr. Treath. Wir wollen doch nicht, daß er hier in Scrilady Hall eingeht. Schließlich habe ich ihn geschlagen, und das könnte mich an den Galgen bringen.«

»Soll er doch krepieren.«
»Kann ich noch mal zutreten?« fragte Alice mutig.
»Nein, das ist nun nicht mehr möglich. Leider.«
Zu zweit schleiften sie Bennett in sein Schlafzimmer und fesselten ihn ans Bett. Caroline wickelte ihm ein sauberes Leinentuch um den Kopf, während Owen sich eilig ankleidete. »Ich beeile mich. Wenn das Ekel aufwacht, zieh ihm wieder eins über, Caroline.«
Sie lächelte etwas verkrampft. Als Owen gegangen war, kehrte sie zu Alice zurück. Evelyn und Miß Mary Patricia umsorgten sie rührend, flößten ihr warme Milch ein, streichelten sie beruhigend und erklärten, wie tapfer sie sei und daß sie es diesem gräßlichen Kerl gehörig gezeigt habe.
»Ist er tot, Miß Caroline?« fragte Evelyn.
»Nein. Bennett ist eine traurige Kreatur. Er ist betrunken, und ich hoffe, er wird mit den furchtbarsten Kopfschmerzen seines Lebens aufwachen. Die Rippen werden ihm ebenfalls höllisch weh tun. Macht euch keine Gedanken um ihn.«
Aber Caroline machte sich Gedanken. Solange Bennett hier war, bestand die Gefahr, daß er es wieder versuchen würde.
Sie schüttelte den Kopf. »Ich bin nur froh, daß ich dein Schreien gehört habe, Alice. Es war zum Glück laut genug.«
»Aber ich habe nicht geschrien, Miß Caroline. Nicht laut. Ich habe einmal kurz aufgeschrien, als er ausholte und mich ins Gesicht schlug.«
Caroline blickte sie ungläubig an. »Aber ich habe dich deutlich gehört, als ob es in meinem Schlafzimmer gewesen wäre. Es war ein lauter Schrei.«
»Nein, Miß Caroline, wirklich nicht. Ich habe nicht geschrien, aber ich bin heilfroh, daß Sie mich gehört haben. Ich bin nicht lauter gewesen als eine quiekende Maus.«
Es war Bess Treath, die dieses Rätsel für sie löste, während Dr. Treath Bennetts Kopfwunde nähte.
»Eleanor hat es mir einmal erzählt.« Vorsichtig tupfte sie das Blut ab, das bei jedem Stich hervorquoll. Caroline mußte wegsehen.

»Verstehen Sie, hinter den Schlafzimmern gibt es eine Reihe von Gängen, die die einzelnen Räume miteinander verbinden. Der Hauptgang verläuft unmittelbar von Ihrem Zimmer zu Alice. Der Kamin wirkt wie ein Trichter, der die Geräusche verstärkt.«
»Also hörte ich einen lauten Schrei, obwohl Alice nur einen Piepser von sich gab.«
»So ist es. Ich glaube, diese Verbindungsgänge ließ der Großvater des verstorbenen Mr. Penrose bauen, weil er sich neben seiner Ehefrau eine Geliebte hielt. Die Ehefrau, so wird erzählt, wurde eines Tages nach London geschickt, um ihre Garderobe zu erneuern. Während ihrer Abwesenheit ließ er diesen Geheimgang bauen und stellte seine Geliebte als Gouvernante ein. Die Ehefrau kehrte nach der neuesten Mode eingekleidet zurück und blieb ahnungslos.«
»Du lieber Himmel, das ist ja unglaublich.«
Bess Treath lachte und wusch ungerührt das Blut von Bennetts Gesicht und Kopf ab. »Wenn Sie mich fragen, so wußte seine Frau sehr wohl, was ihr Mann trieb. Ein Jahr später – um die gleiche Zeit – reiste sie wieder nach London und gab ein Vermögen für ihre neue Garderobe aus. Ihr Mann verlor kein Wort darüber.«
Caroline stimmte in ihr Lachen ein.
»Aber Bess, du weißt nicht, ob es wirklich stimmt.« Dr. Treath verknotete den Faden, tätschelte Bennetts Kopf und legte einen Verband an. »Das ist eine dieser vielen Geschichten, die man sich an langen Winterabenden am Kamin erzählt. Ah, er wacht auf. Schade, er hätte ruhig ein bißchen früher zu sich kommen können, dann hätte er zur Strafe meine Nadelstiche gespürt, wenigstens ein wenig …«
»Benjie! Wie kannst du als Arzt so etwas sagen?«
»Nun ja, dieser Lümmel verdient es nicht besser, auch wenn es nur bei dem Versuch blieb.«
Bennett stöhnte und wollte sich aufsetzen. »Halten Sie still!« herrschte Dr. Treath ihn an. »Ich bin gleich fertig. So ist es brav. Stöhnen Sie ruhig, wenn es sein muß, aber halten Sie still.«

Als alles überstanden war, sah Bennett Caroline neben seinem Bett stehen. »Du«, murmelte er und griff sich an den schmerzenden Kopf. »Du hast mich mit diesem Schemel geschlagen.«
»Ich hätte dich erschossen, wenn ich eine Pistole gehabt hätte, du armseliger Tropf.«
»Caroline, laß es dir erklären. Die kleine Hure wollte es nicht anders, sie wollte mich, sie ...«
Caroline packte ein Fußbänkchen, das vor einem Sessel am Kamin stand, und schwang es über den Kopf. »Ja, Bennett?«
Er musterte ihre Waffe und hob die Schultern. »Ach, glaub, was du willst. Laß mich in Ruhe. Verflucht, meine Rippen tun höllisch weh.«
Dr. Treath verschrieb ihm kein Laudanum und wies Bennett nur an, einige Tage das Bett zu hüten. »Kein Alkohol, keine Liebesgeschichten, strengste Bettruhe. Es besteht die Gefahr einer Infektion, die im Kopfbereich meistens zum Tod führt.«
»Gut gemacht«, lobte Caroline Dr. Treath, als sie draußen im Flur waren.
»Ja, das meine ich auch«, erwiderte er und lachte leise. »Und jetzt, Caroline, möchte ich Sie untersuchen und sehen, ob alles mit Ihnen in Ordnung ist.«
»Oh? Ich fühle mich wohl wie ein Fisch im Wasser, Dr. Treath. Sie sollten sich lieber um Alice kümmern.«
»Das werde ich auch tun, aber zuerst möchte ich Sie ansehen. Bess wird in der Zwischenzeit zu Alice gehen.«
Bess nickte ihrem Bruder zustimmend zu und eilte zu Alices Schlafzimmer.
»So, meine Liebe, bitte kommen Sie.«
In ihrem Schlafzimmer bat Dr. Treath sie, sich aufs Bett zu setzen. Er fühlte ihren Puls, und das war alles. Dann richtete er sich auf und sagte ohne Umschweife: »Die Sache beunruhigt mich sehr, Caroline. Ich mache mir Sorgen. Sie werden North morgen heiraten. Ich glaube nicht, daß ...«
Sie legte ihm die Hand auf den Mund und lächelte. »Machen Sie sich keine Sorgen, Dr. Treath. Ich weiß, was ich

tue. Sie werden es sehen. Übrigens, die Rippen schmerzen ihn, weil Alice und ich kräftig zugetreten haben. Eine kleine Rache.« Dann lachte sie, umarmte ihn und küßte ihn flüchtig auf die Wange. »Keine Sorge!«

Bess Treath stand in der Tür. »Alice fehlt nichts. Der Puls ist etwas erhöht, was in diesem Fall normal ist. Bekommt Sie ein Beruhigungsmittel?«

»Ja, vielleicht zwei Tropfen Laudanum in warmer Milch aufgelöst. Dann schläft sie gleich ein.«

Als Bess und Benjamin Treath gegangen waren, prüften Caroline und Mrs. Trebaw, die von dem Tumult aufgeweckt worden war, ob sämtliche Türen und Fenster im Erdgeschoß geschlossen und verriegelt waren. »Das ist natürlich unsinnig, denn Mr. Penrose besitzt einen Schlüssel für alles – aber irgendwie fühle ich mich jetzt wohler«, erklärte Caroline der Haushälterin.

Sie schickte Mrs. Trebaw zu Bett, steckte den Kopf noch einmal kurz in Alices Tür und wünschte Evelyn und Miß Mary Patricia eine gute Nacht. Mit einem Seufzer der Erleichterung betrat sie ihr Schlafzimmer und verschloß die Tür. Die Erschöpfung machte sich jetzt bemerkbar, und sie massierte sich den verspannten Nacken. Langsam löste sie den Gürtel des Morgenmantels, als sie eine männliche Stimme hinter sich vernahm. »Bitte, entkleiden Sie sich nicht, Miß Caroline.«

Sie fuhr herum und starrte auf die Gestalt, die vor ihr stand.

»Oh, mein Gott, Sie haben mich zu Tode erschreckt! Flash Savory, wie sind Sie hier hereingekommen?«

»Oh, ich bin schon eine ganze Weile hier. Ich wollte mich nicht zeigen. Der Arzt hätte die Situation vielleicht mißverstanden. Ich bin hierhergekommen, um Bennetts Zimmer zu durchsuchen. Habe ich vorhin richtig gehört? Sie haben dem Ekel eins übergebraten?«

»Ja, er hat versucht, Alice zu vergewaltigen. Sie ist erst vierzehn, Flash. Vierzehn Jahre alt und schwanger.«

»Wo ist eigentlich Owen?«

»Owen … Ach, du meine Güte! Ich habe ihn losgeschickt,

um Dr. Treath zu holen, aber dann habe ich ihn völlig vergessen. Ist er nicht im Haus?«

»Ich habe ihn nicht gesehen.«

Caroline lächelte Flash schelmisch an. »Ich glaube, ich weiß, wo er steckt. Eigentlich müßten Sie ihn bereits hören ...« Sie hielt inne und lachte auf, als sie Männerstimmen hörte.

»Er hat den Grafen geholt«, folgerte Flash. »Findiger Bursche, dieser Owen. Die Stimme Ihres Verlobten klingt allerdings etwas gereizt.«

North war mehr als gereizt. Die Tür zu Carolines Schlafzimmer flog auf. Er sah Caroline in ihrem Morgenrock, das Haar offen und ungekämmt, und brüllte los: »Was zum Teufel treibst du, Caroline Derwent-Jones? Verdammt, kann man dich nicht eine Stunde lang aus den Augen lassen, ohne daß du etwas anstellst? Mein Haar wird mit dreißig grau sein! Ach, Sie auch, Flash. Was haben Sie in diesem Schlafzimmer verloren? Sie Satansbraten, wagen Sie es nicht ...«

Caroline lachte, trat zu ihm und schlang die Arme um den geliebten Mann. Er zögerte kurz, bevor er die Umarmung erwiderte.

»Es ist alles in Ordnung, North. Ich hatte keine Ahnung, sonst hätte ich Owen verboten, dich zu holen. Aber trotzdem, ich freue mich, daß du da bist. Na, na, beruhige dich. Tief durchatmen.«

Vor Owens und Flashs Augen küßte sie ihn keusch wie eine Schwester, aber trotzdem fuhr es ihm durch Mark und Bein.

Er packte sie an den Armen und schob sie ein Stück von sich weg. »Erzähl, was hier geschehen ist. Aber zuerst will ich wissen, was dieser grinsende Mann in deinem Schlafzimmer zu suchen hat.«

»Einverstanden. Warum gehen wir nicht in den Salon und trinken einen Brandy?«

North trank zwei Gläser und stellte viele Fragen, bis er zufrieden war. Er lehnte am Kamin und starrte nachdenklich auf seine blankpolierten Stiefelspitzen.

»Kommen Sie, Flash. Wir werden das Zimmer dieses Ekels

gemeinsam durchsuchen. Wenn wir etwas finden, machen wir kurzen Prozeß mit ihm.«

»Sehr gut. Vergreift sich dieser Mistkerl doch an einem armen Geschöpf!«

»Ich helfe euch«, sagte Owen.

»Einverstanden, Owen. Caroline, du gehst jetzt zu Bett. In sechs Stunden heiraten wir. Ich würde es doch sehr begrüßen, wenn meine Braut nicht am Altar einschläft, danach allerdings ...«

»North!«

Flash grinste nur.

Flash, Owen und North brauchten mehr als eine halbe Stunde, um Bennett Penroses Zimmer zu durchsuchen. Außer Bennetts Schnarchen war kein Laut zu hören. Schließlich fand Flash eine kleine quadratische Schachtel, auf der Bennetts Abendschuhe standen.

»Na, was haben wir denn da?«

North nahm die Schachtel und öffnete sie. »Briefe«, verkündete er. »Das ist mindestens ein halbes Dutzend Briefe.« Er zog einen Brief heraus und entfaltete ihn. »Verdammt, ihr werdet es kaum glauben.« North stieß einen weiteren kräftigen Fluch aus und zwang sich, nicht mit dem Stiefel auf den Boden zu stampfen. Er war wütend und enttäuscht.

Flash nahm ihm den Brief aus der Hand, las ihn und seufzte schwer. »Tja, diesen Fisch haben wir nun nicht mehr am Haken. Schade.«

»Ja, Hölle und Verdammnis! Wenn dieser Brief echt ist, und das ist anzunehmen, dann beweist er, daß Bennett in der Woche, da Eleanor Penrose ermordet wurde, in London war.«

»Ich glaubte bereits an mein Anglerglück«, bekannte Flash enttäuscht. »Ich hatte alle meine Hoffnungen auf ihn gesetzt.«

»Was tun wir jetzt, Mylord?«

»Jetzt gehen wir zu Bett, Flash. Ich heirate morgen.«

20

Am folgenden Morgen wurden Frederic North Nightingale, Baron Penrith, Viscount Chilton und Jungfer Caroline Aiden Handerson Derwent-Jones im Salon von Mount Hawke von Bischof Horton aus Turo getraut. Die Zeremonie begann um zehn Uhr und dauerte genau achteinhalb Minuten. Die letzten fünfeinhalb Minuten fanden bei geschlossenen Augen statt. Bischof Horton sprach das Gebet. Dann begann er mit der metaphorischen Vermählung Adams und Evas, schlug einen eleganten Bogen zur Gegenwart, beschwor den tieferen Sinn der christlichen Vereinigung des vor ihm stehenden Paares, segnete die Zukunft ihrer Nachkommen, die, so es Gottes Wille war, ebenso ebenbürtige Ehepartner finden mochten wie ihre Vorfahren. Caroline war etwas verwirrt. Sprach er von den Vorfahren ihrer Nachkommen, einem verstorbenen Chilton oder einem Chilton, der einmal in ferner Zukunft das Zeitliche segnen würde?

Endlich meinte Bischof Horton, der Feierlichkeit des Anlasses genügt zu haben, und strahlte Caroline und North an. Ob jemand seine Stimme erheben und Einwände gegen die Verbindung dieser beiden Menschen vorzubringen habe? fragte er die Versammelten. Zur allgemeinen Erleichterung schwieg ein jeder – einschließlich Mr. Ffalkes. Nach dem Segen des Bischofs begriff Caroline allmählich, daß ihr Leben innerhalb weniger Minuten eine völlig neue Wendung genommen hatte.

North küßte die Braut, nachdem Bischof Horton seine Bibel zugeklappt hatte. Es war ein kurzer keuscher Kuß.

Die rein männliche Dienerschaft von Mount Hawke stand der rein weiblichen – mit Ausnahme des Stallburschen und Stallmeisters Robin – wie zur Parade aufgereiht gegenüber. Feierlich gekleidete Gäste aus der Nachbarschaft waren anwesend, wie Mrs. Freely, Mr. Peetree, die Treath, Mr. Brogan und die Carstairs. Hinter vorgehaltener Hand kommentierte Mrs. Freely Carolines Kleid und ihre Frisur. Wie schnell doch die Jugend von heute heiratet, nicht wahr? Und die junge Braut ist dünn wie eine Bohnenstange. Nicht einmal voll entwickelt. Nun ja, besser als umgekehrt. Haha! North und Caroline und die umstehenden Gäste verstanden jedes Wort.

Zumindest erfreute Caroline Mrs. Freelys Urteil über das Brautkleid. Elfenbeinfarbener Seidensatin war zu einem schlicht und edel geschnittenen Kleid verarbeitet worden. Eine Brustschleife – einen Hauch dunkler als die Farbe des Kleides – bildete den einzigen Schmuck. Gleichfarbene Satinbänder und weiße Rosen waren in ihr kastanienbraun schimmerndes Haar eingeflochten. Das Mieder war tief ausgeschnitten und mit hellem Leinen unterlegt. Caroline trug keinen Schleier. Die Sonne, die in den Salon schien, tauchte ihre schmale schlanke Gestalt in ein helles Licht, das mit ihren strahlenden Augen wetteiferte, wann immer sie ihren Mann anblickte.

»Eine echte Liebesheirat«, bemerkte Victoria Carstairs zu ihrem Mann, als ihre Augen zu North wanderten, der jetzt damit beschäftigt war, die Gratulationen der Gäste entgegenzunehmen. »Ist das nicht herrlich?«

»Wohl eher eine Heirat aus Lust, was North anbelangt, meine Liebe«, antwortete Rafael Carstairs trocken. »Seine Augen werden tiefschwarz, wenn er sie ansieht. Ich bezweifle, daß das arme Mädchen heute nacht viel Schlaf bekommt. Wahrscheinlich das ganze Jahr nicht!«

»Seine Augen sind von Natur aus schwarz, mein Bester«, gab Victoria zurück. Ihre Hand ruhte auf der kaum merklichen Rundung ihres Leibes, die ihre Schwangerschaft verriet. »Du verstehst wieder einmal gar nichts. Und ich bekomme auch nicht sehr viel Schlaf, nicht einmal jetzt, in meinem Zustand, obwohl du mir geschworen hast, mich nicht aus rein männlicher Lust geheiratet zu haben. Du erklärtest, daß du mich anbeten und mir ein Podest bauen würdest, auf dem ich dann zweimal in der Woche Platz zu nehmen hätte, damit du mir deine Reverenz erweisen könnest ...«

»Mir wird gleich übel, Victoria. Laß das. Natürlich habe ich dich von Anfang an begehrt, und ich begehre dich immer noch. Dieses Begehren, diese Lust, ist mir angeboren wie den meisten Männern. Das Drumherum ist schön und gut und eine Bereicherung im Leben des Mannes, vorausgesetzt, die Frau weiß, wo ihr Platz ist, und das hast du immer gewußt, meine Liebe.« Er grinste sie frech an.

»Ein Bild von einem Mann«, sagte sie schmelzend. »North Nightingale, meine ich.«

»Nun, ja. Er sieht passabel aus. Ich finde ihn eher ein wenig schmächtig. Hattest du nicht gesagt, ich sei der schönste Mann von Cornwall, nein, sogar von ganz Devon?«

»Tatsächlich? Mein Gedächtnis läßt nach. North ist wirklich sehr muskulös und dabei schmal und ...«

»Victoria Carstairs, soll ich etwas tun, das du bedauern wirst?«

Sie schenkte ihm ein betörendes Lächeln. »Ja, bitte.«

Er blickte sie durchdringend an, fluchte und entfernte sich, um der Braut und dem Bräutigam zu gratulieren.

Caroline sah zu North auf, selig, daß er nun ihr gehörte. Eigentlich hatte sie das Owen zu verdanken, als er in dem Gasthaus in Dorchester krank wurde und sie im Schankraum um Hilfe bat. Ziemlich banal, wie der Verlauf eines Lebens von solch unvorhersehbaren Zufällen abhängen konnte, dachte sie.

Versonnen betrachtete sie sein Profil, als Rafael Carstairs auf ihn zutrat und etwas sagte. Sie dachte an die Begebenheit am Strand, wie er vor ihr auf den Knien lag. Sie hoffte, daß es noch einmal dazu kommen werde. Dann schauderte sie zusammen, lächelte ein wenig dümmlich und fuhr mit der Begutachtung ihres frischgebackenen Ehemannes fort.

Sein Kinn war ausgeprägt und energisch, was ihr sehr gefiel. Kein Mann, der nachgeben würde. Würdige Gegner machten ihr Spaß.
»Caroline.«
»Hm?«
»Wo bist du?«
»Oh, North. Ich habe dich gerade betrachtet und mir überlegt, daß wir wunderbar miteinander streiten werden. Zuvor habe ich auch noch an gewisse andere Dinge gedacht, aber es wäre unschicklich, sie hier vor allen Gästen zur Sprache zu bringen. Ja, wir werden uns herrliche Gefechte liefern!«
»Das sind deine Vorstellungen für unsere Zukunft? Das gefällt dir?«
»Du bist stark und eigenwillig wie dein Kinn. Ich würde nie einen Mann heiraten, der mir unterlegen ist. Du bist genau der Mann, den ich haben möchte.«
»Abwarten. Trotzdem, vielen Dank.« Er beugte sich zu ihr hinunter und küßte sie flüchtig auf den Mund.
»Verdammt«, knurrte er und blickte sich um. »Wir müssen bis nach Tisch warten. Das ist nicht fair. Ich bin jetzt rechtmäßig mit dir verheiratet und muß immer noch warten. Was meintest du mit den gewissen anderen Dingen?«
Sie kicherte. »Damit meine ich gewisse Übungen am Strand. Also, wenn du artig und nett bist, könnte ich mir eine plötzliche Magenverstimmung zuziehen. Ich werde überzeugend grün im Gesicht und bitte die Gäste, mich zu entschuldigen. Als mitfühlender Ehemann kannst du mich in meinem Elend nicht allein lassen. Du möchtest dich um mich kümmern, mir ein paar Löffelchen warme Brühe einflößen und die Schweißperlen von der Stirn tupfen. Was hältst du davon?«
Mit aufblitzenden Augen blickte er sie verblüfft an. »Dein Einfallsreichtum ist überwältigend.«
»Eine gute Idee?«
Wie befreit lachte er aus vollem Hals auf. Tregeagle wandte sich seinen Genossen zu und sagte mit Leichenbittermiene: »Haben Sie das gehört, Mr. Polgrain? Mr. Coombe? Er

lacht. Ein Nightingale lacht höchst selten, und schon gar nicht über die Bemerkung einer Weibsperson.« Er seufzte schwer. »Wenn ich mich recht entsinne, hat der Vater seiner Lordschaft nicht ein einziges Mal in seinem Leben gelacht, und keiner wagte es, in seiner Gegenwart zu lachen. Ach, heute ist ein unheilvoller Tag.«

»Sie übt einen verderblichen Einfluß auf ihn aus«, pflichtete Polgrain ihm bei.

Coombe schauderte, strich sich die dünnen Haarsträhnen über dem Ohr glatt und tupfte sich die Schweißperlen von der Stirn. »Eine Weile ist sie ja zu ertragen, meine Herren, aber länger? Das ist zuviel. Einfach zuviel.«

»Wir müssen es ertragen«, erklärte Tregeagle. »Sehen Sie sich diese drei schwangeren Frauenzimmer an, wie Hühner auf der Stange. Allein ihr Anblick ist eine Beleidigung für das Auge.«

»Mr. Owen wird sie nach dem Essen nach Scrilady Hall zurückbringen. Keine Sorge«, tröstete ihn Mr. Polgrain. »Noch ein paar Stunden, und wir sind von ihrem Anblick erlöst. Du meine Güte, ich muß zurück in die Küche. Ich habe einen Champagner-Punsch zubereitet, der das Gebräu, das bei Londoner Adelshochzeiten gereicht wird, um Längen schlägt.«

»Keiner soll uns nachsagen, die Männer von Mount Hawke verstünden es nicht, ein festliches Mahl aufzutischen.«

»Es ist mir unbegreiflich, daß Seine Lordschaft geheiratet hat«, murrte Coombe und durchbohrte mit seinen Blicken die neue Gräfin von Chilton, die jetzt Herrin auf Mount Hawke war. »Wenn er mit ihr schlafen will, braucht er sie nicht zu heiraten. So ein Jammer. Jetzt haben wir sie jeden Tag vor unserer Nase.«

»Der arme Lord ist in ihre Falle getappt und hat sich von dieser Weibsperson verführen lassen.«

»Sie wird nicht lange hier sein«, verkündete Polgrain höhnisch. »Ihr wird es ergehen wie den anderen. Warten Sie es nur ab. Der alte Viscount Chilton brachte seine Frau ein einziges Mal hierher, aber dann durchschaute er sie und schickte sie fort.«

»Ja, aber vergessen Sie nicht, daß sein Vater damals noch am Leben war und das Kommando im Hause hatte. Er duldete seine Schwiegertochter nicht in seiner Nähe. Wenn sein Sohn ihm nicht ungehorsam gewesen wäre, hätte sie nie einen Fuß über diese Schwelle gesetzt. Und der jetzige Viscount Chilton? Er hat die Tagebücher gelesen und denkt nicht daran, sie sich zu Herzen zu nehmen.«

»Das wird sich ändern.« Coombe strich sich mit der flachen Hand über die Glatze. »Er ist noch jung, aber eines Tages wird er alles begreifen. Ich erinnere mich noch gut an die Geschichten, die mein Vater mir von den Nightingales erzählte. Ich denke, wir können von Glück reden, daß sie so wachsam waren, einen Erben zu zeugen, der ein leiblicher Nightingale war und kein Kuckucksei.«

Völlig steif stand Owen neben seinem Vater in einer Ecke des Salons, aus dem die Morgensonne bereits gewichen war. Ständig hatte er befürchtet, sein Vater könne sich während der Zeremonie auf North stürzen, aber er hatte sich nicht gerührt. Wut und Enttäuschung standen ihm im Gesicht geschrieben, aber er hatte sich formvollendet benommen und blieb auch jetzt dabei. Seltsam, sein Vater schien plötzlich gealtert zu sein. Es schien, als sei er weniger geworden und in sich zusammengefallen. Als Mr. Brogan auf sie zukam, ließ er seinen Vater nicht aus den Augen.

»Sir«, sagte Mr. Brogan, »ich bin der Anwalt der früheren Miß Derwent-Jones, der jetzigen Gräfin Chilton. Seine Lordschaft hat mich gebeten, offen mit Ihnen zu reden. Kurz, er hat vollen Zugang zum Vermögen seiner Frau, dessen Verwaltung er übernommen hat.«

»Aber nicht mehr lange«, antwortete Mr. Ffalkes und fauchte dann plötzlich: »Nein, nicht mehr lange. Dieser verfluchte Dieb! Dieser Schurke!«

»Vater!« rief Owen empört aus.

»Halt deinen Mund, du Schwachkopf, du wertloses, undankbares Geschöpf. Und Sie, Sir, Sie werden noch bitter bereuen, was Sie mir da angetan haben. Sie ... Sie ...«

Mr. Brogan unterbrach ihn mit sicherer Gelassenheit und

fuhr fort: »Dieser Umschlag ist für Sie, Sir. Das Schreiben enthält in allen Einzelheiten Ihre verbrecherischen Anschläge gegen Lady Chilton, in der Absicht, sie in erpresserischer, heimtückischer Weise zur Ehe zu zwingen. Als Zeugen haben Lord Chilton, Lady Chilton und Ihr Sohn, Owen Ffalkes, unterzeichnet. Sollte North Nightingale etwas zustoßen, Sir, dann würden Sie Ihr Leben mit einem Strick um den Hals am Galgen aushauchen. Sie sehen, es liegt in Ihrem Interesse, daß Lord Chilton auch in Zukunft gesund bleibt und sich seines Lebens freut. Und sollte das Unwahrscheinliche eintreten, daß Sie dem Henker entkommen, würden Sie nichts gewinnen. Das Vermögen des Lords geht nach seinem Tode nicht an seine Frau über, sondern an einen Freund, den Earl of Chase. Begreifen Sie, was ich sage, Sir?«

»Das ist schierer Blödsinn. Sie lügen. Ich bin mit ihr verwandt. Die Ländereien müssen in der Familie bleiben. Das würde ich anfechten, und ich würde gewinnen.«

»Aber Lady Chilton würde diese Regelung nicht anfechten, Sir, also würde alles, was Sie unternehmen, Sie als Narren hinstellen. Ich bitte Sie, Ihre Lage zu überdenken, und rate Ihnen dringend, Cornwall zu verlassen und Lady Chilton zu vergessen. Das Spiel ist aus. Es gibt hier nichts für Sie zu holen.«

Mit diesen Worten verneigte sich Mr. Brogan knapp und wandte sich um. In die angenehmen klaren Gesichtszüge hatten sich Abscheu und Verachtung eingeschlichen.

»Kleiner Winkeladvokat«, zischte Mr. Ffalkes. »Und nun zu dir, Owen. Du hast mich also hintergangen, ja?« Er fuchtelte mit dem Umschlag vor Owens Nase herum.

»Nein, Sir, ich tat es in erster Linie, um Euch zu schützen. Ihr mögt mir nicht glauben, aber es ist die Wahrheit. Da ist noch ein Punkt, den ich auf Carolines Bitte hin mit Euch besprechen möchte.«

»Was hat das kleine Flittchen zu sagen?«

»Sie möchte, daß Ihr nach Honeymead Manor zurückkehrt und den Besitz für Sie verwaltet. Ihr könnt dort wohnen, wenn Ihr wollt. Sie erwähnte auch und schmun-

zelte dabei ein wenig, daß Mrs. Tailstrop Euch für einen großartigen Gentleman hält.«
»Die alte Fregatte.«
»Alt?« Owen machte ein erstauntes Gesicht. »Caroline erzählte mir, sie sei um etliche Jahre jünger als Ihr, Sir.«
»Alt und alt ist bei Mann und Frau nicht dasselbe.«
»Nun, wie auch immer, Ihr könnt nach Honeymead Manor zurückkehren oder tun, was Euch beliebt. Ich, Sir, werde jedenfalls hierbleiben und in Scrilady Hall wohnen. Caroline hat mich zu ihrem Verwalter eingesetzt, und in Kürze werde ich geschäftlich ihr Partner sein.«
Mr. Ffalkes fluchte ausgiebig. »Du bist nichts als ein dummer, schwacher Junge.«
Owen nahm sich zusammen, was ihm bei den verächtlichen Bemerkungen, die sein Vater mit beißendem Spott von sich gab, sehr schwerfiel. »Ich habe mich gebessert, Vater. North und Caroline sind auch der Meinung. Ich bin sehr selbständig geworden. In gewisser Weise treffe ich privat wie beruflich eigene Entscheidungen, und das gibt mir Selbstvertrauen.«
Mr. Ffalkes wünschte, sein Sohn möge zur Hölle fahren, und verschwand, ohne sich noch einmal umzuwenden.
»Er ist fort«, sagte Owen.
»Ja, wir haben ihn fortgehen sehen«, antwortete North.
»Ich weiß nicht, was er tun wird, Caroline.«
»Solange er aus meinem Gesichtskreis verschwunden ist, bin ich zufrieden«, erwiderte Caroline. »North läßt ihn von einem zuverlässigen Mann beschatten, damit wir sicher sind, daß er Cornwall wirklich verläßt. So, mein geliebter Ehemann, es ist Zeit, daß wir die Gäste ins Eßzimmer bitten. Polgrain verkündet, er und seine Männer hätten ein Menü zubereitet, das den verwöhntesten Feinschmecker zu Lobeshymnen hinreißen würde, obwohl es hier am Ende der Welt nicht allzu viele davon gebe. Ich glaube, ich werde mir meine Magenverstimmung für andere Gelegenheiten aufheben. Deine Mannen würden mich erdolchen. Polgrain gab mir zu verstehen – natürlich ohne mir in die Augen zu sehen –, daß für dieses *Ereignis* keine Mühe gescheut wurde.«

Das Hochzeitsmahl war in der Tat großartig. Truthahn mit Kastanienmousse, gefüllte Lammschulter, gerollter Schweinebraten mit Apfel und Salbei. Und zu Ehren der Braut, wie Polgrain deutlich zu verstehen gab, eine rosarote Johannisbeercreme. Mrs. Freely belegte alles und jeden mit der passenden Bemerkung. Mrs. Carstairs aß wie ein Spatz. Wie sollte das arme Kind gesund zur Welt kommen? Mr. Brogan stand die Brille ausgezeichnet. Ein so gutaussehender Mann! Wenn er sich doch nur endlich eine Frau nähme …

North blickte seine Frau an und schmunzelte vergnügt. »Was kann man da noch sagen?«

Caroline griff wieder nach ihrem Champagnerglas.

21

Wo war North?

Caroline strich über das feine Gewebe ihres neuen pfirsichfarbenen Nachtgewands. Das mit weißer Seide eingefaßte Mieder und die Ärmel waren mit kostbaren französischen Spitzen besetzt. Es sah verführerisch aus. Caroline war sicher, North würde sie mit den Augen verschlingen. Ein breites weißes Seidenband hielt den tiefen Ausschnitt zusammen und stützte ihre Brüste ab. Alles sah sehr einladend aus.

Aber wo zum Teufel steckte North?

Sie wollte, daß er sie ansah und erbebte. Was aus seinem Beben würde, wußte sie nicht, aber sie war überzeugt, es würde sie unendlich glücklich machen. Vielleicht würde sie für ihn wieder den Rock hochhalten. Sie schauderte bei der Erinnerung an die überaus angenehmen Gefühle, die sie kürzlich am Strand empfunden hatte. Um sich die Zeit zu vertreiben, setzte sie sich vor den schmalen Spiegel und versuchte noch einmal ihre Locken zu bändigen. Dann wanderte ihr Blick wieder zur Tür.

Wo steckte North?

Dieses Schlafzimmer, hatte er erklärt, sei das Gemach der Gräfin und liege direkt neben dem des Grafen – verbunden durch eben jene Tapetentür, zu der ihr Blick in der vergangenen Stunde immer wieder gewandert war. Seine Stimme hatte dabei etwas verlegen geklungen, und sie verstand jetzt, warum. Das Zimmer war recht schäbig mit den langweilig grünen Wänden, deren Farbe an vielen Stellen abblätterte. Die Putten am Deckenstuck waren flügellahm, die Ranken mitsamt Blüten und Trauben vergilbt und schadhaft. Das Mobiliar bestand aus einem schmalen Bett, dessen Tagesdecke aus Goldbrokat sicherlich fünfzig Jahre alt war, aus einem einzigen Sesselchen mit ungepolsterter Rückenlehne – er erinnerte sie an den Züchtigungsschemel, den sie in Chudleighs Internat für junge Mädchen gesehen hatte – und einem Hocker samt Frisiertisch, die beide älter als das Bettgestell aussahen, und das hieß so einiges. Das Alter des Raums und seiner Gegenstände wirkte dumpf und deprimierend.

Verdammt, wo trieb sich ihr Bräutigam herum?

Mit einer steilen Falte auf der Stirn musterte sie sich im Spiegel, warf die Haarbürste auf den Tisch und trat zu einem der fünf schmalen, bleiverglasten Fenster. Sie starrte in die schwarze Nacht hinaus, auf die feine Sichel des Mondes und die winzigen, funkelnden Sternenpunkte am Himmel. Das einzige Geräusch war das leise Rauschen der Bäume vor dem Haus. Gerade wollte sie sich wieder abwenden, als etwas Merkwürdiges ihren Blick fesselte und ihr Blut erstarren ließ.

Sie schrie laut auf, wich zurück, stolperte über ihr Nachthemd und landete unsanft auf dem Hinterteil.

Wie der Blitz schoß North durch die Tapetentür und wäre um ein Haar selbst gestürzt. »Um Gottes willen, hast du dir weh getan? Was ist denn geschehen?«

Sie fühlte, wie ihr Herz raste und daß sie einem hysterischen Anfall nahe war. Sprechen war ihr im Augenblick nicht möglich. Ihre Kehle war wie zugeschnürt. So zeigte sie nur auf das mittlere Fenster, als sie sich mühsam aufsetzte.

North rannte zum Fenster, löste den rostigen Riegel und stieß schließlich mit einiger Mühe das Fenster auf. Er beugte sich hinaus und blickte regungslos in die Nacht. Endlich wandte er sich wieder zu ihr um. »Was hast du gesehen?«

Sie zitterte wie Espenlaub, und ihr war so kalt, daß sie die Arme um den Körper legte.

»Caroline, um Himmels willen, was war denn da draußen

los?« Er zog sie fest an sich, rieb ihren Rücken mit seinen großen Händen, um sie zu wärmen und zu beruhigen. »Es ist ja alles gut. Ich bin hier. Erzähl mir, was du gesehen hast.«

Caroline barg das Gesicht an seiner Schulter.

»So habe ich dich noch nie erlebt. Jetzt bist du eine verheiratete Frau und benimmst dich wie ein hysterischer Backfisch.«

»Du frecher Lümmel, du ...«

Er grinste. »Sehr gut. Jetzt bist du wieder bei Sinnen. Und nun sprich.«

Sie holte tief Luft. »Du hast recht, ich hätte mich nicht so aufführen sollen. Es war ein Ungeheuer, North! Ich weiß nicht, wie ich es beschreiben soll, aber es war eins. Ich ging im Zimmer auf und ab und wartete auf dich, dann blickte ich aus dem Fenster, und da sah ich es, dieses gräßliche Wesen.«

Seine Arme zogen sie fester an sich. »Was war das genau? Erzähl weiter.« Sie schluckte, schmiegte sich enger an ihn und flüsterte an seiner Schulter. »Es war ein Gesicht, ein monströses Gesicht. Ohne Körper, nur eine abscheuliche Fratze, entsetzlich entstellt, aber doch mit menschlichen Zügen. Mit aufgerissenem Maul baumelte es vor mir hin und her.«

Er hielt sie noch fester umfangen. »Das brächte eine Jungfrau um den Verstand, und das bist du ja zweifelsohne noch.«

»Du glaubst mir nicht?«

»Natürlich glaube ich dir, daß du noch Jungfrau bist.«

Sie stieß ihn in den Arm, und er lächelte sie an. »Geht es dir besser? Ich sehe nichts, Caroline. Aber es ist verdammt dunkel heute nacht. Vielleicht hast du einen giftigen Pilz erwischt, der bei dir eine Art Nervenfieber ausgelöst hat.«

Sie schüttelte entschieden den Kopf. »Ich habe keine Pilze gegessen.«

»Tja, dann vielleicht die Aufregung des heutigen Tages. Vielleicht war es ein Ast, der gegen die Hauswand gedrückt wurde. Mir ist fast das Herz stehengeblieben vor

Schreck. Jedenfalls werde ich morgen früh das Gelände absuchen.«

»North?«

»Hmm?« Er küßte ihren Hals, beugte ihren Kopf zurück, damit er mehr von ihr hatte.

»Wo warst du, was hast du die ganze Zeit gemacht? Ich dachte, du verzehrst dich nach mir und hättest nichts anderes im Sinn, als unter meine Röcke zu kriechen, obwohl Mrs. Freely meinte, ein Bräutigam solle es in der Hochzeitsnacht nicht übertreiben, es könne böse Folgen haben.«

»Ich war in meinem Schlafzimmer und habe gelesen. Besser gesagt, gelernt.«

»Gelesen?« Sie lehnte sich in seinen Armen zurück, um ihn anzusehen. »Gelernt? Was hast du gelernt? Wie kannst du es wagen, dies ist schließlich unsere Hochzeitsnacht!«

»Ich habe in einem Handbuch mit Bildern gelesen.«

Sie blitzte ihn nur wütend an.

»Ein Lehrbuch für Männer, in dem erklärt wird, was ein Mann mit einer Frau tun soll. Schritt für Schritt. In Liebesdingen bin ich natürlich nicht unerfahren, aber ich wollte es genau wissen und keinen Fehler machen. Ratschläge von einem Fachmann können nie schaden, dachte ich. Schließlich wollte ich in meiner Hochzeitsnacht der vollkommene Liebhaber sein.«

Caroline stellte sich auf die Zehenspitzen und küßte ihn so lange auf den Mund, bis er ihren Kuß erwiderte und sie an sich zog.

Als sie fast keine Luft mehr bekam, schob sie ihn ein wenig von sich. »Weißt du, North, ich bin nicht sicher, ob du alles richtig machst. Vielleicht solltest du wieder in dein Schlafzimmer gehen und das Lehrbuch gründlich studieren.«

Seine Augen waren vor Begehren dunkel, als er sie anblickte. Er schüttelte den Kopf, um wieder zu sich zu kommen. »Verdammt, ich muß wohl erst einmal lernen, wie man es anstellt, daß du den Mund hältst.«

»Oh, nichts einfacher als das. Du brauchst mich nur zu küssen.«

»Nichts einfacher als das«, äffte er sie nach und packte sie kurz entschlossen, hob sie in die Arme und trug sie mit Riesenschritten zu ihrem Bett. Ein Blick auf die altersschwache, bucklige Matratze belehrte ihn eines Besseren und ließ ihn sofort kehrtmachen und in sein eigenes Schlafzimmer eilen. Als er sie auf sein Bett gelegt hatte, in dem sechs ausgewachsene Männer bequem Platz gehabt hätten, fragte sie sich, was wohl jetzt geschehen würde. Sie merkte, wie sie errötete, wie ihr Herz schneller schlug und ihre Hände klamm wurden. Aus den Augenwinkeln sah sie, wie North den Morgenmantel ablegte. Er war nackt.

Sie hielt den Atem an. Noch nie zuvor hatte sie einen nackten Mann gesehen, mit Ausnahme von Roland Ffalkes, der ein widerlicher Anblick gewesen war. Aber North, mein Gott, das hätte sie sich nie vorgestellt.

»North, du ...«

»Ja, Caroline?«

Ihr blieb keine Zeit zu antworten. Er war schon bei ihr, löste das Band über ihrer Brust und streifte ihr das Nachthemd über den Kopf. »So!« Das schöne, spitzenbesetzte Nachtgewand landete achtlos auf dem Fußboden neben seinem Morgenmantel. »Oh, Caroline!« Er küßte sie und lag über ihr. Sein schwerer Körper mit der warmen Haut und den widerspenstigen, schwarzen Haaren auf Brust und Beinen bedeckte sie. Sein Drängen und seine Größe überwältigten ihre Sinne, und ihr stockte der Atem. Gefühle, die sie nicht kannte, durchströmten sie. Er war so anders als sie. Es war zuviel auf einmal, was da auf sie einstürzte und sie zu unvorbereitet traf. In letzter Not flüsterte sie nur noch: »North, könntest du dich vielleicht auf den Rücken legen und die Hände von mir nehmen?«

Diese Bitte kam so unerwartet, daß sie die Hitze seines Begehrens schlagartig durchbrach. Er stützte sich auf die Ellbogen und starrte sie an. »Wie du meinst.«

Er legte sich auf den Rücken, kreuzte die Arme über der Brust und schloß die Augen. »Paßt es dir so? Soll ich noch eine weiße Lilie in den Händen halten?«

»Ach, nein, leg lieber die Arme zur Seite.«

Er gehorchte. Aber nun beobachtete er sie, wie sie sich

neben ihn auf die Fersen kauerte. Ihr Haar hing in wilden Locken über ihm herab.

»Möglicherweise bist du tatsächlich die schönste Frau, die ich gesehen habe«, sagte er und hob die Hand, um ihre Brüste zu berühren.

»Nein, North, bitte nicht. Laß die Hände bei dir.«

»Wieso?«

Sie blickte ihn ein wenig verwirrt an und meinte dann: »Es war einfach zuviel auf einmal. Es gibt zu viele Unterschiede zwischen uns, und ich konnte nicht alles erkennen. Das hat mich erschreckt.«

»Ich hole jetzt das verdammte Buch. Da findet sich bestimmt ein Kapitel über die Braut, die die Übersicht verliert, nur weil der Mann sich auszieht und zu ihr ins Bett springt.«

»Nein, bitte, bleib hier! Ich möchte dich betrachten und erkunden, wie alles bei dir gewachsen ist. So kann ich dich verstehen, bevor du ... Nun, bevor du alle diese Dinge tust, die du mit mir tun möchtest.«

Er lachte, aber er war bis zum äußersten gespannt. Er sah zu, wie sie ihn erforschte. Sie tat es so gründlich, daß er seine ganze Kraft darauf verwenden mußte, stillzuliegen und sich nicht von neuem auf sie zu stürzen.

Vorsichtig strichen ihre Fingerspitzen über seine Brust. Dann beugte sie sich tiefer über ihn, daß ihn ihre Brüste fast berührten. Er bog sich ihr entgegen und fühlte ihre Brustspitzen auf der Haut. Halb wahnsinnig vor Begehren zwang er sich, wieder flach zu liegen, stöhnte auf und schloß die Augen.

»Du bist schön, North – nur ganz anders als ich. Ich mag das dichte Haar auf deiner Brust. Es fühlt sich rauh an, und sieh nur, wie es zum Bauch hin immer weniger wird.« Ihre warme Hand strich über seine Brust und wanderte immer weiter abwärts bis zu seinen Lenden hinunter. Dann kam ihre Hand zum Stillstand. Er hörte, wie sie tief einatmete. Er konnte nicht anders, er mußte die Augen öffnen, um sie anzusehen. Sie blieb stumm, starrte lange auf ihn hinunter, eine Ewigkeit, wie ihm schien.

»Findest du meine Haare, meine Rute und all das andere sehr schrecklich?«
»Rute«, wiederholte sie. »Eine komische Bezeichnung.«
»Es gibt unzählige Worte dafür, wie für die weiblichen Körperteile.«
Sie schwieg. Dann beugte sie sich zu ihm und berührte ihn mit den Lippen. Sanft begann sie ihre Wange an seinem Bauch zu reiben. Es hielt ihn kaum noch. Er keuchte, als ob er den steilen Pfad zum St. Agnes Head hinaufgerannt wäre, und seine Brust hob und senkte sich wie die eines Preisboxers, der gerade einen Kampf verloren hatte.
Sofort richtete sie sich auf und sah seinen verschleierten Blick. »Oje, tue ich dir weh?«
»Unsinn. Wenn du das noch einmal machst, Caroline, dann liegst du auf dem Rücken, und mit mir ist nicht mehr zu spaßen. Nein, faß mich nicht an, das ertrage ich nicht. Es treibt mich zum Wahnsinn. Gut, küssen kannst du mich. Ein wenig tiefer, bitte. Ja, mit deinem weichen, feuchten Mund ...« Er stöhnte und wand sich, als ihre Finger durch das dichte Haar seiner Lenden strichen. Sie starrte auf das, was sie da in den Händen hielt. Dann lächelte sie, warf ihm einen katzenhaften Blick zu und küßte seinen Bauchnabel.
Wie ein dichter Vorhang fiel das kastanienfarbene Haar über seinen Bauch und verbarg sie vor ihm. Er wollte Caroline sehen, wollte sehen, wie sie ihn hielt, und schob ihr Haar zur Seite, bis er ihr Gesicht sehen konnte. Ihr Anblick war so aufreizend, daß er fast das bißchen Verstand verloren hätte, das ihm noch geblieben war.
»Damit mußt du jetzt aufhören, Caroline«, brachte er hervor. »Wenn du nicht aufhörst, werde ich meinen Samen über mich verteilen, das schwöre ich. Ein Bräutigam, dessen Samen auf der Hand der Braut landet, macht sich unmöglich. Ich würde mich aus der Brüderschaft der Männer ausgestoßen fühlen. In meiner Hochzeitsnacht stünde ich als unfähiger Narr da, und das könnte ich einfach nicht ertragen. Bitte, Caroline.«
Einen Augenblick lang hielt sie ihn noch zwischen ihren

zarten Handflächen. Hätte sie ihn den Bruchteil einer Sekunde länger berührt, wäre es vorbei gewesen. Dann ließ sie los.

Sie legte sich wohlig auf ihn, und er spürte ihren Bauch, ihre Brüste. Zärtlich strich sie ihm über die Wangen und schien ihre Augen in ihn zu versenken. »Du bist wunderschön, North. Jetzt verstehe ich ein wenig besser, was in dir vorgeht und wie du auf mich reagierst. Könntest du jetzt wieder die Zügel in die Hand nehmen?«

Er lachte. Es war das kehlige Lachen, das sie so sehr liebte, und für ihn war Lachen das einzige, was ihm an der Schwelle des Wahnsinns übrigblieb. Er rührte sich nicht, nahm nur ihr Gesicht in die Hände. »Wie immer hast du eine Überraschung bereit, Caroline, außerdem bist du ungeheuer aufreizend, obwohl du das gar nicht weißt – oder vielleicht doch? Wahrscheinlich wissen Frauen instinktiv, wie sie einen Mann um den Verstand bringen können. Komm her und schenk mir deinen Mund.«

Sie beugte sich über ihn und spürte seine heißen Lippen. »Öffne den Mund. Bei Gott, das habe ich dir schon beigebracht, als ich dich das zweite Mal sah.«

»Es könnte erst beim dritten Mal gewesen sein«, murmelte sie und gehorchte. Sie fühlte, wie seine Zunge in ihr spielte, und fand es wunderbar, bis sie merkte, daß seine Hände über ihr Hinterteil strichen und sie mit aller Macht an sein Geschlecht drückten. Danach hörte sie auf zu denken. Seine Finger fanden einen Weg zwischen ihre Schenkel, berührten, erkundeten sie und drangen vorsichtig tastend in sie ein. Sie erzitterte und schmiegte sich an ihn. Im nächsten Augenblick lag sie auf dem Rücken. Er schob ihre Beine auseinander und sah sie an.

»North, bitte.« Sie wußte nicht mehr, wie ihr geschah, nur noch, daß etwas Außergewöhnliches, Wundersames auf sie zukommen würde.

»Hab noch ein wenig Geduld, Caroline.« Seine Stimme klang jetzt tief und rauh. Sie bäumte sich auf, ihm entgegen. Seine Hände hielten sie. Bald weinte und schluchzte sie, trommelte mit den Fäusten auf seine Schultern, so sehr

wünschte sie sich den Augenblick herbei. Als sie glaubte, es nicht mehr ertragen zu können, schoß eine Hitze durch ihren Körper und ergriff Besitz von ihr. Sie schrie auf.
Er hielt sie fest und fühlte, daß alles, was sie zu geben hatte, aus ihr herausbrach, daß sie bereit war, eins mit ihm zu werden. Er verlor keine Zeit mehr. Im nächsten Moment drang er voll in sie ein, warf sich gegen ihren Körper. Er wußte, daß er ihr jetzt weh tat, daß die Ekstase von ihr wich, als er ihr die Unschuld nahm. Noch einmal hielt er ganz still und stützte sich auf die Ellbogen, voller Stolz, daß er es noch fertigbrachte.
»Hallo«, sagte er und blickte in ihre verschwommenen Augen. »Bleib ruhig und gewöhn dich erst einmal an mich. Dann werde ich mich bewegen, nicht vorher, sonst tue ich dir noch mehr weh. Im Buch steht, daß ich mich mindestens zehnmal entschuldigen muß, wenn ich dein Jungfernhäutchen durchbohrt habe. Es ist das Zeichen deiner Unberührtheit und sehr wichtig für dich, daher muß ich dir mit größtem Bedauern zu erkennen geben, daß ich leider derjenige bin, der dir deine Unschuld geraubt hat.«
»Gut«, sagte sie. »Du redest zwar Unsinn, aber bitte sehr. Sonderbar, daß du jetzt in mir bist, in meinem Körper, wie deine Zunge in meinem Mund. Und jetzt wirst du das tun, was ein Mann normalerweise mit einer Frau tut?«
Er lächelte etwas gequält. »Das, zum Teufel, werde ich jetzt tun. Verdammt, ich kann nicht mehr warten, Caroline.« Er bewegte sich in ihr, und es war gar nicht so schlimm. Sie schlang die Arme um ihn, küßte ihn und fühlte seinen Atem an ihrem Mund und das Rasen, das jetzt von ihm Besitz ergriff. Dann bäumte er sich auf, warf den Kopf zurück, und sie fühlte seinen Samen in ihrem Innern.
Schwer atmend legte er sich neben sie und barg den Kopf in ihrem Kissen.
»Ich glaube, du bist Schritt für Schritt vorgegangen und hast nichts ausgelassen, genau nach dem Lehrbuch, North«, flüsterte ihm Caroline ins Ohr.

22

Es dauerte eine Weile, bis er wieder bei klarem Verstand war und begriff, wovon sie sprach. Dann meinte er: »In Zukunft werde ich mir meinen Spaß zuerst holen, bevor du mich an den Rand des Wahnsinns treibst. Nein, ich glaube, ich habe nichts vergessen und bin Schritt für Schritt vorgegangen. Nur hätte ich mir mehr Zeit auf dem Weg zum Gipfel nehmen sollen, was meinst du dazu?«

»Dazu meine ich«, gab sie zurück und küßte seinen Hals, »daß du die schönsten Nebenpfade zum Gipfel finden wirst. Dein Buch wird die zahlreichen Umwege sicherlich nicht aufzählen. Du bist unglaublich, North, und offenbar sehr erfinderisch.«

»Ja, das bin ich.« Er küßte sie, drehte sich auf den Rücken und nahm sie in die Arme. »Nebenpfade, ja? Bis morgen früh habe ich einen gefunden, einverstanden?«

»Und ich werde mir einen kleinen Umweg ausdenken. Ich bin so froh, daß ich nicht Owen oder Bennett heiraten mußte«, murmelte sie. Im nächsten Moment war sie eingeschlafen.

Er küßte ihr Haar, löschte die Kerzen und bettete sie vorsichtig an seine Schulter. Es war lange her, daß er mit einer Frau das Bett geteilt hatte – von einer Ehefrau ganz zu schweigen. Und jetzt lag seine eigene Frau neben ihm und hatte durch ihn die Freuden ihres Geschlechts erfahren, und er hatte sich wacker geschlagen. Seine männlichen Geschlechtsgenossen konnten stolz auf ihn sein. Umwege und Nebenpfade! Mit einem Lächeln auf den Lippen fiel er in einen tiefen Schlaf.

Als North am nächsten Morgen aufwachte, war er allein. Die Fratze, die sie am Fenster gesehen hatte, fiel ihm ein. Mit einem Ruck saß er aufrecht im Bett. »Caroline!« schrie er.
Keine Antwort. Die Tapetentür stand offen. Wieder rief er ihren Namen, ohne Erfolg. Er zog die Stirn in Falten und blickte auf die Uhr neben seinem Bett. Es war noch nicht einmal acht Uhr.
Verdammt. Er hatte sie wachküssen und sie lieben wollen, bis ihr die Sinne schwanden. Er warf die Decken zurück und stand auf.
Als er gerade wohlig seine Glieder streckte, öffnete sich die Tür. Tregeagle trat steif wie ein Brett ein und sah so entsetzt aus wie ein Pfaffe inmitten eines Sündenpfuhls.
»Was zum Teufel wollen Sie, Tregeagle? Wo ist meine Frau?«
»Ihre Frau ist bei den anderen Weibspersonen, Mylord, die hier herumschwirren. Es ist unerträglich, Mylord. Das hier ist der Haushalt der Nightingales und kein Hospiz für schwangere Frauenzimmer.«
Bei diesen abfälligen Worten verdunkelte sich North' Blick für einen Moment, dann aber meinte er lächelnd: »Ah, die drei Damen sind in guter Hoffnung auf Mount Hawke eingetroffen. Ist Caroline bei ihnen?«
»Ja, Mylord. Sie bestand darauf, daß Polgrain ihnen ein sehr reiches Frühstück servierte. Sie müßten bei Kräften bleiben. Mylord, sie nahmen an der Trauung und am Hochzeitsmahl teil und sollten dorthin zurückkehren, wo sie hingehören.« Mr. Tregeagle holte hörbar Luft. »Mylord, was haben diese drei schwangeren Weibspersonen auf Mount Hawke zu suchen, einem Bollwerk des männlichen Geschlechts? Und das morgens um sieben Uhr fünfundvierzig?«
»Nun, sie werden hier einziehen, Tregeagle. Hatte ich das gestern nicht erwähnt?«
Einen Augenblick lang fürchtete er, Tregeagle werde das Gleichgewicht verlieren. Der Diener wurde aschfahl, und seine Gliedmaßen begannen zu schlottern, als hätte er einen Fieberanfall erlitten.

»Sorgen Sie bitte dafür, daß Hausmädchen Timmy mir ein Bad bereitet, und reißen Sie sich endlich zusammen, Mann. Es ist halb so schlimm. Ich denke, es dürfte Ihnen dreien guttun, etwas Weiblichkeit um sich zu haben, meinen Sie nicht auch?«

»Nein, Mylord.«

North lachte aus vollem Hals. Es war ein herzhaftes, lautes Lachen, das nicht aufhören wollte, bis ihm bewußt wurde, was er da tat. Und er fand es sehr angenehm.

Wenig später begab sich North in das kleine Frühstückszimmer. An der Tür blieb er stehen und betrachtete das Bild, das sich ihm bot. Caroline saß – wohl ohne es zu wissen – auf seinem Stuhl mit der hohen Lehne am Ende des Tisches, von drei fröhlichen, schwangeren Damen umgeben. Sie plauderten angeregt miteinander und schienen bester Laune zu sein. Bei Caroline war es verständlich, schließlich hatte sie eine wunderbare Hochzeitsnacht hinter sich. Würde er in absehbarer Zeit ein schwangeres Quartett an seinem Frühstückstisch vorfinden? Er schmunzelte bei dieser Vorstellung. Doch gleich darauf verdüsterte sich sein Blick. Der Anblick weckte dunkle Erinnerungen in ihm. Er sah zwei Erwachsene vor sich, einen Mann und eine Frau. Der Mann fluchte und gestikulierte furchterregend, während die Frau schluchzend auf ihrem Stuhl zusammensank. In seinem Innersten wußte er, diese beiden Gestalten waren seine Eltern. Er haßte die Erinnerung und versuchte sie abzuschütteln. Dann trat er ein und schloß die Tür hinter sich.

»Guten Morgen, meine Damen«, grüßte er und nickte artig einer jeden zu. »Schmeckt Ihnen das Frühstück?«

»Es ist alles wunderbar, North«, antwortete Caroline und lächelte ihn schamlos an. »Polgrain ist bereits dreimal aufgetaucht, um sicherzugehen, daß es an nichts mangelt. Möchtest du eine Tasse Kaffee?«

Er nickte und trat zum Buffet. Sprachlos starrte er auf das verschwenderische Speisenangebot, das da aufgebaut war. Polgrain hatte sich selbst übertroffen, und North fragte sich nach dem Grund. Die Croissants und der gebratene Speck rochen verführerisch. Das Rührei war luftiger als die Wolken am Himmel, goldbraun geröstetes Toastbrot und Brötchen lagen neben Schalen cremig geschlagener Butter und frischer Marmelade. Du meine Güte, sogar Nußhörnchen gab es.

Er wandte sich fragend zu Caroline, die kichernd neben ihm stand. »Du fragst dich, wie das zustande kam, nicht wahr? Bestimmt hattest du Hundefutter und Schweinerüben erwartet.«

»Wie hast du das fertiggebracht?«

»Ich bat Coombe, Polgrain zu bestellen, die drei Damen würden in die Küche kommen und helfen, wenn er nicht in der Lage sei, in diesem Haus ein angemessenes Frühstück auf den Tisch zu bringen. Ich glaube, Coombe hätte mich am liebsten mit der chinesischen Vase aus dem Salon erschlagen.«

»Zum Glück kann sich dieser Mann beherrschen.«

Plötzlich senkte sie den Blick auf das Rührei. Während er sich das größte Nußhörnchen vom Silbertablett schnappte, sah North sie aus dem Augenwinkel an. In der Hoffnung, seine Stimme möge jetzt so verführerisch klingen, daß die Butter auf dem Croissant schmölze, sagte er: »Ich habe dich heute morgen vermißt. Als ich aufwachte, hatte ich einen bestimmten Plan, den ich mit einer gewissen hübschen Person ausführen wollte. Es gibt noch vielerlei an dir, dem ich meine Aufmerksamkeit widmen möchte.« Er seufzte tief. »Du hättest heute morgen nicht von meiner Seite weichen dürfen. In meinem Lehrbuch steht, es gehöre sich nicht, den frischgebackenen Ehemann zu verlassen, bevor er aufwacht. Er fühle sich sonst überflüssig und verunsichert, verstehst du, so als ob er seiner Pflicht in der Hochzeitsnacht nicht genügt hätte.«

Sie hatte bereits Luft geholt, bevor er nach seinen Worten eine bedeutungsvolle Pause einlegte.

»Das hast du frei erfunden, North Nightingale!«

»Jedes Wort ist wahr. Hast du genug gegessen, mein Liebes?«

»Ja«, antwortete sie, »und jetzt helfe ich meinen Schützlingen, ihre Zimmer zu beziehen. Ach je, ich habe auf deinem Stuhl gesessen. Verzeih, das war mir entgangen.« Sofort entfernte sie ihren Teller und das Besteck. North stand mit seinem Teller in der Hand da und lachte aus vollem Hals.
»Schscht! Unsere Gäste bekommen sonst einen schlechten Eindruck von mir.«
»O nein, Miß Caroline«, mischte sich Alices Stimmchen ein. »Ich hätte nicht gedacht, daß sich eine Lady mit einem Gentleman so gut amüsieren kann.«
Ein kurzes, verlegenes Schweigen entstand. Miß Mary Patricia tätschelte Alices Hand, und Caroline meinte resolut: »So, jetzt werde ich euch eure Zimmer zeigen. Sie werden euch gefallen.«
North rief hinterher: »In meinem Handbuch heißt es auch, der frischgebackene Ehemann gerate in gefährliche Selbstzweifel, wenn er nach dem Frühstück allein gelassen wird!« Caroline verbat sich jedes weitere Schürzenjägergehabe, obwohl er dieses Fach meisterlich beherrschte. Wie konnte er von sich behaupten, verschlossen, finster und grüblerisch zu sein? Sie trat noch einmal zu ihm an den Tisch und murmelte außer Hörweite der anderen: »Ich habe Tregeagle auf die Teufelsfratze vor meinem Fenster angesprochen und ihm dabei direkt in die Augen gesehen.«
»Und?«
»Nicht ein Muskel bewegte sich in seinem Gesicht, aber schließlich konnte er diese Unschuldsmiene jahrelang üben.«
»Wie ich bereits sagte, ich werde mir das Dach und die umstehenden Bäume näher ansehen und mir Polgrain und Coombe dann vorknöpfen.«
»Viel Glück dabei«, meinte sie zweifelnd. »Die beiden sind gut aufeinander eingespielt. Und sie machen ihre Sache ausgezeichnet, North.«
»Aber du hast sie aus der Fassung gebracht, Caroline.«
Fragend legte sie den Kopf zur Seite.
»Nun, immerhin leben jetzt vier weibliche Wesen auf Mount Hawke.«

Sie lächelte schadenfroh. »Was werden die drei frauenfeindlichen Herren erst sagen, wenn die Dienstmädchen eintreffen?«
»Keine Ahnung, und ich lege keinen besonderen Wert darauf, es zu erfahren.«

Zwei Stunden später saß North in einem riesigen Lehnstuhl im Bibliothekszimmer. Caroline rekelte sich auf seinen Knien und spielte mit ihren Zehen. Ein Seidenstrumpf lag zusammengerollt auf ihrem Schoß.
»Wenn du eine andere Lage einnähmst, könnte ich an deinen Zehen knabbern. Sie schmecken bestimmt nach Lavendel.«
»Ich hatte das Mädchen Timmy gebeten, Lavendelöl ins Badewasser zu geben. Erst stand er da und starrte mich an, dann grinste er und schüttete so viel hinein, daß es für einen Elefanten gereicht hätte. Hast du den Flakon gesehen?«
»Ja, er ist fast leer.« Er setzte ihren Fuß auf seinen Schoß und untersuchte ihn. »Sieht aus, als sei deine Ferse ganz verheilt. Diese verdammte Blase hat mir wirklich Sorgen gemacht. Bei diesen Dingen muß man vorsichtig sein. Einer meiner Soldaten hatte sich in dem zu engen Stiefel die Ferse wundgescheuert. Er kümmerte sich nicht darum und war fünf Tage später tot.«
»Ja, mein Gemahl, ich werde vorsichtig sein«, sagte sie und schmiegte sich in seinen Arm. Nun hob sie die Hand und strich ihm über die Wange. Sie berührte ihn gern, tastete gern die vielfältige Beschaffenheit seiner Haut ab und war immer wieder über die Verschiedenheit zwischen Mann und Frau erstaunt.
Er lächelte zu ihr hinab. »Ich habe dir den linken Strumpf ausgezogen. Ich denke, es wird Zeit für den rechten.«
Sie nahm das geliebte Gesicht in beide Hände, zog ihn zu sich herunter, küßte ihn und gab ihn nicht mehr frei.
»North«, flüsterte sie in seinen Mund, »könnten wir einen Augenblick aufhören? Ich habe einen furchtbaren Krampf im Bein. Könntest du es ein wenig massieren?«
Erst jetzt sah er, in welche verdrehte Lage er sie in seinem

Schoß gebracht hatte. »Verzeih, Liebes«, sagte er und massierte ihr Bein.

»Uhm, es ist das andere, aber das tut auch gut. Höher, North.«

»Höher? Du bist eine verdammte Verführerin, Caroline Nightingale. Hmm, klingt gar nicht schlecht.«

»Höher, North.«

Sein Atem ging schneller. »Ist der Krampf vorbei?«

»Nein, es ist schlimmer geworden. Noch höher, North. Ach, es tut ja so schrecklich weh!«

Er gab es auf. Eine Hand fuhr unter ihre Röcke und fand die kürzeste Strecke zu ihrem nackten Oberschenkel.

»Aha«, sagte er und küßte ihre Nasenspitze. »Hier sitzt er, der böse, böse Krampf, der dir diese Pein bereitet, nicht wahr, mein Liebes?«

Sie blickte ihn mit diesem vielsagenden, glückseligen Ausdruck in den Augen an. »Ja, das tut gut.«

»Dann wollen wir weitersehen ...« In diesem Augenblick hatte er die Perle ihrer Weiblichkeit aufgespürt, und sie zuckte vor Entzücken zusammen. »North, das ist nun vielleicht doch etwas zu weit oben. Ich glaube, es schickt sich nicht am hellichten Tag. Ich ... ich war wohl etwas zu vorwitzig und bekenne mich jetzt zu meiner Feigheit ...«

»Das Frühstück liegt bereits zwei Stunden zurück, und ich bin schwach vor Hunger nach dir. Nach unserer Hochzeitsnacht – das steht in meinem Buch – habe ich noch sehr viel nachzuholen. Ich soll äußerst aufmerksam zu dir sein, dich nicht eine Sekunde lang aus den Augen lassen, deine Augenbrauen bewundern, deine Kniekehlen küssen und meinen Händen alle Freiheiten dieser Welt gewähren ...«

Dann legte er die Hand auf ihren Mund. Sie sah ihn stumm an und wünschte sich sehnlichst, er möge sie küssen. Endlich beugte er sich zu ihr herab, lächelte ein wenig verwirrt und ...

»Haalloo! Mylord? Mylord, wo sind Sie? Sind Sie in der Bibliothek, Mylord? Vielleicht hinter dem Schreibtisch? Suchen Sie etwas, Mylord? Kann ich Ihnen behilflich sein?«

»Beweg dich nicht! Keinen Laut!« zischte North ihr zu.
»Mylord? Vielleicht stehen Sie dort drüben hinter dem Vorhang, aber ich kann Ihre Stiefel nicht sehen. Nein, vielleicht sitzen Sie in dem großen Sessel vor mir. Er war schon für Ihren seligen Herrn Großvater zu mächtig, von dem es heißt, er sei nicht gerade ein Sitzriese gewesen.«
Vorsichtig zog North die Hand unter ihren Röcken hervor, strich den leichten Baumwollstoff glatt, küßte sie ein letztes Mal und sagte dann laut: »Tregeagle, ich werde mich jetzt erheben, meiner Frau den mächtigen Sessel überlassen und Ihnen einen mächtigen Kinnhaken verpassen.«
Mit hocherhobener Hand ging North drohend auf Tregeagle zu, der langsam zurückwich. Mit der tadelnden Stimme einer Mutter, die ihr ungezogenes Kind zurechtweist, sagte er: »Mylord, ich würde mir nie erlauben, Sie ohne Grund zu stören.«
»Ach nein?«
»Mylord, bitte, schlagen Sie noch nicht zu. Lassen Sie Ihren Arm für einen Moment sinken. Ich bin ein alter Mann, kaum noch fähig, mich aufrecht zu halten. Sie als Gentleman werden sich nicht an mir vergreifen, der ich hier bereits lange vor Ihrer Geburt Verwalter war.«
»Was zum Teufel wollen Sie, Tregeagle? Fassen Sie sich kurz, sonst landet meine Faust auf Ihrem Kinn!«
»Mylord, Mr. Bennett Penrose möchte Sie sprechen.«
»Dann richten Sie ihm aus, er möge noch warten. Sagen wir, zwei Stunden.«
»Er wirkt sehr angriffslustig, Mylord. Er schrie mich regelrecht an. Ich solle die kleinen Huren zurückholen. Ich antwortete ihm, die Frauen befänden sich in ihren Zimmern, und er könne zu ihnen, wenn er wolle …«
»Das war nicht richtig, Tregeagle«, unterbrach Caroline ihn und stellte sich neben North.
»Sehr wohl, Miß, äh, Madam. Natürlich teilte ich ihm nicht mit, wo sich die Damen befinden. Ich wollte Mylord Bescheid sagen, damit er den jungen Herrn in die Schranken weist. Seine Manieren lassen zu wünschen übrig.«
»Also schön, ich werde diesen Tunichtgut im Herrenzim-

mer empfangen. Caroline, du bleibst hier. Die Strümpfe brauchst du nicht anzuziehen. Oh, Tregeagle, Sie stehen immer noch da? Es ist gut, ersparen Sie mir die Antwort.«
Barfuß baute Caroline sich vor North auf und schwenkte streng den Zeigefinger vor seiner Nase. »Einen Augenblick, North Nightingale! So leicht lasse ich mich nicht übergehen, auch wenn du tausendfach davon überzeugt bist, das sei Männersache.«
»Na schön. Tregeagle, führen Sie ihn hierher.«
»Ja, Mylord, wenn ich mir die Bemerkung erlauben darf, ich zöge es vor, mit ihm unter vier Augen zu sprechen. Seine Ausdrucksweise ist bedenklich. Ich glaube, eine weibliche Person wäre dem nicht gewachsen ...«
»Führen Sie ihn herein, Tregeagle. Sofort!« unterbrach ihn Caroline bestimmt.
»Jawohl, Mylady.« Steif wie ein Pfarrer im Bordell zog er sich zur Tür zurück und murmelte eine letzte Bemerkung: »Barfuß. Barfuß in der Bibliothek eines Edelmannes. Das gehört sich nicht. Nicht in der Bibliothek von Mount Hawke.«
»Verschwinden Sie, Tregeagle«, sagte North. Er stöhnte auf, denn er spürte noch immer die Begierde in sich, wie ein Hengst, den man nicht zu seiner Stute ließ. Da ihm jetzt aber nichts anderes übrigblieb, als sich dem Störenfried Bennett Penrose zu widmen, ließ die Hitze nach. Das Leben war nicht immer fair!
»Caroline, dein Haar sieht wie ein Vogelnest aus. Mach es ein wenig zurecht. Wann kommen eigentlich die weiblichen Dienstboten?«
»Heute nach dem Lunch. Mrs. Trebaw hat sie persönlich ausgewählt, North.«
»Glaubt sie auch, daß sie meinen drei Männern gewachsen sein werden?«
»Dazu hat sie sich nicht geäußert.«
Einige Minuten später marschierte Bennett Penrose herein. Er sah wie einer der drei Erzengel aus – zum Kampf gerüstet.

23

»Was zum Teufel wollen Sie, Penrose?«

»Das ist nicht möglich!« brüllte er. »Caroline, du nimmst mir meine schwangeren Täubchen weg! Hast du vergessen, daß Tante Eleanor uns beide zu ihrem Vormund bestimmt hat? Und dieser elende Kriecher, dieser Roland Ffalkes! Er hat mir meine letzte Guinee beim Whist abgeknöpft. Ein verdammter Schwindler ist das! Er hat mir ständig Brandy eingegossen. Gut, das hätte ich ablehnen müssen. Und dann – heute morgen – grinst er mich unverschämt an und sagt mir, man solle niemals trinken, wenn man Karten spiele. Oh, dieser alte Sack! Jetzt ist er über alle Berge, mitsamt meinem Geld!«

»Gott sei Dank«, entfuhr es Caroline. »Hoffentlich ist er nach Honeymead zurückgeritten.«

»Warum dankst du Gott dafür, Caroline? Du steckst doch mit ihm unter einer Decke! Es war doch dein Vorschlag, mich mit Brandy abzufüllen und zum Spiel zu verleiten!«

»Das reicht, Penrose!« North' Stimme war leise und ruhig, aber bei ihrem Klang konnte man eine Gänsehaut bekommen. Hoffentlich wird er mir gegenüber niemals diesen Ton anschlagen, dachte Caroline. Hier kamen das Drohende und sogar Gefährliche in North Nightingale zum Vorschein.

»Aber ...«

»Nein, kein Wort mehr. Sie werden mir jetzt zuhören. Die Damen sind hier auf Mount Hawke untergebracht, um sie vor Ihren Attacken zu schützen. Ja, ich weiß von der versuchten Vergewaltigung. Alice ist erst vierzehn Jahre alt, Sie verdammter Dreckskerl!«

»Alice wird fünfzehn, und die kleine Hure wollte mich. Caroline, warum hast du ihn belogen? Sie hat mich bedrängt, mir geschmeichelt. Außerdem sieht sie wie sechzehn aus.«

Caroline legte die Hand auf North' Arm, bevor sie sprach. »Bennett, hör mir jetzt bitte gut zu. Ich werde dir fünftausend Pfund zahlen. Dafür wirst du auf die Vormundschaft für die Mädchen verzichten und trittst dein Wohnrecht auf Scrilady Hall ab. Mit anderen Worten, du wirst Cornwall verlassen und nie wieder zurückkommen. Wie du dich erinnerst, hattest du mich um das Geld gebeten und wolltest es mir mit Zinsen zurückzahlen. Nun gut, das Geld gehört dir. Du brauchst es nicht zurückzuzahlen. Im Gegenzug wirst du von sämtlichen partnerschaftlichen Ansprüchen unseres Erbes zurücktreten.«

»Fünftausend Pfund?«

North war in die Rolle des interessierten Zuschauers geschlüpft, aber Caroline hatte den geliebten Mann in dieser kurzen Zeit gut kennengelernt. So war ihr das kaum wahrnehmbare Schmunzeln um seine Mundwinkel nicht entgangen. Er war bei ihr, und sie fühlte sich sicher und wollte ihn unter keinen Umständen enttäuschen.

»Genau. Fünftausend Pfund. Wir können Mr. Brogan bitten, die entsprechenden Dokumente aufzusetzen, die du unterschreiben wirst.«

»Zehntausend Pfund, Caroline, nicht eine Guinee weniger. Mein Anteil am Erbe ist sicher das Doppelte wert, wenn nicht mehr. Du willst mich übervorteilen. Deswegen hast du Mr. Ffalkes auch gebeten, mich betrunken zu machen und zu betrügen.«

North studierte seine Fingernägel. Ohne aufzusehen, sagte er: »Caroline, wenn du erlaubst, bringe ich ihn um. Er ist keine zehntausend Pfund wert. Ja, ich werde ihn töten, schnell und schmerzlos, dann brauchen wir seine Anwesenheit nicht länger zu ertragen. Er wird unter einem der Apfelbäume begraben. Vermissen wird ihn wohl keiner. Was meinst du dazu, Caroline?«

Bennett schluckte. »Also gut, siebentausend.«

Der Schlagabtausch zog sich in höflichster Form eine Weile hin, bis sie sich auf sechstausenddreihundert Pfund einigten.
»Das reicht nicht, um eine Erbin zu heiraten«, maulte Bennett.
»Schon möglich.« North schnippte sich ein unsichtbares Stäubchen vom Ärmel.
»Wenn Sie sich vom Kartenspiel fernhalten, können Sie angenehm davon leben.«
»So ist es«, antwortete Caroline und ging zur Tür. »Außerdem meintest du, fünftausend Pfund würden genügen. Was ist los mit dir, Bennett? Verlierst du dein Selbstvertrauen, deinen Charme? Fürchtest du um deinen Erfolg bei den Damen?«
»Ich habe immer Erfolg. Es ist nur ... es wäre angenehm zu wissen, daß man zur Hälfte Eigentümer von allem hier ist. In den Augen meines zukünftigen Schwiegervaters würde ich mehr Eindruck machen, wenn ich einen Wohnsitz auf Scrilady Hall vorweisen könnte. Du lieber Himmel, Caroline, du bist ja barfuß!« Penrose schien wirklich entsetzt zu sein.
»Bennett Penrose«, sagte North verhalten, »Caroline hat sehr hübsche Füße. Ich kann mich daran nicht satt sehen.«
Caroline schüttelte den Kopf und öffnete die großen Flügeltüren.
Tregeagle und Coombe standen davor und starrten sie an. Keiner von beiden schien beschämt, daß Caroline sie beim Lauschen ertappt hatte.
»Ich habe nichts gehört, Miß. Oh, Ihre Füße sind wahrhaftig nackend. Das ziemt sich nicht.« An North gewandt sagte er: »Mylord wünschen?«
Caroline räusperte sich. »Ich wünsche, daß Sie unverzüglich Mr. Brogan benachrichtigen. Er möge auf der Stelle nach Mount Hawke kommen.«
»Mylord?«
»Tun Sie, was Mylady wünscht, Coombe«, befahl North.
»Ich bin mir noch nicht sicher, ob ich damit einverstanden bin«, erwiderte Bennett nachdenklich. »Ich würde auf alles verzichten – für immer.«

North wandte sich um und blickte ihn an. Er schwieg. Caroline entging nicht, daß er völlig ruhig und entspannt dastand, trotzdem war er bereit, sein Gegenüber niederzuschlagen. Caroline wünschte, Bennett möge ihn reizen. Sie wollte das gierige Ekel zu Boden gehen sehen. Bennett aber schwieg mit der instinktiven Schläue eines Tiers.

North packte ihn am Arm und führte ihn hinaus. »Wenn Sie bitte in der Halle warten, Penrose.«

Als er zurückkam, schloß er die Türen und untersuchte sie sorgfältig.

»Was tust du da, North?« fragte Caroline.

»Ich frage mich, wo der Schlüssel zu dieser Tür geblieben ist.«

»Wir könnten einen Stuhl unter die Klinke klemmen.«

»Nein, ich will einen ordentlichen Schlüssel haben, der sich im Schloß drehen läßt, damit weder Tregeagle noch Coombe hereinplatzen können, oder Polgrain, falls er sich aus der Küche hierher verirrt.«

Caroline trat zu den großen Fenstern, die den Blick zur Ostseite von Mount Hawke freigaben. Der Abhang hier war ziemlich steil. Felsbrocken lagen rechts und links des schmalen Pfades, der ins Tal hinunter zu dem kleinen Bach am Fuß des Hügels führte. North war hinter sie getreten und legte zufrieden die Arme um seine Ehefrau.

Am späten Nachmittag war Bennett Penrose im Besitz von sechstausenddreihundert Pfund und hatte alles unterschrieben, was Mr. Brogan für erforderlich hielt. North, Caroline, Owen und die drei Damen standen an der Haustür, um ihm Lebewohl zu winken. Mr. Brogan war bereits aufgebrochen, um einen Freund im Dorf zu besuchen. Caroline vermutete allerdings, daß es sich dabei um ein weibliches Wesen handelte, das nicht nur mit ihm befreundet war. Seine Augen verraten ihn, dachte Caroline im stillen, als sie sich für sein Kommen bedankte. Hatte Tante Eleanor mehr als Freundschaft für ihn empfunden? Mrs. Freely hatte recht. Mr. Brogan sah wirklich gut aus.

Caroline bemerkte, daß Alice sich sehr nahe an Evelyn

hielt und sich an ihre Seite schmiegte. Evelyn streichelte ihre Hand.
»Mylord?«
»Ja, Tregeagle?« North drehte sich um.
»Die drei weiblichen Bediensteten sind mit ihren Zimmern nicht einverstanden, Miß.«
Caroline zog die Stirn in Falten. »Aber ich habe die Kammern eigens für sie ausgesucht, Tregeagle. Die drei Zimmer nebeneinander auf der Ostseite. Sie sind ausgesprochen freundlich und hell.«
Tregeagle blieb stumm wie ein Fisch.
»Tregeagle«, ermahnte North ruhig, »es wäre klug von Ihnen, den Mund zu öffnen.«
»Ehm ... sehr wohl, Mylord. Wir dachten nur, diese Räume seien für die weiblichen Bediensteten nicht gut genug, und haben umquartiert.«
»Wo haben Sie sie hingebracht, Tregeagle?«
»In den dritten Stock.«
»Und wo genau?« North' Stimme klang noch immer ruhig, gefährlich ruhig.
»Gleich neben dem Speicher. Nette Kammern, wirklich. Und im Winter sehr warm.«
Zu North' Überraschung lachte Caroline hellauf. »Ein guter Versuch, Tregeagle. Aber Sie glaubten doch nicht ernsthaft, Sie würden damit durchkommen?«
»Wir hofften, ihr Mißfallen zu erregen und sie zu vertreiben.« Tregeagle seufzte tief und starrte an Caroline vorbei ins Leere. »Die Älteste dieser drei Personen, Mrs. Mayhew, wollte sich bei Ihnen beschweren. Ich fand es angebracht, ihr zuvorzukommen.«
Caroline blickte ihn kopfschüttelnd an. »Führen Sie sie bitte in die ursprünglich vorgesehenen Zimmer, Tregeagle. Bemühen Sie sich, Verständnis für die neue Situation aufzubringen. Der Graf ist jetzt ein verheirateter Mann, und in diesem Fall ist es völlig normal, daß sich auch weibliche Bedienstete im Haus befinden.«
»Keinen Unsinn mehr, Tregeagle«, sagte North ernst. »Haben Sie mich verstanden?«

»Ja, Mylord. Das Essen wird gleich serviert, Mylord. Das heißt, Polgrain hat Ihre und *ihre* Mahlzeit zubereitet. Was für die anderen Weibspersonen vorgesehen ist, entzieht sich meiner Kenntnis.«
»Gehen wir hinein und sprechen in Ruhe darüber«, sagte North mit der freundlichsten Stimme der Welt. »Außerdem möchte ich etwas über höchst merkwürdige Erscheinungen wissen, die nachts vor den Fenstern auftauchen.« North zwinkerte Caroline zu und schob seinen Verwalter ins Haus. Caroline überlegte, daß es eigentlich ihre Aufgabe als Herrin war, Tregeagle zu maßregeln, aber dafür blieb ihr noch unendlich viel Zeit. Statt dessen beruhigte sie die aufgeregten Gemüter der drei neuen Angestellten und versuchte ihnen die schwierige Lage dieses Männerhaushaltes zu erklären.
Was immer North auch zu seinem Untergebenen gesagt haben mochte, es schien gewirkt zu haben. Der Tisch war für sechs Personen gedeckt, vier Damen und zwei Herren. Das Essen war köstlich – angefangen von Hühnchen in Curryrahmsauce über Ente à la française, womit eine würzige Burgundersauce gemeint war, bis hin zu Flundern im Kräutersenfsud.
»Ich wünschte, ich wäre dabeigewesen, als ihr mit Bennett, dem Ekel, verhandelt habt«, erklärte Owen. »Wenigstens ist er jetzt fort, wie mein Vater. Bist du sicher, daß er alles unterschrieben hat, Caroline?«
»Mr. Brogan stand hinter ihm und hat jeden Federzug überwacht«, erwiderte North. »Mach dir keine Sorgen, Owen.«
»Siehst du«, meinte Owen an Alice gewandt, »ich sagte dir doch, alles kommt wieder in Ordnung. Es gibt nichts, wovor du dich fürchten mußt.«
»Ein Segen, daß er uns nicht mehr unter die Augen kommt, der verdammte Mistkerl.« Evelyn konnte sich diese Bemerkung nicht verkneifen.
»Aber, aber«, ermahnte Miß Mary Patricia. »Diese Worte nimmt eine Dame nicht in den Mund, Evelyn, auch wenn das ungehörige Benehmen eines Mannes dazu Anlaß gibt.«

Evelyn lächelte unschuldig wie eine ertappte Schülerin. »Bennett Penrose ist ein niederer Mensch.«
»Niederer Mensch, das ist ein viel besseres Wort, Evelyn«, lobte Miß Mary Patricia.
Die Unterhaltung bei Tisch floß fröhlich dahin, bis Tregeagle geräuschlos hereinglitt und mit hocherhobenem Kinn und starrem Blick bei seinem Herrn haltmachte. Er beugte sich zu ihm hinab und flüsterte in sein Ohr. »Dr. Treath ist hier, Mylord. Allem Anschein nach ist eine weitere Weibsperson ermordet worden.«
»*Was!*« North sprang auf. »Das darf nicht wahr sein, Tregeagle, das haben Sie sich ausgedacht.«

24

Mrs. Nora Pelforth' Körper war von der Flut an den Strand von St. Agnes Head gespült worden. Eine Locke ihres langen roten Haars hatte sich um das Messer gewickelt, das in ihrem Rücken steckte. Fast alles, was sie am Leib getragen hatte, war von der See und den Felsen vor der Küste fortgerissen worden. Von dem aufgedunsenen Körper hing das Fleisch schon in Fetzen herunter.
North kniete neben Benjamin Treath.
»Können Sie sagen, wie lange sie schon im Wasser lag?«
Als er keine Antwort erhielt, wandte sich North langsam zu ihm um. Dr. Treath war in sich zusammengesunken. Die Augen waren geschlossen, und der Mund war ein schmaler Strich mühsam verhaltenen Schmerzes.
»Ich war mit ihr befreundet«, brachte er schließlich stockend hervor. »Verdammt, North. Sie hat mir nach Eleanors Tod sehr geholfen. Ich war immer willkommen, und sie hörte mir stundenlang zu. Sie war da, wenn der Schmerz unerträglich wurde. O Gott, North, ich bin das Sterben um mich so leid, dieses gewaltsame Sterben. Das ist zuviel, North. Das ist einfach zuviel.«
»Geben Sie mir das Leinentuch. Wir werden sie von hier fortbringen.«
Als ob er aus einer Trance erwachte, stand Dr. Treath auf, starrte North an und schüttelte den Kopf. »Verzeihen Sie. Sie haben recht. Sie soll hier nicht noch länger liegenbleiben. Sie hatte so wunderschönes rotes Haar. Sie war sehr stolz darauf. Und jetzt ist es zerzaust und voller Seetang.«
Caroline, Owen und ein gutes halbes Dutzend anderer

Männer aus Goonbell und St. Agnes standen oben an der Klippe, als North mit der Frau über der Schulter den schmalen, gewundenen Pfad hinaufstieg. Dr. Treath folgte ihm.
»Tjatja«, murmelte ein Minenarbeiter und zertrat einen Klumpen Erde, »noch eine von unseren Frauen. Einfach abgemurkst.«
»Weswegen?«
»Für nichts und wieder nichts«, gab ein anderer zurück. Caroline erkannte in ihm einen der Kellner aus Mrs. Freelys Schenke in Goonbell.
»Wird Miß Meg gar nich gefall'n, sag ich dir. Wer murkst hier unsere Frauen ab?«
Vorsichtig legte North Mrs. Pelforth auf die Planken des Leiterwagens und deckte sie zu.
Sie war kaum fünfunddreißig Jahre alt gewesen, eine hübsche Person mit leuchtendblauen Augen. Sie war immer guter Dinge gewesen. Ihr Mann, ein Tuchhändler aus Trevellas, war bereits vor mehreren Jahren gestorben. North hatte sie nur flüchtig gekannt. Und nun war sie tot, ermordet wie Eleanor Penrose. Mein Gott, was ging hier vor?
»Jeder mochte sie, die Nora«, ließ sich einer der Minenarbeiter vernehmen und spuckte in den eisigen Wind. »Überhaupt nicht eingebildet. Immer freundlich. Wer hat ihr das angetan?« Er drehte sich zu North um. »Herr Graf, Sie sind hier zuständig. Sie sind der Magistrat. Was werden Sie unternehmen?«
North kannte den Mann. Er arbeitete in der Mine David. Seine Name war Pillet.
»Alles, was in meiner Macht steht, Pillet, alles. Wenn einer etwas weiß, was mir weiterhilft, bitte ich ihn, zu mir nach Mount Hawke zu kommen.« Dann wandte sich North zu Owen. »Finde heraus, wo Bennett Penrose sich herumtreibt.«
Owen nickte kurz und verschwand.
Die Gruppe löste sich allmählich auf. Kopfschüttelnd und in ihre Vermutungen vertieft, machten sich die Männer leise miteinander redend auf den Heimweg.

Als North und Caroline ihr Schlafzimmer betraten, war es bereits Mitternacht. North stolperte über einen kleinen Schemel, der unmittelbar vor der Tür stand. Wütend trat er ihn beiseite und knurrte: »Ich möchte wissen, ob das Tregeagles Werk war. Vielleicht hoffte er, du würdest über ihn stürzen und dir den Hals brechen.«
Er horchte auf die zwölf tiefen Schläge der riesigen Standuhr in der Eingangshalle. Einer seiner Vorfahren hatte dieses Ungetüm von einem Brüsseler Uhrmacher erstanden. Obwohl es mindestens zweihundert Jahre alt war, dachte es nicht daran, seinen Geist aufzugeben.
»North? Woran denkst du?«
»Wie bitte? Oh, die Schläge der Uhr. Sie klang immer schon so merkwürdig.«
»Ja, du hast recht. Sie erinnert mich an einen Menschen, der mit heiserer Stimme etwas ruft, aber im Grunde nicht gehört werden möchte.«
»Mir gefällt deine Art zu denken. Du hast sehr viel Phantasie. Ach, Caroline, mir wäre es lieber gewesen, wenn du heute nicht mitgekommen wärst.« North trat zum Kamin, kniete davor nieder und machte Feuer. Ohne aufzustehen, drehte er sich zu ihr um: »Ich habe Owen losgeschickt, damit er sich über den Verbleib von Bennett Penrose erkundigt. Deine Tante hat er nicht getötet, aber vielleicht hat er Mrs. Pelforth auf dem Gewissen.«
»Was hätte er von ihrem Tod?«
»Keine Ahnung. Vielleicht wollte er Geld von ihr. Es ist kalt geworden, willst du heute nacht bei mir schlafen?«
»Ja. Ich möchte einfach bei dir sein.«
North trat zu ihr und nahm ihr Gesicht in beide Hände. »Caroline Nightingale, ich liebe nicht nur deinen Verstand. Du bist aus dem rechten Holz geschnitzt.«
Er küßte sie, und die Schläfrigkeit fiel von ihr ab. Noch vor einer Sekunde hatte sie müde und erschöpft am Bettpfosten gelehnt. Und jetzt stieg eine Woge der Kraft in ihr auf, daß sie am liebsten mit ihm tanzen und ihn küssen wollte, bis er vor Wonne gestöhnt hätte. Er wühlte in ihrem Haar und bedeckte sie mit Küssen.

»Ich möchte dich sehen«, erklärte sie plötzlich. »Von oben bis unten.«
Er hob eine schwarze Augenbraue. »Heißt das, du willst mich im Adamskostüm sehen?«
Sie nickte ernst. »Es gibt so viel an dir zu sehen. Du bist wunderschön gebaut. Laß uns langsam vorgehen. Es ist besser für mich. So kann ich alles Schritt für Schritt genießen.« Damit spielte sie auf das Lehrbuch an.
North tätschelte sie beruhigend auf die Wange, trat zurück und stand innerhalb von drei Minuten mit einem unverschämten Grinsen splitternackt vor ihr. Dann breitete er die Arme aus. »Nimm mich, Caroline. Ich gehöre dir!«
Sie schielte beinahe vor Neugier und Aufregung. Dann aber genoß sie ihre neue Rolle. »Leg dich aufs Bett, North Nightingale, auf den Rücken, bitte!« kommandierte sie in gespieltem Ernst.
Als er mitten auf dem riesigen Bett lag, fragte er: »Wenn es beliebt, Mylady, kannst du mich an die Bettpfosten fesseln.«
Fragend neigte Caroline den Kopf. »Wozu das?«
Er lachte über sie und ihre Unschuld. »Nun, ich sagte, ich gehöre dir. Ich bin stärker als du, aber wenn du mich festbindest, kannst du mich überwältigen.«
»Steht das auch in deinem Lehrbuch? Vielleicht tut man das als Braut. Mir erscheint es allerdings recht sonderbar. Wo sind eigentlich deine Halstücher?«
Sie lachten miteinander, als Caroline seine Handgelenke lose an die Bettpfosten band. »So, jetzt habe ich dich in meiner Gewalt, North Nightingale.« Caroline glitt vom Bett, zündete zusätzlich den dreiarmigen Leuchter auf der Kommode an und begann sich zu entkleiden. Sie hatte jetzt begriffen, daß sie ihn damit reizte. Als sie bei ihrem Unterhemd angelangt war, zögerte sie für einen Augenblick.
North atmete schwer. »Caroline!« Er versuchte, seine Fesseln zu lösen, gab es aber wieder auf, als er merkte, wie er das Spiel genoß. Nicht im Traum hatte er damit gerechnet, daß eine Frau diese Freude im Ehebett haben könnte, daß sie so neugierig und so bemüht wäre, ihm zu gefallen.
»Mein Haar«, sagte sie jetzt. Langsam zog sie eine Nadel

nach der anderen heraus und strich es mit den Fingern glatt. Instinktiv wußte sie, daß sie ihn vor Begehren verrückt machte. Dann hob sie die Arme, warf den Kopf zurück und erklärte: »So, Mylord, nun bin ich bereit.«
Er sank auf das Kissen zurück und schloß die Augen. Sein ganzer Körper schien zu vibrieren. Er spürte, daß sie ihn betrachtete. Voll schmerzender Sehnsucht wartete er auf ihre Hände und ihren Mund. Sie legte sie auf seine Brust. Die Spannung in ihm wuchs ins Unermeßliche. Als sie ihn schließlich umfaßte, bäumte sich alles in ihm auf, ihr entgegen. Er fühlte seine Sinne schwinden. »Caroline, mein Liebling, bitte, du mußt jetzt damit aufhören.«
Statt dessen beugte sie sich zu ihm und küßte ihn. Die wildesten Gefühle und Sehnsüchte stiegen bei dieser neuen Berührung brodelnd in ihm auf und durchzuckten ihn wie Blitze. Nun lag eine Hand wieder auf seiner Brust.
»Ich bin sehr glücklich, daß du mein Mann bist, North.«
Sein Atem kam jetzt stoßweise. Sein Brustkorb hob und senkte sich. North blickte sie an. Ihre Augen waren unendlich tief und so grün wie das Sumpfgras im Moor. Ihre Lippen waren leicht geöffnet. Er wollte sie küssen, so lange, bis ihnen beiden der Atem ausging. »Wirst du mich jetzt losbinden, Caroline?«
»Nein, ich glaube nicht. Ich möchte dich küssen und anfassen, auch wenn ich einige Schritte überspringe und die Reihenfolge nicht beachte. Es ist viel spannender, auf dem Gipfel des Berges oder – besser gesagt – in der Mitte anzufangen.«
»Ja«, antwortete er ergeben, »deine Phantasie scheint grenzenlos zu sein.«
»Ich werde mit deinem Mund beginnen, North.« Sie kniete jetzt auf ihm. Das Haar hing über ihre rechte Schulter herab. Mit der Zunge berührte sie seine Unterlippe, als ob sie sich noch nicht sicher war, was sie eigentlich tun sollte. Er hatte nichts dagegen einzuwenden, nur kostete es ihn seine ganze Kraft, sich zu beherrschen und sie nicht einfach zu nehmen. Jetzt schien sie selbstsicherer zu sein. Sie richtete sich auf und musterte seinen Körper.

»Es ist sehr erregend für mich, wenn ich dich küsse, North.« Sie atmete tief durch. »Ich mag das schwarze geringelte Haar hier an dieser Stelle. Und deinen Mund. Ich hätte nie gedacht, daß es soviel Spaß machen könnte, einen Mann zu küssen.«
Er spürte ihre Brüste auf seinem Körper und wollte um alles auf der Welt in sie eindringen. Er zerrte an den Halstüchern, die sich sofort lösten. Langsam nahm er die Arme herunter und schloß sie um ihren Rücken. Dann war er über ihr und blickte sie an. Diese Frau war das schönste Wesen, das ihm in seinem Leben begegnet war. Er liebkoste ihren Körper und küßte sie, dann konnte er nicht mehr länger warten. Schnell waren sie eins, als er tiefer in sie vordrang. Sie schnappte nach Luft und bäumte sich auf. Er lächelte erfüllt, als er sie küßte und ihre kleinen Schreie in seinem Mund erstickte.
»North?«
»Hmm?« Sein Kopf lag an ihrer Schulter. Wie konnte sie sich so schnell erholen? Er wollte nur atmen, nichts als gleichmäßig atmen und von einem Augenblick zum anderen empfinden. Sie aber sprach seinen Namen bereits klar und deutlich. »North, laß uns ein Dutzend Kinder haben, ja?«
»Hmm.« Er atmete tiefe, langsame Züge und fühlte, wie sie sich unter ihm bewegte. Zu seinem allergrößten Verdruß schwoll er wieder in ihr an. »Zum Teufel!« Es grenzte wahrlich an ein Wunder. Er küßte sie und spürte, wie sie seine Männlichkeit fest und stark umfing. »Was?« Er schauderte.
»Hmm? Oh, North, es ist so schön. Bitte …«
Er mußte sie falsch verstanden haben, aber darüber würde er später nachdenken. Er befriedigte ihr Verlangen und ließ sich wieder zu dem wunderbaren Moment treiben, der die Quintessenz männlichen Daseins darstellt. Er lächelte erschöpft und zutiefst zufrieden in der Gewißheit, mindestens ein Jahr zu schlafen.
Er zog sie an sich und spürte ihren warmen Atem an der Schulter. »Kinder, North«, murmelte sie selig und küßte ihn am Ohr. »Wir wollen eine ganze Schar haben.«
Er brummte.

»Ich war das einzige Kind, und das war nicht besonders lustig. Oft war ich sehr einsam. Ich kann mich erinnern, daß meine Mutter zweimal schwanger war, aber es kamen keine Kinder. Ich weiß noch, wie ich einmal zu meinem Vater sagte, ich wolle viele kleine Geschwister. Er schüttelte nur den Kopf und wandte sich ab. Als ich ungefähr sieben Jahre alt war, hörte ich, wie zwei Dienstmädchen sich über meine Mutter unterhielten. An dem einen Kind sei sie fast gestorben, hieß es. Dann seufzten sie traurig. Hoffentlich bin ich nicht wie meine Mutter.«

Wie konnte sie so zusammenhängend denken und sprechen? Er war noch nicht soweit. Er küßte ihr Haar, und der Duft von Lavendel erfüllte seine Sinne. Dann schlief er den tiefen Schlaf eines befriedigten Mannes.

Sie zog ihn näher zu sich. North hatte einen schweren Tag hinter sich. Ein Mann brauchte seinen Schlaf. Mrs. Nora Pelforth kam ihr schaudernd in den Sinn. Was ging hier vor?

»Was zum Teufel meinst du damit: ›Hoffentlich bin ich nicht wie meine Mutter‹? Selbstverständlich bist du nicht so wie deine Mutter. Sprich nicht so!«

Er erschreckte sie so sehr, daß sie wie vom Blitz getroffen von ihm abrückte. Er hatte sich auf den Ellbogen gestützt und sah sie ärgerlich an. Auch seine Stimme klang ärgerlich. Eine Sekunde später schlief er wieder fest, und sie fragte sich, ob er überhaupt richtig wach gewesen war.

Sie schmiegte sich wieder an ihn und nahm ihn in die Arme. Sie war glücklich, daß er so heftig reagiert hatte. Das bedeutete, daß sie für ihn mehr war als nur ein Objekt seiner Begierde.

Und was die weibliche Begierde anbelangte, nun, so war das gewiß etwas vollkommen Natürliches. Aber sie empfand auch mit dem Herzen für ihn. Sie liebte den Menschen North und nicht nur seine Körperlichkeit. Eigenartig war nur, daß dieser Teil ihrer Gefühlswelt nicht zum Tragen kam, wenn North sie liebte.

25

»Äh, Miß … Verzeihung, ich meine, Mylady …«

Caroline hob den Blick von ihrer Lektüre – die Aufzeichnungen der Nightingales über König Marke – und sah das Hausmädchen Timmy in der Tür zum Schlafzimmer stehen.

»Guten Tag, Timmy. Hast du das Lavendelöl für mein Badewasser gefunden?«

»Äh, noch nicht, Miß, ich meine, Mylady. Ich dachte, Mrs. Mayhew macht Euch jetzt immer das Bad zurecht.«

»Mir wäre es lieber, wenn du das übernimmst, Timmy.«

»Danke, Miß, Mylady. Ich sehe, Ihr lest da etwas, was furchtbar alt und wichtig aussieht.«

»Für die männlichen Vorfahren seiner Lordschaft war es das wohl auch«, sagte sie. »Hast du schon einmal etwas von König Marke gehört, Timmy?« Als er bedauernd den Kopf schüttelte, lächelte sie und sagte: »Nun, die Leute glauben, daß er in der Mitte des sechzehnten Jahrhunderts in Britannien und Cornwall regiert hat, also vor langer, langer Zeit. Der Sage nach wurde König Marke, der den Beinamen Cunomorus trug, von seiner Gemahlin Iseult oder Isolde hintergangen, und er … Aber so spannend ist das jetzt nicht. Was willst du, Timmy?«

»Also, Mylady, ich frag' mich, ob Ihr mir jetzt Eure Pistole gebt, wie Ihr es mir versprochen habt. Jetzt, da der alte Mr. Ffalkes schon lange weg ist und nicht mehr versuchen wird, Euch zu entführen.«

»Ah«, sagte sie und stand auf. Sie dachte nicht mehr an König Marke, sein treuloses Weib und die Möglichkeit, daß Tristan nicht sein Neffe war, sondern sein Sohn. Sie holte die Pistole aus einer Schublade hervor und wandte sich mit einem prüfenden Blick an den Jungen. »Dein Vater braucht diese Waffe, weil sein Gewehr kaputt ist? Stimmt das?«

»O ja, Miß, äh, Mylady.«

»Ich habe mit Coombe über deine Familie gesprochen. Er meinte, dein Vater besitze eine Pistole und ein ausgezeichnetes Jagdgewehr.«

»Oh«, machte Timmy und betrachtete seine Fußspitzen. »Was Sie da von König Marke erzählt haben, Mylady ....«

»Coombe berichtete mir auch, daß dein Vater kein angenehmer Mensch sei.«

Timmys Kopf schnellte nach oben. Er sah plötzlich wild aus und nicht wie ein kleiner Junge. »Der Dreckskerl säuft sich die Leber kaputt in der Schankstube in Goonbell, obwohl ihn Mrs. Freely immer rauswirft, damit er den Tresen nicht zu Kleinholz schlägt, wie sie sagt. Dann torkelt er heim und säuft weiter und schlägt meine Ma und meine Schwestern. Wenn er dann brüllend auf mich losgeht, mache ich auf dem Absatz kehrt und laufe nach Mount Hawke, aber meine Ma und meine Schwestern können nirgendwohin. Ich brauch' die Pistole, Miß, Mylady. Ich muß sie vor ihm schützen.«

Caroline warf einen Blick auf die Pistole in ihrer Hand. Sie verstand Timmys Gefühle. Er wollte nicht so verdammt hilflos danebenstehen, sondern handeln. Zwei ihrer schwangeren Mädchen waren mit einem Messer bewaffnet, die dritte, Miß Mary Patricia, besaß sogar eine kleine Pistole. Carolines eigenes Messer lag in einer Schublade im Wäscheschrank. »Du hast recht, Timmy. Du brauchst diese Pistole mehr als ich. Aber du mußt mir versprechen, daß du vorsichtig damit umgehst. Schieß nicht auf deinen Vater, versprichst du mir das? Feure statt dessen den Schuß über seinen Kopf hinweg. Diese Pistole macht einen solchen Höllenlärm, daß eine Kuh vor Schreck tot umfiele. Dein Vater wird darauf reagieren.«

»Das verspreche ich Euch, Miß, äh, Mylady. Ich will meinen Pa nicht umbringen, ich will ihm nur einen blutigen

Schrecken einjagen, damit er die Fäuste in Zukunft in der Tasche läßt.«

»Kannst du mit einer Pistole umgehen?«

Er straffte die Schultern. »Nein, ich habe noch nie damit geschossen.«

»Gut. Wir gehen zum Üben in den Garten. Ich zeige dir, wie man sie reinigt und lädt. Also, Timmy, das ist eine doppelläufige Pistole mit zwei Schuß Munition. Das hier sind die beiden Messingläufe. Achte darauf, daß das Metall stets glänzend poliert ist. Dieses Teil hier besteht aus Eisen und heißt Schieber. Es verbindet entweder den einen oder den anderen Lauf mit der Zündpfanne. Und so funktioniert das Feuersteinschloß ...«

Als eine Stunde später Schüsse vom Osthang her an North' Ohr drangen, spürte er, wie sich ihm die Haare sträubten. Er rannte los, trat in eine Bodenwelle, machte einen gewaltigen Satz nach vorn und landete geradewegs an einem Apfelbaum. Da hing er nun keuchend an dem verdammten Baum, als er Caroline und das Hausmädchen Timmy entdeckte. Timmy feuerte auf eine Flasche, die ungefähr zwanzig Schritt von ihm entfernt aufgestellt war. »Gut so, Timmy, du hast sie beinahe getroffen. Halte die Pistole ganz ruhig. Ich weiß, sie ist schwer, aber du mußt die Hand stillhalten ... und gewöhne die Augen daran ... Kimme und Korn zum Ziel hin ausrichten. Genau so. Und jetzt, zieh am Abzug, aber ganz, ganz langsam.«

Es gab einen lauten Knall. North sah, wie die Flasche in die Luft sprang und in hundert Splitter zerbarst.

Was zum Teufel ging da vor? Er klopfte sich ein Stück Rinde vom Jackett und wollte auf die beiden zugehen. Nein, doch nicht. Er würde später feststellen, was sie da mit dem Hausmädchen Timmy trieb.

Er wandte sich um, ging den Abhang hinauf und riß von einem tiefhängenden Ast einen Apfel ab, rieb ihn am Oberschenkel, bis er glänzte, warf ihn in die Luft, fing ihn wieder auf und verspeiste ihn mit vier Bissen.

North war überzeugt, eine abenteuerliche Geschichte über die Schießübungen im Garten zu erfahren.

Und so war es auch. Ungläubig blickte er sie an, öffnete den Mund, hörte staunend zu und schloß ihn wieder. Ruhig wie aus dem Auge eines Sturms kamen seine Worte. »Du hast Timmy also gesagt, er solle nicht auf seinen Vater schießen, sondern die Waffe hoch über seinem Kopf abfeuern? Und daß er damit seinen Vater zu Tode erschrecken werde, wenn er wieder betrunken ist und seine Mutter und Schwestern verprügelt?«

»Ja. Genau das habe ich ihm gesagt. Timmy ist nicht dumm und inzwischen ein ganz ordentlicher Schütze. Ich werde noch weiter mit ihm üben, bis er die Waffe beherrscht und ich sicher sein kann, daß er damit keinen Schaden anrichtet. Sein Vater, dieser Trunkenbold, kann sich auf eine Überraschung gefaßt machen, wenn er das nächste Mal auf seine Familie losgeht.«

Wieder blickte er sie wortlos an. Dann schüttelte North den Kopf und ging hinaus, um seinen Pflichten nachzugehen.

Eine Stunde später saß Caroline mit Miß Mary Patricia im Salon und half ihr beim Nähen der Kinderkleidung, als Coombe eintrat und sich, ohne Miß Mary Patricia zu beachten, an Caroline wandte. »Madam, Mr. Polgrain würde gern die Menüfolge für diese Woche mit Ihnen besprechen, wenn Sie es wünschen. Seine Lordschaft scheint hierfür ja nicht mehr zuständig zu sein.«

»Seine Lordschaft hat nie die Menüfolge mit Polgrain besprochen, wie Sie sehr wohl wissen, Coombe.«

»Das wäre aber seine Pflicht gewesen, Mylady.«

Caroline machte noch ein paar Nadelstiche, die weder besonders fein noch gerade gerieten und legte das Batisthemdchen neben sich auf die gepolsterte Bank. Erstaunt blickte sie auf. »Oh, Coombe, Sie sind noch da? Sagen Sie Polgrain bitte, ich erwarte ihn in fünfzehn Minuten im Damensalon.«

»Wir haben keinen Damensalon, Mylady.«

»Ab jetzt haben wir einen. Es ist der helle, sonnige Raum gegenüber der Bibliothek.«

»Aber ...«

»In fünfzehn Minuten, Coombe.«
»Jawohl, Madam.«
Kaum hatte sich die Tür hinter Coombes kerzengeradem Rücken geschlossen, als Miß Mary Patricia zu kichern anfing. Es war ein unerwartetes, aber durchaus angenehmes Geräusch. »Ein komischer Kauz, stimmt's? Ein richtiger Despot«, sagte sie und kicherte wieder. »Als ich gestern im Dorf war, bekam ich mit, wie er auf Teufel komm raus mit der Besitzerin der kleinen Konditorei an der High Street schäkerte. Er erzählte ihr irgend etwas über die besondere Männlichkeit kahlköpfiger Kerle.«
»Tregeagle ist auch nicht viel besser«, erklärte Caroline. »Er ist der schlimmste des Trios. Die beiden werden vor Wut einen Veitstanz aufführen, wenn morgen die Drapeure kommen und den Damensalon einrichten.« Sie rieb sich die Hände. »Ich kann es kaum erwarten.«
»Und die Renovierung der anderen Zimmer?«
»Eins nach dem andern.« Sie lachte. »Das ist auch die Auffassung seiner Lordschaft. Übrigens haben unsere drei Despoten die Ankunft ihrer drei weiblichen Pendants noch nicht verdaut. Ich glaube nicht, daß Mrs. Mayhew sich von jetzt ab noch einmal in irgendeiner Weise von ihnen auf die Füße treten läßt.«
»Warum von jetzt ab?«
»Ah, nachdem ich Mrs. Mayhew und ihren beiden Gehilfinnen die angestammten Schlafkammern zurückgegeben hatte, habe ich ihnen noch ein, zwei kleine Dinge ins Ohr geflüstert. Sie erzählte mir daraufhin, daß alle im Dorf über Coombe, Tregeagle und Polgrain Bescheid wissen. Sie seien Frauenhasser, sagte sie, aber das hätte etwas mit ihrer Herrschaft zu tun.«
»Sieben weibliche Wesen in diesem Haus. Sie werden vor Wut mit den Zähnen knirschen.«
»Ja. Und sie werden noch einiges lernen müssen.«

Polgrain litt Marterqualen. Er wünschte, er müßte sich nicht in diesem wundervollen Salon aufhalten, den *sie* in Beschlag genommen hatte und den sie *ramponieren* würde. Es mußte ja so kommen! Sein unschuldiger junger Herr war blind gegenüber allem, was diese Weibsperson in seinem eigenen Haus tat. Er war zu nachgiebig und ließ sie zu sehr am langen Zügel. Und jetzt mußte er diesem Frauenzimmer, das Mount Hawke mit Schwangeren und weiblichen Dienstboten entweiht hatte, in einem Zimmer Menüvorschläge unterbreiten, in dem sie nichts zu suchen hatte.

Polgrain blickte sich im Salon um und sagte: »Das Zimmer eignet sich nicht für einen Damensalon und wird nie wie ein Damensalon aussehen.«

»Morgen abend wird es so aussehen«, sagte Caroline ungerührt. »Hellgelbe Seidenvorhänge mit Volants werden alles verändern, meinen Sie nicht, Polgrain? Ja, viele Ballen Seide in zarten, weichen Pastelltönen, zart und weich, wie Damen eben sind. O ja, und weiche Kissen für die Stühle und die Polsterbank.«

Er schluckte, konnte sich aber nicht zu einem zustimmenden Nicken durchringen. Sie sah, wie sich sein hageres Gesicht schmerzhaft verzog. Er war so alt wie Tregeagle, etwas kleiner, aber ebenso dünn, mit graumeliertem Haar und einem scharfkantigen Kinn. Zwischen den vorderen Schneidezähnen klaffte eine große Lücke. Lachfalten schien es in diesem Gesicht nicht zu geben – dadurch wirkte er zwar jünger, aber andererseits unfreundlich und abweisend. Der Butler Coombe, der jüngste des Trios, war in Kleidung und Benehmen der angenehmste. Also, mit der Besitzerin der Konditorei hatte er geschäkert, so, so? Zu gern wäre sie mit Miß Mary Patricia dabeigewesen! Wahrscheinlich mußte eine Frau meilenweit von Mount Hawke entfernt leben, um als weibliches Wesen anerkannt und umworben zu werden.

Caroline lehnte sich auf dem Stuhl zurück, faltete die Hände im Schoß und fragte: »Was schlagen Sie zu den Abendmahlzeiten vor?«

Als Polgrain dreiundzwanzig Minuten später den Salon verließ, schüttelte Caroline den Kopf und zwang sich, nicht mit der Faust auf den Tisch zu schlagen. Sie legte den

Kopf in den Nacken und spürte die verhärteten Muskeln. Sie hatte damit gerechnet, die meisten Vorschläge selbst zu machen, da Polgrain sich sträuben würde, Anordnungen von einer Frau entgegenzunehmen. Aber daß er sie auf ihre Fragen nur ausdruckslos anstarren würde, ging etwas zu weit. Sie warf ihm einen grimmigen Blick zu und sagte: »Gepökelten Wildbraten esse ich gern.«
»Wildbret haben wir nicht, Miß.«
»Sie sind doch ein findiger Kopf, Polgrain. Ich bin sicher, Sie werden es auftreiben.«
»Findigkeit liegt den Polgrains im Blut, aber ob sie sich auch auf die Beschaffung von Wildbret erstreckt, bezweifle ich.«
»Zweifel hinzunehmen, Polgrain, liegt den Derwent-Jones wiederum nicht im Blut. Übrigens, Miß Mary Patricia schwärmt von Schweinebraten mit Äpfeln und Salbei, und wie mir Miß Evelyn sagte, liebt sie Steak Pie. Das Rezept kennen Sie ja. Mit Kartoffeln und frischen Erbsen. Und Miß Alice stirbt für Ochsenschwanzsuppe.«
»Salbei gibt es nicht mehr. Und ich bereite Schweinefleisch nur mit Salbei zu.«
»Na, dann müssen Sie jemanden ins Dorf schicken. Die alte Mrs. Crimm baut in ihrem Garten alle möglichen Kräuter an. Wußten Sie das nicht, Polgrain?«
»Das ist mir bekannt. Mir ist nur unklar, wie Sie Mrs. Crimm in so kurzer Zeit entdeckt haben.«
»Ich bin eine Frau, Polgrain, und es ist leicht möglich, daß ich Dinge entdecke, die Sie nicht sehen.«
»Seine Lordschaft verabscheut Ochsenschwanzsuppe.«
»Dann bekommt er Schildkrötensuppe. Die mag er ganz gern, nicht wahr?«
Polgrain biß sich auf die Unterlippe und schwieg.
»O ja, italienischen Biskuitteig, Cassiaplätzchen und Orangenkuchen. Ah, und Shrewsbury-Törtchen für Miß Alice. Das wären ein paar köstliche Desserts für diese Woche.«
Er wollte etwas erwidern, aber Caroline fuhr ihm ins Wort. »Ich kann mir vorstellen, daß Sie vielleicht nicht sehr gern

kochen. Eigentlich sind Männer nicht für die Küche geschaffen. Ich sollte Mrs. Mayhew bitten …«

»Ich versichere Ihnen, Mylady, daß ich mich mit den besten Köchen des Landes messen kann. Ich verwende Zutaten, von denen Frauen keine Ahnung haben, und ich …«

»Das freut mich, Polgrain. Gebratener Dorsch und Muscheln in Weißweinsud wären ebenfalls etwas Feines. Sie können gern Ihre speziellen Zutaten hinzufügen, um diese Gerichte zu vervollkommnen. Hier ist die Liste mit meinen Wünschen. Danke, Polgrain. Nächste Woche zur selben Zeit? Falls Sie meinen Rat brauchen oder die Mithilfe einer der Frauen im Haus, brauchen Sie es nur zu sagen. Wir alle, alle *sieben,* sind gern bereit, Ihnen zur Hand zu gehen. Oh, die neuen Bediensteten werden mit Ihnen in der Küche essen. Sie sollen zur Nightingale-Familie gehören.«

Polgrain lächelte gezwungen, als sie ihm den Notizzettel mit ihren klaren Schriftzügen reichte. »Bis auf weiteres werden wir zu Tisch zu sechst sein.« Betrübt fragte er sich, womit Mount Hawke diesen Schicksalsschlag verdient hatte.

Punkt sechs Uhr blickte Caroline auf die Uhr im Salon und fragte sich, wo zum Teufel North wohl blieb. Sie hörte nur mit halbem Ohr, was Owen leise zu Alice sagte.

Dann erkannte sie seine eiligen, festen Schritte auf der Treppe. Die Tür öffnete sich, und er trat ein, das Haar noch feucht vom Bad. Er war in abendliches Schwarz gekleidet und sah verlockender aus als das köstlichste Mahl, das ihr je unter die Augen gekommen war. Er merkte, wie sie ihn anstarrte und plötzlich verstummte. Kein Laut außer Evelyns leisem Kichern war zu hören.

North trat vor sie hin, lächelte sie an und strich ihr mit den Handknöcheln leicht über die Wange. »Guten Abend«, sagte er und blickte auf ihren Mund. Sie schluckte, öffnete verwirrt die Lippen und empfand es als unangenehm, von ihren schwangeren Schützlingen angestarrt zu werden. Mühsam brachte sie hervor: »Heute war der Himmel bedeckt.«

»Ja, es war windstill, und die Wolken blieben einfach hängen.«
»Ich habe einen Apfel gegessen.«
»Ja, ich auch.«
»Wo warst du?«
»In Goonbell. Geschäftlich, rein geschäftlich.«
Owen mischte sich in die stockende Unterhaltung ein. »Was ich dich fragen wollte, North, hast du noch etwas über Mrs. Pelforth herausgefunden?«
Er erstarrte und wurde sehr ernst. »Nichts von Bedeutung. Bennett saß wieder in Mrs. Freelys Schenke. Den Rest erzähle ich dir später, obwohl es nicht viel zu erzählen gibt.«
»Das glaube ich nicht eine Sekunde«, erwiderte Caroline.
»Später«, sagte North kurz. »Ich möchte jetzt niemanden beunruhigen.«

26

»Bitte, Mylord«, sagte Miß Mary Patricia, »unsere Ohren vertragen durchaus Gerüchte über diese schrecklichen Ereignisse.« Sie machte eine lange, dramatische Pause. »Wirklich, Mylord. Vielleicht weiß Evelyn etwas darüber.«
Während des üppigen Mahls mit gepökeltem Wildbraten, den North über alles lobte, sagte Owen: »Die Männer der umliegenden Dörfer stehen unter Waffen. Sie sagen, es war alles friedlich und still hier, bis ...« Seine Stimme brach ab.
»Es ist schon gut«, sagte North. »Ich habe den Leichnam von Carolines Tante am St. Agnes Head gefunden. Der Fremde bin ich. Ich verstehe, wenn sie im Dorf darüber reden.«
»Ja«, warf Evelyn ein, »aber es wurde noch eine andere Frau ermordet, und Sie, Mylord, waren nicht zur Stelle. Alle hofften, Bennett Penrose, das Ekel, sei am Tatort gewesen.«
»Woher wissen Sie das, Evelyn?« fragte North.
Zu Carolines Erstaunen errötete Evelyn. »Das hat mir Mr. Savory erzählt, Mylord. Ein sehr gescheiter Mann ist das, und so nett. Er sagte mir, daß er Euch bei Euren Nachforschungen hilft und daß Ihr ein kluger, umsichtiger Gentleman seid.«
Ach ja? dachte North. Er hatte Flash um Verschwiegenheit gebeten. Ein prüfender Blick auf Evelyn erklärte ihm, wieso Flash schwach geworden war. Trotz ihres unförmigen Leibes war sie bemerkenswert hübsch.
»Leider, liebe Evelyn, war Bennett zur fraglichen Zeit nicht am Ort des Geschehens. Ein Jammer.«

»Da ist noch etwas anderes, Mylord, was Sie interessieren dürfte«, fügte Evelyn hinzu.
»Ja?«
»Ich weiß, daß Dr. Treath ein guter Freund von Mrs. Pelforth war.«
»Ja, das ist mir auch bekannt«, erwiderte North. »Als wir sie am Strand fanden, war Dr. Treath zutiefst bestürzt. Er erzählte mir, sie habe ihm nach Eleanors Tod mit ihrer warmherzigen, mitfühlenden Art sehr geholfen. Er konnte es einfach nicht fassen.«
Carolines Gedanken rasten weiter, und sie legte Messer und Gabel beiseite, um etwas zu sagen. Als sie aber sah, wie North möglichst unauffällig den Kopf schüttelte, wandte sie sich wieder den köstlichen Buttererbsen auf ihrem Teller zu.
Owen, der völlig arglos war, verkündete: »Ich meine, Dr. Treath war deiner Tante sehr zugetan, Caroline, und auch Nora Pelforth mochte er gern. Glaubst du vielleicht, daß er abartig ist, North? Daß er mit Frauen seine Späße treibt und sie dann umbringt?«
»Nein«, erklärte North bestimmt. »Das ist lächerlich. Iß weiter, Owen. Alice ängstigt sich nur.«
Sofort wandte sich Owen zu Alice und streichelte ihre Hand, als wäre er ihr Onkel oder Beichtvater.
Aber Caroline überlegte weiter: Hatte Dr. Treath die Frau gekannt, die vor etwa drei Jahren ermordet worden war? Wie hieß sie denn noch? O ja. Elizabeth Godolphin.
Als North aufblickte, sah er Tregeagle, Coombe und Polgrain nebeneinander in der Türe stehen. »Ja?« fragte er.
Tregeagle räusperte sich und sagte: »Ehm, Mylord, wir hörten, was diese junge Weibsperson sagte, und möchten mit allem Nachdruck betonen, daß es absurd ist, Ihnen auch nur die geringste Gemeinheit anzulasten.«
»Ich danke euch«, erwiderte North trocken. »Gibt es in diesem Haus nichts mehr zu tun?«
»In einem so stattlichen Haushalt gibt es stets etwas zu tun, Mylord. Mit den vielen neuen Hausbewohnern haben die Aufgaben erschreckend zugenommen.«
»Soll ich Mrs. Mayhew …«, warf Caroline ein.

»Nicht nötig«, unterbrach Coombe hastig. »Das schaffen wir schon. Wir haben es immer geschafft, auch unter den widrigsten und schwierigsten Umständen.«
»Meine Bewunderung für euch drei wächst ins Unermeßliche«, erwiderte North trocken. »Oh, Polgrain, der Braten ist köstlich, und bei der Schildkrötensuppe haben Sie sich selbst übertroffen.«
»Wenn Sie nur zufrieden sind, Mylord, genügt mir das.«
North nickte kurz, fing den Blick seiner Frau auf und erklärte seinem Koch mit einem breiten Lächeln: »Wie mir scheint, treffen die Wünsche meiner Frau meinen Geschmack bis ins Detail, Polgrain.«
Zur allgemeinen Verwunderung erhob Alice ihr Stimmchen: »Ich ... ich halte die Ochsenschwanzsuppe für ausgezeichnet, Mr. Polgrain.«
In Polgrains Gesicht zuckte es. Mit dem Blick auf den eher häßlichen Tafelaufsatz in der Mitte des Tisches sagte er: »Man muß vollreife Gewürznelken verwenden, Miß Alice. Leider schätzt seine Lordschaft Ochsenschwanzsuppe nicht.«
Sollte es jemanden in dieser Runde befremdet haben, daß die Speisen am abendlichen Eßtisch mit dem Trio der männlichen Bediensteten diskutiert wurden, die aufgereiht dastanden wie Blüchers preußische Soldaten, so machte keiner darüber eine Bemerkung bis zum späteren Abend, als Caroline North' schweren Brustkorb von sich wegschob und erklärte: »Du schmeckst mir viel besser als alles, was Polgrain zubereiten könnte.«
»Du meinst mein vollreifes Fleisch?«
Sie lächelte, als sie ihn auf die Schulter küßte, auf den Hals, das Kinn und schließlich auf den Mund. »Eine kleine Prise Salz erhöht den Geschmack des ausgelaugten, feuchten Mannes«, sagte sie genießerisch und küßte ihn wieder. »Oh, North, schläfst du schon?«
»Ja«, sagte er und zog sie in seine Arme. »Es fällt mir etwas schwer, nach unseren Liebesspielen noch zu reden. Erst bringst du mich fast um, und dann verlangst du noch von mir, daß ich mit dir philosophiere.«

»Nein, ich will nur wissen, wo du heute nachmittag warst. Hatte es mit Mrs. Pelforth zu tun? Und warum hast du mir verschwiegen, daß Dr. Treath sie kannte? Und daß die Dorfbewohner munkeln, du könntest dieser Verrückte sein?«
»Nein, es ging nicht um Mrs. Pelforth. Ich war bei Timmys Vater.«
Sie stützte sich auf und blickte ihn überrascht an. Ihre dichten Haare fielen wie ein dunkler Vorhang herab. »Und warum warst du bei ihm?«
»Damit Timmy den Trunkenbold nicht versehentlich umbringt.«
»Aber ich habe dir doch erzählt, daß ich ihn im Umgang mit der Waffe unterweise ...«
»Als ich eintrat, schlug er gerade auf seine Frau ein. Ich zerrte ihn von ihr weg, schleifte ihn beim Kragen nach draußen, und, du wirst es nicht glauben, Timmys Mutter rannte mir nach und schrie, ich solle ihrem Mann nicht weh tun, und wischte sich dabei das Blut vom Mund. Ich herrschte sie an und schickte sie in die Hütte zurück, um mir Jeb Peckly unter vier Augen vorzunehmen.«
»Peckly. Hausmädchen Timmy Peckly. Kein schöner Name, North. Gut, und was war dann? Was hat er gesagt?«
»Zunächst überhaupt nichts, bis ich ihn nachdrücklich dazu aufforderte.« Unbewußt rieb North sich die Knöchel an der rechten Hand.
Sie strahlte ihn an, als wäre er der Herrscher der Weltmeere. Noch nie hatte ihn jemand so angesehen. Dann wurde er etwas verlegen und murmelte: »Ich wollte ihm nur begreiflich machen, was geschähe, wenn er Frau und Kinder wieder verprügelt. Stell dir Jeb Peckly in volltrunkenem Zustand vor. Er geht mit geballten Fäusten auf den nächstbesten los, und Timmy zieht die Pistole. In diesem Augenblick könnte der Alte ausrasten und ein Mensch getötet werden. Das kann ich nicht zulassen.«
»Oh, North, du hast ja so recht. Du bist wundervoll. Kein Mann in Cornwall, ja in ganz Britannien, kann sich mit dir

vergleichen. Ich bin die glücklichste Frau der Welt. O Gott, ich liebe dich so sehr.« Lachend küßte sie ihn, streichelte seine Schultern und Arme, liebkoste mit der flachen Hand seinen Bauch. Einen Augenblick später war er wieder in sie eingedrungen und stöhnte an ihrem Mund, als sie ihn tiefer in sich aufnahm.

Sie zog ihn zu sich hinunter, und ihre Hände strichen zart über seinen Rücken. Er schlief ein, bevor er sich aus ihr zurückgezogen hatte, und dieses Gefühl war die süßeste Empfindung, die sie sich im Leben vorstellen konnte.

Caroline hätte am liebsten aufgejubelt und aller Welt verkündet, daß North Nightingale ein Held war. Als sie seine Schulter küßte, bewegte er sich ein wenig und blickte sie aus halbgeschlossenen Augen an. »Das war sehr befriedigend«, sagte er und senkte den Kopf, um sie auf den Mund zu küssen. Dann rollte er von ihr herunter. Sie zog die Decken über ihn, schmiegte sich an seinen Rücken und lächelte in die Dunkelheit.

Am folgenden Morgen war ihr nicht nach Lächeln zumute. Evelyn hatte sie kurz nach Morgengrauen geweckt. Alice war krank. Sie hatte sich über dem Nachtgeschirr erbrochen. Das Haar klebte in feuchten Strähnen am blassen Gesicht.

Sie schickte das Hausmädchen Timmy nach Dr. Treath.

Dann kehrte Caroline ins Schlafzimmer zurück und kleidete sich rasch an. Als sie in Alices Zimmer zurückkam, fand sie North vor, der Alice im Arm hielt und ihr das Gesicht mit einem feuchten Tuch abtupfte. Sie fror jämmerlich nach den Krämpfen, die ihren schmächtigen Körper geschüttelt hatten. Caroline fragte sich, ob Alice überhaupt wahrnahm, daß ein Mann sie in den Armen hielt.

Wie immer folgte Bess Treath auch diesmal ihrem Bruder auf den Fersen. Vergeblich versuchte sie alle aus dem Zimmer zu weisen, als ihr Bruder sich anschickte, Alice zu untersuchen. Evelyn stand an der Tür und rang die Hände. »Meine arme Kleine, ich hörte sie weinen und plötzlich aufschreien. Als ich bei ihr war, hatte sie sich bereits übergeben und sah aus wie der Tod. Mein Gott, meine arme kleine Alice.«

Owen kam zu Alices Schlafzimmer gerannt. »Was ist hier los? Alice ist krank? O nein! Ich ahnte, daß etwas nicht stimmt. Als ich sah, daß Dr. Treath eilig sein Haus verließ, wußte ich, er kommt hierher.«

North hätte gern gewußt, was Owen in Goonbell zu schaffen gehabt hatte, aber jetzt war nicht der Zeitpunkt, ihn zu fragen.

Nicht einmal Bess Treath machte den Versuch, Owen aus dem Zimmer zu schicken, als Dr. Treath Alices Nachthemd hochstreifte und ihren Leib abtastete. Owen wandte den Blick nicht eine Sekunde lang von ihrem Gesicht; er hielt ihre Hand und flüsterte, daß alles gut werden würde, und sie solle sich keine Sorgen machen, er sei ja bei ihr.

»Das ist mir neu«, bemerkte North leise zu Caroline.

»Ja«, sagte sie. »Das hatte ich auch nicht gewußt. Ich bete zu Gott, daß sie wieder gesund wird.«

Etwas später erklärte Dr. Treath Caroline und North unten im Salon, er glaube nicht, daß sie das Kind verlieren werde, obwohl das seine größte Sorge gewesen war.

»Ich weiß nicht, Benjie«, meinte Bess Treath, »vielleicht wäre es das beste für sie. Sie ist selbst noch ein Kind. Was soll aus ihr werden?«

Caroline wandte sich an Bess Treath und sagte ernst: »Alice wird wieder gesund werden, Miß Treath. Sie haben doch nicht angenommen, meine Tante Eleanor oder ich würden sie nach der Geburt des Kindes vor die Tür setzen. Nein, diese Gefahr besteht nicht. Sagen Sie mir, Dr. Treath, was ich tun kann.«

Alice war eingeschlafen, nachdem Dr. Treath ihr einen Trank verabreicht hatte, den er eigenhändig für die Kranke zubereitet hatte. Als Caroline und North auf dem Rückweg in ihr Schlafzimmer noch einmal in Alices Kammer schauten, saß Owen auf der Bettkante und hielt ihre zarte, schmale Hand, und sein Daumen strich dabei leicht über ihre Finger.

Er blickte zu ihnen auf. »Sie wird gesund werden«, sagte

er. »Ich werde für sie sorgen. Dr. Treath meint, sie hätte etwas gegessen, was ihr nicht bekommen ist. Vielleicht die Ochsenschwanzsuppe.«

»Ja, vielleicht«, sagte North. »Vielleicht war es die Suppe oder das Pilzgericht.«

Caroline gähnte herzhaft. »Entschuldige, Owen, aber ich bin furchtbar müde. In diesem Haus kommt man anscheinend nie zur Ruhe.«

»Doch, doch, Caroline. Du kannst dich beruhigt zurückziehen«, versicherte Owen. »Mrs. Hayhew, Chloe und Molly sind eingetroffen. Mrs. Mayhew gab mir für Alices Pflege mehr gute Ratschläge, als ich mir merken konnte. Sie ist sehr energisch. Genau wie mein Vater.«

»Ja«, kam es von Caroline, die wieder gähnte und mit einem zufriedenen Lächeln meinte: »Ja, sie ist energisch wie ein Feldwebel.«

Sonnenlicht strömte ins Schlafzimmer, als North langsam und zart unter unzähligen Küssen in sie eindrang. Ihr Leib bebte, als sie zum Höhepunkt kam.

»Ich finde es wunderschön, wenn eine Frau mit einem zufriedenen Lächeln auf den Lippen einschläft.«

»Jetzt sag mir, daß ich ein feiner Kerl bin.«

Er blickte sie einen Augenblick lang verdutzt an, küßte die geschlossenen Lider und meinte: »Du bist einer der allerfeinsten, Caroline.« Dann seufzte er wohlig auf, als ihre Hand über seinen Rücken strich. »Das Böse, Caroline, wir werden es überwinden.«

»Ganz sicher«, erklärte sie, küßte ihn und legte die Wange auf seine Schulter.

27

Ein sonderbares Gekritzel stand auf dem Zettel, den das Hausmädchen Timmy zugesteckt bekam, als er in den Stallungen North' braunem Wallach Treetop ein Stück Zucker gab. Die Nachricht steckte jetzt zerknittert in der Tasche seiner Reithose. »So 'n ganz junger, blöder Kerl war das. Hat wie ein Eichhörnchen geredet«, erzählte Timmy, aber wer das gewesen war, das wußte er nicht, was höchst ungewöhnlich war, denn das Hausmädchen Timmy kannte jeden – oder behauptete es wenigstens. Was soll das heißen, wie ein Eichhörnchen geredet? hatte North ihn gefragt. Und das Hausmädchen Timmy hatte erklärt: »Der kleine Lümmel konnte nicht zwei Wörter hintereinander rausbringen. Der stotterte so, daß er fast aus den Stiefeln kippte.«

Mit einem Zungenschnalzen lenkte North seinen Wallach Treetop auf die nordöstliche Grenze seines Besitzes zu, wo die Landschaft lieblicher wurde und sanfte Hügel in spätsommerlichem Grün dalagen. Etwa ein halbes Dutzend solcher Bodenerhebungen gab es dort, und gelehrte Männer vermuteten, daß sich unter einigen dieser Grabhügel Totenstätten aus längst vergangener Zeit befanden, noch vor der Besiedlung durch die Römer, ja noch vor dem Einfall der Kelten in Cornwall. Ihm fiel ein, was er einmal über Silbury Hill gelesen hatte, jenen großen, runden Hügel, den alle für einen Grabhügel hielten. Unter ihm sollten unermeßliche Schätze verborgen liegen. Ende vergangenen Jahrhunderts hatte der Herzog von Northumberland einen Trupp Bergleute aus den Zinnminen von

Cornwall abbeordert, um einen Schacht bis auf den Grund des Hügels graben zu lassen. Sie hatten nichts gefunden, und die Enttäuschung war groß gewesen. Seitdem sprach keiner mehr von den merkwürdigen Hügeln, die so offenkundig von Menschenhand aufgeschüttet worden waren.

Immer wieder fanden Leute aus dem Dorf seltsame Dinge in der Nähe dieser Hügel: Tonscherben, die älter aussahen als die Erde selbst – wobei einige der Stücke noch bunte Farbreste trugen –, und kleine Eisenteile, die von uralten Waffen zu stammen schienen. Und immer wieder wurde einer der Hügel aufgegraben. Vor nicht allzu langer Zeit hatte man unter einem der Hügel eine lange, schmale Grabkammer freigelegt, in der man Skelett- und Keramikreste fand, aber nichts von Wert. Wie er gehört hatte, waren Funde römischer Münzen und sogar keltischer Waffen in anderen Gegenden Englands nichts Ungewöhnliches.

Lag König Marke hier begraben, unter einem dieser Hügel? Stammte das Goldarmband, das sein Urgroßvater angeblich gefunden hatte, etwa von hier? Daran hatte er so seine Zweifel.

Auf einem der Hügel brachte er Treetop zum Stehen und blickte sich um. Alle Gedanken an Archäologie, an König Marke und seinen undankbaren Neffen, der ihn mit der schönen Isolde betrogen hatte, waren verflogen.

Auf diesem unseligen Zettel stand, daß sie sich mit ihrem Liebhaber nahe der nordöstlichen Gutsgrenze treffen werde. Nun, er war hier. Sein Blick schweifte zu dem dichten Wäldchen aus Eichen, die älter waren als die Druiden, die ihre Feinde mit Vorliebe in Käfigen an den Bäumen aufgehängt hatten, um sie anschließend bei lebendigem Leibe über dem Feuer zu rösten.

Wo blieb sie? Er *wußte,* daß es ein übler Scherz war, und trotzdem glaubte er, daß Caroline hier auftauchen werde. Wo war ihre Stute Regina?

Plötzlich entdeckte er die Stute und ein anderes Pferd, einen Wallach. Er spürte, wie sein Herz zu pochen begann, langsam, in schwerem Rhythmus. Ihr Liebhaber? Verdammt, das war doch alles Unsinn! Sicher wollte ihnen jemand einen Streich spielen. Vielleicht einer seiner Dienstboten.

Wie töricht, seiner Frau nach drei Wochen Ehe nachzuspionieren! Caroline betete ihn an. Sie liebte ihn, das hatte sie ihm unter Küssen immer wieder gestanden, und ihm wurde bewußt, wie glücklich ihn diese einfachen Worte machten.

Aber wie konnte sie ihn nach so kurzer Zeit lieben? War es vielleicht die Erfüllung weiblichen Begehrens, die sie diese Worte stammeln ließ? Verwechselte sie Lust mit Liebe?

North schüttelte den Kopf. Er trat Treetop fest in die muskulösen Flanken, ließ das Pferd aber nicht in einen Galopp fallen, um seine Ankunft nicht zu verraten. Nein, er ließ Treetop langsam antraben, bis er sie und den Mann sah.

Es war Benjamin Treath. Er stand dicht bei Caroline und hielt etwas in der ausgestreckten Hand. Ah, er zeigte ihr etwas. Das war alles.

Das war keine heimliche Verabredung. Aber was wollte er ihr zeigen? Und warum hier? Nein, sie war nicht wie die Nightingale-Frauen, die ihre Männer betrogen, die ihren Männern nur treu waren, bis sie den Erben geboren hatten, um dann zu Huren zu werden und nur noch Bastarde hervorzubringen oder um aus dem Haus gejagt zu werden, wie es North' Mutter widerfahren war. Nein, Caroline war treu. Er würde Haus und Hof verwetten, daß sie ihm treu ergeben war, daß sie ihn liebte ... ja, nur ihn.

Plötzlich beugte sich Dr. Treath zu Caroline vor, legte eine Hand auf ihre Schulter, eine große Hand, wie North erkennen konnte, die viel von ihr berührte. North gefiel das nicht. Sie schienen sich ernsthaft zu unterhalten. North fühlte, wie er erstarrte, als Dr. Treath Caroline auf die Wange küßte, während seine große Hand immer noch auf ihrer Schulter ruhte, nein, nun glitt sie langsam an ihrem Arm hinunter. Er beobachtete, wie Dr. Treath sich wieder aufrichtete und schließlich zu seinem Wallach ging. Mit einem kurzen Winken und Lächeln schwang er sich in den Sattel.

Was zum Teufel ging hier vor?

In diesem Augenblick kehrte jedes Wort aus den verdammten Tagebüchern, deren Lektüre Tregeagle ihm förmlich aufgedrängt hatte, mit grausamer Klarheit in North' Erinnerung zurück. Frauen durfte man nicht trauen. Seine Mutter hatte seinen Vater betrogen, hatte ihn verlassen und war dann gestorben. Auch sein Großvater war betrogen worden und dessen Vater ebenso. Vater und Großvater verdammten die Frauen wegen ihrer angeborenen Schamlosigkeit. Die Untreue lag ihnen im Blut. Ein Nightingale handelte in weiser Voraussicht, wenn er ihnen nur so lange vertraute, bis ihnen der Erbe geboren war.

Nein, dachte North. Er war Mount Hawke und seinem Vater entflohen, war diesem verdammten, unheilvollen Vermächtnis entronnen, weil er dessen Bitterkeit und Leere nicht ertrug. Die ständigen Haßtiraden seines Vaters über seine Mutter – diese Hure, diese Dirne, diese Hündin –, die ihn betrogen hatte. Ah, aber es gab noch eine Gerechtigkeit, denn die verdammte Schlampe war tot. Er erinnerte sich, daß er als kleiner Junge die Bedeutung dieser Worte nicht verstanden hatte. Und jetzt machte es ihn betroffen, wie viele Ausdrücke es doch gab, mit denen ein Mann seine Verachtung für eine Frau ausdrücken konnte. Die Fingerknöchel wurden weiß, als sich seine Hand um Treetops Zügel spannte.

Zum Glück war er schon vor zehn Jahren so klug gewesen, Mount Hawke zu verlassen. Es war nicht einfach gewesen, aber alles war ihm damals erstrebenswerter erschienen, als bei seinem Vater zu leben. Wäre er damals geblieben, hätte sein Vater ihn ohne Zweifel davon überzeugt, daß es seine verdammte Pflicht sei, gleich nach der Geburt seines Erben das vermaledeite Weib vor die Tür zu setzen, um in eigenen Tagebuchaufzeichnungen die Lasterhaftigkeit und Lüsternheit der Frauen zu verdammen.

Er hatte die abscheulichen Kommentare seines Vaters mit Widerwillen gelesen, und dennoch war etwas von dem Gift in seine Seele eingedrungen. Und dafür haßte er sich jetzt.

Er hatte nichts mit seinem Vater und seinem Großvater gemein und würde es entschieden von sich weisen, mit ihnen

verglichen zu werden. Das Vermächtnis der Nightingales an ihre männlichen Nachkommen würde mit ihm zu Ende gehen. Was mochte in ihrem Kopf vorgehen? dachte er, als er Treetop zu der Stelle lenkte, wo Caroline stand. Sicher dachte sie nicht an Benjamin Treath, ganz sicher nicht.
Ein ansehnliches Wäldchen ist das, dachte Caroline. Auch die sanften Hügel und der malerische Steinwall gefielen ihr, der sich einige hundert Meter lang an den Hügeln entlangschlängelte. Die Steine waren sorgfältig von Menschenhand aufgeschichtet worden und fügten sich nahtlos aneinander, bis auf einige Stellen, wo das Mauerwerk eingebrochen war und die Steine vereinzelt auf dem fruchtbaren Ackerboden lagen. Wann wurden diese Steine so kunstvoll zu Mauern aufgeschichtet? Wer hatte das vollbracht? Und die sanften Hügel, kunstvolle Gebilde aus Erde – welchem Zweck hatten sie gedient? Nachdenklich blickte Caroline auf und entdeckte ihn.
Mit einem kleinen Aufschrei lief sie auf ihn zu. Der enge Reitrock behinderte sie beim Laufen. Ohne ihre Schritte zu verlangsamen, raffte sie ihn hoch bis zu den Knien.
North brachte Treetop zum Stehen und sprang aus dem Sattel, um sie mit beiden Armen aufzufangen, als sie auf ihn zugeflogen kam. Er hob sie hoch und wirbelte sie in die Luft.
»Mein Liebes«, sagte er und ließ sie langsam hinunter, um ihren Mund zu küssen, während er mit den Händen ihre Hüften an sich zog. »Ich habe dich vermißt. Es hat ja eine Ewigkeit gedauert, bis ich dich gefunden habe.«
Sie küßte ihn wieder und immer wieder und schließlich noch ein letztes Mal. »Wie hast du mich gefunden?«
Zwischen den Küssen sagte er: »Jemand hat mir eine Nachricht geschickt. Du träfest deinen Liebhaber hier.«
Sie starrte ihn dermaßen überrascht an, daß sie fast vergaß, seinen Kuß zu erwidern. »Das ist ein Scherz, nicht wahr?«
Er stellte sie wieder auf die Füße und reichte ihr den Zettel. Caroline strich ihn glatt und las die Nachricht einmal, dann noch einmal. »Gütiger Himmel«, sagte sie, als sie endlich den Kopf hob. »Das ist wirklich merkwürdig.«

»Der Meinung bin ich auch.«

»Welcher Hanswurst kann diesen Unsinn zu Papier gebracht haben?« Bevor er noch die Achseln zucken konnte, begann sie lauthals zu lachen. Unwillkürlich zuckte er zusammen. Der verschlossene, dunkle Winkel seiner Seele, den die verbitterte Wut seines Vaters geprägt hatte, öffnete sich wieder. Worüber lachte sie? Wollte sie es auf die Spitze treiben?

Mit dem Handrücken wischte sie sich die Augen und schwenkte den zerknitterten Zettel durch die Luft. »Der Holzkopf konnte ja nicht wissen, welch unglaublich guter Liebhaber du bist, North. Wo sollte ich wohl die Energie für einen zweiten Liebhaber hernehmen? Und warum überhaupt, da ich doch den wunderbarsten Mann zum Gemahl habe, den ich mehr als mein Leben liebe? Niemand weiß, welch köstliche Spiele ich mit dir treiben darf.«

Er konnte sie nur ungläubig anstarren. Das alles bedeutete er ihr? Sprach sie wirklich aus Überzeugung? »Trotzdem, höchst sonderbar. Ein Rätsel, findest du nicht?« brachte er schließlich hervor.

Sie schnaubte wütend. »Ein Rätsel? An den Haaren herbeigezogene Faseleien sind das. Wir sind noch nicht einmal einen Monat lang verheiratet. Es tut mir leid, North, aber das scheint mir eher das Werk deiner drei Getreuen zu sein, und ich bin überzeugt, sie waren es auch, die mir in der Hochzeitsnacht die greuliche Fratze vor das Fenster hängten. Stell dir Tregeagle und Coombe auf dem Dach vor, wie sie auf dem Bauche liegend ein Gespenst an einem Draht hinunterlassen. An diesem Wisch hier« – sie schwenkte das Papier vor seiner Nase – »erkennt man Tregeagles Stil.« Wieder schnaubte sie vor Wut, und er fühlte, wie ein Lächeln an seinen Mundwinkeln zog.

Dann legte sie die Stirn in finstere Falten. »Aber in einem Punkt haben sie ihre Herrin unterschätzt. Wie konnten sie annehmen, ich ließe dich aus den Augen? Heute habe ich das kurz getan, aber du hast mich ja gleich gefunden. Das wird nie wieder geschehen, hörst du, nie wieder. Und jetzt küß mich.«

Als er das tat, dachte er, daß sich keine Frau in Cornwall mit Caroline messen konnte und daß das Vermächtnis der Nightingales ein Ende nehmen würde, jetzt, da sie sein war.
Und trotzdem, sie hatte sich eine Zeitlang aus seinem Umkreis entfernt.
Er hob den Kopf und blickte sie prüfend an. Die alten Zweifel und verdrängten Behauptungen seines Vaters wurden wieder lebendig, verdunkelten seine Augen und verliehen seinem Gesicht harte und bedrohliche Züge.
»Oh, North, hast du wieder diesen grüblerischen Blick?« Sie blickte ihn fragend von der Seite an. »Ja, tatsächlich. Er gefällt mir gar nicht. Dein Blick ist dunkel und drohend. Du siehst gefährlich aus, aber zugleich faszinierend. Wenn du nicht mein Mann wärst, dann fände ich dich in deiner düsteren Stimmung unwiderstehlich. Aber du weißt, wie sehr ich dein Lachen liebe. Eine Jungfrau würde vor deiner geheimnisvollen, drohenden Ruhe erschauern. Ich bin froh, daß ich im Grunde meines Herzens weiß, du tätest mir niemals etwas an, denn sonst müßte ich mich jetzt vor dir fürchten. Jedenfalls möchte ich dich nicht zum Feind haben. Du mußt die Franzosen mit diesem Blick so erschreckt haben, daß sie sofort das Hasenpanier ergriffen. Sie werden jubiliert haben, als du aus der Armee austratst und nach England zurückkehrtest.«
»Was wolltest du hier?«
Mit einem verschmitzten Lächeln schaute sie zu ihm auf, verschränkte die Finger hinter seinem Nacken, zog seinen Kopf zu sich hinunter und küßte ihn wieder, bis er ihren Rücken streichelte und sie so fest an sich zog, daß beide einer Atemnot nahe waren.
»In der Familienchronik habe ich einen Eintrag von deinem Großvater über König Marke entdeckt, wonach er hier in diesem Eichenwäldchen mit seinem Neffen Tristan zusammentraf, um ihn aus Cornwall zu verbannen und Isolde in das benachbarte Kloster Fowey zu schicken. Und hier sei der König auch gestorben, schreibt dein Großvater, durch einen vergifteten Pfeil aus dem Köcher eines von

Tristans Gefolgsleuten. Hier sei er auch begraben worden – unter einem dieser Hügel. Vielleicht ist hier wirklich etwas zu finden, wer weiß? Lach nicht, North. Ich versuche nur, deine männlichen Vorfahren ein wenig ernst zu nehmen. Dein Großvater berichtet weiter, daß die Gegend um Fowey früher anders ausgesehen habe und durch eine furchtbare Naturkatastrophe zerstört worden sei, die auch große Teile Englands heimgesucht habe. Nachdem sich das Land aufgebäumt hatte und aufgerissen in seiner neuen Formation dalag, erklärte einer der Mönche, daß in dieser Gegend nicht eine Spur von König Marke gefunden wurde. Die offene Erde sei ein Beweis dafür.«
»Ich lache ja nicht. Von einem Erdbeben südlich von Mount Hawke habe ich noch nie gehört. Hatte mein Großvater geschrieben, um welchen Mönch es sich handelte? Wie er hieß, welchem Orden er angehörte? Vielleicht gibt es schriftliche Aufzeichnungen dieses angeblichen Mönchs, in denen er belegt, daß dieses Beben wirklich stattgefunden hat.«
Sie sank etwas in sich zusammen. »Nein, wahrscheinlich nicht, aber ich habe nicht jeden Band im Regal in die Hand genommen, North. Weißt du, was mir wirklich Rätsel aufgibt: das Goldarmband. Woher genau stammte es? Merkwürdig, daß dein Urgroßvater den Fundort nicht angab. Und was zum Teufel geschah damit? Warum erwähnt dein Vater das Verschwinden des Schmucks mit keinem Wort? Es ergibt keinen Sinn. Ich bin aber trotzdem hergekommen, um nach einem Hinweis zu suchen.«
»Und du hast nichts gefunden?«
»Nicht eine Spur. Dein Großvater aber war überzeugt davon, daß König Marke auf seinem Grund und Boden begraben liege. Du hast deinen Großvater doch gekannt, North, und du wußtest, daß er Frauen abgrundtief haßte.«
»Ich erinnere mich nur zu gut an ihn, ja. Er war wie sein Vater und sein Sohn von diesem Wahn besessen. Er sah wie ein Nightingale aus, mit anderen Worten: genau wie ich.«
»Dunkles Haar, dunkle Augen und muskulös und hochgewachsen? Zum Niederknien!«

Er lachte sie an und küßte sie auf die Nasenspitze, die sich durch die Sonne ein wenig gerötet hatte. »Zum Niederknien?«

»O ja, diese Gefahr besteht. Du bist einfach überwältigend.«

Seine Augen blitzten sie an, dann wurden sie dunkel vor Lust und Begehren.

»North, du atmest schwer. Geht es dir gut?«

»Nein.«

»Nun, in diesem Fall ...« Mit einem verführerischen Lächeln entledigte sie sich der Reitjacke, warf sie ins Gras und hob die Arme, um sich die Nadeln aus dem Reithut zu ziehen.

»Caroline, hier kann uns jeder sehen ...«

Sie faßte ihn bei der Hand und zog ihn mit sich. »Dann laß uns in das Wäldchen gehen. Dort kann ich dich küssen, bis mir schwindlig wird.«

Im Laufschritt erreichte das junge Paar den Eichenhain. Carolines glückliches, helles Lachen heizte sein Blut und seine Lust an, eine Lust, die grenzenlos schien.

28

Es war bereits nach Mitternacht, aber North fand keinen Schlaf. Er versuchte möglichst ruhig zu liegen, weil Caroline sich an ihn geschmiegt hatte. Ihr regelmäßiger Atem verriet ihm, daß sie fest schlief. In der Dunkelheit starrte er hinauf zur Decke, und dabei fiel ihm ein, daß er sie nicht gefragt hatte, weshalb Dr. Treath zu den Hügeln gekommen war, was er ihr gezeigt und warum er sie auf die Wange geküßt hatte. Sie selbst hatte davon kein Wort erwähnt.

Er schüttelte den Kopf. War er wie die anderen Nightingales? Waren auch bei ihm die Gefühle für seine Frau von Mißtrauen vergiftet? War auch er von der Furcht besessen, sie könne ihn betrügen?

Hölle und Verdammnis!

Er wollte sich nicht länger den Kopf darüber zerbrechen.

Aber es gelang ihm nicht. Er dachte an seine Mätressen. Er wäre nie auf den Gedanken gekommen, seinen Besitzanspruch oder seine Forderung in Frage zu stellen, daß sie ausschließlich für ihn dazusein hatten, solange er für ihren Unterhalt aufkam. Jetzt erinnerte er sich an eine seiner Geliebten, die eine Liaison mit einem anderen Mann begonnen hatte. Als er es herausfand, packte ihn eine geradezu animalische Wut, und die Hetzreden seines Vaters, die er vergessen glaubte, stiegen wieder in ihm auf. Sie kamen aus seinem tiefsten Innern, aus einem Bereich, den er nicht als einen Teil seines Selbst anerkennen wollte.

Hatte sie ihn durch ihre weiblichen Verführungskünste so abgelenkt, daß er seine Fragen vergaß?

Er fand sich widerwärtig und wünschte, er hätte niemals auch nur eine Seite der verfluchten Tagebücher gelesen, die Tregeagle ihm aufgedrängt hatte, bevor er Caroline heiratete. Die Aufzeichnungen strotzten vor Haß, Zorn und Gift. Sie waren so abartig, daß es ihn erschreckte. Bis zu seinem Urgroßvater ging diese furchtbare Sinneshaltung zurück. Diese ungetreuen Nightingale-Frauen, das konnte kein Zufall sein. Es war einfach nicht möglich.
Er küßte Caroline vorsichtig auf das Haar und drückte sie an sich. Nein, Caroline war anders.
Vor Schreck wäre er beinahe aus dem Bett gesprungen, als Caroline plötzlich in die Stille hinein sprach. »Warum schläfst du nicht, North? Was ist los?«
»Wahrscheinlich bin ich ausgehungert. Du hast deine ehelichen Pflichten nicht erfüllt, Caroline. Sechs Stunden sind seitdem vergangen, und ich fühle mich äußerst schlecht und unwohl. So wird es mir für die restliche Nacht ergehen.«
Stammten diese leicht dahingesagten Worte tatsächlich von ihm? Warum hatte er sie nicht mit einer barschen Bemerkung abgespeist? Warum konnte er noch scherzen? Er begriff sein neues Ich nicht, das heiter und freundlich war. Aber bald waren seine finsteren Gedanken verflogen. Er vergaß alles, außer ihren Armen, die ihn umschlungen hielten, ihren Brüsten, ihren Händen, die an seinen Armen hinabwanderten, bis ihre Finger ineinander verflochten waren. Er fühlte die Wärme ihres Atems, und ein wohliges Schaudern durchfuhr ihn. Er war dankbar, daß ein Schimmer des Mondlichts ihr Gesicht und das selige kleine Lächeln zeigte, das er so sehr an ihr liebte.
Vergeblich versuchte er noch einmal die tiefe Melancholie seiner Seele, die Düsternis seines Herzens aufzuspüren. Sie waren verflogen und einem wachsenden Begehren gewichen. Die Leere in ihm, die er immer gefühlt, doch nie erkannt hatte, füllte sich jetzt durch sie. Als er sie umfaßte, dachte er nur noch an sie und das, was sie ihm schenkte.
»Caroline. Dein Mund. Gib mir deinen Mund.« Sie gehorchte, und er versank in Entzücken.
In dem Augenblick des vollendeten Glücks hielt er sie an

sich gepreßt. »Caroline, du bist mehr, als ein einfacher Mann verdient.«
Sie antwortete ihm und strich ihm zärtlich durchs Haar: »Du bist der einzige einfache Mann, den ich will.«

Caroline hatte noch nicht sämtliche Räume ihres neuen Zuhauses besichtigt. Sie hatte, was höchst selten war, ein wenig Zeit, da gerade niemand etwas von ihr wollte. Sie trug einen Wollschal über ihrem Musselinkleid und feste, warme Stiefeletten. Es war nun richtig Herbst geworden, und Allerheiligen stand vor der Tür. Morgens war es oft neblig, und nachmittags wurde es sehr schnell kühl. Der schwere Geruch des Meeres machte sich jetzt noch deutlicher bemerkbar, wenn ihn der Wind an wolkenverhangenen Tagen nach Mount Hawke herübertrug. Caroline liebte Cornwall.
Miß Mary Patricia unterrichtete Evelyn und Alice in ihrem Schlafzimmer. Die im oberen Stockwerk befindlichen Kinder- und Spielzimmer fand sie unpassend, da sie alle erwachsen waren und ein Kind unter dem Herzen trugen.
Owen war in Scrilady Hall und empfing dort Mr. Peetree, den Leiter der Minen. Ein äußerst sympathischer Mensch, so berichtete er Caroline, der sein Handwerk bestens verstand. Und auch er schien Owen zu mögen. North war mit Flash Savory unterwegs. Die beiden befragten alle Personen, die Nora Pelforth gekannt hatten. Sie hofften, eine Spur zu finden, die sie zu dem Mörder führte. Ein Jammer, daß das Ekel Bennett nicht dafür in Frage kam.
Caroline vermutete, daß die beiden auch versuchen würden, den geheimnisvollen Burschen zu finden, der dem Hausmädchen Timmy die Nachricht überbracht hatte, sie treffe sich mit einem Liebhaber. Sir Rafael Carstairs begleitete North und Flash Savory, und Caroline nahm an, daß die drei Männer schließlich bei Mrs. Freely landen würden, um dem köstlichen Ale zuzusprechen.
Caroline begab sich in den dritten Stock des Ostflügels. Die Stille hier oben hatte etwas Unheimliches. Überall hingen Spinnweben herab, und spärliches, graues Licht fiel

durch die Schlitze der geschlossenen Fensterläden. Hier oben war lange niemand mehr gewesen.
Sie nieste, als sie die Tür zu einem weiteren Raum ganz am Ende des langen Ganges öffnete. Dies hier war kein Schlafzimmer, eher eine Art Lagerraum. Schwere Holzläden dichteten die Fenster ab. Sie öffnete sie mit einiger Mühe. Das Licht flutete herein und beschien mehrere Holzkisten, die aufgestapelt an der Wand standen. Daneben entdeckte sie einen weiteren sperrigen Stapel, der an der gegenüberliegenden Wand lehnte – es waren Gemälde. Sie zog eines heraus, drehte es zu sich herum und trat einen Schritt zurück.
Das Bild war etwa zu Anfang des vorigen Jahrhunderts entstanden. Es zeigte eine Frau, nicht älter als Caroline. Wenn der Maler auch kein Meister seines Fachs gewesen war, so trat doch deutlich zutage, wie schön sie gewesen war: dunkle Augen, dunkles Haar und ein freches Grübchen an der rechten Wange. Hinter ihr stand ein junger Mann – zweifellos ein Nightingale. Seine rechte Hand ruhte leicht auf ihrer Schulter.
Sie zog ein Gemälde nach dem anderen hervor und betrachtete sie alle. Es waren vorwiegend weibliche Porträts, die bis ins sechzehnte Jahrhundert zurückgingen. Eine dieser Damen, bereits etwas ältlich, hatte einen verkniffenen, dünnen Mund und schmale, eng beieinanderstehende Augen. Sie trug eine steife, weiße Halskrause und eine dreireihige Perlenkette. Sie sah wie eine Hexe aus, und Caroline war froh, daß diese Dame nicht ihre Schwiegermutter war.
Sie betrachtete mindestens zwei Dutzend Gemälde. Offenbar alles Darstellungen der jeweiligen Nightingale-Gemahlinnen. Man hatte die Bilder aus den bewohnten Teilen des Hauses verbannt, damit sie hier vermoderten. Immerhin hatte man sie nicht verbrannt oder sonstwie vernichtet. Auf einem der Porträts war eine Frau mit hochaufgetürmtem gepuderten Haar zu sehen, wie es der Mode gegen Ende des vorigen Jahrhunderts entsprochen hatte. Zweifellos zeigte es North' Großmutter. Auch sie war als sehr

junge Frau in Carolines Alter dargestellt worden. Aber wo steckte das Bild seiner Mutter? Sie konnte kein neueres Porträt finden.
Wer hatte es verschwinden lassen? Dann begriff sie. North' Urgroßvater. Entweder hatte er es vernichtet oder verboten, daß sie porträtiert wurde. In seiner Welt hatten die Frauen keinen Platz. Und dieser Urgroßvater war es auch, der die Behauptung aufgestellte, König Marke sei nicht in Fowey begraben, sondern hier auf Mount Hawke. Wenn man die haßerfüllten Bemerkungen las, die er in seine Aufzeichnungen über König Marke freizügig einstreute, war es eindeutig, daß er die Frauenbildnisse hatte entfernen lassen. Caroline fragte sich wie schon so oft, warum er sich für seine Geschichten ausgerechnet König Marke ausgesucht hatte und nicht etwa König Arthur, der immerhin auch von Genovefa und seinem besten Freund betrogen worden war. Warum König Marke, der kaum bekannt war? Schließlich hatten sich beide über die Sündhaftigkeit des weiblichen Geschlechts ereifert. Offenbar waren die Vorfahren der Nightingales nicht ganz richtig im Kopf gewesen.
Sie wandte sich wieder den Porträts zu. Die meisten waren in schlechtem Zustand und bedurften dringend einer Restaurierung. Eine Ausnahme bildeten allerdings die beiden Bilder, die im letzten Jahrhundert gemalt worden waren. Caroline wischte sich die Hände am Rock ab. Ein streitbarer Ausdruck lag jetzt auf ihrem Gesicht. Sollten sie doch zum Teufel gehen, diese Nightingale-Männer! Vorsichtig klemmte sie sich die Bilder unter den Arm und trug sie in ihr Zimmer hinunter. Dann klingelte sie nach Mrs. Mayhew.

In Siegerlaune tanzte sie in ihrem Zimmer umher und wirbelte jahrhundertealten Staub von den Röcken.
North musterte seine Gemahlin, ihr verschmutztes Kleid, die staubigen Schuhe. In ihren Haaren saßen Spinnweben, die Wangen waren rußverschmiert und die Hände grau vor Schmutz. Aber sie strahlte. »Bitte hierher, Mylord!« rief sie

aus. »Ich bitte untertänigst näher zu treten. Ich habe eine Überraschung.«
Erst jetzt bemerkte er, daß die anderen sechs weiblichen Bewohner von Mount Hawke aufgeregt und erwartungsvoll und, wenn er sich nicht irrte, auch ein wenig ängstlich hinter ihr standen. Wovor fürchteten sie sich? Vor ihm? Daneben hatten sich Polgrain, Tregeagle und Coombe aufgereiht.
North blickte Caroline prüfend an. »Du siehst wie ein kleiner Kobold aus. Was hast du angestellt?«
Sie lächelte und deutete mit dem Zeigefinger zur Wand. Er trat neben sie und blickte in die angezeigte Richtung. Was er sah, nahm ihm den Atem. Er konnte den Blick nicht abwenden und fühlte, wie sich seine Kehle zuschnürte. Neben dem Porträt seines Urgroßvaters hing jetzt ein zweites Bild, das diesen Nightingale in seiner Jugend zeigte, in der Blüte seiner Jahre. Er stand hinter einer jungen Frau, die offensichtlich seine Braut und folglich North' Urgroßmutter war. Mein Gott, wie schön sie war, und so blutjung! Sein Urgroßvater wirkte wie ein junger Mensch, der mit allem gesegnet war, glücklich, voller Hoffnung, zufrieden mit sich und stolz auf die junge Frau im Sessel vor ihm.
North wandte sich schließlich dem anderen Bild zu. Dies mußte seine Großmutter sein. Sie war, ebenso wie seine Urgroßmutter, als jungverheiratete Frau gemalt worden. Sie sah fröhlich aus, beinahe verschmitzt, und schien in Lachen ausbrechen zu wollen. Keine Schatten lagen über diesen wundervollen Augen: es gab keinen Hinweis darauf, was ihr noch widerfahren sollte.
Plötzlich wünschte er sich sehnlichst, seine Mutter zu sehen. Er versuchte sich an sie zu erinnern, wie sie ausgesehen hatte. Aber der Platz neben dem Bild seines Vaters war leer. Nur das Porträt des grimmigen alten Mannes war zu sehen, mit dunklen zusammengezogenen Augen, die nichts als Verbitterung und Verachtung ausdrückten. Hastig wandte North sich ab. Dann fragte er sehr leise: »Wo hast du sie gefunden?«

»Ich machte einen Erkundungsgang im Ostflügel, oben im dritten Stock. Dort lagern mindestens zwei Dutzend Bilder, North, alles Porträts der Nightingale-Frauen, sogar aus der Zeit Elisabeths der Ersten. Die meisten sind in jammervollem Zustand, aber ich hoffe sehr, daß man sie restaurieren kann.«

Er schwieg, starrte nur sehnsüchtig auf das Bild seiner Großmutter. »Meine Mutter«, sagte er und stockte. »Sie ist tot, weißt du. Hast du auch ein Bild von ihr gefunden?«

»Nein, leider nicht. Das hier ist das jüngste all dieser Gemälde.«

»Sie sieht so jung aus, so glücklich. Meine Urgroßmutter ebenso.«

»Ich weiß. Merkwürdig. Deine anderen weiblichen Vorfahren wurden zweimal gemalt. Einmal in ihrer Jugend und dann in reiferen Jahren, aber deine Urgroßmutter und Großmutter sind offenbar nur als jungverheiratete Frauen porträtiert worden.«

»Weil man sie hinauswarf, bevor sie mit ihren Ehemännern alt werden konnten. Der Name meiner Mutter war Cecilia. Ob sie nach ihrer Hochzeit auch so glücklich ausgesehen hätte wie die anderen Frauen?«

»Mylord?«

»Ja, Tregeagle?«

»Darf ich mir eine Bemerkung erlauben, Mylord?«

»Später, Tregeagle«, gab North abwesend zurück. Er wandte sich an Caroline und lächelte sie an. Vorsichtig wischte er ihr einen Staubflecken von der Wange.

»Mylord?«

»Ja, Coombe?«

»Wir wären Ihnen sehr dankbar, wenn Sie uns einen Augenblick Ihre Aufmerksamkeit schenkten. Allein.«

»Jetzt nicht, Coombe.«

»Nun gut, Mylord, dann zwingen Sie mich, vor allen Anwesenden zu sprechen. Wir wollten nicht, daß diese Porträts hier hängen. Wir wußten von ihrer Existenz, hatten sie dann aber wirklich vollkommen vergessen. Wir haben *ihr* erklärt, daß Ihr seliger Urgroßvater die Bilder entfernen ließ und verbot, je wieder das Abbild eines Weibes in Mount Hawke aufzuhängen. Außerdem erklärten wir *ihr*, daß diese Bilder vergessen bleiben sollten, weggeschlossen für immer. Aber die Tür war offen, als *sie* kam, obwohl Mr. Tregeagle schwört, daß sie verschlossen war.«

»Woher wissen Sie das so genau, Coombe?«

»Es steht in den Aufzeichnungen Ihres Urgroßvaters.«

Zu North' Überraschung lachte Caroline auf.

»Ach, Coombe, geben Sie doch endlich auf! Ich bitte Sie, Tregeagle, wir leben in einer neuen, einer anderen Zeit. Die Vergangenheit ist tot, und alles Unglück dieser Zeit liegt hinter uns, und dort soll es auch bleiben. Es ist nicht mehr Teil dieses Hauses, und Sie sollten aufhören, das Vergangene immer wieder heraufzubeschwören. Öffnen Sie sich den Dingen, die richtig und natürlich sind. Die Frauen wie die Männer sind Nightingales. Außerdem hatte jeder Nightingale eine Mutter, einschließlich des jetzigen Herrn hier.«

»Uns geht das gegen den Strich«, erwiderte Tregeagle ergrimmt. »Die Nightingale-Mütter waren nichts wert. Sie waren, verzeihen Sie das Wort, verderbt. Sie waren nur so lange Nightingales, bis ihre Ehemänner ihre Schamlosigkeit aufdeckten. Natürlich führt das zu einer gewissen Verallgemeinerung, Mylord, aber trotzdem entspricht es den Tatsachen.« Er machte eine beifallheischende Pause und blickte Caroline an.

»In der jüngsten Vergangenheit gab es keine weiblichen Nightingales, die ihrem Mann treu ergeben waren. Dieser Fluch – oder Segen, je nachdem, wie man es betrachtet – liegt auf dem Haus. Es ist das Vermächtnis Ihrer Vorfahren, Mylord, und Ihr Vermächtnis.«

»Ich denke, das reicht, Tregeagle.« North' Stimme klang tief und ruhig, enthielt aber einen drohenden Unterton.

»Aber, Mylord! Wissen Sie nicht, daß sie es bereits mit Dr. Treath treibt?« rief Coombe entrüstet. »Wir wissen es! Und alle anderen auch!«

Tregeagle bemerkte mit Grabesstimme: »Es ist wahr, Mylord. Sie ist nicht besser als alle anderen. Auch Sie müssen die Bürde der Nightingales auf sich nehmen.«

»Ich glaube«, verkündete North und betrachtete jeden seiner Diener genau, »ich glaube, ich werde sie in den Park bitten und dort erschießen. Sie werden sich niemals ändern. Caroline, leihst du mir deine Pistole?«
»Ich bedaure es sehr, North, aber ich habe sie dem Hausmädchen Timmy gegeben. Erinnerst du dich?«
»Dann werde ich dieses Trio an den Apfelbäumen im Obstgarten aufhängen. Wenn sie verfault sind, werden sie herunterfallen wie überreife Äpfel.«

29

»Wenn ich mir das erlauben darf, Mylord«, erklärte Tregeagle, »als einen gelungenen Scherz würde ich das nicht bezeichnen.« Feine Schweißperlen waren ihm auf die Stirn getreten.
»Das ist kein Scherz.«
»Mit solchen Gedanken sollte man nicht spielen«, meinte Coombe vorwurfsvoll.
»Nein, Mr. Coombe, da haben Sie ganz recht«, ertönte Mrs. Mayhews Stimme. Sie trat einen Schritt vor, um Coombe geradewegs in die Augen zu sehen. »Seine Lordschaft hat weiß Gott genug Geduld mit Ihnen und Ihren beiden Kumpanen bewiesen, aber jetzt ist endgültig Schluß. Und was Sie anbetrifft, Mister Neunmalklug« – Mrs. Mayhew marschierte weiter auf Tregeagle zu, bis ihre Nase fast sein Gesicht berührte –, »so hat Mylady ganz recht. Mount Hawke ist kein Männertempel mehr. Es wird Zeit, daß die Dinge hier wieder ins Gleichgewicht kommen. Ich schlage vor, Sie, Mr. Coombe und Mr. Polgrain ziehen sich in die Küche zurück und trinken einen belebenden Brandy. Vielleicht eröffnet der Ihnen den Blick für neue Perspektiven, außerdem wären Sie vor seiner Lordschaft in Sicherheit. Er macht tatsächlich den Eindruck, als wolle er Ihnen nur allzugern den Hals umdrehen.«
»Diesen Eindruck erweckt seine Lordschaft gewiß nicht«, gab Polgrain zurück. »Er sieht nur etwas angegriffen aus. Das ist auch kein Wunder, mit den vielen schnatternden Frauenzimmern hier, die sich in Dinge einmischen, die sie nichts angehen.«

»Nein, er täte uns nichts zuleide«, pflichtete Coombe ihm bei. »Das täte ein Nightingale niemals.«
»Vielleicht doch, mit meiner Unterstützung«, meinte Caroline. »Und ich muß Ihnen sagen, ich bin jetzt am Ende meiner Geduld. Ich möchte kein Wort mehr darüber hören. Sie werden sich den neuen Gegebenheiten unterordnen, meine Herren. Im Schloß ist eine neue Zeit angebrochen. Die Frauen der Nightingales sind wieder da, wo sie hingehören.«
Zu ihrer Überraschung erhob sich lauter Applaus seitens der sechs Damen, während die männlichen Vertreter der Dienerschaft zu Statuen erstarrten. North blickte von einer Partei zur anderen und erhob die Hand. Der Beifall erstarb sofort. Der Herr im Haus war schließlich er.
Er sah kurz zu Caroline hinüber und begegnete ihrem Blick, der rückhaltlose Bewunderung ausdrückte. Eine derartige Bewunderung hatte er noch nie in seinem Leben erfahren, bis auf die vielen Male, bei denen ihn seine Frau förmlich angebetet hatte. Er vergaß, was er sagen wollte. Am liebsten hätte er sie geküßt und ihr den verstaubten Rock heruntergerissen. Er räusperte sich. »Die Gräfin hat völlig recht. Was immer in der Vergangenheit auf Mount Hawke geschehen ist – es ist vorbei. Der Wahnsinn hat ein Ende. Mit Gottes Segen werden sich auch bald Kinder auf Mount Hawke einstellen und nicht nur der übliche Nightingale-Erbe. Und jetzt entfernen Sie sich bitte, alle drei. Sie haben mich verstanden. Trinken Sie einen Brandy, wie Mrs. Mayhew vorschlug, aber vergessen Sie nicht: Mount Hawke wird wieder so sein, wie es *vor* den Lebzeiten meines Urgroßvaters war.«
Im Gänsemarsch verließen die drei Zuchtmeister die große Halle – steif und stumm. Plötzlich fragte sich Caroline, ob hinter der Zubereitung der Ochsenschwanzsuppe, die Alice so schlecht bekommen war, eine Absicht gesteckt hatte, ebenso wie hinter dem Monstergesicht, das vor ihrem Fenster erschienen war. Aber nein, gewiß nicht. Ein Streich war verständlich. Eine vergiftete Suppe war eine ganz andere Sache. Nein, so weit wollte sie nicht gehen.

Polgrain, Coombe und Tregeagle waren alte Männer, die Veränderungen gegenüberstanden, denen sie einfach nicht mehr gewachsen waren – oder zumindest im Augenblick noch nicht. Zum Glück war Mrs. Mayhew frei von Häme und würde sich nicht an ihrer Unterlegenheit weiden.

Mrs. Mayhew knickste vor Caroline und trieb Chloe und Molly zur Arbeit an. Miß Mary Patricia wandte sich besorgt an sie. »Alice fühlt sich nicht wohl. Evelyn meint, sie solle sich hinlegen. Ich werde mich um sie kümmern.« Sie nickte North mit einem Lächeln zu, das Dankbarkeit und Hochachtung ausdrückte. Caroline sah, daß er es nicht bemerkt hatte. Sein Blick ruhte abwesend auf den Porträts.

»Caroline«, meinte er nach einer Weile, »wieso kommst du darauf, daß ein Porträt meiner Mutter niemals angefertigt wurde, auch damals nicht, als sie jung verheiratet war?« Er schloß für einen Moment die Augen. »Nein, denk nicht weiter darüber nach. Ich weiß es. Mein Großvater lebte noch, als meine Eltern heirateten. Ein einziges Mal wurde meiner Mutter gestattet, nach Mount Hawke zu kommen, so hat es mein Vater in diesem verfluchten Tagebuch festgehalten. Nachdem sie mich geboren hatte, setzte sie meinem Vater anscheinend Hörner auf. Mein Großvater erfuhr es und warf sie hinaus. Er paukte mir immer wieder ein, sie sei eine Hure und es nicht wert gewesen, daß ich noch an sie dächte. Er erklärte mir, daß sie sterben werde und ihren Tod verdiene. Die Erinnerung steht jetzt wieder deutlicher vor mir. Ich erinnere mich, wie meine Eltern sich anschrien. Ich war damals noch klein und fürchtete mich vor ihren Auseinandersetzungen. Eines Tages war meine Mutter plötzlich fort. Zu dieser Zeit befand ich mich an einem furchtbaren Ort, den ich haßte, und um alles auf der Welt wollte ich nur zu meiner Mutter. Es spielte keine Rolle mehr, daß mein Großvater bald darauf starb, denn mein Vater war genauso geworden wie er, wenn nicht noch schlimmer.«

»O North, das tut mir so leid.« Sie umschlang ihn mit beiden Armen und hielt ihn fest. »Aber jetzt ist alles anders.

Wir werden es anders machen, hörst du? Es tut mir so leid.«

»Warum hast du dich mit Dr. Treath beim Eichenwäldchen getroffen?«

Sie blickte ihn offen und geradeheraus an, ohne seinem forschenden Blick auszuweichen, und antwortete ruhig: »Diese Nachricht, die man dir zukommen ließ – glaubst du daran, North?«

»Nein.«

»Du bist nicht wie dein Vater, dein Großvater oder dein Urgroßvater. Und ich bin keine dieser bedauernswerten Nightingale-Ehefrauen, verstehst du?«

»Ich weiß.«

»Dr. Treath erklärte, er habe mich allein sprechen wollen. Deswegen sei er mir gefolgt, als ich von Mount Hawke wegritt. Er sagte, er wolle mit mir über Nora Pelforth sprechen. Und das tat er dann auch. Er gestand mir, daß sie ihm nach dem Tod meiner Tante Eleanor eine gute Freundin gewesen sei. Er verstehe nicht, wie man Nora das antun konnte und daß ihn ihr Tod zutiefst getroffen habe. Vor allem aber wollte er wohl sicherstellen, daß ich kein falsches Bild bekäme, falls ich über einen Dritten von seiner Beziehung zu Nora Pelforth erführe. Er wollte nicht, daß ich ihn für wankelmütig hielte, denn er habe meine Tante wirklich geliebt. Der arme Mann war verzweifelt, North. Ich versuchte ihn zu trösten, ihm zu versichern, daß ich ihn verstünde. Dann küßte er mich auf die Wange und sagte, wie glücklich er gewesen wäre, wenn er mich zur Stiefnichte bekommen hätte.«

»Danke, daß du es mir erzählt hast, Caroline.«

»Ich hätte es schon längst getan, aber als du mich küßtest, habe ich es einfach vergessen. Du übst großen Einfluß auf mich aus, North Nightingale. Es war schön mit dir im Eichenhain. Die Sonne schien durch das Laub, und ich spürte ihre Wärme auf meiner Haut, als du bei mir warst. Es gibt nichts Schöneres für mich.«

Ein leiser Schauer durchlief ihn, aber es gelang ihm trotzdem, mit ruhiger Stimme zu antworten. »Ja, es war wunderbar, und ich habe die Sonne auf dem Rücken gefühlt. Was hat Treath dir gezeigt?«

Sie blickte ihn prüfend an. Er wußte, daß sie über ihn nachdachte und seine Frage dem tief in ihm eingebrannten Mißtrauen zuschob. Sie würde es hinnehmen und ihm nicht zürnen, weil er sich ändern würde. Er betete darum, daß sie recht hätte. Ihre Antwort war einfach: »Es war ein Brief, den Nora Pelforth nach dem Tod meiner Tante geschrieben hatte. Darin heißt es, daß sie wisse, wie sehr er Eleanor Penrose geliebt habe und daß sie mit ihm fühle. Möchtest du den Brief sehen, North?«

Er nickte und sagte: »Nein.«

»Dafür danke ich dir. Dr. Treath hat ihn mir nicht überlassen. Ich müßte ihn also darum bitten, und das wäre doch etwas peinlich. Nun ja, dann glaubt mir wenigstens eine Hälfte von dir.«

Sie schwieg für eine Weile, dann strichen ihre Finger zärtlich über seine Oberarme. Er wußte, daß sie es unbewußt tat. Sie genoß es einfach, ihn zu berühren und die Nähe seines Körpers zu spüren.

»North, das mit deiner Mutter tut mir unendlich leid. Vielleicht wissen deine drei Zuchtmeister mehr über sie.«

Er antwortete nicht, aber sie fühlte seinen Schmerz. Den Schmerz, der im Lauf der Jahre verdrängt wurde, aber immer noch tief in ihm steckte. Sanft legte sie ihm die Hand auf den Arm. »North, du erzähltest doch, du seist nach dieser furchtbaren letzten Auseinandersetzung deiner Eltern hierhergekommen, nachdem deine Mutter fort war. Wo hast du vorher gelebt?«

Seine Gedanken kehrten in die Gegenwart zurück. Mit einem sehnsüchtigen Ausdruck blickte er wieder zum Bild seiner Großmutter hinauf. »Ich weiß es nicht, Caroline. Hier war ich jedenfalls nicht, also muß es auf einem anderen Besitz meines Vaters gewesen sein.«

»Wie viele gibt es davon?«

»Drei. Ein Jagdhaus in Cotswolds bei Lower Slaughter, ein Haus am Steyne in Brighton und ein Landhaus in Yorkshire in der Nähe von Northhallerton.« Er brach kurz ab und fuhr dann fort: »Du meine Güte, das Hause habe ich ja ganz vergessen, als ich vor eineinhalb Monaten in Yorkshire war.«

»Warum warst du dort?«

»Ich besuchte einen sehr guten Freund aus der Armee, den Grafen von Chase und seine junge Frau. Du würdest die beiden mögen. Marcus und die Duchess.«

»Duchess?«

»Ja, so hatte er sie einmal getauft, als sie neun Jahre alt war. Sie war die illegitime Tochter seines Onkels.«

»O North, darüber mußt du mir mehr erzählen.«

»Einverstanden. An einem langen Winterabend, wenn wir engumschlungen vor den prasselnden Flammen am Kamin sitzen, erzähle ich dir über das Vermächtnis der Wyndhams.«

Ihre Augen leuchteten auf, und er küßte sie rasch. »Nein, Caroline, später. Alles zu seiner Zeit. Laß mich von den Häusern erzählen. Ich war seit Jahren nicht mehr dort und kann mich einfach nicht mehr erinnern, ob ich meine ersten fünf Jahre in einem davon verbracht habe.«

»Also, es ist doch sehr wahrscheinlich, North, daß du mit deinen Eltern in einem dieser Häuser gelebt hast.«

»Es ist möglich. Ich werde meinen Anwalt in London um einen Bericht bitten. Vielleicht kann er mir sagen, wo meine Eltern damals lebten.«

»Wir könnten uns das Haus in Yorkshire ansehen und dabei deine Freunde besuchen. North, ich möchte dir noch etwas sagen. Nein, küß mich jetzt nicht. Bitte hör mir zu.« Sie nahm sein Gesicht in beide Hände. »Du bist mein Mann. Ich liebe dich und werde dich mein Leben lang lieben, auch wenn du ein zahnloser, gebeugter Greis geworden bist. Da ich im Zweifelsfall recht ähnlich aussehen werde, dürfte das nicht allzu schwierig sein. Ich werde dich nie, niemals betrügen, hörst du? Ich bringe jeden um, der dir Leid zufügt. Du bist mein. Und was mein ist, werde ich mein ganzes Leben lang behalten.«

Sein Atem ging etwas ruckartig, als er sie in die Arme nahm und ihren Namen flüsterte.

Pfeifend schlenderte Owen herein und sah das junge Paar in sich versunken dastehen. »Was ist mit euch los? So ernst? Es ist doch nichts passiert? Oh, woher kommen die Bilder mit den hübschen Damen? Die hingen doch vorher nicht hier, oder? Nein, richtig, im ganzen Haus gab es keine Frauenbildnisse, was mich immer schon erstaunte.«
»Ganz richtig, Owen«, antworte North und gab Caroline frei. »Caroline hat meine weiblichen Vorfahren in einer Rumpelkammer im dritten Stock gefunden. Die restlichen Gemälde lassen wir restaurieren und an ihren angestammten Platz hängen.«
»Caroline muß ihre Nase überall haben. So war es schon, als wir noch Kinder waren«, bemerkte Owen etwas trocken. »Übrigens, ich erhielt einen Brief von meinem Vater. Ihr werdet es nicht glauben – oder vielleicht doch; schließlich kennt ihr ihn ja.«

Es war bereits spät geworden. Caroline saß in der Bibliothek und las. Ein kleiner, verschnörkelter Kerzenleuchter spendete ihr Licht. Sie war warm in einen scharlachroten Morgenmantel eingepackt, der, wie sie hoffte, North' Bewunderung auf sich ziehen und ihn anregen würde, ihn ihr zur näheren Prüfung auszuziehen. Er war seit ungefähr drei Stunden fort, und sie sehnte sich bereits nach ihm. Er war bei Sir Rafael Carstairs. In den letzten drei Tagen hatte es schwere Regenfälle gegeben, und es war zu Wassereinbrüchen in den Zinnminen gekommen. Die Minenbesitzer hatten deshalb eine Versammlung einberufen, um geeignete Gegenmaßnahmen zu besprechen.
Seltsam, daß sie nicht allein in dem riesigen Bett bleiben wollte. Sie fröstelte ein wenig, fühlte sich einsam und beschloß, in der Bibliothek auf ihn zu warten. Also saß sie jetzt hier am Kamin und las. Sie hatte sich Gottfried von Straßburgs Darstellung der Sage von Tristan und Isolde ausgesucht, die aus der Zeit König Johanns stammte, jenes machthungrigen und grausamen Herrschers, der von seinen Baronen gezwungen wurde, Unterschrift und Siegel unter die Magna Charta zu setzen.

Diese Geschichte hier war finsterer und grausamer als die spätere Version Malorys über diese tragische Liebesgeschichte. Hier war König Marke die einzig sympathische Figur. Er war geduldig und tugendsam und begnügte sich damit, Tristan und Isolde zu verbannen, anstatt den Neffen zu vierteilen und der jungen Isolde das Messer in die Brust zu stoßen. An König Markes Stelle hätte Caroline die beiden Treulosen ins Verderben gestürzt. Aber die Sage kannte immer auch Gnade und überdauerte daher die Zeiten, denn in ihr vermischten sich die klassischen Themen wie tragische Liebe, Betrug, Augenblicke des Glücks und schließlich – unausweichlich – der Tod.
Genau das war die Geschichte der Nightingales seit den Zeiten von North' Urgroßvater. Welche Anmaßung, sich mit dem mythischen König Marke von Cornwall zu vergleichen! Man hatte sich sogar zu der Behauptung verstiegen, König Marke habe hier hofgehalten und nicht an der Südküste, wie es die Sage überlieferte.
Wenigstens hatte man sich nicht an König Arthur vergriffen. Das Leben dieser nahezu magischen Gestalt blieb unangetastet. Im Gegensatz zur Sage von König Arthur schien sich niemand für König Marke zu interessieren, diesen armen König und seine untreue Gemahlin Isolde. Wahrscheinlich, dachte Caroline, war Arthur eine zu starke Persönlichkeit gewesen und paßte den Nightingale-Männern nicht ins Konzept. König Marke, eher ein Schwächling, gab ihren verrückten Phantasien mehr Spielraum. Schade, daß die Nightingales sich nicht Arthur als Idol ausgesucht hatten. Er hatte ausgeharrt und sein Los ertragen. Immerhin war auch Arthur betrogen worden, von seiner Genovefa und seinem Lieblingsritter, Sir Lancelot. Caroline erkannte, daß die Nightingales König Marke zum Helden erkoren hatten, weil er der Vergessenheit anheimgefallen war. Also würden sich nur wenige die Mühe machen, dieses konstruierte Weltbild anzufechten.
Caroline vertiefte sich in die Geschichte. Das mittelalterliche Französisch war schwer zu lesen, aber sie verstand so viel, daß Tristan nach der Verbannung seiner Isolde (oder

Iseult in der französischen Schreibweise) ewige Treue schwor, mit ihr »ein Herz, ein Körper, ein Leben« zu sein. Allerdings traf der gute Tristan bald eine andere Isolde und verliebte sich in sie. Soviel zum Thema Männer und Zuverlässigkeit, dachte Caroline. Sie gähnte und beschäftigte sich weiter mit den Querverbindungen zu Tristan, die die Nightingales peinlich genau zusammengetragen hatten. Da sie sich sehr schnell ihrer Frauen entledigten, hatten sie wahrscheinlich nichts Besseres zu tun gehabt.

Sie las, bis ihr die Buchstaben vor den Augen verschwammen. Sie gähnte ausgiebig. So vieles steckte in dieser Geschichte. Und alles, davon war sie überzeugt, war der reichen Phantasie eines Gottfried von Straßburg entsprungen. Dennoch wurden seine Werke im Mittelalter sehr ernst genommen. Lächerlich, für heutige Zeiten, dachte Caroline. Das Buch glitt ihr aus der Hand und fiel zu Boden.

Sie erwachte von einem durchdringenden Schrei.

30

Wie ein Blitz war sie auf den Beinen und in der Eingangshalle. Der Anblick, der sich ihr bot, ließ sie wie angewurzelt stehenbleiben. Owen kniete auf Bennett Penroses Brust. Er hatte ihn beim Hemd gepackt, schüttelte ihn und schlug seinen Kopf immer wieder auf den hellen Marmorboden. Bennett versuchte vergeblich, sich zu wehren, und schrie wie ein Ertrinkender, den die Strömung mit sich reißt. Caroline war in diesem Moment unendlich stolz auf Owen.

»Owen! Owen, ich finde dich wunderbar, aber du mußt jetzt damit aufhören, bitte. Du bringst ihn ja um!«

»Er verdient es auch, der Dreckskerl!« Und wieder ließ Owen Bennetts Kopf auf den Steinfußboden knallen.

»Ja, gewiß, aber ich will nicht, daß man dich dafür hängt.« Vorsichtig legte sie die Hand auf Owens Faust und spürte die geballte Kraft darin. Als sie seine ungezügelte Wut sah, wurde ihr plötzlich klar, daß sie Owen noch niemals so völlig unbeherrscht erlebt hatte.

»Es war also Bennett, der da geschrien hat.«

»O ja, und zwar noch bevor ich das erste Mal zugeschlagen habe. Dieser jämmerliche kleine Feigling.« Owen blickte auf Bennett Penrose hinunter, dessen Nase stark blutete. Im spärlichen Licht der Wandleuchten sah sein Gesicht aschfahl aus.

Caroline riß einen schmalen Streifen von ihrem Unterrock ab. »Hier, wisch dir die Nase ab. Ich möchte nicht, daß dein Blut den hellen Marmorboden beschmutzt. North wäre das nicht recht.«

Owen ließ von ihm ab. Der gutaussehende junge Mann versuchte sich aufzurichten und betupfte sich dabei vorsichtig die blutende Nase. Owens Stimme war voller Haß und Verachtung. Nun, er hatte Bennett zukommen lassen, was er verdiente. »So, Penrose, und jetzt wirst du mir erzählen, was du hier zu suchen hattest.«
Bennett bemühte sich weiter um seine Nase, allerdings ohne nennenswerten Erfolg.
»Du lieber Himmel! Also, schön, gehen wir in die Küche, dort gibt es Wasser«, sagte Caroline mitleidslos und ging voran.
Owen stieß Bennett zu einem Stuhl am großen eichenen Küchentisch. Dort aßen wohl auch die drei Sittenrichter zusammen mit den weiblichen Hausangestellten, fiel Caroline ein. Es wäre zu schön gewesen, einmal Zeuge solch eines gemeinsamen Mahls zu sein. Wahrscheinlich fügte es den drei Männern schwerste Verdauungsstörungen zu. Sie konnte Chloe und Molly förmlich hören, wie sie albern herumkicherten, und sah Tregeagles gepeinigten Gesichtsausdruck deutlich vor sich.
Caroline reichte Bennett ein feuchtes Tuch. Am liebsten hätte sie es ihm an den Kopf geworfen. »Nun putz dir endlich die Nase ab und rede. Was hattest du hier zu suchen?«
»Gar nichts, überhaupt nichts«, antwortete Bennett weinerlich wie ein trotziger kleiner Junge. »Dieser Irre griff mich an. Völlig unerwartet. Als ich mit dem Kopf auf dem Boden aufschlug, war ich benommen, und das nutzte er aus, sonst hätte er jetzt eine blutende Nase und einen gebrochenen Schädel.«
Owen schnaubte verächtlich und rieb sich zufrieden die geschwollenen Fingerknöchel.
»Nein, Owen, schlag bitte nicht noch einmal zu«, ermahnte ihn Caroline. »Er würde keine Sekunde zögern, Bennett, das weißt du. Und ich werde ihn nicht mehr daran hindern, wenn du uns nicht auf der Stelle erzählst, was du hier willst. Wir haben einen Handel abgeschlossen. Ich habe dich ausgezahlt, und du hast versprochen, dich hier nie wieder blicken zu lassen. Und jetzt schleichst du

mitten in der Nacht im Haus umher. Du kannst Gott danken, daß North nicht hier ist. Er würde dich umbringen.«

»Ich weiß, daß er nicht hier ist. So dumm bin ich nicht«, brummte Bennett unter dem blutverschmierten Tuch hervor.

»So! Du dreckige Laus dachtest also, du kannst dich hier einschleichen, weil Caroline allein im Haus ist.«

In diesem Augenblick fragte sich Caroline, was Owen eigentlich hier tat. Nun, jedenfalls kam er mit guten Absichten. »Also, Bennett?«

»Du verdammter Verbrecher, hast du es wieder auf Alice abgesehen?« Es war knapp, aber Caroline schaffte es, Owens erhobene Fäuste so lange festzuhalten, bis er sich wieder beruhigt hatte.

»O nein, bitte nicht. Caroline, halt ihn mir vom Leib, sonst sehe ich mich gezwungen, ihm die Zähne einzuschlagen. Nein, ich wollte nichts von Alice. Wahrscheinlich ist sie jetzt so fett und häßlich, daß ich mich bei ihrem Anblick übergeben müßte. Nein, ich habe kein Geld mehr. Ich konnte nichts dafür. Dieser Bursche hat mich übers Ohr gehauen und ausgenommen. Ein elender Betrüger.«

»Du hast das Geld beim Glücksspiel verloren?«

Bennett nickte.

»Dann kamst du hierher, um zu klauen.«

»Welch gräßliches Wort! Ich wollte nur etwas Kleines mitnehmen, wie zum Beispiel die Geldkassette des Grafen, die er im Herrenzimmer aufbewahrt. Aber ich kam ja nicht einmal bis dorthin, weil mir dieser Verrückte da auflauerte.«

»Das ist ja hochinteressant.«

Drei Köpfe fuhren herum und sahen North in der Tür stehen. Er lehnte gelassen am Türpfosten und hielt die Arme über der Brust verschränkt.

»Sie sind ein Ekel«, fuhr er fort. Seine Stimme war völlig teilnahmslos. »Caroline, mein Liebes, ich hoffe, dieser Wurm hat deine Nerven nicht zu sehr strapaziert.«

»O doch. Er hat wie am Spieß geschrien und mich derart erschreckt, daß ich beinahe vom Sofa gefallen wäre. Ich muß wohl eingeschlafen sein, als ich auf dich wartete. Dann rannte ich wie eine Wilde in die Halle, aber da saß Owen bereits rittlings auf ihm und schlug Bennetts Kopf auf den Boden. Owen hat sich übrigens sehr geschickt angestellt, und ich bin voller Hochachtung für ihn. Als Bennetts Nase nicht zu bluten aufhörte, verfrachteten wir ihn in die Küche. Ich wollte nicht, daß er den schönen Marmor ruiniert.«

»Das war sehr aufmerksam von dir«, lobte North seine Frau. Er war immer noch völlig unbewegt. Es war diese Stille um ihn, diese völlige Ruhe, die einem angst machte. Caroline schauderte.

»Ich hätte nicht von ihm ablassen sollen«, knurrte Owen und blickte North an. »Er wird uns immer Ärger bereiten. Ein Segen, daß wenigstens mein Vater sein Leben in Ordnung gebracht hat.«

»Allerdings. Tja, zu unser aller Überraschung.«

»Wenn es stimmt, was dein Vater in seinem Brief schreibt«, meinte Caroline, »dann ist er ein schlauer Fuchs. Entschuldige, Owen, aber so ist es.«

»Caroline, damit sagst du mir nichts Neues«, antwortete Owen. »Aber dieses Mal glaube ich ihm. Er wird Mrs. Tailstrop heiraten. Leider wird er sich ihre Lucy schnappen und das Tier ertränken. Er haßt diesen armen Mops.«

»Ich habe Mrs. Tailstrop geschrieben«, erklärte North. »Wir werden ihren Kommentar dazu hören.«

»Das wußte ich nicht!« rief Caroline aus. »Sehr klug von dir, North, aber das brauche ich wohl nicht zu betonen.« Sie seufzte kurz auf und musterte Bennett, der verdächtig still war und sich an der Nase herumtupfte.

»Was fangen wir jetzt mit ihm an?«

»Erlaubt mir, daß ich ihn zu Brei schlage«, bat Owen und ballte die Fäuste.

»Wir könnten ihn zusammen mit den drei Zuchtmeistern aufhängen«, schlug Caroline hoffnungsvoll vor.

North schüttelte den Kopf.

»Ein guter Vorschlag, Caroline, aber ein wenig zu einfach. Es ist jammerschade, daß er für die Morde ein Alibi hat.«

North machte eine lange Pause und sah Bennett durchdringend an. Endlich sprach er weiter. »Warum schicken wir ihn eigentlich nicht zu deinem Vater, Owen?«
Owen brach in Gelächter aus, und Caroline schmunzelte. »Du lieber Himmel! Ja, mein Vater würde die Dummheit aus ihm herausprügeln. Was hältst du von dieser Idee, Caroline?«
»Hm, Bennett könnte für deinen Vater arbeiten. Wenn er das nicht will, sorgt North dafür, daß er in die Kolonien verbannt wird.«
»Also, entweder Honeymead Manor oder der Hungertod«, pflichtete North bei. »Du besitzt keinen Penny mehr, nicht wahr, Penrose?«
Bennett, noch immer mit seiner Nase beschäftigt, nickte betrübt.
»Und an meine Geldkassette bist du bedauerlicherweise nicht herangekommen.«
Wieder blieb Bennett nichts anderes übrig, als mit dem Kopf zu nicken, aber jetzt zitterte er dabei.
»Und ich nehme an, du legst keinen Wert darauf, deportiert zu werden.«
Bennett vergrub das Gesicht in den Händen. Er war stumm. Stumm wie die Küchenuhr, die bereits vor fünfundsiebzig Jahren den Geist aufgegeben hatte.
»Also?«
Bennett stöhnte und antwortete nur undeutlich: »Soviel ich weiß, trifft man in den Kolonien keine reichen Erbinnen.«

»Ich habe endlich unseren merkwürdigen Boten ausfindig gemacht«, erzählte North eine Woche später, als er mit Caroline beim Frühstück saß. Es war ziemlich früh am Morgen, und das Ehepaar allein.
»Der Bursche, der keine zwei zusammenhängenden Worte herausbringen konnte, ohne daß er aus den Stiefeln kippte?«
»Genau der. Flash hat ihn in Trevellas aufgespürt. Er ist der Sohn eines Milchbauern. Flash nahm zunächst das Haus-

mädchen Timmy mit, bevor er mir Bescheid gab. Er wollte sichergehen, daß er den richtigen Burschen erwischt hatte. Das Hausmädchen Timmy war sehr bestürzt, daß er ihn nicht kannte.«

»Und wer hat ihm die Botschaft überbracht?«

»Coombe.«

Sie war erleichtert und traurig zugleich.

»Aha«, meinte sie. »Das ist gut zu wissen.«

»Möchtest du dabeisein, wenn ich Coombe zur Rede stelle?«

»Ja, ich denke schon. Schade, North, das Trio hat sich in letzter Zeit völlig unauffällig verhalten, so daß ich gehofft hatte, die Männer hätten sich endlich an die neue Situation gewöhnt.«

»Nein, daran habe ich keinen Augenblick geglaubt«, gab North zurück. Dann stand er auf und schleuderte seine Serviette auf den Tisch. »Um so unangenehmer für ihn.«

Eine Stunde später stand Coombe im Bibliothekszimmer vor seinem Herrn, der an dem ausladenden, schweren Mahagoni-Schreibtisch saß. Aus den Augenwinkeln nahm Coombe die Bewegung einer weiblichen Gestalt wahr. Diese Schlange in Frauenkleidern ist da! durchfuhr es ihn wütend. War es diesem Weibsstück doch gelungen, seinen edlen Herrn einzufangen! Welches Spiel trieb sie mit ihm, daß er sie noch immer vergötterte?

»Ich habe einen jungen Burschen kennengelernt. Sein Name ist Johnny Trilby. Er stottert, ist aber sonst ein umgänglicher, geschickter Mensch und führt die verschiedensten Aufträge geschwind und zuverlässig aus. Der Junge wird für seine Dienste gut bezahlt, deswegen hat sein Vater nichts dagegen, wenn er ab und zu der Arbeit auf dem Hof fernbleibt.«

Coombe stand jetzt noch ein wenig steifer da, schwieg und blickte über North' rechte Schulter auf einen unbestimmten Punkt an der Wand.

»Der junge Johnny berichtete mir, daß Sie ihn gegen Bezahlung baten, mir diese Zeilen zu übermitteln. Merkwürdig, daß ich Ihre Handschrift nicht erkannt habe, Coombe.

Aber seit meiner Rückkehr habe ich nichts Schriftliches von Ihnen gesehen, und als ich Mount Hawke verließ, war ich erst sechzehn.«

»Das ist ein Irrtum, Mylord. Ein furchtbarer Irrtum.« Coombes Stimme klang weich wie schmeichelnder Samt. »Ja, ein Irrtum. Es ist alles die Schuld dieser Weibsperson. Seitdem sie dieses Haus betreten hat, steht alles auf dem Kopf. Sehr geschickt von ihr, muß ich sagen, den Tod von Mrs. Penrose als Vorwand zu benutzen, um sich mitleidheischend hier einzunisten.«

Jetzt schaltete Caroline sich ein. »Entweder war es Zufall, oder der Plan war ausgezeichnet durchdacht, Coombe. Sie mußten dafür sorgen, daß mein Mann die Nachricht genau zu dem Zeitpunkt erhielt, als Dr. Treath mich sprechen wollte. Die Frage ist nur, woher Sie das wußten.«

»Nein, Caroline, das war kein Zufall. Ich vermute, daß Dr. Treath zu diesem Zeitpunkt ebenfalls eine Nachricht erhielt, und zwar von dir. Jedenfalls nahm er das an. Auf dem Zettel stand wahrscheinlich, daß du beunruhigt seist und ihn gern gesprochen hättest. Habe ich recht, Coombe?«

Coombe blieb eine Antwort schuldig, statt dessen sagte Caroline: »Eines möchte ich aber doch gern wissen, Coombe. Glauben Sie wirklich, daß die Nightingales von ihren Ehefrauen betrogen wurden?«

»Dafür lege ich meine Hand ins Feuer«, erwiderte Coombe im Brustton der Überzeugung. Er stand noch immer stocksteif da und starrte die Wand hinter North an. »Treulose Schlampen waren das, alle miteinander.«

»Und doch haben Sie seine Lordschaft belogen, indem Sie ihm vormachten, ich wolle mich mit einem Liebhaber treffen.«

»Sie werden ihn eines Tages betrügen. Es ist nur eine Frage der Zeit. Ich wollte nur, daß er Sie vor die Tür setzt, bevor es so weit kommt und Sie sein Leben zerstören.«

»Sie wollten uns auseinanderbringen, noch bevor ich ihm einen Erben geschenkt habe?«

»Nein, natürlich nicht! Ich ... oh ...«

»Wie mir scheint, haben Sie die Dinge nicht gründlich

durchdacht, Coombe.« North ergriff wieder das Wort. »Und wie mir scheint, ist Ihre Abneigung gegen die Gräfin so groß, daß Ihr Verstand darunter gelitten hat, sonst hätten Sie die Sache nicht verpatzt.«

Coombe senkte den Kopf und nickte. »Ja, Mylord. Der Plan war schlecht durchdacht. Ich wollte diese Weibsperson nur vertreiben, damit Sie wieder glücklich und in Frieden leben können.«

Einen Augenblick lang starrte North ihn sprachlos an. »Wieder glücklich sein? Wann zum Teufel war ich denn jemals glücklich? Bevor ich vor meinem Vater floh, weil ich seinen Wahnsinn nicht länger ertragen konnte? Glauben Sie, ich war in der Armee glücklich? Auf den Schlachtfeldern in Frankreich? Oder hier, in meiner Einsamkeit? Verdammt, Coombe, in meinem ganzen tristen Leben war ich noch nie so glücklich wie jetzt. Mit ihr! Mit meiner Frau! Haben Sie mich verstanden, Coombe?«

»Nein. Mylord, das ist nicht das wahre Glück. Als echter Nightingale sollten Sie wissen, daß diese Art von Glück schal und nicht von Dauer ist. Ein Nightingale geht allem Oberflächlichen aus dem Weg. Ein Nightingale ergründet die ungeahnten Tiefen seiner Seele. Ein Nightingale philosophiert über die Wechselfälle des Lebens und versucht sie zu umgehen. Einem Nightingale ist ein längeres Leben beschieden als einem eitlen, dummen Menschen.«

Caroline blickte ihn wortlos an. North schüttelte nur noch den Kopf und sagte: »Coombe, ich kann Ihnen nicht länger vertrauen. Sie haben mich belogen und betrogen. Ab sofort sind Sie aus den Diensten dieses Hauses entlassen. Sie erhalten eine angemessene Rente, die es Ihnen ermöglicht, in Cornwall ein Häuschen zu erwerben oder sich an einem Ort Ihrer Wahl niederzulassen. Ich nehme an, Sie haben meinem Vater treu gedient, und er hätte Ihnen diese Pension zukommen lassen. Ich bedaure es sehr, Coombe, daß es so kommen mußte. Ich hatte gehofft, daß Sie mehr Einsicht zeigen und sich dem neuen Geist der Zeit und dieses Hauses anpassen.«

»Ihr seliger Vater hätte mir das niemals angetan und Ihr

Großvater ebensowenig. Beide hätten meiner Warnung Gehör geschenkt, daß eine Weibsperson ihr Untergang ist. Keiner von ihnen hätte seiner Frau mehr vertraut als mir. Ihr Vater und Ihr Großvater waren Heilige. Es waren gottesfürchtige, weise Edelleute, die …«

»Beide waren bösartige, verbohrte Männer«, unterbrach North und ließ die Faust auf den Schreibtisch niedersausen. »Jetzt reicht es aber!«

»Und Ihr Urgroßvater, der zweifellos ein scharfsinniger, kluger Mann war …«

North erhob sich von seinem Stuhl und ging um den Schreibtisch herum. Er war zornig, und Coombe begriff, daß er sein Leben riskierte, wenn er jetzt den Mund nicht hielt. Also schwieg er. Sein Gesicht war bleich, und er schien plötzlich um Jahre gealtert zu sein. Caroline empfand Mitleid mit ihm, bis sie seine Augen sah, die ihr seinen abgrundtiefen Haß entgegenschleuderten. Unwillkürlich wich sie einen Schritt zurück.

Als Coombe gegangen war, sagte North: »Verzeih mir, Caroline, daß es so gekommen ist. Hätte ich sofort gehandelt, als er dir in unserer Hochzeitsnacht mit dieser gräßlichen Fratze so übel mitspielte, wäre das alles nicht geschehen. Ich wußte nicht, wer dahintersteckte. Aber ich hätte darauf kommen müssen.«

»Ich bedaure es ebenfalls sehr, North. Ich wünschte, es hätte nicht so enden müssen. Es war nicht meine Absicht, Mißstimmung in dieses Haus zu bringen. Ich hatte wirklich gehofft, er würde sich an mich gewöhnen.«

»Ich auch.«

Caroline trat zu ihrem geliebten Mann, umarmte ihn und küßte ihn aufs Kinn. »Es tut mir leid um Coombe, aber ehrlich gesagt, ich bin froh, daß er fortgeht und kein weiteres Unheil mehr anrichten kann. Du bist ein bewundernswerter, erstaunlicher Mann, North. Und du bist klug und umsichtig. Und du bist freundlich und witzig. Und du bist der beste Liebhaber in ganz England … und du gehörst mir!«

»Die verdammte Tür!« murmelte er, als er ihren Mund

küßte. Dann schloß er sie ab und blickte sie mit verliebten, dunklen Augen an. »Ich möchte, daß du deine Beine um meine Hüften schlingst, Caroline. Das habe ich mir neulich ausgedacht.«
Sie schenkte ihm das schönste Lächeln, das ein Mann sich wünschen konnte. »Einverstanden, aber ich weiß nicht genau, wie das geschehen soll.«
»Zerbrich dir darüber deinen hübschen Kopf nicht. Ich werde mich um alles kümmern.«
Und so geschah es auch.
Caroline konnte kaum noch atmen und schielte beinahe, als sie North glücklich und erschöpft anblickte. »Ich hätte nichts dagegen, wenn wir uns jetzt ausruhen, North, gar nichts.«
Eine Weile später, als sie es sich in dem großen Schaukelstuhl vor dem Kamin gemütlich gemacht hatten und Caroline vollkommen zufrieden und glücklich auf seinem Schoß saß, meinte sie plötzlich: »Es gibt anscheinend doch einige schlechte Menschen um uns herum, North. Weißt du, ich habe noch nicht sehr viel von der Welt gesehen und kenne nur wenige Menschen, und einige davon waren nicht sonderlich freundlich.«
»Ich weiß«, sagte er und schob ihr das Haar aus dem Nacken, um sie zu küssen. Ihre Haut schmeckte nach Salz und Frau und Caroline. »Aber schließlich hast du mich gefunden, und ich bin doch nett.«
»Du bist mehr als nett. Du bist der Beste. Du wiegst alle anderen auf.«
Er umarmte sie, fühlte ihre Brüste und die Lust, die seinen Körper wieder durchströmte, und fragte sich, wie das möglich war, nachdem sie sich kurz zuvor ausgetobt hatten.
Sie preßte sich an ihn und lächelte ihn entzückt an. Und wieder liebte er sie in der Überzeugung, niemals in seinem Leben ein größeres Glück empfunden zu haben, abgesehen von den köstlichen Augenblicken, die er zuvor schon mit ihr hatte verbringen dürfen.
Er hielt sie in seinen Armen. Ihr Kleid war völlig zerknit-

tert, einer ihrer Strümpfe hing vom Schreibtisch herunter, der andere ringelte sich wie eine weiße Schlange um das Kaminbesteck, und die Schuhe lagen unordentlich unter dem Stuhl. Sie sah aus wie eine zufriedengestellte Frau, und das gefiel ihm ungemein.

»Was werden deiner Meinung nach Tregeagle und Polgrain jetzt tun?«

»Eigentlich möchte ich jetzt nicht darüber nachdenken, aber ich muß es wohl tun. Ich werde gleich mit ihnen sprechen – aber diesmal ohne dich.«

Sie war feige, denn sie stimmte ohne weiteres zu.

»Nicht sofort«, sagte sie und beugte sich vor, um ihn zu küssen. »Nicht gleich jetzt, ja?«

In dieser Nacht träumte Caroline von dem Hausmädchen Timmy. Er richtete seine Pistole auf North, und sie schrie, er solle nicht schießen. North sei nicht sein Vater, er verwechsle ihn. Es gab einen lauten Knall. Caroline zuckte zusammen, als eine Hand sie an der Schulter berührte. Sie öffnete schlaftrunken die Augen und erkannte in der fahlen Morgendämmerung Miß Mary Patricias bleiches Gesicht.

»Es geht los, Miß Caroline. Oh, mein Gott, es geht los.«

31

Innerhalb einer Stunde trafen Dr. Treath und Bess Treath in Mount Hawke ein. Miß Mary Patricia benahm sich bei der Geburt genauso tüchtig und gottergeben wie bei ihren täglichen Verrichtungen und hielt es für unter ihrer Würde, zu wehklagen oder zu schreien. Am nächsten Tag gegen Mittag präsentierte sie ein wohlgenährtes, dunkelhaariges kleines Mädchen, das Ebenbild des Dienstherrn, der sie vergewaltigt hatte, wie sie Bess Treath erklärte, und schmiegte das kleine Wesen an ihre Brust.

Caroline war der Zutritt in das Zimmer nicht erlaubt worden. Dr. Treath hatte streng verkündet: »Sie haben von diesen Dingen keine Ahnung, Caroline. Sie werden damit vertraut sein, wenn Sie Ihr erstes Kind zur Welt gebracht haben.«

Das kam Caroline sonderbar vor, aber Bess Treath lachte nur und meinte: »Mein Bruder ist der Ansicht, daß eine Frau sich von keinem Mann mehr anrühren läßt, wenn sie zusieht, wie eine andere Frau ein Kind zur Welt bringt.« Sie hielt für einen Augenblick inne und fügte dann nachdenklich hinzu: »Vielleicht hat er gar nicht so unrecht. Eine Geburt ist nichts Angenehmes. Ich glaube, es müßte schon ein ganz besonderer Mann sein, daß ich mich damit einverstanden erklären würde.«

Caroline wollte sie fragen, warum sie dieser unangenehmen Prozedur zusehen durfte, obwohl sie nicht verheiratet war, unterließ es aber. Sie nahm an, daß Bess Treath durch ihr Alter – sie mußte wenigstens dreißig Jahre alt sein – gegen diese Unannehmlichkeiten gefeit war. Aber so wie

Bess Treath sich zu diesem heiklen Thema geäußert hatte, flößte es Caroline doch eine gewisse Angst ein. Während sie mit North im unteren Stockwerk auf Miß Mary Patricias Niederkunft warteten, fragte sie ihn: »Ist es wirklich so schrecklich?« Sie flüsterte beinahe, denn sie wollte unbedingt vermeiden, daß Alice oder Evelyn sie hörten. In diesem Augenblick wurde sie von Owen abgelenkt, dem es gelungen war, Alice zum Lachen zu bringen.

»Ja«, sagte North knapp und nichts weiter.

Sie wurde sofort hellhörig, packte ihn am Arm und schüttelte ihn. »Sag es mir, North, was weißt du darüber, wie Kinder zur Welt kommen?«

»In den Bergen von Portugal habe ich einer Frau bei ihrer Niederkunft geholfen. Ihr Mann war gerade getötet worden, und so kamen die Wehen zu früh. Meine Männer bauten ein Zelt auf, und ich … also, ich versuchte ihr beizustehen.«

»Was geschah weiter?«

»Der kleine Junge war tot. Sie starb einige Augenblicke später.«

»Warum starb sie?«

»Sie lag zwei Tage lang in den Wehen. Sie war zu erschöpft und kraftlos. Ihr Mann war tot. Das Kind war tot. Sie hatte keinen Lebenswillen mehr.« North bemerkte erst jetzt, was er angerichtet hatte. Carolines Gesicht war aschfahl geworden.

Er küßte sie und schloß sie in die Arme. »Caroline, ich bin ein Dummkopf. Wie konnte ich dir das nur erzählen? Mit dieser armen Frau hast du wirklich nichts gemein. Wenn du schwanger werden solltest, werde ich bei dir sein und auf dich aufpassen, und Dr. Treath wird dir beistehen. Ich habe deinen Leib gefühlt, und es gelang mir sogar, dein Becken ohne Lustgefühle zu betrachten. Du bist breit genug gebaut, um so viele Kinder auszutragen, wie du möchtest.«

Als Bess Treath gegen Mittag in den Salon kam, hielt sie einen Säugling im Arm und verkündete lächelnd: »Es ist ein gesundes Mädchen. Miß Mary Patricia möchte es Eleanor nennen, nach Ihrer Tante, Caroline.«

»Oh«, brachte Caroline nur hervor und brach zu North' Erstaunen in Tränen aus.

Die kleine Eleanor schlief fest in der hübschen Wiege neben Miß Mary Patricias Bett. Owen war nach Scrilady Hall zurückgekehrt, nachdem er sich vergewissert hatte, daß Alice das Glas warme Milch austrank, das Mrs. Mayhew ihr eingeschenkt hatte. Bennett Penrose war in Begleitung von Flash Savory nach Honeymead Manor zu Mr. Ffalkes unterwegs. Er hatte ein Schreiben von North bei sich, in dem er Mr. Ffalkes bat, Bennett an die Kandare zu nehmen und einen Mann aus ihm zu machen. Der Alte werde diese Aufgabe nicht ablehnen, meinte North schmunzelnd zu Caroline, da sich dieser Mann über jeden Sterblichen erhaben fühlte.
North lehnte sich gegen den Kamin, die Arme über der Brust gekreuzt. »Entschuldige, aber ich komme erst jetzt dazu, dir davon zu berichten.«
»Glaubst du, daß Bennett in Honeymead Manor bei Mr. Ffalkes bleiben wird?«
»Ihm bleibt keine andere Wahl. Ich habe Mr. Ffalkes gebeten, ihm einen Lohn für seine Arbeit zu zahlen.«
Sie lachte. »Herrlich, North. Du hast an alles gedacht.«
Wieder fühlte er, wie sich in seinem Innern etwas ausbreitete, wuchs und mächtiger wurde. Ihr Lächeln und ihr Blick riefen dieses Glücksgefühl in ihm wach, ebenso wie den Wunsch, zu lachen, zu scherzen und sie ohne Ende zu küssen.
»Abwarten«, sagte er und gab sich Mühe, seine innere Bewegung zu verbergen. »Und jetzt werde ich dir von Polgrain und Tregeagle erzählen. Sie waren zunächst steif und stumm wie die Zaunlatten und vermieden es, mir in die Augen zu sehen. Sie behandelten mich, als wäre ich ihr Henker. Ich fragte, ob sie auf Mount Hawke bleiben wollten. Tregeagle meinte, er könne nicht verstehen, warum Coombe mir das angetan habe. Mit dieser üblen Verleumdung sei er entschieden zu weit gegangen. Der Kopf des Ungeheuers in unserer Hochzeitsnacht jedoch sei keine schlechte Idee gewesen. Allerdings hätte er sich keinen Er-

folg davon versprochen, da du verdammt eigensinnig und willensstark seist. Er sagte, ein vernünftiges Wortgefecht sei die einzige Waffe eines Mannes, der guten Willens sei. Zum Schluß meinte Polgrain, er befürchte, daß Mr. Coombe etwas in die Ochsenschwanzsuppe getan habe.« North streichelte Carolines Hand.

»Ich fragte die beiden dann, ob Coombe sehr aufgebracht gewesen sei, als mein Vater meine Mutter heiratete. Sie blickten sich an, unterließen es aber, mir zu versichern, daß dies nicht der Fall gewesen sei, und das erweckt in mir die Vermutung, daß Coombe als junger Mann das Vermächtnis der Nightingales eigenmächtig weiterbestehen ließ. Aber mit Sicherheit weiß ich es nicht und nehme auch nicht an, daß Polgrain und Tregeagle eingeweiht wurden. Ja, und so habe ich es den beiden anheimgestellt, hierzubleiben oder zu gehen. Morgen früh werden sie mir ihre Entscheidung mitteilen.« Er machte eine Pause und wartete darauf, daß Caroline etwas sagen würde, das heißt, er hatte längst erwartet, daß sie eine Bemerkung dazwischenwerfen würde, aber sie saß still und regungslos im Sessel, was ihr gar nicht ähnlich sah.

»Du lieber Himmel«, entfuhr es ihm schließlich. »Ich glaube, du grübelst. Meine Caroline hängt düsteren Gedanken nach. Ich werde meine Hunde rufen, damit du mit ihnen im Moor herumwandern kannst. Ich werde dir Gedichte vorlesen, die dich melancholisch und schwermütig stimmen. O ja, und dann werde ich dir einen weiten, schwarzen Umhang besorgen. Damit setzt du dich auf einen Felsen am Meer und starrst mit sturmzerzaustem Haar in die Weite des Himmels.«

Endlich blickte sie ihn an und lächelte verschmitzt. »Das war mein erster Versuch zu grübeln. Ich bin mir nicht sicher, ob ich es mag, aber ich möchte mich auf die Probe stellen. Ein schwarzer Umhang, sagtest du? Der sich im Sturm bläht? Wie romantisch!«

Er lachte sein tiefes, kehliges Lachen. Dann hielt er vor Überraschung inne. Er hatte wieder herzhaft gelacht! Unwillkürlich riß er sie an sich und hielt sie fest.

»Dein Lachen ist wundervoll, North«, erklärte sie. »Einfach wundervoll. Ich glaube, ich werde das Grübeln aufgeben und dir lieber beim Lachen zuhören. Einverstanden?«

Tregeagle und Polgrain entschlossen sich zum Bleiben. Sie schienen geläutert zu sein und sich den neuen Gegebenheiten des Hauses anzupassen. Polgrain wuchs über sich selbst hinaus, als er Mrs. Mayhew höflich nach ihrer Meinung über die Aprikosensauce fragte, die er für das Abendessen zubereitete. Und welche Überwindung mußte es Tregeagle gekostet haben, Molly für das blankgeputzte Silber zu loben.

Trotzdem traute Caroline den beiden nicht über den Weg.

Es wurde jetzt gegen Mitte November empfindlich kalt, so daß in allen bewohnten Räumen Kaminfeuer brannten.

Bei Evelyn setzten die Wehen am zwölften November gegen Mittag ein. Zur Abendzeit hatte sie schnell und komplikationslos einen kleinen Jungen auf die Welt gebracht. Sie gab ihm den Namen Frederic North. Die kleine Eleanor krähte, als man ihr den Winzling zeigte, was sogar ein Lächeln auf Tregeagles versteinertes Gesicht zauberte. Oder war es eher eine Grimasse, die das Lächeln verbergen sollte? Wer kannte sich da aus?

»Ich sollte dich vielleicht Großer North nennen im Gegensatz zum Kleinen North.«

»Großer North klingt recht gut, dann habe ich das Gefühl, bedeutend zu sein.« Sie lachte auf und knuffte ihn in den Arm.

»Caroline, ich habe gerade einen Brief von Marcus Wyndham erhalten, dem Earl of Chase. Wenn du dich erinnerst, habe ich dir von ihm erzählt. Also, er und die Duchess werden uns nächste Woche besuchen. Du wirst beide mögen.«

»Ah, sehr schön. Ich werde dafür sorgen, daß alles zu ihrem Empfang vorbereitet wird. Und noch etwas, North: Miß Mary Patricia fühlt sich wohl und ist wieder voll bei Kräften. Ich glaube, sie weiß nicht so recht, was sie mit sich anfangen soll.«

»Was willst du damit sagen?«

»Sie langweilt sich und möchte sich nützlich machen. Was hältst du davon, wenn sie in Scrilady Hall als eine Art weiblicher Geschäftsführer tätig ist? Evelyn könnte ihr zur Hand gehen, und gemeinsam könnten sie das Haus in Tante Eleanors Sinn führen.«

»Du meinst, als Zufluchtsstätte für schwangere Mädchen?«

»Genau. Was hältst du davon?«

»Du stellst dir Miß Mary Patricia als Lehrerin der dort geborenen Kinder vor? Und Evelyn könnte sich um den weiteren Werdegang der jungen Mütter kümmern und ihnen zum Beispiel eine Anstellung besorgen?«

»Ja, ich sprach neulich mit Mrs. Trebaw darüber, und …«

»Aha, du hast also bereits einiges in die Wege geleitet, und ich dachte schon, du möchtest als erstes meinen wertvollen Rat einholen.«

»Mehr oder weniger ja. Deine Meinung bedeutet mir sehr viel, North. Scherz jetzt bitte nicht. Das Ganze ist zu ernst und wichtig.«

»Was meinte Mrs. Trebaw dazu?«

»Sie war von dem Vorschlag sehr angetan. Sie meinte, Mrs. Penrose sei eine sehr feine Dame gewesen, wenn auch ein wenig exzentrisch, und daß sie Lachen und Fröhlichkeit im Haus vermisse. Und dann fügte Mrs. Trebaw vergnügt hinzu, kleine Kinder würden mehr Wärme als ein Dutzend Kaminfeuer verbreiten. Sie meinte, daß Mr. Owen ein netter Junge sei, aber eben ein Junge und noch kein Mann, und das mache die Sache etwas schwieriger und, wie ich vermute, nicht so lustig für sie.«

»Nein, wahrscheinlich weiß er ihren perfekt geführten Haushalt nicht zu schätzen und übersieht die glänzenden Teller und Gläser auf dem gedeckten Tisch. Caroline, ich glaube, wir erkennen die netten, kleinen Dinge, die man täglich für uns tut, nicht genügend an. Wir halten sie für selbstverständlich.«

»Du meinst, wenn ich ein Kleid trage, das mir besonders gut steht, dann übersiehst du es?«

»O nein! Ein Mann übersieht es nie, wenn eine Frau sich bemüht, ihm zu gefallen. Glaub mir, wenn du dein Kleid

jetzt auch nur ein wenig herunterziehst, dann würde ich mich wie ein Meutehund sofort auf die Beute stürzen.«
Sie lachte und umarmte ihn, und er küßte ihren Nacken. »Was fangen wir mit Alice an?«
Caroline schwieg. Sie selbst fühlte sich schwach und unwohl, und das bereits seit einer Woche. Als sie diese Übelkeit zum ersten Mal verspürte, dachte sie an die Ochsenschwanzsuppe und erblaßte, aber dann war das Gefühl verschwunden. In diesem Augenblick überfiel sie dieses Unwohlsein wieder mit aller Macht, und sie schloß die Augen.
»Caroline?«
»Oh, Alice. Ich weiß nicht, North. Ich mache mir Sorgen um sie, und Dr. Treath hat ebenfalls seine Bedenken. Sie ist so dünn und zart. Nach der Geburt möchte ich sie noch eine Weile hierbehalten. Ich möchte kein Risiko eingehen.«
»Dann sollten Miß Mary Patricia und Evelyn das auch tun. Ich möchte nicht, daß Alice sich einsam fühlt. Sprich doch mit Evelyn und Miß Mary Patricia darüber. Alice erwartet das Kind in einem Monat oder so?«
»Ich glaube ja. Das ist eine gute Idee, North. Ah, vergiß Owen nicht. Er ist öfter hier als in Scrilady Hall.«
»Du denkst doch nicht etwa, daß er nur wegen Polgrains guter Küche kommt?«
Sie lächelte zu ihm auf. »Nein, ich glaube, er ist für Alice entflammt. Unser Owen wird erwachsen, und wie mir scheint, wird er sehr gut erwachsen.«
North zog sie zärtlich an sich und strich mit seinen breiten Händen immer wieder über ihren Rücken. Sie spürte den warmen Atem, als er in ihr Ohr flüsterte: »Wann wirst du mir von dem Kind erzählen, Caroline?«
Sie wurde ganz still. »Wessen Kind?«
»Mein Kind. Unser Kind.«
»Oh, Liebster.«
»Es könnte die Folge unseres Treibens sein, dem wir beide in recht unbescheidenem Umfang und mit größter Freude nachkommen.«
»Gütiger Himmel, bist du sicher?«
Er lachte. »Nein, ich kann es nicht mit Sicherheit sagen,

aber gestern nachmittag gegen drei Uhr war dir tatsächlich nicht ganz wohl. Dein Gesicht wurde grün. Wann hattest du das letzte monatliche Unwohlsein?«

Sie verbarg das Gesicht an seiner Schulter: »Oh, das ist lange her.«

»Könntest du dich etwas genauer ausdrücken?«

Sie schüttelte den Kopf. »Es war so viel los in letzter Zeit, daß ich nicht darauf geachtet habe. Also, grob gerechnet könnten eineinhalb Monate vergangen sein.«

»Ja, das dürfte stimmen. Also, dann ist es soweit.«

»Ich bekomme ein Kind? Wirklich?«

»Wirklich, denke ich.«

»Freust du dich, North?«

»Und wie geht es im Augenblick deinem Bauch?«

»Bestens.«

Er hob sie auf die Arme und wirbelte sie in dem verruchten Walzertakt im Schlafzimmer umher.

Tregeagle hörte ihr ausgelassenes Lachen im Korridor des Westflügels von Mount Hawke. Er runzelte die Stirn, als er an der Schlafzimmertür seines Herrn klopfte, um ihm zu melden, daß Flash Savory eingetroffen sei, um seiner Lordschaft zu berichten.

»Caroline«, meinte North ernst, »warum wolltest du nicht mit Dr. Treath sprechen, als er neulich hier war?«

Sie hob die Schultern, vermied es aber, ihn anzusehen.

Er blickte sie an und brach in das kehlige Lachen aus, das sie so an ihm liebte. »Mein Gott, Caroline! Du schämst dich. Meine Caroline schämt sich vor einem Arzt.«

Sie warf ihm einen betörenden Blick zu. »Das ist das zweite Mal, daß du mich deine Caroline genannt hast.«

»Nein, *meine* Caroline. Ich könnte Dr. Treath doch um einen Hausbesuch bitten.«

»Noch nicht. North, bitte. Ich bin noch nicht soweit. Du bist der einzige Mann, dem ich, nun, du weißt, was ich sagen will ...«

»Er ist Arzt, Caroline. Er hat Miß Mary Patricia und Evelyn entbunden. Es ist ihm gleichgültig, auch wenn sie noch so hübsch und jung sind.«

»Ja, wahrscheinlich. Aber trotzdem. Ich brauche noch etwas Zeit, North.«

»Welch ein Umstand! Caroline, er ist alt genug, um dein Vater zu sein. Du wirst doch nichts gegen eine Untersuchung in Anwesenheit von Bess Treath einzuwenden haben.«

»Gib mir ein wenig Zeit, damit ich mich daran gewöhnen kann. Es ist alles sehr neu für mich, North.« Sie legte die Arme um sich und sann darüber nach, daß er sie seine Caroline genannt hatte. Nein, dachte sie lächelnd, *meine* Caroline.

Niemals würde sie in ihrem Leben glücklicher sein.

Das glaubte sie bis zum nachfolgenden Nachmittag.

Coombe war verschwunden. Er hatte Mount Hawke an dem Tag verlassen, da North ihm gekündigt hatte. Er nahm die beachtliche Pension an sich, die ihm Mr. Brogan auszahlte, und zog zunächst in Mrs. Freelys Gasthaus in Goonbell ein. Dort grübelte er stundenlang wortlos vor sich hin, ohne mit einem Gast oder Mrs. Freely zu sprechen. Dann war er spurlos verschwunden.

Mrs. Freely suchte North in Mount Hawke auf, um persönlich mit ihm zu sprechen. North berichtete Caroline nur, daß Mrs. Freely Coombe seit zwei Tagen nicht mehr gesehen habe. Sie sei auf sein Zimmer gegangen und habe festgestellt, daß er es verlassen hatte. Nein, er sei ihr kein Geld schuldig geblieben, im Gegenteil, er habe ihr so viel bezahlt, daß er das Zimmer noch einen weiteren Monat hätte behalten können.

North begleitete Mrs. Freely nach Goonbell. Als er schließlich in Mount Hawke eintraf, erwartete ihn eine Schar von Menschen: die gesamte weibliche Belegschaft, Tregeagle, Polgrain und natürlich das Hausmädchen Timmy und die schwangeren Weiblichkeiten. Sie blickten ihn an, als seien sie auf das Schlimmste gefaßt. Nur er wußte, daß sie keine Ahnung davon haben konnten, welches Ausmaß die Dinge angenommen hatten.

Er blickte sie der Reihe nach an und verkündete dann

schlicht: »Es ist wirklich kaum zu glauben, aber vieles deutet darauf hin, daß Coombe der Mann gewesen sein kann, der die Frauen ermordet hat. Tut mir leid, Caroline.«

»Nein!« rief Mrs. Mayhew. Ihre Stimme klang schrill. »Mr. Coombe war in mancher Hinsicht ein sonderbarer Mensch, manchmal ein Widerling, aber ich kann nicht glauben, daß er die Frauen getötet hat. In manchen Augenblicken mochte ich ihn sogar, das war nicht sehr häufig, wie Sie sich denken können, aber an zwei Gelegenheiten kann ich mich erinnern. Wie viele Frauen waren es?«

»Drei Frauen in drei Jahren«, erklärte Polgrain. »Sie wurden erstochen, wie Ihnen bekannt ist. Euer Lordschaft, ich stimme Mrs. Mayhew bei. Mr. Coombe war nicht gewalttätig.« Dann schloß er sofort den Mund, als ihm bewußt wurde, was er da von sich gab, schließlich hatte er wegen der Ochsenschwanzsuppe einen gewissen Verdacht ausgesprochen.

North schüttelte den Kopf und sagte: »Wie es scheint, ist er einfach auf und davon. Er ließ seine Sachen zurück. Es fanden sich noch Papiere, einige alte Kleidungsstücke, ein Paar Pantoffeln.« Dann machte er eine Pause und fuhr bedeutungsvoll fort. »Unter seinen Papieren fanden wir einen Brief von Elizabeth Godolphin an Coombe – wir nehmen an, daß er an Coombe gerichtet war. Sie war die Frau, die vor drei Jahren umgebracht wurde. Es war ein Liebesbrief. Hinten in einer Schublade fand sich auch ein Messer, das in ein Hemd eingewickelt war. Es war mit getrocknetem Blut beschmiert. Die Opfer wurden erstochen.«

Wie aus einem Nebel drangen die Worte an Carolines Ohr, und sie wurde ohnmächtig. Sie hörte noch, wie North ihren Namen rief, dann wurde ihr schwarz vor Augen.

32

Marcus Wyndham, der Earl of Chase, sagte zu North: »Das will mir nicht in den Kopf! Kaum hast du mir den Rücken gekehrt, bist du auch schon verheiratet. Es ist schier unfaßlich, daß dein düsteres Gehabe und deine melancholische Ader sich in Heiterkeit und Frohsinn auflösten. Ich zweifle an meinem Verstand, North. Was soll ich davon halten?«

North grinste ihn mit einem verschmitzten Zug um den Mund an. »Was soll ich dazu sagen, Marcus? Ich begegnete Caroline, und wie es scheint, sind die verfluchten schwarzen Wolken, die mein Gemüt jahrelang verdunkelten, abgezogen und machen der Sonne Platz. Sie lächelt mich an, und ich fühle mich bis in die Zehenspitzen wohl.«

»Merkwürdig«, sinnierte der Earl und blickte zu seiner Frau hinüber. »Ich kenne die Duchess seit meiner Kindheit und habe mich überhaupt nicht verändert. Sie hat in mir weder einen Gesinnungswandel noch eine Veränderung des Charakters bewirkt. Wahrscheinlich war beides so beschaffen, daß es nichts zu beanstanden gab. Während du, North, doch ein recht finsterer, eigenwilliger Geselle warst.«

Die Duchess wandte sich mit einem feinen Lächeln auf den Lippen an Caroline. »Mein Lord glaubt manchmal, er hätte den Esprit der Philosophen gepachtet, was ihm gelegentlich einige Unbequemlichkeiten einbringt.«

Caroline lachte. »Könntest du das bitte etwas näher erklären?«

»Nein, später einmal«, erwiderte die Duchess lächelnd,

prostete ihr aber verstohlen mit der Teetasse zu. Als der Earl Anstalten machte, auf dieser näheren Erklärung zu bestehen, fuhr die Duchess rasch fort: »Wie ich höre, habt ihr euch hier mit einer Reihe von Schwierigkeiten auseinanderzusetzen.« Sie stellte die zarte Porzellantasse mit einer derart zierlichen Handbewegung auf die kleine Untertasse, daß Caroline für einen Augenblick neidisch wurde. Was den Earl und North anbetraf, so gingen die beiden miteinander um wie uralte Freunde, die sich genau kannten und sich mit humorvollem Sarkasmus und Sticheleien bedachten, wie sie unter Herren anscheinend üblich waren. Beide waren hochgewachsene Männer mit gestählten, geschmeidigen Körpern. In Carolines verliebten Augen war North der weitaus besser aussehende.

»Ja«, sagte North, »Caroline wurde vor vier Tagen ohnmächtig und erschrak mich zu Tode. Daraufhin drohte ich ihr, sie zu verprügeln, wenn sich das wiederholen sollte.«

»Womit er nicht so unrecht hat«, warf Caroline ein, »schließlich empfand ich diese Hilflosigkeit als äußerst peinlich.«

»Warum wurdest du ohnmächtig?« fragte die Duchess teilnahmsvoll.

»Das ist eine gute Frage«, erwiderte North und schien etwas verunsichert. Dann sagte er langsam: »Zweifellos haben wir einige Sorgen hier, aber es gibt Wichtigeres. Caroline erwartet ein Kind.«

»Das ist ja wundervoll!« rief die Duchess. »Dann steht es ihr weiß Gott zu, ab und zu einmal in Ohnmacht zu fallen. Meinen herzlichen Glückwunsch. Marcus bemüht sich sehr, mich in diesen Zustand zu versetzen, aber ihr braucht uns gegenüber keine Bedenken zu haben, wenn ihr von dem Kind sprecht.« Zu Caroline gewandt fuhr sie etwas leiser fort: »Ich hatte vor einiger Zeit eine Fehlgeburt, aber es geht mir wieder gut. Wie ich schon sagte, Marcus ist ein zielstrebiger Mann mit festen Grundsätzen.«

»Ich tue mein Bestes«, sagte Marcus und unterbrach seine Frau, dabei fuhr er sich unwillkürlich durch das Haar – eine Geste, befand Caroline, die ihm glänzend stand. »Ja,

ja, ich versuche täglich, sie zu schwängern. Aber wenn ich sie liebe, denke ich dabei merkwürdigerweise nicht an ein Kind.«
»Das reicht, Marcus«, sagte die Duchess sanftmütig, aber erhaben und beherrscht. »Du bringst mich in Verlegenheit. Du weißt, du bist ein wundervoller Liebhaber, das sagte ich dir oft, aber sei mit deinen Äußerungen etwas zurückhaltender, sonst wirst du es bereuen, wenn wir allein sind.«
Caroline kicherte. Sie konnte nicht anders, denn der dunkelhaarige große Mann, der Earl of Chase, grinste seine Frau wie ein Kartenspieler an, der einen Trumpf im Ärmel hat und todsicher gewinnen wird. Er rieb die Hände gegeneinander und meinte an Caroline gewandt: »Ich weiß, du siehst jetzt nur die zarte weiße Hand, die das zerbrechliche Porzellantäßchen hält. Die Duchess scheint ein feengleiches Wesen zu sein, das niemals die Stimme erhebt, höchstens anmutig eine Augenbraue in die Höhe zieht. Ja, und zu Hause ist sie ständig von einem Rudel Bediensteter umgeben, die diesem zarten Geschöpf jeden Wunsch von den Augen ablesen. Aber ich kenne sie von einer anderen Seite. Sie kann zu einer Furie werden, die schreiend und wildentschlossen einen spanischen Reitsattel auf mich schleudert oder mich gnadenlos mit einem Zaumzeug schlägt, bis ich blutend und besinnungslos zu Boden gehe, oder mir ihren Reitstiefel um die Ohren knallt und ...«
»Marcus«, unterbrach ihn die Duchess. Ihre Stimme war diesmal nicht so ruhig, sanftmütig und beherrscht. »Du wirst jetzt den Mund halten, zumindest bis ich Caroline etwas besser kenne, sonst bekommt sie ein falsches Bild von mir.«
North schüttelte den Kopf und stellte das Glas mit dem Cognac ab. »Caroline, mein Liebes, du wirst dich schnell an Marcus gewöhnen. Was die Duchess anbelangt, so ist sie mir genauso lieb wie Marcus, nur mit dem Unterschied, daß sie eine zartbesaitete Dame ist und kein geiler Ziegenbock wie ihr Mann.«
»Muß ich mir das alles gefallen lassen?« beklagte sich Marcus und boxte North auf den Oberarm.

»Na schön, wenn du willst, nehme ich den Ziegenbock zurück.«
So flogen die Bälle eine Weile hin und her, und Caroline blickte ihren Mann bewundernd an, als sie beteuerte, sie sei die glücklichste Frau auf Erden, seitdem sie North in diesem abgelegenen Gasthaus in Dorchester begegnet sei.
»Das trieft ja vor Zuckerguß«, sagte der Earl, »und ich würde gerne auch etwas von euren Schwierigkeiten hören.«
»Da hat er recht«, meinte North. »Caroline, ich habe Marcus von unseren Sorgen erzählt.«
»Du hast ihm von meiner Tante und Coombe berichtet?«
North nickte. »Ich verdanke Marcus mein Leben, Caroline. Ich kann ihm alles anvertrauen. Außerdem hat er einen scharfen Verstand und ist listenreich wie des Teufels Großmutter. Vielleicht fällt ihm etwas auf, was wir bisher übersehen haben.«
Carolines Augen bekamen einen besorgten, verängstigten Ausdruck, als sie ihren Mann nachdenklich ansah. North bemerkte es, nahm sie sofort in die Arme und küßte ihr Haar. »Wir werden damit fertig werden, Caroline«, versicherte er. »Ganz bestimmt werden wir damit fertig werden.«

Caroline hatte sich eine Erkältung zugezogen und fühlte sich elend. Ihr Hals schmerzte. Sie schwitzte und fror abwechselnd. North hatte strenge Bettruhe angeordnet und ihr eine von Polgrains Hausmedizinen eingeflößt. Die Duchess durfte sie besuchen, ihr aber nicht zu nahe kommen.
»Es tut mir leid, daß du krank bist, Caroline. Marcus glaubt, es sei der rasche Wetterumschwung. Jedenfalls drohte er mir, mich zu verprügeln, wenn ich mich erkälte. Ich habe ihm geantwortet, daß ich ihn mit der Reitpeitsche schlage, wenn sich bei ihm erste Anzeichen von Schnupfen bemerkbar machen. Daraufhin blitzte mich dieser Lümmel nur unverschämt an. Und diesen Mann liebe ich mehr als mein Leben!«
Caroline, die sich nach Polgrains Medizin etwas wohler

fühlte, meinte schelmisch: »Ich mag deinen Mann. Wahrscheinlich ist er gegen jede Krankheit gefeit, außerdem ist er North' bester Freund!«
Ein feines Lächeln umspielte die Lippen der Duchess, als sie die Falten ihres burgunderroten Wollkleids glattstrich. »Ich hörte, wie North Marcus gegenüber seine männlichen Vorfahren erwähnte, die glaubten, König Marke sei hier in Mount Hawke und nicht in Fowey begraben. Mit wertvollen Schätzen natürlich. Und was ist mit Tristan und Isolde, dem Liebespaar, das ihn betrogen hat? Stimmt es, daß ihr Aufzeichnungen darüber besitzt?«
Und so geschah es, daß Caroline ihr von dem Vermächtnis der Nightingales erzählte. Von dem Fluch der treulosen Ehefrauen und dem verborgenen Schatz König Markes, der auf dem Nightingale-Land zu finden sei, wahrscheinlich unter einem der unzähligen Grabhügel an der Ostgrenze des Besitzes.
Dann erzählte ihr die Duchess von dem Schatz der Wyndhams. »König Heinrich der Achte«, sagte Caroline, »sehr beachtlich und aufregender als die Behauptung, König Marke liege hier begraben.«
»Das würde ich nicht sagen«, meinte die Duchess. »Die Geschichte von Heinrich dem Achten liegt dreihundert Jahre zurück, während es bei König Marke mehr als tausend Jahre sind. Das ist beeindruckend, Caroline, sehr beeindruckend.«
»Ich persönlich bin der Meinung, daß dies eher eine Erfindung der gemütskranken Nightingale-Männer ist, die allesamt die Frauen haßten.«
»Erzähl mir mehr darüber«, bat die Duchess, und Caroline kam ihrem Wunsch nach.
»Hm«, meinte die Duchess abschließend, nachdem die beiden Frauen sich mehr als eine Stunde lang mit diesem Thema auseinandergesetzt hatten. »Wir werden die Köpfe zusammenstecken, Caroline. Ich glaube, zwei kluge Frauen richten mehr aus als zwei leidenschaftliche Männer, die eher mit den Köpfen zusammenstoßen als denken.«

»Das«, kam es von der Tür, »scheint mir eine Beleidigung zu sein.«
»Dem stimme ich zu«, ließ sich auch North vernehmen, als er in das Schlafzimmer eintrat. »Meine Frau ist hoffentlich klug genug, um mir ein Lächeln zu schenken. Hält die Wirkung der widerlichen Arznei noch an?«
Caroline war nach dem langen Gespräch etwas schläfrig, aber North sah so prächtig aus und war windzerzaust von dem Ritt in der frischen Luft. Er war so lebensbejahend und lebendig, wie es ein Mann nur sein konnte, so daß ihre Lebensgeister wach wurden und sie ihn strahlend anlächelte. »Mir geht es ausgezeichnet.«
»Der Ausdruck im Gesicht deiner Frau ist weiblicher Hokuspokus, die reinste Verstellung, North. Wenn du ihr glaubst, dann bist du eingebildeter, als ich annahm.«
Nun mischte sich die Duchess ein. »Wir haben über König Marke gesprochen. Wie denkst du darüber, North?«
»Hmm, verzeih, Duchess, was meintest du soeben?«
Marcus stieß ihn mit der Faust in den Bauch. »Er überlegt gerade, ob er der Mitwelt verkünden soll, er sei ein Gott, der über uns auf einem riesigen Podest thront. Seine Frau wird das bestätigen. Nicht wahr, Caroline, er gefällt dir über alle Maßen?«
»Ja«, antwortete sie schlicht und lächelte ihren Mann verliebt und hingebungsvoll an.
Die Duchess erhob sich und glättete ihren wollenen Rock. »Ich glaube, es ist an der Zeit, daß Caroline ihren Nachmittagsschlaf hält. Sie sieht etwas angegriffen aus, Marcus. Außerdem möchte ich etwas unter vier Augen mit dir besprechen.«
»Aha«, sagte der Earl und reichte seiner Frau den Arm.

Am folgenden Nachmittag verkündete die Duchess beim Mittagessen: »Ich habe gestern nacht die Familiengeschichte der Nightingales gelesen.«
»Ja, das kann ich bestätigen. Sie verlangte, ich solle mich ruhig verhalten und schlafen«, bestätigte der Earl grollend und schob sich einen Bissen von Polgrains delikat gebrate-

ner, mit Brunnenkresse und Orangenstückchen zubereiteter Wildente in den Mund.
»Was mich doch sehr überraschte«, erklärte die Duchess, »war die Tatsache, daß er artig darauf einging. Er schlief wie ein Vielfraß mit einer Weihnachtsgans im Magen. Die Lektüre war jedenfalls sehr aufschlußreich, Caroline.«
Caroline, die sich bereits viel wohler als am Tag zuvor fühlte, fragte: »Hast du etwas herausgefunden? Ich habe die Familienchronik nur überflogen. Hast du sie bis zum Ende gelesen, North?« Er schüttelte den Kopf. »Was hältst du davon, Duchess?«
»Ich denke, wir sollten den Ort aufsuchen, an dem der Armreif gefunden wurde. Dein Urgroßvater hat die Stelle beschrieben. Ich befürchte allerdings, daß die Hinweise nicht allzu genau sind. Es ist jedenfalls sehr merkwürdig, daß das Schmuckstück nicht mehr aufgetaucht ist.«
»Nein, seine Angaben sind nicht genau«, meinte Caroline an die Duchess gewandt. »Ich habe die Stelle gesucht, aber nichts gefunden. Da gibt es einen dichten kleinen Eichenhain, einen langgestreckten Zaun aus Steinen und unzählige kleine Hügel. Aber ich habe nicht den kleinsten Anhaltspunkt entdeckt, nicht einmal eine Keramikscherbe, nichts. Ich war drei- oder viermal dort.«
Der Earl sah seine Frau an. »Ich würde sagen, dieser goldene Armreif hat nie existiert, sonst müßte er ja da sein. Wenn er gestohlen wurde, dann hätte dein Großvater oder dein Vater es erwähnt.«
Darauf gab es keine Antwort. »Sogar meine drei Bediensteten wissen nichts davon, und ich verwette meinen besten Meutehund, daß alles nur ein Hirngespinst ist«, sagte North.
»Jedenfalls möchte ich mir den Ort ansehen«, erklärte die Duchess ihrem Mann. »Das Ganze erinnert mich an meine Nachforschungen in der alten Abtei, Marcus. Wie du weißt, glaubten wir beide nicht an das Vermächtnis der Wyndhams, aber wir waren im Irrtum. Vielleicht finde ich etwas. Ehrlich gesagt, ich möchte unbedingt etwas finden.«
»Die Schatzsuche liegt ihr im Blut«, erklärte Marcus sei-

nem Freund. »Du hättest sie mit den Perlen sehen sollen, die wir bei den Schätzen König Heinrichs gefunden haben. Abends hatte sie sich die Perlenschnüre um den Hals geschlungen. Sie trug nichts, nur die Perlen ...«
Die zarte weiße Hand seiner Frau fuhr ihm energisch über den Mund.

33

Da die Duchess bereits in den frühen Morgenstunden zur Schatzsuche aufgebrochen war und die beiden Herren zu Pferd den Weg in Richtung Zinnminen eingeschlagen hatten, ritt Caroline mit ihrer Stute nach Goonbell. Sie wollte sich das Zimmer ansehen, das Coombe vor seinem spurlosen Verschwinden bewohnt hatte.

Mrs. Freely lief der Mund vor Neuigkeiten über, noch bevor sie Carolines Umhang und die Handschuhe entgegengenommen hatte. Sie hatte alles über Jeb Peckly, diesen verkommenen Saufkopf, herausbekommen. Zu ihrem großen Erstaunen habe er sich zu einem einigermaßen anständigen Ehemann gemausert, trinke jetzt weniger und habe, soweit sie wußte, weder Frau noch Töchter verprügelt. Caroline schwieg und lächelte. Mrs. Freely erkundigte sich nach dem Earl of Chase und seiner Gemahlin, als sie Caroline in die geräumige, warme Küche führte und ihr einen Becher Glühwein kredenzte. Das vertreibe die beißende Kälte aus den Knochen, meinte sie und strich über Carolines Haar. »Welch wunderschönes Haar Sie haben, Mylady. Dick und schwer mit den verschiedensten Schattierungen, so wie die Bäume, die rund um das Gasthaus wachsen. Ich liebe meine Ulmen, Eichen und Ahornbäume. Jedenfalls, solange sie ihr Laub nicht verlieren, was Ihnen hoffentlich niemals widerfahren wird, wenn ich dieses Bild weiter ausmalen darf.«

Schließlich führte Mrs. Freely sie nach oben und äußerte den Wunsch, den Earl of Chase und seine Gemahlin kennenzulernen. Caroline stellte sich im Geist die klatschsüchtige Mrs. Freely neben der Duchess vor. Das könnte recht spannend werden, dachte sie schmunzelnd und lud die Wirtin zum Abendessen ein.

»Mylady, eines steht fest, ich habe mir noch nie etwas von einem Mann sagen lassen«, erklärte sie, als sie sich Coombes Zimmertür näherten.

»Hm«, sagte Caroline, die nicht genau wußte, was Mrs. Freely meinte.

»Jedenfalls von keinem Mann, der hier aufgekreuzt ist«, fügte sie hinzu und nickte mehr zu sich selbst. »Tja, es gab einen Mann, der es wagte, mich Meg zu nennen und mir auf den Hintern zu klopfen. Dem habe ich es gezeigt! Also, das hier ist das Zimmer des armen Mr. Coombe.« Sie öffnete die Tür. »Ich versichere Ihnen, hier finden Sie nichts mehr. Seine Lordschaft hat alles sehr gründlich durchsucht. Hier bei uns in Goonbell glaubt jeder, Mr. Coombe sei nicht ganz richtig im Kopf gewesen. Einerseits ist man über sein Verschwinden erleichtert, andererseits besorgt, weil man nichts über seinen Verbleib weiß. Wie Sie sich denken können, Mylady, ist das hier unser Tagesgespräch.«

»Ja, das ist zu erwarten, Mrs. Freely«, pflichtete Caroline ihr bei.

Es war eigentlich ein recht hübsches Zimmer im zweiten Stock auf der Ostseite der Herberge. Vier große Fenster mit weißen Spitzenvorhängen gingen zu den Baumwipfeln hinaus. Die Einrichtung war einfach, aber nicht geschmacklos. Caroline stand in der Mitte des Zimmers und sah sich um. Mrs. Freely unterbrach ihren Redeschwall und schwieg für kurze Zeit. Dann sagte sie über die Schulter: »Der Kerl, der mich Meg nannte, war ein bildschöner Bursche, tja, das muß man ihm lassen.« Sie nickte erneut und ließ Caroline dann allein.

»Haben Sie meine Tante ermordet, Mr. Coombe?« fragte Caroline in das stille Zimmer hinein. »Alle behaupten, Sie seien ein Frauenhasser und daß das Vermächtnis der Nightingales Sie vergiftet habe. Es heißt, Sie hätten die Frauen getötet, weil Sie von ihnen abgewiesen oder betrogen wurden. Genau weiß es niemand. North weiß nicht, was er glauben soll, und ich auch nicht. North hat sich den Kopf über Elizabeth Godolphins Brief zerbrochen. Er sagte, er habe nicht gewußt, daß Sie einen Spitznamen trugen. Weder Tregeagle noch Polgrain hatten eine Ahnung davon. Ein sonderbarer Name. Nannte sie Sie tatsächlich *König der Diamanten?* Benutzte sie niemals Ihren richtigen Namen? Wurden Sie auch von anderen Frauen so genannt? Warum blieb ausgerechnet dieser eine Brief zurück? Gab es noch mehrere? Und nur von ihr? North versucht eine Erklärung zu finden. Er sagt, Sie seien nicht dumm. Er kann nicht begreifen, warum Sie das blutige Messer im Zimmer zurückgelassen haben, wenn Sie schuldig sind. Ach, ich wünschte, ich könnte erfahren, was geschehen ist!«

In dem Zimmer war nicht das leiseste Geräusch zu hören. Mit einem tiefen Seufzer trat Caroline zum Schrank.

»Wohin sind Sie gegangen? Wenn Sie geflohen sind, warum sollten Sie dann diese Dinge, die Sie überführen, zurücklassen?« fragte sie weiter in die Stille hinein. Sie öffnete den Schrank. Er war jetzt leer. North hatte alles herausgenommen. Im unteren Teil befanden sich mehrere Schubladen, die nach Zedernholz rochen. Auch sie waren leer. Sie stand auf und schloß die Schranktüren. Neben einem der Fenster stand ein kleiner Schreibtisch mit Federkiel und Tintenfaß auf der oberen Ablage. Auch hier waren die Schubfächer leer. North hatte den Brief im untersten Fach entdeckt. Bestimmt hatte er alles gründlich durchsucht.

Sie richtete sich vor dem Schreibtisch auf. Es war kühl in dem unbewohnten Zimmer, und sie hätte am liebsten ein Feuer in dem kleinen Kamin entfacht. Mrs. Freely hatte ihr mitgeteilt, daß seit Mr. Coombes Verschwinden niemand das Zimmer gemietet habe. Zuviel Gerede, erklärte sie. Vor allem über das blutbesudelte Messer. Außerdem sollte es in diesem Zimmer spuken. »Mylady, Sie wissen ja, wie die Leute in Cornwall Gespenstergeschichten lieben. Wenn nicht jede morsche Hütte, jeder verwachsene alte Baum, jedes abgelegene Gemäuer von einem Geist heimgesucht würde, dann lebten wir nicht in Cornwall. In Devon oder Dorset haben die Leute kein bißchen Phantasie mehr. Die brüsten sich nur mit ihrer Devon-Sahne, die die Sahne aus Cornwall weit in den Schatten stellen soll. Aber trotzdem stört es mich, daß ich an dem leeren Zimmer nichts mehr verdiene.«

Caroline spürte nichts Besonderes, als sie in der Mitte des Zimmers stand. Vielleicht hing es damit zusammen, daß sie nicht aus Cornwall stammte und somit kein Gefühl für Gespenster oder ihr Vorhandensein hatte. »Wo sind Sie hingegangen, Mr. Coombe?« fragte sie wieder in das stille Zimmer hinein. »Haben Sie nicht bedacht, daß North oder Mrs. Freely Ihr Zimmer durchsuchen würden?«

Sie fuhr auf. Hatte sie da nicht ein raschelndes, klopfendes Geräusch vernommen? Sie atmete erleichtert auf, als sie bemerkte, daß der aufkommende Wind einen Ast gegen das Fenster gedrückt hatte.

»Vielleicht war ich doch einmal vor langer Zeit hier in Cornwall zu Hause«, sinnierte sie laut weiter. Es tat gut, in dem stillen Zimmer die eigene Stimme zu hören. Sie fühlte sich weniger allein.

Caroline war ein wenig enttäuscht, nichts gefunden zu haben, obwohl nicht anzunehmen gewesen war, daß North etwas übersehen hätte. Sie wollte gerade aus dem Zimmer gehen, als ihr Blick auf die kunstvoll geschnitzten Pfosten des Hepplewhite-Bettes fiel. Die vier Pfosten waren einmal viel höher gewesen, da sie einen Baldachin getragen hatten. Jemand hatte sie offensichtlich abgesägt und die Enden mit grobgeschnitzten Ananasfrüchten verziert. Langsam trat sie auf das Bett zu. Ihre Augen waren auf die hölzernen Aufsätze gerichtet. Vorsichtig berührte sie einen der Pfosten am Fußende des Bettes. Es bewegte sich nichts. Sie rüttelte daran. Noch immer nichts. Dann trat sie zum zweiten Pfosten. Auch hier bewegte sich nichts. Am dritten Pfosten am Kopfende des Bettes hatte sie Glück. Die aufgesetzte Ananas ließ sich ohne Mühe drehen. Ihr Herz schlug schneller. Langsam schraubte sie die Holzfrucht von der Säule. Darunter befand sich ein Loch. Der Pfosten war ausgehöhlt. Mit den Fingern faßte sie in die Vertiefung und berührte Papier. Mit einiger Geschicklichkeit gelang es ihr, die Finger so zu krümmen, daß sie das Papier wie mit einem Haken herausziehen konnte. Es war ein einzelnes Blatt, das zu einem Viereck gefaltet und dann ein zweites Mal zu einem Viereck gefaltet worden war, so daß ein kleines quadratisches, ziemlich dickes Gebilde entstanden war. Sie blickte auf das würfelähnliche Stück Papier in ihrer Handfläche. Vielleicht ein Liebesbrief, der vor ewigen Zeiten geschrieben worden war, als der Geliebte im Morgennebel abreisen mußte. Sie nahm sich zusammen. Wie albern von ihr!

Sorgfältig breitete sie das Papier am Fußende des Bettes aus. Es war kein Liebesbrief. Es war auch nicht die Rechnung eines Handelsmannes oder das Verzeichnis von Haushaltswäsche.

Es war eine Morddrohung, die im Mai 1726 von Viscount Chilton, North' Urgroßvater, verfaßt worden war und einem Mann namens Griffin galt. Die schwarze Tinte hatte sich verlaufen und war an manchen Stellen schwer zu entziffern, aber der Brief war deutlich genug. »Griffin«, las sie, »Du hältst Dich von meiner Frau fern, oder ich stoße Dir mein Schwert in Dein schwarzes Herz.« Die Zeilen waren unterzeichnet mit »D. Nightingale, Viscount Chilton.«

D. stand für Donninger. Ja, mit Gewißheit war das North' Urgroßvater. Donninger Nightingale, ein ungewöhnlicher Name, den sie im Gedächtnis behalten hatte.

Wer war Griffin? Wer hatte den Brief in dem abgesägten Bettpfosten mit den aufgesetzten Ananasverzierungen versteckt? Und warum?

Sie faltete den Brief vorsichtig zusammen und eilte damit die Treppen hinunter in den Schankraum. Sie atmete schwer, und Mrs. Freely fragte: »Du lieber Himmel, Mylady, was haben Sie denn da?«

»Sie werden es nicht glauben, Mrs. Freely. Das fand ich in einem der Bettpfosten. Sehen Sie! Ich glaube, hier beginnen das Nightingale-Vermächtnis und der Betrug.«

Mrs. Freely schob sie in die Küche. Dort breiteten die beiden Frauen das Papier auf dem Küchentisch aus.
»Ach, Griffin«, sagte Mrs. Freely, »der Name ist mir bekannt, meine Großmutter hat mir von ihm berichtet.«
Caroline bewunderte erneut das phänomenale Gedächtnis, das die Einheimischen von Cornwall auszeichnete. Wenn sie nachfragen würde, könnte ihr Mrs. Freely sicherlich den zweiten Vornamen Griffins nennen. »Wer war das?«
»Ein wüster Strolch, wie man sich hier erzählt. Ein Frauenheld. Gutaussehend, sorgenlos, reich und verwöhnt und verkommen. Er verführte mehr Damen als Casanova. Dieser Brief scheint darauf hinzuweisen, daß er dem Urgroßvater seiner Lordschaft die Hörner aufsetzte. Wenn ich mich recht erinnere, verließ er Cornwall und kehrte nie wieder zurück. Wahrscheinlich ging er nach London, um dort die Damen der Gesellschaft der Reihe nach ins Bett zu ziehen. Er hat seine Geliebte anscheinend im Stich gelassen, und sie mußte dem Urgroßvater seiner Lordschaft Rede und Antwort stehen und ist dann bald darauf gestorben. Aber ich habe keine Erklärung dafür, wie der Brief in einen der Bettpfosten gelangte.«
»Woher stammt das Bett?«
»Oh«, meinte Mrs. Freely, »das läßt sich feststellen, Mylady. Trinken Sie einen Tee, und ich werde in der Zwischenzeit in den Unterlagen meiner Mutter nachsehen. Meine Mutter hat jede Anschaffung aufgelistet, die für das Gasthaus gemacht wurde. Sie hat bestimmt auch vermerkt, von wem sie das Bett erwarb.«
Caroline war aufgeregt, aber andererseits auch enttäuscht. Es schien also wahr zu sein, daß North' Urgroßmutter, jene glücklich lächelnde junge Frau, deren Porträt jetzt die riesige weiße Wand am Fuß der Treppe auf Mount Hawke zierte, ihren Ehemann tatsächlich betrogen hatte. Caroline wünschte, es wäre nicht wahr.
Als Mrs. Freely ihr erzählte, das Bett stamme aus dem Besitz der Familie Griffin, war sie nicht überrascht. Für die Familie waren bestimmt schwere Zeiten angebrochen, wenn die Söhne nichts taugten und sich dem Spiel und der

Hurerei verschrieben hatten. Wahrscheinlich hatten sie England in Richtung Kolonien verlassen, wobei sie vor der Abreise Möbel, Gemälde und sämtliche bewegliche Habe verhökerten. Das Ganze mochte sich um 1780 zugetragen haben, rechnete Caroline nach.

»Aye, hier haben wir es. Meine Ma schreibt in ihrem Haushaltsbuch, daß die Familie nach Boston zu ihrer Verwandtschaft zog.«

Also gab es tatsächlich eine Nightingale, die ihren Mann betrogen hatte. Caroline war bedrückt. Und sie hatte das Ganze ins Rollen gebracht.

Als sie sich in dieser Nacht an North schmiegte, sagte sie zu ihm: »Ich habe die Aufzeichnungen deines Urgroßvaters in der Familienchronik genau nachgelesen. Er hat Griffin nie beim Namen genannt. Auch scheint er ihn nicht umgebracht zu haben, und wenn es doch der Fall gewesen sein sollte, dann hat er ihn sehr tief vergraben, denn die Leiche wurde nie gefunden. Deine Urgroßmutter starb einen Monat nach Griffins Verschwinden. Es ist alles so tragisch.«

North schwieg lange still. »Weißt du, ich glaube, ich werde den Griffins in die Kolonien schreiben. Erzählte Mrs. Freely nicht, sie seien nach Boston gezogen?«

Sie nickte an seiner Schulter, sog seinen Duft ein und war verloren.

»Mein Gott«, sagte North, sobald er wieder zwei und zwei zusammenzählen konnte, »du läßt mich wirklich das himmlische Paradies erleben, Caroline.«

»Vergiß das nie, North Nightingale«, erklärte sie ernsthaft, küßte ihn und stieß einen tiefen Seufzer aus. »Ich wünschte, unser Vermächtnis von König Marke würde sich genauso wie das Wyndham-Vermächtnis bewahrheiten. Du weißt, die Wyndhams entdeckten in uralten Büchern rätselhafte Hinweise, die sich bruchstückhaft zusammenfügten. Schließlich gelang es ihnen mit vereinten Kräften, alle diese Geheimnisse zu lüften und den Schatz zu heben.«

»Es tut mir leid, Liebes, mach dir bei uns keine Hoffnun-

gen. Bei einer Suche stießest du nur auf gebrochene, enttäuschte Männerherzen.«
»Eine reizende Art, über deine Vorfahren zu sprechen. Ich hatte wirklich gehofft, deine Urgroßmutter hätte ihren Mann nicht betrogen. Aber jetzt scheint auch der letzte Zweifel beseitigt.«
»Darüber besteht nicht der geringste Zweifel, aber vielleicht gab es Gründe für den Betrug. Wer weiß?«

Caroline schloß die Augen und preßte die Lippen aufeinander. »Caroline, bitte, verkrampfen Sie sich nicht. Ich werde Ihnen nicht weh tun, aber ich muß Sie abtasten. North, wenn Sie zurücktreten würden, es sei denn, Sie möchten die Untersuchung durchführen.«
North trat einen Schritt zurück, ohne Dr. Treath aus den Augen zu lassen, der seine Frau untersuchte. Der Arzt hob weder Bettdecke noch Nachthemd hoch, als er mit beiden Händen ihren Leib abtastete. »Der Bauch ist weich und dehnbar, aber ich muß sie innerlich untersuchen.«
Noch bevor North zu Wort kommen konnte, stand Dr. Treath auf und sagte zu seiner Schwester: »Ich brauche heißes Wasser und Seife. Ja, Bess, es ist erforderlich. Ich muß es tun.«
»Ich finde das alles scheußlich«, erklärte Caroline.
»Das kann ich mir vorstellen, aber wie ich zu Bess sagte, es ist nicht anders möglich. Ich mache das bei jeder Patientin, die ein Kind erwartet. Ich werde vorsichtig sein. Sie werden kaum etwas spüren, aber ich muß Sie untersuchen.«
Bevor es dazu kam, tastete er ihre Brüste ab. Caroline versuchte an ihren letzten Ausritt zu denken, um sich abzulenken. Seine Finger waren lang und knochig. Es war ihr widerlich, sie auf der Haut zu spüren. Als er das Innere ihres Leibs untersuchte, war er äußerst zartfühlend, das mußte sie ihm zugestehen, aber die ganze Prozedur war eine Qual. Er tastete sich vor, während er mit der anderen Hand auf ihren Bauch drückte. Schließlich gab sie einen Schmerzenslaut von sich.
»Fertig«, verkündete Dr. Treath zufrieden. »Also, meine

Liebe, bei Ihnen scheint alles in bester Ordnung zu sein. Sie sind gesund. Wir müssen die Untersuchung nicht wiederholen. Das wird erst gegen Ende Ihrer Schwangerschaft nötig sein. Kommen Sie, North, gehen wir nach unten, damit Bess Ihrer Frau beim Ankleiden helfen kann.«
»Das war entsetzlich«, schimpfte Caroline, als die beiden Männer das Schlafzimmer verlassen hatten.
Bess Treath runzelte die Stirn, als sie Caroline aus dem Bett half. »Ist Ihnen schwindlig geworden?« fragte Bess Treath besorgt.
»Nein, ich bin nur furchtbar verlegen. Ich weiß, es ist lächerlich. Er ist ja Arzt, aber ich kann nichts dafür. Vielen Dank, daß Sie mir helfen, Miß Treath.«
»Ja, er ist Arzt.« Bess Treath lächelte Caroline an, die noch immer hochrot im Gesicht war, und reichte ihr Hemd und Strümpfe.

Die Duchess war enttäuscht. Sie hatte jeden Fußbreit der beschriebenen Stelle gründlich abgesucht und nichts gefunden. Nicht einmal den kleinsten Hinweis. Sie seufzte, nahm einen Happen Nußcreme zu sich und meinte dann: »Es ist schließlich über tausend Jahre her, und wir sind nicht die einzigen, die hier gesucht haben. North, wenn dein Urgroßvater sich nur genauer über die Fundstelle des Armreifs ausgedrückt hätte!«
»Tut mir leid, Duchess, aber diesen verdammten Armreif hat es nie gegeben, und wenn, dann bestand kein Zusammenhang mit König Marke.«
Der Earl streichelte die Hand seiner Frau. »Du hast es versucht.«
Die große Standuhr, die so klang, als hätte sie einen Frosch verschluckt, schlug siebenmal.
Alice erschauderte. »Wie furchtbar! Ich möchte jedesmal weglaufen, wenn sie schlägt. Hat sie immer so geklungen, Mylord?«
»Solange ich mich erinnern kann. Ich sagte schon zu Caroline, ich hätte nichts dagegen, wenn das verdammte Uhrwerk seinen Geist aufgäbe.«

»Ich höre die Uhr gern schlagen«, erklärte Owen. »Es erinnert mich an einen König mit Stockschnupfen.«
Caroline lachte und schüttelte den Kopf. »Ihr habt alle viel Phantasie. Ich würde sagen, sie müßte einmal tüchtig geölt werden.«
Nach einem reichen Abendessen mit gegrilltem Rindfleisch, gebackenen Forellenpastetchen, Lammbraten mit weißen Bohnen, unzähligen Gemüsebeilagen und einer sahnigen Nußcreme zum Nachtisch verkündeten der Earl und seine Frau, daß sie am Mittwoch nach London weiterreisen würden.
Caroline bedauerte es sehr. Sie hatte die Duchess in ihr Herz geschlossen und konnte nach einigen Tagen auch freundschaftlich mit ihrem Mann umgehen. Man mußte ihn so nehmen, wie er war. Er sagte grundsätzlich seine Meinung, war manchmal etwas rücksichtslos in seinen Bemerkungen, aber in allem amüsant und so witzig, daß es in der kleinen Runde viel zu lachen gab.
»Komm, Caroline«, bat North, als sie zu später Nacht in ihrem Schlafzimmer waren, »steig auf meinen Schoß. Ich mag nicht, wenn du traurig und bedrückt aussiehst. Ja, so ist es besser. Sieh mich an. Oh, ist es schön, dich zu spüren.« Er küßte sie, während er ihr Negligé und Nachthemd hinaufschob und mit der Hand über ihren nackten Rücken strich.
»Großer Gott, North«, hauchte sie in seinem Mund, als seine Finger ihre Weiblichkeit streichelten. Dann wurde sie plötzlich ganz steif.
»Was hast du?«
»Ich muß an Dr. Treath denken, es war ekelhaft.«
»Mir hat es auch nicht gefallen, aber es war erforderlich und mußte geschehen. Jetzt vergiß es bitte. Ich bin es, und es ist nicht dein Arzt. Und ich denke jetzt nicht an unser Kind, sondern nur an seine Mutter, die vor Vergnügen jauchzen soll. Jetzt bist du wieder weich wie meine Caroline. Küß mich weiter.«
Als sie von den Wonnen seiner Liebe verzaubert aufschrie, spürte North das Naß ihrer Tränen an seinem Hals.

Er erstarrte. »Zum Teufel, was ist los? Habe ich dir weh getan?«
»Oh, nein. Es ist nur ... ich liebe dich so sehr, daß es manchmal zuviel ist. Weiter nichts.«
»Ach so«, meinte er gedehnt, »weiter nichts. Dann bin ich heilfroh. Gehen wir zu Bett, Caroline.«
Er schlief lange nicht ein, aber er ließ sie nicht von sich. Er hielt sie die ganze Nacht fest an sich gepreßt. Er wußte, er würde alles opfern, um Caroline zu behalten. Er wußte, er gäbe sein Leben für sie.
Aber es war nicht North, der Carolines Leben am folgenden Tag rettete. Es war die Duchess.

34

Caroline und die Duchess ritten hoch über dem Meer auf dem schmalen Pfad an den Klippen entlang, ehe sie landeinwärts abbogen, um die Hügel und den Eichenhain noch einmal abzusuchen. Und da gab es auch den langen, aus Steinen aufgetürmten Zaun, der an manchen Stellen eingestürzt war. Vielleicht konnte man hier zwischen den Steinbrocken etwas finden. Einen zweiten Armreif vielleicht, wie ihn North' Urgroßvater angeblich gefunden hatte. Im Augenblick jedoch unterhielten sie sich über Coombe, obwohl der Wind heftig an den schmucken Reithütchen zurrte. Warum sollte er Beweise zurücklassen, die seine Schuld bestätigten?

Für einen Augenblick hielten sie die Pferde an und blickten über die Irische See. »Das ergibt alles keinen Sinn«, erklärte Caroline und steckte einige Haarsträhnen unter den Hut zurück.

»Und der Verwandte von dir, Caroline, dieser Bennett Penrose?« fragte die Duchess. »Könnte er nicht für den Tod deiner Tante verantwortlich sein?«

»Nein«, erklärte Caroline bestimmt. »North hat gründliche Nachforschungen angestellt. Zum Zeitpunkt des Mordes hielt sich mein Vetter nicht in dieser Gegend auf. Und was die arme Nora Pelforth betrifft, so hatte Bennett mehrere Zeugen, die bestätigen, daß er in Mrs. Freelys Schenke in Goonbell war, bis man ihn nach Scrilady Hall tragen mußte. Er war so betrunken, daß er nicht einmal mehr auf allen vieren kriechen konnte.«

»Schade.«

»Ja, du hast recht. Dieser elende Wurm. Habe ich dir erzählt, daß North Nachricht von Mr. Ffalkes erhielt? Anscheinend beglückt es ihn sehr, Bennett gehörig die Leviten zu lesen und einen Mann aus ihm zu machen, wie North es ihm angeraten hatte.«

»Aus euren Erzählungen weiß ich, daß die beiden ein gutes Gespann abgeben.«

»Ja, ganz richtig. Nur habe ich Mitleid mit Mrs. Tailstrop, vielmehr mit Mrs. Ffalkes, weil ich befürchte, sie wird das geliebte Hündchen Lucy vor der Roheit ihres Mannes beschützen müssen. Er haßt Möpse.«

Die Duchess lachte, warf den Kopf zurück und schloß für einen Moment die Augen. Caroline wußte, daß sie den frischen Herbstwind genoß und tief in die Lungen einsog.

»Ich bin zum ersten Mal in Cornwall. Es ist ganz anders. Es ist wild und abweisend, stolz und prächtig. Ständig spüre ich den salzigen Geruch des Meeres, und das Rauschen der Wellen begleitet mich Tag und Nacht. Es ist einfach wunderschön. Ich habe früher einmal in der Nähe von Dover gewohnt, aber das ist nicht mit Cornwall zu vergleichen. Hier liegt etwas ganz Bestimmtes in der Luft.«

»Ja, ein Zauber.«

»So! Genug der Schwärmerei. Wer könnte noch der Mörder sein? Weißt du, damals, als ich in Chase Park niedergeschlagen wurde, hätten wir uns sofort diese Frage stellen sollen. Wer gewänne durch meinen Tod am meisten?«

»Wahrscheinlich Marcus.«

Die Duchess lachte. »Wir werden es ihm nicht verraten«, meinte sie augenzwinkernd zu Caroline. »Aber wir wollen beim Thema bleiben. Zurück zu Coombe. Jeder hält ihn für verrückt und glaubt, daß er die Frauen ermordet habe, weil sie ihn abwiesen oder betrogen, und daß er vielleicht die Nightingale-Männer rächen wollte, indem er Frauen umbrachte, die er für treulos hielt. Aber deine Tante, Caroline? Erzähltest du mir nicht, daß sie und Dr. Treath ein Liebespaar waren? Wie paßt sie dann in dieses Puzzlespiel?«

»Überhaupt nicht.«

»Und wo ist Coombe hingegangen? Ich weiß, die Einheimischen sind überzeugt, er habe sich umgebracht und das Messer als ein symbolisches Zeichen zurückgelassen, aber trotzdem ...«

In diesem Augenblick stürzte Regina nach vorn auf die Knie. In hohem Bogen flog Caroline über den Pferdekopf und landete im Gras.

Die Duchess sprang vom Pferd, fiel dabei der Länge nach hin, stand auf und rannte zu Caroline. Die war bewußtlos und lag auf dem Rücken. Der kobaltblaue Reithut war zerdrückt, die Feder in der Mitte durchgebrochen. Der Reitrock war hinaufgerutscht und zeigte die weißen Unterröcke, die weißen Strümpfe und die weichen, schwarzen Reitstiefel.

Die Duchess fühlte Carolines Puls und stieß einen Seufzer der Erleichterung aus. Er ging regelmäßig und kräftig. Sie befühlte vorsichtig den Kopf, zog Caroline ohne große Umstände den Reithut ab und glättete ihr das volle Haar. Caroline hatte sich den Kopf an einem kleinen Felsen angeschlagen, genau hinter dem rechten Ohr. Die Duchess befühlte Carolines Arme und Beine. Nichts war gebrochen. Alles, was sie jetzt tun konnte, hieß abwarten. Die Duchess zog die goldfarbene Reitjacke aus und breitete sie über Carolines Oberkörper aus. Dann setzte sie sich neben sie, um den rauhen Wind von ihr abzuhalten.

Caroline stöhnte ein wenig, öffnete die Augen und sah die Duchess über sich. »Mir fehlt nichts. Ich komme mir nur furchtbar dämlich vor, daß Reggie mich so leicht abwerfen konnte. Oh, du lieber Himmel, mein Kopf schmerzt, aber nicht ganz so schlimm wie damals bei Mr. Ffalkes.«

»Bleib bitte noch liegen. Du hast dir den Kopf angeschlagen, und ich will sichergehen, daß du nicht wieder ohnmächtig wirst.«

»Was war es, Duchess? Ein Kaninchenloch? Wie konnte ich so unvorsichtig sein! Hoffentlich ist Reggie nichts passiert.«

»Bleib ruhig liegen, ich sehe nach. Reggie scheint nichts zu fehlen. Beweg dich noch nicht, Caroline.«

Als die Duchess einige Minuten später zu Caroline zurückkehrte, sah sie blaß aus, und in den schönen, ruhigen Augen blitzte Ärger auf. »Das war kein Karnickelloch.«
North traute seinen Augen nicht, als er seine Frau vor der Duchess, die sie fürsorglich mit dem Arm festhielt, auf dem blanken Pferderücken auf sich zureiten sah. Regina folgte ihnen mit hängendem Kopf im Schlepptau.
Großer Gott. Er rannte auf sie zu und schrie: »Marcus, komm sofort her!«
Sein Herz hörte erst zu rasen auf, als Caroline im Salon auf einem mit braunrotem Brokat bezogenen Polsterbänkchen unter einer zartblauen Strickdecke lag.
»Jetzt sag mir noch einmal, daß dir dein Bauch nicht weh tut.«
»Nein, North, mir tut nur der Kopf weh.«
»Also gut. Tregeagle ist zu Dr. Treath geritten. Er wird gleich hiersein. Hier, trink bitte den Tee, den Polgrain für dich zubereitet hat. Alice, ich schwöre dir, ihr fehlt nichts. Beunruhige dich bitte nicht. Du setzt dich neben sie und trinkst ebenfalls eine Tasse Tee. Duchess, kümmere dich bitte darum, daß Alice den Tee trinkt und sich hinsetzt.«
Dr. Treath und Bess Treath trafen genau in dem Moment ein, als die Uhr mühsam rasselnd ihre vier Nachmittagsschläge vollbrachte, die sich wie ein erkälteter König anhörten, der seine Untertanen zusammenrief.
Dr. Treath lächelte sie an, obwohl er sie prüfend betrachtete. Dann zog er einen Stuhl heran und setzte sich. »Und jetzt will ich mir die Beule am Kopf ansehen.« Seine Finger gingen behutsam vor. Er drückte nur sanft auf die Umrisse der anschwellenden Stelle. Dann lehnte er sich zurück und sah sie nur an.
»Bitte jetzt ganz stillhalten!« befahl er und schlüpfte mit den Händen unter die Decke und ihre Röcke. Caroline verkrampfte sich sofort. Sie konnte nicht anders. North nahm ihre Hand und hielt sie fest.
»Brauchst du etwas, Benjie?« fragte Bess Treath.
Er antwortete nicht sofort.
»Benjie?«

»Wie bitte? Oh! Nein, Bess. Es geht ihr gut.« Er lächelte Caroline an. »Ich möchte, daß Sie viel ruhen und sich nicht anstrengen. Wenn Sie Blutungen oder Krämpfe bekommen, dann lassen Sie mich rufen. Mr. Tregeagle meinte, es sei ein Kaninchenloch gewesen.«
»Ja, ganz richtig«, erwiderte die Duchess rasch.
Als Dr. Treath und seine Schwester endlich gegangen waren, zog sich Alice zu einem Nachmittagsschlaf zurück, nachdem sie sich persönlich davon überzeugt hatte, daß Caroline am Leben bleiben würde. Jetzt räusperte sich die Duchess und meldete sich zu Wort. »Schließ bitte die Tür, Marcus.«
Er blickte sie verwundert an, tat aber, wie sie ihn geheißen hatte. »Was gibt es, Duchess?« fragte North.
Es war Caroline, die antwortete: »Es war kein Kaninchenloch, wie wir zuerst annahmen.«
»Nein«, fuhr die Duchess fort. »Es war ein Draht, der zwischen einer Eiche und dem Steinwall gespannt war. Die Stelle ist sehr schmal. Ich wollte es nicht herumerzählen. Es ist wohl besser, wir behalten es zunächst für uns.«
»Caroline reitet fast jeden Tag auf diesem Weg entlang«, erklärte North und spürte Schmerz und Wut in sich aufsteigen.
»Das bedeutet«, folgerte der Earl, »daß der Draht für sie gespannt war und für keinen anderen. Aber du warst bei ihr, Duchess, und hast die Stelle unbeschadet passiert.«
»Caroline war vorausgeritten, weil der Weg an dieser Stelle sehr schmal wird. Als sie abgeworfen wurde, sprang ich sofort vom Pferd, um zu ihr zu laufen, und stürzte der Länge nach über den Draht.«
»Demnach«, meinte der Earl nachdenklich, »hätte ein jeder von euch zu Schaden kommen können. Verflucht, North, das gefällt mir überhaupt nicht.«
North erinnerte sich an den heimtückischen Überfall auf Marcus und die Duchess, als aus dem Hinterhalt auf sie geschossen wurde, und an die Bestürzung, die Angst und Wut, die ihn überkommen hatten und die er nun in den Augen seines Freundes aufsteigen sah. Er schüttelte den

Kopf. Damals hatte er zu Marcus gesagt, er müsse ganz ruhig bleiben, Wut und Angst könnten seiner Frau nicht helfen. Würde Marcus ihm jetzt den gleichen Rat erteilen? Er atmete tief durch.

»Seit vier Monaten habe ich mich mit geheimnisvollen, tragischen Todesfällen auseinanderzusetzen. Seit vier Monaten spuken sie durch meine Gedanken. Ich war noch keine zwei Wochen zu Hause, als ich Carolines Tante tot auf einem Felsvorsprung unterhalb von St. Agnes Head fand. Ich konnte bis jetzt nicht herausfinden, wer sie umgebracht hat. Dann war diese arme Person, Nora Pelforth, an der Reihe. Auch hier blieben meine Nachforschungen ohne Erfolg. Schließlich verschwindet Coombe und läßt ein blutiges Messer in seinem Zimmer zurück. Es ist Wahnsinn. Es muß etwas mit mir zu tun haben. Es muß mir gelten. Es muß. Ich zerbreche mir den Kopf, aber ich weiß nicht, wer diese Morde begangen hat und aus welchem Grund. Ich kann mir nicht vorstellen, daß mich jemand so haßt.«

Caroline stützte sich mit den Ellbogen auf. »Du hast Elizabeth Godolphin vergessen, die vor drei Jahren ermordet wurde, North. Damals warst du nicht in Cornwall. Nein, du bist auf der falschen Fährte.«

North fluchte unmißverständlich, sagte dann aber plötzlich: »Dann sind das eben Racheakte gegen meinen Vater oder Großvater, was weiß ich! Marcus, ich möchte, daß du mit der Duchess abreist. Bei dem Gedanken, daß der Duchess etwas zustoßen könnte, setzt mein Herz aus. Ja, ich möchte, daß ihr morgen abreist.«

»Nein«, antwortete die Duchess langsam, »da bin ich nicht deiner Meinung, North.«

Tregeagle räusperte sich an der Tür. »Mylord.«

»Ja, verdammt, was gibt es, Tregeagle?«

»Es ist die junge Person, Alice, Mylord. Sie setzte Miß Mary Patricia in Kenntnis, die mich wiederum korrekterweise davon unterrichtete – da ich ihr nicht gestattet hatte, hier einzutreten und zu stören –, daß Alice glaubt, ihre Zeit sei gekommen.«

»O nein!« rief Caroline und versuchte aufzustehen. »Das Kind kommt zu früh. Es hat in den letzten Wochen gut zugenommen, aber es ist noch zu früh. O nein, North!«
Die Duchess erinnerte daran, daß man sofort nach Owen schicken solle. Caroline sandte das Hausmädchen Timmy nach Scrilady Hall. Es stellte sich schnell heraus, daß es keine leichte Entbindung werden würde. Dr. Treath und Bess wichen auch dann kaum von Alices Seite, als sie die Besinnung verloren hatte. Die Arme war so schwach und erschöpft, daß auch die Wehen sie nicht mehr aus diesem Zustand reißen konnten.
Owen lief vor dem Schlafzimmer blaß und mitgenommen wie ein werdender Vater auf und ab.
Eine Wolke des Schweigens hatte sich am zweiten Tag über das Haus gelegt. Caroline, die jedesmal zusammengezuckt war, wenn Alice aufschrie, zitterte jetzt, weil sie nichts mehr hörte. Alice war zu schwach und wurde immer schwächer.
North fand sie im östlichen Flügel auf dem obersten Stockwerk in der Bodenkammer, in der die Porträts der Nightingale-Frauen lagerten. Wie besessen putzte sie die vergoldeten Rahmen, ohne die Ölbilder zu berühren. Die Rahmen blitzten. Sanft berührte er ihre Schulter, damit sie in ihrem Übereifer innehielt. Er sah sie an.
»Es tut mir so leid, Caroline.«
»Sie ist tot?«
»Nein, aber Dr. Treath hat keine Hoffnung mehr für sie. Sie hat einen kleinen Jungen zur Welt gebracht. Er ist kräftiger, als Dr. Treath annahm. Er war zu groß für sie. Sie konnte ihn nicht gebären.»
»Und wie ist er zur Welt gekommen?«
»Dr. Treath hat ihn aus ihr herausgezogen. Er hatte keine andere Wahl, sonst wären beide gestorben. Möchtest du von ihr Abschied nehmen?«
Caroline schloß die Augen. In ihrer Stimme lag eine so unendliche Hoffnungslosigkeit, daß North am liebsten mit ihr geweint hätte. »Die Burschen, die sie vergewaltigt haben, töteten ein junges, unschuldiges Mädchen. Sie töte-

ten sie einfach – und zogen betrunken weiter. Großer Gott, ich hoffe, sie erleiden eine gerechte Strafe.«

Alice schlug die Augen auf, nachdem sich Caroline neben sie gesetzt hatte. Caroline lächelte sie an. »Du hast einen gesunden Jungen geboren, Alice. Wie willst du ihn nennen?«

»Owen«, flüsterte Alice mit heiserem Stimmchen. Mit einer Kraft, die sie überraschte, griff Alice nach ihrem Handgelenk und zog sie näher zu sich. »Sorgen Sie bitte für ihn, Miß Caroline. Bitte.«

»Natürlich tue ich das«, versicherte Caroline, als sie Alices Stirn mit einem feuchten Tuch abtupfte. »So wie du es tun würdest, Alice. Du mußt dich jetzt ausruhen.«

»Nein, Miß Caroline, das werde ich nicht, und Sie wissen es. Werden Sie meinem Sohn von mir erzählen? Daß ich ihn liebhatte und ihn nicht verlassen wollte, aber ...« Sie hielt inne und sah Caroline mit einem herzzerreißenden Blick an.

»Dein Sohn wird dich nicht vergessen, Alice, das schwöre ich dir. Du mußt jetzt Owen sehen. Er wartet darauf, dir einen Kuß zu geben. Was hältst du davon?«

»O nein. Ich möchte nicht, daß er mich so sieht, Miß Caroline. Sagen Sie ihm, er soll gehen. Ach, ich habe es ihm nie gesagt, aber er war so nett zu mir, so nett. Wir hatten nicht genügend Zeit, um uns näherzukommen. Kein Mann war jemals so nett zu mir wie Owen.«

»Das solltest du ihm jetzt sagen. Du bedeutest ihm sehr viel. Er war die ganze Zeit in deiner Nähe, Alice. Auch jetzt. Er möchte dich sehen. Willst du das Glas warme Milch trinken, das Polgrain für dich gebracht hat?«

»Alice?« Owen setzte sich vorsichtig zu ihr. »Komm, mein Kleines, du wirst doch einen Schluck warme Milch trinken, ja?

Ein leises Flüstern war zu hören. Es klang wie *Liebe.*

Dann war es still. Alices Kopf hatte sich leicht von Caroline und Owen fort zur Seite geneigt. Alices Augen waren geschlossen.

»Es ist vorbei«, sagte Dr. Treath und versuchte Caroline und Owen behutsam aus dem Schlafzimmer zu schieben.

»Nein«, sagte Owen, der am Bett stand und Alice anstarrte. Er warf den Kopf hin und her.
»Nein«, sagte er wieder. »Sie ist so süß, so unschuldig. Gott, das ist nicht gerecht. Das ist nicht gerecht.«
Caroline legte ihm einen Arm um die Schulter. »Komm, Owen, küß sie zum Abschied. Laß sie in Frieden gehen.«
In dem Augenblick, da sie diese Worte sagte, spürte sie, wie sich in ihrem Innern etwas Kaltes, Dunkles ausbreitete und sie zusammensinken ließ. Sie hieß die Dunkelheit willkommen. O ja, sie wollte in diese schwarzen Schatten tauchen, die ihr den Schmerz ersparten und das reine junge Antlitz von Alice mit sich fortnahmen.

Caroline hatte in ihrem ganzen Leben nie Schwarz getragen, und sie würde es auch jetzt nicht tun. Alice war knapp fünfzehn Jahre alt geworden. »Ich werde ihr junges Leben nicht mit schwarzer Trauerkleidung ehren. Ich werde Weiß tragen, so rein und unschuldig, wie Alice es war.« Mrs. Mayhew nickte nur.
Alle Frauen von Mount Hawke trugen Weiß. Als der Vikar mit Mrs. Plumberry erschien – die nicht aufgefordert worden war –, blickte er von Caroline zu Miß Mary Patricia und schließlich auf die übrigen Versammelten und sagte: »Das ist nicht recht. Auch wenn Alice es nicht wert war, ihr sündiges Leben fortzusetzen, ist die schwarze Kleidung Gottes Wille. Sie soll ihn mehr ehren, ihm mehr unsere Achtung zeigen als dem Verstorbenen.«
Caroline blickte ihn sehr lange an.
»Ich vermute, die anderen« – er wies mit dem Kinn zu Evelyn und Miß Mary Patricia – »haben Ihnen das eingeredet. Was wissen die beiden von Pietät, diese zwei Schlampen, die nicht einmal ahnen, was Anstand und Sitte ist. Sie haben Sie irregeführt, Mylady, und Sie vergessen lassen ...«
Caroline ballte die Finger zur Faust und ließ sie schwungvoll mitten auf Mr. Plumberrys Unterkiefer landen. Er fiel wie ein Stein zu Boden. Caroline stand daneben und rieb sich die Knöchel.
Seine Frau kreischte auf, sank auf die Knie und schrie Ca-

roline an: »Wie können Sie es wagen? Sie verdienen es nicht, daß mein ehrenwerter Plumberry den Fuß in dieses Haus gesetzt hat, um diese Hure zu ...«
Caroline zitterte vor Wut. Sie rief laut: »Tregeagle, Polgrain, kommen Sie bitte sofort und sorgen Sie dafür, daß die Plumberrys Mount Hawke verlassen.«
»Wagen Sie es nicht, mich anzurühren!« fauchte Mrs. Plumberry. »Sie elende ...« Jetzt schrie sie nur noch in schrillen Tönen, aber das war besser als die schrecklichen Worte, die ihr Mund ausgespuckt hatte.
Caroline rief: »North, danke, daß du den Vikar zur Kutsche trägst. Kannst du ihn dann bitte einfach fallen lassen?«
North tat genau das, das heißt, er warf Mr. Plumberry auf die Füße von Mrs. Plumberry, die sich daraufhin aus dem Fenster lehnte und schrie: »Das werden Sie büßen! Gotteslästerliche Sünder! Alle, wie ihr da steht! Maulaffen feilhalten, mehr könnt ihr nicht! Gottlose Weiber, wie Heiden in Weiß gekleidet. Mein Horace wird euch in die ewige Hölle schicken. Wartet es nur ab!«
Bischof Horton wurde dankbar begrüßt, als die Kutsche der Plumberrys den Hügel hinabgerollt war. Er sprach die Worte an Alices Grab, die Caroline und Owen aufgeschrieben hatten. Seine Stimme war tief und trug weit. Sie erreichte sogar Mr. Dumbartons jüngstes Kind, das am Rande des Nightingale-Friedhofs stand und nicht näher zu kommen wagte.
»Alice hätte es gefallen«, meinte Owen, »daß der Bischof von Truro für sie gekommen ist. Ich wünschte, ich hätte so eine tiefe Stimme wie er.«
Der Morgen war trübe und wolkenverhangen. Es war windig und die Luft kalt und feucht. Ein Tag, der zu Trauer und Elend paßt, dachte Caroline, die dicht neben North stand. Ihre Knöchel schmerzten, aber das wunderbare Gefühl der Erleichterung machte es wett. An die fünfzig Personen waren zu Alices Beerdigung erschienen. Alice hätte es gefallen, dachte Caroline wieder. Wahrscheinlich wäre sie vor Verlegenheit puterrot geworden und hätte Miß Mary Patricias fehlerloses Englisch vergessen, wenn sie ge-

sagt hätte: »Na, seh'n Sie sich das an, Miß Caroline! Der ganze Auflauf, nur für mich. Das freut mich mächtig.« Caroline merkte nicht, daß ihr Tränen die Wangen hinunterliefen, bis sie das Salz schmeckte und spürte, wie North ihre Wange mit der behandschuhten Hand abwischte.

35

Caroline brauchte gute drei Tage, bis sie entdeckte, daß sie verfolgt wurde. Sie hatte gerade die Weißnäherin in Goonbell aufgesucht, um Kinderbettwäsche und Windeln abzuholen, und war fest entschlossen, ihren Verfolger zu stellen.

Sie verbarg sich rasch in einem Gäßchen zwischen zwei Häusern und wartete auf ihn. Keine zwei Minuten später tauchte sein Schatten auf. Ihr Herz schlug schneller. Sie zog die Pistole aus der Tasche und hielt sie schußbereit in der Hand. Sie war zu allem entschlossen. Sie empfand keinerlei Angst. Dieser elenden Person würde sie es heimzahlen.

Es war das Hausmädchen Timmy. Vor Schrecken wäre er beinahe in die Knie gegangen, als sie ihn am Arm packte, herumzwang und ihm die Waffe vor die Nase hielt. »Was wollen Sie? Warum ...«

Sie starrte auf das schlotternde Etwas, dessen Mund unschön offenstand, während die Augen angstvoll hin und her rollten. »Timmy, warum verfolgst du mich?«

»Oje, Mylady, Sie haben mich zu Tode erschreckt. Können Sie das Schießeisen aus meinem Gesicht nehmen?«

»Was? Oh, entschuldige. Ich wollte dich nicht erschrecken.«

Sie steckte die Pistole in die Tasche ihres braunen Wollmantels. »Wieso verfolgst du mich? Du lieber Himmel, daß ich nicht daran gedacht habe! Du bist zu meinem Schutz bestellt. Seine Lordschaft hat das angeordnet, nicht wahr?«

»Ja, das kann ich wohl jetzt nicht mehr abstreiten, nachdem Sie mich ertappt haben.«

»Hast du eine Ahnung, wer den Draht gespannt haben könnte? Du weißt, er war verschwunden, als wir später zu der Stelle ritten.«

»Nee, keinen blassen Schimmer habe ich. Und seine Lordschaft ist schon ganz irr. Er hat Angst, der alte Coombe will Ihnen ans Leder, wo er doch die vielen Frauen abgemurkst hat. Flash Savory und Captain Carstairs haben auch keine Ahnung, wer sich diese Schweinerei ausgedacht hat, Mylady. Und dann ist da noch seine Lordschaft, der Earl of Chase. Der hat bestimmt kein Stroh im Kopf, aber der kann sich auch keinen Reim drauf machen.«

Caroline seufzte nur. »Ich weiß, auch seine Gemahlin zerbricht sich den Kopf und findet keine Erklärung.«

An diesem Abend saßen sie nur zu viert zu Tisch, die Nightingales und die Wyndhams. Miß Mary Patricia, Evelyn und Owen hielten sich oben in den Kinderzimmern auf. Caroline berichtete von dem Hausmädchen Timmy.

North sah sie lächelnd an und schimpfte dann: »Ich wünschte, du hättest ihn nicht bemerkt, Caroline. Er ist klein, schnell und wendig. Verdammt, du hast wachsame Augen.«

»Die Idee, mir einen zwölfjährigen Leibwächter zuzuteilen, ist nicht schlecht, aber vielleicht wäre es besser, North, wenn er mich statt dessen begleitete.«

»Nein«, meinte die Duchess ernst, »das ist nicht der springende Punkt. Timmy soll dir unauffällig folgen, um sofort zur Stelle zu sein, wenn dir jemand zu nahe kommt.«

Caroline seufzte so tief, wie Tregeagle es tat, wenn er mitten in der Nacht aufwachte, weil der kleine Owen aus Leibeskräften nach seiner Milch schrie und damit Evelyn oder Miß Mary Patricia herbeizitierte, die den Kleinen abwechselnd fütterten und mit frischen Windeln versorgten.

Dein Sohn, Alice, wird groß und stark werden, dachte Caroline und versuchte die Tränen zu unterdrücken, die ihr nach Alices Tod so schnell in die Augen traten.

Marcus sagte an seine Freunde gewandt: »Dr. Treath war

heute bei Caroline und wollte sie allein sprechen. Miß Treath und ich wurden aus dem Zimmer gewiesen.«
Caroline lächelte etwas kläglich. »Ja, er sagte, ich solle mir etwas mehr Ruhe gönnen. Aber North, es gibt soviel zu tun. Ich habe einen Brief an den Restaurator in London geschrieben. Hoffentlich kann er gleich nach Weihnachten mit der Arbeit beginnen.«
»Die Rahmen sind jedenfalls in tadellosem Zustand. Ich glaube, das war dein Werk, Caroline«, meinte North.
»Bis dahin sind es nur noch zwei Wochen«, ließ sich die Duchess vernehmen und legte die Gabel auf den Teller. »Marcus und ich haben beschlossen, daß wir bis kurz vor Weihnachten noch in Mount Hawke bleiben. Dann müssen wir nach Chase Park zurückreisen, um mit unserer Familie zu feiern. Am Neujahrstag kehren wir wieder zu euch zurück und bleiben, bis sich alle Rätsel geklärt haben.«
North schüttelte energisch den Kopf. »Nein, Duchess, das lasse ich nicht zu. Du hättest bei diesem Ausritt ebenfalls zu Schaden kommen können. Marcus, du bringst sie nach Chase Park zurück. Ich will keinen von euch beiden im neuen Jahr sehen.« North entging nicht, wie sich die Kinnmuskeln seines Freundes spannten.
»Es kann durchaus sein, daß es noch Monate dauert, bis wir wissen, was hier gespielt wird. Sosehr ich euch als meine Gäste schätze, so muß ich doch eingestehen, daß ich mich auf eine längere Ruhepause freue, auch über die Feiertage hinaus. Nicht wahr, Caroline? Das ist nicht gelogen?«
»Nein«, pflichtete ihm Caroline rasch bei, »auch ich bin eurer Gesellschaft müde.«
»So deutlich brauchtest du nicht zu werden«, ermahnte North seine Frau scherzend.
»North, du kennst unsere Freunde. Nach den Feiertagen werden sie sich sofort wieder einstellen und nicht von unserer Seite weichen, bis sich die geheimnisvollen Ereignisse aufgeklärt haben. Also müssen wir so schnell wie möglich herausfinden, wer diesen Draht gespannt hat, denn sonst werden sie uns ewig erhalten bleiben.«
North stieß einen Fluch aus und sagte zu Tregeagle: »Brin-

gen Sie bitte eine Flasche Portwein. Und die Damen bitte ich uns zu entschuldigen, damit der Earl und ich uns unter den Tisch trinken können.«
Caroline stand lachend auf und meinte: »Duchess, wollen wir unseren Port im kleinen Salon trinken? Dort gibt es auch einen Tisch.«
»Bitte nicht, Duchess!« rief der Earl seiner Frau nach. »Das verbiete ich dir, ohne mich wirst du dir keinen Schwips antrinken.«
»Ein eingebildeter Pfau ist das«, meinte die Duchess lachend und ging mit Caroline zur Tür. »Unterhalte North gut, sonst kommt er noch auf den Gedanken, uns sofort nach Hause zu schicken.«
Lachend verließen die beiden Frauen das Eßzimmer.

Jeder Bewohner von Mount Hawke, sogar der alte Pa-Dou, der keine Zähne mehr hatte und fast taub war, brüllte und fuchtelte herum, bis der riesige Jul-Holzstamm endlich von zwei kräftigen Rössern gezogen vor dem Schloß landete und dort in dem gewaltigen Kamin in der Halle entzündet wurde, wo er die Feiertage über brennen sollte. Polgrain hatte einen köstlichen Glühwein zubereitet, und alle prosteten North vergnügt zu, als es ihm endlich gelungen war, den Klotz anzuzünden. Lachen erscholl im ganzen Haus, bis auf die bittersüßen Momente, da der kleine Owen krähend die Ärmchen nach Miß Mary Patricia oder Evelyn ausstreckte und gefüttert werden wollte.
Wenn Caroline verwundert war, daß sich stets zwei bis drei Menschen in ihrer unmittelbaren Nähe aufhielten, so ließ sie sich nichts anmerken.
Alle kümmerten sich um sie, und das war ein herrliches Gefühl. Sie ermüdete jetzt rasch, fühlte sich aber sonst sehr wohl. Als sie am Kaminfeuer spätabends auf North' Schoß saß und in die Flammen blickte, sagte er: »Dein Busen ist stärker geworden. Hast du Beschwerden?«
»Nein«, antwortete sie und küßte ihn.
»Aber Dr. Treath sagte mir ...« Sie befreite sich aus seinen Armen und war so verlegen, daß sie beinahe stotterte. »Du

hast dich doch nicht etwa mit Dr. Treath über meinen Busen unterhalten, oder?«

»Doch. Sei nicht töricht. Er warnte mich nur, vorsichtig zu sein, wenn ich dich anfasse. Genau wie bei Rafael und Victoria Carstairs.«

Sie schloß die Augen und lehnte sich gegen seine Schulter. »Nicht zu fassen. Du liebe Zeit, es ist wirklich schlimm.«

Er lachte. »Ich habe ihn auch gefragt, wann dein Bauch die erste Rundung zeigt, und er meinte, das sei bei jeder Frau verschieden. Das Kind wachse nach seinem eigenen Rhythmus. Er hat mir aber versichert, ich könne dich bis zum vierzehnten April lieben.«

Sie biß ihn in das Kinn, küßte ihn aber sofort an dieser Stelle. »Ich glaube«, hauchte sie, »damit könnten wir gleich anfangen, dann hast du noch ein paar wunderschöne Erinnerungen. Wenn es soweit ist, mußt du deine Hände und andere Körperteile bei dir behalten.«

Mit einem bedauernden Lächeln stimmte North ihr zu.

Caroline verschwand in ihrem Schlafzimmer, um sich die Haare zu bürsten. Sie hatte mit der Duchess einen ausgedehnten Spaziergang unternommen und sah jetzt recht zerzaust aus. Die Wangen waren von der kalten Brise gerötet, und sie fühlte sich himmlisch. Sie summte vor sich hin, als sie ein zusammengefaltetes Papier unter ihrer Schmuckschatulle entdeckte. Stirnrunzelnd zog sie es hervor und breitete es aus.

Sie fror auf einmal und mußte die wenigen Worte mehrmals lesen, um den Sinn zu begreifen.

»Sie glauben, Sie werden gut beschützt, aber das ist nicht der Fall. Meine kleine Nachricht hat Sie erreicht, nicht wahr? Sie sind eine Schlampe wie die anderen auch, und Sie werden wie die anderen sterben. Sie werden sterben, wie Ihre Tante starb.«

Sie faltete den auf Kanzleipapier geschriebenen Bogen zusammen, schob ihn in die Rocktasche und ging langsam nach unten. North saß im Bibliothekszimmer und ging mit Mr. Brogan die letzten Schriftstücke über Carolines Erbe durch. Er blickte zu ihr auf, als sie vor ihm stand. Alle Farbe war aus ihrem Gesicht gewichen. North entschuldigte sich und stand rasch auf. Behutsam nahm er Carolines Arm und führte sie aus dem Zimmer. »Was ist geschehen? Geht es dir nicht gut? Caroline, was ist mit dir?« Wortlos reichte sie ihm den Bogen Papier.

Es war Weihnachtsnachmittag. Die drei Säuglinge lagen auf einer großen, dicken Wolldecke vor dem Kaminfeuer im Salon. Auf der Anrichte stand eine Bowlenschüssel mit Glühwein, daneben ein riesiges Silbertablett mit Kuchenstückchen, Ingwerkeksen und Schokoladenkugeln. Alle Hausbewohner hatten sich eingefunden. Caroline und North verteilten Geschenke und wünschten jedem frohe Weihnachten. Caroline dachte an die Duchess und Marcus, die jetzt mit ähnlichen Dingen in Chase Park beschäftigt waren. Sie waren bereits vor vier Tagen abgereist. Caroline ertappte sich dabei, daß sie ständig etwas zur Duchess sagen wollte, obwohl sie nicht mehr anwesend war. Sie war im Zwiespalt. Auf der einen Seite war sie selig, North wieder ganz für sich allein zu haben, und andererseits fehlten ihr Marcus und die Duchess doch sehr. Jetzt war Polgrain an der Reihe. Sie lachte ihn freundlich an und überreichte ihm sein Geschenk. Es war eine in Belgien angefertigte Taschenuhr, die seine Initialen auf der Innenseite des Deckels trug – eine kleine Kostbarkeit, und sie war sich nicht ganz im klaren, ob er sie wirklich verdient hatte.
Am Vormittag waren die Landarbeiter, das Personal von Scrilady Hall und die Bergleute, die Mr. Peetree nach Mount Hawke gebeten hatte, beschert und bewirtet worden. Mr. Polgrain hatte sechs Aushilfen angeheuert und kommandierte sie pausenlos herum, aber die Mühe hatte sich gelohnt. Sogar Mrs. Trebaw zollte Mr. Polgrain Beifall und war bester Laune. Sie schalt Dumpling, das Küchenmädchen von Scrilady Hall, nur einmal, weil es alles Eßbare in sich hineinstopfte.

Caroline überreichte Miß Mary Patricia und Evelyn je ein rechteckiges Päckchen. »Frohe Weihnachten«, sagte sie und küßte beide auf die Wangen.
Alles blickte auf die beiden Frauen, als Miß Mary Patricia die rotseidene Schleife abzog, das Band zusammenrollte und eine hölzerne kleine Schachtel auspackte. In der Schachtel lag ein Schlüssel. Verwirrt blickte sie Caroline an. Evelyn hielt ebenfalls einen Schlüssel in der Hand, der an einem schwarzen Samtband hing.
North unterbrach die erwartungsvolle Stille. »Miß Evelyn, Miß Mary Patricia, das ist euer Schlüssel zu Scrilady Hall. Caroline und ich möchten, daß Miß Mary Patricia die Leitung von Scrilady Hall als Zufluchtsstätte für mißbrauchte Mädchen übernimmt, die sich als Schwangere oder mit einem Kind in einer hoffnungslosen Lage befinden. Und Sie, Evelyn, wollen wir bitten, sich der Kinder und der jungen Frauen anzunehmen, sich um deren zukünftigen Werdegang zu kümmern und ihnen bei einer Ausbildung oder der Suche nach einer Lehrstelle behilflich zu sein.«
»Es gibt so viel zu tun«, fügte Caroline hinzu, »daß wir alle unseren Teil zum Gelingen dieser Aufgabe beitragen werden. Was meint ihr dazu?«
Miß Mary Patricia starrte unverwandt auf den Schlüssel, dann auf Caroline und North. »Ich glaube, Mrs. Eleanor Penrose wäre sehr, sehr stolz auf Sie, Miß Caroline.«
»Heiliger Bimbam!« rief Evelyn aus und lachte aus voller Kehle. Dann tanzte sie durch den Salon, bis der kleine Owen wach wurde und mit kräftigem Geschrei verkündete, es sei an der Zeit, wieder gefüttert zu werden.
»Es ist wunderbar, einfach wunderbar! Oh, Miß Caroline, Mylord! Miß Mary Patricia und ich werden Scrilady Hall zu dem feinsten Haus von ganz England machen. Miß Mary Patricia wird dafür sorgen, daß alle das feinste Englisch sprechen und schreiben, und ich werde darauf achten, daß Kinder wie Mütter die feinsten Kleider tragen und umsorgt werden, bis sie vor Gesundheit platzen!«
Plötzlich verstummte Evelyn und blickte auf den kleinen

Owen, der jetzt vom Schreien rot im Gesicht war, und brach in Tränen aus. »O Gott, wie sehr wünschte ich mir, daß Alice bei uns wäre. Sie würde sich um die ganz Kleinen kümmern. Wie liebte sie die kleine Eleanor und Little North! Und ihren kleinen Sohn konnte sie nicht mehr in den Arm nehmen. Das ist nicht gerecht. Das ist einfach nicht gerecht!«

»Der kleine Owen wird hier prächtig gedeihen und im Gedenken seiner Mutter aufwachsen, die immer in unserem Herzen bleiben wird«, erklärte North ernst.

Evelyn wischte sich mit dem Handrücken über die Augen. »Nein, dies ist ein glücklicher Tag. Alice würde sich wünschen, daß wir fröhlich sind.« Sie bückte sich und nahm den kleinen Owen auf den Arm. »Dann werde ich Master Owen jetzt füttern, bevor die Burgmauern durch sein Gebrüll einstürzen.«

Owen blickte Evelyn an, die Klein-Owens Rücken tätschelte. »Heute ist Weihnachten, der Tag, an dem man mit fröhlichem Herzen gibt. Ich möchte Owen adoptieren. Ich möchte, daß er mein Sohn wird. Er wird in Scrilady Hall wohnen, aber er wird mein Sohn sein.«

»Ach, Owen«, sagte Caroline gerührt, »Alice wäre überglücklich gewesen. Ich glaube, du hast jetzt dein Leben selbst in die Hand genommen und weißt sehr genau, was du willst.«

Klein-Owen meldete sich erneut brüllend zu Wort. Evelyn lachte und trug ihn aus dem Salon.

Spät am Abend waren North und Caroline endlich allein. Sie waren erschöpft vom Feiern und den reichhaltigen Speisen. Polgrain hatte sich in der Küche wieder einmal selbst übertroffen. Während er ausgelöste Rinderrippenstücke mit Pastinaken und Austern zubereitete, sang er vergnügt aus vollem Halse:

»Ehefrau, Steak, Sahne und Walnußbaum
Mußt schlagen du, dann erfüllt sich dein Traum.«

Caroline lehnte sich an ihren geliebten Mann, als sie vor dem Kamin im Schlafzimmer standen.

»Ich glaube, ich habe zuviel von dem herrlichen süßen Wein getrunken«, bemerkte Caroline.
»Heißt das, daß ich dich an den Handgelenken mit Halstüchern festbinden darf und mit dir machen kann, was ich will?«
»Das klingt aufregend, aber könntest du das bitte etwas näher ausführen, North?«
Er küßte ihren Nacken und ließ das schwere Haar wieder fallen. Behutsam streichelte er ihre Brüste und flüsterte ihr ins Ohr: »Es ist Weihnachtsnacht. Eine Nacht voller Zauber und Überraschungen. Laß dich von mir führen. Sei gelöst und beschwipst, und du wirst vor Lust schreien.«
»Einverstanden«, sagte sie und schmiegte sich in seine Arme. Dann stellte sie sich auf die Zehenspitzen und küßte ihn. Spielerisch umfuhr sie mit der Zunge seine Unterlippe. »Mach, was du willst, aber dann bin ich an der Reihe. Oh, North, ich liebe dich über alles.«
North spürte den süßen Hauch ihres Atems. »Ehrlich gesagt, ich liebe dich auch«, verkündete er, und Caroline wurde steif wie eine Statue. »Fall nicht in Ohnmacht, Liebste. Es ist wahr, oder glaubst du mir nicht?«
Erstaunt blickte sie mit immer größer werdenden Augen zu ihm auf. Sie konnte kein Wort hervorbringen, stand nur an ihn geschmiegt da und hielt ihn mit den Armen umschlungen.
»Ich habe dir dein Weihnachtsgeschenk noch nicht gegeben. Einen Augenblick, bitte.« Er ließ sie allein und ging in sein kleines Ankleidezimmer. Als er ihr eine in Rot verpackte Schachtel überreichte, blieb sie weiterhin stumm, nahm das Geschenk und packte es langsam aus. Sie öffnete das Etui und konnte den Inhalt nur mit offenem Mund anstarren.
»Mein Gott«, brachte sie hervor und sah North an. Vorsichtig hob sie einen Armreif von der samtenen Unterlage. Der Schmuck wirkte so alt, daß sie befürchtete, er würde sich in der Hand in seine Bestandteile auflösen. Auf dem Reif waren die Buchstaben REX zu erkennen. »Mein Gott«, sagte sie wieder, »wo hast du ihn gefunden? Wie

ungerecht! Die Duchess und ich haben stundenlang die Hügel abgesucht und nicht einmal eine Scherbe erspäht, geschweige denn das Teil eines Werkzeugs oder den Splitter einer Eisenwaffe. An welcher Stelle hast du den Reif entdeckt?«

»Eigentlich war es Marcus. Er ging an der Standuhr in der Eingangshalle vorbei, als sie gerade schlug. Er betrachtete das mechanische Ungetüm eine Weile, wartete den letzten rasselnden Gong ab und öffnete die Vorderseite des Uhrkastens. Dort fand er den goldenen Armreif. Gott weiß, wie viele Jahrzehnte der Reif in seinem Versteck verbrachte und gegen das Uhrwerk scheuerte. Ich wußte, du würdest dich darüber freuen, Caroline. Du weißt, daß die Buchstaben REX König bedeuten.«

»Ich kann es nicht fassen«, sagte sie wieder und berührte mit den Fingerspitzen die kaum sichtbaren Buchstaben. »Mein Gott, das bedeutet, daß dein Urgroßvater nun doch nicht gelogen und den Armreif tatsächlich gefunden hat. Aber wer zum Teufel versteckte das Schmuckstück in der Uhr? Warum wurde nie etwas über sein Verschwinden erwähnt?«

»Fragen über Fragen, Caroline. Ich habe keine Antwort. Auch Marcus und die Duchess fanden, daß es ein passendes Geschenk für dich sei, nachdem du soviel Zeit und Mühe geopfert hattest, um zu beweisen, daß König Marke möglicherweise hier beerdigt wurde.«

»Aber ich habe es nicht geglaubt, nicht wirklich. Wie du kam ich zu dem Schluß, daß sich hier Mythos und Legende mit der Familiengeschichte verwoben haben, bis man das eine nicht mehr von dem anderen trennen konnte.«

»Tja, und jetzt wird uns wohl nichts anderes übrigbleiben, als daran zu glauben.«

Carolines Geschenk an ihren Gatten war wohl mehr ein witziger Einfall. Als North aber ihre Augen sah, die ihn vor Erregung funkelnd anblickten, holte er tief Luft und meinte: »Vergiß, was ich vorhin über meine Halstücher gesagt habe. Du bekommst den Vortritt. Wie macht man diese Dinger fest?«

North lag flach auf dem Rücken. Sie hatte seine Arme über dem Kopf mit den seidengefütterten Ledermanschetten festgebunden. Sehr modisch, erklärte Caroline, von Pa-Dou gefertigt. Der alte Mann hatte kein Wort darüber verloren, daß er wußte, welche Bestimmung dieses Geschenk hatte. North lag ausgestreckt auf dem Bett und lächelte etwas dümmlich, bis Caroline seinen Bauch küßte. Er bäumte sich auf, als das Blut in seinem Körper pulsierte. Kurz vor seiner Erfüllung hörte er Carolines zärtliches Flüstern: »Fröhliche Weihnachten, North.«

36

Am nächsten Morgen widmeten sich alle – einschließlich Tregeagle und Polgrain – dem Nichtstun. North durchquerte die Eingangshalle auf dem Weg zur Bibliothek und mußte bei Tregeagles Anblick schmunzeln. Der Diener ruhte in einem uralten Stuhl aus Korbgeflecht, hatte die Schuhe ausgezogen und massierte sich den linken Fuß. In diesem Augenblick klopfte es an der Eingangstür. Tregeagle warf einen vernichtenden Blick in Richtung Tür. North lachte, bedeutete ihm sitzenzubleiben und sagte: »Lassen Sie nur, Tregeagle, ich werde nachsehen, wer da ist. Vielleicht nur der Prinzregent, der wissen möchte, ob Polgrain noch etwas von dem fabelhaften Diner übriggelassen hat.«
North öffnete die schweren Türen.
Vor ihm auf den Stufen stand eine hochgewachsene schlanke Frau, so blond, wie er dunkelhaarig war. Sie blickte ihn prüfend an, reglos, als ob sie nicht glauben könnte, daß er es war, leibhaftig, in Fleisch und Blut. Er bemerkte, daß ihre Augen beinahe ebenso dunkel wie die seinen waren, als sie fragte: »Frederic?«
Er schüttelte den Kopf. Er war verwirrt, denn er konnte den Blick nicht von ihr abwenden, auch wenn er es versucht hätte. »Nein«, sagte er langsam, »nein, ich heiße North.«
»Ich habe dich Frederic getauft, nach dem großen preußischen König, weißt du. Ich bewunderte ihn wie dein Vater auch. Dein Vater muß dich umgetauft haben, nachdem er dich wieder in dieses Haus zurückgebracht hatte. Oder nein, wahrscheinlich war es dein Großvater, der deinen Namen in North umwandelte.«

North fühlte, wie sein Herz plötzlich heftig schlug. Die Frau, die da vor ihm stand, war nicht mehr jung. Feine Linien hatten sich in ihr Gesicht gegraben. Aber er sah den weichen Glanz der dunklen Augen, das ausgeprägte Kinn, das den starken Willen verriet, und erkannte in ihren edlen Gesichtszügen Klugheit und verborgenen Witz.
»Ich weiß, daß dies ein Schock für dich sein muß. Ich bin Cecilia Nightingale. Ich bin deine Mutter.«
Er schüttelte wieder den Kopf, als er antwortete: »Es gibt kein Porträt von dir.«
»Dein Großvater weigerte sich, mich malen zu lassen«, antwortete sie. Noch immer stand sie unbeweglich vor ihm. Nur die grüne Feder an ihrem eleganten Hut wippte im kalten Winterwind auf und ab.
»Hallo, Tregeagle. Das Älterwerden gelingt Ihnen nach wie vor gut. Diese Fähigkeit wird Sie wohl auch noch ins Jenseits begleiten.«
Auch Caroline kam nun heran. Neugierig legte sie den Kopf zur Seite. »Wer ist gekommen, North?«
»Ist das deine Frau, Frederic?«
»Ja, das ist meine Frau Caroline. Sie erwartet ein Kind.«
Cecilia Nightingale lächelte. »Sie sind reizend, Caroline. Meinen Glückwunsch.«
»Ich danke Ihnen, Madam.« Sie sah North an. Er wies auf die Frau vor ihm und sagte einfach: »Caroline, das ist meine Mutter, Cecilia Nightingale.«
»Oh, mein Gott!« rief Caroline aus. »Mein Gott, North dachte, Sie seien nicht mehr am Leben. Nein, das ist ... Das ist das schönste Weihnachtsgeschenk, das North jemals bekam! Bitte. Bitte, treten Sie ein, Madam.«
North trat zurück, als seine Frau ihn am Ärmel zupfte. Erst jetzt sah er, daß jemand hinter seiner Mutter stand. Es war ein junges Mädchen, nicht älter als Caroline. Fassungslos blickte er sie an.
»Ja, Frederic, das ist Marie, deine Schwester.«
Carolines Blick wanderte zwischen den beiden hin und her. Sie hätten Zwillinge sein können. »Sie haben North' Vater nicht betrogen. Ich wußte es!« platzte sie heraus.

»Nein, in keiner Weise«, antwortete Cecilia schlicht.
»Aber warum bist du erst jetzt gekommen?« fragte North. Diese neue Wirklichkeit, die ihn mit allen ihren Folgen überrannte, war ihm noch nicht vertraut.
»Ich habe mir erlaubt, Ihre Mutter nach Mount Hawke zu bringen, Mylord.« Mit diesen Worten trat Coombe erhobenen Hauptes hervor. Aus seinem Gesicht sprach eine Mischung von Ärger, Trotz und Angst.
Caroline fiel ihm um den Hals und umarmte ihn. »Ich wußte, daß Sie diese Morde nicht begangen haben. Ich wußte es einfach. Und als man versuchte, mich umzubringen, waren Sie bereits weit fort. Spätestens da wurde den anderen klar, daß Sie kein Mörder sind, und dann fand ich einen anonymen Brief in meinem Schlafzimmer, in dem es hieß, ich sei eine Schlampe und müsse sterben. Trotzdem kursiert noch das Gerücht, Sie würden sich heimlich in Mount Hawke aufhalten und hätten die ganzen furchtbaren Dinge getan und …«
»Mylord«, unterbrach Coombe, »darf ich schließen, daß es seit meiner Abreise einige Aufregungen gegeben hat?«
»Ja, einige, Coombe, in der Tat. Was sagen Sie zum Beispiel dazu, daß jemand ein blutverschmiertes Messer in Ihr Zimmer in Mrs. Freelys Gasthaus schmuggelte?«
»Keiner von uns glaubte natürlich daran, Mr. Coombe«, beeilte sich Tregeagle mit allem Nachdruck zu bemerken. »Trotzdem waren wir sehr erleichtert, als das Pferd von Mylady durch einen Stolperdraht zu Fall kam und Mylady abwarf. Jemand hatte ihn zwischen einem Baum und dem alten Mäuerchen gespannt. Und dann dieser häßliche Brief im Schlafzimmer von Mylady. Da wußten wir mit Sicherheit, daß das unmöglich Ihnen zuzuschreiben war. Es sei denn, Sie hätten sich im Hause versteckt gehalten. Schließlich ist es Ihnen ein leichtes, sich Zutritt zu Mount Hawke zu verschaffen.«
»Das ist alles schön und gut«, schaltete Caroline sich ein, »North, aber deine Mutter und deine Schwester sind hier.«
Langsam wandte sich North zu der Frau um, die kein Wort mehr gesprochen hatte, seit sie die Eingangshalle be-

treten hatte. Jetzt meldete sie sich zu Wort. »Wie sehr hatte ich mir gewünscht, in Mount Hawke zu bleiben. Aber dein Großvater verhinderte es mit allen Mitteln. Nur drei Tage durfte ich hier bleiben, und jede Stunde dieser drei Tage hörte ich nur die wütenden Dispute zwischen deinem Vater und deinem Großvater. Dann brachte dein Vater mich fort.«

»Aber ich schrieb meinem Syndikus in London und fragte ihn, wo ich die ersten fünf Jahre meines Lebens verbracht hätte. In seinem Antwortbrief nannte er das Haus in Brighton. Er schrieb, daß mein Vater ihn von deinem Ableben in Kenntnis gesetzt und mich nach Mount Hawke zurückgebracht habe.«

»Nun, wie du siehst, bin ich nicht gestorben, Frederic. Die letzten zwanzig Jahre habe ich in Surrey verbracht. Immerhin erhielt ich von deinem Vater eine jährliche Apanage. Dieses Jahr blieb sie aus. Also nahm ich an, daß er nicht mehr am Leben war.«

North' Blick ruhte auf ihr und schweifte dann zu seiner Schwester ab. Sie hatte noch kein Wort gesagt und stand stumm hinter ihrer Mutter. »Ich verstehe immer noch nicht.«

»Wollen wir nicht alle in den Salon gehen?« schlug Caroline rasch vor. »Tregeagle, bitte sagen Sie Polgrain, er möge uns Tee servieren. Sie wandte sich an ihre Schwiegermutter. »Bitte, wollen Sie und Marie nicht in den Salon kommen? Es ist sehr kalt heute, und Sie können sich am Kamin etwas aufwärmen.«

Es herrschte eine etwas unbehagliche Stille, bis jeder eine Teetasse in der Hand hielt.

»Meine Mutter starb, als ich elf Jahr alt war. Sie fehlte mir entsetzlich. Sie fehlt mir heute noch. Und North glaubt seit seinem fünften Lebensjahr, Sie seien nicht mehr am Leben. Er hat Sie sehr vermißt.«

Vorsichtig stellte Cecilia Nightingale ihre Tasse wieder auf den Tisch. »Es ist vorbei, nicht wahr?«

»Was?« fragte North.

»Das Vermächtnis der Nightingales. Coombe erzählte mir

nur, daß du mit sechzehn Jahren von Mount Hawke fortgelaufen seist. Er erzählte, du habest die Verbitterung, den Zorn und die täglichen Vorwürfe deines Vaters einfach nicht mehr ertragen, daß du nicht so geworden bist, wie dein Vater und dein Großvater es sich vorgestellt hätten.«

»Nein, Gott sei Dank. Mein Vater wurde von Großvater gezielt beeinflußt. Er hat ihn systematisch mit dem Fluch der Nightingales vergiftet. Aber das spielt jetzt keine Rolle mehr. Warum hast du Vater nie geschrieben und ihm von Marie erzählt? Mein Gott, sie ist ihm doch wie aus dem Gesicht geschnitten. Sie könnte meine Zwillingsschwester sein! Wenn er sie nur einmal gesehen hätte, wäre ihm klargeworden, daß du ihn nicht betrogen haben konntest!«

»Leider hat er sie nie gesehen«, antwortete Cecilia ruhig. Sie nahm die Hand ihrer Tochter und hielt sie fest. »Ich wollte nicht aufgeben. Ich liebte deinen Vater trotz allem. Er war damals noch sehr jung und beeinflußbar. Er war so unsicher. Er wollte an meine Liebe zu ihm und an meine Treue glauben, aber sein Vater schürte immer wieder das Feuer, schilderte ihm, wie ich ihn eines Tages betrügen würde. Dein Großvater vergiftete ihn. Das ist ein passendes Wort. Sein Gift war sehr wirkungsvoll und hätte bei jeder Frau gewirkt, die mit ihm verheiratet gewesen wäre, bei jeder – nach der Geburt des kostbaren Nightingale-Erben natürlich. Ich flehte deinen Vater an, zu kommen und sich Marie anzusehen. Er kam nicht, statt dessen erschien dein Großvater. Marie war damals fünf Jahre alt und das Ebenbild eures Vaters. Er musterte sie, sah mich an und sagte: ›Du verlogenes Biest. Schreib meinem Sohn nie wieder! Er weigert sich, dich zu sehen, deswegen hat er mich geschickt.‹ Das war alles, bis Coombe mich aufsuchte.«

»Aber sie ist so offensichtlich North' Schwester. Warum diese Reaktion?« fragte Caroline.

Cecilia blickte ihren Sohn an, als sie weitersprach. »Ich glaube, er hätte es nicht ertragen, wenn sich das Vermächtnis der Nightingales als unwahr erwiesen hätte. Es war ein

Teil von ihm geworden, beherrschte ihn und machte ihn zu dem Menschen, der er war. Vor seinem Sohn einzugestehen, daß er sich geirrt hatte, war ihm nicht möglich. Eine Weile tat er mir sogar leid. Aber dann begann ich, ihn und deinen Vater zu hassen, Frederic. Ach, verzeih, du heißt ja North. Daran muß ich mich erst gewöhnen. Zwanzig Jahre lang warst du immer Frederic für mich. Oh, mein Gott!«
Plötzlich schlug sie die Hände vor das Gesicht und weinte. Marie warf ihrem Bruder einen strafenden Blick zu und nahm die Mutter in die Arme. Sie streichelte zärtlich ihre Schultern, bis Cecilia den Kopf wieder hob. Nur mühsam gelang es ihr, die Tränen zurückzuhalten. »Es tut mir leid, aber ...«
North stand auf, ging zu ihr hinüber und streckte eine Hand nach ihr aus. Zu seiner Überraschung erhob sich Marie blitzschnell von ihrem Sessel, stellte sich vor die Mutter und stieß ihn fort. Etwas seltsam Wildes lag in ihrem Blick; sie wirkte verwirrt und schien durchaus bereit, die Hand gegen ihren Bruder zu erheben, um die Mutter zu schützen.
»Nicht doch, Marie«, ermahnte Cecilia sie freundlich und streichelte die Wange ihrer Tochter. »Nein, mein kleiner Liebling. North kann nichts dafür. Sieh mich an. So ist es brav. Ich belüge dich niemals, nicht wahr? Das weißt du doch, oder? Natürlich weißt du das. Es ist nicht seine Schuld, verstehst du, mein Kind?«
Verunsichert und besorgt blickte Marie ihre Mutter an. Plötzlich wandte sie sich ab, setzte sich wieder auf den Sessel, faltete die Hände im Schoß und senkte den Kopf.
»Was hat sie?« fragte North.
»Als sie geboren wurde, war kein Arzt zur Stelle. Die Hebamme, eine halbblinde alte Frau, tat ihr Bestes, aber sie verletzte ihr Köpfchen. Sie ist zurückgeblieben, North, aber sehr lieb. Wie du siehst, tut sie alles, um mich zu beschützen. Sie versteht nicht, was hier alles geschieht. Sie begreift die Zusammenhänge noch nicht. Ich glaube, das ist der zweite Grund, warum dein Großvater sie nicht annehmen wollte. Sie hatte einen Makel. Du warst vollkommen.

Du warst der Nightingale-Erbe. Sie wäre ein Schandfleck für ihn gewesen. Und wenn dein Vater sie auch nur einmal gesehen hätte, wäre ihm klargeworden, daß Großvater ihn belogen hatte. Vielleicht hätte er sich von seinem Vater losgesagt. Ich weiß es nicht. Aber jetzt sind sie unter der Erde, und wir werden die Wahrheit niemals erfahren.«

»Dieser gottverdammte alte Narr«, knurrte North. »Verdammt, nun habe ich auch noch Marie erschreckt.« Er kniete vor seiner Schwester nieder. Behutsam legte er eine Hand über ihre gefalteten Hände. »Marie«, sagte er, »möchtest du mich nicht einmal ansehen?«

Langsam hob sie den Kopf. Er blickte in die eigenen dunklen Augen, sah sein Kinn, das bei ihr etwas weicher geformt war, seine Nase in schmaler, edler Ausführung und seine Wangen, die sanfter gerundet waren. »Du bist wunderschön, Marie«, erklärte er. »Du bist meine Schwester, und du bist wunderschön.«

Wie ein kleiner Vogel legte sie den Kopf zur Seite, als ob sie über seine Worte nachdachte. Und ganz plötzlich, ohne ein Vorzeichen, flog ein so strahlendes Lächeln über ihr Gesicht, daß es North für einen Moment den Atem benahm.

»Kein Mann hat ihr das je gesagt«, erklärte Cecilia leise. »Wie du siehst, hat sie dich verstanden. Sie hat in letzter Zeit sehr viel gelernt, und ich bin stolz auf sie.«

North kniete noch immer vor seiner Schwester und hielt ihre Hände. Fragend blickte er zu seiner Mutter auf. »Warum bist du nicht schon früher gekommen? Vater ist seit fast zwei Jahren tot. Warum hast du dich nicht gemeldet?«

»Woher sollte ich wissen, daß du nicht wie alle Nightingales bist? Als die jährliche Zahlung ausblieb, nahm ich zuerst an, du denkst wie dein Vater. Ich wußte ja, daß sie Haß gegen mich in dein Herz säten, vom ersten Tag an, den du wieder in Mount Hawke verbrachtest. Dein Großvater starb erst, als du zwölf Jahre alt warst. Durch Coombe erfuhr ich, daß du von zu Hause fortgelaufen und zur Armee gegangen warst.«

»Ich haßte beide«, erwiderte North ohne jede Beschönigung. »Ich ertrug Vaters Bösartigkeit und seine Wutanfälle nicht mehr. Ich trat in die Armee ein, wurde Hauptmann und schließlich Major. Erst im vergangenen Juli habe ich meinen Abschied genommen. Ich habe ihm niemals geschrieben, mich niemals bedankt und sein Tun niemals gebilligt.«

Da platzte Caroline plötzlich dazwischen. »North«, rief sie, »dieser Mann aus London wird unsere Gemälde restaurieren! Ich werde ihn bitten, uns die Anschrift des besten Porträtmalers von England zu schicken, damit er so bald wie möglich ein Bild deiner Mutter anfertigt. Ja, ich schreibe ihm sofort!« Sie sprang auf und blieb stehen, als North in schallendes Gelächter ausbrach. Er erhob sich, zog sie an sich und küßte sie auf die Nasenspitze. »Caroline Nightingale, sei artig und setz dich hin. Jetzt, da Mutter und Marie hier sind, haben wir alle Zeit der Welt.«

»North, kann sie auch meine Mutter sein?«

»Das weiß ich nicht. Wir wollen sie fragen.« Beide wandten sich Cecilia Nightingale zu.

Ihr Gesicht war von Leid und Sorgen geprägt. Kleine Falten hatten sich um Mund und Augen gegraben, und in ihrem Blondhaar zeigten sich weiße Strähnen. Als sie aber unvermittelt so strahlend und bezaubernd wie ihre Tochter lächelte, sah sie wieder jung und glücklich aus.

»Mutter, möchtest du noch eine zweite Tochter haben? Ich muß dich allerdings vor ihrem Eigensinn und anderen Verrücktheiten warnen, aber wir lachen oft, und sie liebt mich.«

»Eine Frau, die dich nicht liebt, kann ich mir nicht vorstellen«, meinte Cecilia lächelnd und fügte dann wehmütig hinzu: »Es gab eine Zeit, da lachte auch dein Vater sehr viel, aber das war nicht von langer Dauer. Jetzt rede ich töricht. Eine zweite Tochter ... Ein herrlicher Gedanke! Und bald werde ich Großmutter sein. Aber eines möchte ich dich jetzt fragen, Frederic. Wie geht es nun weiter?«

»Ich möchte, daß du hier auf Mount Hawke lebst, weil dies dein Zuhause ist. Ich möchte, daß du mit Marie wieder zur Familie gehörst. Ich will meine Mutter wiederhaben.«

Marie saß von drei Säuglingen umgeben auf einer Decke vor dem Kamin. Sie hielt die kleine Eleanor auf dem Arm, warf sie vorsichtig hoch, liebkoste sie und lachte voller Freude, wenn die Kleine aufjauchzte.

»Marie ist von den Kleinen begeistert und geht sehr geschickt mit ihnen um«, stellte Cecilia fest.

»Ja, das ist richtig.« Miß Mary Patricia säumte ein Wollhemdchen für Little North. »Ich hätte nie gedacht, daß der Graf noch glücklicher werden könnte. Aber seitdem Sie hier sind, Mylady, strahlt er geradezu vor Glück. Mr. Tregeagle erklärte mir einmal, ein Nightingale sei für Frohsinn und Lachen nicht zu haben. Er beschäftige sich mit den ernsten, erhabenen Dingen des Lebens, hänge tiefschürfenden Gedanken nach und lasse sich niemals zu mehr als einem angedeuteten Lächeln hinreißen.«

Cecilia schlug belustigt die Hände zusammen, und Marie drehte sich sofort zu ihr um. »Schon gut, Liebling. Ich freue mich nur an der Unterhaltung mit Miß Mary Patricia. Ach, da bist du ja, Caroline. Du siehst blendend aus. Wie fühlst du dich?«

»Sehr gut. Wußtest du eigentlich, daß unsere drei Zuchtmeister sehr wohl Kenntnis davon hatten, daß du noch lebst? North' Großvater hatte es ihnen mitgeteilt, sie aber zu strengem Stillschweigen verpflichtet. North sollte in dem Glauben aufwachsen, du seist tot …«

»Und eine Hure, eine Schlampe und weiß der Himmel was«, fügte Cecilia hinzu. Von ihrer Bitterkeit war nicht mehr viel zu spüren.

»Richtig. Tregeagle, Coombe und Polgrain glaubten übrigens wirklich, daß du North' Vater betrogen habest. Mein Gott, wenn du wüßtest, wie dieses Triumvirat in all den Jahren auf Mount Hawke regiert hat!«

Miß Mary Patricia kicherte leise, als sie das Hemdchen auf dem Schoß ausbreitete. »Sie hätten die Gesichter der drei sehen sollen, als wir am Tag nach Miß Carolines Hochzeit mit unseren runden Bäuchen auf Mount Hawke einzogen!«

»Die Veränderungen, die du hier geschaffen hast, sind

wirklich erstaunlich«, erklärte Cecilia. »Neulich habe ich sogar erlebt, wie Tregeagle sich angeregt mit Mrs. Mayhew unterhielt. Und Chloe lachte Polgrain freundlich an. Du scheinst Wunder zu bewirken, Caroline.«

North schlenderte herein, küßte seine Mutter auf die Wange, umarmte seine Frau und ließ sich neben seiner Schwester auf der Decke vor dem Kamin nieder.

»So weich«, sagte Marie zu ihm, ohne den Blick von dem Säugling abzuwenden. Sie küßte Eleanor und rieb die Wange an der weichen Kinderhaut. »So weich.«

»Ja«, antwortete North. »Darf ich sie auch einmal anfassen?« Sanft strich er mit den Fingerspitzen über Eleanors Wangen. »Ja, diese Kleinen haben wirklich eine ganz weiche Haut. Übrigens, Mutter, Caroline bewirkt tatsächlich Wunder, aber immer nur ganz kleine, und sie halten nicht lange an.«

»North, ich rate dir, deine Zunge im Zaum zu halten. Deine Mutter könnte sonst auf den Gedanken kommen, du seist ein verdorbener, verkommener Mensch.«

Cecilia lächelte bei diesen Worten, und Caroline sah das Glück in den Augen der Schwiegermutter, die ihren Sohn nach zwanzig Jahren wiedergefunden hatte.

»Warte nur, bis sie hört, wie Marcus mit seiner Duchess umspringt. Das ist der Earl of Chase, Mama, und seine Frau. Sie kommen am ersten Januar wieder und werden nicht eher abreisen, bis wir herausgefunden haben, wer den Anschlag auf Caroline verübte.«

»Wenigstens wissen wir, daß es nicht Coombe ist«, sagte Caroline. »Schließlich konnte er sich unmöglich in dieser Gegend aufhalten und gleichzeitig auf dem Weg zu deiner Mutter sein. Mrs. Freely erzählte mir, daß ihn jetzt keiner mehr für schuldig hält. Im Gegenteil, alle sind empört, daß ein Einheimischer ihm den Mord in die Schuhe schieben wollte. Ja, die Leute geben zu, daß es jemand aus unserer Gegend sein muß, der das Messer in Coombes Zimmer versteckte, und daß dieser Jemand der Mörder ist.«

»Es ist sehr schmerzlich, daß dieser Lump mich zum Mörder stempeln wollte«, bemerkte Coombe, der eine Weile stumm mit Keksen und Sandwiches beladen in der Tür gestanden hatte.

»Danken Sie aber bitte nicht wieder Gott dafür, daß Sie durch den Mordanschlag auf mich jeglichen Verdachts enthoben wurden«, erwiderte Caroline schelmisch.

»Dennoch bezeichne ich dies als ein unerwartetes Ereignis, das mir im richtigen Augenblick zu Hilfe kam, um, sagen wir, mein seelisches Gleichgewicht wiederherzustellen, Mylady. Erlauben Sie mir hinzuzufügen, daß der Brief in Ihrem Schlafzimmer vermuten läßt, daß der Schuldige geistesgestört sein muß.«

»Ja, ganz richtig«, pflichtete North ihm bei. »Diese Zeilen konnten nur dem Hirn eines Wahnsinnigen entsprungen sein.« North wandte sich an seine Mutter. »Außerdem versuchten wir uns daran zu erinnern, wer an jenem Tage zu uns kam. Jedenfalls ist es dem Betreffenden gelungen, den Brief unbemerkt in Carolines Zimmer zu hinterlegen. An diesem Tag hatten wir sehr viele Besucher.«

»Ich tippe auf Mr. Plumberry, den Vikar«, erklärte Miß Mary Patricia. »Das ist ein furchtbarer Mensch.«

»Dazu hätte er nicht den Mut«, entgegnete Coombe.

»An jenem Tag war er leider nicht im Haus«, beendete Caroline das Spekulieren und biß in ein Gurkensandwich.

»Ach du lieber Himmel, jetzt fällt es mir ein!« Miß Mary Patricias Sandwich verharrte auf dem Weg zum Mund in der Luft. »Ich bin ziemlich sicher, daß der Diener der Plumberrys hier war und in der Küche mit Mr. Polgrain sprach.«

»Nein, nein«, widersprach North. »Das ist völlig ausgeschlossen.«

»Dazu hat er nicht den Mut«, wiederholte Coombe. »Aber ich werde Mr. Polgrain danach fragen. Lassen Sie das meine Sorge sein, Mylord.«

»Danke, Coombe. Berichten Sie mir, was Polgrain sagte.«

»Aber vorher müssen Sie uns noch erklären, warum Sie spurlos verschwanden, um North' Mutter zu holen«, verlangte Caroline zu wissen.

»Ich hätte es nicht als recht empfunden, wenn ich Ihnen

vorher etwas davon erzählt hätte«, entgegnete Coombe. »Ich wußte doch nicht, ob sie noch lebt. Ich wollte keine Hoffnungen wecken, die dann vielleicht zerstört worden wären. Also reiste ich ab, um auf eigene Faust Nachforschungen anzustellen. Ich fand Lady Chilton gottlob in bester Verfassung vor. Und auch Marie, das leibhaftige Ebenbild des Grafen. Sie dürfen nicht vergessen, daß der Großvater des Grafen seinerzeit behauptet hatte, das kleine Mädchen sehe dem Freund seines Sohnes ähnlich. Also habe sich der Fluch wieder bewahrheitet. Ein Nightingale sei von seiner Ehefrau auf abscheulichste Art betrogen worden. Damals ließ er uns schwören, Mylord dürfe niemals erfahren, daß Sie noch am Leben seien.«

»Was hat Sie umgestimmt, Coombe?« fragte North und blickte auf. Er saß im Schneidersitz am Boden, und Eleanor spielte auf seinem Schoß.

»Ihnen stand das Glück im Gesicht geschrieben, Mylord«, antwortete Coombe. »Ich bemühte mich sehr, Miß Caroline zu verachten. Ich redete mir immer wieder ein, sie werde Sie betrügen und verletzen wie die anderen Frauen der Nightingales, aber ich wurde den Verdacht nicht los, daß ich im Irrtum war. Ich sprach weder mit Mr. Tregeagle noch mit Mr. Polgrain darüber. Ich fuhr kurz entschlossen nach Surrey, zum Hollywell-Haus in Chiddingfold. Ich danke meinem Herrgott, daß Lady Chilton zu Hause war. Und dafür, daß sie mir nicht die Tür vor der Nase zuschlug.«

»Für einen kurzen Moment war ich versucht, es zu tun, Coombe. Aber wahrscheinlich war ich zu überrascht, Sie wiederzusehen. Um ehrlich zu sein, Frederic, ich hätte dir irgendwann geschrieben, da ich in finanzielle Schwierigkeiten geriet. Ich gab zwar den Kindern im Dorf Unterricht in Musik und gutem Benehmen, aber leben konnte ich auf Dauer nicht davon. Und plötzlich steht Coombe vor meiner Tür und blickt mich erleichtert und zufrieden an.«

»Als ich Miß Marie sah«, fuhr Coombe fort, »wußte ich, daß alle diese Geschichten erlogen waren. Ich erkannte, daß wir zwanzig Jahre lang in einem scheußlichen Irrtum gelebt hatten. Ich bat Lady Chilton inständig, mit mir nach Mount Hawke zurückzukehren und mir zu erlauben, die Dinge wieder ins Lot zu bringen.«

»Sie sind wieder eingestellt, Coombe.« North legte Eleanor in die Arme ihrer Mutter und reichte seinem alten Diener die Hand. »Ich verlange nur, daß Sie mir versprechen, keine Ungeheuer vor dem Fenster der Gräfin baumeln zu lassen. Dann können Sie hier bleiben, solange Sie wollen.«

Coombe richtete sich zu voller Größe auf. »Ich muß gestehen, daß dies unter meiner Würde war.«

»Sehr weit darunter«, bemerkte Caroline. »Aber ich kann mir vorstellen, daß Ihnen dieser Streich Spaß machte, vorausgesetzt, Sie hatten keine Angst, vom Dach zu fallen.«

»Nun ja, etwas ängstlich war ich schon. Aber jetzt hat sich alles zum Guten gewendet, und ich betrachte es als meine Pflicht, die Kreatur zur Strecke zu bringen, die Mrs. Eleanor Penrose und die anderen Frauen ermordete und die es wagte, mir die Morde anzulasten. Mr. Tregeagle, Mr. Polgrain und ich haben bereits unsere Köpfe zusammengesteckt. Wir drei – vielleicht mit geringfügiger Hilfestellung von Mrs. Mayhew – werden dieses Rätsel lösen. Auf Mount Hawke wird wieder Lachen und Heiterkeit einziehen, und wir werden uns daran gewöhnen und selbst einen Scherz wagen.«

»Wenn Sie, Tregeagle und Polgrain es gestatten, möchten die Gräfin und ich gern einen kleinen Beitrag zu dieser Aufgabe leisten«, bemerkte North schmunzelnd. »So, und jetzt geben Sie mir bitte ein Stück von diesem Zitronenkuchen.«

37

An diesem neunundzwanzigsten Dezember erlebte Caroline die kälteste Nacht des Jahres, jedenfalls empfand sie es so, als sie unten im Salon auf North wartete und dem Heulen des Windes lauschte. Vor den Fenstern stand der Nebel. Die Sturmböen, die das Meer aufwühlten, peitschten die nackten Äste erbarmungslos gegen die Scheiben, so daß Caroline jedesmal zusammenfuhr. North und Sir Rafael Carstairs waren mit Flash Savory nach Goonbell geritten, weil Flash von Mrs. Freely erfahren hatte, daß ein Betrunkener in ihrem Schankraum brüllend verkündete, die treulosen Huren müsse man erdolchen.

Caroline zitterte und zog das Sesselchen näher an das lodernde Feuer. Aber im Grunde war es nicht das kalte Winterwetter, das sie frieren ließ. Sie fror innerlich. Es war wie ein Schüttelfrost vor dem Fieber, nur daß sie statt des Fiebers Angst hatte. Und sie haßte diese Angst. Sie hatte furchtbare Angst um North, was töricht war, denn er war stark und klug und in Begleitung von Flash und Rafael. Trotzdem beruhigte sie das nicht. Wenn er sie nur nach Goonbell mitgenommen hätte!

»Nein«, hatte er gesagt und ihre Bedenken fortgeküßt. »Es ist kalt, und du erwartest ein Kind. Du mußt auf dich und unser Kind aufpassen, Caroline.«

Die alte Standuhr schlug elfmal – nur gab sie diesmal keine heiseren, rasselnden Töne von sich. Seitdem Marcus Wyndham den goldenen Armreif gefunden hatte, erklangen ihre Schläge voll und abgerundet. Jetzt, da sie wieder wie eine anständige Uhr schlug, dachte Caroline und drehte den Ehering am Finger, würde das Werk wahrscheinlich bald mit einem gurgelnden, letzten Schlag den Geist aufgeben.

Sie blickte zu dem Armreif hinüber. Erst heute abend hatte sie ihn auf das mit weinrotem Samt bezogene Podestchen gelegt, auf dem vorher eine häßliche chinesische Vase thronte. Jetzt konnte ihn jeder bewundern. Oft kam ihr der Gedanke, wie auch jetzt, daß der Reif möglicherweise der einzige Beweis dafür war, daß König Marke hier begraben lag.

Höchstwahrscheinlich, überlegte sie weiter, wurde der Goldreif in der Nähe von Fowey gefunden, wo König Marke der Sage nach seine letzte Ruhestätte gefunden hatte. Ein Kesselflicker oder wer auch immer hatte das Schmuckstück nach Mount Hawke gebracht und es an North' Urgroßvater verkauft. Wenn dies auch nur annähernd der Wahrheit entsprach, dann hatte der erste Viscount Chilton, der alte Donninger Nightingale, seine Nachfahren schändlich belogen.

Sie seufzte, lehnte den Kopf zurück und schloß die Augen. North war jetzt seit drei Stunden fort. Sie haßte das Warten. Sie hatte es immer gehaßt. Sie wollte etwas tun. Auf keinen Fall wollte sie dasitzen und Daumen drehen und einen Seufzer nach dem anderen zum Himmel schicken. Das entsprach einfach nicht ihrer Natur. Ob Victoria Carstairs jetzt auch im Lehnstuhl auf ihren Mann warten würde? Eine Frau zu sein, folgerte sie, war durchaus nicht immer angenehm, wie jetzt zum Beispiel, da sie weder eingreifen noch sich davon überzeugen konnte, daß North wohlauf war.

Sie blickte auf, als Coombe in den Salon kam. Er trug ein Tablett mit einem makellos polierten silbernen Teeservice aus dem frühen achtzehnten Jahrhundert. »Es stammt noch vom alten George dem Ersten«, hatte er ihr bei ihrem ersten Besuch erklärt. An jenem Spätnachmittag war das Silber allerdings grau und stumpf gewesen. »Ich glaube, 1722 hat es unser erster Viscount gekauft, der Urgroßvater seiner Lordschaft.«

Seit dieser Bemerkung hatte Caroline das Teeservice nicht mehr gemocht.

»Es ist kalt«, sagte sie zu Coombe, der das Tablett auf einem Tischchen abstellte und es zu ihrem Sessel trug.

»Es fängt zu regnen an. Es gefällt mir nicht, daß seine Lordschaft bei diesem Wetter unterwegs ist.«

»Mir auch nicht. Ich hätte ihn begleiten müssen. Dann würde er nicht naß werden. Hoffentlich erkältet er sich nicht.«

Wenn Coombe diese Aussage als ziemlich unlogisch empfand, so behielt er es für sich.

Sie trank einen Schluck Tee. »Gehen Sie noch nicht, Coombe. Sagen Sie, haben Sie eine Ahnung, wer den Goldreif in der alten Standuhr versteckt haben könnte?«

»Dafür gibt es nicht den kleinsten Hinweis. Ich habe Mr. Tregeagle und Mr. Polgrain gefragt, aber sie stehen ebenfalls vor einem Rätsel.«

»Wenn es North' Urgroßvater war, welchen Grund hätte er gehabt? Schön, damit wäre seine Theorie über König Marke bewiesen gewesen, und ein realer, greifbarer Gegenstand mit den Buchstaben REX hätte sie untermauert. Nein, wie man es dreht und wendet, es ergibt keinen Sinn. Der Reif muß jahrelang in der Uhr gelegen haben. Und kein Nightingale, außer North' Urgroßvater, hat in seinen Aufzeichnungen davon berichtet. Ach, ich kann Ungereimtheiten nicht ausstehen!«

»Im Augenblick, Mylady, habe ich wichtigere Dinge zu bedenken. Ich teilte es seiner Lordschaft bereits mit und sage es hiermit Ihnen, Mylady, daß der Diener des Vikars tatsächlich an jenem schicksalhaften Tag im Hause war, an dem Mylady den üblen Brief im Schlafzimmer vorfand. Polgrain jedoch beschwört, daß der Diener die Küche nicht verlassen habe. Bei dem Diener handelt es sich um eine weibliche Person, eine Jungfrau namens Ida, die für Mr. Polgrain gewisse Gefühle hegt und ihn dadurch in eine gewisse Unruhe versetzt, die wiederum zu einer nicht unerheblichen Zerstreutheit führt.«

»Etwas kürzer ausgedrückt, könnte man sagen, dieser

weibliche Plumberry-Diener könnte Tee im Salon getrunken haben, ohne daß Polgrain es bemerkte.«
»Ich fürchte, das ist möglich.«
»Oh, das paßt ja glänzend! Soweit ich mich erinnern kann, waren die einzigen Menschen, die uns an jenem Tag nicht besuchen kamen, Mr. und Mrs. Carstairs.«
»Ah, aber dieser Flash Savory war da. Ich traue ihm nicht, Mylady. Er sieht zu gut aus und ist zu gerissen, wenn Sie verstehen, was ich meine, Mylady.«
»Das ist eine Möglichkeit, an die ich nicht gedacht habe. Ich glaube, Flash kommt nicht in Frage, Coombe. Andererseits – wer weiß es? Er kam, weil er seine Lordschaft und wahrscheinlich Miß Evelyn sprechen wollte.«
»Ah, der Wind bläst also in diese Richtung.«
»Es weht immer ein Wind. Gott sei Dank, daß er seine Lordschaft nach Dorchester in meine Arme geblasen hat.«
»Früher hätte ich bemerkt, es sei ein widriger Wind gewesen, der ihn in Ihre Richtung geblasen habe, Mylady. Aber der Wind, der Sie hierhergetragen hat, ist vielleicht gar nicht so übel, nur etwas unberechenbar, würde ich sagen.«
»Danke.« Caroline trank noch einen Schluck Tee und stand auf. »Ich glaube, unter den vielen weichen Decken, die Tregeagle auf dem Bett seiner Lordschaft ausgebreitet hat, werde ich himmlisch schlafen. Sie sollten sich ebenfalls zurückziehen, Coombe. Wir wissen nicht, wann seine Lordschaft nach Hause kommt.«
Coombe richtete sich zu seiner vollen Größe auf, die aber trotzdem nur bis zu Carolines Augenhöhe reichte. »Ich trage keinen Nightingale-Erben, Mylady. Ich werde auf die Rückkehr seiner Lordschaft warten und ihm mit einem angewärmten Brandy aufwarten.«
Ein Schluck des köstlichen, aus Frankreich geschmuggelten Brandy hätte ihr nach dem bitteren Tee bestimmt gutgetan. Aber dann stellte sie sich Coombes entsetztes Gesicht vor, wenn sie als Schwangere Alkohol tränke, und unterdrückte den Wunsch.
»Geht es Miß Marie besser?«
»Ja, ihre Nase scheint ein wenig verstopft zu sein. Leider

macht sich ein Anflug von Husten bemerkbar. Lady Cecilia weicht nicht einen Augenblick von ihrer Seite und bat mich, Ihnen in ihrem Namen eine gute Nacht zu wünschen. Ich nehme an, daß Miß Marie morgen wieder zum Frühstück erscheinen wird.«

Caroline pfiff vor sich hin, als sie die Treppen hinaufstieg und auf die kahle Stelle an der Wand blickte, wo sie das Porträt von North' Vater abgehängt hatte, dessen verächtlichen, grimmigen Blick weder sie noch North länger ertragen wollten. An seiner Stelle würde bald das Porträt von Lady Cecilia hängen. Und das von North und Marie. Ja, das wäre dann für alle Ewigkeit der Beweis, daß eine Nightingale treu und ergeben zu ihrem Mann steht.

Sie fühlte, wie eine große Mattigkeit sie überkam. Sie fühlte sich steif und unbeweglich wie die marmorne Statue von Gott Merkur, die in einer Nische am Treppenaufgang stand. Jeder Schritt fiel ihr schwer. Sie schüttelte den Kopf über sich selbst. Machte sie das Kind in ihrem Leib so schnell müde? Das gefiel ihr gar nicht.

Sie zitterte ein wenig vor Erschöpfung und Müdigkeit, als sie North' Schlafzimmertür erreichte. Mit unendlicher Anstrengung gelang es ihr, den Türknopf zu drehen. Sie überlegte, ob sie eins der Mädchen rufen sollte, damit es ihr beim Ausziehen behilflich wäre, beschloß dann aber, daß es um diese Zeit etwas zu spät sei. Ein wohltuendes Feuer brannte im Kamin. Die Flammen flackerten hell auf und ließen skurrile Schattengebilde in den Ecken und an den Wänden des großen Zimmers tanzen. Sie streckte die Hände aus, um sie zu wärmen. Als sie sie betrachtete, schienen sie sich aufzulösen. Sie wurden immer durchsichtiger. Die hellblauen Adern unter der Haut traten hervor, aber dann verflüchtigten sie sich – genau wie ihre Hände, wie die Schatten in den Ecken. Aber vielleicht war es auch nur das Kaminfeuer, das die Hände so fremd erscheinen ließ.

Irgend etwas stimmte nicht. Langsam wandte sie sich nach dem Geräusch um, das sie hinter sich gehört hatte. Sie sah nichts. Sie war so entsetzlich müde, und ihre Knie waren so schwach, daß sie sich kaum auf den Beinen halten konnte. Die zwei kleinen Schritte zum Schaukelstuhl fielen ihr unendlich schwer. Erschöpft stützte sie sich an der Lehne ab. Das raschelnde Geräusch erklang erneut. Jetzt war es ganz dicht bei ihr. Es mußte vom chinesischen Wandschirm herrühren.

Sie sammelte sich und versuchte sich zu mehr Aufmerksamkeit zu zwingen. Sie war so unsäglich müde. Da, wieder dieses dumme Geräusch, das bestimmt nichts zu bedeuten hatte und nur ihrer Schläfrigkeit zuzuschreiben war. Ja, das mußte es sein.

Langsam wandte sie sich zum Kamin um. Die Flammen tanzten jetzt einen wilden Reigen, wiegten sich und züngelten hin und her. Sie spürte die Hitze des Feuers und hob die Hand an das Gesicht, jedenfalls versuchte sie es. Der Arm fiel matt zur Seite. Eine unerklärliche Mattigkeit überkam sie, so daß sie sich nicht mehr rühren konnte und wollte.

Jetzt war das Rascheln wieder zu hören, aber sie hatte nicht die Kraft, sich umzudrehen. Es war jetzt ganz nahe. Sie wußte es. Sie war auf alles gefaßt, wie ein Kaninchen, das auf die Büchse des Jägers blickt, dachte sie. Wie gebannt wartete sie auf das Geräusch, das kommen und sie holen würde.

Wie konnte ein Geräusch ihr etwas antun?

Ein leises Murmeln drang an ihr Ohr. Töne, die sie nicht verstand. Sie war sich nicht sicher, ob eine Hand sie berührte und ihr übers Haar strich. »Du bist eine Hure«, ertönte die Stimme murmelnd wie in einem Traum. »Eine Hure, und du wirst sterben wie die anderen Huren.«

»Nein«, hauchte Caroline matt. Ihr Mund war trocken, und die Kehle schmerzte sie, als sie dieses eine Wort aussprach. »Nein«, sagte sie noch einmal. Sie fühlte, wie Arme sie umschlossen. Sie atmete einen sonderbaren Geruch ein, und dann wurde sie vorsichtig auf den Fußboden gelegt. Jetzt endlich fühlte sie für einen Augenblick wieder die willkommene Wärme des Feuers. Dann erlosch alles um sie, und Kälte umfing sie.

»North«, sagte sie nur, dann sank ihr Kopf zur Seite, und sie verstummte.

Der Wind heulte. Feiner Sand flog durch die Luft; der salzige Geschmack war unverkennbar.
Unwillkürlich verkroch sich Caroline in den samtenen Umhang und wunderte sich, warum sie ihn trug. War sie zu einem Spaziergang aufgebrochen? Aber sie konnte sich nicht erinnern, daß sie das vorgehabt hatte.
Es war dunkel. Ein halber Mond stand zu ihrer Linken hoch oben am Himmel. Großer Gott, wie weh tat es, die Augen zu öffnen! Aber es gelang ihr doch. Sie sah das Mondlicht, schmeckte das Salz auf den trockenen Lippen und spürte eine eisige Kälte in den Knochen. Schaudernd erwachte sie vollends. Sie lag in einer Nische unter einem großen schwarzen Felsen. Sie kannte den Felsen. Er befand sich bei St. Agnes Head. Und jetzt wußte sie auch, wie sie hierhergelangt war. Jemand hatte ihr etwas in den Tee getan. Jemand hatte sich in ihr Schlafzimmer geschlichen und diese raschelnden Geräusche verursacht, und dieser Jemand hatte ihr ins Ohr gewispert, daß sie eine Hure sei und sterben müsse, und dann hatte sie dieser Jemand von Mount Hawke hierher geschleppt.
Wer war dieser Jemand?
Sie war allein.
Sie spürte, wie kalte Angst Besitz von ihr ergriff und ihren Körper erstarren ließ. Dann sah sie ihre Mutter deutlich vor sich: das geliebte Antlitz und die grünen Augen, die vor Fröhlichkeit strahlten. Augen, die so grün wie die ihren waren. Aber dann verschwand das Gesicht der Mutter und hinterließ nur die Erinnerung. Sie hatte ganz vergessen, daß ihre Mutter grüne Augen gehabt hatte. »Mutter«, flüsterte sie, »Mutter.«
Sie lag allein in der Finsternis. Der Wind tobte um sie herum und zerrte an ihrem Haar. Ein Mann mußte sie hierhergebracht haben, ein Mann, der Zutritt zu Mount Hawke hatte.
Coombe? Er war zurückgekommen. Freundlich lächelnd

mit Unschuldsmiene hatte er North' Mutter und seine Schwester nach Mount Hawke gebracht. Wollte er dadurch wie ein Heiliger dastehen und alle vergessen lassen, daß er die Lüge von Carolines angeblichem Liebhaber Dr. Treath erfunden hatte? Daß er möglicherweise die Ochsenschwanzsuppe vergiftet hatte, die die arme Alice so krank gemacht hatte?

Plötzlich hörte sie ein leises Stöhnen. Sie versuchte diesem beklemmenden Laut zu entkommen und rollte sich zusammen, aber dann wurde ihr bewußt, daß sie selbst diesen Laut ausgestoßen hatte. Er kam aus ihrem Innern. Die Angst war ein Teil von ihr geworden. Das Ende war gekommen. Sie war North begegnet. Sie hatten sich gefunden, aber nach wenigen Monaten würde er wieder allein sein. Nein, nein. Jetzt hatte er seine Mutter und seine Schwester und würde nicht mehr in düstere Melancholie verfallen und das Lachen vergessen.

Sie wollte nicht, daß North ohne sie lachte. Ja, sie war selbstsüchtig, aber so war es nun einmal. Unter keinen Umständen wollte sie einfach hierbleiben und abwarten, bis jemand kam, um sie zu erdolchen und die Klippen hinunterzuwerfen. Sie wollte nicht sterben.

Zum ersten Mal konnte sie wieder einen klaren Gedanken fassen. Sie hatte keine allzu große Hoffnung, aber sie wollte sich nicht tatenlos ihrem Schicksal ergeben. Sie zerrte an den Fesseln, die die Handgelenke zusammenhielten, doch ohne Erfolg. Dann versuchte sie die Fußknöchel zu befreien. Sie waren fest aneinandergefesselt, und es blieb nicht ein Spalt Zwischenraum, damit sie sich wenigstens hüpfend weiterbewegen konnte.

Also gut, wenn sie nicht aufgeben wollte, mußte sie etwas unternehmen. Sie tastete die scharfen Kanten des dunklen Felsens über sich ab. Sie waren messerscharf, und sie betete, daß sie ihren Zweck erfüllen sollten.

Jetzt merkte sie, daß ihre Hände nackt und kalt waren, beinahe zu kalt. Wenn sie sich nicht beeilte, würden sie völlig gefühllos werden. Dieser Jemand hatte ihr einen Umhang, aber keine Handschuhe übergezogen. Aber das ist halb so

schlimm, dachte sie und rieb das Seil mit aller Kraft an der scharfen Felskante hin und her. Die Schmerzen, die jetzt kamen, ertrug sie gefaßt.
Sie biß die Zähne aufeinander und arbeitete weiter.
Aufgetürmte schwarze Wolken schoben sich ineinander und bedeckten den Mond. Die pechschwarze Dunkelheit war beängstigend, und es schien plötzlich kälter geworden zu sein. Nur allzu deutlich hörte sie jetzt, wie die sturmgepeitschten Wellen gegen die Felsen von St. Agnes Head donnerten. Die Gischt spritzte zu den Klippen hinauf.
Komm, reiß endlich! Voller Ungeduld sägte sie weiter. Sie spürte etwas Warmes, Klebriges und folgerte daraus, daß es nur ihr Blut sein konnte. Das war ein Fortschritt, denn jetzt spürte sie wenigstens etwas. Sie war außer Atem. Die schmerzenden Handgelenke setzten ihr zu, und beim Luftholen machte sich ein Stechen in den Lungen bemerkbar. Sie hielt für einen Augenblick inne, atmete tief durch und zerrte am Seil.
Es hatte sich gelockert.
Vor Erleichterung hätte sie am liebsten geweint. Sie schöpfte neue Hoffnung.
Sofort rieb sie kräftig weiter. Bald gab der Strick vollends nach, und sie war frei. Sie hielt die Hände vor das Gesicht. Sie waren rot und wund, aber das spielte jetzt keine Rolle. Die Hände waren von den Fesseln befreit, und sie war noch am Leben. Rasch löste sie die Schlinge von den Fußknöcheln, als sie aber aufstehen wollte, sackte sie in sich zusammen.
Zu schwach, dachte sie. Sie war unterkühlt und zu schwach. Mit aller Kraft massierte sie Waden und Füße. Krampfartige Schmerzen schossen ihr durch die Beine, aber sie achtete kaum darauf.
Sie stand erneut auf. Diesmal sehr langsam. Zur Sicherheit stützte sie sich mit den Händen am Felsen ab. Diesmal gelang es ihr, sich auf den Beinen zu halten. Sie tat einen Schritt und dann noch einen. Dann hörte sie ein Pferd näher kommen, das heißt, sie nahm mehr die Erschütterung der Pferdehufe war, als daß sie ihr Getrappel hörte. Er

kam also jetzt. Ihretwegen. Aber sie würde nicht hier herumstehen und warten, bis er auftauchte.
Die Klippen waren schroff und kahl. Was sollte sie tun?
Der Strand! dachte sie, raffte Umhang und Röcke hoch und lief in nördlicher Richtung am Rand der Klippen entlang auf den Strandpfad zu, der ungefähr fünfzig Fuß vor ihr lag. Am Strand würde sie eine Waffe finden, einen Stein oder einen Knüppel. Dort könnte sie sich auch am Fuß der Klippen in einer Felsspalte verstecken. Der Mörder müßte zuerst den schmalen Pfad hinunterklettern, und das würde ihr einen kleinen Vorsprung verschaffen. Sie hätte Zeit, eine Waffe ausfindig zu machen und wenn möglich sogar festzustellen, wer ihr Verfolger war. Vielleicht könnte sie ihn sogar überrumpeln.
Sie vernahm einen Aufschrei, dann ein wütendes Gebrüll und eine Folge von Flüchen, die der Wind weitertrug. Seitenstiche machten ihr zu schaffen und brachten sie ins Stolpern, aber zum Glück hatte sie den Strandpfad bereits erreicht.
Das Pferd kam näher. Sie hörte die Schreie und Flüche jetzt deutlicher, dann zerfetzte der Wind sie wieder und trug sie von ihr fort. Der Wind nahm zu. Kein Wunder, daß hier weder Bäume noch Sträucher wuchsen. Wie sollten sie ihm standhalten?
Ihr Kind. Sie faßte mit den Händen nach dem Leib, als ob sie es schützen wollte, und verlor dabei das Gleichgewicht. Instinktiv breitete sie die Arme aus, um einen Sturz zu vermeiden, rollte aber wie eine Kugel den Pfad hinunter und fing sich wieder, während kleine Steine und Sandwolken unter ihren Füßen aufwirbelten.
Sie richtete sich auf, blieb keuchend stehen und lauschte angestrengt den Geräuschen ihres Verfolgers. Das Pferd kam näher. Bald würde sich der Reiter senkrecht über ihr befinden, herunterblicken und sie entdecken. Er würde ihr nachklettern. Sie mußte sich beeilen.
Sie rutschte mehr, als sie rannte, und riskierte es, kopfüber hinzufallen, aber sie setzte alles auf eine Karte. Wer war dieser Mann?

Sie stolperte, flog nach vorn und riß die Arme hoch, um den Sturz abzufangen. Dann rollte sie das letzte Wegstück hinunter. Kurz blieb sie liegen und vergewisserte sich, daß alles heil geblieben war. Sie hatte sich nichts gebrochen. Sie stand auf und erblickte über sich eine in einen wehenden Umhang gehüllte Gestalt, die zu ihr heruntersah. Dann setzte sich ihr Verfolger in Bewegung. Sein Umhang blähte sich. Es sah aus, als flöge der Leibhaftige selbst zu ihr herab.

Sie rannte über den feuchten Sand, so schnell sie ihre Füße trugen, und hielt verzweifelt nach einer geeigneten Waffe Ausschau. Lieber Gott, irgend etwas mußte doch zu finden sein! Endlich entdeckte sie einen Ast. Ohne ihren Lauf zu unterbrechen, riß sie ihn an sich und strebte dem zurückliegenden Teil des Strandes zu. Hier hatten die Wellen seit Jahrhunderten den porösen Sandstein am Fuß der Klippen ausgehöhlt.

Ich laufe in eine Falle, dachte sie und blieb stehen. Das Herz klopfte ihr bis zum Hals. Der Puls dröhnte ihr in den Ohren, und die Lungen durchfuhren stechende Schmerzen. Was war zu tun? Dann wurde ihr bewußt, daß das ausgewaschene Gestein ihr für eine Weile Deckung gewähren würde. Aber dann würde er sie in die Enge treiben. Er war stärker und würde sie ergreifen und festhalten. Sie mußte ihm zuvorkommen. Aber wie?

Die schwarzen Wolken rissen auf, und der Mond beleuchtete den Strand und die Felsen. Es war so still, daß sie den Flügelschlag eines einsamen Nachtvogels hörte. In diesem Augenblick entdeckte sie deutliche Einkerbungen in dem Felsgestein, die in gleichmäßigen Abständen nach oben führten. North hatte nie etwas davon erwähnt. Sie fragte nicht lange, was sie zu bedeuten hatten, erkannte nur, daß sie ihr festen Halt für Hände und Füße boten. Der Fuß paßte gut in die erste Ausbuchtung. Die Hände fanden in bequemer Höhe den nächsten Halt. Sie zog sich hinauf und setzte den Fuß in die nächste Kerbe; dabei wurde ihr klar, daß sie unmöglich klettern und gleichzeitig den knüppelähnlichen Ast mitnehmen konnte. Sie drehte sich um, sah den Mann unter sich und warf das Holz auf ihn. Sie konnte nur wenig ausholen, traf aber gut. Sie hörte ihn fluchen, als der Ast auf ihn hinabsauste. Der Schlag setzte ihn zwar nicht außer Gefecht, hielt ihn aber wenigstens für einen Moment auf.

Ihre einzige Aussicht auf Rettung bestand darin, vor ihm nach oben zu gelangen. Vielleicht konnte sie mit seinem Pferd fliehen.

Sie ertastete den nächsten Halt für ihre Hand und zog sich wieder ein Stück hinauf. So kletterte sie vorsichtig und zielstrebig nach oben.

Plötzlich hörten die Einkerbungen auf. Sie waren einfach nicht mehr vorhanden. Sie fühlte sich von den Menschen betrogen, die diese Kerben in den Fels geschlagen hatten. Warum hörten sie einfach auf? Es ergab keinen Sinn. Verzweifelt blickte sie sich um und tastete mit blutenden Händen das Felsgestein ab.

Rechts von ihr, ja, gleich rechts von ihr gab es eine Stelle, in der ihre Füße Halt fänden, aber es erforderte ihre ganze Kraft, um diesen Abstand zu überbrücken.

Plötzlich hörte sie einen Ruf über sich. Es war eine männliche Stimme, die sie zu erkennen glaubte. Eine wilde Hoffnung keimte in ihr auf. Dann hörte sie den Widerhall eines Schusses, der von unten heraufdrang. Oben auf der Klippe rührte sich nichts mehr. Nicht einmal ein Stöhnen war zu vernehmen.

Der Mann unter ihr hatte ihren Retter erschossen. North? O Gott, daran durfte sie nicht denken. Sie streckte den Fuß so weit wie möglich nach rechts, verlagerte das Gewicht und suchte mit den Händen wild nach einem Halt im Felsen. Es gelang ihr, mit den Füßen einen sicheren Stand zu finden. Dann wiederholte sie das Manöver ins Ungewisse hinein. Ohne viel nachzudenken, bewegte sie sich weiter. Sie wollte nur vorwärts kommen.

Dann hörte sie den Mann unter sich. Sie wußte, daß er das Ende der senkrecht übereinanderliegenden Einkerbungen erreicht hatte. Es würde einige Zeit dauern, bis er entdeckte, daß er sich seitwärts weiterbewegen konnte.

Dann, völlig überraschend, rutschte ihr Fuß ab. Sie hing in der Luft. Ihre Hände krallten sich in den Felsvorsprung über dem Kopf, die Beine baumelten im Leeren und suchten fieberhaft nach einem Halt. Schon war der Verfolger neben ihr. Keine sechs Fuß entfernt. Er lachte höhnisch, wußte er doch, sie würde abstürzen und sterben. Ihre Hand glitt ab. Wie eine Wahnsinnige schlug sie um sich, verlor den letzten Halt und stürzte. Ihr Schrei verhallte im Wind.

38

Wild um sich greifend, fand sie Halt an einem Stechginsterbusch. Der Strauch hielt ihren Fall für kurze Zeit auf, bis seine Wurzeln nachgaben und sich aus der felsigen Nische lösten. Sie wurde zur Seite geschleudert und prallte mit der Hüfte gegen die Felswand. Das Gestein schien unter der Wucht ihres Gewichts zu erzittern, dann gab der poröse Fels nach und brach nach innen auf. Sie merkte, wie sie seitwärts abstürzte, tiefer, immer tiefer ins Dunkle hinein. Schließlich landete sie auf einem kleinen Abhang und rollte noch weitere sechs Fuß hinab, bis sie auf glattem sandigen Grund liegenblieb. Die Luft war trocken und muffig. Sie rang nach Atem und begriff noch nicht recht, wie ihr geschehen war. Es war alles so schnell geschehen. Eine Felswand war durch ihren Aufprall eingebrochen, also mußte sie sich jetzt innerhalb der Klippen in einer Art Höhle befinden.

Allmählich wurde ihr Atem langsamer, und das Stechen in den Seiten ließ nach. Sie griff nach ihrem Bauch. Nicht eine einzige Stelle schmerzte, auch kündigten sich keine Krämpfe an. Gott sei Dank, dem Kind ging es gut, zumindest im Augenblick. Langsam und vorsichtig drehte sie sich um und setzte sich auf. Das Mondlicht, das durch die Öffnung in der Klippenwand schien, bildete die einzige Lichtquelle.

Sie blickte sich um und überlegte, in welcher Höhe der Felswand sie sich ungefähr befinden konnte. Der Felsen wölbte sich über ihr wie in einer Höhle, nur war es hier nicht feucht und finster. Die Erde unter den Füßen war trocken, sandig und eben. Als nächstes tastete sie ihren Körper ab. Es schien alles heil zu sein, bis auf die Hände, die aufgescheuert und blutig waren, aber das erschien ihr nicht so wichtig. Im Gegenteil, sie begrüßte den brennenden Schmerz, der ihr bestätigte, daß sie noch am Leben war.

Der Mann würde früher oder später das Loch in den Klippen entdecken und sie hier finden. Dann würde er sie umbringen, das stand fest, denn sie saß hier tatsächlich in der Falle. Hätte sie doch nur ein Licht gehabt! Sie entfernte sich von der Öffnung und drang in das Innere der Höhle vor. Einige Umrisse erkannte sie gerade noch schemenhaft. Vielleicht käme sie hier an eine Abbiegung, und die Höhle würde sich mit einem zweiten Ausgang zu den Klippen hin öffnen. Aber das war Unsinn. Natürlich war von dieser Seite ursprünglich kein Eingang vorgesehen gewesen.

Zweifellos dienten die Hand- und Fußhalterungen dazu, um in die Höhle zu gelangen. Aber was war geschehen? Es schoß ihr durch den Kopf, daß noch ein zweiter Weg ins Freie führen mußte, und zwar nach oben.

Sie mußte den Ausgang nur finden. Vorsichtig setzte sie einen Fuß vor den anderen, blickte sich um, horchte auf den Verfolger. Sie wußte, daß es nicht mehr lange dauern konnte, bis er ihr wieder auf den Fersen war. Wen hatte er oben auf den Klippen erschossen? Nein, sie wußte, es war nicht North gewesen. Aber wer?

Plötzlich stolperte sie, aber sie fiel nicht zu Boden. Sie verlor nur das Gleichgewicht und konnte sich geschickt mit einer Hand abstützen. Dabei sah sie etwas neben ihrem Fuß in der weichen sandigen Erde aufschimmern. Sie bückte sich und schaufelte den Gegenstand mit den Händen frei. Er fühlte sich rund und glatt an und blinkte wie ein Schmuckstück. Am liebsten wäre sie zur Höhlenöffnung zurückgekehrt, um ihren Fund zu begutachten, aber sie wollte dieses Risiko nicht unnötig eingehen. Also steckte sie den Gegenstand in die Tasche ihres Umhangs und setzte den Weg in die Dunkelheit fort.

Hinter ihr ertönte ein unheimlicher Ruf, der von den

Höhlenwänden verschluckt und verzerrt wurde. Dann herrschte Stille. Sie hörte nur das wilde Pochen ihres Herzens. Wieder ertönte die Geisterstimme, aber diesmal warf das Echo lockende, sirenenhafte Klänge zurück. »Caroline! Caroline, bleib stehen! Ich bekomme dich gleich zu fassen und werde dich sehr, sehr langsam sterben lassen. Und dieser verfluchte Balg in deinem Bauch wird dir in den Tod folgen.«

Sie zitterte wie Espenlaub und schlang unbewußt die Arme um ihren Körper. Sie spürte, wie sich angstvolle kleine Schreie aus ihr lösen wollten. Mit größter Willensanstrengung zwang sie sich, stumm zu bleiben wie die Felswände, die sie umschlossen. Die Stimme erklang wieder, sandte erneut ein Echo durch die Dunkelheit und kam näher. »Komm her, Caroline! Du bist erfindungsreicher als die anderen, oder vielleicht hast du nur mehr Glück. Ich erzähle dir jetzt von dieser bedauernswerten Frau, dieser Elizabeth Godolphin. Winselnd lag sie vor mir auf den Knien und flehte mich an, sie zu verschonen. Natürlich brachte ich sie um. Sie war noch leichtfertiger und verdorbener als deine Tante. Jetzt werde ich dir in allen Einzelheiten berichten, wie Eleanor Penrose starb, wie sie verzweifelt versuchte, mir zu entkommen. Ihr blieb natürlich nicht die geringste Hoffnung. Ihr Tod war gerecht. Sie hatte ihn verdient. Komm zu mir, Caroline! Du willst mich doch nicht ärgern?«

Kalte Angstschauder erfaßten Caroline. Wahnsinn lag in diesen geisterhaft langgezogenen Tönen. Wahnsinn und wilde Entschlossenheit.

Eine Waffe. Sie brauchte unbedingt eine Waffe. Sie mußte eine Möglichkeit finden, um sich zur Wehr zu setzen. Sie drang weiter in die Höhle vor. Die Decke wurde niedriger, war aber immer noch gute zehn Fuß hoch. Unwillkürlich lenkte sie ihre Schritte nach links. Und siehe da, hier war es nicht mehr ganz so finster! Sie sah, wie die Schatten sich teilten. Eine neue Öffnung! Sie wußte es. Es mußte noch einen zweiten Ausgang geben, und sie hatte ihn instinktiv gefunden. Sie lief jetzt auf das fahle Licht zu und blieb wie angewurzelt stehen. Beinahe wäre sie über die eigenen Füße gefallen.

Da, vor ihr, auf einem riesigen altarähnlichen Felsblock, breitete sich ein ungeheurer Schatz aus. Goldmünzen, Geschmeide, Armspangen, Armbänder, Halsketten und Haufen von glitzernden Edelsteinen neben goldenen und silbernen Trinkgefäßen und Kelchen. Inmitten dieser unglaublichen Schätze prangte ein mächtiges Schwert, dessen zweischneidige Klinge ungefähr zwei Fuß im Felsen steckte. Seinen Griff zierten Diamanten, Rubine und Smaragde. Großer Gott! Das Schwert war mindestens vier Fuß lang! Gebannt starrte sie es an. Ihre Angst war verflogen, als sie sich bewußt wurde, was sie da gefunden hatte.

Das waren die unermeßlichen Schätze König Markes. Es konnte nicht anders sein. Die Nightingale-Männer hatten recht behalten. Der Schatz des greisen Königs lag hier, wo er vor tausend Jahren vergraben worden war. Die Reichtümer waren so groß, daß sie ein einziger Sterblicher nicht verdiente.

Sie trat näher und streckte die Hand nach dem Schwert aus. Aber im letzten Augenblick zögerte sie. Sie hatte Angst, das Schwert zu berühren, das war die einfache Erklärung. Warum steckte es hier, fest in den Felsen gerammt? Sie wußte, daß es nicht für einen gewöhnlichen Sterblichen bestimmt war. Kein Sterblicher sollte davon erfahren, kein Sterblicher sollte es erblicken. Das Schwert stammte nicht von dieser Welt, nicht aus dieser Zeit, und trotzdem schien es Caroline, als ob es auf etwas warte. Das Metall glänzte golden auf, und die scharfen Kanten der Klinge schienen Funken zu sprühen. Eine vortreffliche, meisterhafte Arbeit für eine so furchtbare Waffe. Auch nach tausend Jahren hatte es die drohende Kraft, die von ihm ausstrahlte, nicht verloren. Sie konnte die Augen nicht von dem blanken Stahl abwenden. Etwas Unerklärliches zog sie magisch an. Unwillkürlich umfaßte sie den Griff und zog daran. Zu ihrem großen Erstaunen bewegte sich die Klinge im Felsen. Sie packte fester zu und zog. Die Klinge glitt mühelos aus dem Stein. Der Stein konnte nicht

so hart sein, wie es den Anschein hatte. Vermutlich befand sich das Schwert an einem Ehrenplatz wie der Armreif in Mount Hawke und ließ sich leicht entfernen. Aber für wen prangte es hier?
Sie zog das Schwert ganz heraus und betrachtete Klinge und Griff voller Ehrfurcht. Der Stahl war makellos geschmiedet und die Spitze tödlich scharf. Allein der Anblick ließ sie erschauern.
Aber es war eine Waffe.
Zögernd legte sie beide Hände um den Griff und versuchte die stählerne Waffe hochzuheben. Wieder war sie maßlos erstaunt, wie leicht es sich handhaben ließ. Sie konnte es sogar mit einer Hand heben, wenn sie den juwelenbesetzten Griff fest umschlossen hielt. Sonderbar, als es im Fels gesteckt hatte, hatte es mächtig und starr gewirkt, jetzt aber schien es sich ihrer Hand anzupassen. Ihre Finger schlossen sich mühelos um den Griff. Sie schwang es in die Höhe. Es wog leicht. Ihr Verstand sagte ihr, daß dies nicht mit rechten Dingen zugehen konnte. Aber was kümmerte sie das jetzt? Sie schwang es ein zweites Mal. Es schien die Verlängerung ihres Armes zu sein. Schwert und Arm führten eine einzige gezielte Bewegung aus. Mit dem Schwert in der Hand fühlte sie sich stark und mächtig. Sie spürte, wie sich die Härte des Stahls auf sie übertrug. Jedenfalls bildete sie sich das ein. In diesem Augenblick vermeinte sie, es sei für sie geschmiedet worden. Nur für sie allein.
Sie lächelte. Jetzt war sie nicht mehr wehrlos. Dann fiel ihr der Schuß ein. Der Mann hatte eine Pistole. Selbst dieses prachtvolle Schwert könnte gegen eine Pistole nichts ausrichten. Sie wandte sich wieder dem Licht zu, das aus der zweiten Öffnung hereindrang. Sie konnte ihm entkommen.
Sie folgte dem schattenhaften Licht. Zu ihrer großen Enttäuschung war der zweite Ausgang nichts anderes als eine kreisrunde Öffnung über ihr. Es gab kein Entkommen.
Verzweifelt und niedergeschlagen verharrte sie wie gelähmt unter der Öffnung. Dann schlossen sich ihre Finger

wieder fest um den Griff des Schwertes, als sie es sorgfältig hinter dem Rücken verbarg. Mutig trat sie ihrem Mörder entgegen. Das Schwert schien sich ihrer mädchenhaften Gestalt anzupassen und behinderte ihre Schritte nicht. Das Gefühl, daß sie es ohne Kraftaufwand schwingen konnte, beflügelte ihren Kampfesmut. Sie ging jetzt auf die große Höhle zu, in die sie gestürzt war, um sich diesem Wahnsinnigen zu stellen, der ihren Tod wollte.
Wieder hörte sie die Stimme. Sie klang jetzt weich und lockend. »Caroline, wie lange willst du dich noch vor mir verstecken? Komm zu mir, ich werde dir mein Messer ins Herz stoßen. Du wirst nicht lange leiden, Caroline. Ich werde Lord Chilton von dir befreien. Und ich werde uns von dir befreien. Vor allem uns.«
Die Stimme kam näher. Sie hatte nichts mehr mit einer menschlichen Stimme gemein. Caroline preßte sich dicht an die Felswand und verschmolz mit der Dunkelheit. Ihr selbst wurde angst und bange, als sie mit verstellter Stimme verkündete: »Warum ist ein Wahnsinniger in meine Grabkammer eingedrungen? Das ist verboten. Du bist keiner der Auserwählten. Das Mädchen, das es wagte, hier einzutreten, liegt tot am Boden. Und du wirst dich gleich zu ihr gesellen.«
Caroline hörte ein hohes Japsen, in das sich keuchender Atem mischte, aber nichts bewegte sich. Sie schmiegte sich noch enger an die Wand.
»Also? Wer bist du? Was hast du hier zu suchen?«
Die Stimme des Mörders ließ sich heiser vor Angst vernehmen. »Ich gehe wieder, aber ich muß die Leiche des Mädchens haben. Sie ist eine Teufelin, die deine Grabkammer schändet. Ich werde sie mitnehmen.«
»Nichts wirst du mitnehmen! Ich werde dich wie das Mädchen töten. Bereite dich auf deinen Tod vor.«
Es herrschte völlige Stille, und die Dunkelheit schien noch schwärzer zu werden. Die Luft war so trocken, daß sie husten wollte, aber sie wagte es nicht. Sie verhielt sich vollkommen ruhig, bis sie zu ihrem Entsetzen einen warmen Atem an der Wange spürte. »Das war gut gespielt, aber

nicht gut genug. Du hast nicht damit gerechnet, daß ich so nahe an dich herankäme, obwohl ich mit dir gesprochen habe, nicht wahr? Das Echo verzerrt alles. Pech für dich! Halt still, Caroline! Du sollst wissen, wer dich tötet, bevor du für alle Ewigkeit zur Hölle fährst.«

Caroline rührte sich nicht vom Fleck. Das Schwert hinter ihrem Rücken gab ihr Mut, und sie hielt den Griff noch fester umschlossen. Sie war zum Zuschlagen bereit, aber sie konnte nichts tun. Der Mann hielt ihr die Pistole gegen die Rippen.

»Komm, Caroline! Hier kannst du mich nicht sehen. Komm!«

Langsam bewegte sie sich, von der Hand des Mannes geführt, zu der Öffnung in der Klippenwand.

Für den Bruchteil einer Sekunde waren sie sich ganz nahe gewesen. Dann stieß der Mann sie von sich fort. Sie prallte gegen die Felswand und brachte es fertig, das Schwert hinter dem Rücken verborgen zu halten, ohne das Gleichgewicht zu verlieren. Der in den Umhang gehüllte Mann stand jetzt genau unterhalb der eingestürzten Öffnung. Unwillkürlich sah Caroline auf seine Stiefel, als er sich aufrichtete und die Hände hob, um die Kapuze zurückzuschlagen.

Sie blickte in das Gesicht von Bess Treath. »Ich hielt Sie für einen Mann.«

»Ja, ich weiß. Deinetwegen habe ich absichtlich mit tiefer Stimme gesprochen. Ich wußte, es ängstigt dich noch mehr, wenn du mich für einen Mann hältst. Aber ich bin kein Mann und brauche dir nichts mehr vorzumachen. Das Versteckspiel mit dir hat Spaß gemacht, Caroline, aber nun ist es vorbei. Du hast sogar einen Schatz für mich gefunden.«

»Bess Treath«, sagte Caroline mit lauter und fester Stimme und hoffte, sie begriffe das Geschehen eher, wenn sie den Namen dieser Frau aussprach. Sie blickte sie unverwandt an und glaubte immer noch nicht, was sie gesehen und gehört hatte. »Aber wieso? Wieso halten Sie mich für eine Hure? Warum wollen Sie mich töten? Und meine Tante? Warum Tante Eleanor? Sie lachte so gern. Es gab niemanden, den sie betrügen konnte. Ihr Mann war seit mehreren Jahren tot. Sie war nicht verheiratet.«

»Aber sehr bald ...«

»Ja, sie hätte Ihren Bruder geheiratet, sie ...« Carolines Stimme brach ab.

»Ja, wie ich sehe, geht dir ein Licht auf. Ich konnte nicht zulassen, daß mein Bruder Eleanor geheiratet hätte. Er hätte mich verlassen, und das wäre mir unerträglich gewesen. Er gehört mir. Benjie gehört mir. Ich war erst elf Jahre alt, als unsere Eltern starben. Er war Vater und Mutter für mich, und auch Geliebter, aber nur für eine Nacht, als er seine süße kleine Frau, diese Schlampe, verlor und sich sinnlos betrank.«

»Sagten Sie nicht, sie starb im Wochenbett?«

»Ja, ganz richtig.Ich habe kräftig nachgeholfen. Der arme Benjie war völlig erschöpft, da das schwache kleine Dummchen nicht einmal leicht gebären konnte, wie ich es getan hätte. Nein, sie schrie und kämpfte die ganze Nacht. Da bat ich ihn, sich auszuruhen. Ich würde auf sie aufpassen und ihn rufen, wenn sich ihr Zustand verändere. Ach, aber sie wußte sofort Bescheid, als sie die Augen öffnete und mich an ihrem Bett sah. Sie wußte, sie würde sterben, und ich habe sie nicht enttäuscht. Ich steckte meine Hand in ihren Leib und riß ihn auf. Das war alles. Sie starb sehr schnell. Benjie lag weinend über ihr und flehte sie an, ihn nicht zu verlassen. Ich stand daneben und versuchte, einige Tränen hervorzupressen. Innerlich frohlockte ich. Ich hatte dieser Schlampe, die glaubte, sie könne meinen Benjie für sich behalten, einen Strich durch die Rechnung gemacht. Endlich hatte ich gewonnen.«

Der Griff des Schwertes machte sich in Carolines Handfläche bemerkbar. Sie spürte ein leichtes Brennen auf der Haut. Das sind die Edelsteine, dachte sie, die sich erwärmen.

Bess Treath lehnte sich gegen die felsige Wand und hielt die Pistole noch immer auf Caroline gerichtet. »Willst du nicht noch mehr wissen? Willst du nichts über die anderen Frauen wissen? Möchtest du nicht erfahren, wie deine liebe

Tante umkam? Sie starb viel zu schnell. Mir wäre es lieber gewesen, sie hätte mehr gelitten.«
Caroline hob das Kinn und lächelte. »Warum? Sie sind wahnsinnig. Und Wahnsinnige erzählen Lügen, und wenn es nicht gelogen ist, dann sind ihre Geschichten so verdreht, wie sie es im Kopf sind.«
»Halt den Mund! Du elende Hure, halt den Mund!«
Caroline hob nur die Schultern. Das Lächeln blieb auf ihren Lippen. »Wenn Sie mich fragen, so sind Sie die gemeine Hure. Sie haben Ihren Bruder verführt. Wie alt waren Sie da, vielleicht dreizehn?«
»Nein, ich war so alt wie diese jämmerliche, gräßliche Alice.« Bess' Augen verengten sich zu Schlitzen. »Nein, leider war es mir nicht vergönnt, diese Schlampe ins Jenseits zu befördern, wie sie es verdient hat. Benjie ließ sie nicht aus den Augen, und dieser verdammte Owen Ffalkes schon gar nicht. Zum Glück krepierte sie von selbst. Zu gern hätte ich ihren Balg gestreichelt und ihr mit zuckersüßer Miene gesagt, daß ich sie umbringen würde.«
»Sie sind also die Hure. Sie verführten Ihren Bruder. Und Sie waren erst vierzehn.«
»Du bist dumm, Caroline. Du wiederholst dich. Du hoffst wohl, mich dadurch aus der Ruhe zu bringen. Du bist dumm. Benjie erinnert sich doch nicht mehr daran. Nach dem vielen Brandy und Whiskey war er so betrunken, daß er nichts merkte. Er merkte auch nicht, daß ich sein geschrumpftes Glied in den Mund nehmen mußte. Und als ich schließlich erreicht hatte, was ich wollte, gehörte er in dieser einen Nacht mir, und ich schwor, daß er mir für immer gehören sollte. Nein, er erinnerte sich am nächsten Morgen an nichts, und wenn, dann behielt er es für sich. Benjie ist mein und wird nie einer anderen Frau gehören. Andere Frauen waren hinter ihm her, aber keine war so aufdringlich wie dieses Flittchen Elizabeth Godolphin. Sie schleifte ihn in ihr Bett, bevor ich wußte, was gespielt wurde. Er lächelte, summte und pfiff vor sich hin und war wie ausgewechselt. Er bildete sich ein, in diese Ziege verliebt zu sein. Aber ich beendete den Zustand, sobald sich

die Gelegenheit dazu bot. Als er zu einem Unfall in die Zinnminen gerufen wurde, suchte ich sie auf und erdolchte sie. Bei Perranporth warf ich sie über die Klippen. Sie jaulte und jammerte. Sie schwor, sie werde ihn freigeben. Aber sie hatte ihn bereits umgarnt und die Beine für ihn breitgemacht.«

Es war einfach zuviel. Caroline beugte sich vor und übergab sich. Sie spie vor allem den vergifteten Tee aus, denn sie hatte von den Törtchen, die Coombe ihr serviert hatte, nichts gegessen. Mit gebeugtem Kopf stand sie da und würgte krampfhaft. Die rechte Hand behielt sie hinter dem Rücken verborgen. Sie hatte das Schwert eisern im Griff. Plötzlich schien das Schwert in ihrer Hand zu schweben. Mit der Linken hob sie den Rock und wischte sich den Mund ab. Dann blickte sie Bess Treath an. Sie brachte sogar ein Lächeln zustande, als sie sagte: »Wissen Sie, Miß Bess, bei alldem dreht sich mir der Magen um, wie Sie gesehen haben. Nachdem Sie diese Frauen umbrachten, werden Sie mir jetzt gewiß noch mehr Schauergeschichten auftischen. Wollen Sie mich auch töten? Gut, Sie können es ja versuchen. Ja, versuchen Sie es nur, Sie verrücktes altes Weib. Aber vielleicht wäre es besser, wenn ich Sie umbringe. Wenn Ihr Bruder von Ihren Greueltaten erfährt, wird er sich genauso übergeben wie ich. Er wird Sie verachten und auf der Stelle umbringen. Kommen Sie nur, Sie erbärmliches Weib!«

Caroline winkte ihr mit der linken Hand zu, um sie noch mehr zu reizen. Sie wollte allem ein Ende bereiten. So oder so. Sie konnte nicht weiter tatenlos dastehen und sich die schmutzigen Offenbarungen einer Wahnsinnigen anhören. Auf keinen Fall wollte sie erfahren, wie ihre geliebte Tante durch die Hände dieser Hexe starb.

»Na? Sind Sie so feige, wie Sie verrückt sind?«

»Verflucht, halt das Maul! Willst du gleich sterben, Caroline? Mir paßt es ausgezeichnet! Dann bist du nicht mehr hinter meinem Bruder her. Er wird deinen Leib nicht mehr von außen und innen befühlen und deine Brüste abtasten. Es hat dir doch Spaß gemacht, oder?«

»Nein, er ist Arzt, und mir war es peinlich.«
»Du lügst. Jede Frau begehrt Benjie. Ich erlebe es immer wieder.«
»Er ist alt. Er ist älter als Sie. Aber keine Sorge, Miß Bess, wenn man Sie nach Bedlam bringt, werden Sie die zwanzig Jahre überleben. Dort können Sie den anderen Verrückten Ihre Geschichten erzählen. Was glauben Sie, werden die Ihnen zuhören oder sich die Läuse aus den Haaren sammeln?«
Wie eine Furie schrie Bess Treath ihre Wut heraus, schleuderte die Pistole zu Boden, zog ein Messer aus der Manteltasche und rannte auf Caroline zu.
»Nein, du verfluchtes Biest! Schluß jetzt!«
Caroline riß das Schwert hinter dem Rücken hervor, als Coombe durch die Öffnung stürzte und schrie: »Nein, Bess Treath! Laß sie in Frieden!«
Bess Treath fuhr herum und blieb wie angewurzelt stehen. »Dich habe ich doch wie einen räudigen Hund erschossen. Verflucht sollst du sein! Du hast Goonbell verlassen und bist in dein Verderben gerannt. Das blutige Messer habe ich in dein Zimmer gebracht, damit jeder glauben sollte, du hättest die Frauen umgebracht. Warum bist du zurückgekommen?«
»Ich hatte von Anfang an vor, nach Mount Hawke zurückzukehren. Ich habe die Mutter seiner Lordschaft und seine Schwester mitgebracht.«
»Das ist gelogen, du Hundsfott! Seine Mutter ist tot. Sie betrog seinen Vater, wie alle diese gemeinen Huren. Ich wette, er hat ihr eigenhändig den Hals umgedreht. Du solltest hier nicht aufkreuzen, Coombe. Nach Carolines Tod hätte man dir den Mord in die Schuhe geschoben. Fahr zur Hölle!«
Ihr Körper schnellte vor. In der erhobenen Hand hielt sie das Messer, um es in seine Brust zu stoßen.
Caroline hob das Schwert. Die blanke stählerne Klinge schimmerte in dem dämmrigen Mondlicht silbern auf. »Kommen Sie her, Bess Treath, kommen Sie zu mir! Coombe ist verwundet. Er wird Ihnen nichts antun.«
Bess Treath drehte sich zu ihr um und starrte sie wie gebannt an. »Das Schwert! Woher hast du das Schwert?«

»Ich fand es im rechten Augenblick. Ich fand es hier, um Sie zu töten. Kommen Sie her, Bess Treath!« Wieder hielt Caroline das mächtige Schwert mühelos in der rechten Hand und winkte ihrer Widersacherin mit der linken zu. Aus den Augenwinkeln sah Caroline, wie Coombe auf die Pistole zukroch, die Bess Treath auf den Boden geworfen hatte. Er blutete an der Schulter und wirkte sehr erschöpft. Plötzlich wußte sie, daß sie seine Hilfe nicht brauchte. Sie wußte es einfach.

Bess Treath schrie. In diesen Schrei mischten sich Wahnsinn und Wut, vielleicht auch Verzweiflung und Enttäuschung. Sie stellte sich Caroline.

Caroline hob das Schwert und holte aus. Der feine Stahl pfiff durch die Luft. Bess Treath sprang zur Seite, konnte der langen, schwingenden Klinge aber nicht mehr ausweichen. Das Schwert traf sie an der rechten Schulter. Sie brüllte auf vor Schmerz und Wut.

»Ich werde dir mein Messer in den Bauch rammen und deinen Bastard töten!« Sie rannte geradewegs auf Caroline zu – und in das prächtige Schwert hinein.

Die Klinge bohrte sich sofort in Bess Treath' Brust.

Bess Treath verharrte einen Augenblick lang regungslos. Das mächtige Schwert hatte sie aufgespießt und ragte gut ein bis zwei Fuß aus ihrem Rücken heraus. Sie blickte auf die silbrige Klinge, dann auf Caroline, die ihr in Augenhöhe gegenüberstand und den Griff nicht lockerte, bis sie ihr Leben aushauchte. »Ich wußte, daß das Morden eines Tages ein Ende haben würde«, sagte Bess Treath. »Aber das Schwert – wie kannst du es so mühelos halten? Es ist riesig und aus schwerem Stahl. Du bist eine schwache Frau. Es ist unmöglich.«

»Anscheinend nicht«, antwortete Caroline, ohne sie aus den Augen zu lassen. Bess Treath schwankte. Dann neigte sich ihr Körper zur Seite.

Caroline zog das Schwert aus der Brust der Toten.

Coombe war zu ihr getreten. Er hielt die Pistole in der Hand und starrte fassungslos auf Bess Treath hinab. Im Mondlicht sah sie die Schweißtropfen auf seiner bleichen

Stirn. »Ich bin froh, Coombe, daß nicht Sie es waren, der mir etwas in den Tee gegeben hat. Ihre Schulter blutet. Wir müssen zu den Klippen hinauf.«

Coombe versuchte sich zusammenzureißen. »Ich habe kaum Schmerzen. So schlimm ist es nicht.Ich fürchtete nur, ich käme zu spät. Sie war kräftig, besonders kräftig. Was ist das dort am Ende der Höhle?«

»König Markes Schatzkammer.«

Coombe blickte sie ungläubig an.

»Kommen Sie«, erklärte Caroline, »ich zeige sie Ihnen.«

»Aber zuerst muß ich Ihnen berichten ...« Coombe warf ihr einen sonderbar hilflosen Blick zu, tat einen Schritt, stöhnte auf und brach auf dem sandigen Boden zusammen.

»Was müssen Sie mir berichten, Coombe?«

Er öffnete kurz die Augen, und sie merkte, welche Anstrengung ihn das kostete. »Tregeagle«, flüsterte er heiser, »Tregeagle.«

39

Als Caroline sich einen Weg aus der herausgebrochenen Felswand suchte, entdeckte sie Coombes herabhängendes Seil. Sie hatte bis jetzt noch nicht darüber nachgedacht, wie er überhaupt in die Höhle gelangt war, aber nun wußte sie es. Das Seil bestand aus den zusammengeknoteten Stricken, mit denen ihre Hände und Füße gefesselt worden waren. Entschlossen griff sie danach und schwang sich zur Klippenwand hinaus. Der stürmische Wind zerrte an ihrem Haar und ihrem Umhang. Sie füllte die Lungen mit frischer, salziger Meeresluft und kletterte nach oben. Coombe brauchte dringend Hilfe. Sie hatte seine Schulter notdürftig mit einigen Stoffetzen verbunden, die sie von Bess Treath' Kleidern abgerissen hatte. Sie war besorgt um ihn, denn nachdem er Tregeagles Namen gemurmelt hatte, war er in tiefe Bewußtlosigkeit gefallen.

Tregeagle. Hatte er das Betäubungsmittel in den Tee gemischt? Offenbar ja. Und offenbar war er auch derjenige gewesen, der den schrecklichen Brief unter die Schmuckschatulle in ihrem Schlafzimmer gelegt hatte. Und war der Stolperdraht, der ihr Pferd zu Fall brachte und einen tödlichen Unfall vortäuschen sollte, auch sein Werk?

Langsam und vorsichtig kletterte sie nach oben. Im Gesicht und an den Händen spürte sie die nadelfeinen Sandkörner und Wassertropfen, die der Wind ihr entgegenpeitschte. Sie blickte nach oben und versuchte die Entfernung abzuschätzen. Ungefähr eine Meile mußte sie noch bewältigen, um das rettende Felsplateau zu erreichen.

Die Arme zitterten ihr vor Schmerz. Das klebrige Blut und die Schürfwunden an den Händen verhinderten wenigstens, daß sie am Seil abrutschte. Kurz hielt sie inne, um sich auszuruhen. Erschöpft lehnte sie den Kopf an die rauhe Felswand und bemerkte plötzlich, daß sie lächelte. Sie hatte gesiegt. Sie hatte gesiegt! Im gleichen Moment hörte sie von oben den Ruf: »Caroline!«

Eine Welle neuer pulsierender Kraft durchströmte sie. Hand um Hand zog sie sich nach oben. Sie gönnte sich keine Pause. Sie spürte weder Müdigkeit noch Schmerzen. Sie wollte nur noch hinauf, ihn sehen und umarmen.

Sie merkte, wie seine Hände ihr unter die Schultern griffen, wie er sie über den Rand der Klippen zog und sie aufrichtete. Die Hände auf ihre Schultern gelegt, blickte er sie wortlos an.

»Ich dachte, du seist tot«, sagte er endlich. »Und ich hätte es nicht ertragen, Caroline. Als ich Coombes Nachricht fand, verlor ich vor Angst beinahe den Verstand. Er hatte nur geschrieben, ich solle so schnell wie möglich zum St. Agnes Head kommen.«

Sie fiel ihm um den Hals und barg ihr Gesicht an seiner Schulter. »Wir müssen Coombe holen. Er kam zu meiner Rettung, aber er ist schwerverletzt.«

»Wo ist er?«

»Du wirst mir nicht glauben, North, aber ich habe in den Felsen unten die Schatzkammer von König Marke gefunden.« Sie verstummte und schüttelte den Kopf. »Aber im Augenblick gibt es Wichtigeres. Bevor Coombe das Bewußtsein verlor, nannte er Tregeagles Namen.«

»Nein! O nein, das darf nicht wahr sein!«

Und plötzlich ertönte Tregeagles tiefer Baß hinter ihnen. Seine Stimme schien vor Haß und Bösartigkeit zu bersten. »Du verdammte kleine Schlampe, du hast wirklich mehr Glück als Verstand. Nun, bald ist alles überstanden, und wir können wieder in Frieden leben.«

Er kam auf sie zu. Einige Meter hinter ihm entdeckte Caroline Rafael Carstairs. Er lag bewußtlos auf der Erde. Ruhig und beherrscht stellte sich North vor Caroline.

»Hören Sie, Tregeagle. Sie haben völlig recht. Jetzt ist alles überstanden.«
Caroline ergiff das Wort. Obwohl sie sich an Tregeagle wandte, waren die Neuigkeiten in erster Linie für North bestimmt. »Ich habe Bess Treath getötet. Wußten Sie, daß diese Frau geisteskrank war, Tregeagle? Wußten Sie, daß sie Coombe beinahe umgebracht hätte? Wußten Sie, daß sie die Frauen ermordete? Wußten Sie, daß die Liebe zu Dr. Treath, ihrem Bruder, zu einer Wahnidee wurde?«
North blickte seine Frau ungläubig an, so wie Caroline Bess Treath angestarrt hatte, bevor sie begriff, daß diese Wahnsinnige sie umbringen wollte.
Tregeagle beachtete sie nicht. »Coombe hat es nicht anders verdient. Als er unseren Plan durchschaute, wollte er ihn vereiteln. Der Dummkopf wollte nicht auf mich hören. Ich hätte ihn auch umgebracht. Ich wünschte, Bess Treath hätte ihn abgestochen, diesen elenden Verräter. Ja, ich habe ihn um Mithilfe gebeten, um Mount Hawke von diesem Weibsstück zu befreien. Er war entsetzt, daß ich den Tod dieser Schlampe plante. Entsetzt! Er glaubte, ich sei genauso verrückt wie Bess Treath, aber sie war so normal wie ich. Sie hat all diese schmutzigen, verdorbenen Weiber aus dem Weg geräumt, bis auf sie. Aber jetzt werde ich ihr Werk vollenden.« Das dichte weiße Haar wehte im Wind. Stolz und aufrecht wie ein Todesengel stand er vor ihnen. Der schwarze Umhang blähte sich im Wind.
»Warum?« fragte Caroline und trat einen Schritt vor. North erschrak, als sie sich neben ihn stellte. »Warum wollen Sie mich umbringen, Tregeagle? Was habe ich Ihnen getan?«
»Sie haben mir meinen geliebten Jungen weggenommen. Sie haben ihn verändert.« Caroline begriff nicht sofort, daß er von North sprach. »Ja, Sie haben ihn verändert, und jetzt ist auch noch dieses verdammte Weib aufgetaucht, seine Mutter. Das ist alles Ihr Werk! Und dazu diese schwachsinnige Tochter, dieser Schandfleck! Starrt einen wie eine Puppe mit Glasaugen an. Und ihre Mutter wagt es, sie als eine Nightingale auszugeben. Eine Unverschämt-

heit! Ich werde dafür sorgen, daß sie so schnell wie möglich verschwindet.«

»Aber sie ist das Ebenbild seiner Lordschaft«, erwiderte Caroline. Als sie merkte, daß North sich wieder schützend vor sie stellen wollte, ließ sie es nicht zu. »Es war ein Unglücksfall, daß sie behindert ist, nichts weiter.«

»O nein! Es war kein Unglücksfall. Es ist das schlechte Blut der Mutter und ihres Liebhabers. In diesem Balg fließt kein Tropfen Nightingale-Blut. Als der Großvater seiner Lordschaft sie besuchte, wußte er, daß auch sie ihren Mann betrogen hatte. Sie hatte ihm die Hörner aufgesetzt. Sie war eine Hure wie alle Frauen der Nightingales. Damals hatte er dafür gesorgt, daß sie nie wieder in Erscheinung trat. Diese ruchlose Ehebrecherin und ihr Bastard sollten für immer vergessen bleiben.«

North' Stimme klang ruhig und gefaßt. »Tregeagle, haben Sie Bess Treath geholfen, diese armen Frauen zu ermorden?«

»Selbstverständlich nicht, Mylord! Das liegt nicht auf meiner Linie, es ist wohl mehr Bess Treath' Angelegenheit. Ich muß zugeben, daß sie von einer gewissen Besessenheit getrieben wurde, aber letztendlich hat sie die aufopfernde Liebe zu ihrem Bruder auf diesen Weg gebracht.«

»Wann haben Sie herausgefunden, daß sie eine Mörderin ist?«

»Ich beobachtete sie, als sie sich in Mr. Coombes Zimmer im Gasthaus in Goonbell schlich und das blutige Messer im Schrank versteckte. Dann gestand ich ihr, daß ich Ihren Tod wünschte. Ja, Ihren Tod, Mylady. Sie antwortete, daß die Zeit bald reif sein werde, denn Sie, Mylady, würden ihrem Bruder schöne Augen machen, wie alle anderen Frauen auch. Sie hatte Ihren Tod bereits beschlossen, und ich war bereit, ihr dabei zu helfen. Jetzt hieß es den richtigen Zeitpunkt abzuwarten. Bedauerlicherweise haben Sie sich bei dem Sturz vom Pferd nicht das Genick gebrochen. Ja, wir mußten die nächste günstige Gelegenheit abpassen. Seine Lordschaft ließ Sie ständig bewachen, und sogar das Hausmädchen Timmy, dieser Teufel, wagte es, sich mei-

nen Anordnungen zu widersetzen und mich zu belügen. Mich!
Aber heute nacht war die Gelegenheit günstig. Es stimmte einfach alles. Bess und ich wickelten Sie in den Umhang und brachten Sie hierher. Bess mußte noch einmal zurück, weil ihr geliebter Bruder sie erwartete. Also fesselte ich Sie – leider nicht sorgfältig genug. Ich sah keinen Grund, neben Ihnen Wache zu halten, weil Bess sich das Vorrecht ausbedungen hatte, Sie eigenhändig zu töten. Sie sollten durch ihre Hand sterben, das sei ihre Pflicht. Also kehrte ich nach Mount Hawke zurück. Coombe war da, und ich ahnte sofort, daß er Verdacht geschöpft hatte. Als er entdeckte, daß Sie verschwunden waren, geriet er in Panik. Ich versuchte, ihm die Sachlage verständlich zu machen, und erklärte ihm, Bess Treath werde alles erledigen. Da wurde er schneeweiß, der Feigling, und schlug mich nieder. Als ich wieder zu mir kam, war er fort. Die Schlußfolgerung, daß er Ihnen zu Hilfe geeilt war, lag nahe. Dafür wird er mir büßen.«
»Wußten Sie, Tregeagle, daß die Gräfin den Schatz König Markes gefunden hat? In einer Felsenkammer in den Klippen«, bemerkte North in aller Ruhe.
»Das ist eine unverzeihliche Lüge, Mylord. Sie hat Ihnen das Lügen beigebracht. Sie bringt Ihnen nur Schlechtes bei, Mylord. Diese Schlampe. Und jetzt keine Ablenkungsmanöver mehr! Ich muß sie töten, um meinen Jungen von ihr zu befreien.«
Tregeagle hob die Pistole. North stürzte sich auf ihn, riß den ausgestreckten Arm nach oben und bog ihn nach hinten. Beide Männer gingen zu Boden. North verfing sich in den Falten von Tregeagles Umhang.
Caroline eilte zu den Kämpfenden und stolperte über das Seil. Blitzschnell hob sie es hoch und knüpfte im Laufen eine Fangschlinge, als sie zu ihrem Entsetzen sah, daß North und Tregeagle dem Rand der Klippe gefährlich nahe kamen.
»North!«
Er saß jetzt rittlings auf Tregeagle und bearbeitete seinen

Widersacher mit den Fäusten. Tregeagle flogen in höchster Not ungeahnte Körperkräfte zu. Er ließ die Beine nach oben schnellen und trat North in den Rücken, so daß er über seinen Kopf hinweg geradewegs auf den Abgrund zurollte. Caroline erkannte die Gefahr sofort und rannte hinter ihm her, an Tregeagle vorbei, der schweratmend am Boden lag. Mit einem Satz war sie bei North und bekam ihn gerade noch rechtzeitig am Fußknöchel zu fassen. Geistesgegenwärtig warf sie ihm die Schlinge über den Fuß und zog zu. Dann stemmte sie die Fersen ins Erdreich und zog mit aller Kraft am Seil, um seinen Fall aufzuhalten, aber North rutschte weiter ab. Sie schrie in höchster Not: »Rafael! Hilfe! Rafael! Helfen Sie mir!«

Aber es war nicht Rafael Carstairs, der North wieder nach oben zog. Es war Tregeagle. Als sein Herr wieder sicheren Boden unter den Füßen hatte, schweifte sein Blick langsam von ihm zu Caroline hinüber.

»Sie haben gesiegt«, kam es mit Grabesstimme über seine Lippen. »Sie haben mir meinen geliebten Jungen weggenommen, und ich konnte es nicht verhindern. Ich hätte ihn beinahe umgebracht, und Sie haben ihm das Leben gerettet.« Dann drehte er sich um und schritt über den Rand der Klippe hinaus ins Leere. Nur das Heulen des Windes war zu hören.

North kroch auf Händen und Knien zum Rand des Abgrunds und starrte hinunter. Auf dem weißen Sand lag Tregeagle flach mit ausgebreiteten Armen auf dem Rücken. Wie ein gefallener Engel, dachte North.

Vorsichtig stand er auf und ging zu Caroline. Er murmelte mehr zu sich selbst: »Das wäre zuviel des Guten. Ich nehme es wieder zurück. Er sieht wie ein bedauernswerter alter Mann aus.«

»Schon gut, schon gut. Du lebst, und das allein zählt.«

Er nahm sie in die Arme und wiegte sie hin und her.

»Mein Gott! Ist euch etwas geschehen?« Rafael Carstairs stand noch ziemlich unsicher auf den Beinen.

»Nein, es ist alles gutgegangen.«

»Ich habe Tregeagle über die Klippen springen sehen.

Warum hat er das getan? Was zum Teufel ist hier passiert? Caroline, wo haben Sie gesteckt? Tregeagle muß mich von hinten niedergeschlagen haben. Es tut mir leid.«

»Wir leben noch«, antwortete North, »und das ist das wichtigste. Den Rest erkläre ich Ihnen später.«

»Nun ja«, meinte Caroline und holte tief Luft. »Aber der Rest ist auch wichtig. North habe ich es bereits erzählt. Ich habe König Markes Schatzkammer gefunden. Ungefähr in zwanzig Fuß Tiefe wurde eine Kammer in die Klippen geschlagen. Als ich abstürzte, gab die Felswand nach, und ich rutschte in eine Höhle. Kommt, ich zeige sie euch.«

North hielt sie an den Armen fest. »Du hast doch nicht etwa vor, noch einmal die Felswand hinunterzuklettern?«

»Selbstverständlich. Ich habe den Schatz gefunden. Das ist mein Recht, North, mein Recht.«

»Von wegen! Ich glaube dir kein Wort. Du bist schwanger, und da ist die Phantasie mit dir durchgegangen. O mein Gott! Geht es dem Kind gut?« Er legte ihr die Hände auf den Bauch.

»Dem Kind geht es wunderbar. Hören Sie, Rafael, wenn Sie uns am Seil hinuntergelassen haben, müssen Sie Coombe nach oben ziehen. Er ist verletzt. Bringen Sie ihn sofort zu Dr. Treath.«

»Ich kann immer noch nicht fassen, daß Bess Treath diese furchtbaren Morde begangen hat. Es will mir einfach nicht in den Kopf, obwohl ich allmählich einige Zusammenhänge erkenne.« Caroline merkte, daß er versuchte, die wahren Hintergründe zu begreifen.

»Sie liebte ihn auf krankhafte Weise, deshalb mußte jede Frau sterben, die er liebte oder in ihren verblendeten Augen zu lieben glaubte. Sie schmuggelte das blutverschmierte Messer in Coombes Zimmer im Gasthaus von Goonbell, wie Tregeagle es beschrieb, und hoffte, daß er für immer von der Bildfläche verschwunden bliebe. Auf diese Art mußte der Verdacht auf ihn fallen. Meine Ermordung wäre dann ebenfalls auf sein Konto gegangen.«

North' Hände gruben sich in Carolines Schultern. »Aber Coombe hat dich gerettet.«

»Nein, das habe ich selbst getan.«
»Aber wie?«
»Wir steigen jetzt hinunter, dann kann ich dir alles zeigen. Auch das Schwert. Es waren Zauberkräfte am Werk, North. Ja, Rafael, es stimmt. Das Schwert schien wie für mich geschaffen zu sein. Es paßte sich meiner Hand an und ließ sich mühelos bewegen. Es ist riesig, blitzt und funkelt und ist mindestens vier Fuß lang. Sein Griff ist mit Edelsteinen besetzt. Dieses prächtige Schwert steckte griffbereit in einem mächtigen Felsbrocken. Zu meiner Verwunderung konnte ich es mit Leichtigkeit herausziehen und mit einer Hand schwingen.«
»Ein Schwert?« North schüttelte den Kopf. »Caroline, du steigst nicht mehr hinunter. Du bleibst hier oben, während ich mit Rafael ...«
»Nein.« Sie lächelte ihn nur freundlich und ruhig an. North forschte in ihrem Gesicht und fand darin etwas Neues, Unbekanntes. Vielleicht lag es an ihren Augen, aus denen eine Entschlossenheit sprach, die er nie zuvor an ihr wahrgenommen hatte. Vielleicht war es auch diese Aura der Kraft, die von ihr ausstrahlte. Ein tiefes Wissen um Stärke und Willen erfüllte sie und hatte Besitz von ihr ergriffen. Ja, sie hatte das Recht, dies alles zu Ende zu bringen.
Ein Schwert mit Zauberkräften?
Rafael Carstairs ließ die beiden vorsichtig am Seil hinunter. Als North sich durch die beim Einsturz entstandene Öffnung zwängte, traute er seinen Augen kaum. Dann eilte er sofort zu Coombe, der noch immer an derselben Stelle lag. Er zitterte vor Kälte, war aber wieder bei Bewußtsein.
»Sie hat Sie geholt, nicht wahr, Mylord?«
»Ich sagte Ihnen doch, ich würde Hilfe holen. Gewöhnen Sie sich endlich daran, daß Sie meinen Worten glauben können.«
»Sie hat mir das Leben gerettet, Mylord.«
»Später werden Sie mir alles in Ruhe erzählen, Coombe. Ich werde Ihnen jetzt das Seil umbinden, und Rafael Carstairs zieht Sie nach oben und bringt Sie zu Dr. Treath.«

Bei diesem Namen zuckte Coombe unwillkürlich zusammen. Caroline konnte ihm das nicht zum Vorwurf machen. Als Rafael Carstairs den Verletzten nach oben zog, beugten sich North und Caroline aus der Wand heraus, um sich zu überzeugen, daß er wohlbehalten über den Rand gelangte. Dann atmeten sie beide erleichtert auf.

North blickte auf Bess Treath hinunter. Sie lag in der Lache ihres Blutes. Ihr Gesicht sah glatt und entspannt aus. Der Tod hatte Wahnsinn und Haß gelöscht. »Es ist nicht zu begreifen«, meinte North.

»Tja«, meinte Caroline nachdenklich. »Sie hat mir viel erzählt, North. Über ihre Liebe zu ihrem Bruder, wie sie seine erste Frau umbrachte und ihn dann verführte. Glaubst du, er weiß über sie Bescheid?«

»Er muß doch Verdacht geschöpft haben. Wir werden es noch früh genug erfahren.«

Caroline stutzte. »Nanu, wo ist das Schwert? Ich zog es aus ihrem Körper heraus und legte es neben sie auf den Boden. Was ist damit geschehen? Es ist unmöglich, daß jemand das Schwert an sich genommen hat!«

North folgte ihr auf dem Fuß, als sie in die Höhle hineinlief. Als er den mächtigen flachen Felsquader sah, der wie ein Schrein über und über mit Gold, Edelsteinen und Kelchen bedeckt war, blieb er wie angewurzelt stehen.

»König Marke«, flüsterte er.

»Ja, aber er scheint nicht hier begraben zu sein. Das hier muß der sagenumwobene Schatz des Königs sein, an den dein Vater und dein Großvater glaubten.« Plötzlich hielt sie den Atem an und trat einen Schritt zurück.

»Was ist mit dir, Caroline? Geht es dir nicht gut?«

Sie wies nur mit dem ausgestreckten Arm nach vorn. »Nein, nein! Das kann einfach nicht sein.« Aber da steckte es, das Schwert, es steckte wieder so tief in dem steinernen Podest wie zuvor. Geheimnisvoll schimmerte die stählerne Klinge in der düsteren Kammer. Der juwelenverzierte Griff aber funkelte wie Tausende von Irrlichtern. Sie ging darauf zu. Ihre Stimme klang flach, beinahe tonlos. »Aber wie ist das möglich? Wie gelangte es wieder an seinen

Platz? Ich verstehe es nicht, North. Ich ließ das Schwert neben Bess Treath am Boden liegen. Wo ist das Blut an der Schneide geblieben? Es sieht völlig unberührt aus, so wie ich es vorfand.«

Vorsichtig berührte sie den Griff und versuchte ihn zu umfassen, aber es war unmöglich. Für ihre kleine Frauenhand war er viel zu mächtig. Jetzt griff sie mit beiden Händen zu und zog. Das Schwert ließ sich nicht bewegen und ruhte unverrückbar in seiner steinernen Scheide. Sie versuchte es noch einmal mit aller Kraft. Nichts.

Langsam löste North ihre Hände vom Griff. Damit wollte er ausdrücken, daß sie es nicht so ernst nehmen solle und daß es wohl Coombe gewesen sei, der sie gerettet habe, und daß ihre Sinne in der Todesangst verwirrt gewesen seien. Aber er schwieg. Was sollte er auch sagen? Andererseits hatte Coombe behauptet, sie habe ihm das Leben gerettet. Wie war das möglich? Lag tatsächlich ein Zauber über dem Schwert? Er sah die Verwirrung in ihren Augen und wußte, daß ihr jetzt unzählige Fragen durch den Kopf schwirrten.

Er hielt ihre Hände und schwieg. Dann schüttelte sie sich plötzlich, und ein seltsames Lächeln huschte über ihr Gesicht. Sie wandte sich von ihm ab und berührte das mächtige Schwert noch einmal. »North, hier ist eine Inschrift. Gleich unter dem Griff. Kannst du die Buchstaben entziffern?«

Er trat zum Schwert und beugte sich über die Gravur. Laut sagte er dann: »Ich glaube, es heißt *Excalibur. Excalibur!* Großer Gott! Das ist eine Legende, ein Mythos. Das ist nicht wahr, das kann einfach nicht wahr sein! Ich weigere mich, es zu glauben. Unser Verstand versagt. Die Aufregungen waren zu groß. Nein, das glaube ich einfach nicht.«

»Das Schwert König Arthurs«, erklärte Caroline ehrfurchtsvoll und strich mit den Fingerspitzen über die eingekerbten Buchstaben. »Sein Schwert. Sir Thomas Malory hat alles niedergeschrieben. Das hier hat nichts mit König Marke zu tun. Es ging von Anfang an um König Arthur und das Zauberschwert, das sich nur für ihn aus dem Felsen löste. Aber heute nacht auch für mich. Ich konnte es mühelos herausziehen. Ich hob es hoch und schwang es mit Leichtigkeit hin und her. Warum nur? Vielleicht weil ich in Lebensgefahr war? Und jetzt steckt es wieder an seinem angestammten Platz. Das Schwert muß hierbleiben, North.«

»Vermutlich kann es keiner herausziehen.« Aber dennoch mußte North es versuchen. Mit beiden Händen packte er den Griff und zog mit größter Kraftanstrengung. Es rührte sich nicht.

»Es wird hierbleiben«, erklärte er schließlich. »Kein Mensch konnte es bisher herausziehen. Nur du.«

»Ich war in Not und brauchte es, um mein Leben zu retten.«

Der Gedanke, daß hier ein geheimnisvoller Zauber am Werk war, gefiel North ganz und gar nicht. Aber er hatte das Schwert und die eingravierten Buchstaben mit eigenen Augen gesehen. Das ließ sich nicht leugnen. Hatte Caroline das Schwert tatsächlich aus seinem steinernen Sockel gezogen? Hatte sich das Schwert so leicht in ihre Hände gefügt, weil es verzaubert war?

Er lächelte seine Frau an. »Aber die Edelsteine und die goldenen Geschmeide sind beweglich. Was willst du damit anfangen, Caroline?«

Sie beugte sich vor und ergriff einen kostbaren Meßkelch und stieß dabei mit der Hüfte an den Fels. Sie spürte etwas Hartes und erinnerte sich an das Schmuckstück, über das sie auf der Flucht vor Bess Treath gestolpert war. Vorsichtig zog sie es aus der Tasche ihres Umhangs. Es war ein Armband. Das Gegenstück zu dem Reif, der die Buchstaben REX trug und der jetzt auf seinem Ehrenplatz auf rotem Samt im Salon lag.

»Wo hast du das gefunden? Er sieht aus wie der Reif am Kamin.«

»Ja, wie sein Zwilling. Als ich vor Bess Treath weglief, stolperte ich darüber und steckte ihn im Laufen in die Tasche. Hier ist auch etwas eingraviert, North. Kannst du es in diesem schlechten Licht entziffern?«

Er untersuchte die Gravur, drehte und wendete das Armband hin und her und ließ schließlich die Hand sinken. Er war plötzlich sehr blaß. Die Hand, die das Armband hielt, zitterte.
»Ich kann es nicht glauben«, flüsterte er.
»Was steht da?« fragte Caroline und legte ihm die Hand auf den Arm.
»Etwas in mir sträubt sich, es auszusprechen. Dieses Armband liegt warm und lebendig in meiner Hand, als ob sie es gerade getragen hätte.« Er reichte ihr den Schmuck. »Hier, Caroline, lies selbst.«
Sie nahm den goldenen Reif in die Hand und drehte ihn in den Händen, ohne ihn anzusehen. »Liest du mit den Fingern?« fragte er.
Sie lächelte ihn an. »Eigentlich brauche ich es nicht zu lesen. Es ist das Gegenstück zu dem anderen Reif, auf dem REX steht. Also steht hier zweifelsohne REGINA.«
»O nein!« antwortete North leise. »Die Inschrift ist viel aufschlußreicher. Sie lautet *Guinevere*.«

40

Der Graf und die Gräfin Wyndham saßen im Salon. Enttäuscht und traurig blickte die Duchess in ihre Teetasse. »Wenn ich mir vorstelle, was wir alles verpaßt haben, welch spannendes Abenteuer uns entgangen ist! Und das für drei lange Tage! Ein Jammer ist das!«
»Mein Bote muß euch verfehlt haben«, antwortete North.
»Dein Bote«, gab Marcus zurück, »amüsiert sich im Augenblick wahrscheinlich vortrefflich in unserem Hause. Meine Dienstboten werden ihn mit Leckerbissen verwöhnen und ihm sämtliche Neuigkeiten aus der Nase ziehen. Mit guten Ratschlägen beladen, werden sie ihn nach Hause schicken, diese neugierigen Menschen!«
»Also, Duchess, zum Trost für das versäumte Abenteuer möchten North und ich euch ein Geschenk machen.« Mit diesen Worten reichte Caroline ihrer Freundin ein wunderschönes goldenes Halsband, das mit Edelsteinen verziert war. Es war uralt, und doch ging ein unerklärlich lebendiger, warmer Schimmer von diesem Schmuckstück aus.
»Das kannst du zu deinen Perlen tragen«, bemerkte Marcus und strich mit den Fingerspitzen vielsagend über das kunstvoll gearbeitete Geschmeide.
»Die restlichen Juwelen, Goldmünzen und Schmuckstücke werden Caroline und ich dem Britischen Museum als Leihgabe überlassen, so wie ihr das auch getan habt. Die Kelche gehen an die Kathedrale von Salisbury. Was dann noch übrigbleibt, wird hier auf Mount Hawke ausgestellt werden, so daß sich jeder die Schätze ansehen kann.«

»Und wenn wir in Geldnot geraten sollten, können wir ja immer noch das eine oder andere Armband verkaufen, bevor wir verhungern«, fügte Caroline scherzend hinzu.
»Wie bitte? Du würdest mich doch eher zur Arbeit in den Zinnminen verdonnern, als auch nur eine dieser Kostbarkeiten herzugeben«, spöttelte North und streichelte zärtlich den Arm seiner Frau.
Ein Lächeln huschte über ihr Gesicht. Ein Lächeln, das aus einer anderen Welt kam und sie über die anderen emporhob. Dann aber war sie wieder bei ihm. Wärme, Übermut und vollkommenes Glück sprachen aus ihrem Gesicht. Ihr Blick fiel auf den mit rotem Samt belegten Ehrenplatz. Nun prangten zwei Armbänder Seite an Seite darauf, um nie wieder voneinander getrennt zu werden, solange das Geschlecht der Nightingales fortdauerte. Das Schwert, so hatten North und sie beschlossen, sollte an seinem angestammten Platz bleiben, und niemand, weder die Familie noch die Wyndhams, sollten davon erfahren. Noch in jener Nacht hatte North zu ihr gesagt: »Je weniger Menschen davon wissen, desto besser. Rafael Carstairs wird schweigen. Ich habe bereits mit ihm gesprochen. Und Coombe natürlich auch.«
Caroline hatte trotzdem ihre Bedenken. »Das genügt nicht, North. Wir wollen nicht, daß jemand durch Zufall darauf stößt. Vom Strand aus ist die dunkle Stelle in der Mitte der Klippenwand zu erkennen. Man sieht die Öffnung. Ein Neugieriger könnte der Sache auf den Grund gehen. Ich jedenfalls täte es. Ich möchte auf keinen Fall, daß das Schwert in falsche Hände gerät. Nein, wir brauchen eine hübsche kleine Explosion oder etwas ähnliches. In den Minen ist das ja bereits öfter geschehen.«
»Wir brauchen ein Wunder«, meinte North schläfrig. »Mein Gott, ich bin so müde, daß ich nicht mehr klar denken kann. Laß uns morgen früh weiter darüber reden.«
Dieses Wunder geschah wirklich noch in jener Nacht. Kurz vor der Morgendämmerung, nachdem das Paar erschöpft in einen tiefen Schlaf gefallen war, hatte sich der Wind zu einem wütenden Sturm gesteigert. Ein sintflutar-

tiger Regen hatte die Erde aufgewühlt und Sträucher und Bäume fortgeschwemmt. Riesige Felsbrocken lösten sich aus dem Erdreich und stürzten über die Klippen ins Meer. Das Gestein über dem Hohlraum in der Klippe brach zusammen und begrub für ewige Zeiten die Schatzkammer und das in den Felsen gerammte Schwert Excalibur.

Caroline erklärte ihrer Schwiegermutter: »Bisher weigertest du dich, mir zu verraten, was du aus dem Schatz haben möchtest. Du sollst bekommen, was du dir wünschst, und Marie auch. Bitte.«

»Ich werde Marie fragen«, antwortete Cecilia Nightingale. »Sicherlich wird ihr ein Armkettchen Freude machen. Was mich betrifft, meine Liebe, so werde ich keines dieser Schmuckstücke berühren, solange ich lebe.«

»Warum nicht, Mutter?« wollte North wissen.

»Nun, das will ich dir erklären«, antwortete sie und blickte auf ihre Hände, die auf Mount Hawke wieder weich und weiß geworden waren. »Ich habe das Armband gesehen, das dein Urgroßvater angeblich auf Mount Hawke-Land gefunden hat und das jetzt auf dem roten Samtkissen liegt. Und ich habe das zweite gesehen, das du in der Höhle gefunden hast, Caroline.«

»Ja«, warf Marcus ein, »das erste habe ich in der erkälteten Wanduhr gefunden. Deswegen gab das Werk diese merkwürdig rasselnden Schläge von sich.«

»Das wird wohl ein Geheimnis bleiben«, meinte Caroline nachdenklich. »Wer hat den Armreif dort hineingelegt und warum? Warum wurde sein Verschwinden nie erwähnt?«

»Oh, das ist beileibe kein Geheimnis, Caroline«, verkündete Cecilia lächelnd.

»Wie meinst du das, Mutter? Weißt du Näheres darüber?«

»Ja, wißt ihr … Ich war es«, antwortete Cecilia.

»Was warst du, Mutter?«

Cecilia blickte ihren Sohn an, während sie weitersprach. »Ich hörte, wie dein Großvater mit deinem Vater sprach. Es war einer jener seltenen Augenblicke, da er deinen Vater nicht anbrüllte, mich endlich vor die Tür zu setzen. Wie auch immer, ich lauschte und beobachtete die beiden durch

den Türspalt. Dein Großvater zeigte deinem Vater das Armband. Er streichelte es mit sinnlicher Freude, als ob es für ihn das kostbarste Gut auf Erden sei. Die Nightingales halten es unter Verschluß, sagte er, und zeigen es keinem. Siehst du, North, er versteckte es, weil er wie dein Urgroßvater befürchtete, es könne ihm gestohlen werden. Erst auf seinem Sterbebett vertraute er es seinem Sohn an. Dein Großvater wiederum war im Winter vor dieser Begebenheit schwer erkrankt, und so entschloß er sich, das Armband seinem Sohn, deinem Vater, zu übergeben. Ich werde niemals vergessen, wie zärtlich er mit dem Schmuck umging und ihn liebkoste, als ob er ein menschliches Wesen sei. Ich empfand es als pervers und jämmerlich zugleich. Dann beobachtete ich, wie dein Großvater den goldenen Reif ehrfurchtsvoll in den Safe zurücklegte. Ich prägte mir die Kombination ein. In der folgenden Nacht öffnete ich den Safe und nahm das Armband heraus. Ich wollte mich an deinem Großvater rächen, North. So einfach ist die Erklärung. Er liebte diesen Reif abgöttisch, und ich haßte ihn. Ich nahm den verdammten Schmuck und verbarg ihn in der Uhr. Schäbig und kleinlich von mir, ich weiß. Aber ich wollte, daß er litte, daß er in Zukunft etwas entbehren müßte, an dem sein Herz hing. Niemand verlor ein Wort darüber. Es schien, als ob der Reif niemals existiert hätte. Aber ich weiß, welche Qualen er durchlebte in dem Wissen, daß der Reif gestohlen und von fremden Händen entweiht worden sei. Ich war zufrieden, denn ich wußte, er würde die Wahrheit niemals erfahren. Bis an sein Lebensende würde er die heiseren Schläge der Uhr hören, ohne zu ahnen, was sich in ihrem Innern verbarg. Und jetzt hast du das Gegenstück dazu gefunden.«
»Woher, glaubt ihr, stammte das erste Armband?« fragte North die Runde.
»Nun«, sinnierte Caroline und betrachtete das Armband, »einer der Männer, die die Höhle in den Fels schlugen und die Schätze des Königs in die Kammer brachten, muß es unterwegs verloren haben. Mein Gott, das war vor mindestens eintausend Jahren! Dein Urgroßvater hatte keinen Anlaß, über den Fundort die Unwahrheit zu sagen.«

»Ja, es wurde in der Nähe der Grabhügel bei dem Eichenhain gefunden«, fügte North hinzu. »Ja, ich glaube, das ist die einzige Erklärung.«
»Wir dürfen nicht vergessen, daß ein jeder in dem Glauben war, König Marke habe hier gelebt und liege hier begraben«, warf die Duchess ein.
»Aber König Arthurs Grabstätte ist es keinesfalls.«
»Da wurde nur der Schatz und das Sch ...«
»Das was, Caroline?« fragte die Duchess, als Caroline plötzlich verstummte.
»Nichts. Meine Gedanken schweiften ab. Oh, seht doch nur, da kommt Miß Mary Patricia mit den zwei Kleinen!«
Fröhliches Lachen, Herumtoben mit den Kindern, Coombes gequälte, zum Himmel gerichtete Blicke und lautes Gebrüll zur Fütterungszeit standen für den Rest des Nachmittags im Mittelpunkt des Geschehens.

Am selben Abend betrat Coombe, den Arm in eine beeindruckende Schlinge gelegt, den Salon, räusperte sich und meldete: »Mylady, es ist angerichtet.«
»Danke, Coombe«, sagte North. »Sie sehen wie ein Held in einem Abenteuerroman aus. Wie geht es Ihnen und Polgrain?«
»Wir werden überleben, Mylord. Wir werden überleben. Man glaubt immer, man kenne einander, aber in diesem Fall haben wir eine Enttäuschung hinnehmen müssen. Mr. Polgrain bedauert zutiefst, daß er nicht ausreichend bei Bewußtsein war, um Ihnen in jener Nacht zur Seite zu stehen. Denn Tregeagle hatte ihn ebenso betäubt wie die Gräfin. Nur ich, so glaubte er, werde bei seinem bösen Treiben mitwirken. Ach, es hat uns alle doch sehr mitgenommen.«
Wenn es nur das ist, dachte Caroline, als sie Coombes wirklich sehr beeindruckende Armschlinge betrachtete. Er sah gut damit aus. Ihre Erinnerungen an jene Nacht standen klar und deutlich vor ihr. Die entsetzliche Angst, die Schmerzen und schließlich das überwältigende Glücksgefühl, gesiegt zu haben. All das steckte tief in ihr und würde sie nie wieder verlassen. Aber noch etwas anderes würde

sie ihr Leben lang begleiten: die Erinnerung an den Augenblick, als sie das Schwert Excalibur aus dem Felsen zog, so mühelos, als ob es für sie geschmiedet worden wäre, als ob es ein Teil ihrer selbst wäre. Die Ewigkeit hatte sie berührt und ihr ein Zeichen gesetzt, das jenseits ihres eigenen Bewußtseins und ihrer Gegenwart lag. Es war ein Zauber aus vergangener Zeit, der auf unerklärbare Art Wirklichkeit wurde und sie aus höchster Not rettete. Dieser geheimnisvolle Zauber hatte ihr Leben gerettet. Nein, er hatte ihr die Fähigkeit verliehen, sich selbst zu retten.

»Du bist in Gedanken versunken«, bemerkte North und reichte ihr den Arm. »Überlegst du vielleicht, ob du mir wieder Fesseln anlegst?«

Mit einem vielsagenden Lächeln meinte sie: »Ja, das könnte uns beiden vielleicht großes Vergnügen bereiten.«

So war es dann auch. Besonders North genoß den Reiz des Augenblicks, als er ausgestreckt auf dem Rücken lag und seine Frau anblickte. Wie um alles auf der Welt konnte sie noch schöner werden? In ihren Augen stand ein inneres Leuchten. Ihre Brüste waren größer und fester geworden. Langsam zog er die Hände aus den Schlingen und umfaßte sie. »Ich liebe dich«, flüsterte er, und Caroline beugte sich über ihn, damit er sie küssen konnte.

»Komm, leg dich neben mich!« bat er, von den Spielen der Liebe erschöpft, zog sie an sich und bettete ihren Kopf an seiner Schulter. »Ich möchte dir jetzt von Dr. Treath erzählen. Er wird nächste Woche für eine Weile verreisen. Ich habe ihn heute nachmittag gesprochen. Er macht sich Vorwürfe, wahrscheinlich zu Recht, ich weiß es nicht. Ich verstehe nicht, daß er so blind sein konnte und nicht bemerkte, was mit den Frauen in seinem engsten Umkreis geschah. Aber so war es wohl. Ich fragte ihn nicht, ob er wisse, daß seine vierzehnjährige Schwester ihn verführt habe. Es gehört der Vergangenheit an. Jeder weiß über seine Schwester Bescheid. Jeder weiß, daß Tregeagle dich betäubte und dich mit ihrer Hilfe zum St. Agnes Head brachte. Ich danke Gott, daß sie noch einmal zu ihrem Bruder zurückmußte, damit ihre Abwesenheit nicht auffiel. Das verschaffte dir einen Vorsprung.« Er beugte sich über sie und küßte ihre Stirn. »Du bist noch ein wenig feucht von unseren Spielen. Das gefällt mir. Außerdem bewundere ich dich, Caroline. Du bist mutig und tapfer und erfinderisch. Diese Eigenschaften haben mich von Anfang an zu dir hingezogen. Und deine Schönheit. Und die Unerschrockenheit, mit der du schwierige Situationen meisterst. Aber weißt du, jetzt entdecke ich noch etwas anderes an dir, etwas Neues, das über Nacht zu dir kam ...« Er verstummte und suchte hilflos nach Worten.

»Vielleicht spüre ich eine neue Kraft in dir, ein neues Verstehen, ein Wissen um die Gesetze dieser Erde, um die Aufgaben, die wir als Sterbliche zu erfüllen haben. Ach was, ich rede Unsinn!«

Sie küßte seine Schulter. »Ich habe heute einen Brief aus London erhalten. Der Porträtmaler wird in wenigen Tagen in Mount Hawke eintreffen und einen erfahrenen Restaurator mitbringen. North, könnte er uns nicht zusammen malen, nachdem er die Porträts von dir, Marie und deiner Mutter fertiggestellt hat?«

»Und dann hängen wir beide an der Wand, für immer und ewig?«

»Ja, ich möchte unseren Enkeln vermitteln, daß wir immer zusammen waren, daß wir uns liebten und daß es nichts gab, was uns trennen konnte. Wie die beiden Armreife wollen wir für alle Zeiten vereint bleiben.«

»Möchtest du, daß ich mit diesen Handfesseln gemalt werde?«

Sie lachte an seiner Schulter, küßte seine warme Haut und dachte, daß dieser Zauber sie jeden Tag ihres Lebens berühren würde.

Epilog

Mount Hawke, Cornwall
März 1815

North betrat den Salon. In der Hand hielt er einige gefaltete Papiere. Ein merkwürdiger Ausdruck lag auf seinem Gesicht.

Caroline blickte von ihrer Stickerei auf, »North, sieh mal! Sogar Miß Mary Patricia lobt mich. Ich habe es fertiggebracht, den Vogel aus dem Nightingale-Wappen in dein Taschentuch zu sticken.« Sie nahm das feine Leinentuch auf und betrachtete es prüfend. »Ja, man erkennt, daß es ein Vogel ist. Ich weiß, die Nightingale-Männer bekennen sich nur ungern zu ihrem Wappenvogel, der Nachtigall. Sie zwitschern nicht gern.«

Geistesabwesend setzte er sich zu ihr und streichelte über ihren Bauch. Er hatte ihr einmal erklärt, es beruhige ihn und helfe ihm beim Nachdenken. Prompt trat ihm das Kind pflichtschuldig gegen die Handfläche, und seine Gedanken kehrten in die Wirklichkeit zurück. Er lachte.

»Hallo!«

»Was sind das für Papiere?«

»Ein Brief aus Boston.« Er holte tief Luft. »Wir fanden doch heraus, daß meine Urgroßmutter eine Liebschaft mit diesem Frauenheld Griffin hatte. Erinnerst du dich? Beide verschwanden, und mein Urgroßvater ließ verbreiten, sie sei tot, und veranstaltete sogar ein Scheinbegräbnis für sie. Wir erfuhren auch, daß der Rest der Familie Griffin um 1780 Cornwall verließ und nach Boston auswanderte.«

Sie nickte, küßte ihn und sagte: »Du hast sie gefunden, nicht wahr?«

»Ja, wie es scheint, ist sie mit Griffin nach Boston durchgebrannt. Meine Güte, Caroline, ich habe eine riesige Familie drüben in der neuen Welt. Dutzende von Vettern und Basen! Außerdem haben die beiden meinen Urgroßvater überlebt. Als man sie vom Ableben meines Urgroßvaters benachrichtigte, heirateten sie und legitimierten ihre Kinder.«
»Sie war glücklich.«
»Dieser Griffin muß wirklich ein großer Charmeur gewesen sein, aber als er sich in meine Urgroßmutter verliebte, blieb er ihr treu. Was hältst du von einer Reise nach Boston? Der verdammte Krieg ging im vergangenen Herbst zu Ende.«
Wieder trat das Kind gegen North' Handfläche. Er grinste und legte die Wange auf Carolines Bauch. »Er sagt ja. Er möchte seine Vettern und Basen kennenlernen«, verkündete North strahlend.
Caroline lachte, zog ihren Mann am Ohrläppchen zu sich herauf und küßte ihn. »Ich finde, das ist eine fabelhafte Idee. Wenigstens heißen sie nicht alle Nightingale. Sonst müßte ich Dutzende von Nachtigallen in Taschentücher sticken. Und jetzt habe ich auch eine Neuigkeit für dich, North.«
Fragend hob er eine Augenbraue.
»Coombe wird Mrs. Mayhew heiraten!«
North verschluckte sich. Ungläubig starrte er Caroline an. Die Papiere fielen zu Boden. Dann warf er den Kopf zurück und lachte, bis ihm die Tränen kamen.
»Ich dachte immer, auf Mount Hawke besitzt nur du Zauberkräfte«, sagte er, als er wieder Luft holen konnte. »Aber es scheint, daß Mrs. Mayhew das größte Wunder aller Zeiten vollbracht hat.«

Anmerkung der Autorin

Falls König Marke tatsächlich lebte, wurde er aller Wahrscheinlichkeit nach in der Nähe von Fowey in Süd-Cornwall bestattet. Was jedoch König Arthur anbelangt, so behaupten alle, die an die Sage glauben, daß es ihn wirklich gab und daß er ebenso mächtig und edel war, wie es Sir Thomas Malory im fünfzehnten Jahrhundert in seinem Buch *La Mort d'Arthur* beschrieb. Ob Schotten, Waliser, Engländer oder die Einwohner von Cornwall – sie alle beanspruchen ihn als ihren Landsmann. Sie alle vermuten seine Grabstätte in einer verborgenen Höhle in irgendeinem Winkel ihres Landes.
Sollte König Arthur zufälligerweise in Cornwall gelebt haben und dort begraben worden sein, so hege ich die Vermutung, daß er sich in der Nähe von Tintagel niederließ, das nur ungefähr vierzig Meilen nordöstlich von Mount Hawke liegt, was zweifellos eine romantische Kulisse für Camelot abgibt.
Haben diese beiden Könige nun wirklich gelebt, oder gehören sie in die Welt der Mythen und Sagen? Sind sie Gebilde jener alten Geschichten, die weitererzählt und ausgeschmückt werden, um die Gedanken und Träume zukünftiger Generationen zu bereichern?
Marke, jener tumbe Träumer, der sich König nannte, war für mich niemals eine reale Gestalt. König Arthur hingegen war mehr als Wirklichkeit. Er ist die Verkörperung der Legende, die Verkörperung eines epischen Geistes. Er darf niemals in den Nebeln der Zeitläufte verlorengehen. Er wird immer unter uns sein, um an das Edle im Menschen

zu erinnern. Der von ihm ausgehende Zauber wird auch in Zukunft unsere Seele berühren. Er lehrt uns, Größe im Augenblick des Scheiterns und Gnade und Demut im Angesicht von Zerstörung und Verlust zu bewahren.

Außerdem bin ich fest davon überzeugt, daß es sein Schwert Excalibur irgendwo gibt, daß es so wirklich ist wie König Arthur.